As
Mulheres
do
Circo
Secreto

As Mulheres do Circo Secreto

CONSTANCE SAYERS

Tradução:
Carolina Selvatici e Diego Magalhães

TRAMA

Título original: *The Ladies of the Secret Circus*

Copyright © LADIES OF THE SECRET CIRCUS by Constance Sayers
Publicado pela primeira vez pelo Redhook, um selo da Orbit, parte do Hachette Book Group.
Direitos de tradução para a língua portuguesa arranjados por intermédio de Sandra Dijkstra Literary Agency e Sandra Bruna Agencia Literaria, SL. Todos os direitos reservados.

Direitos de edição da obra em língua portuguesa no Brasil adquiridos pela Trama, selo da EDITORA NOVA FRONTEIRA PARTICIPAÇÕES S.A. Todos os direitos reservados. Nenhuma parte desta obra pode ser apropriada e estocada em sistema de banco de dados ou processo similar, em qualquer forma ou meio, seja eletrônico, de fotocópia, gravação etc., sem a permissão do detentor do copirraite.

EDITORA NOVA FRONTEIRA PARTICIPAÇÕES S.A.
Av. Rio Branco, 115 — Salas 1201 a 1205 — Centro — 20040-004
Rio de Janeiro — RJ — Brasil
Tel.: (21) 3882-8200

Dados Internacionais de Catalogação na Publicação (CIP)

S274m   Sayers, Constance
           As mulheres do Circo Secreto / Constance Sayers; tradução de Carolina Selvatici e Diego Magalhães. – 1.ª ed. – Rio de Janeiro: Trama, 2024.

           Título original: *The Ladies of the Secret Circus*
           ISBN: 978-65-89132-92-9

           1. Literatura americana fantástica. I. Selvatici, Carolina. II. Magalhães, Diego. III. Título.

           CDD: 810
           CDU: 821.111 (73)

André Queiroz – CRB-4/2242

CONHEÇA OUTROS LIVROS DA EDITORA:

www.editoratrama.com.br

/ editoratrama

Para minhas meninas:
Barbara Guthrie Sayers,
Goldie Sayers,
Nessa Guthrie
e
Laura Beatty Fuller

O circo é uma mulher ciumenta. Na verdade isso é um eufemismo. É uma bruxa voraz que suga nossa vitalidade assim como um vampiro bebe sangue... É todas essas coisas e, no entanto, eu o amo mais do que qualquer coisa nesse mundo.

— *Henry Ringling North*

PRÓLOGO

KERRIGAN FALLS, VIRGÍNIA
9 de outubro de 1974

O Buick estava atravessado na estrada, com metade da carroceria no acostamento, e o brilho de sua pintura se misturava perfeitamente à noite escura. Ele pisou no freio, mas quase bateu na traseira do carro. Caramba. Quem teria deixado um carro logo num lugar como aquele?

O automóvel era familiar. Ele quebrou a cabeça tentando se lembrar de onde o tinha visto antes.

Preocupado com a possibilidade de alguém estar ferido, encostou o carro, tomando o cuidado de deixar o pisca-alerta ligado para chamar a atenção de qualquer pessoa que estivesse passando por aquele trecho ermo. Apesar da lua cheia, a floresta densa criava uma espécie de tenda sobre a estrada, mesmo no outono, quando as folhas começavam a cair. Os aglomerados de bétulas, com seus troncos brancos e retos, se assemelhavam a bastões de giz. O luar brilhando através deles o tranquilizou por um instante.

Ele espiou pela janela aberta do carro e viu que o banco da frente estava vazio. Uma lata de refrigerante havia caído nele e despejava seu conteúdo no estofado de couro, como se o motorista a estivesse segurando antes de parar. O rádio estava ligado. O pobre coitado só devia estar se aliviando na floresta.

— Olá?

Sua voz soou mais alto do que ele imaginou que soaria, e aquilo o fez perceber como aquela estrada era isolada.

A quietude o deixou intrigado. Numa noite como aquela, a floresta devia estar fervilhando, mas a escuridão parecia estranhamente calma. Ele se virou para voltar para o carro. Decidiu que, assim que chegasse em casa, ia ligar para o velho delegado Archer e contar sobre o carro abandonado.

— Olá? Tem alguém aí?

Ele viu algo se mexendo perto das árvores.

Sua pulsação acelerou e ele correu de volta para a segurança do próprio carro. Ficou aliviado ao pôr o pé direito dentro do veículo, pronto para entrar e ir embora. Em vez disso, se concentrou em algo que se mexia lentamente, como um gato desviando das árvores. Ele sabia que havia felinos na região. Pequenos, mas incômodos o suficiente para irritar os fazendeiros. Seus olhos acompanharam o movimento do que parecia ser uma sombra — até que ela parou de se mexer.

No ponto em que a coisa havia parado, havia agora um amontoado de algo à beira da estrada. Tomando cuidado, ele deu um passo na direção do porta-malas — o carro ainda o protegia do que quer que estivesse lá. O que era aquilo? Um amontoado de folhas? Meu Deus, seria um corpo?

Ele foi chegando cada vez mais perto.

Perdeu o fôlego quando viu, tarde demais, o que estava à sua frente. A coisa era rápida e, por um instante — seu último instante —, estranhamente familiar.

Quando tudo acabou, a floresta pareceu se recompor. Não havia nada ali, a não ser o som do rádio dos dois carros tocando "The Air That I Breathe" em uníssono.

PARTE 1

O CASAMENTO QUE NÃO ACONTECEU

1

KERRIGAN FALLS, VIRGÍNIA
8 de outubro de 2004

Era o vestido errado — Lara tinha se dado conta naquele instante.

A peça tinha uma cor de ossos velhos. As intrincadas contas prateadas desciam pelo corpete em um desenho complicado. Uma longa saia de chiffon surgia na altura da metade da coxa, varrendo o chão com uma cauda dramática de um metro e meio de tecido. Puxando alguns pontos do vestido, ela olhou para o espelho e franziu a testa. É, ela estava realmente decepcionada com *aquele* vestido.

Era a primeira vez que ficava sozinha com ele. Sem a mãe parada atrás dela, puxando o tecido com um tom esperançoso na voz. Sem "consultoras" nem costureiras a enchendo de chavões elogiosos, dizendo quanto ela ficaria *maravilhosa*.

Ela não estava se sentindo maravilhosa.

Inclinando a cabeça de um lado para o outro, esperando achar um ângulo de que gostasse, Lara se lembrou da pequena pilha de fotos que havia recortado de revistas de noivas quando menina. Ela e as amigas pegavam números velhos da *Modern Bride* na recepção dos salões de cabeleireiro, enquanto suas mães faziam permanentes e pintavam o cabelo. Quando ninguém estava olhando, elas colocavam as revistas velhas em sacolas de livros para folheá-las depois em seus quartos. Cada menina recortava as páginas com as criações de seda, tafetá e tule de que mais gostavam. Lara tinha, inclusive, guardado alguns daqueles recortes por anos e combinado todos eles em *um* estilo de vestido, refletido no espelho diante dela. Ela suspirou. Nenhum vestido estaria à altura de tanta expectativa. Mas aquele era adulto e vintage demais, mais parecido com uma fantasia do que com um vestido de noiva.

Virando-se, Lara esperou para ouvir se a mãe estava voltando para o andar de cima. Mas o corredor estava silencioso. Ela sorriu. Examinando o próprio reflexo, Lara começou a desejar que o vestido tivesse uma cauda mais cheia e fosse menos justo nas coxas. Puxando o tecido, ela se concentrou, fazendo-o ceder e se esticar, como num vídeo acelerado de uma flor desabrochando. Pregas se abriram, caindo e se rearrumando diante dela.

— Pronto — disse ela, e o tecido obedeceu. — Um pouco menos. — O tecido rodopiou como se estivesse vivo, farfalhando e se alterando para agradá-la. — Está perfeito. — Ela se virou e ficou observando o pano recuar até dizer: — Pare.

Lara deu uma voltinha na frente do espelho, admirando a forma como o tecido se mexia. Em seguida, se concentrou na cor.

— Um pouco mais claro, mais marfim, menos prateado.

Como uma tela de TV ajustando o próprio brilho, os tons prateados do vestido se transformaram em uma cor de marfim pura.

— Bem melhor. — Ela analisou o corpete sem mangas, lembrando que seria outono. — Que tal umas mangas? — Sentiu o vestido fervilhar, como se hesitasse, sem saber o caminho que ela queria seguir. — Mangas de renda — esclareceu ela. No mesmo instante, o vestido obedeceu, como um camareiro cortês, criando desenhos elaborados em renda ao longo dos braços de Lara, como se as costuras estivessem sendo feitas por pássaros dos desenhos da Disney.

— O que você está *fazendo*, Lara Barnes?

Sua mãe apareceu atrás dela com uma das mãos no quadril enquanto a outra segurava uma gargantilha de pérolas de vinte voltas. No meio da gargantilha havia um grande broche vitoriano de diamante.

— Eu não gostei — respondeu ela, na defensiva.

Lara alisou a saia nova como se fosse um animal de estimação obediente, avisando ao vestido que não faria mais alterações.

— Então vá até uma loja e compre outro. Você não pode simplesmente *enfeitiçar* um vestido, Lara.

— Pelo jeito, posso, sim. — Lara se virou para encarar a mãe, a sobrancelha levantada. — Nem precisávamos ter mandado para a costureira. Eu teria feito um trabalho melhor.

— As mangas estão erradas. — Audrey Barnes franziu a testa e passou a mão pelo cabelo cor de manteiga. — Vire-se — disse ela, com um gesto da mão. — Você vai ficar nervosa na cerimônia e o feitiço vai enfraquecer. Ouça o que estou dizendo. É perigoso.

— Se o feitiço enfraquecer, você pode arrumar o vestido para mim.

— Como se eu já não tivesse coisas suficientes com que me preocupar.

Sua mãe sabia lançar feitiços muito melhores, mesmo que odiasse usar magia. Ela entregou a gargantilha a Lara e voltou a atenção para o vestido de noiva enfeitiçado. Audrey passou as mãos pelas mangas de renda e, sob seu toque, elas se suavizaram em um chiffon esvoaçante. Ao contrário de Lara, sua mãe não precisava dizer ao vestido o que fazer; ele lia a mente dela. Audrey devolveu a cor original às contas prateadas, mas depois pareceu mudar de ideia e as alterou, criando um padrão de bordado mais suave.

— Pronto. Você precisa de textura para contrastar com as mangas. — O resultado era um vestido marfim com detalhes prateados no corpete, mangas marfim e uma saia rodada da mesma cor. — Está muito mais romântico.

Lara estudou as mudanças no espelho, satisfeita.

— Você devia enfeitiçar vestidos com mais frequência, mãe.

Audrey fez uma careta. Tomando a gargantilha de Lara, a pôs no pescoço da filha.

Lara tocou na gargantilha, admirando a joia.

— De onde veio isso?

— Era da Cecile — disse Audrey, referindo-se à bisavó de Lara.

Lara achou mesmo que parecia familiar.

— Você já usou essa gargantilha?

— Não — replicou a mãe, admirando as alterações no vestido, puxando o tecido aqui e ali e mudando o tom e o caimento com as mãos.

— Mas você já a viu. Ela está usando no quadro.

Lara havia passado centenas de vezes pelo quadro da bisavó, Cecile Cabot, no corredor, mas nunca havia parado para examiná-lo. Tentou se lembrar da gargantilha.

— Era da mãe dela.

— Eu não sabia disso.

Lara tocou nas voltas delicadas, se perguntando como nunca havia encontrado aquilo em uma de suas incursões à caixa de joias da mãe na infância.

— Dizem que ela foi muito famosa. — Audrey sorriu, fazendo Lara dar uma voltinha. — Ficou linda em você. E eu gostei das alterações no vestido, mas você não pode correr o risco de ser pega.

— Eu estou no meu quarto. Quem ia descobrir além de você?

— Você não pode se arriscar quando usa magia, Lara. As pessoas não entendem. O que aconteceria se o vestido começasse a se desfazer no meio da cerimônia?

— Você quer dizer que o *Todd* não vai entender.

Ela cruzou os braços.

— Escute — disse Audrey. — Há segredos que você deve esconder, inclusive do Todd. *Este* é um deles.

Lara sabia que a mãe sempre quis que elas fossem "normais". Em vez disso, eles eram os Cabot, a famosa e estranha família circense, os antigos donos do Cirque Margot. Famílias circenses raramente eram normais. Quando criança, Audrey trabalhou com os cavalos nas férias e acabou se tornando uma grande amazona, mas odiava se apresentar e havia deixado bem evidente que não queria fazer parte do legado da família. Em vez disso, a jovem pegou os cavalos Lippitt Morgan do espetáculo e começou a procriá-los, transformando a fazenda Cabot em uma das mais bem-sucedidas hípicas do Sul dos Estados Unidos. Incapaz de competir com a televisão, o Cirque Margot amargou tempos difíceis e de pouco público e acabou fechando no início dos anos 1970.

Além disso, havia os poderes estranhos, as simples "correções" que tanto mãe quanto filha conseguiam fazer. Audrey ficou tão furiosa quando a filha precoce lançou um feitiço na escola na frente das outras crianças, que encantou as portas e janelas como punição, deixando Lara de castigo em casa por um fim de semana inteiro.

Lara deu as costas para Audrey.

— Você pode abrir o fecho para mim? Tenho que ir à casa do Todd.

— Agora? — Audrey pôs as mãos no quadril. — São dez horas. Não fique muito tempo. Dá azar.

Lara revirou os olhos e pegou o vestido, novamente em sua versão original, e o pendurou em um cabide. Ela e Todd haviam cedido a mais uma das superstições de Audrey ao concordar em passar a véspera do casamento separados. Lara voltaria para a fazenda Cabot naquela noite com a mãe e Todd passaria a noite no apartamento dos dois.

Audrey Barnes era tão descolada quanto as protagonistas dos filmes de Hitchcock, mas ainda assim acreditava em todos os mitos e romances de uma heroína vitoriana. O nome da filha foi em homenagem ao personagem de *Doutor Jivago*, um filme ao qual elas assistiam todo ano, sem falta, com uma caixa de lenços entre elas. No dia seguinte, a primeira dança de Lara com o pai seria ao som de uma versão de Al Martino para "Somewhere My Love", e ela sabia que a mãe ia chorar perto do bolo de casamento.

Enquanto descia em seu jipe pela estrada sinuosa da fazenda Cabot até a rodovia, ela se lembrou da cara de decepção da mãe quando ela e Todd anunciaram que estavam noivos. Audrey não gostava dele. Ela havia tentado convencer os dois a não se casarem, incentivando-os a esperar até a primavera. Lara sabia que a mãe torcia para que, com o tempo, algo mudasse, mas Todd tinha sido o primeiro amor de Lara e o dono de todas as suas primeiras vezes. Eles se conheciam desde os 15 anos.

Audrey os incentivou a irem para faculdades diferentes, pagou para que Lara estudasse na Europa por um semestre e até tolerou o ano que a filha passou na estrada com a banda do pai — qualquer coisa para que o relacionamento esfriasse. Todd também havia saído da cidade para fazer faculdade, mas logo depois de concluir o segundo ano voltou para casa e abriu um negócio de restauração de carros antigos.

Quando ficavam separados por algum tempo, a única coisa que fazia Lara se interessar por outros garotos era o fato de serem parecidos com Todd. Pelo bando de sósias de Lara com que Todd saíra durante os términos, ela sabia que ele sentia a mesma coisa. Fosse química ou magia, sempre havia uma atração inexplicável que os fazia voltar aos braços um do outro.

Lara tinha certeza de que, se Audrey fosse mais jovem, Todd seria exatamente a figura romântica de *bad boy* pela qual sua mãe teria se sentido atraída. Na verdade, a própria Audrey havia escolhido sua versão de Todd em 1974, quando se casou com o pai de Lara, Jason Barnes.

Lara estacionou na garagem de Todd. A casa estava repleta de atividade e expectativa: luminárias foram colocadas da calçada até a porta da frente, que estava entreaberta. Parentes vindos de lugares como Odessa e Toledo se empoleiravam nos braços dos sofás e nas poltronas. Pratos tilintavam, e as pessoas colocavam a conversa em dia com seus cafés descafeinados e pratos sujos. Ela se perguntou por que sua casa não estava cheia de parentes como aquela.

Do hall de entrada, ela viu Todd sair pela porta dos fundos carregando sacos de gelo. Ao passar, ele avistou Lara e sorriu. O cabelo escuro dele, ondulado na altura do queixo, começava a se enrolar, à medida que a noite avançava.

— Lara, por que você não mandou ele cortar o cabelo? — perguntou tia Tilda, uma cabeleireira que morava em algum lugar em Ohio.

Lara revirou os olhos. Como se alguém pudesse obrigar Todd a fazer algo...

Depois de entregar o gelo, Todd beijou a tia na bochecha.

— Ah, você não gostou do meu cabelo?

Quando Todd olhou para ela, Lara pôde ver a velha endireitar as costas.

A tia puxou uma mecha para inspecioná-la. O cabelo dele era brilhoso e castanho. Lara notou que alguns fios grisalhos cintilavam sob a luz como ouropel. Se Todd fosse um homem vaidoso, ele os teria tingido antes da cerimônia. A mulher bufou enquanto alisava uma mecha errante, aparentemente concordando que o cabelo de Todd combinava com ele.

— Bem...

Todd não era só bonito, era lindo. Havia uma sensualidade trágica nele, como a de um James Dean em início de carreira, que era inebriante para as mulheres — todas as mulheres. Pelo jeito, até para as parentes dele.

— Tenho que ir daqui a pouco.

Lara tocou no antebraço do noivo enquanto ele passava. Nos últimos dias, ele estava usando manga comprida porque, apesar de ter quase

29 anos, ainda se importava com o fato de sua mãe odiar a imagem das tatuagens rococó que decoravam seus dois antebraços.

— Espere. Vou levar você até a porta.

— Deixe a menina ir, Todd — outras duas tias brincaram. — Já é quase meia-noite. Dá azar ver a noiva no dia do casamento.

Os ventiladores de teto do alpendre giravam acima deles, criando ondas de ar frio que faziam Lara tremer.

— Pode deixar que vou mandá-la embora às 23h59, então. — Ele passou pela porta. — Quantas vezes sua mãe já ligou para você?

— Duas nos últimos dez minutos.

Lara atravessou o pátio lentamente, seguindo em direção ao jipe. Ela olhou para o céu e achou que devia se lembrar de olhar para cima com mais frequência. As estrelas pareciam mais baixas, como se estivessem brilhando mais para ela.

— Antes de você ir, tenho que mostrar uma coisa.

Lara se virou e viu que Todd havia começado a andar para trás, guiando-a até a garagem de seu padrasto. O fato de ele nunca olhar para baixo ao caminhar nem duvidar da firmeza de seus passos a fascinava. Ela teria tropeçado em uma pedra irregular ou em uma raiz de árvore e torcido o tornozelo, mas Todd, não. Ele era um dos homens mais confiantes que ela já havia conhecido, seguro de si até não poder mais, e aquilo o tornava generoso com os outros. Ele não tinha nada a provar.

— Eu achei que terminaria antes do casamento, mas não fui tão rápido assim.

Ele abriu a porta e acendeu a luz que zumbia por causa de uma lâmpada com defeito. Diante dela, sobre um elevador, havia uma caminhonete inclinada, como se estivesse decolando. A caminhonete havia sido pintada com um suave primer cinza fosco, o que dava a impressão de que havia sido esculpida em argila. Ela arquejou.

Lara tinha uma queda por caminhonetes vintage — do tipo que acabam estampadas em enfeites de Natal, bordadas em almofadas de inverno ou são colocadas na frente de empresas para que pareçam *tradicionais*. Quando ela era criança, havia uma velha caminhonete como aquela entre os equipamentos quebrados do circo. Um dia, em uma das arrumações da mãe, o carro foi levado para o ferro-velho, deixando sua forma marcada na grama morta por vários anos, como se fosse uma cicatriz.

— É uma Chevrolet 1948.

— Uma Chevrolet 3100, 1948, com o para-brisas bipartido — disse ele. — Câmbio manual, seis cilindros. Eu sei como você gosta disso. — Ele deu a volta no carro e apontou para um lugar atrás da carroceria. A uns três metros do carro, ela viu uma pilha marrom e empoeirada de metal. Pareciam as entranhas mecânicas da caminhonete, que ele havia arrancado. — Espere só até ver o que está reservado para ela. Venha comigo.

Todd a fez dar a volta na caminhonete até chegar a uma bancada de madeira. Então arregaçou as mangas e colocou o cabelo para trás, vidrado nos desenhos e anotações que havia feito e espalhado sobre a mesa. Ele apoiou as mãos na bancada e examinou as fotos e esboços.

Depois de deixar a faculdade por ser reprovado no programa de engenharia da Virginia Tech, Todd voltou para Kerrigan Falls e, sem pensar muito, abriu um negócio de restauração de carros clássicos com um homem chamado Paul Sherman, dono de uma antiga oficina. Nos últimos dois anos, a Sherman & Sutton Carros Clássicos havia se tornado uma das especialistas em restauração de carros antigos mais procuradas de toda a Costa Leste, principalmente graças à reputação de Todd com carros esportivos, como Corvettes, Camaros, GTOs, Chevelles e Mustangs. Lara nunca poderia imaginar que a obsessão por motores durante a adolescência se transformaria em um emprego que o noivo amava, e muito menos que seria tão lucrativa.

— Está vendo? — Todd apontou para uma foto do mesmo Chevrolet sem faróis e com uma pintura que parecia retocada. — Os para-lamas estavam enferrujados.

Lara viu pela foto que a caminhonete tinha uma cor marrom fosca e desgastada. Todd estava tão entretido em transformar aquele quebra-cabeça de metal em uma obra de arte e aparentemente tão descontente com alguns detalhes que parecia perdido no próprio mundo, de braços cruzados e dentes cerrados, o que fazia seu maxilar quadrado pulsar.

Já Lara, que devia estar olhando para as fotos da caminhonete semidestruída, estudava o rosto dele. O nariz comprido do noivo seria um pouco feminino demais se não fosse a elegante protuberância no topo.

Quando ele entrava nos lugares, as pessoas paravam para observá-lo e se perguntavam se era alguém famoso, talvez um astro do cinema voltando para sua cidade natal nas férias. O fato de ele não estar nem aí para aquilo e estar ali, agonizando sobre o esboço de um Chevrolet 1948, que seria um presente para ela, era o que tornava Todd Sutton realmente bonito para Lara. Ele nunca tinha notado o efeito que causava nas pessoas — ou se tinha, nunca havia se importado com aquilo.

— Onde você achou isso?

— Ah, essa é a parte mais especial. — Ele abriu um sorriso malicioso, os olhos castanhos brilhando, e tirou de uma pasta uma foto da caminhonete com um adesivo lateral desbotado. — Você reconhece isso aqui?

Lara pegou a foto da mão dele e respirou fundo. Era uma velha fotografia em preto e branco e o logotipo familiar pintado na caminhonete parecia quase superexposto sob a luz do sol. Ela sentiu uma pontada de melancolia. Era sua velha caminhonete. *Le Cirque Margot*.

Decorada com sua parafernália circense, a velha caminhonete havia transportado uma equipe de duas pessoas a 18 cidades com o objetivo de colar cartazes em todos os postes, celeiros e negócios locais dispostos a exibi-los. Mercados e farmácias eram os lugares mais procurados. A Chevrolet havia ficado por anos largada entre os equipamentos e trailers enferrujados e abandonados da casa de Lara. Grama e trepadeiras brotaram através do assoalho como se a terra a tivesse reivindicado.

— Eu estava passando por uma antiga loja de equipamentos para parques de diversões em Culpeper e a vi da estrada. Ela estava escondida atrás de uns carrinhos de montanha-russa antigos. Eu não sabia que era a velha caminhonete que ficava no seu gramado até esfregar e ver o logotipo desbotado. Alguma coisa nas letras me pareceu familiar, então fui ao Patrimônio Histórico para ver se havia alguma foto antiga dela, em meio às recordações do Cirque Margot. E, é óbvio, encontrei muitas.

Uma loura posava inclinada sobre o para-choque dianteiro. Ela usava short e tinha pernas de fazer inveja a Betty Grable. Voltando para olhar a caminhonete, Lara alisou a lateral dianteira arredondada. Aquele veículo tinha pertencido ao *Margot*.

— Eu queria dar de presente de casamento para você, mas tem sido difícil pra caramba encontrar as peças, então não vai ficar pronta a tempo.

Ele riu um pouco alto demais, e ela inclinou a cabeça e olhou para ele. Será que estava nervoso? Todd nunca ficava nervoso. Ele analisou o rosto de Lara, tentando decifrar o que ela estava pensando, esperando que o presente significasse algo para ela.

Ela o puxou, o beijou com força e então sussurrou em seu ouvido:

— Esta foi a coisa mais atenciosa que alguém já fez por mim. Eu adorei.

Ele olhou para baixo e encostou a testa na dela.

— Lara, nós dois sabemos que eu nem sempre fui tão atencioso assim.

Era verdade. Ao longo da história dos dois, muitas transgressões haviam acontecido: muitas meninas e depois mulheres — à medida que envelheciam. Apesar de ter atribuído aquilo à juventude, Lara já havia batido portas e jogado lindos buquês de rosas na cara dele, rasgado pedidos de desculpas e tentativas ridículas de poesia. Já havia saído com outros caras por vingança e, para a própria surpresa, até se apaixonado por um deles por um curto período de tempo, mas sempre voltava para Todd.

— Você não vai dar para trás, vai?

Lara inclinou a cabeça, brincando, mas nem tanto.

Ele não tocou nela e, por algum motivo, pareceu sensato e sincero ao não fazer isso. Ele não estava tentando usar seu charme.

— Sinto muito por ter demorado a amadurecer, por você não ter me conhecido agora, e sim antes.

Lara dispensou o comentário com uma risada, mas ele não. Ela percebeu, ao olhar para o galpão — com as fotos, o presente atencioso suspenso acima dela —, que a mudança ocorrida nele nos anos anteriores havia sido tão gradual que passou despercebida. Ele inclinou seu corpo alto contra a bancada e a encarou, cruzando os braços.

— Eu era uma pessoa que tinha que crescer para amar. Não que eu tivesse que crescer para amar *você*. Eu sempre amei você, mas não sabia *como* amar, então você acabou me vendo tentar criar uma obra de arte sem saber desenhar. Eu dizia as palavras, mas nós dois sabemos que muitas vezes elas soavam vazias. Por vezes foi inclusive a sua ausência que me moldou. Mas é assim que é, não é mesmo? Tanto a presença quanto a ausência de uma pessoa. A soma de tudo isso. E, com isso, ele é mais profundo agora. O amor. Meu amor por você.

O silêncio entre eles ficou pesado. Ela sabia que ele não esperava uma resposta. Eles tinham um passado longo, cheio de coisas boas e ruins. No entanto, eram as coisas não ditas que deixavam aquele momento carregado. Lara olhou nos olhos de Todd e viu o que era aquele presente de casamento: um sacrifício, maior até do que se casar com ela. Cada centímetro daquela caminhonete foi moldado e polido por suas mãos, feito por ele *para* ela.

Ele pegou a mão dela. Os lábios dela encontraram os dele. Todd beijava muito bem: devagarinho, com jeito. Ela sabia exatamente onde se encaixar e como preencher os espaços entre eles. Ele pôs as mãos no rosto dela e os beijos se tornaram mais profundos, mais intensos. Quando os dois se separaram, ele pegou uma mecha do cabelo dela, a enrolou em seu indicador e a analisou.

— É quase meia-noite.

Ela não queria ir embora.

— Ah, droga, meia-noite não — brincou ele.

Ele se virou para a caminhonete perfeitamente polida à frente dos dois.

— Essa é a cor que ela vai ter quando ficar pronta.

Pegando a mão dela, ele deu a volta e entregou uma amostra a Lara. Era a cor vermelho-escuro original do Cirque Margot, que lembrava uma maçã Red Delicious madura.

Ela podia imaginar uma vida inteira daquilo. Sorrindo, desejou que os dois pudessem voltar para o apartamento e a cama deles naquela noite. Quando voltassem da lua de mel na Grécia, havia até uma casa, uma imponente mansão vitoriana com uma torre e um alpendre, que estavam pensando em comprar.

— Eu tenho mesmo que ir.

Lara olhou para a caminhonete antes de ele apagar a luz.

— Vejo você amanhã?

Era uma piada, e ela disse aquilo de forma leve, enquanto abria a porta e saía para a rua.

— Eu não perderia isso por nada.

2

KERRIGAN FALLS, VIRGÍNIA
9 de outubro de 2004 (15 horas depois)

Os sinos da igreja começaram a soar quando a tempestade já prevista deu o primeiro estrondo, lançando uma torrente de chuva sobre o vale. Por semanas, a previsão para aquele dia tinha sido de céu claro e ensolarado, mas, na última hora, um céu roxo e quase inflamado havia se fixado de uma forma estranha sobre a cidade de Kerrigan Falls.

  Seria azar? Um presságio, talvez? Não, era loucura. Lara afastou a ideia da cabeça. De onde estava, em uma sala de aula do andar superior, ela observou uma clássica Mercedes conversível branca parada ao lado da escada. A chuva encharcava as fitas de papel de seda lavanda coladas ao porta-malas do carro, fazendo a tinta barata escorrer pelo para-choque até a poça de lama abaixo do carro. Ela mordeu uma cutícula perdida em meio às unhas perfeitamente feitas e observou os convidados tropeçarem pelo cascalho, pularem as poças recém-formadas e subirem a escada em seus sapatos de festa, correndo para fugir da chuva forte.

  O vestido — a versão enfeitiçada — tinha ficado perfeito com a gargantilha de pérolas. O longo cabelo louro bagunçado de Lara estava preso em um elaborado coque baixo. Ela estava sem os sapatos novos, se recriminando por não ter pensado em amaciá-los antes. Então decidiu enfeitiçá-los também e, assim, o couro cedeu sob seu comando.

Eram quase quatro e meia. O casamento estava prestes a começar, mas ninguém tinha vindo buscá-la. Estranho. Ela olhou em volta. Para onde todos foram? Lara esticou o pescoço para tentar ver. Onde estava sua mãe? E as damas de honra, Caren e Betsy?

Na vinícola Chamberlain, a oito quilômetros dali, no coração da região vinícola de Piedmont, outro grupo de funcionários preparava a recepção. Longas mesas adornadas com toalhas adamascadas, velas em frascos de vidro e elaborados vasos de hortênsia aguardavam os 150 convidados já sentados nos bancos da igreja, folheando os hinários dispostos abaixo deles. Em poucas horas, os convidados dançariam ao som de uma banda irlandesa, diante da vista do vinhedo, e provariam tábuas de queijos do mundo todo — manchegos, goudas defumados e gorgonzolas —, seguidos por costelinhas, camarão ao molho de alho e, por fim, uma combinação de filé mignon com salmão em crosta de ervas e *patatas bravas*. Por volta das oito horas, eles cortariam o bolo — uma divertida escultura azul-clara e dourada, com três camadas de bolo de amêndoas cobertas com uma combinação de *cream cheese* e *buttercream*, além de uma leve pitada de extrato de amêndoa. Amigos e familiares beberiam vinhos produzidos nos verões úmidos da Virgínia — apimentados Cabernet Francs, tânicos Nebbiolos e cremosos Viogniers, todos servidos em pesadas taças de cristal com hastes arredondadas.

Lara havia planejado cada detalhe. Ela já estava preocupada com os detalhes da recepção que precisavam começar a ser feitos logo. Minutos antes, toda a correria que a rodeava tinha praticamente desaparecido e um silêncio assustador se instalou. Apenas os estrondos da tempestade proporcionavam um alívio bem-vindo à toda aquela tranquilidade. Ela já estava vestida e pronta havia uma hora. O fotógrafo registrou cada momento da preparação: do cabelo à maquiagem e, por fim, o vestido.

Ela ergueu a maior parte da saia e, como uma figurante de *E o vento levou*, saiu em direção ao corredor. Como não viu ninguém, voltou para a janela, até que ouviu sussurros fracos e voltou para o corredor para ver Fred Sutton, o agente funerário da cidade e padrasto de Todd, conversando com sua mãe em voz baixa.

Finalmente. Estava começando.

O volume das vozes dos dois aumentava e abaixava. Lara voltou sua atenção para a janela, certa de que quaisquer detalhes que os dois estivessem resolvendo não tinham a ver com ela.

Fred estava descendo a escada quando, de soslaio, Lara o viu parar e então marchar pelo corredor em direção a ela, fazendo o chão pulsar a cada passo pesado. Ele colocou as mãos grossas em seus braços com tanta força que quase a levantou do chão. O movimento súbito a assustou tanto que ela deu um passo para trás, quase derrubando a mesa escolar infantil que estava atrás dela. Fred se inclinou e sussurrou no ouvido de Lara, seus lábios tocando o brinco de diamante emprestado da futura nora.

— Não se preocupe. Nós vamos encontrá-lo.

Será que ela tinha ouvido errado? Lara escolheu as palavras seguintes com cuidado.

— Ele não está aqui?

Fred olhou para os sapatos pretos e brilhantes alugados dele.

— Não exatamente.

O que *não exatamente* queria dizer? Ela olhou para a mãe, esperando uma explicação. Audrey parecia estar processando a informação, como faria com a notícia de um acidente de carro.

A voz de Fred soou mais como um apelo.

— Ele foi lavar o carro e não tinha voltado quando saímos para a igreja. Não achamos que houvesse algo errado.

Foi a palavra *errado* que a atingiu. Algo estava *mesmo* absurdamente errado, não estava? Ela podia sentir.

— Quando você o viu pela última vez?

— Perto do meio-dia.

Fred conferiu o relógio como se o objeto pudesse trazer algum tipo de resposta.

Coisas assim não aconteciam. Lara vasculhou a memória, tentando se lembrar da última coisa *ruim* que havia acontecido em Kerrigan Falls. Pessoas idosas morriam, mas, normalmente, de maneira tranquila, em suas camas. Não houve um acidente de carro nem um incêndio ali em toda a sua vida. E as pessoas com certeza não eram sequestradas do nada. Elas apareciam para seus casamentos.

— Onde está o smoking dele?

O rosto de Lara ficou quente e ela sentiu um aperto na garganta. Podia imaginar o smoking alugado ainda deitado sobre a cama de Todd.

— Ainda estava na cama quando saímos. — Fred olhou nos olhos dela. — Nós trouxemos por via das dúvidas...

— Por via das dúvidas? — interrompeu Lara.

Aquela resposta era tudo que precisava. A súbita pressão de lágrimas quentes brotou dentro dela. Olhando o buquê de lírios bem arrumados em sua mão, sentiu que segurava um adereço ridículo. Ela baixou o braço e silenciosamente deixou o buquê cair no chão. Se tinha deixado o smoking na cama, Todd Sutton não estava planejando vir ao casamento, disso ela tinha certeza. *Mas por quê?* Quando o vira na noite anterior, ele estava tão diferente. Ela nunca havia se sentido tão segura em relação a ele. Pondo a mão na barriga, Lara se sentiu enjoada. Será que tinha feito papel de trouxa? Ele já a havia decepcionado antes, mas nunca, nunca mesmo, daquele jeito.

— Você procurou nos bares? — perguntou Audrey, bufando.

Aquilo era injusto, mas Lara sabia que Audrey estava protegendo a filha. Em dado momento, se Todd realmente não aparecesse, sua mãe precisaria fazer um relato detalhado de todos os defeitos dele.

Mas ele vai aparecer. O Todd não me deixaria aqui assim.

Fred baixou a cabeça.

— Procurei — resmungou ele. — Procuramos em todos os lugares. Também pedimos para Ben Archer verificar se aconteceu algum acidente, mas não houve nenhum. Ele até ligou para os hospitais dos condados de Madison e Orange. Nada.

Ben Archer? Se Fred estava desesperado o bastante para envolver o chefe de polícia, Lara sabia que as coisas eram mais sérias do que ele estava deixando transparecer. Fred parecia menor, abalado, arrependido.

— Ele só deve estar atrasado.

Lara sorriu, esperançosa. Era isso. Todd só estava atrasado. Mas atrasado por quê? Todd tinha muitos defeitos, mas se atrasar nunca foi um deles. Na verdade, ela pensou em todos os anos deles juntos. Não conseguia se lembrar de ter ficado esperando por ele.

Até aquele momento.

— Deve ser isso mesmo.

O sorriso de Fred pareceu engessado e a mecha de cabelo que fazia o possível para esconder a careca caiu sobre a testa dele, já brilhante de suor. Ele ergueu o dedo.

— Vou dar uma olhada lá embaixo *mais uma* vez. — Ele andou até o alto da escada e voltou como um garçom obstinado. — Só achei que você devia saber.

Ah, não. Lara já tinha visto aquele olhar antes. Fred estava assumindo a postura ensaiada que exibia ao cuidar de velórios e organizar o luto — o luto de outras pessoas. Era o trabalho dele: reduzir a dor da perda a um ritual organizado e bem executado. Havia chegado a vez dela. Ao escolher cuidadosamente suas palavras, ele começou a prepará-la para o pior.

— Que horas são? — perguntou Audrey.

— Quatro e quarenta — disse Fred sem olhar para o relógio.

— Se ele ainda não chegou, preciso que você diga a todos que o casamento foi adiado — ordenou Audrey. — *Adiado* — enfatizou. — Até que a gente possa resolver isso.

O pai de Lara, Jason Barnes, estava parado à porta, esperando a hora de levar a filha até o altar. Ele começou a entender a conversa e a puxar a gravata-borboleta, arrancando-a por fim. Músico, Jason não usava gravata nem smoking.

— Vamos esperar mais um pouco. Ele vai aparecer.

Ele olhou nos olhos de Lara e sorriu.

Aquele era Jason, o eterno otimista. Cândido com uma Fender.

Como sempre, Audrey ignorou o ex-marido revirando os olhos e voltou sua atenção para o padrasto de Todd.

— Você tem dez minutos, Fred. Só isso. Não vou deixar minha filha esperando por ele aqui em cima por mais tempo.

Lara foi até a mãe. Audrey tinha pressentimentos sobre as coisas. Suas habilidades não se limitavam a encantar vestidos e acender luzes. Ela podia sentir o coração das pessoas, o que havia dentro deles — o que *realmente havia*, não apenas o falso brilho exterior. Se alguém sabia se Todd Sutton estava a caminho da igreja ou em outro estado agora, esse alguém era Audrey.

— Você está vendo alguma coisa?

A mãe dela apenas balançou a cabeça.

— Nada.

Mas Lara percebeu que a mãe estava mentindo. *Por quê?*

— O que você não está me contando?

— Nada — respondeu a mãe, quase rosnando para ela. — Lara, eu não estou vendo nada.

— Nada? — Lara olhou dramaticamente para o próprio vestido. — Sério, mãe?

— Eu não estou vendo *o Todd*, Lara. — Audrey pareceu aflita. — Eu sinto muito.

Aquilo era impossível. Sua mãe podia ver tudo. Audrey sentia o cheiro de cada transgressão que Todd já tinha cometido, como um cachorro.

— Como assim?

— Eu não sei. — A voz de sua mãe soou baixa.

Ao ouvir aquelas palavras — *eu não sei* —, algo em Lara mudou. Todo o lugar começou a se deteriorar. Ela tentou respirar, mas o espartilho do maldito vestido impedia que os pulmões se expandissem. Ela agarrou o corpete, mas ele não se moveu. Lara se concentrou e começou a encantar o zíper, sentindo as costelas relaxarem enquanto o tecido afrouxava. Ao erguer o olhar, viu Caren Jackson, sua dama de honra, parada na porta em seu vestido de tafetá lavanda, boquiaberta ao ver o vestido de noiva da amiga ser aberto por mãos invisíveis.

Os joelhos de Lara fraquejaram e ela tropeçou no boneco do menino Jesus na manjedoura, empurrando-o para a parede. Caren a puxou de volta e a levou até uma cadeira de professor de tamanho normal. Lara começou a arrancar os ramos de mosquitinho do cabelo de Caren. Primeiro só um ramo que estava perto demais dos olhos castanhos da amiga, depois outro pousado sobre sua orelha.

— Dane-se essa droga de mosquitinho — disse Caren, que começou a puxar os outros ramos.

De alguma forma, aquele gesto absurdo fez Lara rir. A situação era ridícula, de verdade. Ela precisava se recompor. Lara baixou a cabeça quase até os joelhos para não desmaiar.

— O que eu faço agora?

Caren era sua melhor amiga desde o jardim de infância. Quando crianças, elas haviam se sentado juntas nas pequenas cadeiras daquela sala. Caren se agachou e olhou nos olhos dela.

— Sinceramente não sei, mas vamos descobrir.

— Como ele pôde...

Caren simplesmente fez que não com a cabeça.

Alguns minutos depois, Fred subiu a escada e sussurrou para a mãe dela, alto o suficiente para que Lara ouvisse.

— Acho que ele não vem.

— Precisamos tirá-la daqui. — Audrey pegou a mão da filha. — Agora.

Lara e a mãe desceram a escada até o vestíbulo, um degrau de cada vez. Seu pai as acompanhava a dois degraus de distância. Pela primeira vez na vida, Lara usou o corrimão. A porta da igreja se abriu. Seu coração se animou, torcendo para que fosse Todd. Em vez disso, Chet Ludlow, o padrinho de Todd, entrou com o rosto vermelho. A primeira coisa que Lara pensou foi que ele tinha feito um corte de cabelo horrível para a cerimônia e que as fotos ficariam horrorosas. E então ela se lembrou e seu estômago se revirou. *As fotos do casamento.* Haveria muitos outros momentos como este no futuro, lembranças cruéis do que não havia acontecido naquele dia. Seu mundo estava prestes a se dividir entre "antes" e "depois".

Ele pareceu surpreso ao encontrar um grupo de pessoas paradas no vestíbulo. Então se virou para Lara.

— Faz meia hora que estou procurando por ele. Juro que procurei.

— E então? — disse Caren com firmeza.

Chet balançou a cabeça furiosamente.

— Não consigo encontrá-lo em lugar nenhum.

Percebendo que ele estava dizendo a verdade, Lara assentiu e empurrou as portas góticas de madeira com uma força que não sabia que tinha. Ao vê-la, em um cruel revés, o sol agora começava a despontar atrás de uma nuvem suave.

Ouvindo passos na calçada logo abaixo deles, Lara viu Ben Archer, o chefe de polícia de Kerrigan Falls. Ele estava sem fôlego, o uniforme se erguendo e baixando como se ele tivesse saído para correr.

Naquele momento humilhante e íntimo, ela não queria ver ninguém, muito menos um total estranho, mas os olhos dos dois se encontraram e ela percebeu que ele também não tinha nada a relatar.

Não haveria casamento.

3

KERRIGAN FALLS, VIRGÍNIA
10 de outubro de 2004

Com o telefone configurado para vibrar, Ben Archer só entendeu o som que estava ouvindo quando ele percorreu a mesa de cabeceira e o celular caiu no chão de madeira, estalando como um brinquedo movido à corda. Foi *aquilo* que o acordou.

  Passando a mão embaixo da cama, ele só conseguiu pegar o aparelho quando a ligação caiu na caixa postal. *Droga*. Era Doyle Huggins, seu assistente. Ele odiava aqueles celulares novos. Saber que estava ligado a Doyle 24 horas por dia era quase insuportável. Ele retornou a ligação.

  — São seis da manhã, Doyle — disse, baixo, embora estivesse sozinho.

  — Eu sei. Achei que você ia querer saber logo. Um carro foi encontrado cerca de uma hora atrás. O carro de Todd Sutton.

  Ele sentiu um nó na garganta.

  — Tem certeza?

  — Tenho, sim — disse Doyle. — É o carro dele mesmo.

  — E o Sutton?

  No dia anterior, Ben tinha passado horas procurando o noivo fugitivo.

  — Nem sinal dele, mas estou procurando.

  — Onde você está?

— Essa é a parte bizarra. — Doyle pareceu hesitante. — Estou parado no meio da Wickelow Bend.

Ben respirou fundo.

— Estou indo para aí.

Ele saiu da cama quente e se vestiu rapidamente. Depois de pegar um café em uma loja de conveniência, Ben atravessou a ponte Shumholdt e sua impressionante vista para Kerrigan Falls, uma cascata de trinta metros de altura.

Situada setenta minutos a sudoeste de Washington, Kerrigan Falls havia ganhado o nome do selvagem e sinuoso rio Kerrigan, que corria para o sul por mais cerca de cem quilômetros. Famoso pelas grandes rochas e árvores caídas que cruzavam suas pequenas ravinas, o rio Kerrigan corria paralelo à cordilheira Blue Ridge, que se erguia acima do minúsculo horizonte da cidade.

No início de uma rota vinícola e hípica, Kerrigan Falls era cercada pelas colinas exuberantes e úmidas do interior da Virgínia, com suas antigas fazendas de cavalos e novos vinhedos. Nos dez anos anteriores, os turistas haviam começado a lotar a área, atraídos pelo pitoresco centro da cidade, e comprado antigas fazendas, aberto lojas de antiguidades e livrarias vintage. Em seu auge, depois da guerra, a cidade tinha sido sede da fábrica da Mostarda Escura Picante Zoltan e, antes disso, do famoso (ou infame, dependendo de quem contava a história) Cirque Margot. No ano anterior, uma mudança notável aconteceu. Um famoso chef de Washington abriu um restaurante que tinha ganhado uma estrela Michelin. Pessoas que trabalharam na antiga fábrica de mostarda passaram a administrar pousadas em casas vitorianas típicas, com cercas de estacas e balanços nas varandas.

O centro da cidade em si parecia um set de filmagem da década de 1940: toldos, prédios de tijolinhos, um teatro estadual, grandes igrejas de pedra nas esquinas e casas vitorianas, todas restauradas com meticulosa devoção. O Teatro Orpheum ainda exibia *A felicidade não se compra* para uma plateia lotada no sábado anterior ao Natal. Havia uma perfeição estranha e pouco natural em Kerrigan Falls.

Ben tinha uma casa vitoriana, mas não morava nela. Conforme o acordo de divórcio, Marla compraria a parte dele, mas ela demonstrara pouco interesse em vender. Por isso ele começou a passar em casas com placas de

VENDE-SE para determinar se seus corretores eram entusiasmados o bastante. Qualquer corretor que eles contratassem precisaria lidar com a ânsia dele e a relutância de sua ex em vender. Ele olhou para o banco do passageiro, onde havia listado o telefone de vários corretores de imóveis ao lado de um pequeno desenho de sua casa, que salientava a treliça ornamentada e o resedá que enfeitava a frente da propriedade.

Sinceramente, a cidade era perfeita demais. Nada — nem um tiroteio, nem um roubo, nem mesmo um pequeno furto — acontecia ali. Ben Archer era quase sempre motivo de chacota nas reuniões e convenções policiais da Virgínia. O *Washington Post* havia publicado um artigo sobre o "Fenômeno de Kerrigan Falls" no ano anterior na seção "Estilo". (*A seção "Estilo"?*) Se alguém procurasse nos arquivos como Ben já havia feito muitas vezes, o último assassinato dentro dos limites da cidade tinha sido em 1938. Os condados vizinhos tinham assassinatos, homicídios seguidos de suicídios e engavetamentos nas estradas, mas aqueles acidentes nunca cruzavam a fronteira da cidade, quase como se não quisessem ofender Kerrigan. Mas tinha *aquele* caso.

Aquele caso havia passado várias vezes pela cabeça de Ben Archer naquela manhã.

Logo depois de passar a ponte, o carro dele entrou em uma curva fechada conhecida como Wickelow Bend. Além da curva começava a linha das árvores que levava a um estranho trecho de terra convenientemente chamado de Floresta de Wickelow. À noite, especialmente no verão, Ben sabia que era difícil até ver a lua, de tão frondosas que eram as copas das árvores. Mesmo naquela época, as folhas amarelas e vermelhas ainda surgiam, exuberantes.

Ele parou bem atrás da viatura de Doyle. Ao sair do carro, seu pé afundou em uma poça de lama cor de chocolate.

— Merda!

Doyle Huggins apontou para o chão.

— Eu devia ter dito para você não estacionar aí.

O assistente fumava ao lado da viatura. Com um metro e oitenta e dois, esguio e com olhos esbugalhados, Doyle Huggins era um homem que ninguém consideraria bonito. Ele apontou para o carro.

— Funcionários da companhia de gás o encontraram hoje de manhã.

E lá estava ele. O Mustang branco de Todd Sutton, com suas faixas centrais azul-marinho, estava atravessado na estrada, com metade da carroceria no acostamento. Ben havia procurado o carro até as duas da manhã, quando finalmente desistiu e caiu na cama. Deus, ele tinha até medo de ter que ligar para Lara Barnes para contar aquela notícia. Depois dos boatos de que Todd havia fugido do casamento naquele carro no dia anterior, encontrá-lo ali, abandonado, parecia mudar tudo.

— A maldita companhia de gás quase bateu nele. A habilitação de Sutton está no porta-luvas.

Doyle escrevia algo como se estivesse realmente tentando anotar tudo.

— E o Sutton?

Ben se inclinou para dar uma olhada no que Doyle estava escrevendo, convencido de que era uma lista de compras.

Doyle fez que não com a cabeça.

— Nem sinal dele.

— Ligue para os hospitais — sugeriu Ben. — Veja se ele apareceu por lá. Vou ligar para os pais dele.

— Alguém precisa contar para Lara Barnes.

— Vou fazer isso — disse Ben.

— Eu imaginei — Doyle cuspiu no chão. — É um belo carro. — Doyle estava ligeiramente ofegante. Os sapatos guincharam quando ele se aproximou e parou ao lado de Ben. — O motorista da companhia de gás disse que é um 1977. Ele sabe dessas coisas.

— É um 1976 — corrigiu Ben. — É um Ford Mustang Cobra II. O mesmo carro dirigido por Jill Munroe em *As Panteras*.

— É um carro de mulher?

Doyle inspecionou a carroceria do veículo de cara feia.

— É um clássico, Doyle.

Era como se o assistente estivesse querendo irritá-lo naquela manhã. Ele olhou para a floresta branca de Wickelow Bend. Estava silenciosa quase sombria, como se as árvores estivessem prendendo a respiração, esperando que ele fosse embora para que pudessem voltar a ficar em paz.

— Você já vasculhou a mata à procura de um corpo?

— Um pouco — respondeu Doyle. — Mas precisamos fazer uma busca mais completa. Provavelmente vamos precisar de alguns voluntários.

— Está bem. Vou ligar para a polícia estadual e ver se eles conseguem mandar alguém, mas tente montar uma equipe para começar a procurar agora.

Ben olhou para o vão da ponte Shumholdt, que começava atrás deles. Wickelow Bend era um daqueles lugares mágicos da Terra. Mesmo parado ali, naquela curva de duzentos metros de extensão, Ben podia sentir a energia dele. Por esse mesmo motivo, muitas pessoas não passavam de carro por ali e preferiam pegar a interestadual, dez quilômetros mais longa, para evitar aquele pequeno trecho. No fim da Segunda Guerra Mundial, Wickelow Bend havia sido a entrada para a sede do Cirque Margot, mas, quando o circo fechou no início dos anos 1970, o mato havia crescido na velha estrada e a floresta foi apagando todos os seus vestígios. Ele sabia pelo pai que muitas pessoas religiosas da região odiavam o circo na época e pregavam contra ele nas congregações.

No outono, a floresta era palco de desafios de bêbados. Adolescentes desafiavam uns aos outros a passar uma noite na Floresta de Wickelow. Havia histórias malucas, como a do homem que supostamente amarrou dois cães desobedientes a uma árvore para poder buscar sua caminhonete e não encontrou nada além de ossos na manhã seguinte. Ben achava que eles deviam ter morrido de hipotermia e que, depois, animais famintos tinham devorado os cães, mas se perguntava que idiota amarraria seus cães a uma árvore na floresta. A cada ano que passava, as histórias e os desafios estúpidos no lugar só aumentavam.

Ben caminhou até o carro.

— Por que você não tenta colher impressões digitais e ver se há sangue ou cabelo no carro? Está com o seu kit, não está? Se não, eu tenho algumas coisas no porta-malas.

— A polícia estadual não vai ficar irritada? Quer dizer, eu nunca colhi uma impressão digital. Nós não colhemos impressões digitais, Ben. Nunca precisamos.

Ele enfiou a mão no bolso de trás e tirou uma lata de fumo Copenhagen. Para Ben, parecia que o assistente estava levando uma eternidade para desrosquear a tampa.

— Só siga as instruções do kit. — Ben não queria que ele estragasse tudo. — Deixe pra lá. Vá pegar que eu mesmo faço. Precisamos marcar um círculo daqui até aquela árvore, e depois até aquela outra árvore e procurar centímetro por centímetro. Procure qualquer coisa fora do comum.

Ben tirou um par de luvas de látex do porta-malas e começou a procurar as chaves dentro do Cobra. Elas não estavam na ignição. Ele olhou embaixo dos tapetes. Nada.

— Você achou alguma chave, Doyle?

O investigador apareceu na janela do passageiro.

— Não.

— Você procurou? — murmurou Ben, antes de inspirar fundo e andar até o porta-malas do Cobra para ver se havia algum botão para abri-lo sem chaves. No entanto, não encontrou nada.

Ben entrou no banco de trás e ficou aliviado quando não sentiu nenhum cheiro de decomposição. Ele não estava no estado de espírito certo para encontrar um cadáver. Puxando as costas do banco de trás, deu uma boa olhada no porta-malas. Apontou a lanterna para o espaço e não encontrou nada.

— Eu já olhei ali — explicou Doyle. — Não tem *nada* aqui, chefe.

— Você podia ter me dito, Doyle.

— Você não perguntou — disse o homem, dando de ombros.

No banco do passageiro, havia fitas dos Guns N' Roses e do AC/DC espalhadas pelo chão e uma embalagem do Burger King amassada em cima do assento. Ben verificou a data do recibo: *Nove de outubro de 2004, 11h41*. A manhã do dia do casamento.

Ben fechou a porta e contornou o local, procurando por algo que ainda não tivesse visto.

— Com tantos lugares, por que justamente *aqui*?

— Não é um trecho qualquer e você sabe disso, chefe.

Doyle tinha razão. O outro caso famoso, Peter Beaumont, era de um músico que desaparecera em 1974. Mesmo que as pessoas não se lembrassem do nome nem estivessem vivas quando aquilo havia acontecido, Peter Beaumont deu início a todo um folclore ligado a Wickelow Bend. Ele havia desaparecido naquele local. Seu Nova foi encontrado ligado, com um quarto do tanque de gasolina, a 99.7 K-ROCK tocando no rádio e a porta do motorista aberta.

Mas havia algo ainda mais desconcertante que Doyle não sabia porque não havia saído nos jornais. Ben Archer se lembrava do dia em que o Chevrolet bronze de Peter apareceu ali. Tinha sido uma manhã excepcionalmente quente para o outono. Ben tinha ido junto com o pai, chefe de polícia, e ele ainda podia ver o carro ali. O Cobra II de Todd Sutton não estava estacionado na mesma *área*. Estava estacionado exatamente no mesmo ângulo, como se fosse uma encenação.

Até voltar à delegacia e pegar o arquivo de Beaumont, Doyle também não perceberia que havia outro detalhe comum entre os dois. O outro carro — o carro de Peter Beaumont — fora encontrado abandonado ali em 10 de outubro de 1974.

Exatamente trinta anos antes.

4

KERRIGAN FALLS, VIRGÍNIA
20 de junho de 1981

Eles olhavam para ela.

— Acho que a grama manchou a minha roupa. — O homem levantou o joelho. — Só faltava essa.

— Você nunca se manchou assim?

A mulher analisou o tecido.

— Onde eu ia arrumar manchas de grama?

A voz do homem soou firme, como se ele estivesse falando com um idiota.

— E como eu ia saber? — A mulher segurava uma sombrinha sobre a cabeça. Então se agachou e tocou no rosto de Lara. Ela podia ver o próprio reflexo nos óculos de sol espelhados da mulher. — Será que ela desmaiou?

— *Elle n'est pas morte* — declarou o homem, dizendo que ela não estava morta.

Ele não sabia que Lara falava um francês perfeito.

— Eu entendo você, sabia? E *não* estou morta mesmo.

— E é inteligente também.

Ele abriu um sorriso.

Antes da chegada da dupla, Lara estava sentada no campo, dando cenouras a seu cavalo favorito, a quem a mãe permitiu que fosse nomeado de Gomez Addams. Ela mudava os nomes dos cavalos com frequência. Qualquer que fosse seu apelido naquele dia, o cavalo fazia bastante barulho ao mastigar, expondo os dentes e fazendo Lara rir. Foi naquele momento que ela os viu: uma dupla estranha caminhando em direção a ela pelo meio do campo.

Eles pareciam não combinar com aquela região. A princípio, Lara havia imaginado que fossem antigos artistas do Cirque Margot. Durante as férias, muitas vezes os artistas ficavam nostálgicos e iam visitar sua bisavó. Ela examinou as duas pessoas à sua frente. Normalmente, os velhos artistas circenses não chegavam fantasiados, mas não dava para saber. Eles eram estranhos. Quando se aproximaram para inspecioná-la, Lara percebeu que eram jovens demais para terem se apresentado no Cirque Margot.

Era um homem alto e magro, bonito, com uma camisa branca esvoaçante e calça marrom-clara. Ao seu lado, uma mulher loura carregava uma sombrinha. Lara podia ouvir um leve sotaque do Sul, e a mulher usava um vestido de lantejoulas rosa. Tinha pernas longas, como uma dançarina de Las Vegas. Lara havia acabado de ver uma reprise de *Starsky & Hutch* na TV em que a dupla estava em Las Vegas, e aquela mulher definitivamente se parecia com as mulheres do episódio. Seu vestido era a coisa mais linda que Lara já tinha visto. Eles pareciam estar discutindo, porque Lara ouviu o tom de voz da mulher aumentar.

Lara pensou que eles deviam ser músicos amigos do pai dela. Bateristas estavam sempre entrando e saindo da propriedade. O cabelo do homem caía em ondas até o alto dos ombros, como nos penteados dos homens que apareciam na capa dos discos do pai de Lara, mas ele caminhava em direção a *ela* cheio de determinação. E por que não usar a trilha para chegar até a casa? Quando se aproximaram, Lara não conseguiu ver seus olhos por trás dos óculos redondos espelhados. O homem parou de andar e se inclinou em direção ao declive da colina. Ele parecia sem fôlego.

— Você está procurando o meu pai?

Lara protegeu os olhos para poder vê-los melhor.

— Não, boba — disse ele. — Estou procurando por você, srta. Lara Barnes.

— Lara *Margot* Barnes — corrigiu ela, cruzando os braços, como se estivesse falando sério.

— Ah, mas que graça! — A mulher se virou para o homem. — Você ouviu?

— Lógico que ouvi, Margot. Eu estou bem aqui, não estou?

A mulher riu alto o suficiente para Gomez Addams levantar a cabeça.

O sotaque dele era francês, como o da bisavó dela, Cecile. O dela era definitivamente do Sul, como o da sua mãe. Era uma combinação estranha. *Eles* eram uma dupla estranha.

Enquanto ela analisava os dois, algo no horizonte se *curvou*, como o ar que distorce a paisagem no calor extremo. Lara piscou várias vezes para garantir que não estava vendo coisas. O mundo começou a girar e ela viu suas pernas cambalearem enquanto escorregava, como quando se fingia de morta depois de ser baleada por uma arma de espoleta.

Quando abriu os olhos, se viu deitada na grama, olhando para a dupla curiosa.

— Ela sabe?

A mulher olhou para o homem. Ele pareceu irritado.

— Claro que não.

— O quê?

Lara se apoiou nos cotovelos, erguendo um pouco o corpo. Ela já havia ouvido falar de sequestradores, mas aqueles dois não se pareciam muito com sequestradores. Lara imaginou que poderia correr mais que a mulher, que usava salto alto em um campo de terra. Pelo menos sua visão estava normal e ela não estava mais tonta.

— Que você é especial. — Ele sorriu. — Mas é óbvio que você já sabe disso, não é? — Sua voz parecia insinuar alguma coisa. — A magia de alguém acabou de aparecer.

Do que ele estava falando? *Que magia?*

— Eu me lembro de quando a minha magia apareceu — comentou a mulher, fechando os olhos para saborear a lembrança. — Eu conseguia ligar o rádio sem tocar nele. *Maman* ficava louca. — Ela inclinou a cabeça, como se Lara fosse uma atração em um zoológico. — Ela é uma criança bonita. Você não acha que ela se parece comigo?

O homem fechou os olhos, enojado.

— Por que eu trouxe você?

— Porque eu sou a sua favorita e você sabe disso. — Ela tocou na bochecha de Lara mais uma vez, de maneira maternal. — Ela é *definitivamente* a escolhida.

— Ah, ela é a escolhida com certeza. — O homem se inclinou na direção de Lara. — Eu me certifiquei desta vez. Lembre-se disso, minha querida. Temos outros planos para você, Lara Barnes. Aquele garoto do seu futuro... Ele não é o seu destino.

— Ah, ela nunca vai se lembrar disso. — A mulher fungou levemente, enojada. O nariz arrebitado e os lábios carnudos a faziam parecer uma estrela de cinema. — Ela vai achar que o *ama*. Nós sempre achamos.

— Infelizmente, vai — disse o homem, baixando os óculos escuros para que Lara pudesse ver seus olhos.

Eles tinham um tom de âmbar, e algo lhe pareceu estranhamente familiar neles. Lara levou alguns segundos para entender. As pupilas dele eram horizontais como as da cabra que teve na fazenda no verão anterior. Ela nunca sabia dizer se o animal estava realmente olhando para ela, e teve a mesma sensação familiar, o desejo de olhar para trás com a intenção de ver o que ele estava olhando.

— O amor. É o flagelo da minha existência. — Ele balançou a cabeça de maneira pesarosa. — E, infelizmente, isso também é genético.

Ele lançou um olhar para a mulher.

— Não é culpa minha.

A mulher se apoiou nos saltos. Lara podia ver que os sapatos ainda estavam imaculados, sem nenhuma partícula de sujeira.

A menina olhou em volta, se perguntando se mais alguém — além dos cavalos — podia vê-los, mas a grama balançava silenciosamente. Ao longe, ela ouviu a porta de tela bater.

— Um dia — afirmou ele — vou encontrar você de novo, Lara Barnes.

Ele tocou na ponta do nariz dela, fazendo-a desmaiar outra vez. Quando acordou alguns instantes depois, os dois tinham ido embora.

5

KERRIGAN FALLS, VIRGÍNIA
10 de outubro de 2004

Em algum momento da noite, Lara acordou e viu a cortina balançar suavemente sobre sua cama. Ela tinha tomado um remédio para dormir ao voltar da igreja para casa, então, por sorte, dormiu até aquele horário. Olhou para o relógio: 5h52. Tinha ficado inconsciente por quase 12 horas. Nada no dia do seu casamento havia acontecido como o planejado. Ela saiu da cama e desceu a escada.

Antes de adormecer, Lara se lembrava de ter ouvido telefones tocando e portas batendo. Quase esperava ver Todd quando acordasse, parado ao lado da cama com alguma história maluca sobre ter ficado bêbado na floresta ou caído em um poço. Ela olhou ao redor. Nenhum bilhete.

Nada mesmo? Ele realmente não veio aqui?

Ela entrou na sala de jantar e procurou algum sinal de que ele havia ligado enquanto ela estava dormindo — mesmo que fosse uma mensagem curta de sua mãe dizendo que "o menino" havia deixado um recado. Nada. A casa estava silenciosa. Era impensável, na verdade. Devia ter havido algum engano, uma explicação lógica. Ela não o perdoaria, não daquela vez, mas ele ao menos devia algum tipo de explicação por tê-la deixado no altar. Havia um toque definitivo naquele silêncio, como se ela tivesse sido esquecida, abandonada.

Presentes em embrulhos prateados haviam sido espalhados desordenadamente sobre a mesa da sala de jantar. Ela se perguntou se a mãe não havia derrubado de propósito a pilha antes arrumada. Audrey, ainda em seu roupão azul, estava dormindo na poltrona da sala com a luz acesa. Tinha ficado lendo e não se preocupou em tirar a pesada camada de maquiagem que usou para o casamento.

Lara atravessou o hall da casa a passos leves, passando por todas as fotos em preto e branco da família, assim como pelas fotos dos cavalos premiados da fazenda e o quadro de sua bisavó de pé sobre um cavalo. Ao passar por ele, um detalhe chamou sua atenção: a gargantilha. Ela tocou no próprio pescoço. Estava nu. Ainda sentindo o peso do colar na clavícula, Lara não conseguia se lembrar de tê-lo tirado, mas suas lembranças após a saída da igreja eram confusas. Em dado momento, Lara deve ter cooperado com a mãe porque, em vez do vestido de noiva, estava com uma camisola de algodão sem mangas que parecia ter saído de outro século.

Assim que pôs o pé para fora de casa, a brisa a atingiu. Um arrepio desceu por seus braços, e ela os esfregou. Então foi até o campo onde, quando adolescente, havia se sentado com Todd tantas vezes. Acomodou-se em uma área gramada macia e achou que havia algo reconfortante em poder voltar ali. Assim, podia se lembrar de uma época mais simples.

Sua mãe normalmente acordava às cinco, então os animais estavam agitados e inquietos, esperando que Audrey os alimentasse. Eles voltaram sua atenção esperançosa para Lara.

Ela pensou ter ouvido um farfalhar na grama alta atrás dela. Por isso, se virou para ver melhor.

— Todd?

Em vez da figura alta dele, viu apenas a grama balançando suavemente. Pensando ter ouvido algo se mover mais uma vez, ela se virou, esperando que Todd saísse das árvores. Coisas misteriosas — pessoas misteriosas — já haviam aparecido ali, mas naquele momento ela ficaria feliz com a presença delas. Tinha até sonhado com elas de novo na noite anterior.

A colheita tardia estava acontecendo no vale e ela sabia que os funcionários da vinícola próxima dali estariam perto da casa de manhã, correndo contra o relógio para recolher todas as uvas que estivessem amadurecendo. Esperando ouvir tratores sendo ligados e gritos e risos dos catadores de uva do turno da manhã, ela puxou as pernas para perto do corpo e olhou nos olhos do enorme cavalo castanho que começou a encará-la de sua baia. Era como se o tempo tivesse parado. Até a casa parecia ter saído de um dos episódios de *Além da imaginação*: todos haviam caído em um sono profundo e Lara era a única pessoa consciente que vagava pela Terra.

Ela não sabia quanto tempo tinha ficado ali sentada quando ouviu o ruído de pneus no cascalho e viu o brilho de faróis surgir na entrada de sua casa. Ela prendeu o fôlego. *Todd! Graças a Deus.*

Tinha sido apenas um pesadelo terrível.

Mas o carro que surgiu por entre as árvores não era o Mustang branco de Todd. Era um Jeep Cherokee escuro. Ela já havia visto aquele carro antes. A porta se abriu e a silhueta de um homem apareceu. Pela maneira como a figura colocou a mão pesadamente sobre o teto do carro, antes de dar a volta no veículo, ela percebeu que, quem quer que fosse, vinha trazer más notícias.

Lara se levantou num pulo e desceu a colina correndo, se esquecendo de que vestia apenas uma camisola de algodão fina. A imagem dela surgindo do campo, o cabelo louro emaranhado e a maquiagem ainda borrada, devia estar assustadora.

— Você o encontrou?

O rosto era familiar, e Lara levou um minuto para situá-lo. Ben Archer, o chefe de polícia.

Ele imediatamente tirou a jaqueta e a colocou sobre os ombros dela.

— Há quanto tempo você está aqui fora? Está muito frio.

Lara olhou para o campo, impassível. O dia estava bem mais claro do que quando ela havia saído da casa. Já dava para distinguir o contorno das montanhas ao longe.

— Não sei. Meia hora. Pensei ter ouvido alguma coisa.

— Meu Deus, Lara — disse uma voz.

Lara se virou e viu a mãe à porta, fechando o roupão.

— Eu a encontrei aqui fora.

A mãe de Lara a pegou pelo braço e a conduziu pela varanda até a porta.

Elas voltaram para dentro de casa, mas o chefe de polícia não saiu do topo da escada.

— A gente achou o carro do Todd.

Lara sentiu a sala girar e as pernas bambearem. Ideias surgiram num piscar de olhos. Que perguntas ela devia fazer? Devia estar sentada ou de pé? Precisaria de lenços? Pareceu que tinha levado uma eternidade para ela perceber que ele havia dito *o carro do Todd*. Não *Todd*. Ben não disse que o encontrou morto.

— Mas e o Todd?

Audrey pegou a filha pelos ombros.

— Ele está ferido? — acrescentou Lara, o tom de voz subindo, cheio de esperança, porque a alternativa era pior.

Ben balançou a cabeça.

— Nem sinal dele.

— Como assim? — perguntou Audrey.

A voz da mãe tinha um tom estranho, o que fez com que Lara se virasse e olhasse para ela. Apesar de ter negado, *sua mãe sabia de alguma coisa*.

— Nós chamamos a polícia estadual. — Ben Archer esfregou a nuca. — Eles vão levar o carro e analisá-lo.

O rosto do chefe de polícia tinha uma leve barba por fazer e um olhar de exaustão. Ele uniu as mãos diante do corpo, como um agente funerário em um enterro inesperado.

Lara percebeu que, por morar em Kerrigan Falls, ele nunca precisou dar más notícias a ninguém, então não tinha prática. Nada acontecia ali. Até aquele momento.

— Foi por isso que quis vir aqui falar com vocês — continuou ele. — O carro dele vai passar pela cidade em um reboque. As pessoas vão notar. Vão fofocar sobre isso — gaguejou ele. — Eu só queria preparar você. Agora tenho que contar ao Fred e à Betty.

— Eles ainda não sabem?

Lara cobriu a boca com a mão, em choque. Imaginou Betty Sutton ouvindo aquela notícia.

Ben balançou a cabeça.

— Eu vim aqui primeiro.

— Onde você o encontrou? — A voz de Audrey soou baixa e tensa, quase esperançosa. — O carro?

Lara analisou as feições da mãe, procurando por alguma coisa. Ben hesitou antes de responder:

— Em Wickelow Bend.

Os olhos de Audrey se arregalaram, mas não de surpresa. Lara guardou aquilo para si. Havia algo não dito entre sua mãe e Ben Archer. Ao ouvir falar de Wickelow Bend, sua mãe pareceu perder o fôlego.

— Entendi.

— Espere! O trecho assombrado da estrada pelo qual os adolescentes não devem passar? — Lara olhou para Ben. — *Esse* Wickelow Bend? Por que o Todd teria ido lá? — Lara olhou para a mãe com desconfiança. Audrey havia empalidecido muito e parecia estar trêmula. — O que você não está me dizendo?

— Foi há exatos trinta anos. — Audrey se voltou para Ben. — Você se lembra, não é?

— Eu estava lá, Audrey — respondeu ele, e pôs as mãos nos bolsos, parecendo fascinado com os próprios sapatos. — Era aniversário do meu pai. Ele sempre me deixava acompanhá-lo na viatura da polícia.

— Ah, eu sempre me esqueço do seu pai. — Audrey pareceu cansada. — Mas você era *só* um menino.

— Do que vocês estão falando? — Lara observou o rosto dos dois. — Você não encontrou o Todd. Isso é bom, não é?

Ben hesitou, como se fosse explicar uma notícia triste para uma criança.

— Em 1974, no dia 10 de outubro para ser exato, encontramos um carro abandonado na estrada. Ele pertencia a um homem chamado Peter Beaumont. Para ser sincero, o carro do Todd foi encontrado exatamente no mesmo local hoje.

— Todo mundo já ouviu essa história — disse Lara. — Está me dizendo que isso é verdade?

— É. — A voz de Audrey soou baixinha. — Peter Beaumont era o melhor amigo do seu pai.

— Mas o Todd não tinha nenhuma ligação com Wickelow Bend nem com o homem que desapareceu.

— Peter Beaumont não foi só um homem que desapareceu — rebateu a mãe, com uma surpreendente irritação na voz, fechando bem a gola do roupão. — Ele e seu pai cresceram juntos aqui. Criaram a primeira banda juntos na garagem do Jason.

Lara estava confusa. Embora soubesse que não devia passar por Wickelow Bend à noite — ninguém fazia isso —, ela nunca tinha ouvido o nome de Peter Beaumont. As crianças contavam histórias malucas sobre o lugar, mas não mencionavam nome nenhum. Era um bicho-papão anônimo... um homem desaparecido. A ideia de que alguém realmente tinha desaparecido nunca havia passado pela cabeça dela nem de seus amigos, nunca. Era apenas uma velha lenda. E Peter Beaumont? Ela tinha viajado com a banda de seu pai por um ano. Ninguém conhecia a carreira musical do pai como ela.

— E nenhum de vocês nunca mencionou o nome dele?

Era um comentário atrevido e ela viu que machucou, mas não entendeu direito por que aquela revelação tinha incomodado tanto sua mãe.

— Tenho que contar isso aos Sutton — disse Ben, pedindo licença.

— É lógico — respondeu Audrey.

Ele tocou na maçaneta do carro e então se virou.

— Sinto muito, Lara. Queria ter notícias melhores para você.

— Vocês vão procurar por ele?

— É lógico que vamos — afirmou Ben. — O Doyle está com uma equipe, procurando na floresta. Mas...

— Mas o quê?

— Peter Beaumont nunca foi encontrado. — A mãe terminou a frase de Ben.

— É verdade. Tecnicamente, o caso Beaumont ainda está aberto — completou ele.

Ben batucou levemente a porta da frente, nervoso.

O peso do que os dois estavam insinuando foi desabando sobre ela aos poucos. Não era um simples mal-entendido sobre o casamento deles. Eles estavam dizendo que ela talvez nunca mais visse Todd. Uma pressão cresceu atrás dos olhos de Lara, e ela se fixou em um ponto da parede para não chorar.

— Eu vou dando notícias.

Ben assentiu para Audrey. Lara notou a camada grossa de lama na calça do uniforme dele e as olheiras sob seus olhos. Seria um longo dia. Por isso, ela se sentiu agradecida. Ele parecia tão triste quanto ela se sentia.

Quando se virou, viu que seu pai estava parado à porta, ouvindo toda a conversa. Fazia sentido que ele quisesse estar perto de Lara depois do que havia acontecido no casamento, mas ela não sabia que ele estava na casa.

— Acho que você ouviu.

Audrey passou as mãos pelo cabelo, como se estivesse tentando se recompor.

Uma onda de raiva cresceu dentro dela, mas Lara não entendeu por quê.

— Por que vocês nunca me contaram sobre Peter Beaumont?

Um nome que ela nunca havia ouvido de repente se tornou importante. Peter e Todd pareciam ter sido unidos pelo mesmo destino.

— Eu não podia falar sobre ele.

Jason se concentrou em Audrey.

Lara percebeu uma coisa. Ela tinha sido tão boba... Virou-se para a mãe.

— Você sabia. — O sangue que corria nas veias delas lhe dizia isso. — Você tentou me convencer a não me casar ontem. Era a data, não era? Você sabia que algo aconteceria no dia.

— Eles acham que o Peter desapareceu no dia nove e que o carro dele só foi encontrado no dia seguinte. Eu odeio essa data. — Sua mãe respirou profundamente. — Estava torcendo para estar errada.

Lara lançou um olhar incrédulo para a mãe e riu.

— Você *nunca* está errada.

— Não — admitiu Audrey. — Nunca estou, mas, para o seu bem, eu queria estar.

6

KERRIGAN FALLS, VIRGÍNIA
20 de junho de 2005 (nove meses após o casamento)

Depois que Todd... não apareceu, fugiu, desapareceu, a largou, a abandonou, foi abduzido por alienígenas, insira sua teoria maluca de preferência..., Lara havia pensado em se mudar de Kerrigan Falls.

Nada a havia preparado para as consequências. Primeiro, algumas pessoas especularam sobre a conexão entre os casos Todd Sutton e Peter Beaumont.

Repórteres acamparam em Wickelow Bend como se esperassem que algo emergisse das árvores. Eles a perseguiram, tentando conseguir entrevistas sobre a última vez que viu Todd, perguntando se ele acreditava em fenômenos sobrenaturais. Um programa de televisão, *Acontecimentos fantasmagóricos*, tinha enviado uma equipe de "caçadores" para filmar um episódio intitulado "A Curva do Demônio", e aquele havia sido o capítulo mais assistido da temporada, levando a estranhos telefonemas, feitos a todas as horas do dia por pessoas que realmente acreditavam em ocultismo. Lara ficou tão abalada com tamanha atenção que não discutiu quando Audrey insistiu para que ela ficasse na fazenda Cabot. Quando carros começaram a aparecer na casa no meio da noite, Audrey instalou um portão ao pé da colina e mudou o número da propriedade. Lara passava os dias lendo seu horóscopo, assistindo a *General Hospital*, bebendo Chardonnay e fazendo leituras de tarô para Caren e Betsy, que iam visitá-la como se ela fosse uma colegial com mononucleose. O apartamento que tinha dividido com Todd estava vazio. Ela não aguentava vê-lo sem o noivo. A rádio deu um mês de folga a ela.

Além disso, havia as pessoas que achavam que Todd a tinha abandonado. De certa forma, elas eram piores. Histórias malucas proliferavam, dizendo que ele havia sido visto no aeroporto de Dulles no dia do casamento, indicando que Todd podia ter pegado um 747 para começar uma vida nova em outro lugar. Quando a viam comprando uma caixa de *mac and cheese* no supermercado, essas pessoas davam meia-volta para evitar conversas, como se sua infelicidade fosse contagiosa. Para evitar os olhares de pena, ela começou a fazer compras no supermercado 24 horas da rodovia, a quase vinte quilômetros de distância da cidade, onde podia empurrar tranquilamente o carrinho às três da manhã, junto com bêbados e universitários chapados que andavam com pacotes de batatinha debaixo do braço. Então a edição diária do *Kerrigan Falls Express* começou a sumir de sua caixa de correio. Furiosa, Lara ligou para o atendimento ao cliente e acabou descobrindo que Caren, a pedido de Audrey, vinha passando ali todo dia e pegando a edição da manhã para que Lara não tivesse que ver que a repórter Kim Landau havia escrito mais um artigo sobre o desaparecimento de Todd. Cartazes de pessoas bem-intencionadas haviam sido espalhados por Kerrigan Falls, como se Todd fosse um gato que tivesse fugido durante a noite e nunca mais voltado. Uma arrecadação de fundos foi realizada. Mas Lara nunca soube direito para que o dinheiro foi usado.

E o que ela achava? Ninguém nunca teve coragem de perguntar a ela.

Se tivessem perguntado, dependendo do dia ou até da hora, Lara teria respondido com uma das duas teorias predominantes, fazendo com que ela existisse em uma espécie de limbo. A ideia de que Todd pudesse estar morto era uma possibilidade real, mas parte dela não podia ter certeza. Desistir dele parecia uma traição. Era muito tentador mergulhar no mistério de Todd Sutton e Peter Beaumont, com seu elaborado enredo mágico que envolvia Wickelow Bend. Naquela teoria, Todd era uma vítima, não um canalha que a abandonara. Lara tinha visto pessoas abandonadas insistindo em ideias fantásticas como aquela, e que acabavam parecendo desesperadas e bobas quando tais ideias se provavam falsas. Não aguentaria se tivesse que voltar a passar aquela vergonha. O casamento já tinha sido suficiente.

Lara acreditava mais na navalha de Occam, pelo menos publicamente. Essa atitude, no entanto, a colocou contra a família de Todd, que ainda mantinha vigílias em Wickelow Bend. Ele a havia deixado. Ponto-final. Mas, mesmo se pensasse assim, a pergunta se tornava: então onde ele estava? O fato de seu carro vazio ter sido encontrado na manhã seguinte ao casamento acabava com aquela teoria. Todd poderia tê-la deixado, mas todos que o conheciam concordavam: ele nunca teria abandonado o carro.

Depois do casamento, ela passou a pegar mais plantões noturnos na rádio, onde, por anos, só os fazia aos fins de semana. Criar a trilha sonora para seus companheiros da noite — equipes de emergência, bartenders, seguranças — era algo que ela adorava. Um mês após o casamento, um aviso foi anexado ao cheque do salário dos funcionários da 99.7 K-ROCK: os proprietários tinham colocado a estação à venda. Algo nela se agitou enquanto ela lia o anúncio em um papel azul. Ele informava aos funcionários que "embora não fossem esperadas mudanças imediatas, o novo proprietário teria o direito de alterar o estilo da estação". Aquilo significava que a 99.7 K-ROCK podia se tornar uma estação country e fazer com que todos eles perdessem os empregos. Parecia um sinal.

Seu avô, Simon Webster, fundador do *Kerrigan Falls Express*, havia deixado metade de sua fortuna para ela — não era bem a fortuna que ele fingia ter, mas era o suficiente para comprar os ativos da estação de rádio pelos duzentos mil dólares que estavam pedindo. Vendo uma oportunidade, ela procurou o pai para saber se ele estaria interessado em dirigir a estação junto com ela.

Uma semana depois, ela viu que a placa de Vende-se ainda estava na fachada da casa vitoriana de quatro quartos, construída em 1902, com seus tijolinhos pintados, que ela e Todd haviam visitado antes do casamento. Os dois tinham sonhado em reformá-la juntos. Com uma grande varanda, madeiramento opulento, lareira de mármore e portas francesas, a casa custava quarenta mil dólares. Mas ela também tinha pisos estragados, janelas com frestas e uma cozinha que não funcionava. Ela decidiu comprar a casa por cinco mil dólares a menos do que o preço pedido, no dia anterior à compra dos ativos da estação de rádio.

Lara sabia que ambas tinham sido decisões impulsivas, mas precisava se distanciar daquele casamento. Todas aquelas coisas, aquelas atividades, plantões noturnos e casas em ruínas a mantinham ocupada e exausta e a impediam de pensar. Ela tinha comprado a casa em janeiro. E depois de cinco meses lixando paredes, pintando, arrancando pregos, substituindo janelas com frestas por outras historicamente precisas e modernizando o antigo sistema de aquecimento, a mera menção a Todd deixou de fazer seu coração doer como uma ferida infectada.

Examinando o desastre que era o chão de sua sala de jantar, Lara pensou seriamente em contratar um profissional. Ela lixou o piso de pinheiro da Geórgia. Obviamente, a casa não tinha ar-condicionado e, como o verão se aproximava, ela estava pensando em comprar alguns aparelhos para instalar sobre as janelas. A onda de calor da semana anterior a fizera dormir em uma poça de suor.

Audrey andava muito grudada nela e vinha passando na rádio ou na casa de Lara todos os dias, sob o pretexto de dar conselhos úteis para a reforma, sempre trazendo amostras de tinta e de carpete.

A porta se abriu e Lara se arrependeu de ter dado uma chave à mãe quando os grandes cães da raça Oorang Airedales, Oddjob e Moneypenny entraram saltitando na sala de estar, circundaram a lixadeira e começaram a latir como se ela fosse uma fera ameaçadora. Os cães eram velhos, mas pareciam filhotes. Lara podia jurar que eles já existiam quando ela era criança, mas a mãe insistia que eram apenas cães diferentes com o mesmo nome. Talvez as pessoas fizessem mesmo esse tipo de coisa. Lara desligou a máquina e retirou os óculos de proteção e a máscara. Então se virou e viu Audrey parada no corredor, segurando um quadro embaixo de um braço e um porta-vestidos do outro.

— O que é isso?

Lara cruzou os braços. Quando se moveu, o jeans, a camiseta e os Chuck Taylors soltaram uma fina camada de serragem.

Audrey estendeu as duas mãos.

— Seu vestido para o baile e o quadro da Cecile. — Ela olhou em volta e não conseguiu esconder que estava horrorizada. — Você devia contratar alguém para fazer isso.

Lara não ia admitir que tinha pensado a mesma coisa. Enxotando a mãe com uma luva, ela se virou para fazer carinho nos cães.

— Estou aprendendo muito trabalhando aqui sozinha.

— Aprendendo? Pelo menos peça a Caren para ajudar você a *aprender*. — A voz da mãe ecoou pelo corredor.

— Ela já tem uma pilha de serragem no café.

— Ah, é, ouvi dizer que ela também está empreendendo em pequenos negócios.

Audrey tinha sido contra a decisão de Lara de comprar aquela casa e a estação de rádio e insistido para que ela voltasse para casa. Audrey virou a moldura, revelando a pintura de Cecile Cabot sobre um corcel branco que circundava a arena do circo parisiense.

— Achei que ficaria perfeito na sua sala de jantar.

— Mas você *adora* esse quadro.

O olhar de Lara parou na gargantilha de Cecile. Embora fosse um presente muito generoso de sua mãe, ela não queria o quadro porque temia que ele sempre a fizesse se lembrar *daquele* dia.

— Eu adoro mesmo — reiterou Audrey, segurando-o contra a luz.

Lara andou com cuidado para evitar a serragem e, à porta, se inclinou para a sala de jantar, incentivando os cães a se afastarem da poeira.

Audrey entregou o vestido a Lara e começou a andar pela sala com o quadro, testando-o em cada parede, procurando o efeito desejado.

Lara suspirou.

— Você está me dando um quadro por pena.

— Não fale absurdos.

Audrey era uma mulher esguia, mais baixa e de ossatura mais fina do que Lara, com um cabelo louro que nunca variava de comprimento, como se fosse cortado à noite enquanto ela dormia. Audrey obviamente tinha vindo do estábulo porque estava andando pela sala de calça de montaria bege e botas altas que cobriam os joelhos.

— Estou redecorando a fazenda. Você me deixou com vontade de mudar um pouco as coisas, então achei que fazia sentido você ficar com ele. — Ela pôs as mãos no quadril. — Estou me acostumando à saída da minha filha de casa.

Lara ergueu a sobrancelha, desconfiada.

Sua mãe suspirou, desanimada. Ela apontou para a moldura.

— Este quadro. Esta mulher. Este é o seu legado. O que *nós* somos. Bom, vou passá-lo para você. Você vai ficar com algumas relíquias de família. São mais de estimação do que qualquer coisa, mas precisam ser passadas para a próxima geração.

— Ah, por favor, mãe — disse Lara. — Isso não tem a ver com relíquias. Você está fazendo a decoração. Você estava ansiosa para decorar esta casa desde que a comprei.

— Só um pouco.

Audrey lançou um sorriso tímido para ela.

— Mas a moldura é exagerada demais — comentou Lara, protestando.

— Tem um quê de Las Vegas imitando Versalhes, não tem? Leve lá no Gaston Boucher e troque. Mas peça que ele guarde para você. Deve valer mais do que a pintura em si.

Audrey encostou o quadro na parede.

Gaston Boucher, dono da galeria de arte e loja de molduras mais famosa de Kerrigan Falls, era um nome que vinha sendo mencionado em todas as conversas recentes de Audrey. Lara desconfiava que os dois haviam começado a namorar.

— Ela era corajosa. E você também é. — Audrey segurou o rosto de Lara e olhou em seus olhos. — Devemos muito a essa mulher. Ela precisa ficar com você agora. Ela está no meu corredor há tempo demais.

Agachando-se para dar uma olhada melhor na pintura, Lara ergueu a moldura do chão. As cores pareciam diferentes de como eram no corredor mal iluminado da fazenda Cabot.

— Se sou corajosa, mãe, aprendi isso com você. Obrigada.

Passando as mãos pela moldura, Lara pensou em como a mãe a havia mantido inteira por todos aqueles meses. Apesar de Lara muitas vezes revirar os olhos para a superproteção de Audrey, sua mãe havia criado um mundo seguro para ela quando tudo desmoronou.

— Eu não conseguiria ter feito nada disso sem você — disse Lara.

Audrey corou e puxou a camisa, respirando fundo como se estivesse prestes a chorar.

— Ah, por favor...

Mudando de assunto, Audrey começou a abrir a capa que continha o que a filha supunha ser um vestido.

— Você disse que é para o baile, não é?

Quando a mãe pegou o cabide, Lara puxou a capa para baixo, deixando que uma camada de chiffon azul-escuro se revelasse. Com um corpete sem alças, o vestido parecia algo mais apropriado para uma Barbie vintage. Uma saia rodada escorria da cintura bem marcada, formando várias camadas de tule, dispostas como uma cascata, em diferentes comprimentos e tons de azul-pavão.

— Você deve ter gastado uma fortuna nisso.

— Gastei mesmo — disse Audrey. — Não suje de poeira. Imagino que você vá querer *alterá-lo*?

Lara sorriu.

— Não. É perfeito. Obrigada.

Audrey a ignorou e se virou, interrompendo o momento maternal.

— E *esse* quadro vai ficar ótimo com o tapete que acabei de comprar para você. É em tons de roxo e dourado, bem ornamentado. Perfeito para esta sala. E você também precisa de persianas. — Audrey examinou a sala. — E um jogo de chá de prata.

Oddjob veio se sentar aos pés de Lara. Ela sentiu o cachorro se inclinar lentamente para ela.

— Você também pode pegá-lo quando quiser. Ele sente sua falta.

Como se quisesse confirmar aquilo, Oddjob soltou um suspiro e se esticou no chão na frente de Lara, como uma Esfinge. Oddjob era dela e Miss Moneypenny era da mãe. Hugo, o líder da matilha, um pequeno terrier galês, estava em outras bandas naquele dia.

Audrey pegou os óculos escuros pendurados na gola de sua camiseta e se dirigiu para a porta. Oddjob e Moneypenny se levantaram rápido, as patas e unhas raspando no chão em uma corrida louca para não serem deixados para trás pela mulher que os alimentava.

— Amanhã passo aqui por volta das seis para buscar você para o circo.

Lara franziu a testa.

— Acho que não vou este ano.

— Bobagem — retrucou Audrey. — Os Rivoli vão ficar magoados se você não for.

A mãe empurrou a porta, desceu os degraus e foi até o lado do motorista. Quando abriu a porta traseira, os cachorros pularam no banco de trás. Oddjob apoiou as patas no porta-copos do banco da frente para ter uma boa visão do para-brisa. Depois de fechar a porta, Audrey se sentou no banco do motorista e abaixou o vidro do passageiro.

— Amanhã às seis, para irmos ao circo. Sem desculpas.

Lara bateu continência para ela.

Audrey baixou os óculos escuros.

— E Lara.

Lara se abaixou para ver o rosto de sua mãe.

— Ele não voltar sempre foi uma possibilidade. Você sabia disso. Fico feliz em ver que esteja seguindo com a sua vida.

Lara olhou para os tênis empoeirados. Algo lhe dizia que Audrey não estava contando toda a verdade. Elas nunca mentiram uma para a outra, mas a mãe com certeza estava escondendo alguma coisa.

— E chame um cara para restaurar esse piso, está bem?

Sem dizer mais nada, o Sierra Grande preto com o logotipo das fazendas Cabot partiu.

Quando voltou para dentro de casa, Lara se levantou e olhou para a pintura antes de pegá-la. A moldura era pequena, mas pesada. Ela estimou cerca de sete quilos de madeira dourada. O quadro mostrava uma pequena mulher loura, de collant verde-água com brilhantes pedras marrons aplicadas, de pé sobre o dorso de um cavalo branco. Seus braços estavam erguidos em um equilíbrio perfeito. O cavalo tinha sido adornado com um traje parecido, com penas verde-água, e parecia estar em plena marcha. Apesar de as feições da jovem Cecile serem claras, era como se o artista tivesse colocado a pintura na chuva. Havia um efeito perceptível de gotejamento da tinta. À primeira vista, tanto o cavalo quanto a amazona chamavam a atenção. No entanto, um grande cuidado também foi tomado pelo pintor ao capturar os rostos da primeira fila da plateia. Vestidos com suas melhores roupas, vários espectadores das fileiras dos fundos seguravam taças de champanhe, os rostos iluminados pelas luzes do palco. No meio da plateia, um homem específico tinha traços bem marcados, cabelo e barba muito ruivos, e apontava para o espetáculo que se desenrolava à sua frente. A mulher ao lado dele segurava a cabeça entre as mãos, supostamente para não ver uma possível queda.

Embora não fosse um estilo realista de pintura, também não era exatamente modernista. Lara já havia notado que ele era texturizado, com pinceladas pesadas ainda visíveis. O quadro não tinha o acabamento suave das obras de arte que Lara havia visto em museus em Nova York, Washington e até em Paris e Roma, nas viagens que tinha feito enquanto estava na faculdade.

Ela conhecia bem a história. Cecile Cabot deixou a França em setembro de 1926 com a filha pequena, Margot. Não se sabia muito sobre o pai de Margot. Cecile deu a entender que ele havia morrido de gripe e era um homem sem importância. Ela atravessou o oceano, partindo do porto de Le Havre no SS *de Grasse* e chegando ao porto de Nova York cinco dias depois. Com pouco dinheiro, Cecile ouviu falar das vagas disponíveis na fábrica de vidro dos arredores de Kerrigan Falls e conseguiu um emprego na linha de produção dos potes de mostarda Zoltan. Trabalhou nessa função por seis meses antes de se candidatar à vaga de costureira de Daphne Lund, esposa do dono da fábrica, Bertrand Lund. Cecile fez alguns esboços de vestidos para a sra. Lund e provou ser uma costureira criativa, dando um toque parisiense ao guarda-roupa de primavera de Daphne. A Grande Depressão não havia atingido a família Lund de maneira tão dura quanto a outros empresários, por isso Cecile foi mantida e continuou desenhando sobretudo vestidos de festa para a sra. Lund, viajando com ela para Nova York em busca de sedas e tafetás e aplicando lantejoulas em corpetes. Em um ano, ela se provou extremamente valiosa.

Em um raro passeio com as crianças, Cecile salvou o filho mais novo dos Lund de um cavalo fujão. Ela perseguiu a criatura com o próprio cavalo e agarrou o menino pelo cinto no instante em que o animal fugiu rumo a um amontoado de árvores baixas que com certeza teria decapitado a criança. O casal já havia perdido dois filhos, por isso os Lund ficaram tão agradecidos que o sr. Lund recompensou Cecile pelo feito heroico com um emprego: diretora de seus ricos estábulos. Bertrand Lund não sabia que sua costureira era uma amazona tão perspicaz. Mais tarde, ela comprou vinte hectares de Lund e construiu uma modesta casa de fazenda, criando sua filha, Margot, ao lado dos filhos de Lund.

Em 1938, usando o dinheiro que havia economizado, Cecile deixou a família Lund e começou um show equestre itinerante com sua caminhonete Chevrolet e um trailer cheio de cavalos velhos. Os cavalos foram um último presente do ex-chefe: eram animais velhos ou difíceis, que o sr. Lund estava planejando aposentar ou sacrificar. Ela anunciou que estava procurando palhaços e depois trapezistas e batizou a empresa de Le Cirque Margot, em homenagem à filha.

Naquela época, semanas antes de um circo chegar a cidades como Charlottesville, Roanoke, Gainesville, Pensacola, Mobile e Gaffney, cartazes eram distribuídos e usavam a jovem Margot para atrair o público. O circo fazia dois shows em uma cidade — a matinê e a apresentação da noite — antes de desmontar o picadeiro e arquibancadas. Os trailers serviam de bilheteria, depois de serem estacionados na entrada do picadeiro. Um ingresso custava 75 centavos, e assentos reservados eram 1,25.

Com 13 anos quando o circo foi fundado, Margot Cabot estava se tornando uma exímia amazona. Os primeiros cartazes, de 1940, a mostravam adolescente, pendurada de cabeça para baixo em um cavalo branco, a perna direita parecendo ser a única coisa que a conectava ao dorso do animal. A segunda leva de cartazes da temporada de 1941 mostrava Margot vestindo um collant vermelho, com plumas na cabeça, montada em um cavalo branco, acima das letras vermelhas que se tornariam o logotipo da companhia: Le Cirque Margot.

A verdadeira Margot, no entanto, fazia o circo parecer muito tranquilo. Uma adolescente rebelde que fumava e bebia gim, Margot Cabot também era de uma beleza incrível. Mas a dona do nome do circo nunca pareceu aceitar sua herança. Aos 17 anos, ela deixou o circo — uma reviravolta que teria sido engraçada, já que poucas pessoas fogem *do* circo. Ela se apaixonou por um piloto de corrida de demolição, e nada que Cecile pudesse dizer a deteria.

No outono de 1944, depois de cerca de um ano na estrada, as coisas com o homem começaram a desandar. De repente, Margot voltou para Kerrigan Falls e dentro de um ano se casou com Simon Webster, o fundador do jornal *Kerrigan Falls Express*.

Apesar de ter sossegado, Margot ainda não era muito "certa da cabeça" e muitas vezes ficava dias sem sair do quarto, inclusive para comer ou tomar banho. A logística daqueles surtos era difícil para um homem que tentava administrar um jornal diário. Por isso, Simon acabou contratando enfermeiras para convencê-la a comer e para jogá-la na banheira duas vezes por semana. Então, tão rápido quanto os surtos haviam começado, Margot aparecia sentada recatadamente à mesa, em seu robe de seda, passando manteiga em uma torrada e tomando café — depois de voltar de onde quer que sua mente tivesse ido.

Na época, ela voltava ao circo, mas acabava desistindo depois. Cecile temia sua chegada porque a filha não era confiável e exigia que seu número fosse incluído, apesar de não estar praticando o suficiente para ser seguro. A cavalo, Margot era uma artista. Embora Cecile soubesse cavalgar, ela não chegava aos pés da filha. Era como se o cavalo nem estivesse lá, como se ela estivesse interagindo com uma cadeira, não com uma criatura viva, pulsante e com mente própria.

Depois de cinco anos de casamento, Margot deu à luz uma filha, Audrey, no outono de 1950. A natureza excêntrica e impulsiva de Margot começou a ficar mais descontrolada e ela passou a demonstrar sinais estranhos, alegando que via o diabo no campo da fazenda. Um dia, Simon a encontrou no pomar de macieiras. Ela assistia à primeira nevasca de inverno de camisola fina e pés descalços, com Audrey nos braços, entoando um feitiço e dizendo que *ele* havia pedido para ver o bebê. Foi a gota d'água para o marido. Uma coisa era ela colocar a si mesma em perigo, outra era prejudicar a filha. Simon pediu que uma instituição levasse Margot, mas, um dia depois, ela contraiu uma febre e, em três dias, morreu.

Cecile, que estava em uma turnê, voltou e assumiu a criação de Audrey, deixando o empresário dirigir o circo em sua ausência. O Cirque Margot continuou a prosperar na década de 1960, quando Audrey começou a cavalgar como Cecile e sua mãe e a se apresentar a cada verão. Em 1972, quando Audrey deixou evidente que não queria viver na estrada, Cecile, então com 72 anos, decidiu que era hora de acabar com o espetáculo. Durante anos, as vendas de ingressos vinham diminuindo, já que as famílias tinham outras formas de entretenimento. A era do circo — e do Cirque Margot — chegava ao fim.

O circo só existia através de lembranças. Cartazes e placas com o rosto de Margot podiam ser encontrados por toda Kerrigan Falls. O Patrimônio Histórico tinha uma coleção inteira de itens circenses, além de potes de mostarda Zoltan originais.

Pensar em Cecile causou uma pontada de nostalgia em Lara, que agarrou o porta-retratos. Sua mãe estava certa. O quadro devia ficar com ela. Poria Gaston Boucher para trabalhar nele o mais rápido possível.

Descendo o quarteirão de sua casa até a rua principal, ela parou no café Feed & Supply, já que precisava de cafeína antes começar o turno de trabalho de três horas.

Pouco depois de Lara comprar a estação de rádio, Caren tinha aberto o único café de Kerrigan Falls, na antiga loja de ferragens, ao lado da 99.7 K-ROCK. O Feed & Supply era um dos novos negócios que prosperavam devido à chegada de moradores de Washington que haviam se mudado para o interior, mas continuavam querendo coisas como café expresso com leite, bolos red velvet e pães artesanais.

Quando o sino da porta tocou com sua entrada, Lara percebeu que o lugar estava vazio para uma noite de quarta-feira. Caren sofria constantemente com estudantes universitários locais que pediam apenas um café grande e ficavam sentados por quatro horas em um sofá, aproveitando o Wi-Fi. Pelo jeito, havia quatro alunos e um clube do livro presentes naquela noite. O clube do livro parecia ter pedido uma série de bolos e bebidas com chantilly, o que era bom sinal.

A velha loja de ferragens era comprida e estreita, com largas tábuas de carvalho no chão e teto de zinco. Caren e Lara tinham retirado o velho balcão da farmácia da 99.7 K-ROCK e o arrastado até o café em dois carrinhos emprestados. Ele se encaixava perfeitamente na parede, onde Caren exibia bolinhos e muffins sob cúpulas de vidro. Depois, as duas vasculharam brechós e leilões da Rota 29, procurando velhos sofás de veludo e cadeiras de couro vintage. O lugar parecia um antigo salão para fumantes, com tons escuros, madeira marrom e couro envelhecido — e Lara ficou satisfeita com o fato de estilos de móveis tão diferentes terem combinado tão bem.

Enquanto pagava pela bebida, viu um tabuleiro de Ouija na mesa de centro — não um tabuleiro de brinquedo, e sim um antigo, que ela não reconhecia.

— Onde você conseguiu isso? — perguntou ela, apontando.

— Não é ótimo? Estou pensando em fazermos uma sessão espírita algum dia depois de fechar. — Caren colocou a tampa no mocha de Lara. — Uma cliente doou para a loja. Ele também funciona como bandeja.

Lara notou que as laterais da tábua eram curvadas para cima.

— Quem foi?

— Não sei. — Caren deu de ombros. — Uma mulher loura. Ela parecia conhecida, apesar de eu não saber de onde. — Caren ergueu uma das sobrancelhas. — Por favor, me diga que você não tem mais medo de tabuleiros de Ouija.

— Não — respondeu Lara, sem convencer ninguém.

— Você é muito boba. É só um jogo de tabuleiro, tipo Detetive.

— Não tem nada a ver com Detetive!

Lara olhou para o tabuleiro de Ouija. A magia de Lara tinha "chegado" durante uma festa do pijama na casa da amiga. Lara tinha seis anos. Numa pegadinha, a irmã mais velha de Caren e suas amigas haviam tentado assustar as meninas mais novas com uma sessão espírita. Em vez disso, Lara moveu o tabuleiro com a mente, assustando cerca de seis adolescentes e as fazendo gritar pela casa. Foi a primeira vez que Lara havia feito uma "correção".

Como se estivesse lendo seus pensamentos, Caren disse:

— Meu pai falou que foi a estática que moveu o tabuleiro sem que tocássemos nele. Isso acontece o tempo todo.

— Isso *não* acontece o tempo todo, Caren.

Depois de vê-la abrir o zíper do próprio vestido de noiva com magia, Lara sabia que Caren estava ficando desconfiada. Ela devia estar juntando todas as coisas estranhas que tinha testemunhado ao longo dos anos.

— Qual foi o nome que foi soletrado? O que deixou você assustada. — Caren olhou para cima. — Alta...

— Althacazur.

Lara pegou o copo do balcão. Era um nome de que nunca havia esquecido. Ela havia perguntado ao tabuleiro quem estava lá e "Althacazur" foi a resposta.

— A Betsy ia dar o nome de Althacazur ao gato dela, mas você ficou tão assustada que chorou... Foi uma época divertida. — Caren olhou para o quadro apoiado no sofá. — De onde você tirou essa coisa?

— Minha mãe. Ela está limpando a casa e acha que ficaria perfeito na minha sala de jantar.

— Ou aqui — argumentou Caren. — Ficaria ótimo ao lado daquele Chesterfield de couro ali.

Caren apontou para os participantes do clube do livro, que tinham exemplares grossos de *Jonathan Strange & Mr. Norrell* no colo.

— É uma relíquia de família — contou Lara com um suspiro. — Vou pendurá-lo na minha sala por um tempo e depois passar para você. Gaston Boucher vai tornar a moldura um pouco menos... Bem, um pouco menos...

— É, um pouco menos seria bom.

Caren assentiu, séria.

Enquanto ia até a porta, Lara passou pelo tabuleiro de Ouija rápido demais. Ela ouviu Caren rindo atrás dela.

— Você é muito má — disse, enquanto a porta se fechava.

Ela atravessou a rua e abriu a porta da loja de molduras de Gaston Boucher. Outro sininho soou acima dela. Por que todos em Kerrigan Falls precisavam anunciar que sua porta estava se abrindo? Não era como se algum crime já tivesse acontecido ali. Apesar do toque antiquado do sino de bronze, o interior da galeria era elegante. Havia gravuras de todos os tamanhos, emolduradas em branco e organizadas em pilhas encostadas na parede com elegantes balcões laminados e spots que iluminavam tudo de cima. Duas poltronas Wassily de aço cromado e couro marrom ficavam diante de uma pequena mesa de vidro, com enormes livros de arte no centro. Vestido casualmente de jeans e uma camiseta branca com as mangas arregaçadas acima dos cotovelos, Gaston Boucher estava inclinado sobre sua mesa de trabalho, estudando um pedaço de papel com bastante atenção. Magro, ele tinha cabelo louro ondulado que ia até o pescoço enquanto trabalhava e óculos com armação tartaruga redondos acomodados sobre o nariz. Seu rosto era severo, como o de um professor de filosofia corrigindo um trabalho ruim.

— Soube que você ia me trazer uma coisa.

Gaston não olhou para cima e seu sotaque francês soou leve. Ele ergueu um pequeno quadro contra a luz e o estudou atentamente.

— Bom, depende. Você vai tentar me convencer a não trocar a moldura?

Lara se esforçou para erguer a pesada pintura, que tinha apenas sessenta centímetros de largura por sessenta centímetros de comprimento. Ela ouviu o jingle promocional da 99.7 K-ROCK tocar e ficou emocionada por ele estar ouvindo a rádio na galeria. Tinha imaginado que Gaston seria fã de techno ou de Velvet Underground.

— Sempre achei que essa moldura escondia uma pintura extraordinariamente intrigante. — Gaston espiou por cima dos óculos, abandonando a foto em que estava trabalhando. — Então, *non*.

Ele fez um sinal para que ela entregasse o quadro a ele.

Lara suspeitava que havia algo entre Audrey e aquele homem. O fato de Gaston ter uma opinião sobre aquele quadro significava que ele tinha *visto* a pintura na casa da mãe dela.

— Parece feita de ouro maciço.

Ele estendeu a mão e facilmente tirou o quadro das mãos de Lara. Então virou a moldura e estudou todos os cantos dela.

Enquanto ele trabalhava, Lara resolveu andar pela galeria.

Ela ficou sabendo através de Audrey que ele havia se formado na Sorbonne e depois perambulado por Nova York por anos, tentando deixar sua marca como guitarrista de punk rock. Como a carreira musical não decolou, ele começou a trabalhar como pintor, e depois fotógrafo em Chelsea no final dos anos 1970. As fotos de Gaston com pessoas famosas — Patti Smith, Lou Reed, Gary Numan, Debbie Harry e Chris Stein — pareciam confirmar aquela afirmação. Nelas, o cabelo de Gaston era espetado e ele usava um terno com uma gravata preta fina, como um membro da banda Devo.

Ele tinha uma seção de pinturas equinas. Também através de Audrey, Lara soube que foi assim que ele conheceu sua mãe. Anos antes, quando ainda morava em Nova York, ele havia comprado um cavalo de Audrey. Quando pegou a estrada para levar o cavalo embora, notou que havia uma antiga galeria de arte à venda. Ele comprou o lugar, jogou fora a maior parte dos quadros de fruteiras e paisagens feias dignos de saguões de hotel e as substituiu por obras mais modernas, que trazia de Nova York. Ele também tinha um bom negócio de molduras para fotos de casamento e formatura, que Lara acreditava que devia cobrir bem as contas.

Depois de dar uma volta por toda a loja, ela se inclinou sobre a escrivaninha dele, uma mesa de trabalho alta e longa.

— O que você acha?

— É mais velho do que eu pensava. — Ele acendeu uma luz e pôs a moldura sob a lâmpada. — A Audrey disse que era um quadro da avó dela.

— Sim. É da avó dela, *minha bisavó*, Cecile Cabot. É ela andando a cavalo em Paris.

Pegando uma lupa, Gaston estudou o canto do quadro.

— Eu não tinha notado isso antes. Estranho.

— O quê?

Mais uma vez, o *antes* sugeria que ele já havia analisado aquela pintura com cuidado.

— O quadro foi assinado com um EG. — Ele se afastou e entregou a lupa a ela. — Veja.

— E daí?

Lara olhou para a assinatura. O quadro tinha mesmo sido assinado com um EG.

— Bem. — Gaston tirou os óculos e os limpou na camiseta. — É pouco provável, mas essa assinatura lembra a de Émile Giroux. Esta pintura é da década de 1920, *non*?

— É, isso mesmo.

— Seria a época e o local certos para que fosse de Giroux. Só que... — Ele se interrompeu e virou a cabeça, olhando para a pintura por outro ângulo. — Mais uma vez, duvido muito. Este quadro provavelmente é de algum artista de rua, mas existem boatos de que Giroux pintou quadros circenses. Quadros que se perderam. Três deles. *As mulheres do Circo Secreto*. É uma coincidência estranha.

— Está dizendo que este quadro pode ser famoso?

— Talvez — disse ele. — Vou entrar em contato com Edward Binghampton Barrow para ver se esses quadros já foram encontrados. A história de que eles se perderam é sempre um exagero. Normalmente só estão em alguma coleção particular. Deve ser só uma cópia barata.

— Edward Binghampton?

Lara soltou uma gargalhada, se esforçando para se lembrar do terceiro nome.

— Barrow — respondeu Gaston, esclarecendo. — Binghampton Barrow.

— É um nome ridículo.

— *Troisième* — respondeu ele, sorrindo. — Ou é o *quatrième*, como vocês dizem, "o quarto"? Eu não consigo me lembrar. De qualquer forma, há toda uma série de Edward Binghampton Barrows, mas *este* basicamente estudou pintores franceses da Era do Jazz. Há alguns anos, ele escreveu a única biografia já publicada do pintor Émile Giroux. Então, se alguém vai saber se esta pintura é dele, é o Teddy.

— De onde você o conhece?

— Nós estudamos juntos na Sorbonne. A mãe dele era uma famosa modelo nigeriana que costumava sair com Andy Warhol. Quando éramos mais novos, o prestígio da mãe dele permitia que Teddy e eu entrássemos em algumas festas fantásticas em Paris. O pai dele, o enfadonho conde de Campshire, muitas vezes tinha que nos ajudar a resolver alguns problemas, mas era uma vida maravilhosa.

Gaston sorriu, virando a pintura e curvando-se sobre ela para voltar a analisar a moldura com cuidado. Ela era esculpida em ouro e tinha flores incrustadas que pareciam ter sido vermelhas, mas tinham ganhado um tom marrom desbotado.

— Embora eu não seja fã desta moldura para este quadro, acho que pode ser bastante valiosa, até mesmo original.

— Me avise se encontrar alguma coisa — pediu Lara. — Acho que eu preferiria se ele tivesse uma moldura tipo aquela.

Ela apontou para uma moldura dourada simples.

Ele assentiu.

— Eu ligo quando souber algo do Teddy ou tiver algo para mostrar a você.

Ao ouvir o tilintar desafinado do sino, Lara se virou e viu uma pequena mulher de cabelo castanho andar direto para Gaston. Vendo que era Marla Archer — a recém-separada ex-mulher do chefe de polícia Ben Archer —, Lara se afastou quando ela se aproximou de Gaston e lhe deu um beijo em cada bochecha. Marla Archer passou rapidamente o olhar por Lara como se ela fosse um vaso de plantas que estivesse no caminho.

— Olá — cumprimentou ela, animada. — Desculpe, eu não vi você aí.

— Esta é Lara Barnes — apresentou Gaston.

— *Ah* — replicou Marla *naquele* tom.

Seus olhos se suavizaram. Era o olhar de pena a que Lara já estava acostumada.

— Bem — disse Lara, assentindo uma última vez para Gaston. — Me ligue quando descobrir alguma coisa, Gaston.

— É uma pintura e tanto — afirmou Marla, afastando o cabelo do rosto para vê-la mais de perto.

— Precisa de uma moldura nova — comentou Gaston. — Mas vamos cuidar disso.

Ao girar a maçaneta, Lara ouviu Marla exclamar:

— Que lindo!

Lara se virou e viu que Gaston estava segurando uma moldura com uma das fotos recentes de Marla, a pintura já esquecida. Marla era uma das duas únicas fotógrafas de Kerrigan Falls. O fato de ela ter fotografado a formatura do ensino médio de Lara e não se lembrar dela até Gaston situá-la não a fez se sentir muito memorável. Ao longo dos anos, ela foi apresentada a Marla várias vezes, mas parecia que a mulher só se lembrava dela quando a conexão com Todd era feita. Saber que ela só era conhecida por não ter se casado era difícil. Mas sua mãe estava certa. Lara viera de uma longa linhagem de mulheres fortes. Ela enfrentaria aquilo. Pensando no quadro, percebeu que *realmente* gostaria de vê-lo pendurado em sua sala de jantar.

Ao sair e fechar a porta, ela se perguntou o que faria se descobrisse que a pintura era valiosa.

7

SÓ NO SILÊNCIO DA NOITE, quando estava trabalhando sozinha na rádio, Lara sentia como se decorasse os ritmos e rangidos do local, a música das velhas tábuas e dos pregos enferrujados cedendo. Era quando sentia que o lugar era realmente dela. Depois da venda, a pedido do pai, não trabalhava mais no turno da madrugada para se concentrar na administração do negócio — que precisava de muita atenção —, mas ela ainda gostava de pegar um ou outro plantão da noite ou da madrugada. Como seus dias haviam se tornado um fluxo constante de planilhas e estatísticas de patrocinadores, Lara gostava de entrar na cabine e se lembrar de por que adorava a rádio. Naquela noite, ia substituir alguém no turno das sete às dez.

Quando entrou pela porta, ficou surpresa ao ver o pai ainda no estúdio. Ele estava sentado no chão, com um monte de discos espalhados em forma de leque diante dele.

— Está procurando alguma coisa?

— Quero tocar coisas parecidas com a trilha de *Laurel Canyon* amanhã à noite.

Havia certa ordem nos discos espalhados e ele não parava de trocá-los de lugar. Parecia um adolescente no chão do quarto.

— Não tem David Crosby suficiente?

— Tem Crosby demais — retrucou Jason, o rosto severo. — Não tem Joni Mitchell suficiente.

Lara fez uma careta para as costas dele. Ela não era tão fã de Joni Mitchell quanto o pai.

— Que tal Buffalo Springfield? Talvez "Expecting to Fly"? Eu não ouço essa há algum tempo.

De canto de olho, ela o viu sorrir. Ele sempre ficava orgulhoso quando ela conhecia as músicas.

Jason se levantou, estalando os joelhos, e desabou na cadeira de escritório, que estava voltada para a dela.

A grande atração da 99.7 ROCK, sediada no prédio da antiga farmácia da rua principal, era um enorme pilão feito de vitral que, anos antes, ficava centralizado sobre o bar. Em dado momento, o vidro acima do pilão havia caído e sido substituído por um bolo de fita verde-bandeira.

A mesa deles ficava no que costumava ser o setor de doces. Quando pequena, Lara e as amigas apostavam corrida até a farmácia para pegar um pequeno saco de papel e enchê-lo com balas de gelatina, sementes de abóbora salgadas, azedinhas e os favoritos dela: cigarrinhos de chocolate, já não mais populares.

Tinha sido legal crescer com um pai quase famoso. A banda dele, Dangerous Tendencies, gravou dois discos no fim dos anos 1970. Ele ainda tinha muitos fãs que o procuravam, então a rádio havia criado, junto com 27 outras estações dos Estados Unidos, da Europa e do Japão, um programa semanal de músicas dos anos 1970 transmitido por todas elas. Era um contrato lucrativo e uma iniciativa que dava novos fãs ao pai de Lara. Os patrocínios aumentaram e, por causa dos dois, o projeto da rádio estava começando a funcionar. A estação ainda não havia rendido lucro nenhum, então ela ainda estava pagando as contas com o dinheiro que tinha da herança do avô. Mas Lara já havia calculado quanto tempo teria para fazer o negócio funcionar: cerca de 15 meses.

Enquanto algumas estações de rádio tinham orçamentos folgados e seus apresentadores não precisavam usar decks de rolo nem cuidar da produção dos próprios programas, a 99.7 K-ROCK era montada com muito pouco dinheiro. Do sofá de veludo roxo esgarçado aos discos guardados na antiga prateleira doada pela loja G. C. Murphy, fechada muito tempo antes — aonde ela costumava ir para comprar álbuns de Donna Summer com o dinheiro da mesada —, tudo parecia improvisado. Parecia que um velho interruptor com defeito podia tranquilamente desligar toda a rádio, mandando o lugar para um tipo de História silenciosa. O prédio tinha, no entanto, uma elegância desbotada que Lara admirava. Tudo que havia sido incluído ali merecia estar na rádio. Até ela. Aquela estação a salvou em seus momentos mais sombrios.

No dia em que havia fechado o negócio, ela e o pai foram até lá juntos e se sentaram em meio à poeira e ao leve aroma de antisséptico e de ingredientes de remédios que ainda pairava sobre o lugar. Ele pegou uma foto e a deslizou pelo chão até ela. Era a foto antiga de uma banda, com três integrantes. A pose deles era engraçada, como se estivessem se preparando para fazer a capa de um disco. E, mesmo antes de seu pai apontar Peter Beaumont, ela já sabia quem ele era. O trio tinha se reunido diante das pedras do rio Kerrigan — mas o homem agachado no meio atraía o olhar da fotógrafa. Jason e o terceiro homem estavam parados ao lado de Peter, quase na órbita dele, mas ficava evidente que eram coadjuvantes. Naquele instante, Lara percebeu como uma foto podia ser poderosa. Aquela resumia coisas que as pessoas não conseguiriam expressar. Seu pai poderia ter falado horas sobre Peter Beaumont e não ter conseguido explicar *aquilo*. Peter foi o líder da banda. Pela foto, ela também percebeu que ele havia sido talentoso. Ele trazia o ombro um pouco erguido, demonstrando um tipo de empáfia juvenil que ostentava por saber do próprio talento. Não era tão alto quanto Jason, que estava um pouco corcunda na foto, mas os dois podiam passar por irmãos.

— Vocês ficaram perdidos sem ele — disse ela.

— É que, sem ele, nada importava muito — explicou Jason, corrigindo a filha. — Era o sonho dele, não o meu. Caramba, eu provavelmente teria sido mecânico se não o tivesse conhecido.

— E agora?

— Tem dias que me sinto um impostor vivendo o sonho dele. Chamam isso de "culpa do sobrevivente", eu acho.

Lara conhecia bem aquela sensação.

— É estranho, não é? As lacunas que eles deixam para a gente preencher.

Ele riu.

— Minha vida foi uma tentativa fracassada de criar a vida que ele não pôde ter.

— Então você acha que o Peter Beaumont morreu?

Os dois nunca haviam conversado sobre aquilo. Era a primeira vez que ele mencionava o antigo colega de banda.

— Acho — respondeu ele.

Ela ouviu um estalo e viu que ele tinha aberto uma garrafa verde de Tanqueray. Ele pegou dois copos e uma garrafinha de água tônica.

— Tudo que fiz foi pensando em preencher o vazio — acrescentou Jason, como se pudesse ler a mente da filha.

— E o Todd?

Era a pergunta mais natural. Peter e Todd estariam sempre ligados por Wickelow Bend. Ela viu os lábios do pai se comprimirem, mas ele não respondeu. Em vez disso, os dois brindaram ao futuro.

Dali a cinco anos, pensando melhor, como seria a vida dela? Como ela poderia se transformar e se sentir menos incompleta? Olhando para a rádio, ela achou que tinha começado bem. A velha Lara Barnes, a que teria se casado com Todd, não teria comprado uma rádio. A do presente, sim.

Nos últimos tempos, ela também havia começado a pensar no homem do campo. *Aquele garoto não é o seu destino.*

Quando criança, Lara tinha uma imaginação incrível. Ela havia nascido com apenas um rim e tinha sido uma criança frágil, por isso parte dela nunca acreditou de verdade que o homem era real. Talvez fosse apenas um amigo imaginário, criado por uma mente hiperativa. Ainda assim, fosse verdade ou não, o que ele havia dito não parava de passar por sua cabeça. Será que os dois já sabiam do destino dela na época? Com certeza pareciam ter feito menção a ele. Era nisso que ela pensava, no meio da noite, sozinha em uma rádio. Mas não era uma boa ideia, não mesmo.

Ela acenou para Bob Breen, o locutor daquele horário, que estava sentado na cabine de som, o brilho do cigarro dele iluminando o espaço escuro. Lara tinha certeza de que avisou que ele não podia mais fumar ali, mas teria que colocar uma placa perto do relógio — todos os apresentadores ficavam de olho nele. Ela então conferiu o próprio relógio: 15 minutos até entrar no ar. Seu pai começou a juntar as coisas, finalmente satisfeito com a organização dos discos.

Às sete, Bob se levantou da mesa e foi embora imediatamente. Lara ouviu a porta da rádio se fechar quando se sentou na cadeira e a rolou até a mesa de som. Pensou que devia ser uma das únicas radialistas que não gostava do som da própria voz. Suas cordas vocais soavam como se tivessem sido lixadas, adquirindo um tom chamado de "grave". Prendendo o cabelo louro em um rabo de cavalo, ela engoliu em seco quando apertou o botão do microfone, aumentou o volume e apertou o botão com a chamada da rádio na hora certa.

A 99.7 K-ROCK tocava as músicas profundas e obscuras dos discos, não só as quarenta mais populares, a não ser por três horas, todo domingo à noite, quando tocava punk e new wave — Bauhaus, Television, The Cure, The Slits, Concrete Blonde e House of Love. Universitários ligavam e imploravam para que ela tocasse Ramones e Violent Femmes — sempre Violent Femmes. Lara listou a primeira hora de músicas, algo que gostava de fazer, apesar de muitos locutores preferirem escolher as músicas na hora.

Primeiro viria um álbum duplo do Led Zeppelin. Ela pôs "Achilles Last Stand" na primeira vitrola, girou o braço até o ponto certo e apoiou a agulha na faixa. Então pressionou o botão de *start*. A vitrola girou o disco lentamente até ela ouvir os acordes iniciais da música. Quando ouviu as primeiras notas, apertou o botão de *stop* e girou o disco para trás com os dedos até o vinil soltar um grunhido nos acordes iniciais. Ela repetiu o ritual com "How Many More Times" na segunda vitrola.

Lara ativou a vitrola número um. A música se misturou perfeitamente aos últimos acordes do jingle da rádio. Ela abriu a persiana e olhou para a rua. Carros suficientes ainda desciam a colina àquela hora, causando um pequeno engarrafamento, mas eles diminuiriam nas horas seguintes. Talvez a solidão do trabalho provocasse isso, mas Todd nunca ficava longe de seus pensamentos quando ela estava trancada no estúdio.

Ela não parava de olhar para o celular, torcendo para vê-lo piscar, quase desejando que o aparelho desse algum sinal. Pensou até em enfeitiçá--lo para que tocasse, mas não haveria ninguém do outro lado da linha. Se Todd fosse entrar em contato com ela em algum lugar, se é que isso aconteceria, seria ali. Quando fazia o turno de meia-noite às seis, ele costumava ligar para saber se ela estava bem, preocupado com a namorada, trancada ali sozinha, pondo discos para tocar. Mas o pai dela estava certo: assim como com Peter, ninguém havia visto Todd. O Natal chegou e passou, assim como o Dia dos Namorados e o aniversário da mãe dele — todos momentos em que muitos haviam pensado que ele ligaria. Apesar de seu carro ter sido encontrado abandonado, os cartões de crédito dele nunca foram usados. Como Peter Beaumont, ele apenas sumiu.

Como sempre, ela analisou os últimos instantes em que o viu. Eles haviam ganhado um status mítico, como uma coleção de joias valiosas desaparecida. Ela já havia analisado cada minuto, cada palavra, cada gesto e movimento, procurando algo que resolvesse o mistério. O que havia deixado passar?

Parando para pensar, Lara não conseguia se lembrar da última imagem dele. Se pensasse nos momentos importantes de sua vida, os momentos *realmente* definitivos, quanto tempo será que eles somariam? Talvez umas dez horas de toda a sua vida? Era muito ou muito pouco? Ela não sabia. Mas *aquele* momento. Aquele era *único*.

Parecera muito comum, quase prosaico na hora. Se ela apenas pudesse ter se impedido de se sentar no banco do motorista e olhado rapidamente para ele, antes de dar ré e ir embora... Estava tão concentrada na vida que teria que não parou e absorveu a última imagem dele diante da porta da casa. Era seu maior arrependimento.

Ver seu pai naquela noite a deixou com saudade de um disco do Dangerous Tendencies. Normalmente, ela não tocava os discos de Jason — as músicas do pai ficavam reservadas para o programa dele —, mas "The One I Left Behind" era a música favorita dela. Tirando *Tending*, o álbum de estreia da banda, da capa velha de papel, Lara o colocou na vitrola, levou a agulha até o ponto certo e, com cuidado, a pousou no vinil, sobre a marca da música número três. No entanto, quando pôs o disco para tocar ao contrário, algo estranho aconteceu. Ela ouviu algumas notas. *Isso é uma música?* Com certeza era uma música. Normalmente, o som do disco ao contrário era um grunhido que parecia uma fita enrolada, mas naquela noite ela ouviu o início de uma introdução perfeita de guitarra.

Aquilo era impossível.

— Estou *mesmo* ouvindo coisas.

Ela inspirou fundo e voltou o disco ao início até escutar a música começar. Então pôs as mãos sobre o álbum, impedindo-o de girar com os dedos. Chegando ao ponto certo, ela engoliu em seco e retirou a mão.

Mais uma vez, no lugar da dissonância, acordes suaves de violão ecoaram pela cabine de som. Ela manteve a rotação, levantando-se para ficar em um bom ângulo, acima da vitrola. Por fim, depois de trinta segundos girando o disco, ela ouviu uma voz masculina começar a cantar:

Você disse que eu não sabia o que queria,
Que não sabia sobre o amor.

— Que porra é essa?

Sua mão ficou paralisada. Ela se afastou da vitrola.

Agindo de forma rápida, Lara ligou o interruptor dos decks de rolo. A rádio conseguia funcionar com quatro deles, que passavam músicas de um para o outro como se funcionassem no piloto automático, então ela não teria que se preocupar com a mesa de som por um tempo.

Ela saiu do estúdio e foi até o escritório, vasculhando as gavetas em busca de um gravador. Achou o que estava procurando, mas, ao apertar o botão de *play*, viu que estava sem pilha. Por fim, pegou a guitarra do pai e correu de volta para o estúdio. Preparando o disco outra vez, repetiu o processo. A música ainda estava ali. Ela localizou as notas na guitarra e tocou a melodia, repetindo a rotação do disco até aprendê-la. A música não era familiar. Por isso, anotou os acordes rápido em um pedaço de papel para não os esquecer.

Quando ouviu a porta se abrir para a pessoa responsável por substituí-la, ela voltou a testar o disco. Daquela vez, os grunhidos conhecidos tinham substituído a introdução de guitarra.

A música havia desaparecido.

Depois de pegar a bolsa, Lara desceu a rua principal a passos rápidos, na direção do restaurante a duas quadras dali. A loja de vestidos da esquina havia fechado um mês antes, deixando uma vitrine vazia com corpos de manequins de plástico nus e pernas e braços afastados, empilhados em um canto como em uma cena de crime. Ela estava abalada.

O que havia acabado de acontecer na rádio? Era um *backmasking*, uma mensagem gravada em um disco que só podia ser ouvida quando a música era tocada ao contrário. Músicos faziam aquilo às vezes, para causar escândalo. Todos sabiam que os Beatles haviam feito na música "Revolution 9". Os ouvintes podiam escutar "*Turn me on, dead man*", o que levou à toda a teoria de que Paul McCartney estava morto. Quando pequenas, Lara e

Caren foram mandadas para o acampamento da igreja. No primeiro dia, depois de cantar versões empolgadas de "I'm in the Lord's Army", as crianças comeram cookies, tomaram ponche havaiano e aprenderam como astros do rock incluíam mensagens secretas para o diabo em seus discos. Muito obedientes, os meninos do grupo juraram pôr seus discos do AC/DC e do Led Zeppelin na fogueira. Quando soube que Lara tinha que levar discos para serem destruídos em uma atividade do acampamento, Jason nunca mais permitiu que ela voltasse.

Mas a música que ela tinha acabado de ouvir naquele disco continha, *sim*, uma mensagem gravada que só podia ser ouvida quando o álbum era tocado ao contrário. Só que Lara já havia tocado aquela música centenas de vezes e sabia que o som nunca estivera ali. E, mesmo que *Tending* tivesse incluído algo nas músicas, o *backmasking* ficava gravado no vinil e não podia desaparecer, como havia acontecido.

Não, a música foi uma mensagem para ela.

8

O DELILAH'S, UM DOS DOIS restaurantes da cidade que servia jantar até às onze da noite, estava lotado.

Lara se sentou em um banco de couro falso perto da porta. Não demorou para pedir uma taça de Chardonnay da cor de xixi concentrado. Era uma porcaria vintage ácida, "frutado" como chamavam, provavelmente saído de uma caixa esquecida na enorme geladeira do Delilah's, e daria a ela uma dor de cabeça dali a algumas horas. Esfregando o pescoço, ela achou que precisava seriamente de uma boa noite de sono.

— Coitada. Ninguém te avisou? O vinho daqui é *horrível*.

Lara sorriu ao ouvir a voz, o sotaque pesado do sul da Virgínia aparecendo na palavra *vinho*. Então se virou para encarar Ben Archer.

— E o que você vai pedir?

— Bom, com certeza não o *vinho*.

Dobrando as mangas da camisa branca bem passada, ele analisou o cardápio.

— Como você dobra essas coisas? — Ela estendeu a mão e puxou uma das mangas dele. — Parecem placas de gesso. Posso pôr essas camisas na minha casa?

— Ah, cale a boca — disse ele, com um sorriso irônico.

Desabotoando a outra manga, ele penou para dobrá-la, amassando o tecido.

— Para sua informação, é Heavy Starch, um produto básico do guarda-roupa dos cavalheiros do Sul dos Estados Unidos.

Ele riu, satisfeito com o comprimento da manga.

— Cadê o uniforme?

— Tive que ir ao tribunal nesta semana.

Em seguida, ele começou a puxar a gravata, torcendo-a na tentativa de se libertar.

Lara viu que a gravata de seda azul listrada era um dos presentes de aniversário que ele havia ganhado recentemente. Duas semanas antes, ele havia completado quarenta anos — um motivo de muita comemoração para todos, menos ele. Uma festa foi organizada, um evento estranho com funcionários do palácio de justiça e outros que o consideravam um conhecido. Em sua festa, Ben foi gentil, mas demonstrou estar louco para ir embora, antes mesmo de cantarem o parabéns. Sua secretária (sim, eles ainda a chamavam daquele jeito) havia visto a carteira de motorista de Ben e notado a data importante, o que levou a uma série de ligações (eles ainda faziam isso também). Como ele havia se divorciado recentemente, a festa estava repleta de viúvas e divorciadas, que levaram todo tipo de presentes: plantas, canecas de cerveja, bolas de golfe (apesar de Ben usar uniforme policial na maior parte dos dias e nunca jogar golfe), além de gravatas em todos os tons de azul possíveis.

Ela empurrou o vinho para longe e se virou para ele.

— Você não tem que usar *todas elas*, sabia?

Lara tinha mantido as mãos na taça, mas a vontade de tocar na gravata e sentir a qualidade da seda era enorme.

— *Porra*, eu sei lá.— Ele se aproximou e ela sentiu o hálito dele em sua nuca. — Elas estão sempre de olho.

Lara riu e, ao inspirar, um pouco de vinho saiu por seu nariz. Ele não estava errado. Como se tivessem combinado, Del, a proprietária do Delilah's, que estava trabalhando como bartender, pôs a mão no quadril.

— Que gravata bonita, Ben. Quem te deu essa?

— Pepper Maguire, eu acho.

Teria sido melhor se eles tivessem se sentado a uma mesa mais reservada, mas os dois sempre ficavam no bar. Ela nunca tinha se preocupado com a amizade dos dois, mas aquilo vinha mudando nos últimos tempos.

Lara passou a notar que várias pessoas tiravam os olhos de suas saladas e esticavam o pescoço para ver os dois juntos. Ela se perguntava se fazia muitos meses que faziam isso sem que ela prestasse atenção.

Em uma mesa próxima, Lara viu Kim Landau, a repórter do *Kerrigan Falls Express*, observando os dois. Ela e Ben se evitavam com a determinação de pessoas que haviam dormido juntas por acaso e se arrependido depois.

— Eu vi a Marla hoje mais cedo.

— E como está minha antiga metade?

Ben ergueu o olhar quando Del serviu a bebida de sempre dele, um Jameson puro.

— Ela tinha ido pegar uma foto lá no Gaston Boucher.

— Bom, ele faz todas as molduras para ela. — Ben tomou um gole de bebida. — E também não dá desconto, devo acrescentar. — Ele fez que não com a cabeça. — Ela tem o costume de emoldurar coisas.

— Ela é fotógrafa, *afinal*.

— Bom, ser fotógrafa de casamento não dá muito dinheiro.

— Eu contratei o outro fotógrafo da cidade — explicou Lara, pensando no que ele havia dito. — O trabalho dele acabou mais cedo naquele dia.

De canto de olho, percebeu Ben olhar para ela, sem saber o que responder. Lara riu para que ele soubesse que ela estava brincando com a própria situação.

— Aquele filho da mãe me cobrou o valor todo mesmo assim.

— Era de se imaginar que ele tivesse dado pelo menos cinquenta por cento de desconto.

Ele abriu um sorriso e foi como se tudo ganhasse foco. O cabelo castanho bagunçado dele tinha mechas grisalhas que haviam se tornado mais pronunciadas desde que ela o conhecera.

Lara tomou um gole grande demais do vinho e observou Ben falar. Ele tinha um rosto jovem, com olhos azuis gentis — quase dava para imaginar sua foto escolar de sexto ano. Na verdade, havia versões mais jovens de Ben por todo o Delilah's, já que as paredes do restaurante eram decoradas com fotos do passado da cidade: imagens granuladas dos anos 1970 e instantâneos em preto e branco em que pessoas com roupas formais demais posavam em amontoados estranhos de gente. Perto do púlpito de madeira da recepcionista, havia uma foto de um jovem Ben Archer ajoelhado, segurando uma luva no colo, no time de beisebol da escola de Kerrigan Falls, em 1982.

Desde o desaparecimento de Todd, Ben Archer tinha sido sua fonte de detalhes sobre Wickelow Bend e o caso. Nas semanas após o casamento, a simples imagem do policial na entrada de casa já fazia o coração de Lara disparar, na esperança de que alguma pista de Todd houvesse surgido. Eles haviam trabalhado juntos para formular novas teorias criativas sobre o desaparecimento, muitas vezes conversando até tarde da noite.

O apartamento dele ficava a apenas cinco casas da residência vitoriana de Lara. Os dois tinham o costume de trabalhar até tarde e ir ao Delilah's tomar alguns drinques. Depois de se desencontrarem algumas vezes ou chegarem justo quando o outro estava indo embora, alguns meses antes tinham passado a chegar ao restaurante ao mesmo tempo. Agora os jantares deles haviam se tornado um costume.

Del voltou a interrompê-los, desta vez com a descrição do prato do dia: caçarola sulista de macarrão ao molho de queijo, presunto e camarão.

Feitos os pedidos, Lara se aproximou de Ben com um ar conspiratório.

— Você acabou não contando do enterro.

No fim de semana, Ben tinha ido ao enterro de seu colega de quarto da época da faculdade, em Charlottesville. O colega, Walker, soube que tinha câncer de pâncreas em estágio avançado duas semanas antes.

— Bom, foi um belo jeito de me lembrar da minha mortalidade. — Ele hesitou. — A mulher dele me deu uma cantada durante a recepção.

Os olhos de Lara se arregalaram.

— Não.

— Deu.

Ele assentiu timidamente. Era raro que compartilhasse coisas assim com Lara.

— Como?

— *Como?*

Ele pareceu perplexo e ergueu as sobrancelhas.

— Tipo, ela deixou a mão se aproximar demais da sua enquanto tentava pegar um sanduíche de pepino?

Ele balançou a cabeça e tomou um gole de Jameson, estremecendo ao engolir.

— Não. Ela pôs a mão na minha bunda.

Lara se inclinou para a frente, rindo.

— Credo, o marido dela tinha acabado de ser enterrado.

— Eu sei — respondeu ele, sério.

— E aí? — pressionou Lara. — O que você fez?

— Ah, nada.

Ele deu de ombros de maneira vaga demais para o gosto de Lara.

A conversa continuou e ele insistiu em não falar sobre o que tinha realmente acontecido no enterro. Havia uma boa chance de ele ter dormido com a viúva. Quando os pratos chegaram, Lara já havia começado a *se importar* com aquele detalhe — aquilo a incomodava —, e a irritação a surpreendeu.

Durante a hora que se seguiu, Lara se pegou notando coisas sobre Ben Archer que haviam passado despercebidas nos nove meses em que começou a conhecê-lo de verdade. Ela vinha sentindo uma energia crescente, como a primeira faísca de uma fogueira. Pela primeira vez, não havia pedido notícias de Todd. Para sua surpresa, estava vivendo *aquele* momento. Aquilo era tão inesperado que tornava a atração que ela sentia ainda mais interessante.

Bom, isso e o vinho.

Os dois falaram sobre seus filmes favoritos de Hitchcock (o dela era *Intriga internacional* e o dele, *Um corpo que cai*), seus filmes favoritos de James Bond (o dele era *Dr. No* e o dela, um empate entre *Diamantes são eternos* e *A serviço secreto de Sua Majestade* — mas como ele afirmou que não podia haver empate entre filmes favoritos de James Bond, ela escolheu *Diamantes*, ainda hesitante). Ele a desafiou a recitar os cinquenta estados em ordem alfabética (um talento raro que ela tinha por causa da música "Fifty Nifty United States") e escrever todos em um guardanapo, insistindo que Lara havia se esquecido de um (mas ela não havia).

À medida que a noite passava, Lara percebeu que *se importava* com as respostas dele para aquelas perguntas bobas. Com todos aqueles detalhes, estava ligando os pontos que formavam Ben Archer. Histórias que ele contara a ela de forma aleatória — normalmente quando ela estava chorando ou reclamando de Todd — a inundaram, como lembranças esparsas. Ela tentou reuni-las mentalmente, porque tinham se tornado importantes. O que ele contou sobre sua primeira namorada? Onde ele havia pedido Marla em casamento? Enquanto o observava falar, se esforçava para se lembrar de todos os detalhes do encontro com Marla mais cedo e se perguntar como ela podia se comparar à linda ex-mulher dele. Custou para que se lembrasse de todas as conversas que tiveram. No início, Lara havia se importado menos com as histórias em si e mais com por que elas tinham a ver com Todd. Mas, naquela noite, durante o jantar, o relacionamento deles começou a mudar. E ela se permitiu ver aquela mudança.

Lara analisou o salão, repentinamente preocupada com o que as pessoas pensavam dos dois.

Horas depois, após ter comido o prato de macarrão com queijo, couve-de-bruxelas e tomado outra taça de vinho que definitivamente lhe daria uma dor de cabeça, ela começou a guardar as coisas na bolsa.

Del trouxe a conta e Ben Archer tentou pegá-la.

— Você não precisa fazer isso.

Lara pegou a capa de couro falso com o logo apagado da Amex para afastá-la de Ben.

— Eu sei. Devia fazer você pagar por nós dois. — Ele ergueu uma das sobrancelhas, algo que Lara considerava um talento incrível. — Na verdade, ao mexer nas minhas coisas, reparei que não havia *nenhum* presente seu. Fiquei um pouco chateado. Eu ia ter adorado ganhar um isqueiro.

— Você não fuma.

— Para fazer churrasco e acender velas — respondeu ele, analisando a conta.

— Nunca vi você fazer churrasco e tenho quase certeza de que não tem nenhuma vela decorativa, sr. Archer.

— Pare de se gabar por me conhecer tão bem... Uma luva de forno, então.

— Você não cozinha. Você vem *para cá* todas as noites.

— Um medidor de pressão.

— Nhé...

Lara pensou na possibilidade de comprar o aparelho antes de se despedir de Del. A distância até sua casa era de duas quadras.

Uma chuva leve começou a cair enquanto os dois caminhavam até suas respectivas casas. Eles pararam na rua, onde ele ficou à esquerda e ela, à direita, continuando a conversar sobre a situação do conserto da calçada. Lara lembrou que não tinha que estar na rádio de manhã, então podia ficar tranquila.

— Devo estar fazendo isso muito mal.

O rosto de Ben estava ficando vermelho.

— O quê?

— Paquerando você.

Ele pôs as mãos nos bolsos.

— Ah.

Lara riu, pressionando as mãos contra o rosto.

— E estou ficando molhado, então, se você for me dar um fora, seja rápida para eu poder entrar logo. O baile do circo no sábado. Você precisa de um acompanhante?

— Eu ia *adorar* ter um acompanhante, sr. Archer. Como chefe de polícia, você provavelmente seria muito apropriado.

Lara não sabia se era cedo demais para começar algo novo. Não sabia se havia um prazo para mulheres como ela, mas sabia que, com Ben Archer, ela não se sentia um desastre. Lara analisou as duas possibilidades: Todd e Ben, Ben e Todd. Mas não era como se tivesse escolha. Um tinha sumido e o outro estava parado diante dela. Talvez fosse hora de voltar a viver.

— De que cor é o seu vestido?

— Por quê? — Ela riu. — Vamos combinando?

— Não — disse ele, sorrindo. — Você vai estar usando máscara. Quero saber quem vou ter que procurar.

— Azul — disse ela. — Meu vestido é azul. E eu vou encontrar *você*.

9

KERRIGAN FALLS, VIRGÍNIA
24 de julho de 1982

Quando criança, Lara adorava correr pelo campo que ligava a antiga fazenda Lund, propriedade de seu avô Simon Webster, à que pertencia a sua bisavó, Cecile. As duas gerações de sua família pareciam aparadores de livros: conectadas por um único campo em declive. Uma corrida de uma varanda à outra levava quatro minutos — algo que ela costumava testar para chegar a tempo de jantar em uma casa ou na outra.

Naquela época, Audrey e Jason ainda moravam com Simon. A casa do avô era quase um museu dedicado à memória de Margot. Simon não gostava que mexessem nas coisas e Lara parecia explorar o mundo com os dedos — dedos sujos de doce. Como Cecile era muito mais tranquila em relação aos móveis, Lara passou a maior parte da infância na casa da bisavó. Simon também não gostava de barulho, por isso Jason transformou a garagem de Cecile em um estúdio improvisado, onde seus companheiros de banda iam tocar a qualquer hora, deixando o som flutuar pelas janelas abertas.

Os verões eram uma delícia, acompanhados pelos campos verdejantes e o cantar dos gafanhotos. Como se fosse seu parque de diversões particular, Lara e seus amigos andavam em torno dos equipamentos do velho circo — trailers e vagões — que apodreciam no campo, e acabaram encontrando, por fim, uma das antigas tendas em um dos trailers, a lona rasgada, mas ainda recuperável. Jason os ajudou a abri-la no campo e encontrou os antigos varões para montá-la.

Logo depois que a tenda foi erguida, Lara girou seu bastão, imaginando que uma plateia assistia a seus movimentos de braço e a suas dancinhas. Fazia um ano que ela tinha visto o homem e a mulher misteriosos.

Depois de pôr o *timer* em forma de ovo de Cecile para marcar um minuto, ela trabalhava em seus lançamentos, contando o número de vezes que conseguia girar o bastão com o polegar e pegá-lo com um rápido movimento do pulso. Lara contava em voz alta. Quando o *timer* soou, ela já havia feito 52 lançamentos. A menina ouviu palmas e olhou para cima. O homem estava parado à entrada da tenda. Desta vez, sozinho.

— É você mesmo?

Ele vestia uma roupa dourada, parecida com os figurinos de Elvis. Surpresa, ela percebeu como o havia procurado durante o ano anterior.

— Ficou com medo de que eu fosse coisa da sua cabeça?

Ele se apoiou em um dos varões e ela pensou em pedir que ele não fizesse aquilo. Todos os suportes da tenda estavam bambos.

A garotinha assentiu.

— Eu estava começando a pensar isso mesmo.

Através dos óculos de sol espelhados, ele olhou para a tenda caída.

— Estou vendo que você montou a velha tenda do circo. Me diga: gostou dela?

— Eu adorei.

Pela abertura da tenda, ela ficou de olho nos cavalos que pastavam no campo. Eles eram bons em avaliar pessoas. Mas os animais estavam simplesmente parados, observando o homem e afastando moscas com a cauda.

— Isso é bom. — O homem entrou na tenda. Era uma coisa bege e azul gasta, com varões tortos, e um bolsão nos fundos que Jason tentou consertar apoiando o tecido em um velho galho de árvore. — O circo está no seu sangue, sabia?

— Eu sei — retrucou ela. Lara era tão confiante como apenas uma menina de sete anos superprotegida poderia ser. — Minha família era dona de um circo.

— É. Você se lembra da mulher que estava comigo daquela vez? Era Margot, sua avó. O circo tinha o nome dela.

Lembrando-se da bela jovem, Lara fez uma careta, pensando que Simon Webster era um velho chato. Todos diziam que ele havia se casado com Margot, a mulher dos cartazes, mas aquilo parecia impossível.

— Ela não era nada velha.

— Bom, ela está morta, *ma chérie*. Não pode mais envelhecer. — O homem sorriu e pôs as mãos atrás da calça marrom. — Era um belo circo, mas não foi o único que pertenceu à sua família, sabia? Já houve outro. — O tom da voz dele mudou, como se fosse contar uma história. — Um circo mágico e ele é seu.

— Meu?

Aquilo era novidade para Lara. Ela se ajeitou, em pé. Ele tinha conseguido chamar a atenção dela.

— É verdade.

O homem fez um gesto com as mãos e a tenda do circo pareceu se aprumar um pouco, como se novos varões tivessem sido acrescentados ou uma mão invisível a houvesse puxado para cima. Cores tomaram conta dela, clareando as sedas azul e bege. Um candelabro brilhou sobre os dois. Os artefatos enferrujados e descoloridos que ela tinha arrastado para baixo da tenda logo foram substituídos por palhaços e a maior parte do espaço sob a lona foi ocupada por um carrossel. O homem deu a volta e parou ao lado de Lara. A menina olhou para cima, maravilhada. Será que o circo havia sido daquela maneira? Por algum motivo, ela nunca o imaginara tão colorido. Para ela, tinha sido um espetáculo vagabundo, com palhaços envelhecidos e equipamento enferrujado. Achava que todos os circos fossem daquele jeito.

— Como você fez isso?

Lara olhou para cima, maravilhada.

— Você também consegue — disse o homem. — Experimente. Faça o carrossel girar.

Imediatamente, o carrossel parou, como se esperasse por ela.

Ela olhou para o homem como se ele fosse idiota e soltou uma risadinha.

— Seu bobo... Eu não consigo fazer isso.

— Isso não é verdade. — Ele sorriu, inclinando-se para encará-la. — Você consegue mexer as coisas, não consegue? Tabuleiros de Ouija, talvez?

Os olhos dela se arregalaram. Uma coisa era o homem saber o nome dela, mas saber sobre o tabuleiro da casa de Caren era bem diferente.

— Como você...?

— Não importa — interrompeu ele, dispensando a preocupação dela. — Mas você não deve ter medo do seu poder.

No entanto, ela tinha, *sim*, medo das coisas que podia fazer. Estar ali, com ele se apresentando para ela, era divertido, como um truque de mágica em uma festa de aniversário. Ela era quase uma espectadora. No entanto, quando ficava entregue à própria sorte, aquele poder a assustava.

— Tente você. — Ele girou o dedo. Pegou uma flor minúscula, um trevo-branco, e começou a girar o caule entre o polegar e o indicador. — Tome. — Entregou a flor a ela. — Em vez de pensar no carrossel, concentre-se em fazer esta flor girar. Quando a magia é nova, o mais importante é usar a emoção do que você mais quer, minha querida, e não se concentrar. A concentração vem depois. A magia sabe o que você quer. Só queira mais.

— Você disse para não pensar nisso.

Lara observou a flor girando, desajeitada, sob seus dedos.

— Pensar e desejar não são a mesma coisa, minha bonequinha esperta. O desejo vem do coração, não da cabeça.

Uma aluna sempre aplicada, Lara o imitou com os dedinhos minúsculos e, para sua surpresa, pôde ouvir o carrossel ranger ao começar a girar.

— Muito bem — disse ele, aplaudindo.

Ela balançou a cabeça.

— Foi *você* que fez isso, não eu.

— Não. Juro que não, meu bem. — Ele se abaixou. — Você é a escolhida. O circo, o *verdadeiro* circo, é seu destino. Um dia, ele vai precisar que você faça sua magia. Vou convocar você. Entendeu?

Apesar de estar assentindo, ela não havia entendido o que ele estava dizendo. Não tinha ninguém, nem Cecile nem a mãe, para filtrar, traduzir nem colocar aquelas palavras no contexto certo. Lara observou encantada o carrossel girar, tão concentrada que esqueceu que o homem estava ali. À medida que o carrossel foi parando, como se as baterias que o moviam estivessem acabando, ela se virou para dizer algo, mas ele já havia ido embora.

Virando-se de volta, ela viu que o carrossel desaparecia e que a tenda tinha voltado a ficar suja, vazia, apagada e caída. O lustre brilhante também havia sumido e o topo da tenda, afundado como se não pudesse suportar nem o peso de um enfeite de Natal.

— Volte — pediu ela.

Havia algo naquele homem. Mesmo que não soubesse exatamente o que queria dizer, ela sabia que ele estava dizendo a verdade. A mãe dela também conseguia fazer algumas coisas, coisas mágicas. Lara vira Audrey destrancar portas, fazer o telefone tocar e até impedir trovões quando não sabia que Lara estava observando. Uma vez, Lara tinha ouvido Cecile e a mãe conversando sobre um feitiço. Audrey estava entoando um cântico com a ajuda de Cecile. Lara tinha se deitado diante do vão largo entre o chão e a velha porta para observá-las. Tentou decorar o que as duas estavam dizendo, mas elas cantaram rápido demais. O ritual e a linguagem haviam parecido secretos e exóticos, com velas tremulando e luzes se reduzindo e aumentando na casa, como se Audrey estivesse sugando a energia de tudo ao seu redor. Lara pôde sentir a energia do cântico, a energia das palavras da mãe.

Quando a magia é nova, o mais importante é usar a emoção do que você mais quer, minha querida, e não se concentrar.

Depois que o homem havia mostrado como alterar a tenda, ela começou a tentar fazer truques mais simples. Começou pela tranca da porta do escritório de Simon. Era uma porta fácil, que só exigia um movimento rápido do pino da maçaneta. Fechando os olhos, Lara pensou não na fechadura, mas em uma moeda girando entre seus dedos. Depois se lembrou do baleiro de Simon. Ele o encheu com biscoitos de menta naquela manhã. E ela, acima de tudo, *queria* um biscoito de menta. Concentrando-se em seu desejo profundo pelo doce crocante e açucarado, Lara ouviu o clique da tranca.

Mas todas as correções dela estavam concentradas em consertar a tenda. Depois de uma semana, ela voltou ao campo. Começando pela cor, ela se concentrou no azul desbotado da lona e pensou no azul do mar. Incentivando o tecido gasto, ela o viu ganhar cor. Depois, usando a mão para fingir, ergueu o topo da tenda, como se estivesse puxando a tampa de uma lata de biscoitos. Seguindo a ordem, a tenda se ergueu e o bege começou a clarear.

— Carrossel, volte.

Nada.

— Carrossel, *volte*.

Ela ladrou a ordem tão alto que fez Gomez Addams — que havia passado a se chamar Squiggy — olhar para ela, assustado.

Lara viu uma faísca e pôde ouvir o leve eco de um órgão que parecia estar em outro lugar, levemente fora de alcance, o volume baixo. Ficando irritada, ela comandou:

— Carrossel, volte.

Mais uma vez, pôde vê-lo brilhar e depois se apagar. Com isso, a tenda desabou, voltando a seu estado abandonado. Lara estava exausta. Aquilo era mais difícil do que abrir trancas.

Lara sabia o que o pai e o avô diriam que ela era uma criança com "muita imaginação". Por ser filha única, ela precisava disso para se manter ocupada. Mas, quando voltou ao lugar em que o homem havia estado, ela viu o trevo seco e morto no chão. O homem o havia colhido, não ela. Por isso, ela o guardou para provar que era real o que tinha visto e prensou os fragmentos da flor dentro de seu livro, *Rumpelstiltskin*. Meses depois, ela pegaria o livro e veria a flor já seca, em meio ao papel manteiga.

Ele havia colhido aquela flor. Tinha sido real. Ela não estava maluca.

Lara voltou ao campo todos os dias. Se tinha que praticar violão, então podia praticar aquilo. Por semanas, ela clareou e ergueu a velha tenda. Um dia, conseguiu trazer o carrossel para o seu mundo, mas ele se manteve por apenas alguns segundos antes de desaparecer. Uma semana depois, uma tempestade rasgou a tenda, destruindo o tecido velho.

À medida que o verão passava, vários homens e mulheres idosas visitaram Cecile para falar do velho circo. Como se sentissem a força da maré, os artistas subiam a comprida rua em suas caminhonetes velhas para se sentar na varanda com Cecile e tomar chá gelado, ou gim-tônica, e falar sobre o passado.

Lara adorava aquelas visitas. Quando via uma caminhonete velha parada na entrada da casa, ela corria pelo campo para ver quem havia chegado. Sentados na varanda, eles conversavam enquanto Lara brincava com suas Barbies ou Legos, fingindo não ouvir, mas sem perder nenhuma história. Artistas circenses eram ótimos contadores de histórias. Um homem alto e magro, que gostava de gim-tônica, um dia chorou com Cecile por ter perdido seu amado cavalo por causa de cólicas. Lara sabia, por sua curta experiência com cavalos, que eles eram criaturas frágeis e misteriosas. O homem ficou tão abalado que Lara entregou a ele seu cavalo bege de plástico, Thunderbolt.

— Você pode ficar com o meu cavalo.

Lara se lembrava de adorar o brinquedo e de segurá-lo pelas pernas, tomando cuidado para prender a pequena sela de vinil marrom como se ela fosse convencer o homem a ficar com o brinquedo.

O homem o recusou com um sorriso agradecido, tirou um lencinho do bolso da calça e enxugou o rosto.

Depois que o homem foi embora, Cecile se ajoelhou e se sentou ao lado de Lara no chão. Lara pôde sentir o perfume L'Air du Temps no ar. Cecile — ainda bronzeada como uma uva passa, seu cabelo grisalho curto e rosto em forma de coração — era a única mulher que Lara conhecia que sempre usava batom vermelho vivo, mas ele já havia se apagado, depois de uma tarde conversando com outras pessoas.

— Foi muito gentil da sua parte, Lara. Foi muito comovente.

Cecile ainda tinha um sotaque francês forte e Lara se pegou contando *un, deux, trois* ou dizendo *n'est-ce pas*.

A menina deu de ombros, fazendo Thunderbolt galopar.

— Não foi nada. Eu tinha que cuidar dele.

— Mas que coisa curiosa de se dizer...

Por causa do sotaque, havia certa musicalidade na voz de Cecile.

— Ele disse que o circo é o meu destino.

— Quem?

Lara olhou para cima. Ela não ia falar sobre *ele*.

— Lara? — insistiu Cecile, com um tom alarmado na voz.

— O homem do campo.

Lara olhou para o chão.

— *Que* homem do campo? — O tom de voz de Cecile subiu.

Lara deu de ombros.

— O homem. Às vezes a mulher está com ele. Margot.

A surpresa tomou o rosto de Cecile.

— Onde você o viu?

Lara apontou para o campo.

— A última vez foi quando a tenda estava montada.

— Me diga exatamente o que ele falou.

Ela virou Lara de frente para ela e aproximou o rosto do da menina. Algo no hálito de Cecile tinha aroma de árvore de Natal.

Lara contou todos os detalhes a Cecile e a expressão no rosto de sua bisavó foi de desespero quando ela explicou sobre o carrossel. O medo em sua voz era evidente. Ela encheu Lara de perguntas, como se a menina tivesse feito algo errado.

— Você não pode falar nada sobre isso. Nunca conte isso a ninguém, está ouvindo? Esqueça esse cara.

Lara assentiu, temendo que Cecile estivesse brava com ela.

— Eu fiz alguma coisa errada?

Cecile demorou a sorrir, mas, quando sorriu, pareceu uma menininha.

— Não, minha querida. Você é perfeita.

Apesar de ter ouvido Cecile naquele dia e nunca contado a ninguém sobre o homem estranho no campo, ele havia libertado algo dentro dela. Com um girar ou estalar dos dedos, ela podia movimentar coisas.

Pequenas correções, começou a chamá-las assim.

— Quem é ele? — perguntou Lara a Cecile uma vez, pouco antes de a mulher, já mais velha, morrer.

Lara não precisou esclarecer quem era *ele*. Cecile a entendeu perfeitamente.

— O nome dele é Althacazur — respondeu Cecile. — E nada de bom pode vir dele.

DA NOVA DEMONIOPÉDIA.COM

Althacazur (/altha-ca-zhr/). As formas *Althacazar* (/althacaz-ahr/) e *Althacazure* (/al-tha-caz-yoor/) também já foram usadas na língua inglesa. Um dos príncipes do Inferno, ele é considerado um dos demônios mais poderosos e muitas vezes é chamado de "Rei do Inferno", especialmente por representar os prazeres carnais, a vaidade e a luxúria, o que lhe rende o maior número possível de súditos. Diz-se que ele comanda o oitavo círculo do Inferno, para onde seus súditos vão depois de morrer. De acordo com vários textos, o rio Estige flui sobretudo pelo oitavo círculo do Inferno, o que torna Althacazur muito poderoso, já que os outros demônios têm que pagar uma taxa para cruzar o principal rio do submundo.

Nas lendas, ele geralmente é descrito como bonito e vaidoso, com cabelo sedoso e olhos cor de âmbar — que costuma esconder com óculos escuros quando circula entre os mortais por causa de suas pupilas horizontais, um traço do mundo inferior que não se pode disfarçar. Um quadro de 1821, *Althacazar*, de Bishop Worth, se encontra no Museu Britânico e mostra o demônio em seu robe roxo característico. No quadro, Althacazur tem uma cabeça de cabra e asas de dragão brotam de suas costas. Alguns biógrafos de Worth (especialmente Constance van Hugh em seu livro *Worth: uma vida*) disseram que o demônio posou para o retrato, enquanto muitos especialistas em Worth consideram a ideia um boato ridículo. A alegação de Van Hugh veio basicamente do diário da filha de Worth, que dizia que ela havia encontrado o demônio várias vezes em sua sala de estar, enquanto o pai trabalhava no quadro e que "quando suas asas estavam fechadas, ele [Althacazar] era perfeitamente capaz de saborear seu chá".

Althacazur aparece de maneira proeminente no livro *A donzela e o demônio*, um romance de 1884, de Andrew Wainwright Collier, em que, por estar apaixonado por uma mulher mortal, Aerin, Althacazur planeja matar e assassina todos os pretendentes da moça, causando a ruína dela e sua transformação em uma mulher com quem não se pode contrair matrimônio. Por causa disso, Aerin toma veneno e se mata. No submundo, Lúcifer a dá de presente a Althacazur, que faz dela sua noiva. Althacazur então passa a ser atormentado por Aerin, que o despreza e nunca vai amá-lo. O fato de a donzela manter as lembranças humanas é uma punição de outros demônios, que têm inveja do poder crescente de Althacazur. Lúcifer manda a donzela para os anjos, pois ela tinha o coração puro demais para o Inferno, em uma tentativa de resgatar seu favorito. No romance, Althacazur é uma figura trágica, destruído pela própria luxúria e pela inveja de outros demônios do Inferno.

É interessante notar que a segunda esposa de Andrew Wainwright Collier foi a atriz Juno Wagner, que fez a donzela Aerin na adaptação londrina de 1902. Em 9 de outubro de 1904, Wagner morreu no parto. Collier morreu destruindo todas as cópias de *A donzela e o demônio*, afirmando que o demônio, Althacazur, havia sido responsável pela morte de sua mulher. Collier nunca mencionou o que aconteceu com o bebê que Wagner carregava, mas supõe-se que a criança também tenha morrido no parto. Após a morte de Wagner, o escritor enlouqueceu e muitos supuseram que ele não havia afirmado que Althacazur era responsável pela morte de sua mulher, e sim de que a peça havia sido responsável — já que a atriz grávida havia desrespeitado as orientações médicas e viajado para Paris para ver uma apresentação, onde ficou doente. Collier morreu em 23 de dezembro de 1905. Um amigo dele, Pearce Buckley, disse que ele "não parecia são no fim da vida e tudo que falava sobre Juno eram, infelizmente, delírios de um louco".

No prefácio de *Obras selecionadas de Andrew Wainwright Collier*, Jacques Mourier, o jornalista do *Le Figaro* que havia sido assistente do escritor, afirma que Collier morreu alegando que Wagner foi seduzida por um demônio. "Ele foi vê-la uma noite, depois de uma apresentação. Era um lindo homem, de colete preto e cabelo castanho liso. Collier desconfiava que sua mulher havia começado a ter um caso com o homem e comparou o safado a um vampiro que lhe sugou a vida". Muitos estudantes de demonologia suspeitam que o "cabelo liso" seja uma referência a Althacazur e que Collier estava certo ao dizer que a mulher foi seduzida por um dos demônios mais poderosos do submundo.

Em *A Enciclopédia Demoníaca de 1888*, o verbete sobre Althacazur diz: *Apesar de ser sempre descrito como um homem bonito e inteligente, Althacazure costuma ser vítima da própria luxúria e suas consequências. O temperamento dele, considerado o mais volátil dos príncipes do Inferno, é outro de seus defeitos. Por causa do charme que tem, ele costuma ser confundido com demônios menos importantes, o que é um erro grave, já que ele é o mais vaidoso e implacável dos generais do Inferno. É considerado o favorito de Lúcifer e o rival mais frequente do anjo Rafael.*

Na tradição moderna
O convidado do jantar

Althacazur era um demônio que aparecia muito no show ocultista do mágico Philippe Angier. O espetáculo de Angier sempre foi cercado de boatos sobre influências demoníacas, especialmente depois que surgiram rumores de que o cabelo do ocultista havia passado de castanho-escuro a ruivo do dia para a noite. Angier foi morto em um duelo, em 1898, no Bois de Boulogne. Diz-se que, em um jantar em Paris, ele previu o destino de todos os convivas, todos intelectuais parisienses famosos. Os supostos destinos eram terríveis: prisão, envenenamento e suicídio. Nos anos seguintes, surgiram boatos de que as previsões haviam se confirmado, o que fez o último convidado vivo do jantar, o jornalista Gerard Caron, chamar Angier de satanista no jornal *Le Parisian* e o desafiar para um duelo. Nas planícies do Bois de Boulogne, a pistola de Angier não funcionou e ele foi ferido fatalmente, mas sobreviveu por alguns dias antes de morrer. Caron, dominado pela culpa, tirou a própria vida, atirando em si mesmo com a pistola de Angier — que "disparou perfeitamente", de acordo com testemunhas. Após a morte dele, vários relatos diziam que Angier havia engravidado muitas de suas assistentes de palco e sacrificado os próprios recém-nascidos para tranquilizar o demônio Althacazur. A história inspirou o musical *Os convidados do jantar*.

Associação com Robert Johnson
Enquanto muitos dizem que foi Lúcifer que encontrou Robert Johnson, o lendário guitarrista de blues, numa "encruzilhada" em Clarksdale, no Mississippi, algumas pessoas sugerem que, na verdade, foi o demônio Althacazur que selou o fatídico acordo da lenda. A lenda da guitarra morreu em 16 de agosto de 1938, em Greenwood, no Mississippi.

Dias demoníacos
Althacazur é um dos personagens principais da série *Dias demoníacos* e aparece como rival dos anjos Gabriel e Rafael, colegas de apartamento na São Francisco dos dias de hoje. O papel de Althacazur foi feito pelo ator Jacob Broody na primeira e segunda temporadas e depois por Elijah Hunt nas temporadas três a cinco.

10

KERRIGAN FALLS, VIRGÍNIA
21 de junho de 2005

Por que ela nunca havia pensado em procurá-lo na internet? Meu Deus, ela já havia pesquisado músicos mortos demais. A morte de Mama Cass e Keith Moon aos 32 anos, no mesmo apartamento de Londres, era sua pesquisa preferida. Foi preciso, porém, que Caren a lembrasse do nome dele. *Althacazur.*

Ela encarou o verbete sem acreditar, depois apertou o botão de imprimir. O homem que a havia visitado no campo era um demônio importante — também conhecido como "o rei do Inferno". Lara tentou se lembrar se ele havia se apresentado a ela. Tinha sido Cecile que havia pronunciado, pela primeira vez, o nome que parecia o de um vilão de desenho infantil, como Gargamel.

Cecile devia estar enganada. O nome que mencionou devia ser parecido. Ela era uma criança. Talvez não tivesse entendido bem. Mas também havia a palavra soletrada no tabuleiro de Ouija. Era a mesma. A magia que sua família usava — em fechaduras e vestidos — era inocente. Aquele Althacazur era outro tipo de criatura.

Enquanto pegava a bolsa e procurava o batom, ela não parava de reler o que havia imprimido, procurando alguma semelhança entre a descrição e o homem que conhecera. Vaidoso? Com certeza. Cabelo liso? Sim. Mas foi a parte *e olhos cor de âmbar — que costuma esconder com óculos escuros quando circula entre os mortais por causa de suas pupilas horizontais, um traço do mundo inferior que não se pode disfarçar* que a deixou paralisada.

Dentre tudo que ela havia lido, aquela frase parecia descrevê-lo da forma mais detalhada. E aquilo levantava a pergunta: se um dos demônios mais importantes a visitou, o que ele queria? Em algum momento, e foram palavras dele, ele a convocaria. Ela se sentou e percebeu que suas pernas tremiam. Será que a*quela* era a fonte da magia dela? Será que ele era o motivo pelo qual Audrey insistia para que escondessem suas habilidades?

Depois de abrir fechaduras e esvaziar o baleiro do avô, Lara passou a copiar a assinatura da mãe e a enfeitiçar o telefone para soar como se qualquer pessoa que quisesse estivesse falando. Quando pequena, o talento a ajudava sempre que ela queria autorização para participar de um passeio. E, à medida que foi se aprimorando, ela começou a imitar a voz das mães das amigas com facilidade e, com isso, ficar na rua até mais tarde enquanto Audrey achava que a filha estava na casa de Caren, em segurança.

Foi a mãe de Caren quem a denunciou, sem querer. Tanto Caren quanto Lara tinham alergias e precisavam de vacinas semanais. Em uma primavera, no consultório médico, a sra. Jackson agradeceu a Audrey por deixar que Caren ficasse tanto na casa dela. Na verdade, as duas meninas haviam fugido e ido jogar boliche. Lara sempre tomou cuidado para não deixar Caren ouvir as ligações, já que não queria que a amiga tivesse culpa no cartório. Enquanto a sra. Jackson apresentava um relato preciso da generosidade de Audrey em relação à sua filha, Lara fechou os olhos, com medo.

A dica da bronca que levaria veio do puxão firme que Audrey deu no talão, ao arrancar o cheque de três dólares que fizera para o dr. Mulligan.

— Você não tem ideia de como é crescer sem mãe porque ela enlouqueceu ao usar magia. — Audrey havia ficado em silêncio até elas pegarem a estrada sinuosa de sua casa. — Poupei você disso. Obviamente, é divertido ter equipamentos velhos no quintal, mas você nunca foi considerada estranha pelos seus amigos porque trabalhava em um circo. Eu já fui. Você acha fofo e divertido, mas chamar atenção é perigoso.

Quando Lara voltou para casa, o castigo foi rápido, mas silencioso. Como o telefone era a fonte do problema, Audrey o encantou para que Lara não pudesse ligar para ninguém por uma semana. O interessante foi que a mãe não mencionou para Jason o que Lara havia feito, nem falou sobre o castigo que ela ia receber. Só então Lara entendeu que Audrey havia escondido do marido a habilidade das duas. A magia era um segredo vergonhoso.

Desligando o computador, ela olhou para o relógio. Já estava quase na hora de Audrey levá-la para o circo. Dobrando o papel com o verbete sobre Althacazur, ela o colocou no fundo da bolsa.

Durante duas semanas, sempre em junho, o Circo Rivoli de Montreal se instalava em um dos campos próximos à rodovia, o cenário das montanhas Blue Ridge surgindo atrás da grande tenda ao pôr do sol. A passagem por Kerrigan Falls era um sinal de respeito ao Cirque Margot, já que muitos dos artistas haviam ido procurar emprego na trupe canadense quando o circo fechara. A lealdade era importante para aquelas famílias e mesmo os filhos de muitos integrantes já falecidos ainda se lembravam das histórias. A trupe de Montreal havia assumido a maior parte da antiga rota do Cirque Margot, por isso a história das duas companhias era intrinsicamente entrelaçada.

Depois de dar início à temporada, o Circo Rivoli se apresentaria em 12 cidades do Tennessee, da Geórgia, do Alabama e do Mississippi, antes de seguir para o sudoeste e reabastecer no Canadá para as apresentações do ano seguinte.

Era difícil encontrar ingressos, mas Audrey sempre conseguia bons lugares com a família Rivoli. A relação entre as duas famílias era algo que sua mãe mais aturava do que celebrava, mas os cavalos do circo eram os animais mais impressionantes presentes na arena. Por isso, Audrey queria estar na primeira fila durante as apresentações.

As tendas listradas de verde-musgo e azul foram montadas como uma grande feira. Lara e Audrey passaram pela grande entrada, vendo barraquinhas de comida e de atrações como jogos, cartomantes e vendedores de camisetas margearem a avenida até a entrada da tenda principal.

Dentro da tenda principal, o ar da noite estava fresco. Acima delas, um elaborado candelabro verde e azul, parecido com uma obra de Chihuly, pendia do centro. Dos acessórios à aparelhagem de som e às barraquinhas, Lara ficou admirada com a atenção do circo aos detalhes. As apresentações deles eram sempre elegantes e sofisticadas, ao contrário de alguns circos vagabundos que passavam pela cidade todo outono, quando as crianças podiam andar em rodas-gigantes enferrujadas e tomar Coca-Colas aguadas.

Naquele instante, a tenda ficou escura e luzes azuis e verdes brilharam, como em um show de Las Vegas. Aquele era um dos raros circos que ainda viajava com uma orquestra completa. Uma pausa sombria e dramática se fez. Em algum lugar da plateia, um homem tossiu e uma criança chorou. Um pequeno holofote apareceu no alto da tenda, onde a forma de uma menina loura vestida com um collant verde-limão coberto de lantejoulas surgiu, descendo com elegância por um tecido, se enrolando e se desenrolando por toda a extensão dele. Enquanto se movia, o tecido se retorcia, acompanhando e lutando contra o corpo da artista, criando a ilusão de que ela se enrolava e se soltava da corda, antes de se salvar de uma falsa queda livre. Junto à orquestra abaixo dela, uma cantora solitária entoava uma melodia em francês, acompanhada por uma série de cordas elétricas.

A possibilidade de um artista cair não estava fora de cogitação no circo. Cordas arrebentavam, mãos escorregavam, mas precisão e prática, além de sorte e talento, aumentavam a vantagem da artista experiente, que girava em uma corda que segurava com os dentes. Apesar de a chance de uma tragédia ser pequena, a cada giro e manobra da trapezista e a cada movimento de seus bíceps, o público ficava arrebatado, as pessoas sentadas na beira de suas cadeiras. O número tinha uma combinação perfeita de espetáculo e tensão, de beleza misturada ao perigo.

De repente, havia duas malabaristas. Uma segunda artista, de collant azul royal, se juntou a ela. As duas giravam e se contorciam em uníssono, uma contagem silenciosa mantendo a precisão com a qual entrelaçavam as cordas ou pulavam de uma para outra em um esquema aéreo elaborado. Então, quando estabeleceram um ritmo, uma terceira acrobata apareceu.

Lara esticou o pescoço e notou que não havia rede sob as artistas — apenas um piso acolchoado que lembrava os tatames de uma academia de luta livre. Aquilo não impediria que uma perna se quebrasse nem um corpo fosse esmagado caso elas errassem. E o risco criava um espetáculo tão maravilhoso que Lara percebeu que seu coração havia disparado. Ela era uma pessoa que chorava em peças da Broadway, encantada com a arte e a emoção de uma apresentação ao vivo, mas não se lembrava de ter assistido a um número tão encantador quanto aquele, mesmo quando criança.

Os movimentos eram fluidos, como se ela estivesse vendo uma dança aérea, algo que aves fariam se tivessem braços e pernas. As três acrobatas escorregaram pelo tecido em um final dramático e a multidão foi à loucura.

Outro número seguiu o primeiro, uma apresentação mais tradicional de trapézio, que Lara estava acostumada a ver. Os quatro artistas pareciam leves e contorciam e lançavam os próprios corpos, passando tranquilamente de um trapézio para o outro, como se a conexão não fosse necessária. Enquanto faziam manobras bem acima da multidão, agarrando as barras e se contorcendo para chegar às plataformas, onde eram segurados por mãos firmes até o artista seguinte substituí-los, Lara sentiu que contavam os segundos, as mãos se estendendo, os corpos girando e pousando elegantemente para então se virar e repetir a performance com a mesma facilidade de cartas sendo embaralhadas. Era como se objetos estivessem sendo lançados pelo palco, não pessoas, então, quando percebeu que a contagem estava errada, Lara inspirou de repente. Com um toque leve, ela viu a mão da artista escorregar da do apanhador.

De forma instintiva, Lara se lembrou da brincadeira que fazia quando pequena, em que a perspectiva forçada tornava uma pessoa minúscula e permitia que outra pessoa a "espremesse" entre os dedos. Usando a mesma técnica, Lara disse "não" em voz alta enquanto passava a mão por baixo da trapezista em queda, segurando-a como se fosse uma marionete minúscula.

— Suba, suba — sussurrou Lara, erguendo a artista.

Para qualquer pessoa que estivesse assistindo, ela poderia estar simplesmente segurando uma xícara de chá imaginária. Já a acrobata sentiria que estava de pé em uma plataforma de vidro. O instinto agiu e a moça se esticou na direção da mão estendida do apanhador.

— O que está fazendo? — sussurrou Audrey bem baixinho, os olhos arregalados. — Pare com isso.

As palavras interromperam a concentração de Lara e ela sentiu o feitiço se quebrar por um instante. A acrobata falhou outra vez.

— Suba — ordenou Lara, ignorando a mãe e voltando a se concentrar na artista. — Suba, suba.

Lara começou a suar, lembrando-se do que *ele* havia dito para ela na tenda: *Apenas gire a flor*. Era como abrir uma fechadura. *Vou conseguir*, pensou ela.

Fechando os olhos, ela girou a artista com o dedo, fazendo-a percorrer o espaço necessário para alcançar as mãos estendidas do apanhador. O que deve ter parecido uma eternidade tanto para Lara quanto para a acrobata durou apenas alguns segundos. A passagem errada provavelmente não havia sido notada pelo resto do público.

Certa de que havia feito o feitiço de maneira correta, Lara abriu os olhos e esticou o pescoço para observar tudo de um ângulo diferente. A acrobata flutuava, os braços e as pernas fazendo quase um movimento de nado peito enquanto Lara girava o dedo. A artista se esticou para que o apanhador pudesse segurá-la e lançá-la outra vez. O segundo lançamento deu certo e ele a agarrou com força. Recuperando o ritmo, o grupo terminou a apresentação. Só no fim do número, depois que todos desceram das cordas, Lara viu claramente que as pernas da artistas tremiam. Então olhou para o lado e viu Audrey encará-la, com uma das sobrancelhas levantadas.

Ela tinha feito uma correção na frente de todos. Aquilo era proibido. Mas, apesar de se sentir culpada por desafiar Audrey, aquilo não era uma reforma em um vestido de casamento. Em um segundo, através de um comando bem dado, ela salvou a vida de uma mulher. Valia a pena fazer um pouco de magia em público para evitar um desastre. E, apesar de terem sido apenas alguns segundos, Lara sabia da quantidade de técnica necessária para manter a mulher no ar mesmo por aquele pequeno período, ainda mais em pânico. As habilidades dela estavam aumentando. Ela não duvidava de que pudesse voltar ao campo e trazer o carrossel — e até recriar a tenda — com muito pouco esforço.

A apresentação continuou com palhaços, outro número no trapézio, três elefantes e, por fim, a amazona, o número favorito de Audrey. O cavalo branco apareceu correndo, a cabeça decorada com um penacho elaborado e a longa crina fluida balançando furiosamente à medida que ele contornava a arena. Apesar de Audrey ter sido uma amazona experiente, Lara nunca foi incentivada a andar a cavalo. Com o passar do tempo, porém, soube que era porque uma queda podia destruir seu único rim.

De pé sobre o dorso do cavalo, antecipando o ritmo do galope do animal, estava a amazona, uma menina ruiva de collant verde com lantejoulas e franjas. Ela observou a plateia em dois giros completos pela arena antes de se contorcer em uma ponte enquanto o cavalo percorria um círculo menor. Então deu uma cambalhota para a frente e saltou do dorso do animal, pousando de novo, acompanhando perfeitamente o movimento do cavalo. Em seguida, com um movimento rápido, ela escorregou e se pendurou no bicho com uma das pernas, enquanto o cavalo mantinha o ritmo de seu galope. E então, como se o número não pudesse ficar mais ousado, um segundo cavalo entrou na arena e ela passou de um animal para o outro, finalmente levando-os para fora do palco como se fosse um gladiador indo para casa após uma vitória — e ela era essencialmente isso mesmo.

A mãe devia ter ficado extremamente animada com o número, mas, quando as luzes se acenderam, Audrey pareceu distraída.

— Aquilo que você fez ali. Foi arriscado.

— Eu não podia deixá-la morrer. — Audrey não respondeu. — Mãe?

— Eu sei — respondeu Audrey, por fim, com tensão na voz. Lara a viu cerrar os dentes. — O que você fez exige muita técnica. Você simplesmente reagiu. Não é como levar vinte minutos para abrir uma fechadura.

Lara lançou um olhar desconfiado para ela.

— Claro que eu sabia que nenhuma das fechaduras da casa funcionava por sua causa, Lara. Você acha que minha magia nunca surgiu? Mexi com o fogão e liguei o gás. Quase explodi a casa. Pelo menos você não fez isso.

— Se eu não tivesse ajudado a acrobata, você teria.

Audrey não respondeu. Ela apontou para a tenda principal para enfatizar o que dizia.

— O truque que você fez mostra que está ficando mais forte.

— Mais forte do que o quê?

— Mais forte do que *eu*.

Enquanto caminhavam em silêncio, Lara pensou nas palavras da mãe. Por que estava ficando mais forte? Ela sabia que Audrey dizia não praticar sua magia por convicção, mas Lara não acreditava naquilo. Ainda assim, sua mãe ficara abalada com o que tinha acabado de ver.

Elas andaram até as barraquinhas, onde camisetas e canecas eram vendidas e artistas posavam para fotos. Lara viu a barraca de uma vidente. Madame Fonseca não estava por ali. Em vez disso, havia um menino parado diante da única barraca vazia da feira.

— Ah, olhe ele parado ali. Estou com pena dele.

— Então vá saber a sua sorte — disse Audrey, remexendo na bolsa. — Temos tempo até as pessoas começarem a ir embora... Sair daqui vai ser um pesadelo. E, se alguém aqui precisa saber qual vai ser seu futuro, é você.

Lara fez uma careta e se aproximou do menino, que não podia ter mais de 18 anos.

— Você não parece a Madame Fonseca.

Lara apontou para a placa, que mostrava uma velha debruçada sobre uma bola de cristal, um turbante na cabeça. Era tão clichê que chegava a ser engraçada.

— Ela morreu há dois dias.

Havia um leve sotaque do Sul na voz do menino — mas Lara não sabia direito se do Alabama ou do Mississippi.

— Ah. — Lara não havia imaginado que Madame Fonseca era tão velha. — Então imagino que você seja o sr. Fonseca?

— De jeito nenhum. — O menino fez uma reverência. — Shane Speer, ao seu dispor, senhora.

Ele usava um robe azul com detalhes em verde. Parecia grande demais para ele, como uma túnica de cantor de coral.

— Gostei do seu robe — disse Lara, mentindo.

— Também tenho um verde.

A expressão de Shane era severa.

— Aposto que tem.

Ela o seguiu para trás das cortinas, entrando em uma pequena área coberta de veludo azul-escuro. O lugar parecia um armário e tinha cheiro de bala. Shane se sentou diante dela e acendeu uma luminária de mesa.

— Cartas ou mãos?

— Sei lá. Qual é melhor?

— Para mim? — O garoto pensou por um instante. — Mãos.

Lara estendeu as mãos, as palmas viradas para cima. Ele tocou nelas e franziu a testa.

— E como você começou a trabalhar neste ramo? — Ela achou que devia puxar assunto.

O garoto continuou analisando a palma das mãos de Lara. De algum lugar escondido pela cortina saiu um macaquinho marrom vestido de smoking verde.

— Olá, sr. Tisdale. — O menino se inclinou para ele. — Juro que ele gosta de ouvir todas as minhas sessões. — O garoto pegou o macaco, pousando-o com carinho em seu joelho. — Acho que podemos dizer que tenho um dom. Quando o assunto são os mortos, eu vejo coisas que outras pessoas não veem. — Ele tamborilou na mesa. Lara também podia sentir a perna do garoto tremer com o excesso de energia, balançando o macaquinho. — Era como se estivessem escondidos atrás da cortina suja da minha mãe, que já havia sido limpa e transparente. Então, por um tempo, as pessoas me davam dinheiro para visitar os lugares em que outras pessoas haviam morrido. Entes queridos. Sabe, para ver se eu conseguia sentir a energia deles e conversar com eles.

O garoto parecia um brinquedo de corda. Ele não parava de falar. Lara achou que ele devia estar nervoso por estar substituindo Madame Fonseca. Ela era uma baita lenda! Ele não havia nem parado para respirar.

— De início, meu trabalho ficava limitado ao pessoal da região que sabia sobre mim: mães que haviam perdido os filhos. Mães e pais estão sempre procurando respostas.

Ele voltou a pegar a mão dela, virando-a, antes de analisar seus dedos.

— Por isso, naquele primeiro verão, passei muito tempo parado perto daquele declive feio da Rota 68, no Alabama, onde aquelas cruzes improvisadas foram montadas nas curvas fechadas, ou na Interestadual 10, caminhando pela margem da rodovia, enquanto os caminhões passavam voando por mim.

Ele olhou para Lara como se ela conhecesse a Interestadual 10.

— Mas aí a Madame Fonseca me encontrou quando o circo parou em Montgomery e me ajudou a trabalhar meu "talento", como dizia ela. Ela também me ensinou a jogar tarô.

Lara suspirou. A história havia acabado. Shane virou a mão de Lara de volta. O macaco estendeu a mão e tocou nas linhas da palma da mão dela. Com seus olhos castanhos expressivos e rosto de humano, ele pareceu olhar com tristeza para ela.

— Eu sei, sr. Tisdale — disse Shane, assentindo. — Eu também estou vendo. É uma loucura, mas este pequeno aqui sempre vê o *mais* importante em uma leitura.

— Meu noivo me deixou no altar nove meses atrás — cuspiu Lara, sarcástica. — Ele viu isso?

Shane Speer analisou o rosto dela, apertando os olhos como se quisesse abrir buracos na cabeça de Lara. Ela podia ver uma espinha enorme se formando no nariz do adolescente e se perguntou se o sr. Tisdale também veria *aquilo*.

Shane fechou os olhos, com certeza mais para criar um espetáculo do que qualquer coisa.

— Nada.

— Nada?

Tinha sido a mesma coisa que Audrey dissera na tarde do casamento.

— Acontece — respondeu ele, como se pedisse desculpas por não ter uma ereção. — Às vezes, eles simplesmente não estão aqui... Esse noivo. Ele se foi.

— Bom, eu sei disso — retrucou Lara. — Para onde?

— Ele não está em lugar nenhum. — Shane deu de ombros. — Aquele garoto não é o seu destino.

— O que você disse?

Lara se inclinou para a frente, subindo o tom de voz. Era a mesma coisa que o homem havia falado no campo, tantos anos antes.

— A questão aqui não é *ele*.

Lara achava que a questão era exatamente ele, além do motivo pelo qual ela estava gastando dinheiro para aquele moleque mexer na mão dela.

— Quem é você?

Com um movimento rápido, Shane Speer agarrou o punho de Lara e o bateu na mesa. O garoto se aproximou tanto que Lara conseguiu até perceber que estava mastigando chiclete de canela. Ficou com medo de que ele fosse tentar beijá-la e a ideia a enojou. A ideia também pareceu enojar o sr. Tisdale, porque o macaco desceu do joelho de Shane e saiu correndo da sala, chiando.

— Vejo a magia sombria... O Circo Sombrio em você, menina. É o seu destino. — A voz de Shane não era mais a de um garoto. Era grave como a de um barítono. E aquilo era um sotaque russo? — Você faz parte do Circo do Demônio. Você é a chave. A escolhida. Mas tem que tomar cuidado. Ela sabe e está atrás de você. Ela quer que você morra.

Shane balançou a cabeça e olhou para ela através da franja suja.

— O que foi que eu disse?

— Você não sabe?

Lara segurou a mão machucada com a outra, analisando para ver se algum hematoma estava se formando.

— É assim que acontece. É por que isso que prefiro as mãos.

— Bom, você começou a falar sobre um Circo Sombrio. E você também parecia russo.

— O Circo Secreto? — Os olhos do menino se arregalaram. — Eu falei isso? — O garoto pareceu chateado, quase enjoado. — Aposto que a Madame Fonseca está me fazendo incorporá-la de novo. Odeio quando ela faz isso. Posso fazer as leituras sozinho, sem que ela se meta em todas as minhas sessões.

— Você chamou de Circo Sombrio, não de Circo Secreto — retrucou Lara, olhando para o teto e esperando que o fantasma de Madame Fonseca estivesse pairando ali.

— É a mesma coisa. — Shane deu de ombros. — Alguns o chamam de Circo Secreto, outros de Circo Sombrio.

— E o que esse circo tem a ver comigo?

— Sei lá. Depende do que eu disse. — O garoto olhou em volta, distraído, como se precisasse de um cigarro. — Ei, o que aconteceu com o sr. Tisdale?

— Ele fugiu quando sua voz ficou estranha.

— Ai, porra. Sério? Ele fugiu? — Shane baixou a cabeça e a ergueu, procurando o macaquinho. — Ai, não. Tenho que encontrá-lo. Ele causa problemas quando está solto.

— Mas que ótimo... — respondeu Lara, revirando os olhos. Ela podia ver que ele estava suando. — Você também falou que eu estava correndo perigo e que *ela* me quer morta. Quem quer me ver morta?

O garoto ainda estava distraído, mas engoliu em seco. Lara viu seu pomo-de-adão se erguer e baixar.

— Senhora. Se eu falei isso, então você está correndo um sério risco. Infelizmente, devo dizer que nunca erro nesses casos. A Madame Fonseca disse que eu tinha o dom e eu tenho. — Ele pôs a mão embaixo da mesa e pegou um cofrinho, batendo com ele na mesa. — São vinte dólares.

Lara deixou a tenda de Madame Fonseca um pouco zonza. O que estava acontecendo? De canto de olho, ela viu a cortina se mover. Uma pequena mão, seguida de um pequeno rosto, apareceu para ela.

— Sr. Tisdale?

O macaco olhou em volta como se algo o tivesse assustado. Com cuidado, como um cachorro tímido, a pequena criatura andou até Lara. Tinha um pacote nas mãos, que estendeu para ela.

— Isso é para mim?

Lara se abaixou. Aquele circo estava ficando cada vez mais estranho.

Ela pegou o pacote e o macaquinho saiu correndo. Ao analisá-lo, Lara percebeu que era um envelope fino e elaborado, feito de um papel grosso, brilhante e dourado. O envelope estava endereçado para *Mademoiselle Lara Barnes*. Ela passou o dedo pela abertura para abri-lo, mas o papel não cedeu. Quando tentou outra vez, o papel fez um corte feio em sua mão.

— Merda.

Uma gota de sangue caiu sobre a abertura do envelope, fazendo-o se abrir imediatamente. Chupando o sangue do dedo, ela o abriu com a outra mão. Dentro dele, Lara encontrou um antigo caderno, a capa bege tão gasta que havia ficado marrom.

— O que é isso?

Audrey a encontrou chupando o dedo cortado e segurando o envelope em um ângulo estranho. A mãe pegou um lenço da bolsa e o entregou a Lara, antes de pegar o pacote das mãos da filha.

Lara deu de ombros.

— Um macaco me deu.

— Um macaco?

A mãe olhou para ela, curiosa.

— Pode acreditar. Não foi a coisa mais estranha que aconteceu comigo hoje.

Enquanto a mãe segurava o envelope, Lara pegou o caderno.

Olhando desconfiada para o pacote, Audrey o virou e examinou a abertura.

— Estranho. Foi endereçado a você. Deve ser de um dos antigos artistas do circo. Eu não sabia que algum deles ainda trabalhava aqui.

Lara começou a ler as páginas enquanto sua mãe olhava por cima de seu ombro. A escrita parecia de outra época, a letra desenhada e artística, diferente da cursiva da geração de Lara, mais preocupada com a rapidez. As letras marrons apagadas eram retas e precisas, com curvas pesadas nas maiúsculas, mas o tempo havia tornado a cor da tinta quase igual à do papel. Tudo estava escrito em francês. Lara conseguiu decifrar nomes como *Sylvie* e *E*. Seu francês estava enferrujado, mas ela ficou louca para abrir o caderno e começar a traduzi-lo.

Sua mãe o pegou e leu a capa, apertando os olhos.

— Preciso dos meus óculos.

— O que acha que é?

— Eu diria que é um diário. — Audrey olhou para o caderno de forma estranha. Então analisou o título com mais atenção. — É de 1925.

O diário dizia: *Le Journal de Cecile Cabot*.

Lara tocou as páginas com cuidado, como se fossem desmanchar com um simples toque.

— Você não acha estranho?

— Bem. — Audrey tirou a chave da bolsa. — Eu não sairia por aí falando que um macaco me deu isso. É só...

— O quê?

— Eu nunca soube que a Cecile tinha um diário.

— Pelo que parece, ela era moça quando escreveu este.

— Não acho que ela fosse uma pessoa que refletia muito sobre as coisas. Morei com ela por muito tempo e nunca a ouvi falar em diário — afirmou Audrey, dando de ombros. — Mas quem sabe? Talvez fosse uma pessoa diferente quando era mais nova. Veja se você consegue traduzir. Aí vai saber com certeza. Seja como for, foi muito gentil. É um pedaço da nossa história que alguém achou que você devia ler.

Enquanto saíam da tenda principal, Lara segurou a lombada de tecido do caderno. Uma sensação de medo a cutucou. Ela não estava tão convencida de que havia sido uma gentileza.

11

UMA LEVE GAROA CAÍA e o ar estava fresco. Lara tinha certeza de que a névoa cobriria o restante do vale. A brisa matinal de junho tinha um leve aroma defumado das plantas e árvores que vinham tostando no calor havia dias, até conseguir certo alívio com uma chuva fria e pesada. Era o tipo de manhã em que as pessoas ficavam em casa, então as ruas estavam vazias, permitindo que a chuva lavasse gentilmente os paralelepípedos. Quando o meio-dia chegasse, o sol brilharia forte e o lugar ficaria parecido com um mangue.

O pai de Lara havia passado os dias anteriores em turnê com uma nova formação da Dangerous Tendencies. O primeiro show foi uma semana antes em Charlottesville, seguida por Durham e Clemson, mas, na noite anterior, eles fizeram uma apresentação-piloto em Winchester.

Lara pôs o diário em sua mesa e se recostou na cadeira.

— Como foi?

Ela havia se acomodado para discutir, por uma hora, os detalhes das mudanças no repertório, os problemas com o novo baterista e o tamanho e a energia das plateias. Tinha viajado com ele por um ano, fazendo a base de guitarra, mas quase foi eletrocutada por um fio desencapado em uma guitarra e o pai nunca mais a levou para as turnês. Fazia anos que o gosto musical de Jason vinha mudando para o blues e ele vinha procurando músicos que tivessem a mesma visão. Para a tristeza dos fãs mais antigos, os shows passaram a incluir apenas alguns covers do Dangerous Tendencies, e a banda podia se concentrar em novas músicas. Todos os discos de Son House, Bukka White e Hound Dog Taylor estavam em posições privilegiadas, perto do telefone.

Jason se sentou na beira da mesa. Ele não parava de se mexer, o rosto vermelho, os dedos tamborilando.

— Eu adorei.

Ele tinha cortado o cabelo para o show, as mechas ruivas bem rentes à cabeça.

— Sério? — Ela inclinou a cabeça. — Você nunca adora.

— Foi perfeito — disse ele, desviando o olhar com um sorriso, como se saboreasse a lembrança.

Jason amava a estrada. Lara odiava prendê-lo em um trabalho administrativo, mesmo que isso só exigisse tocar discos, como um adolescente.

— Eu compus uma coisa — contou ele. — Nós viemos tocando no ônibus. Tem uma *vibe* muito boa entre o pessoal.

— Vou fingir que você não disse *vibe*.

Ela pôs as mãos no rosto.

Ele ergueu o dedo e pegou sua Gibson.

— Estamos trabalhando em umas coisas. Acho que essa banda está entrosada.

— A palavra *entrosada* melhorou só um pouco a situação.

Ela fez uma careta de pena.

Jason queria formar outra banda e gravar outro disco. Apesar de ele negar, ela sabia que o pai só havia aceitado o programa para conquistar um novo público e chamar a atenção de uma gravadora. Depois do terceiro disco, ninguém tinha pedido um quarto. Dez anos depois, ela sabia que ainda era um assunto difícil.

O pai dela começou com algumas notas. Era uma música agradável. Todas as canções dele eram boas, mas tinham uma melodia simples e direta. Elas não ganhavam camadas até chegarem às mãos de um bom produtor. Lara havia ouvido as músicas "antes" e "depois" de um produtor e eram quase irreconhecíveis. Mas, apesar de não ser o melhor dos compositores, Jason fazia covers brilhantes, por isso suas apresentações costumavam ter quatro ou cinco covers seguidos, e cada música se transformava naturalmente na seguinte. Nenhuma delas era uma reprodução fiel, como a de uma banda cover de menos talento. Jason os levava para outro nível, acrescentando um estilo parecido de blues em tudo, de "Run Through the Jungle" e "Effigy", do Creedence Clearwater Revival, a "Hey Jude", dos Beatles. Como em uma boa mixagem, era possível ouvir partes da música que o inspirara na canção que ele estava cantando.

— Ei, posso perguntar uma coisa?

Ela girou a caneta entre os dedos, as pernas apoiadas na mesa.

— Lógico.

Ele continuou dedilhando, resolvendo alguma coisa no novo arranjo.

Lara se levantou num pulo e pegou sua guitarra Fender, sua favorita.

— Você não deixou nenhuma mensagem escondida no disco *Tending*, não é?

— Não, por quê?

— Eu achava que não — disse ela, pegando a guitarra e a apoiando no joelho, antes de conferir se estava muito desafinada e apertando as cordas rapidamente. — Uma coisa estranha aconteceu outro dia com o disco.

Ele parou de dedilhar, deixando a nota pairar até sumir, e lançou um olhar confuso para a filha.

— Decidi tocar "The One I Left Behind". Quando ia colocar a música no ponto, ouvi outra.

— Você tem que parar de pegar o turno da madrugada. — Ele riu, passando a mão na barba. — A gente escuta um monte de merda quando vai pôr o disco no ponto. Você sabe disso.

— Esse troço foi diferente. Era uma música, não um ruído.

Pegando o pedaço de papel com os acordes que tinha deixado na mesa, ela tocou algumas notas, depois começou a cantar.

— Pare!

Os dentes de Jason se cerraram e ele agarrava a guitarra com tanta força que parecia que ia quebrá-la ao meio.

O olhar de Lara se ergueu rapidamente e ela viu que ele estava pálido e trêmulo.

— *Onde* você ouviu isso?

— Eu acabei de falar — respondeu ela, os olhos arregalados. Não esperava aquela reação. — Eu estava pondo seu disco...

— Essa música não, Lara — interrompeu ele, o tom de voz alto e irritado, como ficava quando ela era pequena e nadava até fundo demais na piscina. — Essa música não existe. Não mais.

Lara parou de dedilhar.

— Eu... Eu... expliquei. Ia pôr "The One I Left Behind" para tocar e, quando fiz isso, ouvi *esta outra* várias vezes. — Ela apontou para as notas do pedaço de papel para enfatizar o que dizia. — Tentei gravar, mas tinha esquecido a pilha do gravador. Achei que podia tirar os acordes na guitarra, por isso levei essa aqui para o estúdio. O estranho foi que, quando a Melissa chegou para me substituir às dez, a música sumiu.

Jason passou as mãos pelo cabelo.

— Não pode ser.

— Não pode ser o quê? — Lara pôs a guitarra de volta na case. — O que foi?

— Peter. — Ele baixou os olhos. — Você está me enchendo o saco desde que o Todd foi embora, me perguntando o tempo todo sobre Peter Beaumont. Bom, se você ouviu essa música, então ouviu Peter Beaumont. Não gravamos *essa* música, Lara. Ela só existe na minha memória — disse Jason, apontando para a própria cabeça. — Ou pelo menos só existia nela. — Ele se levantou de supetão e pegou uma cópia de *Tending* da biblioteca. — Foi neste disco?

Havia várias cópias do álbum no estúdio, mas ela usou especificamente aquela.

Lara assentiu.

— Tem certeza?

— Eu sempre pego a cópia da biblioteca, nunca a sua.

Ele andou até a vitrola extra que ficava no escritório. Havia uma mesa de som menor conectada a ela, nada parecida com a mais elaborada do estúdio. Lara observou o pai ligar a vitrola e pôr o disco sobre ela. Ele guiou o braço até a terceira faixa, puxou a alavanca para baixá-lo, depois pressionou o botão de *start*, parando o disco quando o início da música se formou. Puxando o disco devagar, ele começou a fazê-lo tocar ao contrário.

O cômodo ficou em silêncio enquanto os dois esperavam para ouvir.

Lara não sabia o que esperar. Não sabia se queria que a música estivesse lá para provar que não estava... Não estava o quê? Inventando? Mas parte dela também não queria que a canção existisse. Isso significaria que um homem morto estava falando através de um disco.

O som familiar de acordes distorcidos e pesados surgiu dos alto-falantes. Jason encarou a vitrola, atordoado.

Algo se acendeu em Lara. Ela se levantou, pôs o case com sua guitarra na mesa e andou até a vitrola. Jason se afastou para deixar que ela assumisse o controle. Pondo a mão no disco de vinil na posição inicial, Lara começou a girá-lo ao contrário. Antes mesmo de o primeiro acorde tocar, ela sabia que a música estava ali, sob seus dedos. Girando o disco, ela descobriu o ritmo certo. A melodia fluiu como se Lara a estivesse tecendo com o tecido da memória e da história. Ela parou, sabendo que não havia tocado a música toda, mas uma pitada de algo, pescado no tempo.

Ela se virou e viu que o pai olhava para ela como se tivesse visto um fantasma.

Ele se levantou e foi até sua coleção de guitarras, que ficavam penduradas nas paredes e espalhadas em suportes. Abaixando-se, ele escolheu com cuidado a mais antiga e mais destruída Fender Sunburst da coleção. Pegando um cabo de outra guitarra, plugou a Fender no pequeno amplificador. Jason rapidamente afinou o velho instrumento de ouvido, ajustando cordas antigas, que soavam como se não fossem tocadas havia trinta anos.

— Ela tem que ser tocada nesta aqui — explicou Jason.

Ele começou pelo primeiro acorde, mas balançou a cabeça, parou, e voltou a tocar as primeiras notas. Por saber da confiança que seu pai demonstrava ao combinar acordes e notas para músicas e shows, Lara percebeu que era uma canção que ele não tocava havia muito tempo. Os dedos se atrapalharam ao mudar de acordes e a voz se embargou. Um arrepio percorreu os braços e a nuca de Lara ao reconhecer a música que assombrava o disco *Tending*.

— Sinto muito — disse ela, depois de terminar.

— Depois de tantos anos esperando por um sinal, qualquer coisa dele...

— Por que agora?

— Não tenho a menor ideia. — Ele evitou olhar para ela. — E por que você?

Jason se aproximou dela e pôs a velha guitarra de volta na parede.

Lara se sentiu péssima. Ele estava tão animado 15 minutos antes, empolgado com o show. E seu rosto havia adquirido uma expressão diferente, como se ele estivesse vendo Lara pela primeira vez. Aquilo a deixou nervosa. Não devia ter dito nada. O disco revelou algo mágico e Audrey sempre a aconselhou a esconder aquelas coisas. Agora ela entendia por quê. O pai estava olhando para ela como se fosse uma estranha.

— Vou nessa — disse ele, indicando a porta com a cabeça e pegando sua chave.

— É. Vá dormir um pouco. Você acabou de chegar de viagem.

Ela sorriu, esperando deixar a conversa mais leve.

Jason andou até a porta sem olhar para trás, nem mesmo se deu ao trabalho de fechá-la.

Apesar de o pai ter questionado por que tinha sido Lara que havia recebido a mensagem, ela não questionou a possibilidade. Ele nunca soube da magia dela. Como um estranho rito de passagem, Lara sentiu que o desaparecimento de Todd havia dado início a uma série de eventos e que ela passou a ser um condutor para acontecimentos estranhos. As coisas giravam ao seu redor e ela ainda não conseguia conectá-las, mas tinha a sensação de que nada havia sido coincidência: nem sua magia nem o desaparecimento de Todd e Peter. Ela simplesmente não sabia como todas aquelas peças se encaixavam.

Abalada, ela foi para casa e tomou um longo banho quente de banheira, depois se deitou. Apoiado na beira da mesinha de cabeceira, estava o diário de Cecile Cabot, quase chamando por ela. Seu instinto lhe dizia que aquele diário não havia sido um presente aleatório. Talvez tivesse alguma resposta. Ela o pegou e o abriu na primeira página.

12

O DIÁRIO DE CECILE CABOT — LIVRO UM
3 de abril de 1925

Se nossa mãe tivesse sobrevivido, sei que as coisas teriam sido diferentes.

Há uma foto dela na sala de figurinos do circo. É um retrato de perfil, uma foto do palco, mas dá para ver que ela tinha olhos azuis como Esmé e eu. O cabelo prateado e enrolado se parece com o meu — uma mistura de neve e prata. Não posso dizer quanto me agarro a este pequeno detalhe, de que me pareço mais com nossa preciosa mãe do que a Esmé. Além de meu pai, a Madame Plutard, uma antiga cliente de minha mãe, foi a única pessoa do circo que a conheceu quando viva. No entanto, apesar de tudo que sabe, Madame Plutard fica em silêncio.

A história é que nossa mãe morreu ao dar à luz. Todos que estavam lá ficam muito sérios quando falam das circunstâncias, então acho que foi um nascimento grotesco. Sempre que pergunto, Madame Plutard olha para o chão ou muda de assunto e começa a rasgar costuras de figurinos, o pulso se movimentando enquanto seus lábios formam uma linha tão fina que palavras não ousam escapar. Esmé nunca perguntou nada. O fato de sermos gêmeas choca a maioria das pessoas, já que existe um contraste muito evidente entre nós. Eu sou a quieta. A pensativa. Madame Plutard me chama de "a gêmea das sombras".

Acho que ela quer dizer que estou sempre seguindo a Esmé, como uma silhueta. Ontem, depois da apresentação, a Esmé e eu estávamos sentadas lado a lado, nas nossas penteadeiras idênticas, de mármore. Ela colocava e tirava a maquiagem.

— Quem é mais velha? — perguntei. — Eu ou você?

É uma das coisas que sempre quis saber, mas nunca perguntei. Para mim, não havia dúvidas de que ela sabia a resposta.

Esmé se virou para mim com um sorriso irônico e inspirou fundo, como se preparasse sua resposta.

— Eu. Por que acha que *você* seria mais velha?

Pelo espelho, ela me encarou com certa descrença em relação à minha aparente estupidez. Imediatamente depois voltou a se arrumar, abrindo tampas douradas de frascos de cristal ornamentado e passando coisas no pescoço e no rosto com certa fúria, antes de emergir daquele frenesi para passar o batom com a mão firme: um tom de grená, quase preto, nos lábios pequenos e cheios. Ela os apertou e os esfregou, depois inclinou a cabeça e passou a unha pelo lábio superior para retocar um borrado.

— Não sei por que você é sempre tão má — falei, suspirando e puxando meu longo cabelo dos grampos, depois o jogando para a frente e o repartindo antes de escovar as longas mechas prateadas.

Ela virou o corpo para mim, o corpete bege com detalhes pretos que usava fazendo pouco para esconder seu corpo.

— Ninguém quer contar para você, então eu vou contar. Você nem devia existir, sabia? Você é tipo um braço extra. Desnecessário. — Ela estendeu o braço na direção de sua penteadeira, pegou um batom e me entregou. — Tome — disse, segurando a linda embalagem de metal. — Você vai precisar. — Virando-se de volta para o espelho, ela enxugou as sobrancelhas com um lenço de renda. — Eu nem sei por que você tem uma penteadeira no meu camarim, afinal nem tem um número.

Magoada com o comentário, não respondi, então me inclinei na direção do meu espelho para ocupar minhas mãos e analisar meu rosto pálido. Ela não estava errada. Eu era a única pessoa que não tinha nada para fazer no circo, além de ser filha "dele". Em toda a minha vida — bem, toda a parte de que conseguia me lembrar —, minha irmã havia dirigido aqueles ataques contra mim, indicando que sabia mais. Em meu coração, hoje já acredito no que ela diz: *Eu não sou nada*. Não é à toa que vivo nas sombras.

— Você continua sem se lembrar, não é?

Ela escovou o cabelo sedoso, fazendo as pontas se alinharem a seu queixo.

Não respondi, o que já era resposta suficiente. A grande vergonha de minha vida é que não tenho lembrança nenhuma da minha infância. Eu nunca havia pensado que as pessoas não sofriam daquela forma de amnésia. Alguns anos antes, eu tinha ficado sabendo que até os artistas que cumpriam suas penas aqui se lembravam da infância deles com muito carinho, mesmo quando ficava óbvio que tais lembranças haviam sido revisadas e aperfeiçoadas. Eu adoraria sentir esse tipo de nostalgia, mas é como se tivesse emergido de uma concha aos 11 anos. A primeira lembrança registrada em minha mente é a de um bolo de aniversário, uma monstruosidade rosa com as palavras ONZE ANS escritas entre as camadas. Eu fiquei desnorteada naquele dia, sem reconhecer as pessoas que festejavam ao redor da mesa. Como uma memória muscular, eu sabia que devia soprar as velas depois que o último verso de "Joyeux Anniversaire" fosse cantado, mas não respondia imediatamente quando me chamavam de Cecile, como se o nome fosse desconhecido para mim. Para piorar, não me lembrava da menina de cabelo preto na altura do queixo que estava sentada ao meu lado.

A mesma menina está sentada ao meu lado agora. As palavras dela têm um jeito de se enrolarem em volta do meu corpo e impedir que o ar circule em mim, o que me sufoca. Em minha cabeça, guardo uma lista com cada xingamento. Sem lembranças para me ancorar, as acusações dela começaram a me definir. Ela era bonita, confiante e talentosa, mas eu não era nada, uma criatura sem passado nem propósito. Engoli em seco, sem nada a perder.

— Pare de insinuar coisas como uma covarde. Me diga pelo menos desta vez. Por que você se lembra e eu, não?

Eu a encarei, pronta para a briga. Ou ao menos pensei que estivesse, mas o sorriso cheio de si dela me dava medo.

O sorriso não durou muito. Logo, seu rosto se contorceu. Vi que chamá-la de covarde tinha dado coragem a ela, como sabia que iria acontecer.

— Ele achou que você não seria forte o suficiente, então tirou as suas memórias.

Meu mundo caiu. Aquele comentário era pura loucura, mas fazia todo o sentido do mundo. Nem doenças nem ferimentos haviam provocado meu vazio. Minhas lembranças, minha vida, tinham sido *tiradas* de mim. Um roubo era a única resposta que fazia sentido. E *ele* com certeza era nosso pai. Me agarrando à penteadeira, processei a ideia por um instante.

— Por quê?

Antes que ela pudesse me responder, fomos interrompidas pelo barulho de um bocejo alto vindo da poltrona de veludo, onde um gatinho gordo chamado Hércules observava atentamente os movimentos de Esmé. Como se já tivesse me esquecido, ela se concentrou no gato e começou a fazer carinho nele. Ninguém teria imaginado que até Hércules estava descansando depois de se apresentar. Junto com seu parceiro felino, Dante, um gato de pelos curtos e pretos, eles participavam do show de felinos de Esmé. Em vez do leão majestoso e da pantera negra faminta que via correndo pela arena principal, o público nunca suspeitaria que, na verdade, estava assistindo àqueles dois gatos gordos e patéticos. Sob o comando de Esmé, os dois pulavam e rugiam no palco, perigosamente perto de sua domadora. Mas, como um mágico esconde uma carta no bolso do paletó, ela criava toda aquela ilusão. Toda noite, as pessoas na plateia prendiam o fôlego enquanto ela fazia manobras pela arena, nunca percebendo que quem estava sendo manipulado eram *elas*.

E agora a coisa que ela estava manipulando era eu.

— Esmé? Me responda.

Ela franziu a testa, como se fosse doloroso falar.

— Porque ele achava que a verdade era horrível demais para você aguentar.

— Que verdade?

Alguém bateu na porta. Sylvie, nossa amazona e filha da Madame Plutard, apareceu, segurando a bolsa. Desde pequena, Sylvie andava conosco, agindo como a cola entre nós duas — e também como apaziguadora. Especialista em nos interpretar, ela sabia quando chegava no meio de mais uma briga. Com Sylvie parada ali, eu sabia que Esmé nunca ia terminar a história. Apesar de sermos amigas, ela considerava a filha da figurinista "uma empregada" e nunca discutia problemas familiares na frente de estranhos.

— Vamos nos atrasar. Não quero perder o Dôme hoje — disse Sylvie, batendo o pé no chão.

Normalmente, ela preferia o Ritz, mas, naquela semana, o circo havia se instalado no Bois de Boulogne, por isso Montparnasse era mais perto.

Com as palavras de Esmé ecoando em minha cabeça, me levantei com cuidado e comecei a me trocar, escolhendo um vestido de cintura baixa verde-água, com um debrum prateado e miçangas na bainha, que havia pendurado na cadeira. Vi minha sandália de salto debaixo de Hércules.

— E você?

Sylvie se virou para Esmé, que não fazia menção de se vestir.

— Eu, o quê?

O tom de voz de minha irmã havia subido. Ela estava irritada. O fato de tê-la chamado de covarde a magoara. Sorri ao pensar que minhas palavras também podiam afetá-la. Como uma sombra podia machucar alguém?

Sylvie e eu nos olhamos, mas sabíamos que, apesar da petulância, Esmé não perderia uma noite em Montparnasse. Era tudo fingimento. Ela nos faria esperar, mas estaria no portão quando a porta se abrisse.

— Você vem?

Sylvie cruzou os braços.

Esmé se levantou, calçou as meias e depois pôs um vestido de renda preta, com um laço de fita no ombro. Então franziu a testa e tirou a roupa toda, enrolando-a em uma bola na cadeira. Por fim, pegou o vestido rosado com o laço verde-água no quadril. Virando-se, ela franziu a testa e tirou o vestido, chutando-o para baixo da cadeira. Depois pegou um vestido simples de renda bege e preto. Sylvie e eu seguramos o fôlego, torcendo para que ficasse com aquele, mas logo ele foi descartado por um vestido de tule e miçangas douradas com uma pequena cauda que chegava à altura de sua panturrilha. Era uma nova criação, que Madame Plutard havia feito especialmente para Esmé, sua musa.

Madame Plutard adorava contrastes e texturas e, muitas vezes, os artistas acabavam parecendo sobremesas. Na noite anterior, Esmé havia usado o mais novo figurino: uma jaqueta militar dourada, com cauda. Seu guarda-roupas continha tons ousados de dourado e vermelho. Enquanto corria pelo quarto, Esmé passou pelo manequim que havia guardado a nova fantasia: uma jaqueta de brocado vermelho-sangue com ombreiras pretas e douradas, feitas de penas de pavão. Eu não tinha fantasia nenhuma porque, como minha irmã corretamente observou, era a única pessoa do circo que não tinha um número. Todos os artistas do nosso circo já foram famosos. Eles escolheram ficar aqui para cumprir seu castigo. Apesar de o circo ser uma prisão para eles, pela expressão em seus rostos, todos ainda são gratos, então algumas prisões devem ser melhores do que outras.

Quando nos aproximávamos da porta, vi Doro, o palhaço. Era tão triste de se ver quando ele parava tão perto da entrada, então me afastei para cumprimentá-lo. Não era uma coincidência. Ele sempre parecia saber quando íamos sair à noite e se posicionava perto da porta para observar o mundo exterior. Nenhum dos artistas podia sair do circo. Era uma peculiaridade do nosso espetáculo. Como somos completa ou parcialmente mortais, Esmé, Sylvie e eu temos liberdade para ir e vir. Estranhamente, Madame Plutard, apesar de estar viva, não demonstrava nenhum interesse em sair dali.

"Eu não preciso do mundo exterior", dizia ela, irritada quando a chamamos para ir aos mercados ou a um jardim.

Entendendo a futilidade da coisa, nós paramos de chamá-la e a deixamos com sua costura.

Quando a entrada se abriu — seu formato era parecido com a grande boca do diabo —, Sylvie e Esmé seguiram na direção dela, mas eu parei. Apesar de estar vendo as mãos de Esmé unidas em desprezo do outro lado, mantive a porta aberta por alguns segundos a mais.

— Vamos, Cecile.

O fato de ela ter feito Sylvie e eu esperarmos enquanto vestia e tirava quatro roupas já era uma lembrança distante para minha irmã.

O rosto de Sylvie parecia tenso. Ela sempre tinha medo de que alguém nos visse sair do nada para o Bois de Boulogne. Por causa da neblina do lado de fora, seu cabelo louro curto tinha começado a enrolar.

— Cecile — chamou ela, fazendo um gesto com a mão. Então pediu que ela se apressasse: — *Dépêche-toi!*

Me virei e vi Doro lutando para dar uma última olhada no mundo que ficava além do portão. Antes de sair do outro lado, vi o hálito de Sylvie se condensar e percebi que aquela noite de abril em Paris ia ser fria antes mesmo de pisar na grama. Eu sempre sentia a entrada se fechar antes de ouvi-la. E sempre ficava impressionada ao me virar e ver que a porta — e o circo — sumiam, substituídos pelo silêncio da noite.

6 de abril de 1925

Hoje os artistas estavam agitados porque meu pai havia voltado. O melhor lugar para encontrá-lo eram os jardins. Os espectadores do circo também adoram os jardins. Eles entram pelas portas à noite e ficam chocados ao ver um ambiente ao ar livre entre as paredes, se perguntando que truque permite que o sol continue a brilhar. Meu pai diz que andar pelo Grande Labirinto traz clareza às ideias dele, por isso ele é capaz de passar dias caminhando por entre as cercas-vivas. Por causa da dedicação dele, o jardim era muito perfumado: ramos frescos de lavanda e alecrim se misturavam perpetuamente a flores de magnólia e tílias. Enquanto corria pelos arbustos meticulosamente podados, descobri Doro tomando chá com as Irmãs Escarlate, seus cachos ruivos moldados em formas geométricas como os arbustos que as cercavam. Como se soubesse por instinto quem eu estava procurando, ele apontou para dentro da Grande Promenade, onde eu podia ver meu pai observando algo com muita intensidade.

Enquanto conversava com Curio, o mortal usado como Arquiteto das Atrações, ele analisava a mais nova criação: uma roda-gigante que entrava por baixo do circo. Ele franziu a testa e dobrou o projeto, jogando-o de volta para Curio. *De trás para a frente* e *de cabeça para baixo* eram dois conceitos que fascinavam meu pai. Aquela atração fazia as duas coisas, segundo Curio, que explicava rapidamente as características da roda-gigante que estava sendo construída abaixo de nós. Nenhum dos dois me viu parada ali.

— A profundidade não é suficiente — retrucou meu pai, cutucando o queixo.

O rosto de Curio se contorceu como se ele tivesse se sentado em um alfinete.

— Mas não posso aumentar a profundidade, meu senhor.

— Não consigo ver o Estige — disse meu pai por dentes cerrados, se lembrando de seu amado rio. — Você me prometeu que eu veria o Estige. Era esse o objetivo dessa atração, Curio.

— Eu tentei, meu senhor. — O rosto de Curio estava ficando vermelho. — Não há magia suficiente para chegar até lá e manter o circo inteiro. O senhor tem que me dar mais magia.

Naquele momento, Curio fez uma coisa peculiar. Como se tivesse acabado de me ver, seu olhar parou onde eu estava, como se uma ideia brilhante tivesse passado por sua mente.

— Lógico! — exclamou. — Também podemos usar a Cecile. Por que não pensei nisso antes? Talvez haja um jeito...

O arquiteto não chegou a terminar a ideia. Com a mão esquerda, meu pai o silenciou com um punho fechado. O rosto de Curio pareceu se contrair, como se ele estivesse mastigando algo desagradável, e seus olhos se arregalaram. Seu corpo arredondado desabou no chão, convulsionando.

— Nunca — disse meu pai, inclinando-se sobre ele. — Isso nunca vai acontecer, Curio. Encontre outro jeito. — A cabeça do arquiteto girou e ele se contorceu de dor. Com uma das botas, meu pai deu um pequeno chute no homem e estendeu a mão. — Agora me dê isso. É isso que acontece quando você fala sem pensar.

— Curio! — Caí de joelhos, segurei a cabeça pesada do homem e olhei para meu pai. — O que você fez com ele? Faça isso parar, pai!

Freneticamente, puxei o terno do homem, tentando achar uma causa para o sofrimento dele. A cabeça do arquiteto gordinho balançava de um lado para o outro e ele se afastava de mim como se meu toque o queimasse.

— Isso não é da sua conta, Cecile.

— Pai!

Parei entre o homem e o olhar de meu pai, torcendo para interromper qualquer fluxo de magia que estivesse saindo dele.

Meu pai deu um suspiro cansado e olhou para o candelabro acima de nós, a voz entediada.

— Curio. Você quer ser a entrada do Jantar dos Daemons de hoje? — Meu pai se inclinou na direção dele e estendeu a mão. — Agora.

Relutante, Curio cuspiu algo vermelho e grosseiro na mão estendida e enluvada de meu pai. Para o meu horror, percebi que Curio havia cortado a própria língua. Sangue e baba espumosos correram pelo rosto febril do homem e inundaram a barba grisalha em seu queixo.

— Não! — Imediatamente, me levantei, tirando meu suéter para limpar o rosto do homenzinho. Furiosa, me virei para meu pai, a raiva correndo por minhas veias. — Como você pôde fazer *isso*? Como? — Minha voz se tornou um berro e eu podia ver cabeças se levantando para ver qual era o problema.

Me ignorando, meu pai aproximou o rosto do de Curio.

— Você vai dar um jeito de cavar até o Estige usando a mágica que tem. Que isso seja uma lição para você. Na próxima, serão seus braços.

Meu pai abriu a janela e jogou a língua de Curio no jardim, onde dois corvos imediatamente a atacaram, fazendo uma algazarra.

— Cecile — disse meu pai —, você *não* pode me interromper quando estou cuidando dos negócios.

— Esse homem está sofrendo!

Quando cuspi as palavras, vi um sorriso se formar no rosto de meu pai, coisa que me enfureceu ainda mais. Ele era tão parecido com Esmé que pude sentir minhas mãos tremerem. Dei uma série de tapinhas em Curio, cujos olhos haviam se arregalado enquanto ele engasgava no próprio sangue. Tentei fazê-lo se sentar, mas fiquei surpresa por ele me empurrar com violência, me fazendo cair no chão. Doro e as Irmãs Escarlate já o haviam cercado e toda a entrada dos jardins foi tomada por uma agitação enlouquecedora. Curio grunhiu e guinchou para Doro em uma língua estranha que o palhaço mudo pareceu entender na mesma hora.

— Cecile — chamou meu pai. — Venha.

Ele passou por cima do torso trêmulo de Curio e seguiu na direção do Grande Labirinto.

— Não — respondi, minha voz ficando tão grave que ele me olhou com curiosidade.

Doro olhou nos meus olhos. A Irmã Escarlate com a única pirâmide no cabelo pôs a mão em meu ombro.

— Temos que levá-lo de volta para o quarto dele. Não é seguro para ele ficar aqui com você — sussurrou ela.

Meu olhar passou de Doro para a Irmã e voltou para Curio, ambos me encarando com medo. Eles não me queriam ali. Me recompondo, me levantei e segui meu pai pelas portas até os jardins.

— O que era tão importante assim para você vir correndo me procurar?

O sol brilhava alto no labirinto como sempre, já que nossos jardins nunca precisavam de chuva. Como se nada tivesse acontecido, meu pai pôs calmamente os óculos escuros e bateu a bengala, o longo sobretudo preto pesado demais para uma caminhada em um lugar quente como aquele. Fazendo uma pausa, ele notou algo em sua gola de babados e tentou esfregar o tecido, irritado. Era sangue.

— Curio... — cuspiu ele, antes de seguir na direção do Grande Labirinto.

Segui atrás dele com passos firmes.

— O que o Curio fez para merecer isso? Você cortou a língua dele, como um bárbaro.

Ele se virou para me encarar no corredor estreito, entre as cercas-vivas.

— Posso garantir que o Curio comeu *a própria* língua.

— Duvido — respondi, bufando.

De onde estava, na entrada do labirinto, eu ainda podia ver os sapatos brilhantes de Curio tremendo.

— Cecile, ande logo — ordenou meu pai, batendo a bengala.

Engolindo em seco, sentia raiva de cada palavra que ele enunciava. Aquela criatura tinha roubado minhas lembranças, minha infância. Graças a ele, eu era um navio sem bússola. Enquanto via Doro erguer Curio, fui ficando furiosa. Os dois haviam perdido as próprias vozes nas mãos de meu pai. Meus punhos se cerraram e não medi minhas palavras.

— Soube que você não me achava forte o suficiente para me lembrar da minha infância.

Por costume, meu pai batia a bengala com impaciência, mas, quando ela ficou parada, percebi que havia cometido um erro grave. Quis engolir minhas palavras na hora, mas era tarde demais. Ele ficou tão quieto que, em algum lugar ao longe, pude ouvir uma única bola de críquete bater na outra. Risadas a acompanharam, seguidas pelo ruído de uma xícara de porcelana sendo devolvida ao pires.

— Quem disse isso?

Pude ver os traços que ele tentava esconder aparecerem pela máscara.

— Ninguém — respondi, desafiando-o.

Enquanto falava, no entanto, me perguntei como me sentiria se ele me obrigasse a cortar minha língua por falar com ele de modo tão grosseiro. Será que ele faria isso com a própria filha? Com seu rosto bonito e humor inteligente, vejo que ele costuma ser subestimado, mas sei que é melhor não.

— É lógico que *alguém* contou essas coisas para você, Cecile. — O tom calmo em sua voz era encantador.

— É verdade?

Respirando fundo, mexi com os detalhes da minha saia, tentando mudar o foco da conversa.

Ele me encarou e o canto de seus lábios se ergueu. Meu pai é uma criatura vaidosa e aperfeiçoou seu visual mortal — bonito, atemporal —, mas pequenos vestígios de sua verdadeira essência ainda aparecem: os pelos brancos no queixo, orelhas levemente pontudas. As mechas suaves de seu cabelo tocam a gola da camisa e os olhos cor de âmbar parecem largos e infantis, mas têm um toque de suas pupilas horizontais. Quando estava preocupado ou, naquele caso, muito irritado, a "fantasia" mortal costumava sumir.

— Foi a Plutard? — Ele pronunciou o nome dela com rispidez.

— Não — respondi, me encolhendo de medo pela nossa cliente.

— A Sylvie, então.

— Lógico que não.

A menção ao nome dela, porém, confirmava que, como eu havia suspeitado, ela sabia mais do que queria dizer.

— Então foi a sua irmã.

A voz dele soou menos urgente, tão certo ele estava de que havia identificado o culpado. Ele agora podia acabar com o problema e restaurar a ordem em seu circo.

Apesar de ela me provocar e me humilhar, de repente tive medo pela Esmé. Aquilo havia sido um erro horrível. Eu estava irritada com Esmé por anos de provocações e insinuações. Como uma criança, queria que meu pai interviesse, fizesse minha irmã parar. De certa forma, queria me vingar um pouco dela. A ideia de que ele daria um castigo apropriado para ela — como proibi-la de sair do circo por algumas semanas — me pareceu justificável. Pensar em Esmé vendo Sylvie e eu saindo pela porta era estranhamente satisfatório, mas, pela veia pulsando na têmpora de meu pai, eu havia sido uma idiota. Apesar de ela ser filha dele, senti que a punição seria severa. Eu não havia pensado naquilo.

— Não importa.

Tentei manter a mesma calma dele, gesto por gesto, e fazer com que ele pensasse que a informação que ela havia me dado era trivial e não tinha me afetado.

— Importa, sim, minha querida. *Com certeza* importa. Ela sabe disso.

Era curioso que ele dissesse aquilo. Apesar de considerar minha irmã cruel por causa das provocações, nunca me ocorreu que ela não *pudesse* me contar sobre nossa infância juntas. *O que aconteceu comigo para provocar todo aquele mistério?*

※

7 de abril de 1925

Esmé desapareceu hoje de manhã.

A porta de seu quarto estava entreaberta, seus amados frascos de perfume quebrados, os lençóis arrancados do colchão e a poltrona caída. No batente da porta, vi as marcas de onde suas unhas haviam se agarrado à madeira, em uma tentativa de lutar contra o que quer que a tivesse levado. Em seguida, corri de um cômodo para o outro, avisando a todos o que eu havia encontrado. Freneticamente, vasculhei o camarim, os labirintos e os estábulos. Nada. Percebi então que eu era a única pessoa que estava procurando por ela. Os outros artistas baixavam a cabeça, confirmando que já sabiam que ela tinha sumido. Descendo o corredor a passos pesados, esmurrei a porta estranhamente trancada de Madame Plutard, mas ela se recusou a me deixar entrar.

Parecia que todo o circo havia se fechado e me deixado para fora.

※

10 de abril de 1925

Depois de três dias sem notícias de Esmé, eu estava quase febril. Tinha coçado os braços até sangrarem de tanta preocupação. Meu pai tinha ido embora de novo e recusado meus pedidos de ser invocado de volta. Por fim, tentei mais uma vez o quarto de Madame Plutard. Esmurrei a porta sem parar até ela abrir.

— Sim? — Seu tom de voz era frio, distante.

— Quando ela vai voltar? — perguntei.

Percebi que eu não tomava banho havia dias e meu cabelo estava emaranhado.

— Talvez ela nunca volte, sua idiota. — O rosto da idosa demonstrava tanto desprezo que quase não a reconheci. — Sua mãe ficaria muito decepcionada com você. — Dizendo isso, ela bateu a porta na minha cara.

E, naquele momento, percebi que ela estava certa. Com uma mistura de raiva e estupidez, eu havia provavelmente levado minha irmã à morte. Esmé havia estado certa aquele tempo todo. *Eu não era nada.*

Naquela noite, poucas horas antes da apresentação de sábado, senti o cheiro antes de vê-los. Minotauros. Um fedor absurdo de pelo sujo e podridão desceu pela Grande Promenade antes mesmo que eles se materializassem. Dois animais tinham os braços de uma Esmé inconsciente em volta do pescoço, arrastando o corpo dela. Atrás dos minotauros, vinham dois enormes e raivosos cães do Inferno, vira-latas gigantes escuros, de pelo tão brilhante que pareciam estatuetas de vidro. Mordendo o ar que os cercava, os animais rosnaram para o nada e começaram a se atacar até o Minotauro-chefe agarrar um deles pela pele da nuca para acalmá-lo.

Eu estava atônita à porta. Toda a entrada havia sido montada para criar um grande espetáculo. Eles podiam tê-la carregado de volta sem aquela histeria toda, mas o show era para o resto de nós e tinha a cara do meu pai. O fato de ele estar fora não era um acidente. Quando a dupla virou uma curva fechada carregando o corpo desmaiado de Esmé, a perna dela bateu contra a parede, quase quebrando, enquanto os cães mordiam seus pés descalços. Esmé, que babava com a cabeça apoiada no queixo, nem se mexeu.

Levei a mão à boca, horrorizada. Eu nunca havia imaginado que aquele seria o destino de Esmé.

Atrás delas, estava Madame Plutard, como um padre que segue um carrasco. De fora do quarto dela, foi possível ouvir o corpo de Esmé bater na cama com força. Então a porta se abriu e voltou a se fechar. Cascos se afastavam pelo corredor, fazendo barulho, enquanto o grupo seguia para a próxima tarefa. A figurinista entrou no quarto de minha irmã e fechou a porta.

Em silêncio, caminhei pelo corredor e encostei a orelha na parede. Só consegui distinguir o som da Madame Plutard chorando.

15 de abril de 1925

A porta permaneceu fechada por vários dias.

Na verdade, tive quatro dias para pensar no que havia feito.

Eu não era a única a me odiar. Desde o desaparecimento de Esmé, os artistas praticamente fugiam sempre que me viam ou quando eu tentava me sentar ao lado deles — uma lealdade silenciosa a ela que eu entendia. Foi só ontem, no quarto dia, que Doro permitiu que eu me sentasse ao lado dele.

— Sei que fiz uma coisa horrível — admiti para Doro.

Ele pôs a mão sobre a minha. Seja qual tenha sido o caminho que o tenha trazido até aqui, Doro sempre foi gentil comigo. Dizem que ele foi um cantor de ópera muito mulherengo em vida e deixou uma série de corações partidos por toda Paris e toda Roma. Aquela versão do Inferno, nosso circo, o recriara como um palhaço mudo. Os castigos de meu pai doíam. Na versão do Inferno imaginada por meu pai, uma grande beleza em vida era reimaginada como uma monstruosidade. Se a história fosse verdade, Doro, um tenor vaidoso e orgulhoso, nunca mais ouviria o som de sua voz. A pintura branca e o sorriso vermelho no rosto dele eram como uma máscara permanente. Muitas vezes me perguntei como ele era quando vivo, mas os artistas estavam sempre fantasiados, como se fossem bonecos que pudessem ser tirados de uma prateleira.

Na verdade, Doro inclusive tinha um boneco. Era uma miniatura dele mesmo, que nunca saía do lado dele. Os dois eram réplicas exatas — e eu não sei dizer se sabia qual era a versão original. Nosso circo era vertiginoso de verdade. Sentado no colo do palhaço, Doro boneco pareceu acordar para falar.

— Você não sabia — disse. Ele enunciou as palavras com cuidado, como se estivesse me dando o benefício da dúvida.

Baixei a cabeça. Eu queria *muito* que Esmé fosse punida. Só não esperava que fosse algo tão radical.

— O que aconteceu com ela?

Doro boneco suspirou.

— Ela foi levada para a Floresta Branca.

— E isso é muito ruim?

Sempre havia ameaças de banimento para a Floresta Branca, mas eu nunca havia visto uma ser cumprida.

— É o pior destino possível, Cecile. — Doro, o palhaço, olhou para baixo. O boneco continuou, a voz suave e alegre como se ele estivesse falando de muito longe: — Talvez ela nunca mais se recupere. Muitas pessoas não conseguem. — Ao ouvir isso, Doro, o palhaço, começou a chorar. — Seu pai uma vez nos mandou para lá.

Percebi que tinha sido lá que a língua dele havia sido cortada.

— Meu pai mandou você para lá?

O boneco assentiu.

Apertando a grande mão do palhaço, não culpei os outros artistas por me odiarem.

Eu me odiava.

~ ~ ~

16 de abril de 1925

Ontem eu tentei vê-la, mas Madame Plutard se recusou a me deixar entrar.

— Ela não tem nada para dizer a você.

Pelo tom de voz, pude ver que Madame Plutard também preferia não falar comigo.

Testemunhar o desprezo no rosto deles é quase insuportável. Eu me fechei em meu quarto, sem me dar ao trabalho de acender a lareira, tentando sentir o desconforto e a dor que mereça. Uma camada de umidade se estabeleceu, fazendo meus ossos doerem, especialmente a perna. Depois de algumas horas, Sylvie veio me trazer sopa. Percebi que ela teve que roubar uma porção, já que ninguém queria me alimentar. Quando me entregou a tigela, ela olhou por sobre o ombro e percebi que ela não queria ser vista comigo. Peguei a sopa e me desprezei por precisar comê-la. Tinha pensado em morrer de fome, mas descoberto que não conseguiria. Fechei os olhos quando a colher tocou minha boca e o caldo me aqueceu.

Havia um espetáculo naquela noite. Mesmo sem Esmé, ele continuava. Meu papel no circo era ajudar os artistas a vestir os vários figurinos.

Fiquei parada na porta lateral, segurando acessórios para os artistas, enquanto eles me lançavam olhares de desprezo ou, como sempre, me ignoravam.

Depois da Roda da Morte, puxei o alvo de volta para seu lugar. Pensei que podia ficar parada diante dele enquanto Louis lançava facas. Enquanto dava água aos cavalos, me perguntei como seria cavalgá-los, como Sylvie.

No passado, eu tentei aprender a cavalgar, mas meu pai não permitiu, por medo de que eu me machucasse. Nem mesmo Esmé podia andar a cavalo, uma rara recusa dele.

Então, naquela manhã, fui até a escada do trapézio pela primeira vez. Não sei o que me levou a fazer isso, mas acho que foi a sopa. O pequeno gesto bondoso de Sylvie expôs minha vontade de viver, mas nunca vou existir se não passar por uma metamorfose. A velha Cecile, que havia denunciado a irmã e vivia como uma sombra, se foi. Eu nunca mais causaria pena nem seria motivo de escárnio. Posso não saber o que aconteceu antes do bolo rosa, mas posso controlar o que vai acontecer agora. Enfraquecida pela falta de comida, me forcei a subir a escada. Um silêncio tomou conta do ensaio. Algumas risadas e um "o que ela pensa que está fazendo?" surgiram do chão, embaixo de mim. Como se mexia, a escada era mais difícil de subir do que imaginei, mas eu não ia dar a ninguém a satisfação de dizer que não conseguiria. Se caísse e morresse, seria uma morte honrosa, então continuei subindo. Era verdade que eu era a gêmea mais fraca, mas também era leve como uma bailarina, o que seria uma vantagem no trapézio. Quando finalmente cheguei ao topo, olhei para baixo. Meus joelhos quase bambearam de medo, mas segurei a barra pela primeira vez, determinada a mudar meu destino.

Era o treino da manhã, a que ninguém prestava muita atenção, e metade dos artistas mal aparecia, mas, quando olhei para baixo, todos os olhos estavam fixos em mim: havia mãos em quadris, mãos sobre bocas, e Doro gesticulava, pedindo que eu descesse. Eu nunca havia segurado um trapézio antes, mas desejei muito senti-lo em minhas mãos. A barra era mais pesada, grossa e suave do que eu havia imaginado. Do outro lado do trapézio, Hugo, o apanhador, tentou me fazer descer. Eu balancei a cabeça.

— Me deixe tentar.

Hugo não pareceu muito animado em me ver em seu trapézio. Eu não o culpei por aquilo, mas não ia mudar de opinião. Segurei a barra, puxando-a em direção a mim, em um desafio. De forma relutante, ele gritou para que eu mantivesse os polegares sob os outros dedos. Se eu ia mesmo saltar, ele não queria que custasse um braço ou uma perna a ele. Assenti. Com o indicador, ele desenhou uma rede, que apareceu abaixo de nós. Quando ela se materializou, soltei um suspiro de alívio.

Não há palavras para descrever a primeira vez que saltei. Não foi nem o salto, e sim a decisão de sair da plataforma. Ao saltar, me lembrei do corpo desacordado de minha irmã sendo arrastado pelo corredor e deixei a velha versão de mim na plataforma. Hugo estava sentado do outro lado, sem se mover nem tentar me pegar.

Eu caí naquela primeira vez.

Pude ouvir murmúrios pelo circo, algumas risadas e um "eu sabia" em algum lugar. Hugo estava aceitando um grande risco. As consequências do ataque de meu pai a Curio ainda eram sentidas. Me arrastei até a beira da rede e dei uma cambalhota para descer, como havia visto os artistas fazerem. Fui desajeitada e me enrosquei na rede, mas passei por todos e subi a escada de novo. Ao voltar ao topo, encarei Hugo e assenti, pronta para saltar outra vez. Ele mandou o trapézio para mim e eu não consegui segurá-lo, o que o obrigou a lançá-lo outra vez e provocou uma gargalhada nos artistas abaixo de nós. Minhas pernas tremiam por causa do espetáculo que estava criando, mas também por medo. Daquela vez, eu estava preparada para a sensação da barra em minhas mãos e meu peso não era mais uma surpresa. Eu sabia como o salto seria e a força que faltava pôr no salto e não na barra.

Voltei a cair, mas já sabia como era cair na rede. Cair em uma rede não é algo confortável. É duro e arranha quando nos arrastamos até a beira dela. Meus joelhos estavam arranhados, mas me senti alegre pela primeira vez. Por mais ínfimas que minhas tentativas tivessem sido, eu me tornei útil — estava me *apresentando*. Finalmente entendi que não eram só os aplausos toda noite, mas uma sensação de realização vinda do próprio número que alimentava os artistas — o verdadeiro coração do circo. Eu me sairia melhor no dia seguinte. Prometi que, mesmo se nunca conseguisse me apresentar na tenda principal, eu ganharia um espaço ali.

Voltei a escalar a corda.

Hugo não saiu de sua posição, preferindo se balançar na outra barra e me observar. Nós nos encaramos e pude ver que ele estava se perguntando se eu tinha determinação para continuar voltando. Em uma espécie de resposta, voltei a agarrar a barra.

Gotas de suor se formaram em meu rosto e eu as enxuguei. Era minha terceira tentativa e eu estava ficando cansada. A falta de força fez meus braços tremerem um pouco. Ao sentir isso, Hugo gritou:

— Tente pôr os joelhos na barra desta vez. Suas pernas são mais fortes. Deixe que elas tragam você até aqui, se puder.

Eu havia visto aquele movimento centenas de vezes, então sabia do que ele estava falando, mas a força para me segurar à barra enquanto minhas pernas a agarravam me parecia algo quase impossível. Levei tempo demais para executar o movimento e balancei de um lado para o outro até o trapézio parar.

— Tem um ritmo — gritou Hugo. — Faça um movimento rápido e depois vire o corpo para olhar para mim. — Um movimento. — Ele ergueu o indicador. — *Un*.

Ele desceu e foi me buscar na rede, depois que caí.

— Volte amanhã. Agora vá descansar.

❧

19 de abril de 1925

Meus braços doíam, mas voltei no dia seguinte. O segundo dia foi bem parecido com o primeiro. Só hoje, no terceiro dia, que finalmente me senti à vontade o bastante com o trapézio para poder me concentrar em minhas pernas. Na quarta tentativa, consegui colocá-las na barra. Me lembro do medo que senti ao soltar os braços, mesmo com a rede para me proteger, mas também da alegria. Eu tinha conseguido. E, se havia feito aquilo uma vez, podia fazer de novo. Quando subi para encontrar Hugo, que estava me esperando na outra barra, com as mãos estendidas, nunca havia me sentido tão livre. E a expressão no rosto de Hugo — e no rosto de todos — era algo que eu nunca vi na cara de ninguém: um olhar de admiração.

Quando Hugo deu uma série de tapinhas em meu braço, me incentivando, a multidão se abriu e ouvi as batidas da bengala antes que meu pai se materializasse. Ele ficou sabendo o que estava acontecendo e parecia furioso. Sempre havia certa comoção em torno dele, pessoas que o seguiam, em busca de favorecimento, como se ele fosse um rei. Ele olhou para Hugo, ameaçando-o com todo tipo de coisa horrível, inclusive a Floresta Branca. Um silêncio tomou o circo e pude ver a trupe olhar para mim. Eu não sabia o que havia acontecido com Curio, mas sentia que tinha sido a causa. Não ia deixar Hugo ter o mesmo destino.

— Eu quis fazer isso — falei, entrando na frente de Hugo para protegê-lo. — Não sou uma boneca.

— Você é muito fraca. — Pude ver o rosto dele mudar, a máscara dar lugar a seu verdadeiro eu.

— Deixe a menina tentar, Althacazur — pediu Hugo, enxugando as mãos em um pano.

Ele se manteve firme, chamando meu pai pelo nome verdadeiro. Todos mantinham a cabeça baixa, torcendo para que a raiva de meu pai não se estendesse para eles depois que tivesse terminado com Hugo.

— Eu me responsabilizo por ela. Isso vai impedir que ela atrapalhe você. Você e a Esmé.

O comentário dele doeu: *Tenho que ser impedida de atrapalhar as pessoas.* Para minha decepção, aquilo era o que meu pai precisava ouvir. Seu rosto suavizou e percebi que ele estava elaborando uma resposta apropriada. Ele analisou Hugo por um instante.

— Me deixe fazer isso. Por favor — falei. Ser tratada como um incômodo que precisava de babá me magoava, e eu provaria que todos estavam errados.

Para meu alívio, o doce Hugo continuava inteiro e meu pai voltou para sua sala, gritando para meu apanhador:

— Se alguma coisa acontecer com ela, você não vai mais ter braços nem pernas para se pendurar nesse trapézio. Está me entendendo?

— Sim, senhor.

E eu pude ver que Hugo estava mesmo assustado.

9 de maio de 1925

Com o passar das semanas, fui ficando mais forte. Meus braços deixaram de ser pele e osso e ganharam uma curva delicada sob o músculo.

Além do meu corpo, senti que tinha um lugar no circo. Hugo e Michel, o outro trapezista, começaram a me proteger, permitindo que jogasse críquete com eles nos jardins quando não estávamos treinando. Até aquele momento, eu não havia percebido como vivia isolada em minha própria casa. Eu não tinha mãe, meu pai era ausente e minha irmã me detestava, por isso Hugo e Michel logo se tornaram minha família. Devido à natureza do que fazíamos, percebi que tinha começado a confiar neles e eles, em mim.

Depois de semanas trancada no quarto, Esmé apareceu e ficou parada, com as mãos na cintura, assistindo ao meu treino. O descanso parecia ter feito com que ela se recuperasse. O cabelo preto brilhante havia sido recém-cortado na altura do queixo, a pele voltou a brilhar e os olhos azuis muito redondos e vivos percebiam todas as conexões que eu fazia com Hugo. Pude ver que, quando a pequena plateia me aplaudiu, ela ficou chocada.

Mais tarde, tive a coragem de fazer várias tentativas de bater na porta dela. Depois de enxugar as mãos suadas em minha saia, bati na madeira. Ela a entreabriu, mas manteve o braço apoiado na porta, as mangas do quimono roxo abertas dramaticamente à minha frente, como um escudo.

— O que você quer?

— Fiquei sabendo que você não quer falar comigo. — Meu rosto estava vermelho. As palavras despencaram de minha boca e agarrei meu pescoço, esperando a resposta dela.

— Você está certa — respondeu ela, inclinando a cabeça.

Abalada, eu não sabia o que falar. Tinha me preparado para que ela gritasse comigo, ou até me batesse, mas ela me desafiou e não demonstrou emoção nenhuma.

— Eu sinto muito. Nunca pensei que ele mandaria você para a Floresta Branca. — Comecei a chorar. — Eu não sabia.

— Você sabia que ele ia me castigar. — Sua voz se ergueu. Um tom de acusação havia se atrelado a ela. — Era isso que você queria.

Hesitei. Ela estava certa. Eu sabia, e tinha torcido para que meu pai a fizesse ficar em casa em um sábado à noite, ou impusesse algum castigo infantil desejado por uma criança. Minha cabeça baixou de vergonha.

Ela riu. Foi uma gargalhada feia.

— É óbvio que queria. Você é mimada.

— Eu estava tão cansada dos comentários, das provocações constantes, mas... — Não consegui terminar a frase. Comecei a tremer e a fungar, até finalmente enxugar os olhos no vestido. — Sinto muito. Você tem que acreditar em mim.

Ela suspirou e olhou para o corredor, como se falar comigo fosse um peso. A Floresta Branca a havia mudado. À primeira vista, achei que tivesse voltado ao normal, mas, de perto, dava para ver que ela estava mais magra, o rosto mais encovado. A Esmé parada diante de mim, já endurecida e oca, era a casca da minha irmã, não a verdadeira.

— O que aconteceu com você? — perguntei, tapando a boca com a mão.

De dentro do quarto dela, pude sentir o aroma doce de flores, como brotos de tília. O cheiro era forte, como se fosse necessário para mascarar uma podridão interna.

— *Você* aconteceu, Cecile. Com o seu chilique, você fez o papai escolher entre nós duas.

— O Doro disse...

— O Doro não devia falar da Floresta Branca com alguém que não esteve lá. Ele com certeza aprendeu a lição. Se não tomar cuidado, a língua do boneco dele também vai ser arrancada.

E ela falava sério. Os espaços vazios em Esmé haviam sido preenchidos com o mal. De quimono roxo, ela até ficava parecida com meu pai quando ele usava seu robe característico. Sacudindo a cabeça sem parar, falei:

— Eu sinto tanto, Esmé... Você tem que acreditar em mim. Se soubesse que ele ia mandar você para lá, eu nunca teria feito aquela besteira. Foi horrível. Eu fui horrível. Eu não sabia, Esmé. Desculpe. — Comecei a me balançar para frente e para trás, repetindo as palavras: — Eu não sabia.

Não tinha certeza se ela poderia me perdoar por meu papel naquilo tudo. Ela estava certa. Eu tinha sido infantil e era evidente que ela havia sido ferida.

— Eu sei que você não sabia — respondeu ela, fria, depois de me deixar repetir aquilo por uma eternidade. — É assim que nosso pai quer. Ele deixou isso bem claro. — Ela começou a fechar a porta. — Ah, e eu pedi um camarim só para mim. Você pode dividir o antigo com a Sylvie. Apesar de o circo ser pequeno, não quero ver você, Cecile. Se sente muito mesmo, por favor, me faça a gentileza de ficar longe de mim.

A porta bateu em minha cara.

Voltei ao treino naquela tarde e errei todas as passagens em que tentei dar uma cambalhota ao saltar de meu trapézio para as mãos de Hugo. Era a melhor manobra que eu sabia fazer, mas algo que nem sempre acertava. Eu desabava na rede quando errava a contagem.

— Está pulando as transições — avisou Hugo, indo me buscar na rede.

— É a minha irmã... — comecei, e então me interrompi. Tinha sido minha choradeira que havia mandado Esmé para a Floresta Branca. Eu precisava crescer. — Não é nada. — Levantei a cabeça. — Vou me esforçar mais.

Enquanto eu voltava a subir a escada, Hugo gritou:

— Eu queria que você participasse do espetáculo de hoje.

— Eu... não posso.

Fui lentamente dominada por um medo enorme. Praticar era uma coisa. Já uma apresentação estava além do que eu podia fazer.

— É lógico que pode. Você está pronta para fazer o básico. — Com a mão, Hugo desenhou uma rede embaixo de mim. — Só faça o que praticamos. A rede vai estar aqui para pegar você. Vamos enfeitiçá-la para que não a vejam. Não se preocupe. Eles vão adorar você. O Michel e eu podemos cuidar das partes complicadas.

Ele atravessou a rede por baixo, subiu pelo outro lado e se virou para mim. Então bateu palmas e rolou os ombros musculosos. Sua voz soou firme e regular quando gritou:

— Vamos, Cecile. É disso que você precisa hoje e sabe disso.

E ele estava certo. Hugo estava sempre certo quando o assunto era eu. De maneira quase inata, ele entendia meus medos e meus motivos antes mesmo que eu começasse a compreendê-los. Imagino que, por ser apanhador, ele precisasse ter uma sintonia fina com os outros artistas, assim como eu sempre sabia quando ele e Michel estavam brigados. Do outro lado do trapézio, não sei como, Hugo sabia o que havia acontecido entre mim e Esmé. Ele percebeu que minha confiança estava abalada e que eu não estava gostando muito de mim mesma.

Muitas vezes me perguntei sobre ele. Quem ele havia sido na vida? O que ele podia ter feito para ter que passar a vida no trapézio, com a filha de Althacazur?

Naquela noite, ver os espectadores em seus melhores vestidos e paletós me deixou nervosa. Em apresentações anteriores, eu havia apenas ficado parada, assistindo. Acho que pensava que me apresentar seria fácil. Tinha invejado o trabalho de todos, mas não percebido que me apresentar seria uma responsabilidade. Eu precisava fazer uma performance boa naquela noite.

Esmé entrava pouco antes da gente.

Minha irmã se inspirou em algo que vira para montar o número. Enquanto caminhava pelo boulevard Saint-Germain, ela tinha visto um cartão-postal que mostrava uma domadora de leões chamada Claire Heliot. Em um vestido de seda, a srta. Heliot havia reunido um grupo muito sofisticado de convivas em um jantar, completo com sua louça branca e oito de seus leões, que se mantinham sentados, atentos, enquanto ela tomava chá e os alimentava com pedaços de carne de cavalo. Esmé havia ficado encantada com o número, mas meu pai se recusou a deixar que ela entrasse no palco com leões de verdade. Minha irmã já havia demonstrado interesse em criar ilusões, por isso começou a brincar com os próprios bichos de estimação, mudando a aparência deles. A magia de Esmé se tornou tão boa que, da primeira vez que viu o número improvisado dela, até meu pai achou que ela seria devorada por Hércules. Mas ele adorou a performance, então decidiu dar o dinheiro para que ela tivesse acessórios e fantasias.

Ela copiou o número de Claire Heliot, em que andava na corda bamba de frente para seu leão. Nesse caso, o felino é o ágil Dante. É uma ilusão difícil de se manter porque não há corda bamba nem pantera — apenas ela e um gato andando pelo chão da arena, um em direção ao outro —, mas o público acha que ela está se equilibrando em um fino pedaço de barbante, diante de um animal de mais de 270 quilos. Quando a plateia se levantou num pulo, aplaudindo, ficou claro por que ela era a estrela da nossa companhia.

Então, era a minha vez. Enquanto subia a escada, o holofote me seguiu. Minhas mãos suavam, o que não era um bom começo. Espalhando cal nas mãos, eu as enxuguei nas pernas e olhei para Hugo parado na plataforma oposta. Sem que o público soubesse, ele havia criado uma rede invisível sob mim.

Para a plateia, parecia que não havia nada entre mim e o chão. No entanto, se eu caísse, ela veria que algo havia me salvado e perceberia que havia sido enganada. Admitissem eles ou não, os espectadores ficariam decepcionados por terem sido iludidos e por termos diminuído o risco. Essa é a questão no circo. A possibilidade de morrermos é o entretenimento, seja através do fogo, de facas, de um leão ou do trapézio. Pelo tempo que passei observando do palco lateral, eu sabia que cada truque bem-feito permitia que os espectadores acreditassem, por um instante, que a magia *podia* existir e que a morte podia ser mantida a certa distância, mesmo que só por uma noite.

Saltei e a primeira passagem foi um pouco difícil, mas as mãos firmes de Hugo me seguraram. Mesmo para ele, foi complicado segurar minhas mãos suadas. O giz havia se tornado uma pasta. Escorreguei um pouco, mas nós nos seguramos com firmeza. O problema era que estávamos fazendo uma manobra com Michel, que esperava para me pegar do outro lado. As mãos de Michel não eram firmes como as de Hugo. Eu teria preferido ter um ou dois segundos a mais, mas me virei e troquei de lugar com Hugo, para segurar a barra. Eu nunca confiava na barra porque não treinávamos os saltos de volta com tanta frequência. Quando comecei a cambalhota, hesitei, perdendo o impulso necessário para alcançar o ângulo que me permitiria chegar às mãos de Michel. Para piorar, o público sabia disso. Pude ouvir o som de gemidos baixos e animados de antecipação pelo que aconteceria depois. Em um segundo, me senti desabar e meu rosto ficou quente — quase febril — enquanto eu esperava pelo que viria a seguir: a humilhação quando a rede fosse revelada para os espectadores.

Minha cabeça girava.

— Não — gritei, alto o bastante para a orquestra de Niccolò parar de tocar.

E, como se tivesse dado a uma ordem para meu corpo, flutuei no ar. Com as luzes reduzidas, eu não podia vê-la, mas escutei as exclamações da plateia. Quando me senti desabar, me lembrei da sensação de humilhação e percebi que meu corpo se erguia com a intensidade de minha emoção. Sabendo que devia voltar ao ritmo necessário para a performance, comecei a girar o torso verticalmente, em uma espiral, e me estiquei o suficiente para alcançar as mãos de Michel. Para minha surpresa, enquanto me concentrava nas mãos dele, meu corpo viajou. O que ficou claro para os espectadores daquela noite foi que eu estava girando sem a ajuda de nenhum instrumento: não havia barras, cordas nem tecidos pendurados. Eu estava flutuando. Então cheguei até Michel e ele me puxou para o pedestal.

Com as luzes escondendo a plateia, só pude ouvir os aplausos. Enquanto fazia uma reverência, Hugo apertou minha mão com firmeza.

— Você tem que fazer esse movimento de espiral amanhã de novo — sussurrou ele. — Foi a grande performance da noite.

No fim do espetáculo, todos nós — cavalos, macacos, elefantes, mulheres barbadas, atiradores de facas e domadores de leões — fizemos a reverência final e saímos da arena. Parada no centro dela pela primeira vez, fiquei surpresa ao perceber que não podia ver a multidão por causa da luz. Cada artista dava um passo para a frente e o barulho da plateia aumentava e diminuía. Hugo pegou minha mão e me puxou para fora da fila. O tempo então pareceu parar. Quando fiz a reverência, pude sentir o suor em minha testa e ouvir os assobios e aplausos acima de mim, nas arquibancadas. Quando voltei à fila, eu os vi: meus colegas de circo, presos em suas estranhezas. Mas, pelo olhar de gratidão no rosto deles, pelos olhos cheios de lágrimas enquanto a multidão clamava por eles, percebi que, mesmo depois de uma vida inteira sendo adorados, ainda ansiamos por isso. Mesmo que tivessem que se transformar em uma mulher barbada, um palhaço ou até um cavalo adornado com uma coroa de plumas, eles tinham a possibilidade de voltar a se apresentar. Enquanto fazia aquela reverência, entendi, por fim, o Cirque Secret.

No corredor em que eu costumava ficar com baldes de água para os cavalos — um lugar onde nunca mais ficaria —, vi o contorno de meu pai parado. Aplaudindo.

Então, para a minha surpresa, lágrimas começaram a correr por meu rosto.

Depois da apresentação, Sylvie e eu fomos para Montparnasse. O espetáculo teve convidados famosos naquela noite: Hadley e Ernest Hemingway,

Ezra Pound e a esposa, que todos chamavam de Shakespear, e Marc Chagall. Eu tinha ficado sabendo que aqueles artistas faziam muito sucesso. Mas, fosse verdade ou não, depois da apresentação, eles pediram para nos conhecer.

Mesmo tarde da noite, os cafés estavam lotados. Montparnasse em uma noite agitada era uma sinfonia de sons: conversas em francês, inglês e alemão, o tilintar de xícaras batendo em pires e a música do jazz americano misturada aos acordeões do Velho Mundo, ambos tocados por mãos hábeis. Dependendo de para onde virássemos a cabeça, uma Montparnasse diferente dominava nossos ouvidos.

Nós passamos a noite indo de um lugar para outro e acabamos nos sentando no Dôme Café, conhecido como "o café americano". Dentro dele, pude ouvir o sotaque arrastado dos americanos, que soava muito diferente do tom direto de seus primos ingleses. No meio de minha segunda taça de champanhe, Hadley Hemingway puxou meu braço.

— Aquele é o pintor modernista francês Émile Giroux — disse ela, apontando para um homem parado no canto. — Ele quer conhecer você.

O pintor pareceu envergonhado e ruboresceu. Então virou a cabeça e mergulhou em uma conversa com o pintor Chagall.

— Não sei bem o que é um pintor modernista.

Eu havia estado no Louvre muitas vezes, mas pintores eram coisa da Esmé.

— Ele desafia as regras — contou ela, animada.

Quando minha expressão não mudou, ela riu.

— Faz pernas longas e fora de proporção — explicou ela. — E usa cores grosseiras.

— Então ele não é muito bom?

— Não, não. — Ela fez um sinal para que eu me aproximasse. — Ele é muito bom. Na verdade, ele é o melhor daqui. Copiar algo é fácil. Ele vê tudo de maneira diferente.

— Pintores são o fraco da minha irmã.

Indiquei Esmé com a cabeça. Ela tinha ido sozinha ao café e havia começado a conversar com um pintor perto do bar. A cada dose de bebida, eles se inclinavam mais um para o outro, como árvores podres.

Enquanto o champanhe fluía, casais circulavam, vindos do Ritz, do Dingo e do Poirier. Todos falavam maravilhas sobre o circo.

— Então era real? — Ernest Hemingway acendeu um cigarro e eu mal podia entender o que dizia. Me inclinei na direção dele, me esforçando para ouvir.

— É, eu fiquei me perguntando... Como você faz o prédio aparecer do nada? É um truque de iluminação? — A pergunta veio do barbudo Ezra Pound.

Sylvie e eu nos olhamos. Não podíamos revelar o que acontecia dentro do circo. Sob nenhuma hipótese. As pessoas não entenderiam. E, mais do que tudo, meu pai proibia.

— Não podemos contar — respondeu Esmé, do alto do bar. Ela abriu um sorriso malicioso, sabendo que o comentário só a tornava mais atraente.

— Ah, vocês não estão sendo muito legais. — Hemingway apontou o cigarro para ela e pediu uma cerveja. — Só um segredo. Por favor. — Um homem grande, ele batia muito na mesa ao falar, confiante de que as pessoas queriam ouvir o que dizia.

— Um mágico francês nunca revela seus segredos. — Olhei para cima e vi Émile Giroux parado diante de mim. — Para os franceses, o circo é sagrado. Perguntar isso é como pedir para você nos contar a história que está escrevendo ou para que eu revele uma pintura antes que ela esteja pronta. Não podemos fazer muitas perguntas sobre o processo. Dá azar. Estou certo?

Ele olhou para mim e vi que tinha grandes olhos verdes, parecidos com as lantejoulas do figurino daquela noite. Os olhos criavam um contraste direto com o cabelo castanho escuro e o toque de barba castanha. Tomei um gole do meu licor de cereja e assenti, grata por aquela intervenção. Hemingway logo passou a outro assunto: poesia. No pouco tempo que fiquei ali, percebi que, assim como preferiam passar por vários bares, o grupo quase nunca mantinha um mesmo tópico de conversa por muito tempo — passando de política à arte e, por fim, às touradas, animados com a viagem que Hemingway faria a Pamplona. Ernest falava da Espanha quando duas mulheres se juntaram a nós e foram apresentadas como as Stein.

No bar, minha irmã dominava o ambiente. Com seu cabelo preto curto e olhos claros, Esmé tinha todo um círculo de admiradores e havia chamado a atenção de um pintor espanhol baixinho que tinha acabado de se juntar ao grupo.

— Picasso! — gritaram para ele.

Pude ver que ele era reverenciado por todos, especialmente Hemingway, que falou com ele em espanhol, ainda sentado a nossa mesa. Com um olhar, Picasso determinou que Esmé era o prêmio principal do grupo daquela noite e começou a se posicionar para falar com ela. Como se sentisse o interesse, Esmé, que começou a fumar cigarrilhas, deu as costas para ele e começou a conversar com um artista desconhecido. Quando ela o ignorou, vi o espanhol rir e tomar toda a sua bebida como se fosse embora. Pela popularidade dele, eu sabia que Esmé nunca perderia a oportunidade de estar com ele. Enquanto ele passava, quase como se tivesse ensaiado, ela fingiu deixar o cigarro cair diante dele. Educado, Picasso o pegou, o devolveu aos lábios dela e o acendeu.

Eu sabia o que ia acontecer. Esmé iria para casa com aquele tal Picasso. Depois de dormir juntos, por causa da grande beleza dela, ele insistiria — *exigiria* — que ela o deixasse pintá-la. O mundo só ficaria completo quando o esboço dela fosse feito e ninguém — *ninguém* — podia desenhá-la nem entendê-la melhor do que ele.

Ela finalmente aceitaria ser retratada na tela dele e então se despiria. Para ela, era a melhor forma de obter a atenção que desejava. No entanto, seu desejo por atenção era insaciável. Depois de se esforçar para representar a cor da carne do interior das coxas e do centro dos mamilos dela, como uma preliminar, ele finalmente transaria com ela. E, de manhã, ela o deixaria. Depois que ela fosse embora, o artista iria até o esboço, esperando admirar seu trabalho, mas encontraria apenas uma tela em branco.

De início, ele pensaria que ela havia roubado sua maior obra, já que o quadro que falta é sempre o melhor para o artista. Depois de analisar a tela de perto, no entanto, ele veria que era, na verdade, a mesma tela. Só que vazia.

No início da tarde, o artista ensandecido iria até a última localização conhecida do circo, alegando que eles usavam magia ou feitiçaria.

É sempre a mesma coisa. Sempre. Só muda o nome do pintor.

Esmé e eu não podemos ser retratadas — nem em fotos, nem em quadros. De manhã, a tela sempre volta a ficar branca e o filme, intacto.

Mas são os pintores que ficam mais incomodados. Eles trabalham, conectando traços para formar o nariz empinado de Esmé e sua pequena boca de querubim, apenas para descobrir, ao amanhecer, que ela desapareceu da tela como se nunca tivesse estado ali.

Menos de uma hora depois, Esmé e o espanhol tinham sumido. Émile Giroux pegou uma cadeira e a pôs entre mim e Hadley. Ela achou a audácia dele divertida e arregalou os olhos. Ele usava calça de veludo cotelê marrom e um paletó folgado. Todos os homens em Montparnasse pareciam usar calças de veludo cotelê marrom e paletós folgados. Ele me disse que nunca tinha conseguido um ingresso para o meu circo. Eu assenti. Então era por isso que ele estava tentando conversar comigo. Agora tudo fazia sentido. Suspirei, um pouco decepcionada. "Me deixe adivinhar. Você não tem ingresso, mas todos os seus amigos têm?" O licor havia subido um pouco à minha cabeça.

— Soube que é um grande espetáculo — admitiu ele, recostando-se na cadeira. — Mas nunca gostei muito de circo. — Ele analisou meu rosto, me fazendo desviar o olhar. — Por que você faz isso?

— Isso o quê?

— Desvia o olhar. — Ele virou meu queixo em sua direção, ajustando-o sob a luz baixa. — Eu devia pintar você.

Sorri. Ele podia, mas minha imagem sumiria antes que a tinta secasse.

— Você está com fome?

Foi uma pergunta inesperada e percebi que estava faminta.

— Vamos embora. — Ele não se moveu, mas seus olhos indicaram a entrada.

— Já sei — respondi, erguendo uma sobrancelha. — Vamos para o seu apartamento para você me pintar?

Ele fez que não com a cabeça, finalmente se levantando.

— Não, vamos para Les Halles.

Hadley o ouviu.

— O mercado? — Ela fez uma careta.

— Venha — insistiu ele, pegando minha mão.

Olhei para Hadley, esperando ouvir a opinião dela.

— Ele é, sinceramente, o melhor de todos. — Ela deu uma piscadela. — E conhece Paris melhor do que ninguém. Eu iria.

O sorriso empolgado dela me fez apreciá-la. Ao contrário das melindrosas, como Esmé, que haviam pintado e cortado o cabelo e maquiavam o rosto com sombras preta e safira e batom vermelho escuro, Hadley mantinha o rosto intocado. Ela não demonstrava pretensão nenhuma e gostei dela de cara. Meu cabelo prateado pendia em minhas costas em cachos como o dela. Como estava na moda, sei que nós duas estávamos sendo pressionadas para cortar o cabelo. Ela e eu parecíamos ser de outro tempo, como duas Gibson Girls americanas.

Sylvie, sentada em um canto do salão, conversando com uma socialite americana, olhou para mim preocupada enquanto eu seguia até a porta.

— Você vai conseguir chegar bem em casa?

Eu podia sentir a impaciência de Émile à porta. Eu nunca havia ficado sozinha com um homem e estava torcendo para Sylvie não me assustar.

Foi a mulher que provocou, enrolando uma mecha do cabelo de Sylvie.

— Ela não vai para casa hoje. Pelo menos não com você.

Os olhos dela seguiram Émile, que andava de um lado para o outro diante do café, e um sorriso maldoso se formou em seu rosto. O meu ficou vermelho. Empurrei a porta e saí.

No táxi que atravessava a Pont Neuf, percebi que ele estava tentando me impressionar e que o preço do táxi provavelmente faria com que ele deixasse de comer por um dia, por isso achei o gesto carinhoso. Chegamos ao primeiro *arrondissement* e à entrada de Les Halles, o toque das pedras calcárias da imponente igreja gótica de Santo Eustáquio brilhando sobre os pavilhões do mercado central. Apesar de serem duas horas da manhã, o mercado ainda estava muito agitado.

Homens guiavam veículos — caminhões e carros pretos desviavam de carroças —, enquanto compradores e vendedores carregavam ou descarregavam caixas de maçã, couve-flor, carne e batata. Garotos seguravam cestas vazias na cabeça, enquanto mulheres cansadas andavam com balaios cheios sob os braços. Em meio à multidão, homens de paletó guiavam mulheres de vestidos de baile e peles, fumando cigarrilhas, pelos corredores.

Quando saía do circo, costumava ser com Sylvie ou Esmé. Nunca tinha ido tão longe sozinha. Pela destreza com que ele ultrapassava os carrinhos e andava em meio à multidão, percebi que ele ia muito àquele lugar. Cortamos caminho por uma das portas do mercado.

— Você já tinha vindo aqui?

Eu podia ver vestígios da respiração dele no ar frio.

Respondi que não meneando a cabeça.

— Minha mãe tinha uma barraca de flores e frutas — explicou ele. Usando os dedos para contar, ele andava de costas, como um guia de excursão. — Há um setor de flores e frutas, outro de legumes, manteiga e queijo e mais um de peixes, aves e embutidos, claro.

Ele apontou para a estrutura mais distante.

— Meu pai era açougueiro. Ele ficava naquele pavilhão ali.

Olhando para o teto, vi o luar entrando pelas janelas. Eu não podia imaginar como teria sido crescer com tanta liberdade, correndo pelos vários mercados sob os pavilhões de ferro e vidro o dia e a noite toda.

— Eu nunca... — Fiquei parada no centro de tudo, impressionada.

— É minha região favorita de Paris — revelou Émile, sorrindo. — *É Paris, para mim.*

Seu cabelo tinha um toque encaracolado, como se ele não o cortasse por algumas semanas.

— Venha — disse ele, apontando para um restaurante no fim da quadra. A placa dizia: L'ESCARGOT.

Escondido dentro do mercado, o restaurante era uma joia. A fachada de ferro fundido preto lembrava a Belle Époque. O interior era quente e aconchegante. Nós pegamos uma mesa de canto.

— A sopa de cebola daqui é uma delícia. Eles usam cebolas roxas, não brancas — contou Émile.

Ele pediu duas taças de champanhe e uma tigela de sopa bem cheia.

O teto de madeira, com lustres baixos, e a intimidade de compartilhar uma tigela de sopa com aquele homem foi um prazer inesperado. O pedido curioso me fez pensar que ele não podia pagar por duas, mas, quando a sopa chegou, eu entendi. O garçom trouxe uma tigela gigante de cerâmica, com pão e queijo derretendo para fora. O queijo era teimoso e se agarrava ao pão, então girei a colher até pegar um bom pedaço. O pão rústico tinha mais de um polegar de espessura. A sopa estava quente demais, mas o primeiro contato do caldo agridoce com meus lábios foi incrível.

Uma tigela de sopa, que Sylvie havia roubado da cozinha e levado ao meu quarto, tinha sido a gênese da minha metamorfose. Quando Émile tomou a primeira colherada e fechou os olhos em êxtase, achei que aquela sopa talvez pudesse mudar minha vida também.

O que será que as sopas têm?

— *Magnifique* — falei, sorrindo.

Émile enrolou o próprio pedaço de queijo.

— Você não conhece muito bem Paris, não é?

Eu o ignorei.

— Soube que você pinta braços e pernas longas nas mulheres.

Ele riu.

— Se me deixar pintar você, prometo que faço pernas normais.

A sopa estava uma bagunça e nossas colheres e mãos, enlaçadas. O fato de termos comido a mesma coisa, provado do caldo salgado e das cebolas roxas com nossas línguas, era um gesto íntimo. Ele se aproximou de mim e comecei a notar detalhes: seu lábio superior era fino, mas o inferior, cheio. Não fazia sentido e parecia que ele estava fazendo um biquinho infantil. Vi o brilho dourado da barba por fazer sobre seus lábios e percebi que não devia ver aqueles pelos acidentais. Aqueles detalhes eram pessoais, mas já tínhamos entrado em um momento íntimo quando eles se revelaram. O dia havia durado tempo demais.

— Por que você não fala do seu circo?

Hesitei, mas havia algo nele que parecia tão sincero que achei que seria errado não lhe contar o verdadeiro motivo.

— Nós não podemos.

Pensei em minha resposta por um instante e vi como ela não explicava nada. Tentei outra abordagem.

— Hadley me disse que você consegue pintar uma réplica exata de um braço e de uma perna, mas você não pinta. É isso mesmo?

Ele sorriu.

— Tenho talento para fazer uma réplica exata. Posso fazer um quadro de Auguste Marchand, se preferir.

Apesar de nunca ter visto um quadro de Auguste Marchant, acho que entendi o que ele queria dizer.

— Como você, vejo o mundo de forma diferente, mas não posso falar sobre isso porque você não entenderia como o vejo.

— Então você é surrealista. Sua cabeça é impossível de entender?

Parei para pensar na pergunta dele.

— Não tudo, mas sim. O que faço é incognoscível e misterioso, assim como o que você faz.

Enquanto dizia aquilo, sabia que era mentira. Não fazíamos arte — apesar de muitas pessoas terem nos acusado de ser artistas performáticos, como Kiki ou Bricktop com suas músicas e danças, ou ilusionistas, devido aos truques elaborados, típicos de videntes de parque de diversões ou de mesmeristas.

Os artistas do Cirque Secret eram mais do que isso, lógico, mas eu não podia — não ia — contar o que éramos.

Nós dois tentamos pegar o último pão e nossos dedos se esbarraram. Olhei para seus olhos castanho-esverdeados, como o Sena quando não chove por muitas semanas. Fiquei paralisada. Depois de alguns segundos, ele insistiu que eu pegasse aquele pedaço.

No fim da noite, eu disse a Émile que podia ir sozinha para casa. Apesar da intimidade, a noite com ele me fez sentir que nunca seria nada, além de solitária. Depois que entrei no táxi, o motorista me levou de volta para o espaço vazio.

— Tem certeza? — perguntou ele, parecendo confuso. Eles sempre ficam quando pedimos que nos deixem em espaços abandonados. — Esta região é meio perigosa.

— Está tudo bem — respondi.

Esperei que o táxi fosse embora e me vi parada na entrada do Bois de Boulogne. Era bom sentir a brisa que passava pelas árvores em minha pele. Fechei os olhos e pensei na porta do circo. Ela apareceu primeiro, seguida pelos grandes cavalos de pedra que a guardavam, e, por fim, a construção redonda surgiu. Esperei por um instante até que tudo se formasse, então entrei pela porta, que se fechou com firmeza atrás de mim.

⸙

11 de maio de 1925

Hoje, Sylvie e eu fomos à feira da rua Mouffetard. Vi Émile Giroux comprando tomates e meu coração disparou. Ele parecia diferente à luz do dia — ou talvez eu tivesse apenas construído a imagem errada dele em minha cabeça. Mas meu coração bateu mais forte e eu me peguei sem saber o que dizer.

Ele sorriu ao me ver, mas manteve os olhos nos legumes.

— Então você *pode* aparecer à luz do dia.

— Drácula? — perguntei.

O comentário me magoou. Ele estava me comparando ao conde morto-vivo de Bram Stoker? Pensei que aquilo estava mais próximo da verdade do que ele sabia.

— Eu estava pensando na Cinderela.

Ruborizei e olhei para os meus sapatos.

— Picasso ficou enlouquecido na manhã seguinte àquela noite por causa da sua irmã.

— Sério? — indaguei, fingindo surpresa.

Os pintores sempre apareciam no último endereço conhecido do Cirque Secret, esperando que ele ainda estivesse lá, segurando telas em branco, alegando que o circo era amaldiçoado. Mas, quando isso acontecia, já tínhamos nos mudado para outra parte da cidade, como o norte de Saint-Denis ou em meio às árvores ou na rua Réaumur.

Quando Giroux me entregou uma maçã, pude ver que suas mãos estavam manchadas de tinta verde-água e marrom. Mordi a fruta e senti um pouco do suco escorrer por meu queixo. Eu o limpei.

— Depois de ver seu rosto, Cecile Cabot, acho que nunca mais vou pintar uma paisagem.

Agora fazia sentido — a aparência acabada dele. Ele pintava colinas, lavandas e girassóis. Eu ia responder quando Sylvie veio me mostrar uma coisa: a edição matutina do *Le Figaro*.

— Olhe — disse ela, apontando para o artigo. — O repórter Jacques Mourier escreveu uma matéria inteira sobre você.

— Sobre mim?

Émile leu a matéria rapidamente.

— Eu conheço o Jacques — comentou ele. — Ele é muito influente.

Sylvie também leu.

— Ele nunca havia visto tanto talento quanto na maneira com que você voa e desliza pela corda, como uma cobra de seda — resumiu.

Ela ergueu a sobrancelha.

— É um belo elogio! — exclamou Émile, a voz quase musical de tanta animação.

— Alguma menção aos gatos?

Eu estava com medo de olhar.

— Uma frase, bem no fim. Ele diz que são lindos, mas todo circo tem felinos. — A voz dela falhou e ela dobrou o jornal.

Estremeci. Aquilo deixaria Esmé furiosa.

No entanto, com a chegada de Sylvie, o feitiço que havia envolvido Émile e eu havia se quebrado. Ele pegou outras duas maçãs e pagou pelas três.

— *Monsieur* Giroux — chamei.

— Por favor, me chame de Émile.

Fiz uma pausa antes de dizer o nome. O nome glorioso.

— Émile, onde você mora?

— Por quê? Vai vir me visitar?

Seu cabelo brilhava à luz do sol da manhã. Ninguém nunca havia olhado para mim com tanto desejo.

Ruborizei e ouvi Sylvie rir. Ela estava me observando flertar — algo que eu nunca havia feito.

— Para o ingresso.

— Na rua Delambre.

Ele começou a me explicar sobre os andares e números, mas o dispensei com um gesto.

Não preciso do número da casa nem do andar. Os ingressos para o Cirque Secret não funcionam dessa maneira. A bilheteria é encantada. O circo se alimenta da energia das pessoas que o querem. A maneira mais garantida de se obter um ingresso é fazer um pedido. Ao soprar velas de aniversário, ao ver uma estrela cadente ou ao jogar uma moeda em uma fonte. Todos esses desejos funcionam.

E os ingressos têm consciência própria. São coisinhas maldosas, que preferem espectadores que vendem a alma para entrar. Por exemplo, alguém que diz ou pensa "Eu venderia minha alma por um ingresso" com certeza vai achar um deles à sua porta, nem que seja só pela tentação.

Por ser uma das residentes mortais do circo, eu tinha certo poder sobre os ingressos, mas eles eram monstrinhos geniosos e era preciso pedir com educação para ser atendida, e só de vez em quando. Eu só tinha que desejar um ingresso para ele, como fazia com a porta do circo, e um apareceria para a apresentação seguinte. No entanto, assenti educadamente enquanto ele me fazia repetir o endereço completo dele.

❋

16 de maio de 1925

Hoje foi a estreia do nosso novo número. O palhaço Millet me entregou um buquê de peônias rosadas, rosas champagne e hortênsias verdes antes da apresentação, um presente de Émile Giroux, que ia me assistir do meio da segunda fileira.

 Depois da matéria, a plateia já esperava a espiral, então foi o que dei a eles. Apesar de ter visto Esmé criar ilusões muitas vezes, eu não parecia ter o mesmo talento. A capacidade de levitar era o meu dom, por isso me dediquei a aperfeiçoar meu movimento característico. E, apesar de o número de Hugo ser uma performance comum no trapézio, ele precisava mudar para encaixar a magia. Na semana seguinte, Hugo e eu começamos a usar vários palhaços e mulheres em uma performance que começava no chão e passava para o ar.

 Madame Plutard levou um susto quando pedi um conjunto de collants com a mesma estampa listrada em tons de verde-água, rosa claro e verde-musgo, com miçangas douradas e creme em desenhos elaborados. Todos os artistas colocaram perucas brancas para se parecerem comigo. O efeito barroco era de certa forma parecido com as cores da corte de Versalhes.

 Os dançarinos dominavam o centro do palco e seus movimentos eram semelhantes a uma valsa da corte de Luís XVI. O mar deles se abriu e eu apareci em minha versão rosa e dourada de suas roupas, emergindo com uma trupe de malabaristas e acrobatas para subir pela corda. Enquanto ascendia, a plateia estava tão silenciosa que pude ouvir taças de champanhe tilintando quando a orquestra parou de tocar. Então Niccolò fez a banda acompanhar meus movimentos e a música dominou a tenda com um ritmo agitado e furioso.

 No fim, quando fiz minha última reverência, pude ver o contorno de Giroux quando ele se levantou.

 Eu não era mais uma sombra.

13

KERRIGAN FALLS, VIRGÍNIA
23 de junho de 2005

Lara recebeu um recado da mãe lembrando que precisava pegar os ingressos e salientando que a bilheteria ficaria aberta por apenas duas horas naquele dia, das dez da manhã ao meio-dia.

Vestindo uma calça jeans que não estava coberta de poeira, Lara enfiou os pés nos Chuck Taylors pretos e saiu correndo pela porta. Tinha 15 minutos até a sede do Patrimônio Histórico fechar.

Era sábado, então ela costumava dormir até um pouco mais tarde, mas não tão tarde quanto na noite anterior: armada com um dicionário de francês, ficou acordada traduzindo o diário da bisavó. De início, pensou em ler apenas algumas páginas, mas, às duas da manhã, percebeu que tinha conseguido entender a maior parte do caderno sem a ajuda do velho dicionário de francês Bantam, cheio de dobras e sem capa. Parte do que estava escrito no diário havia se apagado ou estava manchada com o que parecia ser uma marca d'água e algumas frases tinham que ser revisadas, mas ela conseguiu terminar a maior parte da tradução.

Enquanto lia, tentou juntar a mulher de cabelo prateado e rosto em forma de coração que havia conhecido com a moça que tentava se tornar trapezista. Algo naquilo não batia, o que fez Lara se perguntar se Cecile havia tentado escrever uma ficção. Talvez o diário fosse só uma história inventada.

Ela correu a última quadra, passando pelas portas do Patrimônio Histórico às 11h50. Marla Archer estava de costas para a entrada e Lara se perguntou se devia se sentir incomodada com a situação. Afinal, iria ao baile com o ex-marido daquela mulher.

A rádio tocava uma música clássica, barroca, parecida com Bach. Lara havia se formado em música, então passou mais tempo tocando música clássica do que moderna até sua graduação. O gênero combinava com o lugar. Olhando em volta, Lara percebeu que nunca havia entrado ali. Por toda a sede havia fotos antigas da rua principal e da rua Jefferson, fotos de "antes" e "depois" de escolas transformadas em mercadinhos, de fábricas em prédios de apartamentos e, claro, dos cartazes da Mostarda Escura Apimentada Zoltan e do Cirque Margot.

Acima do balcão havia um velho cartaz do circo, com a imagem de uma loura parecida com sua avó, Margot Cabot, montada sobre um cavalo branco, a famosa perna agarrando o dorso do animal. Era uma posição surreal — qualquer pessoa normal teria caído daquele ângulo —, mas ficava ótima em uma ilustração.

— Ela era linda, não era? — comentou Marla.

Lara olhou para a mulher, surpresa por ter se concentrado tanto no desenho que não a viu se virar.

— Era mesmo, mas ninguém consegue se pendurar em um cavalo assim.

Marla riu.

— Bom, acho que a pose era mais para atrair adolescentes para o circo.

Lara andou até o balcão, onde estavam empilhados de forma organizada livros como *Campos de batalha da Virgínia* e *Kerrigan Falls em fotos*, que percebeu que havia sido escrito por Marla.

— Vim pegar os ingressos para a minha mãe. — Lara fez uma pausa. — Audrey Barnes.

Marla sorriu.

— Eu me lembro de você da loja do Gaston. — Ela vasculhou uma pequena caixa cheia de envelopes, passando-os para a frente e para trás até

encontrar os que estava procurando. — Barnes. — Ela abriu o envelope.
— Dois ingressos?

Lara assentiu.

— Fiquei sabendo que você vai com o Ben hoje.

Marla lhe entregou os ingressos.

Lara gaguejou, sem saber o que responder.

— Tudo bem — prosseguiu Marla. — Ele me contou. Mas estou avisando: ele não sabe dançar. Passei anos tentando. Eu o levei à escola do Arthur Murray para ele aprender a dançar salsa e me devolveram o dinheiro depois de uma aula. Disseram que não ia adiantar.

Lara segurou os ingressos com firmeza.

— Ele também tem um gosto horrível para filmes do James Bond.

Marla se apoiou no balcão e cruzou os braços.

— Posso perguntar uma coisa?

— Claro — respondeu Lara, um pouco desconfiada.

— Tenho uma coisa para você. — Ela fez uma pausa. — É complicado. Era para o Todd, na verdade. Você quer entrar?

Marla ergueu o indicador, pedindo que Lara esperasse, depois abriu a gaveta e puxou um envelope pardo com fotos.

— A caminhonete! — exclamou Lara, lembrando que Todd estava procurando exemplos antigos da decoração do Cirque Margot. Ele tinha mostrado a ela algumas fotos naquela noite na garagem. *Aquela noite.*

Marla as espalhou sobre o balcão. Havia oito fotos da velha caminhonete, a maioria em preto e branco, que mostravam pessoas posando em volta dela. Em uma das fotografias, Margot estava ao lado do veículo com um penacho na cabeça e um collant de lantejoulas.

— Esta é a melhor.

Marla pôs uma foto menor na pilha. Lara notou que as unhas da mulher haviam sido feitas de forma meticulosa com um esmalte bege brilhante. Ela deu uma batidinha em uma foto colorida.

— Acho que esta é de 1969.

Ela pegou a fotografia, a analisou e, então, satisfeita, apontou para a data gravada no papel fotográfico. Naquela época, a caminhonete já era velha, mas a logomarca ainda era visível. A foto era colorida e mostrava que as letras pretas eram, na verdade, azul royal. A mulher fez uma pausa, os olhos azul-claros brilhando.

— Eu não sabia se devia entregá-las nem se você sabia da caminhonete. Eu tinha tentado encontrar outros exemplos da logo para ele.

Lara analisou as fotos e teve dificuldade de recuperar o fôlego.

— Eu sabia — respondeu, quase grasnando as palavras. — Ele me mostrou antes de...

Ela deixou a frase no ar. Reunindo as fotos rapidamente, as pôs no envelope.

— Obrigada. Devo alguma coisa por elas?

Lara nem ergueu o olhar, tentando sair correndo dali.

— Lógico que não.

Marla dispensou a possibilidade com um aceno.

Lara assentiu e se virou para a porta, segurando os dois envelopes nas mãos suadas. Assim que chegou à entrada da sede, a porta se abriu e Kim Landau entrou.

— Cheguei tarde demais? — perguntou ela, percebendo que Lara a impedia de chegar ao balcão.

— Bem na hora — respondeu Marla, a cabeça voltada para o arquivo, procurando pelos ingressos de Kim.

— Lara — disse Kim, surpresa por encontrá-la ali, os grandes olhos azuis arregalados. — Você vai ao baile hoje?

— Vou — afirmou Lara, virando-se para a porta, em uma tentativa de passar pela repórter.

Não que ela não gostasse de Kim — ela não a conhecia direito. O problema era que os artigos escritos por ela depois do desaparecimento de Todd sempre tinham um toque maldoso, como se houvesse algum motivo para ele ter deixado Lara e a repórter fosse educada demais para falar isso com todas as letras.

— Eu... Eu queria saber se você toparia dar uma entrevista.

— Uma entrevista?

Lara olhou para Kim. Então franziu as sobrancelhas.

— Você sabe... — comentou a repórter, puxando mechas do cabelo escuro, quase ruivo, do rosto — sobre como você está se sentindo com essa história toda do Todd...

Ela inclinou a cabeça de um lado para o outro, como se estivesse vendendo calças jeans no shopping.

Lara sentiu o estômago revirar.

— Como estou me *sentindo*? — perguntou ela, rindo. — Você está de brincadeira?

Kim pareceu não ter reação.

— Não... Eu...

— Eu me sinto péssima, Kim — interrompeu Lara. — Como acha que eu estaria me sentindo? Ele está desaparecido... Talvez tenha morrido. Eu me sinto uma merda. Pode usar essa frase.

— Aqui está — anunciou Marla, entregando os ingressos de Kim. Ela voltou os olhos para Lara, de modo cúmplice. — Foi muito bom ver você. Sei que está com pressa. Obrigada por vir aqui pegar as fotos.

Lara sorriu, grata pelo resgate.

Kim tentou dizer algo, mas Lara já havia saído pela porta.

14

— QUE HORROR... — DISSE AUDREY, os olhos arregalados. — Ela queria *entrevistar* você?

Lara desabou de volta na cama, fechando os olhos.

— Ela falou que queria saber como eu estava me sentindo.

Estendendo a mão, os dedos de Lara passaram pela beira do diário de Cecile, no ponto da cama em que ela o havia deixado.

— Espero que tenha contado a ela — replicou Audrey, voltando a se sentar na cadeira de Lara, a postura perfeita. — Que *atrevimento* daquela mulher... Eu mesma devia ligar para Avery Caldwell para reclamar. Pelo amor de Deus, você é neta de Simon Webster. Todas as matérias que foram publicadas sobre você... — Audrey olhava fixamente pela janela. — Eu devia ter ligado para ele antes, em vez de pedir que Caren pegasse os jornais da caixa de correio. Sabia que Ben Archer recebia o jornal primeiro e me ligava, caso tivesse alguma coisa que achasse que você não devia ver?

A mãe tirou os tênis.

— Ben...

Ela não sabia que a conspiração contra o *Kerrigan Falls Express* tinha tantos participantes. Sentindo o tom de voz da mãe, ela perguntou:

— Você aprova?

— Não é que eu não aprove vocês saindo juntos hoje. Só espero que você esteja fazendo isso pelo motivo certo.

Audrey pegou a foto de Lara e Todd que ficava ao lado da luminária, na mesa de canto.

— Você acha que é cedo demais — retrucou Lara, olhando para a mãe.

— Não é isso. — Audrey pôs a foto de volta na mesa e batucou os longos dedos pálidos nela, avaliando o que ia dizer. — Como você sabe muito bem, nunca fui fã do Todd.

— Então você acha que o Ben é velho demais para mim.

— Bem, ele é o quê, dez anos mais velho que você? Pelo menos não sinto outras mulheres nele, como costumava sentir com o Todd. — A mãe fechou os olhos com força para se livrar do que parecia ser uma lembrança dolorosa, então percebeu que estava pensando alto. — Me desculpe...

Lara cobriu o rosto com as mãos, torcendo para que tudo aquilo desaparecesse.

— Claro, o Todd não era nenhum anjo.

— Ele não merecia você, mas sou sua mãe, então... Só pare para pensar se gosta mesmo de Ben Archer. Não tenha pressa. Confie em mim, eu sei disso. Leve o tempo que precisar para se recuperar.

Lara tirou a cabeça da cama e olhou para a mãe, desconfiada.

— Pressa? O que sabe sobre ter pressa para arranjar outra pessoa?

— Está pensando em ir com o cabelo preso?

A mãe mudou o assunto, girando o indicador na direção do emaranhado de cabelo de Lara.

Uma hora depois, as mesmas mechas foram domadas por um modelador e se transformaram em longas ondas suaves. Ela deixou a mãe fechar o vestido azul que fazia sua cintura parecer minúscula. Talvez ela tivesse perdido mais peso do que imaginou. Uma das coisas que não levaram para a casa nova foi uma balança. Depois de fechá-lo, ela ajeitou o vestido, que caía como uma luva nela.

— Você emagreceu desde que usou o vestido de noiva — confirmou a mãe.

Lara analisou suas clavículas, que estavam muito mais pronunciadas do que antes. Uma onda de enjoo a dominou. Talvez fosse cedo demais para fazer aquilo. O baile... Ben. Ele havia sido sua fonte de informações sobre Todd, e os dois haviam se tornado próximos naqueles últimos nove meses. Se desse errado com ele, ela podia perder seu maior aliado. Muitas vezes, por saber que Ben estava sozinho no apartamento, ela havia tocado várias músicas para ele — "Lovesong", do The Cure (só a versão do disco "Mixed Up"), "Go Your Own Way" e "I'm So Afraid", do Fleetwood Mac, "When I Was Young", do The Animals, "Invisible Sun", do The Police, e "Rumble", de Link Wray. Era reconfortante saber que ele estava do outro lado das ondas sonoras, escutando as músicas dela até tarde da noite. À medida que os meses foram passando, Lara já não conseguia se imaginar não falando com ele. Ela apreciava a opinião dele sobre tudo e precisava disso. A sutileza da mudança a impressionou. Como permitiu que aquilo acontecesse? Ela havia jurado que não ia mais se importar com ninguém. *No entanto...*

Lara sentiu o rosto ruborizar e se sentou na beira da cama.

— Você está bem?

Audrey colocava o próprio vestido, passando-o pela cabeça. Era uma peça prata sem alças bordada, com um decote nas costas e um leve corte sereia. Ela se virou para que Lara fechasse o zíper do vestido.

— Acho que não vai dar.

Lara desabou de volta na cama.

— Sente-se. Você vai amassar o vestido — avisou Audrey. — Preciso que feche o meu.

— Acho que vou desmaiar, mãe.

— Duvido. Ande logo.

Lara soltou um suspiro profundo e se levantou o suficiente para fechar o zíper. Sua mãe estava deslumbrante.

— Eu sei de uma coisa que vai mudar sua opinião sobre essa festa.

Audrey enfiou a mão na bolsa e tirou uma caixa. Lara a abriu, sabendo o que havia ali dentro: a gargantilha de pérolas de Cecile.

— Alguém precisa ver você com ela.

Uma onda de tristeza a dominou ao tocar na joia.

— Essa gargantilha é sua — lembrou Audrey. — Não tem nenhuma ligação com ele.

— Acho que tudo tem alguma ligação com ele — respondeu Lara, baixinho. Ela olhou para a mãe. Só Deus sabia quanto ela estava tentando.

— Você é a mãe mais carinhosa do mundo.

Ela pegou a mão de Audrey.

Audrey se inclinou e beijou a filha na testa.

— Eu daria qualquer coisa para você não sofrer mais.

— Eu sei disso.

Lara se levantou e se sacudiu. Estava muito confusa, dividida entre o passado e o presente. Estranhamente, agora que sairia de novo com alguém pela primeira vez, Todd parecia mais próximo dela do que em qualquer outro momento dos meses anteriores. Lara tentou esquecer aquelas ideias e se concentrar na mãe. O cabelo de Audrey estava preso em um coque francês e ela pôs brincos que pendiam até a altura do queixo. Se estivesse mesmo envolvida com Gaston Boucher, ele era um homem de sorte.

— Então, Gaston Boucher?

— Olhe só a hora! — exclamou Audrey, entregando uma máscara para Lara. — Tenho que achar meus sapatos.

— Estão nos seus pés — lembrou Lara, rindo antes de se virar e atravessar o longo corredor. — Tem alguém apaixonada.

Mãe e filha desceram a rua na direção da prefeitura, passando pelo velho cemitério de Kerrigan Falls. À medida que o sol se punha, as lápides de alabastro, os obeliscos e os querubins envelhecidos cintilavam com um brilho dourado. Cecile e Margot estavam enterradas do lado sul daquele cemitério, na ala mais nova.

Lara olhou pelo portão de ferro alto.

— Você sabe se tem um túmulo para Peter Beaumont?

Ela ficou surpresa ao se pegar pensando nele.

Audrey parou de caminhar, abriu a bolsa, pegou um batom e deu um último retoque nos lábios.

— Tem — disse ela, apontando. — O túmulo está vazio, é lógico, mas a mãe dele precisava de um lugar para ir homenagear a memória dele.

Até ali, Fred e Betty haviam resistido à ideia de um memorial para Todd. Perdida em pensamentos, Lara encarou um banco de mármore sob o chorão, os galhos grandes e pesados demais.

— O túmulo do Peter fica no lado sul, perto da entrada dos fundos da igreja. Tem uma lápide pequena. É difícil de achar, a não ser que você esteja procurando — contou Audrey, fechando a bolsa e continuando a andar, como se não suportasse ver o cemitério.

Um amontoado de pedras claras de todos os tamanhos e formas margeava a capela. Lara se perguntou por que a mãe sabia a localização exata e os detalhes sobre o túmulo de Peter Beaumont.

— Uma coisa estranha aconteceu outro dia — comentou, quase correndo para alcançar a mãe. — Quando contei para o papai, ele ficou chateado.

Audrey voltou a parar.

— O que você fez?

Lara franziu a testa ao ouvir o tom de acusação.

— Eu não *fiz* nada. Estava colocando um dos discos do Dangerous Tendencies para tocar e ouvi uma música quando girei o disco ao contrário. Contei para o papai, e ele me disse que eles não deixaram nenhuma mensagem escondida. Então, para provar isso, ele pôs o disco e não ouvimos nada. Mas aí eu tentei...

— E... — A voz de Audrey ficou baixinha, como se ela soubesse aonde Lara queria chegar com aquela história. — A música estava lá.

— Ele disse que a música era do Peter Beaumont.

— Do Peter?

O olhar de surpresa no rosto da mãe fez Lara dar um passo para trás.

— E a música que ouvi nunca foi gravada.

Lara começou a cantarolar algumas notas.

Audrey ficou pálida.

— Você conhece essa música?

A mãe assentiu, se virou e continuou andando, segurando a barriga.

— Meu pai acha que o Peter quis mandar um recado para ele.

Audrey parou de andar outra vez.

— O jeito que ele me olhou... — lembrou Lara, observando as mudanças no rosto da mãe. — Parecia que ele tinha visto um fantasma. Sabe, exatamente como você está me olhando agora.

Audrey falava baixo, mas não havia ninguém por perto para ouvir.

— Foi magia, Lara. Assim como encantar um vestido ou abrir uma fechadura. — Ela recuou alguns passos, a expressão tensa. Se não fosse pelo batom rosa, ela teria parecido doente. — Você tem que se lembrar de esconder sua magia, minha querida. Isso pode machucar outras pessoas, que não entendem.

Audrey segurou o vestido e continuou andando pelos paralelepípedos, deixando o portão do cemitério para trás. A conversa havia acabado.

O caminho até a prefeitura estava iluminado por lampiões com velas brancas compridas. Na escada, malabaristas do Rivoli lançavam bastões em chamas e um pequeno grupo havia parado para assistir. Enquanto subiam os degraus, Lara viu um mar de roupas formais pretas e brancas. O saguão do prédio de dois andares, com sua escadaria curva, foi transformado para o baile. Com exceção da celebração de Natal vitoriana, quando a árvore de mais de sete metros era erguida, aquele era o maior evento da cidade. O Circo Rivoli havia emprestado a orquestra deles para a ocasião e o som de instrumentos de corda sendo afinados podia ser ouvido da outra ponta do quarteirão.

Apesar de outras cidades não serem tão preocupadas com os próprios Patrimônios Históricos, Kerrigan Falls valorizava o seu. Próxima de Monticello e Montpelier, a cidade estava entre os locais mais históricos dos Estados Unidos. Com o passar dos anos, o baile de carnaval havia crescido, sobretudo graças aos esforços de Marla Archer para arrecadar fundos. Antes dela, a mãe de Marla, Vivian, tinha sido diretora-executiva do Patrimônio Histórico de Kerrigan Falls. Sob a direção de Marla, o jantar antes entediante se tornou o evento social da estação. Era uma tradição incrível e o baile vinha ficando mais lotado a cada ano. Junto com a visita às casas, ele também era um dos maiores eventos de caridade da cidade.

O evento usava as cores do Rivoli, azul e verde. No grande saguão, painéis de tecido verde-limão e azul-escuro pendiam de um mastro dramático de dois andares de altura, imitando a tenda principal do circo. Do centro dele, pendia um lustre gigante, cercado por guirlandas verdes. Vasos de hortênsias verdes, azuis e brancas foram espalhados entre os lampiões. A sala brilhava.

Audrey foi imediatamente puxada para uma conversa com um grupo de mascarados que Lara reconheceu: eram alguns dos vinicultores e donos de estábulos da região. Passando por ela, garçons carregavam bandejas de prata com folheados de salmão defumado e queijo de cabra. Mais ao longe, Lara ouviu o som de taças brindando e sentiu o cheiro de carne na grelha.

Mesmo de máscara, era fácil localizar Marla Archer. Ela estava usando um vestido sereia azul-pavão, com mangas longas e um decote bem aberto, com uma gargantilha verde e azul no mesmo tom. Quando Marla se virou, Lara notou que o vestido era todo aberto nas costas. Cercada por membros do comitê e pelo prefeito, que adorava a atenção, Marla dominava a sala, apoiando a mão no antebraço do político para dar ênfase à conversa deles. Mais na lateral da sala, tomando uma taça de champanhe, estava Ben Archer, sem máscara. Se ainda estavam magoados um com o outro, Ben e Marla disfarçavam bem. Ele deu um abraço rápido na ex-mulher antes de o restante do grupo começar a se juntar para uma foto. Ben se manteve fora do quadro, mas Lara viu Marla incentivá-lo a entrar na foto, puxando-o para substituí-la no último segundo. Ben pareceu não gostar antes de abrir um sorriso largo para a fotografia improvisada.

Lara começava a andar até ele quando olhou para o alto da escada que levava ao segundo andar. Ela ficou paralisada. Esperando por ela no topo da escada estava Todd Sutton.

Ela piscou para ter certeza de que estava vendo direito, depois fechou os olhos com força e voltou a abri-los. Ele ainda estava ali, com um sorriso torto no rosto, como se soubesse o que ela estava fazendo. O salão girou e ela tentou se firmar, olhando para os próprios pés antes de voltar a olhar para ele. O coração de Lara disparou e, então, como se percebesse que uma noite agitada não havia sido nada além de um pesadelo, uma sensação de alívio a dominou. Ela teve medo de esperar que ele voltasse, mas lá estava ele. Fosse qual fosse o motivo que tivesse para não ter aparecido no dia do casamento, ela tinha certeza de que seria bom. Ele estava ali agora.

Como uma rolha saltando, sentimentos que ela tentou ignorar escaparam dela numa torrente: o desespero por tê-lo perdido, a raiva e, por fim, um temor que não conseguia nem admitir para si mesma, mas que sabia que se escondia lá no fundo, uma amargura que um dia se espalharia até dominá-la. Lara ficou com muito medo de quem se tornaria depois que a tristeza e o sentimento de perda a transformassem para sempre e o rancor criasse raízes. Mas nada daquilo importava mais.

Erguendo a saia rodada do vestido azul-marinho, o tule suave como espuma em suas mãos, ela subiu a escada na direção dele — primeiro devagar, saboreando cada instante de contato visual com o noivo. A cada passo, percebeu como tudo que havia pensado era mentira: que ela havia superado, que era forte, que podia viver sem ele. Ela disse a todos o que queriam ouvir. Havia certa energia no ar. A verdade era que ela tinha sentido falta dele. Do corpo dele. Da voz dele. Da sensação firme da mão dele na dela. Naquelas mãos, havia duas taças de champanhe. Antes de subir os dois últimos degraus, ela pensou em sair correndo quando a viu.

A aliança de casamento em seu dedo.

Lara se interrompeu e olhou para baixo, segurando o corrimão por um instante. Aquela aliança ainda estava em sua caixa de joias, onde ela havia guardado naquele dia. *Aquele dia.*

Ao voltar o olhar para ele, Lara percebeu que o smoking que ele usava era o mesmo que seria usado no casamento, que foi deixado sobre a cama dele. Ela pôs a mão sobre o estômago e tentou se recompor.

Era apenas uma ilusão. Uma manifestação cruel de sua mente, como os lustres da velha tenda de circo ou o girar de uma fechadura. Era aquilo que ela queria ver. Era *tudo* que ela queria ver.

Enquanto ele sorria para ela, Lara se permitiu ver aquele instante pelo que era. Se estivessem na igreja, aquele era o olhar que ele teria lançado para ela do altar, onde teria esperado por ela, antes que jurassem amor eterno. Ela pegou a taça de champanhe dele. A haste era fina e ela sentiu a bebida gelada ao segurá-la. Lara segurou a mão dele devagar. Estava quente, como se fosse real. Ela a apertou por um instante, puxando a ilusão em sua direção.

— Você está linda.

Era aquela voz, mais grave do que se esperava, que sempre a surpreendia. O timbre dela. Lara não havia apagado os recados de Todd em sua caixa postal. Ela guardou todos para o dia em que conseguisse voltar a ouvi-los.

— Não me deixe — sussurrou ela.

O sorriso de compreensão que ele abriu foi de partir o coração.

— Você vai ficar bem, Lara.

— Eu não quero ficar bem.

Lágrimas começaram a correr por seu rosto, a tristeza atingindo-a em onda.

Enquanto ela piscava, as lágrimas pareceram apagar a imagem dele, como uma aquarela na chuva.

E então ele se foi.

Enxugando o rosto, Lara sentiu algo se agitar, uma brisa, deixando-a arrepiada. Apesar de estar no alto de uma escada em um salão lotado, tudo e todos desapareceram. Diante dela, do outro lado da escada, usando um smoking preto e uma máscara dourada, estava o homem de cabelo castanho que havia aparecido no campo anos antes. Mesmo de máscara, ele era inconfundível, lindo. Como um vilão dos contos de fadas, ele abriu o mesmo sorriso diabólico. Com ele, estava a mulher da sombrinha, usando um vestido dourado que combinava com a máscara dele. Margot — sua avó.

A cena inteira era impossível, mas ainda assim estava diante dela, assim como Todd havia estado um minuto antes.

— Suas ilusões estão cada vez melhores, minha querida. Quase acreditei que ele estava aqui com a gente.

— Você não é uma delas?

Ela não tinha tempo para brincadeiras. Lara queria descer a escada correndo e ir embora como uma princesa em um conto dos irmãos Grimm.

— Acho difícil.

O homem passou o braço em torno dela como se soubesse, instintivamente, que ela estava zonza. Ele a carregou escada abaixo como uma dama vitoriana e a levou até o salão do primeiro andar. Seu braço parecia real e as pessoas se afastavam para deixá-los passarem como se também o vissem.

— Garanto que sou tão real quanto você — afirmou ele.

— O que foi que acabei de fazer?

Ele a guiou pelas portas duplas até a rua.

— Você criou a ilusão que mais queria. — Tudo nele parecia normal. Humano. — Mas você tem que tomar cuidado, minha filha. Às vezes a ilusão tem força suficiente para nos destruir. É melhor apagar tudo numa única chama antes que o fogo se espalhe.

Ele se afastou e olhou nos olhos dela, analisando-a com as pupilas horizontais estranhas.

— Você está linda com essa gargantilha.

— É uma herança de família.

Ela quis tocar na joia, mas ele a segurou com firmeza, impedindo que os ombros dela se mexessem.

— Eu sei — disse ele. — Eu a criei para a minha Juno, muitos anos atrás. — Ele passou o indicador pelo colar, fazendo um arrepio se espalhar pelo corpo de Lara. — Foi um presente meu para ela. Estas são as mais belas pérolas encontradas no Estige.

— O rio?

— Bom, com certeza não foi a deusa, minha querida — rebateu ele, irônico. Do alto da escadaria de entrada da prefeitura, ele analisou a rua principal da cidade como um gato empoleirado em uma janela. — Você e eu somos parecidos. Tem alguns dias em que a vontade de ver Juno outra vez, mesmo que apenas a forma dela, ainda é tão forte que eu arriscaria tudo para conjurá-la. Por outro lado, sei que seria só a manifestação dela. Seria algo oco, como uma estátua de cera.

Lara encarou os olhos dele.

— Por que você está aqui?

— Excelente pergunta.

Ele começou a descer a escada com uma graça surpreendente, como um bailarino de Bob Fosse, os sapatos batendo contra o concreto. Lara seguiu atrás dele. Ao pé da escada, ele parou com as mãos nos bolsos e cheirou o ar da noite como um animal.

—Tenho uma proposta para você, minha querida. Aquele seu noivo.

— O Todd?

Ele parecia pouco interessado em detalhes como nomes.

— Você conjurou aquele bonitão para ser seu acompanhante para a festa de hoje, então deve querer saber o que aconteceu com ele.

— Você sabe o que aconteceu com ele?

Lara ouviu a própria voz falhar de desespero.

— É *óbvio*.

— E então?

Lara esfregou as mãos suadas no vestido. Nem 15 minutos do baile haviam passado e ela já tinha visto três convidados surpreendentes. Por que sempre ficava tonta ao ver Althacazur? Sua respiração foi ficando ofegante e ela tentou se lembrar de tudo que havia lido na pesquisa que fez sobre ele. Se ele fosse, realmente, o daemon Althacazur, então era o favorito de Lúcifer... Dominava o maior círculo do Inferno... Era vaidoso e costumava ser subestimado... Tinha pupilas horizontais. Enquanto listava tudo em sua cabeça, pensou que devia se sentar antes de desmaiar. Vendo um banco ao lado do ponto de ônibus, Lara o guiou até ele. Na entrada do baile, viu Margot flertar com dois jovens. Apesar de parecer encantada com a conversa, ela mantinha um olhar atento nos movimentos de Althacazur e Lara.

Ele se sentou ao lado dela como se aquilo fosse uma novidade.

— Essa é a sensação de esperar por um ônibus? Nunca fiz isso.

— Você sabe o que aconteceu com o Todd?

Lara sentiu a necessidade de se repetir depois que os dois se sentaram.

— Tsc, tsc. — Ele balançou o indicador para ela em uma negativa. — Quero algo em troca dessa informação. Se você quiser saber o que aconteceu com o Tom.

— Todd.

— Tanto faz.

Ele deu de ombro e chutou uma bituca de cigarro com a ponta do sapato.

— O que você quer?

Ela levou a mão à testa, coberta de suor. Os dois estavam sentados lado a lado como espiões de um *thriller*, conspirando.

— Ah, não fique tão assustada... Não vou pedir a sua alma, se é isso que você está pensando. Ainda não, pelo menos. — Ele riu. — Simplesmente preciso que você vá até Paris. Precisam de você lá. — Ele pareceu incomodado. — Eu preciso de você lá.

— Por quê? — Ela olhou para ele. — Por causa do Circo do Demônio?

— Garanto que essa é uma nomenclatura pouco precisa. — Ele se curvou para a frente. — Mas sim. Le Cirque Secret depende de você. Em troca, vou contar tudo que você quer saber. Sobre seu noivo, sua bisavó Cecile, tudo. Se... *e só se*... você for para Paris. Mas tem que ser nosso segredinho. Entendeu? A sua mãe não pode saber.

— Por que coisas estranhas estão acontecendo comigo?

Ela não pretendia dizer aquilo, mas talvez ele tivesse algumas respostas ou pelo menos admitisse que os eventos estranhos estavam sendo provocados por ele.

— Se você não for para Paris, elas vão ficar cada vez mais estranhas, minha querida. O tecido desta charmosa comunidade que sua família construiu para você está começando a se desfazer. Sem a minha ajuda, temo que o fim de todos vocês esteja próximo.

Ao ouvi-lo confirmar que havia uma ameaça contra ela, Lara percebeu que não conseguia falar. Ela se lembrou do que Shane Speer havia dito: *Ela está atrás de você.*

Ele abriu um sorriso malicioso, como se pudesse ler a mente dela.

— Ela está mesmo atrás de você, viu? E não tenha dúvida: ela é perigosa.

Havia uma pontada de orgulho em sua voz.

— Quem é ela? — quis saber Lara, quase gritando.

— Uma criatura muito poderosa.

— O que uma *criatura poderosa* ia querer comigo?

Lara estava ficando cansada de ouvi-lo dar voltas para explicar.

— Bem, é uma história complicada. Podemos simplesmente dizer que você é uma ameaça para ela.

— Como posso ser uma ameaça para alguém?

— Infelizmente, é culpa minha.

Ele não estava olhando para ela. Na verdade, estava se concentrando em todos os detalhes em torno deles com um tipo de encantamento — a caixa de correio, o poste de luz, a banca do *Kerrigan Falls Express* —, como se os estivesse vendo pela primeira vez.

— Culpa sua?

— Quando você era pequena, Margot e eu fomos visitar você no campo. Você se lembra disso?

— Lembro.

— Então você lembra que falei que você era *a escolhida*?

— Ainda não sei o que você queria dizer.

Lara cruzou os braços.

— Eu quis dizer que tornei você poderosa. Tenho certeza de que você notou que suas habilidades estão aumentando.

— Foi você que fez isso?

— Bom, certamente não foi *você*. — Ele riu e se ajeitou no banco. — Mas, à medida que vai ficando mais poderosa, você se torna uma ameaça para ela. — Olhando para o alto da escada, ele inclinou a cabeça. — Esse mundinho não é tão ruim quanto eu me lembrava.

Lara não sabia o que dizer. De repente, em meio ao ar da noite, ela sentiu frio, então começou a esfregar os braços nus. Aquilo tudo era demais. Os desaparecimentos, as ameaças veladas e as visões estranhas.

— Se eu for para Paris, você promete me ajudar?

Olhando para ela, ele assentiu em um gesto lento e exagerado.

— Prometo.

Era como se eles estivessem fechando um contrato.

— Tem um endereço onde tenho que encontrar você? Quer que eu ligue quando pousar?

Ele quase desabou de tanto rir.

— Que gracinha... Eu garanto que isso não vai ser necessário. Vou entrar em contato.

Ele se levantou e fez uma reverência dramática, como um membro da corte de Versalhes.

— Não sei o seu nome.

Ele deu uma piscadela antes de começar a subir a rua, em direção aos portões do cemitério.

— Essa, minha querida, foi a primeira mentira que você me contou. Sabe muito bem quem eu sou. — Ele se virou de volta. — Ah, mais uma coisa. Você recebeu meu presentinho na outra noite, no Circo Rivoli?

— O diário?

— Espero que tenha sido uma leitura interessante. — Os olhos dele se arregalaram de forma dramática, como os de um ator de teatro. — Você vai encontrar mais deles... Chame isso de uma pequena caça ao tesouro.

Enquanto ele sumia na noite, ela notou que os passos que ele dava tinham se tornado silenciosos, como se os pés nunca tocassem os paralelepípedos. Primeiro ele flutuou, depois desapareceu, como se tivesse entrado em uma névoa espessa. No mesmo instante, Lara olhou para o alto da escada e viu que os dois homens que conversavam com Margot estavam sozinhos e perplexos.

Lara sentiu uma mão em seu ombro e, ao se virar, viu Ben.

— É a Lara Barnes que está por trás dessa máscara?

Ele se abaixou e a beijou na bochecha. Ben Archer era um dos raros homens que podia passar de um uniforme para um smoking com tranquilidade. Seu cabelo cor de caramelo parecia um pouco duro de gel, o brilho dele cintilando sob o lustre.

— Você viu aquele homem?

— Não — respondeu Ben, olhando desconfiado para ela. — Você estava sentada aqui sozinha. — Ele olhou para a placa. — Vai pegar um ônibus?

— Eu estava sozinha?

— Estava. — Ele riu, olhando para ela de modo estranho. — Você está bem? Por que está sentada aqui sozinha?

— Estou bem. Acho que só estou nervosa por estar indo a uma festa — mentiu ela. — Por que não está usando máscara?

— A Marla acabou de me dar uma bronca também. Vou acabar caindo usando essa droga. É horrível. — Ele a segurou como se fosse uma criança. — Olhe. Está suada como uma máscara de Halloween de criança e está me dando dor de cabeça.

Lara pegou a máscara e tentou afrouxar o elástico antes de colocá-la na cabeça dele.

— Pronto.

Ela o seguiu de volta até a entrada da prefeitura e ficou parada à porta enquanto ele ia até o bar. Enquanto os garçons andavam de um lado para o outro, ela comeu um mini kebab de frango e um folheado de queijo de cabra que a fizeram voltar a se sentir forte. Enquanto observava os convidados inocentes interagindo e rindo, teve uma enorme vontade de fugir. Ela não merecia estar ali, com pessoas tranquilas. Reunindo coragem para olhar outra vez para o alto da escada, ela viu que o lugar estava vazio. Foi como reabrir uma ferida. Tinha sido cedo demais.

Lara viu Kim Landau indo em linha reta na direção de Ben. Lara não queria ter outra conversa com a repórter sobre como havia se sentido com o desaparecimento de Todd, mas Ben também parecia incomodado com o bate-papo. Ele demonstrava estar louco para pegar as bebidas e ir embora, mas o bartender trabalhava com toda a calma do mundo. O que quer que Kim estivesse dizendo fez Ben puxar a gola do smoking. Por fim, ele pegou as duas taças e escapou enquanto a mulher ainda falava. Ela o observou atravessar o salão até se aproximar de Lara.

Um arrepio subiu pela nuca de Lara quando a mulher franziu a testa, como se Lara tivesse vencido uma rodada, depois abriu um sorriso irônico, antes de se virar e seguir na direção de um grupo de convidados.

Lara ficou abalada com a ousadia da repórter, como se houvesse algum tipo de competição entre elas.

— Aqui. — Ben entregou a ela a segunda taça de champanhe da noite, mas aquela não era uma ilusão.

Tomando um gole, ela apontou a taça para o bar.

— Vi que Kim Landau encurralou você.

— Infelizmente.

Ele bateu o copo no dela, em um brinde.

Ela tomou um longo gole de champanhe e se perguntou como podia ter pensado que Todd era real, desejado o noivo como se ele nunca tivesse ido embora e, ainda assim, ficar curiosa sobre a natureza do relacionamento de Kim e Ben. Seus pensamentos começavam a se confundir. Ela não confiava mais neles.

Naquele instante, uma campainha soou pelo cômodo: era o xilofone tocado pelos garçons para avisar a todos que o jantar ia ser servido.

O mar de gente começou a seguir para o pátio dos fundos. Acima dele havia outra tenda, com faixas de tecido branco penduradas.

— Ficou lindo — comentou Ben, quando os dois viram a cor e a textura da seda, as flores e as velas pela primeira vez.

Em vez das mesas redondas tradicionais, Marla montou o evento com várias mesas compridas, como em um jantar da Toscana. Guirlandas verdes de hera e lustres pendiam sobre cada mesa. As toalhas verdes estavam cobertas de hortênsias azuis, verde e creme, misturadas a rosas champagne. Outros pontos eram acentuados por candelabros dourados altos ou grandes vasos, com cadeiras e mesinhas de vime. Com pequenas velas iluminando a sala, o evento brilhava. No ano anterior, Marla havia se tornado a fotógrafa preferida das vinícolas da Virgínia, então cada prato daquele ano havia sido combinado com um vinho doado para a causa.

— Ela foi legal comigo hoje — mencionou Lara, se lembrando de como Marla havia interrompido a conversa para que ela pudesse fugir de Kim Landau.

— Mas ela nem sempre é muito legal comigo.

Ele terminou a bebida com um único gole.

Lara achou os lugares destinados para os dois. Audrey e Ben estavam sentados um na frente do outro, com Lara à direita de Ben e Inez Favre, mulher do diretor do Circo Rivoli, Louie Favre, à esquerda dele. Do outro lado da mesa, Audrey estava sentada entre Gaston e Louie.

Observar Audrey e Gaston flertando descaradamente era uma graça. Lara não conseguia saber *quando* aquele relacionamento havia começado, mas, ao ver os dois juntos, percebeu que eles eram claramente um casal. Quando a salada foi servida, Gaston se inclinou para a mãe dele várias vezes e sussurrou alguma coisa. Lara viu Audrey se iluminar. Ela nunca viu tamanha alegria no rosto da mãe. Sentiu uma pontada de tristeza pelo pai, que ainda parecia ter uma queda pela ex-mulher. Jason havia topado cobrir o turno da noite na rádio. Ele a evitou o dia todo, e ela se sentiu culpada. Apesar de saber que Jason não gostava muito de eventos como aquele, Lara se perguntou se ele sabia sobre Audrey e Gaston e tinha preferido se manter afastado deles. Ou será que estava apenas evitando falar com *ela*? Lara se lembrou da maneira como ele a olhou na noite anterior, como se tivesse visto um fantasma.

E se o homem do campo fosse apenas uma aparição? E se ela tivesse feito Margot e ele se manifestarem naquela noite, assim como fez com Todd? Apesar de o homem ter garantido que era "tão real quanto ela", a frase era exatamente o tipo de coisa que sua imaginação diria. Lembrando-se da expressão de horror de Cecile quando soube da visita do homem, ela se perguntou se a bisavó tinha apenas ficado com medo de que Lara estivesse enlouquecendo como Margot. Será que era aquilo que a mãe queria dizer quando lhe pedia esconder sua magia? Será que usá-la causava loucura? Alucinações? Ela examinava aquelas possibilidades quando sentiu a mãe chutá-la para chamar sua atenção. Lara não havia notado, mas estava coçando o pescoço e olhando para o nada.

— Disseram que quatro pessoas de Washington compraram casas de campo aqui este mês — comentou Audrey, mexendo no brinco. — Virou moda.

Ela olhou nos olhos de Lara, pedindo que ela prestasse atenção.

— Mas será que isso é bom? — perguntou Ben, se remexendo na cadeira e tocando em um dos arranjos de flores. — Eu não sei.

— Deve ser a criminalidade baixa — respondeu Lara baixinho, vendo uma oportunidade de provocar Ben.

— Espertinha — retrucou Ben, sem olhar para ela, mas sorrindo.

Enquanto o garçom servia mais vinho, Audrey se aproximou, o rosto iluminado pelas velas.

— Além disso, o Gaston tem uma novidade sobre o quadro, não tem?

— *Oui* — respondeu ele, dizendo que sim. — Mandei um e-mail para Teddy Barrow.

O smoking de Gaston era mesmo dele. Seu cabelo, normalmente bagunçado, havia sido preso em um rabo de cavalo baixo. A mudança do dia para noite parecia tranquila para ele, como se o galerista já tivesse usado milhares de smokings na vida.

— Barrow Quarto?

A sobrancelha de Lara se ergueu. Estava tentando mostrar a Audrey que estava concentrada na conversa.

Gaston riu.

— É. *Barrow-le-quatrième.* Mandei uma foto do quadro para ele. Ele me ligou de Paris de manhã e me acordou de um sono maravilhoso. Ficou muito animado.

— O amigo do Gaston acha que o quadro que temos pode ser um Giroux verdadeiro.

Lara se virou para explicar para Ben. Ela estava gostando daquele vinho. Era um tinto encorpado, o que a fez tomar outro gole para garantir que era tão bom quanto ela havia imaginado.

— É — confirmou Gaston, baixando a voz para não ser ouvido. — O Barrow acha que pode ser mesmo um dos quadros de Giroux que desapareceram há muito tempo: *As mulheres do Circo Secreto*, como eram chamados.

— *As mulheres do Circo Secreto*? — Lara se inclinou para a frente para ouvir, interessada de verdade na conversa. — Parece muito misterioso.

Gaston assentiu antes de tomar um gole de vinho.

— E é. Essa série toda de quadros desapareceu há mais de setenta anos.

— O que é um Circo Secreto exatamente? — Ben parecia entretido. — Imagino que o Circo Rivoli não seja desse tipo.

— Não mesmo — comentou Audrey, limpando os cantos da boca com o guardanapo de tecido.

Louie Favre, diretor do Rivoli, se animou.

— O que vocês estão falando sobre o Circo Secreto?

— Você já ouviu falar nisso?

Audrey se virou para ele.

— É lógico. Todos no mundo do circo já ouviram falar dele. Fico surpreso que você não tenha ouvido, Audrey. — Louie Favre era um homem forte, de bigode cheio e largo, grosso como um pincel. — É um circo lendário.

Ele balançou o copo cheio do que parecia ser uísque.

— Não — disse Audrey. — É a primeira vez que ouço falar dele.

— Meu amigo Barrow escreveu muita coisa sobre o assunto e se considera um especialista — explicou Gaston, inclinando-se na direção de Audrey para conseguir ouvir Favre. — É uma das obsessões dele. É incrível ouvi-lo falar disso. Ele estava divagando sobre um circo misterioso que não tinha uma tenda concreta.

— *Oui* — concordou Favre. — Dizem que ele existiu nos anos 1920, em Paris. Os convidados recebiam os ingressos, ficavam sabendo aonde tinham que ir e pronto, a tenda aparecia. Do nada. — Favre havia sido o mestre de cerimônias do Circo Rivoli e sabia contar boas histórias. — Mas... — Ele ergueu o indicador. — Só para quem tinha ingresso. Se não tivesse ingresso, a pessoa ao lado não veria circo nenhum.

— Parece um pouco o Willie Wonka e os bilhetes dourados.

Ben brincava com a haste de sua taça de vinho. Apesar de ter ficado animada para ir ao baile com Ben, a ilusão de Todd pesava sobre a noite, estragando o que teria sido o primeiro encontro deles. Será que tinha sido por isso que ela havia criado a imagem de Todd? Será que estava secretamente com medo de seguir a vida?

— Nós, franceses, somos meio doidos — brincou Gaston, com uma piscadela.

Lara viu um dos jovens que falou com Margot enquanto ela conversava com Althacazur no ponto de ônibus. Quando ele passou por sua mesa, ela o chamou.

— Posso fazer uma pergunta para você?

Ela havia se levantado da cadeira num impulso que a fizera dar vários passos.

O homem se virou para encará-la. Pelo cheiro que exalava, ele havia tomado vários drinques.

— Claro, querida... O que você quiser.

— A mulher que vi com você mais cedo. A de vestido dourado.

O jovem sorriu e Lara viu que seus dois dentes da frente eram encavalados.

— A Margot. É, eu não sei aonde ela foi parar. Adoro essas mulheres com estilo retrô, meio Bettie Page. — Ele piscou para ela e Lara foi quase derrubada pelo bafo de uísque. — Ela é sua amiga?

— Mais ou menos.

— Eu adoraria conseguir o telefone dela.

Sorrindo, Lara começou a andar de volta para a mesa, dizendo por sobre o ombro:

— Não acho que ela tenha telefone.

Quando olhou para a própria mesa, tanto Audrey quanto Ben a encaravam. Gaston continuava falando e não parecia que ela havia perdido muita coisa, mas ela ficou aliviada. Outra pessoa, apesar de bêbada, havia visto Margot naquela noite. Ela *não* estava tendo uma alucinação.

— Era o grande evento para os ricos e famosos da época, especialmente para a "Geração Perdida" — continuou Gaston, ainda falando do quadro. — De acordo com Barrow, Josephine Baker, Gertrude Stein, Ernest Hemingway, Man Ray e F. Scott Fitzgerald foram todos convidados do Cirque Secret. Mas Giroux foi o único artista que pôde pintá-lo e isso foi impressionante.

Enquanto os pratos eram servidos e todos se concentraram em seus *surf and turf* de salmão com filé, Lara pensou em sua próxima pergunta com cuidado.

— Ele já foi chamado de Circo do Demônio, sr. Favre?

O sr. Favre olhou nos olhos dela.

— Foi... E era uma descrição precisa, pelo que fiquei sabendo. Coisas muito ruins aconteceram naquele circo.

— Tipo o quê?

Ben cortava seu filé.

— Assassinatos — respondeu Favre, enquanto mastigava.

— Bom, isso faz bem o seu estilo — disse Audrey a Ben. — E você acredita nessa lenda, Louie?

— Acredito — respondeu Louie, sério. — Conheci gente que foi ao circo. Eles me disseram que era um belo espetáculo. Tinha números repugnantes, como a arte daquela época. Mas quem assistia dizia que era o circo mais lindo que já havia existido. Ah, o que eu não daria para ter visto isso!

Pelo que havia lido no diário de Cecile, Lara achava que Louie teria sido um ótimo candidato para receber um ingresso, especialmente se as pessoas davam tudo para conseguir um.

— Você acha que a Cecile fazia parte desse circo estranho? — Audrey riu. — Isso é loucura, Louie. Você a conhecia. Ela usava calça cáqui, caramba.

— Talvez não. — Gaston se virou para Audrey, erguendo o indicador. — Eu sinto muito, Audrey. Não tive a chance de contar. Quando retirei a moldura e virei a tela, vi o título escrito no verso. Na verdade, ele não menciona uma Cecile. Em vez disso, estava escrito: SYLVIE SOBRE O CAVALO. Talvez, Audrey, sua avó também se chamasse Sylvie?

— Não — respondeu Audrey. — Sylvie, não. Era Cecile.

— Então talvez o quadro não seja um retrato de Cecile Cabot.

Audrey e Lara olharam uma para outra. Ambas estavam pensando a mesma coisa. O retrato parecia ser de Cecile. *Tinha que ser Cecile, não tinha?*

Então Lara se lembrou de que havia uma Sylvie no diário da bisavó. Ela era a amazona e filha de Madame Plutard. Será que elas estavam enganadas?

Gaston deu de ombros.

— O Barrow ia adorar ver o quadro. Ele está sugerindo que a gente vá visitá-lo. — Ele se aproximou para que nem Louie Favre pudesse ouvir. — Esse quadro pode ser muito valioso. Pode valer uns oito ou dez milhões de dólares.

— Sério?

Lara olhou nos olhos da mãe. Como para muitas pessoas que tinham fazendas na Virgínia, os negócios eram difíceis e costumavam ser financiados com heranças que estavam acabando. Dez milhões de dólares mudariam tudo. Rapidamente, ela calculou o que elas podiam fazer com aquele valor. Parar de manter a rádio com um orçamento ridículo. Comprar cavalos novos para a mãe.

— Ele quer que a gente vá para Paris?

Audrey hesitou.

— Mas ela não pode...

— Paris?

Pela segunda vez naquele dia, ela estava sendo convocada a ir a Paris. Aquilo não era uma coincidência.

— Uma mudança de ares... Paris... Um pequeno mistério artístico para resolvermos. Vai ser divertido, *non*?

Gaston ergueu a sobrancelha.

— Vinho... croissants de amêndoa... dez milhões de dólares. — Lara assentiu. — Eu topo. — Ela notou que a mãe ficou incomodada e começou a se remexer na cadeira e puxar o cabelo. — Você está bem, mãe?

— Estou.

A última coisa que Audrey parecia estar era bem.

— *Bon.* Vou mandar um e-mail para o Barrow hoje — afirmou Gaston.

Depois do jantar, a orquestra do Circo Rivoli se apresentou no saguão da prefeitura. A escada e a varanda amplas estavam repletas de pessoas tomando coquetéis e dançando.

Ben e Lara estavam sentados na escada, observando os convidados.

— Quer mais champanhe?

— Eu ia adorar — respondeu Lara.

Ela desceu a escada atrás dele. Ben ergueu o indicador para que ela esperasse um minuto ali e Lara o viu andar até o bar.

Ele voltou com duas taças e, em vez de entregar uma a ela, as pousou em uma mesa alta e pegou a mão de Lara, levando-a até a pista de dança. Ela pôs os braços ao redor do pescoço dele e sentiu seu corpo ser pressionado contra o dele. Ah, como queria que aquela noite tivesse sido diferente. Ben era o maior confidente dela. Será que ela havia ficado confusa por causa do que sentia por ele? Será que estava com pressa de conseguir alguém, como a mãe sugeriu? Não. Mesmo ali, na pista de dança, havia um espaço para ele. Ela só não sabia se seria suficiente para Ben. Mesmo ali ele olhava para ela com esperança.

— Você parece distante hoje — notou Ben.

Ela sorriu. Era difícil esconder coisas dele.

— Eu soube que você é péssimo dançarino.

— Não. Sou péssimo na valsa e não sei dançar tango. Dá para ver que você andou falando com a Marla. Ela adora dizer às pessoas que não sei dançar. E pare de evitar a pergunta.

— Eu estou bem. Pare de me interrogar.

— Você está linda.

Ela fechou os olhos. Era o que Todd havia dito mais cedo para ela, na escada.

Ele aproximou o rosto do dela e Lara sentiu o aroma de sua loção pós-barba.

— Posso contar uma coisa que nunca falei? Quero dizer, eu quis contar muitas vezes, mas não sabia como começar o assunto.

— Claro.

Sua bochecha quase tocava a dele e ela sussurrou em seu ouvido.

— Foi uma pena ninguém ter visto você — disse ele. — Naquele dia. — Ele virou o rosto e ela pôde sentir o calor do hálito dele em seu cabelo. Ele não precisava explicar de que dia estava falando. Ela sabia que era sobre o dia do casamento. — Você estava estonteante.

Ela se lembrou de quando havia saído pelas portas góticas da igreja. Então o puxou para mais perto e simplesmente o abraçou. Tinha sido uma confissão tão dura para ele... E aquele dia ainda era uma ferida tão profunda para ela que quase formava uma cola entre eles.

— Obrigada — sussurrou ela, sendo mais verdadeira do que nunca na vida.

Eles dançaram daquela maneira por duas músicas, se abraçando com força, sentindo o ritmo da respiração um do outro.

Por fim, ele pegou a mão dela e a guiou para fora do salão, descendo a escada e subindo a quadra até a casa dela. Apesar de estar feliz por estar indo embora, Lara sentia um peso nos ombros. Ela teria que dizer a Ben Archer que não estava pronta para aquilo. Os dois andaram em silêncio, a mão dele nas costas dela. Quando chegaram ao portão, ela ainda podia ouvir os ecos da *big band* vindos do baile na rua de baixo.

— "Moonlight Serenade".

— Você conhece Glenn Miller?

Havia mais do que um toque de admiração na pergunta.

— Sou um verdadeiro renascentista, Lara Barnes. Você não é a única que entende de música.

Ele pegou a mão dela, a fez entrar pelo portão, subir a escada e se sentar no balanço da varanda.

— Você é mesmo — afirmou ela, sentando-se.

Enquanto balançavam, o som da clarineta da banda competiu com o barulho da brisa que sacudia as folhas, com as mariposas atingindo a lâmpada e com um sino dos ventos que batia desafinado em algum lugar ao longe.

— Eu adoro os sons do verão — comentou ela.

— Cortadores de grama — acrescentou ele.

— Gelo em copos.

Sob o luar, Lara viu os olhos de Ben se iluminarem. Ela examinou o rosto dele, adorando os ângulos e o modo como o luar lançava sombras sobre ele.

— Posso dizer uma coisa?

Ela pôs os dedos sob o assento do balanço para se controlar.

Ele lançou um olhar decepcionado para ela. Depois de meses contando tudo a ele, por mais ínfimo que fosse, sobre Todd e seus sentimentos, ela já sabia a resposta.

— Achei que o tinha visto hoje — disse ela, olhando para o vestido, que varria o chão a cada balançada. — No meio da multidão.

Ele ficou calado, depois suspirou.

— Ele?

— Ele — confirmou ela.

— Você o viu, então tenho que ligar para o Doyle e investigar?

— Não — respondeu Lara, triste. — Não era real. Eu estava enganada.

— Mas você *quis* vê-lo. — A voz dele pareceu desanimada e ele se recostou no balanço, grunhindo. — Eu sabia que era cedo demais.

— Estou confusa. Não devia ter contado.

— Bom, eu gostaria que você não tivesse pensado nele hoje, mas fico feliz que tenha sido sincera comigo.

— Achei que o tinha esquecido... e estava pronta para isto. Eu achei mesmo.

Eles não mencionaram o nome dele — Todd —, como se o homem tivesse um poder sobre os dois caso fosse dito.

— Ah, Lara — disse ele, abraçando a moça. Ela apoiou a cabeça no ombro dele. — Não acho que isso seja como uma gripe.

Ela cobriu o rosto com as mãos.

— Eu sinto muito. Queria que esta noite fosse diferente.

Depois de alguns segundos de silêncio, ele se levantou do balanço. A ausência repentina do peso de Ben o fez pender para um lado até Lara esticar as pernas para pará-lo.

— É melhor eu ir — exprimiu ele.

Levantando-se, ela o seguiu até a beira da varanda. Queria que ele fosse embora para processar sozinha todos os detalhes daquela noite, mas não queria que ele saísse de lá porque adorava a companhia dele.

— Eu me diverti muito hoje — disse ela. — Mesmo. Só vou precisar de um pouco de tempo.

Ele pegou a mão dela e a puxou para si.

— Não desista de mim — sussurrou ela. Fazia tanto tempo que ela não tocava ninguém daquela maneira. — Sinto um frio na barriga sempre que vejo você.

— E eu quando vejo você.

Ele deu um beijo suave na lateral da cabeça dela, perto da têmpora.

Enquanto ele descia a escada, Lara pôs a mão no pescoço, sentindo-se quente, depois a levou até o cabelo.

Ninguém nunca havia beijado sua têmpora.

Ela o observou até ele passar pela cerca da casa dos Milton. Algumas horas antes, ele teria encontrado Althacazur na mesma rua. Ben parou perto da cerca-viva como se fosse se virar, mas pareceu mudar de ideia e então foi embora.

15

LARA NÃO FICOU SURPRESA ao ver Audrey à sua porta na manhã seguinte. Ela ficou observando o rosto da mãe durante o jantar, enquanto Gaston falava sobre o quadro e propunha levá-lo para Paris para ser avaliado por um historiador. No fim do jantar, Audrey parecia distraída e tensa e ficou puxando o cabelo e tentando melhorar um suposto mau jeito no pescoço.

Ela entrou rápido pela porta, segurando um saco de papel com a ponta de uma baguete para fora. As compras eram uma desculpa, é lógico, a maneira da mãe de começar uma conversa com croissants de amêndoa e café. Hugo, Oddjob e Moneypenny vinham atrás dela, correndo, soltos, as unhas batendo e escorregando no piso de madeira. Lara pensou ter ouvido um deles, provavelmente Hugo, porque ele sempre tinha que ser o primeiro a fazer tudo, escorregar na madeira recém-polida e bater contra a parede.

Lara atravessou o saguão e entrou na cozinha. Aquele cômodo era antigo e provavelmente guardava muitas lembranças de festas incríveis dos anos 1920 e 1940. Na entrada da cozinha havia uma porta com basculante, que Lara mantinha aberta — uma lembrança da época em que a casa tinha uma equipe de cozinheiros e zero ar-condicionado. Bem, a casa ainda não tinha ar-condicionado, mas a equipe de cozinheiros não estava mais lá havia muito tempo. Os armários de madeira iam do chão ao teto e tinham nichos secretos, como gavetas para pães e depósitos para farinha. Pintar os armários de uma cor chamada "calcário" tinha sido uma de suas poucas extravagâncias, junto com substituir as antigas bancadas por granito e atualizar as dobradiças dos armários e a iluminação. Aquele era um dos cômodos terminados que davam a Lara a esperança de que o resto da casa poderia voltar a se tornar glorioso. Depois de encher tigelas de água, ela as pôs na frente dos cães, mas os três olharam para ela como se esperassem mais.

— Você já deu comida para eles?

Os três pareciam um perfeito grupo de pedintes.

— É óbvio que dei — respondeu Audrey, mexendo nas sacolas. — Eles sabem que você sempre tem petiscos.

Lara abriu o pote de farinha e pegou os petiscos para cachorro. Os três os comeram, fazendo barulho, antes de se acomodarem na luz forte do sol da manhã que entrava pelas janelas.

— Tinha umas cerejas lindas na feira hoje — comentou a mãe.

Ela pôs várias bandejas de papel na ilha da cozinha, que a própria Lara havia feito.

— Estou pensando em fazer uma torta.

— O que você achou do baile de ontem? — perguntou Lara.

Audrey olhou em volta.

— Bom, eu não sabia se ia encontrar Ben Archer aqui hoje de manhã.

— Não — contrapôs Lara, ficando vermelha.

Ela foi até a geladeira e abriu a porta para pegar o leite semidesnatado.

— Bom, essa ideia do Gaston é maluquice. Você não está pensando em ir mesmo para Paris, está? — Audrey se apoiou na ilha, dramática. — Esse quadro não vale nada, Lara. Bom, eu mesma ia contar a ele, mas...

Um longo silêncio se fez enquanto Lara servia duas xícaras de café e deslizava uma delas pela bancada até a mãe, a última oferta de paz antes da guerra.

— Mas você decidiu começar por mim.

Lara tomou um gole de café. Estava um pouco quente, então ela o pousou na bancada para que esfriasse.

— Estou *mesmo* planejando ir para Paris — afirmou. — Se o quadro é valioso, então um representante da família tem que estar lá com ele. Você não acha? Além disso, eu ainda tenho a passagem da minha lua de mel, que preciso usar antes de outubro. Os astros estão se alinhando.

— Bom, francamente, estou preocupada com o fato de você estar indo para Paris.

— Por que você ficaria preocupada? — perguntou Lara, rindo. — Tenho trinta anos.

— Não é seguro.

Desde que Todd havia desaparecido, Lara desconfiava de que a mãe soubesse mais do que estava dizendo. Aquela desconfiança estava começando a se confirmar.

— Aquele quadro pode valer milhões.

— Ou não valer nada.

Audrey dispensou Lara com um gesto.

— O Gaston não acha isso e ele é especialista em arte.

— Então eu vou para Paris com o Gaston, e não você.

Lara suspirou, pondo a mão no quadril e esticando o corpo. Ela decidiu que a melhor estratégia era não dizer nada.

Depois de um bom minuto de silêncio, a mãe finalmente falou:

— Diga alguma coisa.

Lara deu de ombros.

— Não tenho nada a acrescentar. Por mais que me doa dizer isso, mãe, você está escondendo coisas de mim.

Audrey começou a protestar, mas Lara ergueu a mão para impedi-la e continuou:

— Você vai negar, é lógico, mas nós duas sabemos disso. Eu vou para Paris. Fim de papo. Se isso tiver a ver com o Gaston, eu não preciso que ele venha comigo. Eu mesma posso me encontrar com Edward Binghampton Barrow IV. É o quadro da nossa família.

Audrey inspirou fundo.

— O que foi que escondi de você? Eu... falei que não sei...

— Nada — rebateu Lara, interrompendo a mãe com rispidez. — Você não me disse nada.

— Porque não há nada para contar, Lara — respondeu Audrey, tomando um gole de café, depois pousando a xícara na bancada com força. — Você está começando a parecer maluca.

Audrey não era manipuladora. Para ela esconder algo por tanto tempo e protestar tanto, era porque estava com medo. E, para Audrey estar com medo, tinha que ser algo grande. Juntando a intuição com o que Shane Speer disse no circo e com o que o homem confirmou na noite anterior, Lara achou que valeria blefar.

— Eu sei que ela está tentando me matar.

Ela olhou nos olhos da mãe com confiança, sem piscar.

Audrey quase soltou um grito, fazendo os cachorros erguerem a cabeça no mesmo instante.

— Quem te contou?

Os joelhos de Lara bambearam. Apesar de achar que estava sendo esperta, ela não imaginou estar certa.

— O homem do circo.

— Que *homem* do circo?

Os olhos de Audrey se arregalaram.

— O vidente.

Em troca de informações, Lara prometeu a Althacazur que não contaria à mãe sobre ele. Achou que seria melhor manter a promessa.

Sua mãe relaxou visivelmente.

— Ah, minha querida, você não pode achar que aquele coitado estava certo sobre *alguma coisa*. Caramba, ele mal saiu da puberdade.

Mas o blefe de Lara havia funcionado. Alguém estava tentando matá-la e o comentário sobre "o homem" abalou muito a mãe. Lara simplesmente não havia mencionado o homem certo: Althacazur.

— É lógico que ele estava certo. É por isso que você está aqui me dizendo para não ir a Paris. Pare de me enrolar, mãe, e comece a falar. Você nunca me contou a verdade sobre o Todd. Nós duas sabemos disso.

Lara deu de ombros.

— Tipo o quê?

Lara voltou a dar de ombros, sem se comprometer, mas não respondeu.

Audrey se sentou na banqueta da bancada, pondo as mãos à sua frente, como se estivesse se preparando para o que ia dizer:

— Existe um feitiço que temos que manter para continuarmos seguras.

— Um feitiço?

Lara inclinou a cabeça. Então entendeu: toda a perfeição pouco natural da cidade. *Era um feitiço.* Fazia muito sentido. Sinceramente, era a única coisa que fazia sentido e ela não podia acreditar que não havia percebido aquilo antes.

— As mulheres da nossa família entoam um feitiço de proteção desde 1935. Quando tinha nove anos, minha mãe, a Margot, foi a primeira a lançá-lo.

— Margot? E não Cecile?

Audrey balançou a cabeça.

— Pelo jeito, não, apesar de eu não saber por quê. Depois que minha mãe morreu, eu tive que mantê-lo. A Cecile me ensinou. Ela havia visto a Margot entoá-lo muitas vezes.

— Não entendi. Por que a cidade precisa de um feitiço?

— A *cidade* não precisa de um feitiço. *Nós* precisamos. Kerrigan Falls simplesmente se beneficia da proteção que criamos. Cecile disse que ela havia fugido de uma coisa em Paris e que ela sempre nos caçaria sem aquele feitiço. Tenho que relançá-lo todo ano.

Lara lembrou o que Althacazur havia dito na noite anterior: *O tecido desta charmosa comunidade que sua família construiu para você está começando a se desfazer. Sem a minha ajuda, temo que o fim de todos vocês esteja próximo.* Era daquele tecido de que ele estava falando.

— Me deixe adivinhar. Você faz o feitiço no dia 9 de outubro?

Ela assentiu, séria.

— Ele sempre funciona muito bem, a não ser por uma noite, a cada trinta anos, quando o feitiço parece se desfazer. Cecile salientava que o feitiço tinha que ser lançado às 23h59 do dia 9 de outubro... As palavras têm que cruzar para o dia 10 e você tem que terminá-lo à 00h01.

— Era por isso que você não queria que a gente se casasse naquele dia.

Audrey fechou os olhos, como se estivesse pensando em algo doloroso.

— Eu só queria que vocês mudassem o casamento para a primavera. É uma data horrível e eu não pude acreditar quando você escolheu, mas juro que não sei o que aconteceu com o Todd, meu amor. Você tem que acreditar em mim. Só sei que o que quer que tenha acontecido com ele, aconteceu *naquela data*, então talvez isso tenha algo a ver com a gente, mas não tenho certeza. A Cecile não foi específica. *Nem um pouco.* — Audrey pareceu irritada ao pensar na avó. — Sempre achei que ela estava escondendo alguma coisa, então acho que entendo a sua frustração comigo.

Lara se lembrou de como Cecile podia ser teimosa e misteriosa, mas sabia que Audrey estava escondendo mais coisas dela. E que elas tinham a ver com Althacazur.

— Você pode me explicar o que levou a vovó Margot a enlouquecer?

Audrey tomou um gole de café.

— Foi na mesma época que a magia dela surgiu. Cecile disse que ela ficava ligando rádios, acendendo o fogão. Minha mãe sempre queria chamar atenção, então ela costumava fazer de tudo para assustar as pessoas. Aí, um dia, ela anunciou que havia visto um homem parado no campo. Ele falou com ela. Minha mãe nunca mais foi a mesma depois disso.

Lara se apoiou na bancada.

— Você o viu também?

— *Você* o viu?

A voz da mãe soou aguda. Ela olhou fixamente nos olhos da filha.

Lara não ia ser a primeira a confessar nada, por isso se inclinou sobre a bancada e esperou que Audrey respondesse. Já tinha aguentado uma vida inteira de segredos da mãe.

Quando Audrey percebeu que Lara estava esperando, ela começou a falar:

— Eu o vi pela primeira vez aos sete anos. Minha magia tinha acabado de aparecer e Cecile estava morrendo de medo de ele me procurar. E ele veio, mas eu o mandei embora — contou Audrey, com um sorriso triste e distante que a lembrança trouxera. — Cecile tinha dito que a magia havia matado a minha mãe, a enlouquecido. Eu via a angústia nos rostos de Cecile e do meu pai quando eles falavam sobre minha mãe, então, quando aquilo começou a acontecer comigo, eu não quis nenhuma relação com aquele legado de loucura, de magia. Althacazur me visitou duas vezes. Nas duas, eu me recusei a falar com ele. Na segunda visita, ele até trouxe minha mãe.

— A Margot?

Lara percebeu como aquilo devia ter sido cruel.

— Mesmo na época, ela não parecia bem da cabeça. Falava umas maluquices. — Audrey enxugou os olhos com as mãos e tentou limpar o rímel. — Eu era uma criança, Lara. Vi minha *mãe*, a mulher que mais queria ver, e a ignorei. Você sabe o que isso faz com uma menina órfã de sete anos?

Lara pôs a mão sobre a da mãe, pensando em Audrey ainda menina e nos dois: Althacazur de óculos e Margot com a sombrinha.

— Eu sinto muito.

— Eu nunca a conheci e, mesmo assim, a dispensei porque tinha muito medo do que ela era, do que pensei que ia me tornar também — contou Audrey.

— O que *nós* somos.

Lara terminou a frase da mãe.

— É — disse Audrey, segurando as mãos de Lara com força. — O que *nós* somos.

— E o que nós somos?

Lara se lembrou do tabuleiro de Ouija se mexendo na festa do pijama, de abrir fechaduras na casa do avô e de enfeitiçar o próprio vestido de noiva.

— Não sei — respondeu Audrey. — Imagino que as respostas existissem, mas eu não as queria na época. E, depois que Cecile morreu, já era tarde demais, mas ela também nunca queria falar sobre Paris. Talvez você consiga mais informações com o diário do que eu consegui tirar dela.

Lara foi até sua pasta e pegou o diário.

— Talvez você esteja certa. — Ela entregou a tradução à mãe. — Tem alguns pontos que meu francês não é bom o suficiente para compreender, mas talvez o problema sejam as gírias da época que eu não entendo.

Audrey apontou para a data escrita no diário enquanto pegava os óculos de leitura da bolsa para analisar as anotações de Lara.

— Isso é incrível, Lara.

— Eu sei que você não pensava que ela tivesse um diário, mas acho que ela o escreveu quando morava em Paris — comentou Lara. — Havia uma rivalidade entre Cecile e a irmã gêmea dela. E tinha uma terceira moça, a Sylvie. Ela é a amazona.

— *Sylvie sobre o cavalo*? — Audrey considerou a possibilidade, depois abandonou a ideia. — Cecile nunca mencionou que tinha uma irmã, muito menos gêmea.

— Acho que Cecile não mencionou um monte de coisas. — Lara folheou rapidamente o caderno. — Você não acha estranho que, dentre todas as profissões que Cecile podia ter escolhido, ela tenha aberto um circo?

— Bom, não era um negócio que costumava ser administrado por mulheres na época, mas circos eram, *sim*, lugares em que as mulheres prosperavam, especialmente depois da guerra. Ainda assim, eu entendo. Não é um trabalho que as pessoas procurem.

— A não ser que ela tivesse crescido em um — sugeriu Lara, entregando o caderno à mãe. — A mulher deste diário vivia e trabalhava em um circo muito, muito estranho.

— Le Cirque Secret. — Audrey estendeu a mão e tocou na bochecha da filha. — Eu odiava esconder essas coisas de você.

— Eu sei que odiava — respondeu Lara. Ela entendia porque odiava não poder contar à mãe que também havia visto Althacazur, mas o risco era grande demais. — Tem alguma coisa errada com este diário. A Cecile desse diário não era amazona, e sim trapezista. Uma trapezista mágica, mais ou menos como a gente. As respostas de que a gente precisa estão em Paris.

— Se você vai sair de Kerrigan Falls, então tem que aprender alguns feitiços para se proteger.

— Eu viajei muito sem precisar de feitiço nenhum — retrucou Lara, rindo. — Fui à Europa, viajei com o papai...

Audrey fez uma cara de culpa.

— Não, minha querida. Não viajou. — Ela girou a xícara de forma deliberada. — Eu sei que todo mundo acha que eu não quis o Cirque Margot e por isso ele fechou. Isso não é verdade. Eu queria, *sim*, o circo, mas Cecile havia enfrentado muita coisa por causa da loucura da minha mãe e alegava que ela estava sendo atormentada durante as viagens por dois demônios, um homem e uma mulher. A mulher ameaçava matá-la e o homem tentava ajudá-la. A situação ficou ruim, muito ruim em Gaffney, quando Margot alegou que um anjo de cabelo branco tinha ensinado um feitiço de proteção a ela. Bom, claro que Cecile achou que era só mais uma loucura da minha mãe, mas ela lançou o feitiço. Cecile contou que as aves pararam de cantar no mesmo instante e o vento começou a aumentar, que folhas caíram de árvores, flores murcharam... Já deu para entender. Aí, em uma tentativa maluca de testar o feitiço, ela atravessou a rua no meio do trânsito.

Os olhos de Lara estavam arregalados.

— E aí?

— Os carros desviaram dela. — Audrey estremeceu. Uma brisa suave vinha da cozinha e os Airedales ergueram a cabeça para cheirá-la. — Margot disse que, para se proteger, tinha que recitar o feitiço todos os anos no dia 9 de outubro, mas que ele funcionava melhor se ela ficasse em um único lugar. Algo na história da minha mãe sobre uma mulher de cabelo branco assustou tanto Cecile que a fez acreditar. Quando me tornei maior de idade, ela me fez recitar o feitiço para me manter segura. Mas Margot estava certa. A magia não funcionava tão bem fora de Kerrigan Falls. Ela trazia certa proteção, mas tinha que ser administrada todos os dias quando não estávamos aqui. Mais tarde, Cecile começou a pensar que aquele "anjo" não queria que a gente continuasse viajando com o circo, especialmente depois do acidente que sofri com meu cavalo.

— Que acidente?

Lara havia ouvido todas as histórias dos antigos artistas do Cirque Margot. Ninguém nunca havia mencionado um acidente envolvendo sua mãe.

— Minha égua, a Belle, pisou em um buraco estranho que apareceu do nada durante uma das minhas apresentações. Eu caí e quase quebrei o pescoço. A Belle quebrou a perna e teve que ser sacrificada enquanto eu assistia.

— Então *ela* fechou o circo.

— Eu não queria, mas ela insistiu. Acho que o resto do pessoal do circo viu meu negócio com os cavalos como um sinal de que eu tinha dado as costas para o meu legado, mas não era verdade. Prometi à Cecile que não ia voltar a falar de uma trupe, especialmente depois que você nasceu. Quando viajou com seu pai, fui a todas as cidades em que vocês pararam. Você só não ficou sabendo que eu estava lá. Eu entoava o feitiço toda noite. Mesmo assim, você sofreu aquele acidente com o fio da guitarra, que quase eletrocutou você.

— Ah, aquilo foi só uma coincidência estranha, mãe.

Lara ainda podia ver o fio desencapado e a poça d'água, que não tinha uma fonte clara — não podia ser culpa da chuva nem de um vazamento no teto do anfiteatro. Ainda assim, a carga de energia passou por sua mão. Quando olhava para a palma de sua mão, ela ainda estava lá, como um estigma.

— Não. — Audrey fez que não com a cabeça. — Você quase foi morta no palco, na frente de cinco mil pessoas. Até seu pai ficou assustado. Foi por isso que ele nunca mais chamou você para viajar com ele.

— E meu verão na França e na Itália?

— Posso fazer maravilhas com uma peruca e óculos escuros. Mesmo assim, você quase foi atropelada por uma motoneta em Roma.

Lara apoiou todo seu peso na bancada.

— Isso foi...

— Outro acidente? — interrompeu Audrey. — Aqui estamos seguras. Minha mãe dizia que era um tipo de daemon que tentava nos matar. Uma mulher.

— Você sabe quem é?

Audrey balançou a cabeça.

— Mas você está sempre me lembrando que tem trinta anos e sabe se cuidar, então está na hora de eu ensinar o que realmente fazemos.

As duas foram para a sala de estar e Audrey se sentou no chão, acomodando-se no tapete da sala, na frente da lareira.

— Eu só preciso de uma vela, mas você sempre tem que ter uma com você. Tem que fazer isso toda noite.

Lara achou uma vela e a entregou à mãe.

— Maravilha — disse Audrey. — Você não precisar ser tão exigente. O fogo amarra o feitiço.

Vendo a mãe passar a mão várias vezes por sobre a chama, Lara temeu que ela se queimasse, mas a pele de Audrey pareceu ganhar certo brilho.

— A sua vai fazer isso também — explicou ela.

Bracatus losieus tegretatto.
Eh na drataut bei ragonne beate.

A porta foi escancarada e uma rajada de vento as atingiu. Sua mãe sorriu.

— Pronto — complementou Audrey. — Agora sente-se. Tenho alguns cânticos para ensinar a você.

PARTE 2

A VIAGEM A PARIS

ENQUANTO ESPERAVAM O VOO para Paris no portão de embarque, Gaston manteve uma das mãos firmes sobre a mala de Lara, que continha a tela enrolada de *Sylvie sobre o cavalo*. Ele preferiu não usar uma transportadora e manter o quadro com eles durante o voo. Livre da moldura pesada, a pintura era pequena o bastante para caber em uma mala de mão. Gaston tinha usado papel sem ácido e enchido a mala rígida com uma mistura de tecido e plástico-bolha.

Lara não ia a Paris desde o verão de seu segundo ano de faculdade. Ela agora sabia que não havia estado lá sozinha — sua mãe a acompanhara naquela viagem. Lara anotou o feitiço de proteção e comprou duas pequenas velas, que colocou em sua mala. Por mais que não quisesse admitir, ela estava nervosa — e um pouco assustada — com o fato de estar correndo perigo. Audrey pensou em ir com eles, e Lara torceu para que a mãe pudesse fazer a viagem, mas havia uma égua prenha na fazenda, e ela decidiu ficar. A viagem seria curta: apenas 48 horas. Eles iam encontrar Edward Binghampton Barrow logo depois de pousar e dariam um dia ao especialista para que ele decidisse se *Sylvie* era mesmo um quadro de Giroux ou não.

Quando embarcaram, Lara pegou a mala das mãos de Gaston e empurrou sua mala de mão na direção dele. O quadro era *dela*, a pintura potencialmente *valiosa*, de sua família. Gaston fez menção de pegar a alça da mão dela, mas Lara lançou um olhar para ele.

— Pode deixar.

Os dois pousaram no aeroporto Charles de Gaulle na manhã seguinte. Sabendo que os quartos não estariam disponíveis no hotel, pegaram um táxi direto para o Instituto Nacional de História da Arte da Sorbonne, na rua Vivienne, situada na margem direita do Sena, no segundo *arrondissement*.

Era estranho viajar com Gaston, um homem que ela mal conhecia. Ele tomava expressos o tempo todo e costumava andar de um lado para o outro enquanto falava ao telefone, comprando quadros com a empolgação de um corretor da Bolsa.

Enquanto atravessava Paris, Kerrigan Falls parecia muito distante, e os pensamentos de Lara se voltaram para Althacazur. Ele havia dito que ela não precisaria entrar em contato — que ele a encontraria. Até ali, ele sempre havia conseguido fazer isso. Lara percebeu o quanto precisava daquela distração. Althacazur havia comparado Todd a seu amor perdido, Juno, e os descrito como meras ilusões. Apesar de ter indicado que daria as respostas que ela queria, no fundo, Lara tinha consciência de que fazia nove meses que as tinha. Ela só precisava estar em outro contexto para admitir que Todd não ia voltar porque não podia.

Lara estava concentrada em seus pensamentos quando o táxi parou diante de uma construção alta de cimento, e Gaston pegou a carteira para pagar o motorista.

Procurando a seção de Artes Francesas, eles seguiram para a sala 313, que pertencia a Edward Binghampton Barrow IV. O homem que atendeu a porta não era desengonçado, fora de forma nem vestia tweed, como Lara esperava, mas um homem de pele escura e cabelo bem curto, grisalho nas têmporas. Ele era alto e magro e vestia calça preta, camisa branca engomada, óculos de armação escura e sapatos Gucci. Mas era aí que o cuidado com detalhes acabava. Todas as plantas do escritório estavam mortas, quase fossilizadas, e pareciam ter tentado fugir pela janela, em busca do sol ou da chuva, antes de ficarem petrificadas em vasos de terracota. A sala tinha centenas de livros organizados ao acaso, pilhas da altura da cintura de uma pessoa, várias em curvas muito inclinadas que ameaçavam desabar, como dominós. Os visitantes que quisessem evitar um desastre tinham que andar de lado até a única cadeira.

— Teddy — disse Gaston, referindo-se ao apelido vergonhoso que a mãe de Barrow dera a ele: "Ursinho Teddy".

— Boucher! Você não mudou nada.

Barrow puxou Gaston para um abraço apertado, quase violento, que pareceu abalar o magro francês.

— Nem você, meu amigo. — Gaston se virou para Lara. — Esta é a *mademoiselle* Lara Barnes. Laura sem *u*.

— Minha mãe era fã de *Doutor Jivago* — respondeu a jovem, sentindo a necessidade de explicar o nome estranho.

— Lara — disse Barrow, enfatizando o *a* do nome com o sotaque seco de um inglês rico. Barrow tinha sorriso fácil e mãos quentes e grandes. — É um grande prazer conhecer você. Me deixe adivinhar: não sou o que você esperava?

Ele virou a cabeça, ansioso, esperando a resposta.

Lara não sabia bem como responder.

— É verdade, eu esperava mais tweed.

— Ela disse que seu nome era ridículo — informou Gaston, seco, esfregando o queixo enquanto olhava para a tela do celular.

— Quando foi que vocês dois se viram pela última vez?

Barrow olhou para Gaston, e os dois pareceram não conseguir se lembrar.

— Quanto tempo faz? Vinte anos?

— Em 1985, eu acho — concordou Gaston.

— E *os dois* acham que o outro não mudou? — Lara ergueu uma das sobrancelhas. — Mentirosos.

Os dois homens se entreolharam e riram.

— *Un peu* — disse Barrow, unindo os dedos.

— Somos ótimos mentirosos — concordou Gaston.

Dispensando o bate-papo inicial, Barrow esfregou as mãos. Sua mesa de trabalho estava bagunçada, e ele começou a arrumá-la.

— Passei a semana toda esperando para ver o quadro. — Ele olhou para os dois, decepcionado por ver apenas as malas atrás deles. — Vocês a trouxeram?

Gaston pôs a mala na mesa e a abriu. Retirando o embrulho, ele pegou a tela e a apresentou a Barrow como se fosse um recém-nascido.

Lara se inclinou sobre o retrato enquanto Barrow calçava luvas e começava a abrir as camadas de proteção com cuidado. Se fechasse os olhos, quase podia ouvir o público sussurrando e murmurando enquanto o cavalo galopava pela arena. As roupas sofisticadas dos espectadores lembravam que os circos, na Paris daquela época, não eram iguais a seus primos americanos, como o Margot ou até o Rivoli. Neles, as mulheres usavam pérolas e casacos de pele. Circos eram considerados expressões de arte na França, e tratados como tal. Apesar de não serem chiques como as óperas, as noites de circo eram consideradas eventos muito glamurosos.

— Você fez um ótimo trabalho ao retirar a moldura, Gaston — disse Barrow, pegando a tela com mãos enluvadas.

— Era uma moldura posterior — explicou Gaston. — Provavelmente da década de 1940. Um monstro ridículo.

— E era feia também — acrescentou Lara.

Barrow se virou, pondo o quadro em outra mesa, iluminada por um abajur, e quase derrubando uma pilha de livros de arte que estava no chão. Ele puxou uma lupa e começou a analisar a pintura com cuidado, examinando cada canto e levando a luz até determinados pontos. Lara prendeu a respiração. Se ele achasse que não era um Giroux verdadeiro, sua aventura em Paris teria acabado apenas trinta minutos depois de começar. Ela piscou, tentando manter abertas as pálpebras cansadas depois do voo. O silêncio dominou a sala enquanto Barrow virava a luz para examinar o quadro. Talvez os dois devessem ter deixado a análise para o dia seguinte e se permitido descansar por um dia enquanto se agarravam à possibilidade mágica de ter nas mãos uma famosa obra-prima desaparecida.

No canto da sala, havia uma caixa de livros de capa dura. Lara pegou o de cima. *Émile Giroux: uma perspectiva*, de Edward Binghampton Barrow. Embora Lara tivesse se formado em música na faculdade, ela havia feito algumas disciplinas de história da arte. No entanto, até ouvir Gaston falar sobre Giroux, não se lembrava de ter visto nenhuma das obras do pintor. Então vira *O vampiro*. Nenhum estudante de arte do mundo deixava de reconhecer *O vampiro*.

As fotos do trabalho de Giroux presentes no livro mostravam uma variedade de estilos. Suas primeiras pinturas, feitas logo depois que se formou na escola, eram clássicas e tradicionais. Depois, ele migrou para quadros mais crus, pernas mais longas, cabeças alongadas. As obras eram ricas e vibrantes, as cores saltavam das páginas, mas Lara preferia os trabalhos anteriores dele. Ela continuou folheando as páginas e viu que o pintor havia tentado ser parte do movimento cubista. Naquele ponto, ela achou que ele havia se saído muito bem. Seus retratos eram profundamente angulados, exagerados, mas exibiam uma perspectiva perfeita. Os personagens eram retratados em close. Os ângulos profundos, sombreados por objetos. Dentro de uma maçã do rosto ou da dobra de uma pálpebra, havia pequenos símbolos que representavam o momento, a época ou o tema do quadro. As pinturas eram cheias de detalhes, texturizadas, mas bonitas. Lara podia ver que as escolhas de cores eram bem coordenadas ou contrastavam com elegância. A última leva de fotos mostrava Giroux: um homem bonito, de longos cabelos castanhos, mantidos em um estilo que demonstrava que ele não se dava ao trabalho de cortá-los. De olhos claros e redondos e lábios pequenos e finos, ele tinha uma pele muito clara. A foto do artista largado em uma cadeira desconfortável, a cabeça inclinada para o lado, apoiada na mão, havia sido tirada por Man Ray. A data: 8 de abril de 1925.

O artista estava vestido de marrom, com roupas quentes e gastas. Lara imaginou o quanto o outono de Paris devia ser frio para um artista pobre. Um sorriso se formou no canto de sua boca quando ela se lembrou do trecho do diário em que Cecile descrevia que todos os homens de Montparnasse usavam paletós marrons. A descrição que sua bisavó havia feito do homem daquela foto era tão precisa que ele podia ter saído das páginas de seu diário.

Ao vê-lo, Lara quis que *Sylvie sobre o cavalo* fosse uma criação dele. Ele parecia uma pessoa romântica e sonhadora, digna de pintar Cecile. Ela havia trazido o diário consigo, achara difícil ficar longe dele. E agora que estava em Paris, sentia que o caderno quase a guiava, que a voz de Cecile a fazia seguir em frente. No tempo que tivesse livre, ela planejava retraçar os passos da bisavó: andar pelos café de Montparnasse, os mercados da rua Mouffetard e o Bois de Boulogne, lugares em que Cecile havia estado e morado.

O tique-taque de um relógio era o único som que soava na sala. Barrow passou um bom tempo analisando a assinatura *EG* antes de virar o quadro e examinar o verso, passando a mão sobre o bastidor de madeira que dava formato à tela. Ele inclinou *Sylvie sobre o cavalo* sob a luz, analisando cada centímetro da borda.

Gaston começou a assobiar, e tanto Lara quanto Barrow olharam para ele, aborrecidos.

— E então? — Gaston se inclinou sobre a mesa, juntando-se a Barrow.

— Você estava certo. A assinatura parece correta, embora não seja perfeita, mas a tela e o estilo de pintura são do Giroux. Vi exatamente o mesmo tipo de tela e de tinta em todos os outros trabalhos dele.

— Mas?

Lara temia o que viria a seguir. Havia algo na voz dele.

— Bem, embora digam que, no ano anterior à sua morte, Giroux frequentava o Cirque Secret e que três quadros foram encomendados, todos eles *sumiram*, então, infelizmente, não tenho nada para poder comparar esta pintura. As lendas sobre esses quadros são muitas, então o escrutínio que ele enfrentaria seria enorme. Sem outro quadro verificado da série como referência, eu me basearia apenas em datas e nos materiais usados. *Mas*, à primeira vista, tudo bate. Se esta for uma das pinturas desaparecidas, não posso dizer o quanto essa descoberta seria grandiosa para o mundo da arte. Só vai levar certo tempo para verificar.

— *Todos* os quadros sumiram?

Ela pôs a biografia de volta na caixa em que a encontrou.

— Você não contou a ela?

Barrow olhou para Gaston, chocado.

Gaston deu uma série de tapinhas nas costas do amigo.

— Você, meu amigo, é o especialista em Giroux e em ocultismo. Achei que seria mais justo você explicar.

— Vou começar do início — disse Barrow, a voz animada. — O Cirque Secret é uma lenda antiga de Paris. Pelo que conta a história oral, achamos que ele existiu por dois anos, entre 1924 e 1926, mas não há provas concretas.

Lara se lembrou dos cartazes elaborados, dos ingressos e das lembranças do Cirque Margot que ainda estavam penduradas na sede do Patrimônio Histórico de Kerrigan Falls.

— *Alguma coisa* deve existir.

Barrow balançou a cabeça, pesaroso.

— É o material que falta na minha pesquisa sobre Giroux. Reza a lenda que os convidados recebiam ingressos especiais para a apresentação da noite. As pessoas iam até o local impresso no ingresso e descobriam que não havia nada ali. Só um campo vazio ou um pátio abandonado. — Ele fez uma pausa dramática. — Até *alguma coisa* aparecer. O circo aparecia do nada. Caso tivesse um ingresso, a pessoa o via. No entanto, reza a lenda que, se duas pessoas estivessem uma ao lado da outra, uma tivesse ingresso e a outra não, a que estivesse sem ingresso não veria nada e acharia que a primeira havia enlouquecido.

À mesa do jantar, alguns dias antes, Louie Favre havia contado basicamente a mesma história. E, depois de ler o diário de Cecile, ela achava que os *ingressos geniosos* que estavam descritos eram os culpados por aquilo. Alguns elementos que Cecile havia explicado batiam com aquela história.

Gaston deu de ombros.

— Bom, eles estavam na Era do Jazz, Teddy.

— Ele quer dizer que todos viviam bêbados — disse Barrow, revirando os olhos. — Este aqui não acredita em nada.

— Eles também ficavam o tempo todo tentando se superar, então talvez fosse só um circo vagabundo do Bois de Boulogne — respondeu Gaston. — Você tem que admitir: isso tudo pode ser só uma história.

— Acha que estavam exagerando?

Barrow olhou para Gaston, ofendido.

— As coisas não aparecem assim, do nada — disse Gaston.

Por experiência, Lara sabia que apareciam. De repente, uma onda de exaustão a atingiu. Enquanto Gaston dormia tranquilamente no avião, de máscara e protetores auriculares, ela tentou ler, depois assistiu a um filme e comeu o croissant da manhã, acompanhado pelo copo de papel cheio de café. Ela não pregou o olho, tamanha a animação por aquela aventura.

Barrow tirou os óculos.

— Normalmente, eu concordaria com você, Gaston, mas muita gente disse que foi assistir ao circo. Havia algo lá, *sim*. Todos descreviam a mesma coisa, mas não havia nenhuma *prova concreta* da existência dele. Nem cartazes, nem ingressos, nem fotos. Ninguém nunca achou uma licença para o circo se apresentar na cidade. A ideia era que ele mudava de endereço para não chamar a atenção da polícia. Não há nenhum registro, além de boatos e pequenas menções escritas em biografias aleatórias. E eu reuni *todas* elas.

— Não tem nenhuma foto? Mesmo?

Lara sabia que havia inúmeras fotos de Ernest Hemingway e F. Scott Fitzgerald em Paris. Se o circo havia sido tão famoso, com certeza alguém tinha tirado uma foto dele.

Barrow apontou os óculos para *Sylvie sobre o cavalo*.

— Quando eu estava escrevendo a biografia do Giroux, muitos estudiosos me disseram que os quadros nunca haviam existido. Esta pintura talvez seja a maior prova de que o Cirque Secret existiu.

Mas não era só o quadro. Lara pôs a mão na bolsa transversal e pegou o envelope com o velho diário.

— Não acho que o quadro seja a única prova da existência dele.

Gaston pareceu confuso. Lara não havia contado a ele sobre o diário.

Barrow tocou no envelope com cuidado, tirando o caderno dele.

— Tome. — Lara entregou suas anotações a ele. — Foi o que consegui traduzir, mas algumas páginas estão em condições bem ruins. É um diário. Acho que pode ser o diário da minha bisavó. Ele conta a história de um circo estranho, parecido com o que você acabou de descrever. — Ela apontou para o papel apagado e amassado. — Mas pode não ser nada.

— Parece algum tipo de dano causado por umidade — disse Barrow.

— Tenho um software que pode melhorar isso. — Ele tocou no diário com cuidado. — Onde você o encontrou?

— Minha família tinha um circo nos Estados Unidos, chamado Cirque Margot. Depois que ele fechou, muitas pessoas foram trabalhar no Circo Rivoli de Montreal. Outro dia, eu estava em uma apresentação do Rivoli e uma pessoa me entregou isto — explicou Lara. Ela decidiu omitir a informação de que "a pessoa" tinha sido um macaco chamado sr. Tisdale.

— Parece que é de 1925. Bate com a história que você acabou de me contar.

— O Circo Rivoli de Montreal?

Os olhos de Barrow se iluminaram.

— Você já ouviu falar dele? — perguntou Lara, inclinando-se para a frente.

— Já — respondeu Barrow. — Conheço bem esse circo. Já assisti a várias apresentações deles.

— Fique com isso — disse ela. — Talvez você consiga confirmar se é mesmo de 1925. Tenho uma cópia das anotações. Talvez você consiga traduzir algumas coisas que não consegui.

Ela abriu o diário e mostrou a ele algumas anotações que fez nas páginas.

— Por que a gente não termina essa conversa almoçando? — Gaston olhou para Lara e pareceu ler sua mente. Ela estava faminta. — Tomara que nossos quartos estejam prontos depois disso.

Barrow fez uma cópia da tradução de Lara antes de pôr o original de volta no envelope e colocá-lo em um cofre, ao lado do quadro embrulhado.

— Conheço um lugar ótimo para almoçar — afirmou Barrow. — A gente pode terminar a conversa lá.

Enquanto o trio subia a rua de Richelieu até um pequeno restaurante escondido atrás da Opéra-Comique, Lara se sentiu tão exausta que achou que estava cambaleando. Com seus banquinhos de veludo vermelho aconchegantes e lustres baixos, o restaurante parecia ter ficado preso na Belle Époque. Lara esperava que, a qualquer momento, mulheres de vestido de veludo e cabelos presos chegassem com homens de colete. Figurinos antigos de óperas e fotos de grandes cantores decoravam as paredes. Com aquele ambiente, Lara imaginou que o lugar devia ser uma delícia no inverno.

A garçonete passou por eles com um pequeno quadro-negro que mostrava os pratos do dia. Barrow pediu o carpaccio de vieira, seguido pela *côte de boeuf*, e Gaston, o escargot e o linguado. Lara escolheu um "tiramisu" de tomate com ravióli de parmesão e frango, formado por duas folhas grandes de massa que criavam um raviolo gigante recheado de frango desfiado e molho de cebola e creme de leite, com um toque floral de tomilho. Os três tomaram vinho, algo que Lara não costumava fazer na hora do almoço. Barrow escolheu um Bordeaux, Gaston, um Sancerre, e Lara, um Meursault, o vinho raro e com toques de carvalho produzido por um vilarejo da Côte de Beaune.

Enquanto esperavam o vinho chegar, Barrow analisou a cópia da tradução que Lara fez do diário. Colocando os papéis de lado, ele tirou os óculos e esfregou o rosto.

— E aí? O que você acha?

Lara sentiu que ele mal podia esperar que ela e Gaston fossem embora para poder devorar o diário e as anotações. Barrow não parava de olhar para ele e de puxá-lo para se referir ao que estava escrito, antes de empurrá-lo na direção do saleiro e do pimenteiro.

— Não sei nem o que dizer, srta. Barnes — respondeu Barrow. — A senhorita não imagina por quanto tempo procurei respostas sobre esses quadros desaparecidos. Acho que não é um exagero dizer que sou o maior especialista na obra de Giroux.

— Está sendo modesto — disse Gaston, rindo, enquanto pegava um pedaço de pão e o apontava para Barrow. — Mas é verdade.

— No livro, fui forçado a escrever que, apesar de os quadros poderem existir, eles também poderiam ser um boato, uma história contada pelas pessoas. Este pode ser o capítulo final da vida e da obra de Giroux. Nem a vida dele, nem, sinceramente, a minha pesquisa, vão estar completas sem *As mulheres do Circo Secreto*. Jacques Mourier, jornalista do *Le Figaro*, foi o único a tentar investigar a existência do Cirque Secret. Ele recebeu um ingresso para uma apresentação e escreveu a única matéria que existe sobre o espetáculo.

Lara se lembrou da matéria mencionada no diário de Cecile. Sylvie havia lido trechos para ela enquanto as duas estavam na feira da rua Mouffetard. Pegando as anotações do lado da mesa em que Barrow estava, ela as folheou até achar o trecho que queria.

— Olhe. — Empurrou as anotações para ele. — Fazem referência à matéria dele no diário.

Ele leu as páginas, esfregando a nuca, sem acreditar.

— O coitado do Mourier enlouqueceu, tentando conseguir outro ingresso para vê-lo outra vez. O espetáculo o deixou ainda mais curioso. Quem o dirigia? Como ele funcionava? A polícia não sabia. A cidade de Paris não sabia. Mourier disse que via as mulheres do circo em Montparnasse com frequência, mas que elas nunca queriam falar sobre o circo com ele nem com mais ninguém. E depois, claro, os desaparecimentos começaram.

— *Desaparecimentos*?

Lara engasgou e bebeu um gole de água. Peter Beaumont e Todd haviam desaparecido. Será que havia alguma ligação?

— Toda vez que o circo aparecia em algum lugar, dezenas de homens sumiam. Mourier achava que era por isso que eles não paravam de mudar de endereço: para evitar as autoridades. Ele até supôs que um *serial killer* trabalhasse no circo. Ou isso, ou que houvesse assassinato ritualístico. Mas, sem provas de que o circo existia, eles não podiam ligar os desaparecimentos a ele. No fim, talvez o Mourier estivesse certo, porque os desaparecimentos pararam quando o circo acabou. — Barrow ergueu o copo e olhou para a rua. — Devo dizer que parte de mim tem medo de voltar a ter esperança. Perseguir esse circo pode deixar a gente maluco.

O vinho foi logo servido, seguido pelas entradas.

— Você se lembra do que Zelda Fitzgerald disse sobre o Circo Secreto? — Gaston tomou um gole de vinho. — Que, depois da apresentação, ela havia saído pela boca do diabo. Então se virou para dar uma última olhada e não viu nada além do ar gelado da noite. — Ele ergueu uma das sobrancelhas. — Eu li isso em algum lugar.

— No meu livro, seu safado — disse Barrow, rindo. — Você leu no *meu* livro. Os espectadores entravam por uma enorme Boca do Diabo. Tudo era muito teatralizado. Diziam que havia animais que tinham sido transformados em humanos e vice-versa, lançamento de feitiços, demônios... Mas vocês têm que lembrar que os shows de mágica e ocultismo faziam muito sucesso nos anos 1920. Harry Houdini morreu na mesma época, depois de passar seus últimos anos de vida desmascarando outros ocultistas populares, de pintores de espíritos a médiuns.

— Mas você tem que admitir, meu amigo — disse Gaston. — Parece uma grande loucura.

— Olhe, não estou dizendo que acho que seja mais do que uma lenda — admitiu Barrow. — A bebida corria solta na época. A Primeira Guerra deixou a cidade cheia de velhos e mulheres. Tantos jovens morreram... Paris estava mudada. Montparnasse era perto da Sorbonne, por isso o bairro tinha aluguéis baratos, e os apartamentos térreos acabados permitiam que escultores entrassem e saíssem facilmente com suas obras, mas Picasso foi o primeiro artista *de verdade* a deixar Montmartre e ir para um estúdio no boulevard Raspail. Então os americanos vieram em peso para cá... O jazz... Escritores, artistas e mais álcool ainda. A lei seca estava no auge nos Estados Unidos, mas não aqui, e era relativamente barato morar em Paris. Os elementos que criaram a Segunda Guerra Mundial soavam como um tambor lento de pano de fundo. Um Circo do Demônio? É, é fácil ver como isso seria uma linda ideia romântica para uma cidade como a que esta havia se tornado.

— Você tem que admitir, Teddy — disse Gaston. — Pode ter sido só um circo performático surrealista. Eles podiam usar espelhos ou encantar a todos. Talvez fosse uma grande piada com o público. Não sei como conseguiam fazer isso, mas você *tem* que admitir que é possível. Até o diário pode ser uma ficção.

Ele apontou para as anotações.

Barrow balançou a cabeça com força.

— Eu levei isso em conta. O Mourier não achava que eram artistas performáticos, como tantos da época. Na verdade, foi ele que criou o nome "Circo do Demônio" em sua matéria. — Barrow apontou o garfo para Gaston. — Quando Giroux morreu de forma misteriosa, depois de completar o último quadro do circo, Mourier se convenceu de que a relação dele com o espetáculo, e com as mulheres que participavam dele, o havia matado.

Gaston sorriu para Barrow, cedendo.

— É um Giroux de verdade, não é? Você finalmente achou um dos quadros desaparecidos do Giroux, meu amigo!

— Na minha opinião, sim — disse Barrow, inclinando-se para a frente. — A tela do seu quadro é a mesma, assim como o bastidor e os grampos que ele usou em outras da mesma época. Eu poderia colocar aquele quadro ao lado de outro e você veria o mesmo azul que ele usava. Giroux adorava um tom fosco de turquesa e não era uma cor fácil de obter, mas ele a utilizou em todos os seus quadros. O fato de não ter sido terminado também é um detalhe intrigante, que reforça a ideia de que foi uma das últimas pinturas dele.

— E pensar que ele ficou pendurado no corredor ao lado do nosso lavabo esses anos todos — disse Lara.

Barrow riu.

— Muitos quadros valiosos ficaram em celeiros ou sótãos, especialmente depois da Segunda Guerra. — Ele se inclinou sobre a mesa. — Se puder deixar o quadro no instituto, darei uma resposta definitiva. Não sei quais são os seus planos para o futuro do quadro, srta. Barnes, mas sei que o Museu d'Orsay seria um ótimo lar para ele, caso todos nós concordemos que é autêntico.

Apesar de ter pensado em vender o quadro, Lara não estava preparada para uma decisão tão rápida. Além disso, tinha que consultar Audrey. Gaston, sentindo o incômodo dela, tamborilou na mesa.

— Acho que a Lara ainda não pensou muito sobre o futuro do quadro. Tudo isso é muito recente.

— Bom, Gaston — disse Barrow. — Não sei se carregá-lo de um lado para o outro é o melhor plano para o que pode ser um tesouro francês.

O peso daquela afirmação atingiu Lara de repente.

— Quanto ele realmente vale?

Barrow deu de ombros.

— Em um leilão, dez milhões, especialmente se conseguirmos provar que é um dos últimos quadros dele. Talvez seja melhor mantê-lo trancado no cofre do instituto. Não que a mala em que você o trouxe não esteja fazendo um ótimo trabalho de proteção.

Barrow piscou para Gaston.

17

DURANTE O CAFÉ DA MANHÃ DE croissants e cafés com leite, Barrow havia ligado, dizendo que outro especialista em Giroux estava animado para ver o quadro e viria de Nice naquela manhã. Barrow passou a maior parte da noite melhorando a tradução de Lara, acrescentando ou corrigindo trechos.

— Será que existem outros diários?

Gaston começou a ler as anotações dela.

— Não sei — respondeu Lara, mentindo.

Althacazur havia prometido que ela participaria de uma caça ao tesouro em que encontraria outros volumes, mas, até ali, nada havia acontecido.

Quando terminou de ler, Gaston chamou o garçom para pedir outro expresso.

— Vou encontrar algumas pessoas do mercado de arte em Saint-Denis. Obras de arte são baratas aqui. Quer vir comigo?

— Não, vou tentar ir ao Père-Lachaise.

Da última vez que fora a Paris, ela não havia conseguido visitar o túmulo de Jim Morrison. Seu pai não a perdoaria se ela não fizesse a visita durante aquela viagem. Depois disso, queria ir até a rua Mouffetard e os cafés que Cecile havia mencionado no diário.

— Jim Morrison é mais para turistas. — Gaston franziu a testa. — Que tal visitar o túmulo do Sartre?

— Cemitério errado — respondeu Lara. — Mas talvez faça isso quando estiver em Montparnasse. Eu sei, sou *muito* americana.

Ela olhou para ele, séria.

— Ainda há esperança para você. Pelo menos vá ver o Proust enquanto estiver no Lachaise.

— Isso — disse ela, pegando um *pain au chocolat* ao sair. — Vou fazer isso.

Enquanto o táxi descia pelos boulevards, Lara sentiu o aroma das tílias em flor, um cheiro doce parecido com o de madressilvas. O motorista a deixou no portão de entrada do Père-Lachaise, no boulevard de Ménilmontant. Depois de consultar o mapa, Lara subiu a colina pela trilha coberta de paralelepípedos, sob a copa espessa das árvores, desviando de pedras antigas repletas de camadas de musgo, e túmulos abandonados, cobertos de ervas daninhas. Depois de andar a esmo, ela virou à direita e seguiu um grupo de pessoas claramente americanas e da idade de seu pai, o que a fez apostar no túmulo que iam visitar. Segundos depois, ela encontrou um grupo reunido diante do modesto túmulo de pedra de James Douglas Morrison, vocalista do The Doors. O lugar estava repleto de bugigangas, flores e fotos do músico, o que fez o cemitério montar uma barreira.

O Rei Lagarto era um dos grandes ídolos musicais de seu pai e o legado foi passado para ela. Seu pai era uma das grandes âncoras de sua vida. Enquanto a mãe a fazia se lembrar de quem era — a integrante de uma famosa família de donos de um circo —, o pai tinha sido o responsável por mostrar quem ela podia se tornar. Sem ele, Lara nunca teria tido a coragem de comprar a rádio. Para os dois, a música sempre foi uma porta que podia levá-los aonde quisessem. Ainda era doloroso pensar na maneira como ele havia olhado para ela na noite em que tinha tocado a música de Peter Beaumont.

Lara se lembrava de ter ido com ele, ainda pequena, em sua velha caminhonete, falar com uma viúva sobre uma guitarra vintage. Jason estava sempre em busca de alguma coisa, normalmente relacionada à música. Naquela época, Lara o seguia como uma sombra desajeitada. A viúva os havia cumprimentado da porta de roupão e bobes, depois os levado por um labirinto de caixas e móveis grandes demais. Enquanto atravessavam a casa malcuidada, que cheirava a xixi e jornais velhos, Lara se manteve perto do pai, segurando sua mão até ficar com os dedos dormentes. Em um espaço em meio à bagunça, a mulher entregou a Jason uma velha case preta de guitarra.

 Apesar de tudo na casa estar deteriorado, seu pai abriu a caixa e, acomodada no veludo vermelho gasto, encontrou a guitarra mais linda e bem cuidada que Lara já havia visto. Laqueado e preto, com um grande escudo prata na frente, aquele instrumento — Lara descobriria depois — era conhecido como guitarra ressonadora. O que estava vendo era, na verdade, uma Dobro de 1937. Seu pai pareceu cambalear ao ver o instrumento, antes de esfregar as mãos e retirá-lo de seu berço de veludo com cuidado. Ele pôs a guitarra no colo, a ajeitou rapidamente e pegou uma palheta emprestada de dentro da caixa — uma palheta que a guitarra conhecia bem. Jason nem precisou afinar a guitarra: só queria ouvir o som do instrumento. Quando seu pai tocou as primeiras notas, Lara se apaixonou. Era um som grave de metal, elaborado, mas seco, e ela podia ouvir as transições físicas das cordas e a melancolia dos acordes menores. O sorriso do pai mostrou a ela que a guitarra iria com eles para casa naquele dia.

 Enquanto desciam a trilha de terra para sair da casa, o pai voltou a olhar para a caixa da guitarra.

— Você conhece o Robert Johnson?

Lara balançou a cabeça.

— Robert Johnson era um guitarrista decente do Mississippi, que fazia shows em salões informais e bares, mas não tinha nada de incrível até ir para Chicago e voltar mais ou menos um ano depois, com um talento que não tinha antes.

— Ele deve ter treinado muito.

Lara tinha certeza das coisas naquela época e tanto a mãe quanto Cecile haviam enfiado em sua cabeça que era necessário praticar. Fosse equitação ou piano, elas acreditavam no poder dos treinos.

— Talvez — disse Jason. — Mas a lenda diz que ele foi até um cruzamento em Clarksdale, Mississippi, e vendeu sua alma ao diabo para tocar bem. Guitarras são coisas misteriosas, Lara. As cordas guardam coisas, assim como o instrumento. O antigo dono dessa guitarra... Bem, a energia dele ainda está no instrumento. Só quero tentar honrar isso.

— Então ela é assombrada?

Os olhos de Lara estavam arregalados. Ela mastigou a ponta do rabo de cavalo, um costume ocasional, que a ajudava a se tranquilizar.

— Acho que é, de certa forma — respondeu ele, baixando os óculos modelo aviador e ajustando o quebra-sol da caminhonete.

Como um artefato em um museu, aquela guitarra ainda estava na rádio, junto com outras dez, que incluíam Rickenbackers, Gibsons e Fenders.

O próprio pai de Morrison havia comprado uma lápide para o filho. Lara leu a inscrição grega — *KATA TON DAIMONA EAYTOY* —, que significa "de acordo com seu próprio daemon" ou "fiel ao próprio espírito", dependendo da lenda que queremos atrelar ao sentido. Assim como a lenda musical sobre Robert Johnson, outra ideia que circulou por anos era a de que, depois de forjar a própria morte, Jim Morrison ainda estava vivo em algum lugar. Eram histórias ótimas, mas ela não sabia se havia muita verdade nelas. Sinceramente, era engraçado. Se alguém devia acreditar naquelas coisas, depois de tudo que havia visto, devia ser ela. Lara tirou uma foto do túmulo para seu pai.

Dali, ela subiu a colina na direção do setor 85 para ver o túmulo de Marcel Proust, passando pelas colunas partidas, marcas de pessoas que haviam morrido de forma violenta e ainda jovens. Quando virou a esquerda na avenida Transversale, um dos principais boulevards margeados por árvores do cemitério, ela viu, de relance, algo se mover. Virando-se lentamente, Lara fingiu consultar o papel que tinha nas mãos. Parada a cerca de 15 metros dela, estava uma mulher com um rabo de cavalo louro baixo, uma franja que parecia um aplique e óculos escuros de gatinho. Ao perceber que Lara havia se virado, a mulher imediatamente tentou parecer ocupada. Lara olhou para a direita, mas não havia nada atrás dela. Algo na postura da mulher sugeria que estava ali por um propósito, não para dar um passeio tranquilo. Lara achou que estava ficando paranoica, então continuou a subir a colina na direção do crematório, mas em um ritmo mais rápido, desviando de lápides aleatórias e do túmulo do escritor Molière, antes de entrar no corredor e virar à direita rapidamente, seguindo um círculo que descia a colina e a levava de volta ao túmulo de Jim Morrison.

Escondendo-se atrás de uma lápide alta em forma de obelisco, Lara descobriu que a mulher também virara à mesma direita e parecia estar procurando por ela na trilha. A tranquilidade do cemitério foi interrompida quando Lara saiu correndo pela colina, passando por entre as lápides, mantendo-se abaixada para que a mulher não a visse. Lara se arrependeu de não ter olhado melhor para a mulher, mas não teve certeza de que valeria a pena tentar. No fim da trilha, Lara foi levada de volta ao boulevard principal. Ela imediatamente virou a esquerda para voltar à entrada do cemitério, usando as fileiras de túmulos como um labirinto. Quando chegou à entrada, olhou para trás e viu que a mulher estava cerca de duzentos metros dela, quase correndo. Ela não estava ficando louca. Aquela mulher estava *mesmo* seguindo Lara e já sabia que sua vítima a havia notado. Entender aquilo pareceu dar mais coragem a Lara.

Ela está atrás de você. Será que aquela era a mulher que Shane Speer e Althacazur haviam mencionado?

Quando passou pelo portão, uma onda repentina de adrenalina a tomou e Lara correu pelo boulevard de Ménilmontant. Quando parou para respirar, viu que a mulher tentava acompanhá-la, mas ela havia saído muito na frente. Ignorando a exaustão, com o peito doendo, Lara voltou a andar, acelerando até começar a correr pela avenida de la République, desviando dos grupos de pessoas e se escondendo atrás deles. Ela parou e comprou uma camiseta e um boné, colocou-os enquanto corria e tentou se misturar a um bando de turistas. Esticando o pescoço, Lara viu que a mulher ainda estava atrás dela, mas que a mudança rápida de roupa havia funcionado — pelo menos até ali.

Lara então entrou na cozinha de um café. Tentando recuperar o fôlego, percebeu que tudo que Audrey disse era verdade. O fio da guitarra desencapado, a motoneta em Roma — tudo foi planejado para matá-la. Um aperto tomou sua garganta e, se lembrando das palavras que a mãe a havia feito decorar, Lara começou a entoá-las, a quase cuspi-las:

Bracatus losieus tegretatto.
Eh na drataut bei ragonne beate.

Foi exatamente como Audrey havia descrito. Apesar de o dia estar muito quente, uma brisa pesada desceu pelo boulevard. Árvores começaram a soltar folhas, trazendo o aroma doce das tílias até ela. Em vez de confiar apenas na magia, Lara procurou por uma saída.

Ela correu para a rotatória. Descendo a colina, percebeu que a mulher a havia visto e acelerado o passo para pegá-la. Lembrando-se do que Margot havia feito, Lara analisou os carros que passavam, respirou fundo e correu para o meio do trânsito. No instante em que tirou o pé da calçada, Lara percebeu como aquilo era arriscado, mas ela confiava na magia. Os carros tiveram que parar. Ela saiu correndo, fazendo motoristas desviarem e pisarem no freio para não a atropelarem, e conseguiu atravessar oito faixas. Por sobre o ombro, viu que a mulher havia ficado presa em meio ao trânsito. Então entrou em outra rua e passou correndo por um portão de ferro alto, entoando o feitiço baixinho enquanto olhava em volta, procurando a mulher. Lara parou de forma tão repentina que ouviu seus sapatos guincharem. Seu peito ardia e ela não sabia se ia conseguir correr muito mais se não parasse para descansar.

Um senhor de óculos fundo de garrafa que varria um pátio vazio olhou para ela. Notou que ela estava ofegante e parecia em pânico. Na mesma hora, fez um sinal para que ela fosse até o portão e deixou a porta entreaberta. Olhando para trás, Lara não viu táxis nem placas do metrô. A oferta do homem era sua melhor opção. Ao ouvir o portão bater, se perguntou se aquilo era outra ilusão que havia conjurado. No entanto, o portão parecia real, então ela o fechou bem depois de passar.

Sem dizer nada, o homem apontou para um vagão de bonde convertido que estava estacionado no pátio vazio. Um bonde? Lara logo entrou no vagão e fechou a porta, agachando-se perto de uma janela aberta. Uma brisa fresca fazia balançar a cortina branca. A mulher passou correndo pelo portão enquanto o homem continuava a varrer. De onde estava, Lara viu a loura de rabo de cavalo perguntar algo em francês ao homem. Lara ficou com medo. Seria uma armadilha?

O homem assentiu, dizendo *"oui"* para alguma coisa. Lara prendeu a respiração. Olhou para o vagão entulhado, se perguntando para onde poderia ir se precisasse fugir. Talvez a janela abrisse o suficiente para que ela pudesse sair pelos fundos, já que ambas as portas se abriam para a frente. Agachada ao lado da mesa, ela voltou a sussurrar o feitiço. Viu o homem apontar para o outro lado da rua, indicando que Lara havia atravessado o parque. Satisfeita, a mulher correu naquela direção.

Desabando em um dos assentos, Lara fechou os olhos e expirou. Então era *mesmo* verdade: ela realmente não estava segura fora de Kerrigan Falls.

Dentro do vagão, Lara notou que ele era um tipo de museu. As paredes eram cobertas de fotografias em preto e branco, todas de circos antigos. Ela olhou em volta e percebeu que o lugar era um altar dedicado aos circos parisienses. Havia fotos antigas do famoso palhaço Boum Boum do Cirque Medrano, com sua peruca curiosa, moldada para formar dois chifres em sua cabeça, o que o fazia parecer um coelho. Outra mostrava Jumbo, o famoso elefante que, pelo que Lara sabia, tinha encerrado a carreira nos Estados Unidos. Em uma caixa próxima à porta, estava pendurado um collant de listras verticais vermelhas e douradas. A legenda dizia: COLLANT DA SRTA. LALA. Era a fantasia branca do famoso quadro de Edgar Degas. Ela analisou todas as fotos. Juntos, aqueles objetos deviam formar a maior coleção de itens circenses do mundo.

— *Vous êtes un fan?* — perguntou o homem, que havia entrado pela porta, querendo saber se ela era uma fã.

Lara pôde ver que ele era mais velho, tinha cerca de setenta anos. Era bronzeado e limpava o suor da testa com um lenço que guardava no bolso de trás da calça. Seus óculos eram tão grossos que ela se perguntou como ele conseguia enxergar alguma coisa.

— *Oui* — confirmou Lara. — Que lugar é esse?

Ela indicou o vagão com um gesto.

— Ah, o Musée de Cirque Parisian. — Ele apontou para a placa atrás dele. — Você é americana, *oui*?

— *Oui*.

— Meu inglês não é muito bom. — Ele desabou em um dos assentos de madeira voltados para os fundos do vagão. — Esta é a entrada dos fundos do Cirque de Fragonard.

Lara olhou pela janela e viu o famoso prédio hexagonal da sede parisiense do Cirque de Fragonard. Estava tão concentrada em correr que não havia notado.

— A mulher?

Ele apontou para fora.

Lara fez que não com a cabeça.

— *Je ne la connais pas. Elle m'a suivi de Père-Lachaise. Merci* — respondeu Lara, dizendo que não a conhecia e que fora seguida pela mulher desde o cemitério.

— Ela talvez quisesse roubar você — sugeriu o homem em um inglês melhor do que Lara esperava.

— *Oui* — respondeu ela, sem acreditar que as intenções da mulher fossem tão inocentes. Lara se virou para a foto. — É dos anos 1920?

— De antes. — O homem se levantou e andou na direção da fotografia. — Este era o famoso palhaço Boum Boum. *Le musée* tem fotos e quadros de todos os circos de Paris, não só do Fragonard. Os circos eram muito competitivos, mas *le musée* é para todos.

Suas mãos indicaram todo o cômodo. Havia orgulho em sua expressão, como se aquela coleção fosse dele.

Lara analisou algumas fotos, procurando qualquer coisa que se parecesse com um circo secreto.

— Minha bisavó se apresentava aqui em Paris nos anos 1920. Em um lugar chamado de Cirque Secret. O senhor já ouviu falar?

A expressão do homem mudou na hora.

— *Le Cirque Secret?* Tem certeza? — Ele indicou a porta. — Venha comigo.

O homem passou rápido por ela e desceu a escada. Antes de sair, Lara conferiu se a moça de rabo de cavalo ainda estava parada diante do portão, mas a rua estava vazia. O homem insistiu, pedindo que ela o seguisse e fazendo chaves e chaveiros tilintarem enquanto andava. Seu ritmo era tão rápido que Lara quase teve que correr até a tenda principal do circo, passando pelos banheiros e descendo o corredor sinalizado por uma placa em que se lia EMPLOYÉS SEULEMENT, acesso restrito a funcionários. Era um longo corredor, margeado por baias vazias. O homem andava à frente dela e já destrancava a porta quando Lara o alcançou. Ela achava que ele era da manutenção, mas não sabia se ele — e ela, aliás — deviam estar naquele lugar.

Depois de abrir a porta, ele pediu que ela entrasse e acendeu a luz. Lara viu que, no minúsculo escritório sem janelas, as paredes eram cobertas de mais objetos circenses, mas, diferente da que ficava no vagão, aquela era *mesmo* uma coleção particular. Havia fotos de mulheres girando, penduradas pelos dentes, ou sobre cavalos, palhaços tristes, palhaços felizes, palhaços com guarda-chuvas, cavalos mergulhando, mulheres andando em cordas bambas com sombrinhas... Havia nus e fotos fetichistas perturbadoras também. Lara se sentiu incomodada ao observar algumas delas sob o olhar atento do homem, mas então viu uma imagem — um pequeno quadro — que pareceu convocá-la. Foi o tamanho dele, além da já conhecida paleta de cores, que chamou sua atenção: os azuis-claros foscos, os tons de verde-água e marrom... O quadro mostrava uma mulher de longos cabelos louros muito claros, quase prateados, presos na altura da nuca. A mulher estava prestes a subir uma escada. O artista a pintou junto com o trapézio, a cabeça inclinada na direção da escada enquanto subia. Era o instante antes do início da apresentação. A animação e o medo eram visíveis no rosto dela, nos dentes cerrados e nas linhas firmes de sua boca. Aquele era um retrato mais íntimo do que o outro, agora chamado de *Sylvie sobre o cavalo*. Mais tempo havia sido dedicado ao rosto da moça. Embora o acabamento daquele pequeno quadro fosse delicado, ele tinha as iniciais *EG*. Émile Giroux.

Ela inspirou bruscamente.

— Posso?

Lara se virou para o homem para ver se podia retirar o quadro da parede. Ele assentiu.

Lara ergueu o quadro do prego e o virou. As palavras escritas grosseiramente com carvão diziam: *Cecile Cabot alça voo*.

Cecile Cabot.

Ela virou a peça e a analisou com cuidado, tentando estudar cada detalhe para poder descrevê-los para Barrow e Gaston. Percebeu, ao segurar o quadro, que suas mãos tremiam. O retrato parecia menor que *Sylvie sobre o cavalo*, mas podia ser uma ilusão de ótica, já que aquela moldura era bem menor. Tinha aprendido com Barrow que devia analisar a tela — que parecia idêntica à do quadro que ele estava analisando.

— Por que você me trouxe até aqui?

Lara olhou para o homem.

— Este quadro era do Cirque Secret. O proprietário guarda aqui dentro. É o favorito dele.

— É um quadro muito valioso, sabia?

O homem deu de ombros.

— Isso não importa para ele. — Ele apontou para a mesa que parecia pertencer ao diretor do Cirque de Fragonard. — Ele a chama de sua "musa trágica".

— Trágica?

Ele assentiu.

— A mulher do quadro morreu logo depois que posou para o pintor.

— Mas isso não é possível...

Lara se inclinou para analisar o rosto da mulher. Se Cecile Cabot havia morrido, então quem era a mulher que dizia ser Cecile em Kerrigan Falls? Olhando para o quadro, Lara sentiu uma conexão com aquela mulher. *Aquela* Cecile Cabot. O cabelo platinado. *Aquela* era a mulher que havia escrito o diário.

Lara pôs o quadro de volta na parede.

— Obrigada. Vocês têm mais alguma coisa? Arquivos ou alguma coisa assim?

— *Oui*.

O homem assentiu e a levou de volta ao vagão. Quando entrou de novo no carro, ainda tomando cuidado com a moça de rabo de cavalo, Lara viu o homem curvado, puxando caixas de papel.

— Todos os objetos do circo.

Lara se ajoelhou.

— Posso dar uma olhada neles?

O homem assentiu.

— Tenho mais coisas para limpar.

Ele indicou o pátio.

Tudo que ela queria era correr de volta para aquele escritório, tirar o quadro da parede e o levar para o instituto.

Vasculhando tudo furiosamente, Lara descobriu cerca de outras dez caixas com fotos, fantasias e programas — todos objetos de circos franceses, ingleses, espanhóis e alemães de antes da Segunda Guerra. Duas caixas marcadas com FRANÇAIS pareciam ser a melhor aposta para encontrar alguma coisa sobre o Cirque Secret. A primeira caixa continha vários ingressos de outros circos, além de muitas fotos — várias delas de coisas estranhas e assustadoras, como palhaços que usavam maquiagem e perucas para se transformarem em criaturas de outros mundos.

A segunda caixa continha os programas dos circos. Lara já havia vasculhado metade dela quando os viu: dois cadernos antigos e familiares, com capas bege gastas, quase se desfazendo, que exibiam o nome *Cecile*. Ao folheá-los, ela reconheceu a letra da bisavó.

Lara sorriu.

— Uma caça ao tesouro, hein?

Ela olhou para o vagão. O dia todo havia sido uma grande caça ao tesouro.

O homem voltou trinta minutos depois e a encontrou sentada no chão, cercada de objetos circenses.

— Sucesso? — Ele enxugou a testa com o lenço.

— *Oui* — disse Lara, mostrando os dois cadernos.

— Quer pegar emprestado?

— Quero — disse Lara. — *C'est possible?*

— *Oui.* — O homem fez uma careta. — Estão apodrecendo. Eles iam... — Ele fez um gesto, procurando a palavra, acenando na direção da calçada. — Jogar fora.

Lara olhou para os cadernos, sentindo o coração apertar com a possibilidade de alguém jogá-los fora. E se ela não tivesse ido para Paris? Eles teriam sido perdidos. E se sua mãe nunca tivesse levado o quadro para ela? E se Gaston não tivesse notado o *EG*? Tantas coisas quase a haviam impedido de participar daquela busca...

— Isso ajudou?

— *Merci* — ela agradeceu e assentiu. — É melhor eu voltar.

O homem caminhou na direção da porta.

— Táxi?

Lara o seguiu de volta até o escritório. Seu coração acelerou quando deu uma última olhada em Cecile Cabot, enquanto ele usava o telefone à mesa. Barrow tinha dito que havia três quadros. *As mulheres do Circo Secreto*. Ela já sabia a localização de dois deles. Estava prestes a resolver o mistério. Faltava apenas um quadro e ela tinha quase certeza de que era de Esmé.

Um táxi livre esperava por ela na entrada.

— *Merci* — disse ela, apertando a mão do homem. — Por me ajudar. — Ela ergueu os cadernos. — E por isto.

Ele fez uma reverência.

— Estou à sua disposição, *mademoiselle*.

Ao voltar para o hotel, Lara manteve a aba do boné abaixada e os cabelos louros em um coque baixo. Não viu a mulher de rabo de cavalo em lugar nenhum, mas se apressou para entrar no elevador e apertou o botão do quarto andar. O elevador era antigo e parou no segundo andar, soltando um rangido. Lara segurou o fôlego enquanto a porta se abria, mas não viu ninguém. Toda aquela cena a fazia lembrar do elevador assustador que agia por vontade própria no filme de Doris Day, *Teia de renda negra*. Ao chegar ao quarto andar, Lara correu para o seu quarto e bateu a porta. Acendendo as luzes, ela conferiu o banheiro e os armários e até remexeu nas cortinas.

O telefone apitava com uma mensagem de Audrey. Sua mãe estava desesperada.

Lara, é a sua mãe. Você usou o feitiço de proteção. Eu senti. Você está bem? Me avise assim que receber esta mensagem. Eu sabia que devia ter ido com você. Eu sabia. Me ligue!

Tirando o fone do gancho, ela pegou um cartão telefônico.
Audrey atendeu no primeiro toque.
— Você está bem?
— Como você sabia?
— Eu fico sabendo quando você usa sua magia.
— Isso responde muitas perguntas minhas... — ironizou Lara.
Audrey não estava de bom humor.
— O que aconteceu? Me diga.
— Uma mulher me perseguiu no cemitério do Père-Lachaise. Acho que pode ser a que Shane Speer mencionou ao prever que *ela queria me ver morta*.
Ela ouviu a mãe arquejar.
— Você olhou bem para ela?
— Não. Ela tinha mais ou menos a minha altura, mas estava usando peruca. Ah, e está em ótima forma. Correu atrás de mim por toda a Paris. Usei o feitiço e achei um lugar para me esconder. Um circo, ainda por cima.
— Onde você está agora? — Audrey estava claramente disposta a enchê-la de perguntas. — Você está segura? — Ela praticamente gritava. — Não estou conseguindo falar com o Gaston, mas você precisa chamar a polícia. Eu sabia que devia ter ido com você.
— Eu estou bem. Estou no meu quarto.

— Não saia daí. Chame o Gaston se tiver que ir a algum lugar — disse Audrey, falando rápido. — Você precisa voltar para casa. O Barrow já está com o quadro...

— Mãe. — Lara interrompeu Audrey, tentando soar calma, mas seu coração estava disparado. Ela estava correndo perigo ali, mas ainda não podia ir para casa. Com o telefone na mão, Lara conferiu embaixo da cama e atrás do armário, depois puxou a cortina do chuveiro e até os pesados panos que levavam à varanda. Tudo estava vazio. — O Barrow acha que é um quadro raro. E eu vi outro quadro parecido com ele hoje. Um quadro chamado *Cecile Cabot alça voo*. A nossa Cecile... Acho que ela não era a *verdadeira* Cecile, mãe.

— Como assim? — Audrey parecia não saber o que dizer. — Quem era ela então?

— Não sei — respondeu Lara, enrolando o fio do telefone. — Mas eu não posso ir para casa sem descobrir. O feitiço me protegeu hoje. Vai continuar me protegendo.

E não tinha sido só o feitiço. Apesar de não poder admitir aquilo para sua mãe, Althacazur sabia que ela estava em Paris. Ele tinha planejado aquele dia todo. Ela tinha certeza disso. Ele havia prometido respostas, uma "caça ao tesouro", mas também a havia protegido. Era um dos motivos pelos quais Lara não estava esmurrando a porta de Gaston naquele momento.

Sua mãe suspirou alto.

— Você tem velas suficientes?

— Tenho. Sinto uma conexão muito forte com essa mulher e esse mistério. Eu *tenho* que fazer isso.

Ela desligou e refletiu sobre a próxima ligação. Então, pegou o telefone do hotel e digitou os números.

A voz atendeu no segundo toque.

— Archer.

Ah, aquela voz. Lara sentiu que podia voltar a respirar. Fechou os olhos, aconchegando-se no travesseiro. Sentira falta dele.

— Sou eu.

— Como está Paris?

Seu tom de voz era mais íntimo agora. Ela podia imaginá-lo dando as costas para a porta a fim de que Doyle não ouvisse. Da última vez que o havia visto, no primeiro encontro dos dois, ela contou a ele que tinha imaginado Todd no baile. Um pouco abalada com a lembrança, Lara pensou que era uma idiota por ter contado.

— Coisas estranhas estão acontecendo.

Tirando os sapatos, ela pegou o controle remoto para abaixar a música estranhamente reconfortante que tocava quando ela entrou no cômodo. Lara não podia acreditar que tinha dito aquilo para ele.

— Tipo o quê?

A voz de Ben ganhou um tom preocupado.

— Fui perseguida por uma mulher no cemitério do Père-Lachaise hoje.

— Sério?

O tom de voz dele subiu.

— Você acha que eu inventaria isso?

Ela se aconchegou mais no travesseiro e cruzou as pernas.

— Você ligou para a polícia?

Lara suspirou. Claro que ele ia pedir para ela chamar a polícia. Talvez ela devesse *mesmo* chamar a polícia.

— Não. Fui resgatada por um homem do circo.

— Você tem que começar do início.

Ele clicava uma caneta. Ela podia ouvir os estalos.

— Eu corri por uns três quilômetros.

— Você consegue correr três quilômetros?

Ela adorava o fato de ele conseguir acalmá-la com suas brincadeiras.

— Sim, Ben. Eu consigo correr três quilômetros. Enfim, havia um homem varrendo o pátio. Quando passei correndo, ele viu que eu estava com medo. Por isso me chamou para entrar e eu me escondi em um vagão de bonde que também é um museu do circo. E é aí que as coisas ficam *muito* doidas. Esse cara me mostrou um quadro da Cecile Cabot *real*, não da mulher do quadro que eu tenho. Esta Cecile Cabot morreu nos anos 1920 aqui em Paris. Agora não sei mais quem foi que ajudou a me criar. Depois disso, ele me deixou olhar os objetos circenses antigos e eu acabei achando uma coisa.

— O quê?

— Mais dois diários da Cecile. Quem sabe eu encontre mais respostas neles.

Ela analisava os diários enquanto falava com ele, pescando frases aqui e ali. Era a mesma autora, a mesma letra. Conferindo a data, Lara percebeu que era posterior ao ponto em que o primeiro havia terminado. Ela tinha achado o volume seguinte. Aqueles cadernos estavam em pior estado do que o primeiro, então ela com certeza precisaria da ajuda de Barrow para reconstruir algumas das páginas danificadas. Mal podia esperar para mostrá-los a ele.

— A sua porta está trancada?

— Está.

— Você deu uma olhada nos armários? Faça isso enquanto fala comigo.

— Conferi tudo enquanto conversava com a minha mãe.

— E você está bem?

— Estou bem, só meio abalada.

Ele inspirou como se fosse começar a falar, mas hesitou.

— O que foi? — pressionou ela.

Sempre que Ben fazia aquilo, punha algum toque de sabedoria em seu comentário seguinte.

— Não acha estranho que você tenha fugido direto para o lugar em que achou os diários?

— Acha que alguém me levou até lá?

Claro que Lara havia percebido que a chance de ela entrar aleatoriamente no Cirque de Fragonard era muito pequena.

— É exatamente isso que eu acho. Onde estava o Gaston? Por que ele não estava com você?

A voz de Ben continha a mesma irritação que ela ouvira na voz de Audrey.

— Ele foi comprar quadros hoje. E eu não sou criança, Ben.

— Você não é criança, mas talvez tenha um quadro valioso. Será que a mulher não estava atrás disso?

Lara não havia pensado que o quadro podia ter sido o motivo pelo qual a mulher a seguira. Barrow podia ter contado a alguém e dito quanto ele valia. Talvez valesse a pena sequestrar Lara por ele. No entanto, o mais provável era que fosse a mulher que já haviam mencionado para ela. Não tinha por que passar aquela informação para Ben. Ele pensaria que ela estava maluca, já que o aviso tinha vindo de um vidente de circo. Ou insistiria para que ela pegasse o próximo voo para casa. E ela ainda não queria ir para casa.

— Promete para mim que você não vai ficar andando por Paris sozinha amanhã.

Ele ficou em silêncio, como se estivesse organizando alguma coisa.

— Prometo que não vou mais andar por Paris sozinha. — Ela torceu o fio do velho telefone. — Tem alguma coisa acontecendo aí?

— O *Washington Post* vai mandar um repórter amanhã para fazer uma matéria sobre o desaparecimento do Todd e do Peter. Pelo jeito, o sucesso daquele episódio de *Eventos fantasmagóricos* fez o interesse pelo caso do Todd voltar a crescer.

— Ah — respondeu Lara, voltando a sentir a proximidade com Todd. Por mais medo que tivesse sentido enquanto corria por Paris, ela voltou a se sentir viva, foi tomada por uma onda de adrenalina. Todo aquele mistério deu um propósito a ela, algo que não sentia desde o casamento. — Isso é bom, não é?

— Talvez a gente ache uma pista. Nunca se sabe. — Ele parecia cansado. — Quando você vai voltar para casa?

— Depois de amanhã. Nós adiamos a volta porque parece que o quadro é verdadeiro. Tem outro especialista analisando agora.

Infelizmente, ela não tinha tanta certeza de que a matéria ia levá-los a alguma informação nova sobre Peter ou Todd. Se houvesse alguma pista, ela viria de Althacazur, não de uma denúncia feita à polícia.

— Estou com saudade.

Ele deixou o comentário pairar pela linha. Lara sabia que era um teste para ver o que ela ia dizer.

— Também estou com saudade de você.

A resposta dela veio em um sussurro, um último suspiro.

Com um pouco de tempo e a longa distância, Lara havia percebido que sentia uma falta absurda dele.

Fez-se uma pausa do outro lado da linha.

— Tome cuidado, Lara.

— Pode deixar. — Ela odiava ter que desligar. — Foi muito bom escutar sua voz.

O desejo por ele, a distância, agora eram palatáveis.

A sensação gerada pela ligação foi interrompida por um farfalhar que fez Lara se sentar imediatamente. Ela ouviu algo passar por baixo de sua porta. De início, supôs que fosse a conta do hotel, mas depois de tudo o que havia acontecido naquele dia, ela não queria correr nenhum risco. Lara se levantou da cama e viu que havia uma fresta de um centímetro sob a velha porta. No chão, à frente dela, havia um envelope branco. Pegando-o, ela imediatamente o jogou na cama. O envelope era pesado e grosso demais para ser uma conta.

Tirando-o da cama, ela sentiu o peso do objeto. Era retangular, como um...

Como um ingresso.

Lara abriu o envelope, desenrolando o barbante da pequena roda de papel tradicional. Enfiando a mão no pacote, ela puxou um ingresso bege com letras douradas em relevo — o mesmo ingresso que fizera Mourier enlouquecer ao tentar garanti-lo pela segunda vez. Ali estava ele, sobre a cama, chamando por ela. *O ingresso encantado.*

Admission pour une
(Mademoiselle Lara Barnes)

Le Cirque Secret

Trois Juillet
Vingt-trois heures

Palais Brongniart
(Rue Vivienne et Rue Réaumur)

Agachando-se, ela olhou por baixo da porta para ver se ainda havia alguém ali. Como não viu nenhuma sombra, Lara foi até a porta, olhou pelo olho mágico e descobriu que o corredor estava vazio.

O ingresso tinha ficado no centro da cama.

— Já ouvi falar de você — disse ela a ele.

Depois de alguns minutos, ela o pegou. Ele parecia pesado, feito de um papel diferente de tudo que ela já havia tocado. Ela tentou rasgar a ponta do ingresso, mas descobriu que o papel não cedia. Então repetiu a tentativa e sentiu um líquido sair da ponta dele. Ela olhou para os próprios dedos. Aquilo era sangue? Lara cheirou a mancha vermelha em seu dedo e deixou o bilhete cair de volta na cama, horrorizada. O ingresso estava sangrando.

— Você sangra?

Não restara nenhum ingresso do Cirque Secret. Somente aquele. Althacazur havia dito que a encontraria. E parecia que era exatamente isso que ele tinha feito.

18

O DIÁRIO DE CECILE CABOT — LIVRO DOIS
25 de maio de 1925

Meu pai fez uma coisa muito estranha alguns dias atrás. Em um grande espetáculo diante de todos os artistas, ele anunciou que havia *permitido* que Émile Giroux pintasse três quadros, à sua escolha, sobre o circo. Como é impossível nos pintar, pressionei meu pai para saber como pretendia fazer aquilo, mas ele respondeu que não era da minha conta. Entretanto, isso apenas me levou a indagar por que não podíamos ser pintados como as pessoas normais. Ele disse que minha língua seria cortada se eu fizesse outra pergunta. Já temos muitas pessoas com deficiência de fala no circo, então acreditei nele. Horas depois, eu o ouvi contar a Esmé que ele enfeitiçaria os três quadros. Apesar de ter ganhado o respeito dos outros artistas, ele ainda trata a Esmé como uma igual, e a mim, como uma criança.

    Não confio muito nessa história do Émile. Meu pai quase nunca faz nada sem pedir algo em troca. Ele diz que tudo tem um ponto e um contraponto. É preciso haver um equilíbrio.

    Depois de receber permissão para frequentar nossos ensaios, Émile me escolheu como tema do primeiro quadro.

    Na primeira sessão, posei com meu figurino verde-água e bordado de marrom. Eu prefiro o cor-de-rosa, meu figurino clássico, mas Émile gosta do verde-água porque diz que realça meus olhos.

Posar para ele foi enlouquecedor, mas saber que ele ia me analisar despertou algo em mim. Acho que finalmente entendi o amor da Esmé por pintores.

Sentir o olhar de Émile sobre mim me pareceu um gesto íntimo. A sinceridade do esboço que fez de mim, o modo como escolhia me analisar e me reorganizar na tela... Toda noite, quando ele revela o progresso de seu trabalho, percebo que nós dois somos muito vulneráveis: ele pelo risco artístico que decidiu correr, e eu por me abrir para o modo como ele realmente me vê. Apesar de não ter a beleza de minha irmã, de certa forma Émile conseguiu retratar meu momento mais intenso, o que acontece *antes* de eu subir a escada, quando antecipo a multidão e a apresentação que se seguirá. Ele capturou não apenas minhas feições, mas minha verdadeira essência.

Enquanto trabalha, ele costuma observar partes de mim — a mão, o pé —, mas eu reparo em tudo nele: a camisa branca com manchas de tinta nos antebraços que ele dobra para eu não ver, a maneira tranquila com que pode trabalhar por horas a fio sem dizer nada e o queixo marcado, o indicador mais evidente de sua frustração quando está insatisfeito com algum detalhe. E aqueles olhos... olhos verde-escuros e tristes que me observam avidamente. Quase no fim da sessão, nossos olhares se mantiveram firmes, e nos pegamos simplesmente sentados em silêncio, observando um ao outro, nos observando respirar.

❧

30 de maio de 1925

Hoje Émile me chamou para ir ao Select. A noite estava quente, então, fora do café, havia várias pessoas sentadas em cadeiras de vime. Do lado de dentro, clientes se acumulavam como em um refeitório lotado. Não é a imagem mais romântica de Montparnasse. Ouvi sotaques americanos e alemães e confirmei que o que diziam era verdade: havia mais turistas do que artistas ali.

Nós íamos encontrar Man Ray e a namorada dele, Kiki, para jantar, mas o francês do fotógrafo era tão ruim quanto o meu inglês, então tivemos que conversar através de gestos, exigindo que Émile traduzisse.

Conversamos até quase cairmos da cadeira, rindo dos nossos gestos exagerados. Man Ray tinha nariz adunco e os olhos mais intensos que já vi em um homem, mas eu o achei bonito mesmo assim. Quando eu falava, ele se concentrava intensamente em minha voz, mesmo que não conseguisse entender uma palavra do meu francês. Foi uma sensação inebriante e sensual, como se eu fosse a única pessoa no restaurante. Acho que o olhar de Émile despertou algo em minha alma, como a brisa que flui pela janela depois de uma noite abafada de verão. Apesar de Man ganhar a vida como fotógrafo, ele quer ser pintor. E há algo na obra de Émile que o inspira. De início, me senti intimidada tanto por Man quanto por Kiki, mas, para a minha surpresa, eles haviam conseguido um ingresso para o Cirque Secret recentemente e estavam impressionados... *comigo*?

Apesar de não saberem e poderem passar horas discordando da ideia, Émile e seus amigos não eram muito diferentes de artistas de circo: toda noite eles exibiam seu trabalho e liam seus poemas para uma multidão cada vez maior de admiradores diante de lugares como o Dôme Café ou o Café de la Rotonde, sem jamais perceber que também ficavam contidos sob sua própria tenda. Eles estão próximos demais de Montparnasse para ver que uma mudança está acontecendo — sutil por enquanto, mas que, acredito eu, logo será enorme.

Os artistas e intelectuais *se tornaram* as atrações. Os turistas voltam para seus hotéis da margem direita do Sena, depois para suas casas nos Estados Unidos, na Alemanha ou na Inglaterra, e regalam os amigos com histórias de sua proximidade com o escritor Hemingway ou o fotógrafo Man Ray, como se tivessem comprado ingressos para vê-los. Por não fazer parte deste universo, percebi que o mar de estrangeiros com dinheiro demais no bolso não se importa com a diferença entre o dadaísmo e o cubismo, tampouco entende a arte do inconsciente como nosso querido Salvador Dalí. Os amigos de Émile, tão concentrados nas próprias conversas, não viram a mudança que aconteceu ao redor deles, mas acho que aquele lugar especial está acabando. Quase posso sentir o cheiro desse fim, similar ao aroma mais doce de frutas maduras demais e prestes a apodrecer.

Do outro lado da mesa, Émile olhou para mim. Ele estava animado por ter sido autorizado a fazer o que nenhum outro artista pudera: pintar o Cirque Secret. Havia outros dois quadros para completar e Man sugeria a ele um tema para o seguinte. Parte de mim temia por Émile, como se ele tivesse aceitado algo antes de realmente saber quais seriam as consequências. Como sempre, em se tratando de meu pai, havia o medo de ele ter feito um acordo horrível com um mortal. Émile não sabe como o mundo, meu mundo, funciona. *Sempre há consequências.*

Nossos companheiros decidiram comer ostras, mas eu escolhi *boeuf*. Acima de nós, ouvi o ventilador girar e senti as ondas de ar fresco atingirem meus antebraços.

— Você precisa superar seus limites. — Man acendeu um cigarro e o dispensou com um aceno da mão. — Você é um romântico antiquado.

Como em uma partida de tênis, eles lançaram ideias um para o outro, testando-as. O que é surrealismo? Quem é um verdadeiro surrealista? Qual o papel da arte em um mundo louco?

A ideia pareceu ser chocar ou subverter por meio da arte. Para o meu horror, percebi que, na visão deles, é isso que fazemos no Cirque Secret. O que fazemos, porém, não é uma performance — o que eles veem todas as noites não é um *sonho* que representa o Inferno. *É* o Inferno. O fato de eu poder ir e vir livremente faz parecer que sou uma atriz que consegue se despir de seu papel todas as noites. Mas para Doro e os outros, o Inferno não tem nada de metafórico, e suas fantasias não são tão facilmente descartadas.

Quando estavam na metade dos drinques, Man começou a dar uma bronca em Émile por ser parecido demais com um homem chamado Modigliani, que julgava ainda não ter saído direito de sua zona de conforto. À menção a Modigliani, Émile ficou calado, quase cabisbaixo.

Enquanto os outros conversavam entre si, Émile se inclinou para mim e sussurrou:

— Amedeo morreu há cinco anos, mas parece que foi ontem.

Devo ter feito uma expressão confusa porque Kiki se aproximou de mim e sussurrou:

— Amedeo Modigliani era o mentor do Émile. É uma pena. Ele morreu de tuberculose. A mulher dele, Jeanne, estava grávida e se matou dois dias depois. A família dela sequer permitiu que fosse enterrada ao lado dele.

Kiki tocou em mim para enfatizar a tristeza do fato, batendo as unhas vermelhas de leve em meu antebraço.

Do outro lado da mesa, Émile pegou o saleiro e o girou com tanta intensidade que o pequeno frasco de vidro bateu na madeira, fazendo-a tremer.

❖

2 de junho de 1925

Hoje, vi que Émile está pintando a Sylvie. Parei atrás dele para admirar os muitos esboços dela de pé ao lado do cavalo, um velho animal que podia ter sido um rei em sua vida anterior. Claro, o corcel nunca pôde nos contar nada, mas meu pai já fez várias alusões à verdadeira identidade do animal.

Aquela não era a pose que Émile queria, então pedi para que Sylvie tentasse fazer uma mais fácil sobre as costas do cavalo, já que seria preciso recriá-la várias vezes até que o esboço fosse feito.

Émile pareceu confuso com a pompa exigida para montar Sua Majestade. Para que o cavalo cooperasse, Sylvie era obrigada a se dirigir a ele com uma reverência antes de começar o número. Para um espectador — e todas as outras pessoas, com exceção de Sua Majestade —, era um gesto cômico. Após a reverência, Sylvie o fazia dar uma volta na arena e acariciava sua crina e seu pescoço enquanto lhe oferecia cenouras. Se as insinuações de meu pai estivessem certas, aquele cavalo havia sido um rei especialmente fogoso que havia seduzido toda a sua corte. Por isso, pensar que ele era cavalgado toda noite durante o espetáculo era um castigo muito interessante.

Sylvie montou em Sua Majestade e eles começaram a performance. Usando as pernas, Sylvie se agarrou às costas do cavalo e se pendurou na lateral do corcel, os braços estendidos. A única coisa que a mantinha sobre o animal era a força de suas pernas. Depois, à medida que o cavalo galopava, Sylvie, em um movimento rápido, ficou de pé nas costas da montaria e deu uma cambalhota no ar, pousando em uma postura perfeita. Naquela postura simples, tanto o cavalo quanto a amazona se tornavam um só, e o corpo de Sylvie balançava no mesmo ritmo do de Sua Majestade. Émile podia ter escolhido uma manobra mais complicada, mas era a sincronia perfeita entre o rosto do cavalo e da amazona que tornavam a imagem tão atraente.

— Tente você. — Émile me entregou um pedaço de carvão e lancei um olhar hesitante para ele.

Eu não era artista, mas, enquanto Émile observava Sylvie se apresentar, desenhei as curvas do cavalo, o movimento de sua cabeça, igual ao de Sylvie.

Devido à minha vida nas sombras, eu conhecia cada canto do circo. Aquele conhecimento íntimo havia me dado um olhar de observador, de artista.

— Esta vai ser a melhor pose para você — disse a Émile e apontei para Sylvie no momento em que ela concluía uma pirueta, quando ainda estava vermelha, como se tivesse acabado de sair de uma transa das boas.

Se alguém a observasse de perto, veria gotas de suor em seu buço e em sua testa.

Émile imediatamente se sentou e começou a esboçar os contornos de Sylvie e do cavalo, testando várias versões para chegar ao espaço certo que a imagem devia ocupar na tela.

— O quadro é tão pequeno... — Eu havia imaginado três telas enormes e dramáticas.

— Odeio aquelas coisas enormes. Meu último quadro foi uma coisa gigante chamada *O vampiro*. Quero tentar algo diferente. E, sinceramente, nunca sei onde vai estar o circo naquela semana e preciso poder carregar tudo comigo — disse ele, apontando para a caixa de tintas.

Diversas folhas de diferentes poses cobriam o chão. À medida que eram descartadas, Émile pedia que Sylvie tentasse fazer a cambalhota outras duas vezes. Enquanto ela fazia manobras sobre o cavalo, Émile alterava o esboço até ter a pose final. A imagem seria pintada de um ângulo acima deles, das arquibancadas. A composição era inteligente, e me lembrei de que Man Ray havia sugerido um ângulo exagerado para um dos quadros. Sorrindo, percebi que Émile havia aceitado o conselho. E me senti participando da criação de algo brilhante.

⬥

9 de junho de 1925

Émile já havia praticamente terminado o quadro de Sylvie quando me deixou mexer com a tinta bronze, me ensinando a criar camadas com ela e a limpá-la. Fiquei impressionada com o talento dele. Eu não conseguia sequer entender a técnica que ele conseguia fazer com apenas uma das mãos.

— Você tem talento.

Por sobre o ombro, ele aproximou os lábios de meu pescoço para que pudesse sentir o calor de seu hálito.

— Não — falei, balançando a cabeça.

— Use isto para assinar. — Ele indicou o pincel manchado com a sombra marrom.

— Eu não posso. — Apontei o pincel para ele, mas o virei, posicionando-o sobre o canto inferior direito da tela. Ele pegou minha mão, se agachou ao meu lado e guiou o *E* e o *G*. Nervosa, vi que estava traçando linhas trêmulas. Fiz uma careta. — Ficou horrível.

— Maravilhoso — elogiou Émile, sem olhar para a tela. Ele olhava para mim.

Ontem à noite, eu o encontrei em Montparnasse. Paris estava muito abafada, então fomos jantar tarde, o que foi ótimo, porque um pouco do calor já havia se dissipado. O ar dominava a cidade como um banho de água quente demais e ninguém conseguia respirar direito, mas com o calor vinha também a liberdade. As mulheres faziam dele uma desculpa para não usar meias à noite e levantavam as bainhas das saias acima dos joelhos. Suados e morrendo de sede, os homens pediam mais bebidas do que normalmente podiam tolerar.

Todos os restaurantes com ventiladores de teto estavam lotados, então fomos para o Dôme Café, que ficava entre a rua Montparnasse e o boulevard Raspail. Ficamos no bar, com inveja das pessoas que haviam conseguido mesas mais cedo. Pedi um conhaque e uma água. O café estava lotado, então Émile sugeriu que fôssemos para o apartamento dele. Eu estava suando de nervoso. Tanto Esmé quanto Sylvie costumavam ir embora com outras pessoas, me deixando voltar de táxi sozinha para o circo, e admito que não sabia o que esperar.

O estúdio de Émile ficava a uma quadra do Dôme Café, na rua Delambre. A velha escada rangia como se fosse se desprender da parede enquanto subíamos. Quando ele fechou a porta, percebi que estávamos sozinhos pela primeira vez. Émile abriu as duas únicas janelas do pequeno apartamento abafado e puxou a maior cadeira que tinha para a frente delas. Olhei para baixo e notei que os dois pratos que ele colocara na minha frente eram do Café de la Rotonde. Ele parecia ter roubado um conjunto para a nossa refeição daquela noite. Graças a Kiki sei que todos os artistas roubam pratos e talheres do Café de la Rotonde, mas acho encantador. Nós nos sentamos juntos na cadeira e ficamos ouvindo os sons de Paris enquanto comíamos queijo Gouda com pão fresco e maçãs.

À nossa volta, havia quadros em vários estágios de criação. As luzes estavam apagadas, então contávamos com a iluminação que vinha de toda Montparnasse. Émile era um mestre em manipular a luz, então senti como se ele tivesse montado aquela cena. Fiquei imaginando como ele me via. A lua estava cheia e brilhante, oferecendo uma boa visão de uma pilha de suas pinturas. Curiosa, fui analisar as telas.

Alguns dos quadros eram tentativas cubistas interessantes, as sombras do rosto de um homem perfeitamente desenhadas, mas ainda assim angulares. Onde as sombras caíam, nas cavidades das maçãs do rosto, ele criara paisagens usando uma elaborada técnica de hachura. A cena não ficava realmente visível até estar bem perto dos olhos.

Também havia vários nus de uma mulher, uma mulher de cabelos dourados, e percebi que sentia uma pontada de ciúme, certa de que, enquanto a tinta secava na tela, ele fizera amor com ela nos lençóis gastos de sua minúscula cama. Minhas panturrilhas esbarraram na colcha e eu me imaginei emaranhada aos lençóis, nossos corpos grudando com o calor.

— Ela é linda — falei.

Émile havia parado atrás de mim.

— *Oui* — concordou ele.

Fiquei surpresa com sua honestidade, mas Émile não revelou mais nada, nenhum indício de que a mulher era uma amante do passado ou do presente. Quis sair correndo, temendo não ter sido feita para tamanha vulnerabilidade.

— Queria que todos estes quadros fossem retratos seus. — Senti a presença dele atrás de mim e então sua mão pousar com cuidado no meio das minhas costas. — Talvez assim eu não sentisse tanto a sua falta.

Eu me virei para ver o rosto dele sob o luar. Seu olhar era muito sincero.

— Quero ficar rodeado por você, Cecile.

Balancei a cabeça.

— Você poderia me pintar toda noite. E toda manhã sua tela apareceria em branco.

— Mas eu tenho um retrato seu.

Era verdade. E o quadro dele seria a única imagem minha a ser criada. De certa forma, a ideia me trouxe uma onda de melancolia.

— No quadro final, vou pintar você de novo.

— *Non* — protestei. — Você tem que pintar a Esmé. Ela é o terceiro quadro, naturalmente.

— Mas eu não quero pintar a Esmé. Todos em Montparnasse a pintaram.

— Ela é um fantasma como eu. Só o retrato que pintar dela vai sobreviver — insisti. — Isso vai deixar você famoso. Talvez até rico. — Olhei para o apartamento, percebendo que ele provavelmente tinha dificuldade para comprar tintas e pagar o aluguel todo mês.

— Por que sou o único que consegue pintar vocês?

— Porque somos do circo — respondi, esfregando os braços. — É magia, Émile. Magia de verdade e não um simples truque de luz.

— Minha misteriosa Cecile. — Ele pegou minha mão e me levou até a cama.

— O que você fazia antes de começar a pintar? — perguntei, mudando de assunto.

Ele desabou na cama.

— Servi na guerra, então voltei e trabalhei em uma construção, a da Sacré-Coeur. Quando terminou, trabalhei na fábrica pintando carros.

Nossas pernas se tocaram e senti o calor de seu corpo. Quando ele me beijou, senti o conhaque em seu hálito.

— Você vai desaparecer de manhã?

— *Non*.

Toquei a mão dele de leve.

— Promete?

Ele se deitou em cima de mim e seus beijos se tornaram erráticos, frenéticos, curtos e longos, como se ele quisesse me devorar se pudesse. Desabotoei sua camisa e senti as gotas de suor em seu peito causadas pelo calor do apartamento. Ele me levantou e abriu meu vestido, que caiu com facilidade aos meus pés. Desabotoei a calça dele e deslizei as mãos entre sua camisa e seus ombros, deixando a peça cair em uma pilha ao lado de meu vestido. Então voltei à calça, que ele já havia começado a baixar. Nós nos viramos para a parede ao lado da janela aberta e a brisa me atingiu. Não contei que nunca havia feito aquilo com ninguém, mas seu rosto se transformou quando ele percebeu, ao me penetrar, que nunca houvera ninguém antes dele. Enquanto se movia, vi que a informação o fez mudar. Ele pegou meu rosto em suas mãos e me beijou até gozar com movimentos brutos e erráticos. Quando terminamos, nosso suor havia se misturado e nós dois estávamos encharcados.

— Você não é como as outras mulheres que conheci. — Émile tentava recuperar o fôlego, então a frase saiu entrecortada e precisei me esforçar para ouvi-lo.

Não sabia o que aquilo significava nem tinha certeza de que queria pensar sobre as outras garotas que ele havia conhecido.

Os sinos da igreja soaram e nos lembraram que, do lado de fora, a vida recomeçaria em breve.

— Podíamos ir ao Jardim de Luxemburgo hoje. Eu poderia pintar você. Franzi a testa.

— Eu sei. — Ele olhou para baixo. — Mas eu poderia mudar um detalhe para que não fosse exatamente você. A imagem se manteria. Sei que se manteria.

— Preciso voltar para o circo. — Olhei nos olhos de Émile e vi que ele estava ávido por mais.

Aos tropeços, comecei a juntar minhas roupas. A camisa de Émile estava aberta quando fui embora e eu o encarei com muito desejo... Percebendo como minha vida havia sido leve antes dele. A facilidade com que atravessava cada distrito de Paris com Esmé e Sylvie todo fim de semana, tomando champanhe com socialites, músicos e escritores, até voltarmos à porta do Cirque Secret. Mas agora é como se eu tivesse contraído uma doença que vai atormentar meu cérebro e pesar meu coração até que ele exploda.

É triste que, neste momento que deveria ser de alegria carnal, eu tenha consciência de que já estamos condenados.

19

PARIS
3 de julho de 2005

— Você devia ter me ligado — censurou Gaston, primeiro ajustando os óculos escuros e depois a cadeira de bambu, o cabelo ainda molhado do banho. — Você não faz ideia de quem pode estar escondido nos corredores. Audrey me mataria se alguma coisa acontecesse com você.

Lara sorriu. Aquele com certeza era o motivo pelo qual ele estava em pânico. Ela tomou um primeiro gole de seu cappuccino.

— Imagino que tenha recebido várias instruções para me manter segura antes de viajar.

Ele revirou os olhos e tomou um gole do expresso, mas não discordou.

— Rá! — Lara apontou para ele. — Eu sabia!

Gaston fez uma careta enquanto observava os trabalhadores passarem correndo de tênis e roupas de negócios.

— A questão é que, se algo acontecer com você, eu não vou poder voltar para Kerrigan Falls. Então, por favor, me ajude a voltar para casa. Fique comigo e com o Barrow hoje para sabermos que você vai estar segura.

— Eu concordo.

A colher de Barrow bateu contra a xícara de porcelana do cappuccino.

Os três estavam sentados diante do café do metrô Quatre Septembre, nomeado em homenagem à data de anúncio do início da Terceira República após a morte de Napoleão III. O trio estava voltado para a rua Réaumur. Apesar de ser apenas meio-dia, Gaston já alternava entre uma taça de champanhe e sua segunda xícara de expresso. Quando Lara contou o que tinha acontecido com ela, os dois homens ficaram sem fala.

 Tirando os dois cadernos da bolsa, ela começou a contar a eles sobre Émile e Cecile. Tinha passado a noite toda traduzindo o segundo diário e fizera uma cópia da tradução em inglês para Barrow, indicando os pontos em que não conseguira decifrar o manuscrito. Em sua bolsa ela também trazia um ingresso *verdadeiro* para o Cirque Secret. Apesar de ter parecido sangrar na noite anterior quando tentara rasgá-lo, naquela manhã o papel estava inteiro, como se fosse uma coisa viva que tivesse se curado da noite para o dia.

 Ela não sabia se ia contar a eles sobre o convite, mas provavelmente não. De um ponto de vista puramente acadêmico, fazia sentido mostrá-lo para que pudessem pôr as mãos em um autêntico ingresso do Cirque Secret. No entanto, se contasse a Gaston e Barrow, eles nunca a deixariam comparecer. Lara não podia correr aquele risco. Era a oportunidade de sua vida. Olhando para os dois, sabia que se *eles* tivessem ingressos nos bolsos, eles iriam.

 — Não acredito que outro quadro do Giroux está pendurado no escritório do Cirque de Fragonard há anos. — Barrow cobria o rosto com as mãos, descrente, os olhos arregalados. — Preciso vê-lo. Hoje, se possível.

 — Ai, Teddy, é lindo. Ainda mais lindo do que o meu quadro. — Lara cortou um pedaço do *confit* de pato enquanto Barrow analisava o caderno. — Está na coleção particular do proprietário. E é particular mesmo. Tem umas coisas muito bizarras lá.

 — Vou ligar para alguém do instituto e ver se consigo fazer o Fragonard nos deixar ver. — Barrow estava distraído, examinando avidamente seus contatos telefônicos. Depois de deixar duas mensagens de voz, ele se acomodou em sua cadeira e se concentrou no diário, acariciando as páginas. — A letra está muito desbotada. Deveríamos estar usando luvas.

 — Só consegui traduzir o segundo volume. — Lara o encarou. — Ele conta a história de dois dos quadros: o da Cecile e o da Sylvie. Estou convencida de que minha avó, a mulher que ajudou minha mãe a me criar, não era a Cecile, e sim a Sylvie. Acho que a resposta está no terceiro diário. — Ela entregou o segundo volume a ele. Embora fosse mais rápido para Barrow ler o terceiro, ela o guardou. Preferia ser a primeira a lê-lo. Afinal, era a família *dela*, o legado *dela*. Era ela que devia ler as palavras de Cecile. Enquanto Barrow se concentrava em Giroux, ela se sentia atraída pelo mundo de Cecile. — Alguma novidade sobre o quadro?

— Vou encontrar o Micheau depois daqui — informou Barrow, mencionando Alain Micheau, o especialista na obra de Giroux que tinha vindo de Nice. Mais cedo, Barrow indicara que dois estudiosos precisavam concordar que era um quadro de Giroux antes de divulgar a descoberta para a comunidade artística como um todo. — Ontem à noite, Alain ficou no instituto até eu forçá-lo a ir embora. As tintas usadas em *Sylvie sobre o cavalo* combinam com um pedido feito por Giroux na loja Lefebvre-Foine, na rua Vavin, em Montparnasse, pouco antes de morrer. Eles misturavam os tons de cor-de-rosa e verde especialmente para ele. Giroux também comprava telas na loja. Ele pediu três telas menores para *As mulheres do Circo Secreto* um mês antes de morrer. O tamanho do primeiro quadro bate. Se eu puder convencer o Frangonard a abrir a sala, o Micheau e eu vamos até lá também. E os diários vão nos dar um relato pessoal maravilhoso sobre a criação dessas obras. — Barrow olhou para as anotações e para o segundo volume sem acreditar. Ele estendeu a mão e tocou na de Lara. — Eu queria agradecer por este presente.

Ela sorriu.

— É uma bela história, não é?

— Os quadros devem ficar juntos — declarou Barrow. — Não acredito que Fragonard tenha guardado um deles por todos esses anos. Eles eram uma lenda nas ruas de Paris. Fragonard devia saber, principalmente por ser da comunidade circense. Foi muito egoísta e... irresponsável.

— E o que você achou do quadro? — perguntou Gaston, mudando de assunto. — Com certeza você deve ter imaginado algo diferente.

Barrow não desviou o olhar e, à princípio, pareceu não ouvir a pergunta.

— *Sylvie sobre o cavalo* era menor do que achei que seria. Parece um pouco com a *Mona Lisa*. Ela é enorme na nossa mente, mas bem pequena na parede. A obra também é mais temperamental do que os trabalhos anteriores dele: as cores são mais vivas e ele usou uma técnica que faz parecer que a tinta está escorrendo, apesar de não ser uma obra impressionista. Então acho que o tamanho do quadro não me impressionou, mas o modo como ele falou comigo, sim. Depois de ver um dos quadros da série, acho que são as joias da obra de Giroux.

— Por que o Giroux? — perguntou Lara.

— O que é isso? Um interrogatório para o Teddy? — Barrow riu, pegou um pedaço de pão integral e o observou atentamente. — Eu tinha dez anos quando minha mãe me levou ao Louvre pela primeira vez. Ela costumava viajar muito para sessões de fotos e, naquela época, ela e meu pai já tinham se divorciado, então fui criado pela babá. Passar um tempo com a minha mãe… Bem… Era valioso para mim, e qualquer coisa associada a isso era intensificada, era especial. No Louvre, avistei uma tela gigantesca com uns tons de pele verde e uma névoa amarelo-alaranjada. Era um quadro do diabo, mas o diabo como Giroux o via, não a representação comum com chifres, forquilhas e cascos. Em vez disso, a imagem mostrava uma mulher maravilhosa de vermelho. Tinha sangue escorrendo da ponta dos dedos e do queixo, mas ela era linda e faminta. Era um quadro violento, mas, ainda assim, sexual. Os pintores espanhóis faziam obras como aquelas, mas não os franceses. Giroux usou algum tipo de técnica de derretimento que se tornou sua característica: o quadro dava a impressão de estar escorrendo. Ele retomou essa técnica no seu quadro, Lara. Nunca tinha visto nada parecido. O fato de eu ter me sentido tão atraído por aquela obra sombria pareceu incomodar minha mãe, que me afastou dela. Depois, me esqueci do quadro por *anos*, até que fui a Milão e ele havia sido emprestado para uma galeria de lá. Ao vê-lo de novo, senti que tanto a pintura quanto o homem eram meu destino. Aquilo despertou certos sentimentos em mim e me fez querer saber mais sobre a arte, sobre o pintor. E, claro, eu fiquei sabendo que a pintura não mostrava o diabo.

— *O Vampiro* — constatou Lara.

— Isso. — Ele sorriu. — O quadro mais lindo que eu já tinha visto.

Aproveitando a deixa, Gaston começou:

— Você precisa entender, Lara, que os artistas, em 1925, tinham basicamente rejeitado a arte pictórica bonita. A arte era política. Eles acreditavam que o gosto colonial burguês havia provocado os eventos que cercavam a Grande Guerra, por isso toda a *premissa* da arte estava sendo desafiada. A Paris da época estava cercada por dadaístas, surrealistas e futuristas, todos tentando determinar o caminho que a arte seguiria depois — explicou Gaston. — E aí tinha o Giroux, que ia aos cafés com eles, mas ainda pintava quadros muito bonitos.

— E se safava — completou Barrow, não querendo que Gaston soubesse demais. — Se tivesse sobrevivido, ele teria sido tão famoso quanto Dalí e Picasso. Tenho certeza disso.

— E ele não usava materiais cotidianos, como canetas e portas, para criar arte como Man Ray fazia — acrescentou Gaston, a xícara do expresso tilintando ao tocar no pires.

— Não — concordou Barrow. — O filho da mãe simplesmente criava belas pinturas que estavam fora de moda na época. Ele chegou a desafiar os ideais da arte, mas mesmo estes são bastante requintados. Uma vez ele disse que, enquanto esteve na guerra, viu muitas formas de Inferno e que a única coisa que aquilo lhe ensinara era a valorizar a beleza.

Barrow continuou explicando:

— Depois que soube o que havia acontecido com ele, que sua morte foi um certo mistério, fiquei com mais vontade ainda de estudá-lo. Ninguém nunca conseguiu descobrir o que o matou nem onde estes quadros foram parar. Havia várias teorias, mas ninguém tinha parado para estudar o caso. Além disso, minha mãe me levava a todos os circos quando ia participar de sessões de fotos. Em Paris, Roma, Barcelona, Madri e Montreal, no Rivoli.

Lara não imaginou que ele fosse fã de circo, mas até que fazia sentido.

— Então veio o financiamento — observou Lara. — Agora fiquei curiosa. Você disse que há certo mistério em relação à morte dele? O que o matou?

— A doença de Bright — respondeu Barrow, distraído.

Lara pareceu intrigada.

— É um termo antigo para insuficiência renal — explicou Gaston.

— Isso não tem nada de misterioso — salientou Lara.

Barrow deu de ombros.

— A doença surgiu de repente. Os amigos disseram que ele cortou a mão no Cirque Secret e nunca se recuperou. Atribuíram isso à doença de Bright, mas tinham a sensação de que havia sido uma doença sanguínea estranha. Em uma semana, ele simplesmente se esvaiu. O circo continuou se apresentando por cerca de oito meses depois que Giroux morreu. E, de repente — Barrow estalou os dedos —, ninguém nunca mais ouviu falar dele. A última apresentação foi feita em 1926, eu acho. Mourier procurou notícias do espetáculo em todos os cantos... Barcelona... Roma... Londres, mas ele nunca voltou a aparecer.

Lara não conseguia imaginar passar a vida inteira pesquisando o trabalho de uma só pessoa. Ela percebeu que aqueles homens gostavam de suas palestras sobre arte, gostavam de ouvir a si mesmos. No entanto, enquanto conversavam, o ingresso ardia em sua bolsa. Ela se sentiu feliz em saber que tinha um segredo que não estava sendo discutido pelos dois. Se soubessem que possuía o ingresso, ela se tornaria irrelevante para a conversa.

— E vocês dois acham que o Cirque Secret foi responsável pela morte de Giroux?

Se queria ir ao Cirque Secret, Lara precisava saber onde estava se metendo. Ela ainda não terminara de ler o terceiro diário. Até ali, nada indicara que Giroux estava prestes a encontrar um fim misterioso. Pelo contrário, ele parecia muito apaixonado.

— Eu acredito no Mourier — declarou Barrow. — Ele era um jornalista respeitado e estava convencido de que havia algo suspeito na morte de Giroux. Na verdade, isso ainda é um dos grandes mistérios do mundo da arte. Depois que ele morreu, a dona do apartamento dele jogou suas telas no lixo. Man Ray e Duchamp, que por acaso estavam em Paris, tiraram algumas delas da lixeira. Curiosamente, Duchamp, que nunca fora muito fã do Giroux, acabou selecionando e vendendo a maior parte das obras dele.

Barrow fez uma pausa enquanto seu prato era servido.

— O legal desses diários é que eles correspondem às últimas semanas da vida do Giroux.

— Alguns anos atrás, chegou-se a cogitar a possibilidade de exumar o corpo dele do Père-Lachaise para descobrir a verdadeira causa da morte — relatou Gaston.

— Estava torcendo para que fizessem isso — acrescentou Barrow.

— Esperem! Émile Giroux está enterrado no Père-Lachaise? Por que você não me contou isso ontem?

Lara não conseguia acreditar que estivera tão perto do túmulo do artista no dia anterior.

— Eu esqueci — respondeu Gaston, dando de ombros e ruborizando. Barrow balançou a cabeça.

— Gaston nunca foi muito fã de cemitérios.

— Não poderia ter sido uma coisa simples, tipo uma intoxicação por álcool ou envenenamento por causa das tintas que usava? Uma pneumonia causada por um forte resfriado?

Ambos os homens resmungaram. Ela não estava cooperando muito. Eles eram fãs de Giroux e parecia que ela os estava desafiando.

— Se nos basearmos no diário da Cecile, dá para ter certeza de que isso teve alguma relação com o ocultismo — informou Barrow. — Dizem até que era um portal para o próprio Inferno. Mas *nós* descobrimos. Você descobriu. Depois de tantos anos de busca, nós o encontramos de verdade, Lara. Sabe o que é isso? Sinto que vendi minha alma por esse maldito circo, por acreditar de todo o coração que a história não se resumia ao que sabíamos. Analisei todas as biografias de todas as pessoas que conheceram ou falaram com Émile Giroux, além de todas, e eu digo todas mesmo, as que haviam ido ao circo. Até cheguei a conhecer pessoas que alegavam ter recebido o ingresso, mas era sempre mentira. Eu não tinha nada até o Gaston me ligar e dizer o tesouro que você possuía. Estarei eternamente em débito com você.

Lara ergueu o olhar e viu lágrimas nos olhos de Teddy Barrow.

20

KERRIGAN FALLS, VIRGÍNIA
3 de julho de 2005

A repórter do *Washington Post*, Michelle Hixson, estava diante do velho quadro, perplexa.

— Fico surpreso por você estar trabalhando em um domingo — disse Ben.

A repórter lançou um olhar confuso para ele.

— A reportagem deve ser entregue para o meu editor na terça de manhã. É difícil vir até aqui durante a semana.

— É, o trânsito.

Ben notou que ela havia voltado a olhar para o quadro. Ele o trouxe do porão para tentar juntar os detalhes dos desaparecimentos de Peter Beaumont e Todd Sutton, mas sentia vergonha dele. Parecia uma das linhas do tempo usadas por policiais da TV e o fazia pensar que estava fingindo ser um policial de verdade, como fazia quando era pequeno e o pai montava uma pequena mesa para ele, ao lado da sua, até com um telefone falso. Ben acreditava que, como repórter do *Post*, Michelle já tinha visto uma investigação de verdade na sede da polícia de Washington. Como possuía pouca experiência com crimes graves, estava envergonhado da imagem que o quadro gerava quando pessoas entravam em sua sala e encontravam anotações presas a ele. Será que Ben parecia ansioso demais para *finalmente* ter um caso de verdade para investigar?

No entanto, a repórter parecia concentrada, tentando entender as informações. Ela era muito baixinha, magra e tinha cabelos castanhos curtos. De salto, chegava à altura do ombro de Ben.

— Isto ajuda muito — explicou ela, acompanhando as anotações com o olhar.

Já que ele não podia confiar que Doyle não falaria sobre alguma pista do caso, todos os detalhes que precisavam ser mantidos em segredo nunca eram incluídos no quadro. Ele olhou para a linha do tempo desenhada com giz cor-de-rosa — a única cor que havia encontrado no mercado. Ela fazia o quadro parecer um jogo de amarelinha.

— É realmente uma história estranha. — Ela se virou, ajeitando os óculos.

Tudo nela era arrumado, até a letra pequena com que fazia anotações.

— E o seu pai também foi chefe de polícia aqui, certo?

— Foi. Ele se aposentou em 1993 — respondeu Ben. — Tem dois anos que ele morreu.

— Sinto muito.

Falar com ela era estranho e angustiante. A repórter permitia pausas entre as frases e nunca tentou preencher os silêncios com palavras.

— É, enfim...

Ben indicou uma cadeira para que ela se sentasse. Já estava incomodado. Ele enxugou as mãos nas pernas da calça. Pelo que vira nos detalhes dos arquivos do pai sobre Peter Beaumont, o antigo chefe de polícia havia levado o desaparecimento a sério. Quem quer que tivesse posto o carro de Todd exatamente no mesmo lugar ou vira o arquivo, ou possuía informações em primeira mão sobre o caso de Peter Beaumont. Levando em consideração a camada de poeira que cobria o arquivo trancado, Ben achava que fazia anos que ele era o único que o abria.

— Com qual teoria vocês estão trabalhando agora?

O tom de voz dela não dava nenhuma pista. Ben achou que ela era do tipo de repórter direta e discreta, mas fatal.

Policiais experientes, policiais de verdade, não davam detalhes. Eles "se recusavam a discutir o caso" e não divulgavam pistas. Ben respirou fundo, não querendo parecer um bobo nas páginas do *Washington Post*.

— Bem. — Ele tentou pensar no que Steve McQueen faria se estivesse interpretando Ben naquela cena. Steve McQueen pareceria reflexivo e controlado. Remexendo-se na cadeira, ele se recostou no assento e uniu as mãos sobre o colo, como o ator fazia em *Bullitt*. — É possível que a mesma pessoa tenha cometido os dois crimes. Também podemos pensar que Todd Sutton sabia do desaparecimento de Peter Beaumont e tenha encenado a coisa toda. Não acho que a última opção seja provável, mas também não pode ser descartada.

— Sutton estava tendo problemas com dinheiro?

A repórter folheou suas anotações. Suas unhas estavam completamente roídas.

— Não que tenhamos descoberto.

— Ele desapareceu no dia do próprio casamento. Será que deu para trás?

— É possível, mas por que abandonaria o carro?

Ela pareceu analisar a explicação de Ben, mas não revelou nada.

— Aquele lugar, Wickelow Bend. — A repórter se empertigou. — As pessoas o estão chamando de Curva do Diabo.

— Infelizmente, sim. Aquele programa *Eventos paranormais* o transformou em uma atração turística.

Ben sabia o que todos começaram a dizer sobre Wickelow Bend nos nove meses desde o desaparecimento de Todd, mas se recusava a acreditar em qualquer coisa sobrenatural. Pelo menos ainda não. Algo maligno devia ter acontecido tanto com Todd Sutton quanto com Peter Beaumont, mas Ben precisava considerar que um mortal causara aquilo, não uma bruxa da floresta de Wickelow. Infelizmente, repórteres, caçadores de fantasmas e turistas ainda lotavam a ponte Shumholdt, provocando algo que Kerrigan Falls jamais tivera: trânsito.

— Mas você não acha que tem alguma coisa… estranha nessa história?

— Você quer dizer *sobrenatural*?

Ela deu de ombros, mas fez algumas anotações.

— É você quem está dizendo…

— Não — comentou, deixando a resposta simples pairar entre eles por um instante.

A sobrancelha da repórter se ergueu como se esperasse Ben elaborar a ideia.

— Acho que tem alguém por aí que sabe o que aconteceu com esses homens. Reportagens como a sua ajudam a trazer novas pistas à luz.

— Vocês são uma lenda na região, já que não costumam ocorrer crimes na cidade. Isso significa que você não tem muita experiência com casos de desaparecimentos, chefe Archer. Sem ofensa.

Ela sorriu ao dizer aquilo.

— Sem problemas. — Ele sorriu de volta, frio, mais uma vez incorporando Steve McQueen. Já esperava por alguma provocação, mas não imaginou que ela fosse tentar descrever a cidade como um cenário de novela. Era uma sensação muito diferente da que tinha com os repórteres do *Kerrigan Falls Express*, especialmente com Kim Landau. — Seu jornal escreveu sobre esse fenômeno há alguns anos. A matéria foi publicada na seção "Estilo".

— Ah, é. Eu li essa. Ficou legal — comentou ela. — Mas os casos em que você está trabalhando envolvem dois homens que desapareceram exatamente no mesmo dia.

O tom de voz dela era gentil e até curioso, mas suas perguntas eram meticulosas, precisas. Archer sabia o que a repórter estava insinuando.

— Sim, nós estamos investigando possíveis aspectos ritualísticos em ambos os casos.

— Por *nós*, quer dizer você e seu único assistente?

Ela voltou a olhar para suas anotações antes de lançar aquela bomba para o outro lado da mesa.

É, pensou ele, eles eram, *sim*, uma força policial pequena. Eram só os dois.

— E temos a ajuda da polícia estadual da Virgínia.

Ben brincou com a bainha gasta do uniforme para ter algo com o que ocupar as mãos. Por dentro, estava furioso. Os dois eram uma equipe pequena, mas não incapaz. Ele já podia ver como a repórter caminharia com seu artigo.

— Quer um café, srta. Hixson?

— Não, obrigada — respondeu ela. — Claro, a polícia estadual da Virgínia. — Ela folheou suas anotações. — Ah, aqui está. O carro de Todd Sutton: um Ford Mustang 1976. De acordo com isto, ele foi limpo por um profissional. Você não acha estranho?

A repórter olhou para ele.

Ben se inclinou para a frente, voltando a sorrir e se odiando por fazer isso.

— Posso perguntar onde você conseguiu essa informação?

Por trás da aparente calma, Ben ardia de raiva. Não havia nenhuma digital dentro do carro nem na carroceria. Tudo tinha sido limpo. E não foi uma simples limpeza rápida. A polícia estadual admitiu que a perícia nunca tinha visto nada parecido. Não havia fibras, cabelos e nenhum tipo de DNA. Isso devia ser confidencial. Como *aquela* mulher havia conseguido a informação?

— Pode. — Ela sorriu. — Eu tenho minhas fontes.

É claro.

— Então também deve saber que a polícia estadual acha que foi um profissional. — Considerando que ela sabia o que havia sido encontrado no carro, o resto já não importava mais. — E, por profissional, queriam dizer que talvez tenha sido um crime encomendado, mas não podem ignorar a possibilidade de o próprio Sutton ter limpado o veículo e fugido. Afinal, ele ganhava a vida restaurando carros. No fim, o relatório da polícia estadual foi inconclusivo, mas, como falei, você já sabe disso.

— Você não concorda?

Ele ignorou a pergunta dela.

— A conclusão deles é que às vezes as pessoas simplesmente desaparecem. Muitas vezes existem questões sobre as quais não sabemos.

— Drogas?

Então ela havia lido as anotações da polícia estadual.

— É. Se ele tiver se envolvido com as pessoas erradas e ficado devendo dinheiro a elas, por exemplo, então elas mandariam profissionais... O que explicaria o carro.

— Mas você não acredita nisso?

— Não — disse ele. — Não acredito que Todd Sutton estivesse fabricando drogas na garagem.

Pessoalmente, Ben concordava com a polícia estadual: devia haver uma explicação lógica para aqueles desaparecimentos. Só era preciso fazer um bom trabalho tradicional de investigação para resolvê-los.

— Mas isso não explica o outro caso. O carro também foi limpo?

O carro de Peter Beaumont realmente havia sido limpo, mas Michelle Hixson não parecia saber daquilo e ele não lhe daria mais nenhuma informação.

— Acho que os casos têm relação, srta. Hixson, mas não acho que sejam sobrenaturais. Não posso dizer nada além disso. Precisa de mais alguma coisa?

— De uma boa foto de Todd Sutton e de Peter Beaumont.

— Isso eu posso conseguir.

— Também pedimos a um desenhista para criar um retrato falado envelhecido de Peter Beaumont. Talvez alguém more ao lado dele há trinta anos.

— Farei o que puder para ajudar.

Ben assentiu.

A repórter se levantou e juntou as coisas dela. Ele tinha quase certeza de que ela já havia procurado Kim Landau. Depois que fechou a porta, Ben olhou para a linha do tempo no quadro. Sentiu-se um idiota. Aqueles casos eram complicados demais para um chefe de polícia de uma cidade pequena. Ambos sabiam disso, ele só não queria ler a respeito.

Como sempre fazia quando estava diante do quadro, Ben estudou os detalhes para ver se havia deixado alguma coisa passar. Todd Sutton acordou por volta das oito da manhã e jogou nove partidas de golfe com Chet. Depois do golfe, comprou um sanduíche de frango no Burger King às 11h41. O recibo foi encontrado no assoalho do carro. Apesar de ter comido e bebido no carro, nenhum DNA foi encontrado nele, algo quase impossível.

Sutton voltou para casa perto das 11h50 e pôs os tacos de golfe na garagem. Antes de começar a se arrumar para o casamento, ele fez uma coisa estranha: disse ao padrasto, Fred Sutton, que ia até o lava-jato Zippy Wash para lavar seu amado Mustang. Lara Barnes havia alugado um carro vintage para o casamento, então o casal não usaria o carro de Sutton na cerimônia. Por isso, ir até o Zippy Wash parecia uma desculpa para sumir por algumas horas. Será que estaria nervoso? Teria se encontrado com alguém? Quando Fred e Betty Sutton estavam saindo para a igreja por volta das 15h30, o smoking de Todd ainda estava arrumado sobre a cama. Supondo que ele estivesse atrasado, o casal o levou consigo para a igreja. Às 16h30, quando a cerimônia estava prestes a começar e não havia sinal de Todd, todos começaram a procurá-lo. Seu carro apareceu na manhã seguinte às cinco da manhã, em Wickelow Bend.

Se Sutton foi mesmo até o Zippy Wash, então não havia provas. Supondo que tivesse ido, ele provavelmente pagou com moedas e não foi visto pelo caixa de plantão. Apesar de o carro ter sido limpo, estava bagunçado, com embalagens espalhadas por todos os assentos. Sutton provavelmente nunca chegou ao lava-jato ou nunca teve a intenção de ir. As últimas pessoas que admitiram ter visto Sutton perto do meio-dia eram a mãe e o padrasto dele. Nos dois dias seguintes, ele foi "visto" em muitos lugares, o principal deles sendo o Aeroporto Dulles, mas não fazia nenhum sentido. Ben viu as imagens das câmeras de segurança, e o homem não era Todd Sutton.

Ao lado da linha do tempo de Todd estava a de Peter Beaumont. Peter Beaumont havia ensaiado com a banda na noite anterior e não aparecera para fazer um show no Skyline Nightclub. Jason Barnes comentou que eles atrasaram o início do show por uma hora e finalmente tiveram que subir no palco sem ele. Jason e o baixista precisaram se alternar como vocalistas naquela noite. Ao contrário de Todd Sutton, o paradeiro de Peter Beaumont no dia de seu desaparecimento era um mistério. Ninguém o viu por 24 horas. Ele morava com a mãe, que, na época, estava de férias em Finger Lakes com o namorado.

Mas havia uma ligação específica entre os dois casos que vinha incomodando Ben havia meses. Jason Barnes era companheiro de banda e melhor amigo de uma das vítimas e futuro sogro da outra. Fisicamente, Jason Barnes podia ter cometido qualquer um dos dois crimes. Ele era jovem quando Peter desapareceu e, na ocasião do recente desaparecimento de Todd Sutton, já era mais velho, embora ainda fisicamente capaz de se livrar de um corpo.

Ben odiava ter que pensar no pai de Lara daquela maneira, mas era a única conexão que conseguia encontrar entre os dois homens. Ele suspirou. Não era uma teoria que lhe agradava. Por que Jason Barnes machucaria o homem que podia levá-lo ao estrelato?

— Ah, Lara...

Ben suspirou e passou as mãos pelo rosto, torcendo, pelo bem dela, para estar errado.

O telefone dele tocou. Era Doyle, da sala ao lado.

— Kim Landau quer falar com você imediatamente. Ela queria que você ligasse assim que a moça do *Post* fosse embora.

— Ela disse por quê?

— Não, só pediu para você ligar. — Ele fez uma pausa. — Disse que você teria o telefone. Você tem?

— O quê?

— Você tem o número dela?

Ele suspirou.

— Tenho.

Ele tinha certeza de que, se pudesse ver o rosto de Doyle, haveria um sorriso irônico nele, típico de um adolescente de 16 anos.

Ele pegou o celular e digitou o número de Kim.

— Doyle disse que Michelle Hixson já passou por aí. — Kim nem esperou o "alô".

— Passou.

— Ela é bastante tenaz, não acha?

— *Bastante* é bondade sua.

Kim riu.

— Enquanto me preparava para a entrevista com ela, acho que encontrei uma pista que talvez ajude você. Não mencionei nada a Michelle Hixson. Me encontra na lanchonete em cinco minutos?

— Claro.

Ele não sabia se ia se arrepender daquilo ou não. Logo depois de se separar de Marla, ele cometeu o erro de dormir com Kim Landau. Foi praticamente um desastre. Agora, ela vinha insinuando que estava interessada em ser mais do que um simples caso. No baile da semana anterior, ela o encurralou no bar e questionou por que ele estava passando tanto tempo com Lara. Ele vinha tentando voltar a limitar o relacionamento deles a uma relação profissional, mas grunhia toda vez que via o número dela aparecer em seu celular.

Ben andou as duas quadras até a lanchonete e encontrou Kim lendo o cardápio do almoço em uma das melhores mesas perto da janela. Aberta desde 1941, a histórica lanchonete Kerrigan Falls era conhecida pelo bolo red velvet e pela grande variedade de panquecas servidas durante todo o dia. Um dos grandes prazeres da vida de Ben era comer panquecas de *buttermilk* às oito da noite. Apesar de a comida nem sempre ser perfeita, a localização da lanchonete, situada na frente da prefeitura, sempre garantia que estivesse cheia.

— Não peça o croque monsieur.

Ele se sentou à mesa.

— Era exatamente o que eu ia pedir.

Ela olhou para cima, perplexa. Kim Landau era uma mulher bonita, de cabelo ruivo escuro, olhos azuis e nariz arrebitado. Lembrava Ginger, de *A ilha dos birutas*. No entanto, havia uma intensidade nela que sempre o incomodou. No dia seguinte ao que tinham dormido juntos, ela ligou seis vezes para ele. Ben se sentiu preso, perseguido e, como estava saindo de um relacionamento, não tinha pressa para se amarrar a outro — pelo menos não naquele momento.

Virando o cardápio para ela, apontou:

— Fique longe do atum também.

— E o que você vai pedir, então?

Ela cruzou os braços.

— Salada cobb e talvez a sopa de cebola, se estiver boa hoje.

Kim olhou para o cardápio.

— Sanduíche de frango grelhado?

Ben deu de ombros.

— É bom, não maravilhoso. E aí? O que era tão urgente?

Ele não quis soar tão grosseiro, mas não queria insinuar nada para ela. Ir direto ao ponto era a melhor estratégia.

Kim lançou um sorriso irônico para ele.

— Soube que Lara está em Paris com Gaston Boucher.

Ele apoiou o braço no assento do banco.

— É, eles foram encontrar alguém da Sorbonne para falar de um quadro que está na família dela há anos.

A mulher ergueu uma das sobrancelhas e lançou um olhar de pena para Ben.

— Foi isso que ela disse?

O que estava acontecendo naquele dia? Ele soltou uma gargalhada, pondo as mãos unidas na mesa.

— Ela não me *falou* nada, Kim. Nós conversamos ontem à noite. E o Gaston está namorando a Audrey.

Inclinando a cabeça, Kim o encarou como se ele fosse patético.

— Ah, Ben...

Seria um almoço rápido. Chamando a garçonete, ele pediu que a comida e a bebida viessem juntas e rápido, se possível, pois tinha uma reunião em meia hora. A garçonete piscou para ele. Em poucos minutos, já havia trazido um frasco de ketchup Heinz, uma Coca Zero para ele e um chá gelado para Kim, além de uma colher de sopa e alguns biscoitos.

Ben amassou o pacote de biscoitos, já prevendo a sopa.

— Kim, o que era tão urgente?

Para sua sorte, a garçonete praticamente jogou a sopa de cebola à sua frente.

— Bem. — Ela se inclinou na direção da mesa. — Enquanto me preparava para a visita da srta. Hixson, dei uma olhada em uns arquivos antigos do desaparecimento de Peter Beaumont.

— Aliás, ela acha que somos uns caipiras. — Ben abriu o pacote de biscoitos e os jogou na sopa. Provou o caldo. Como sempre, estava morno. — Não parava de falar do meu *único* assistente. Vamos parecer idiotas nas páginas do *Washington Post* outra vez. Tenho certeza disso.

Kim pousou a mão na dele. Ele a encarou antes de puxar a mão de volta.

— Você se lembra do Paul Oglethorpe?

— O velho? O que cobria as reuniões do conselho municipal?

Ela fechou o casaquinho, se ajeitando.

— Ele mesmo. Em 1974, ele era o principal repórter do jornal. Uma das anotações que ele deixou no arquivo de Peter Beaumont era para o seu pai.

— É sério?

Ela enfiou a mão no bolso, tirou um pedaço de papel quadriculado velho e o deslizou até o outro lado da mesa. Era de um dos cadernos distribuídos para as crianças na escola, agora em um tom amarelado por causa do tempo. Nele, a lápis, estava escrita a seguinte frase: *Avisar Ben Archer para investigar o outro caso. Conectado.*

— Isso estava no arquivo do caso Peter Beaumont. Em cima da pasta. — Ela tamborilou na mesa com a unha bem-feita. — Ninguém consultava aquele arquivo desde os anos 1970.

— Obrigado — agradeceu Ben, deslizando o papel de volta pela mesa. — Vou conferir os arquivos do meu pai de novo.

— Bom. — Kim se aproximou para sussurrar: — Já que você está sozinho esta semana, poderia me levar para jantar para me agradecer. Talvez a gente possa ver os fogos amanhã?

— Estou de plantão amanhã.

Não era mentira. Ele e Doyle iam trabalhar no desfile do Quatro de Julho na rua principal.

— Bem — começou ela. — Não falei da pista para Michelle Hixson, sabe... Porque sou leal a você.

— Kim...

Ela o interrompeu.

— Vai me dizer que não sou eu, é você?

Ela era uma mulher linda, não havia dúvida disso, mas havia algo estranho nela. Uma carência feroz que ele não queria em sua vida. Ele comeu quatro garfadas da salada cobb e começou a pedir a conta, tentando chamar a atenção da garçonete.

— Olha — começou ele. — Nós nos conhecemos há muito tempo. O que aconteceu entre a gente foi legal, mas...

Ele não sabia mais o que dizer.

Kim se inclinou para a frente, como se esperasse o fim da frase.

— Eu estou com a Lara agora.

Não era bem verdade. Bem, era uma grande mentira, mas ele queria que fosse verdade, então isso já devia bastar.

Na noite em sua varanda, quando Lara disse que tinha visto Todd Sutton, ele se sentiu um idiota por querer algo com ela. Ben não sabia quando as coisas haviam mudado para ele, quando Lara havia deixado de ser apenas um caso policial — um telefone para o qual tinha que ligar porque era seu trabalho — e se tornado alguém cuja voz ele mal podia esperar para ouvir. Aquela voz maravilhosa, lindamente grave. E o modo como Lara ria com vontade.

— Me desculpa se a levei a acreditar em outra coisa. De verdade.

Kim demonstrou certo desânimo, mas tentou disfarçar.

— É meio cedo depois de Todd, você não acha?

Ben analisou a pergunta e a insinuação o deixou furioso.

— Já faz quase um ano, Kim.

— Já? — perguntou ela, olhando para o nada como se contasse os meses. — E eu achando que você me pouparia de passar outro sábado à noite com os meus gatos.

— Me desculpa — repetiu ele.

A mulher deu de ombros.

— Tem certeza de que não posso mudar a sua opinião?

— Acho que não.

— Lara Barnes é uma mulher de sorte. — Seu tom de voz mudou de forma abrupta e ela pegou a bolsa. — Acho que é por sua conta, não é?

— É — confirmou ele, com um sorriso fraco. — Pode deixar.

Kim Landau saiu da mesa com um movimento rápido, deixando apenas seu perfume no ar.

Ben ponderou o que ela havia dito sobre Lara. Para ele, Lara Barnes estava longe de ser uma mulher de sorte. O que havia acontecido com ela tinha sido cruel e devastador.

— Acho que sou eu a ter sorte — disse ele para a mesa vazia.

Ao ligar na noite anterior, Lara parecia abalada. Ele imediatamente se arrependeu de não ter ido com ela — não que ela o tivesse convidado.

Quando ouviu que ela havia sido perseguida no Père-Lachaise, ele teve vontade de comprar uma passagem até Paris, mas ela garantiu que Gaston Boucher e o tal do Barrow não tentariam nada arriscado.

Ainda assim, ele achava que Lara parecia sempre acreditar que daria conta das coisas e às vezes acabava exagerando sem sequer perceber. Ben pensou na casa dela, em como Lara a havia comprado sem saber como a consertaria, e na estação de rádio, em que havia investido uma fortuna. Ela era impulsiva. E se estava achando que tinha visto Todd Sutton, então com certeza estava estressada. Será que ele a havia feito começar a ver coisas ao agir rápido demais e chamá-la para ir com ele ao baile?

Ao retornar à delegacia, Ben pegou de novo os arquivos do caso Peter Beaumont. Eram quatro pastas grossas que pareciam estar em ordem cronológica. Ele se sentou com uma xícara de café bem quente e começou a analisar meticulosamente cada documento, procurando uma anotação ou um pedaço de papel que se referisse a outro caso. Ver a caligrafia do pai depois de tantos anos lhe causou uma pontada de nostalgia.

Havia outras informações sobre Peter nos arquivos de seu pai. Anexada a eles havia uma fotografia de Peter Beaumont — a má qualidade do filme dos anos 1970 dava aos traços dele um tom amarelado, mas era possível ver que sua pele estava bronzeada. Era uma foto de verão. Peter sorria, e seu cabelo comprido, clareado pelo sol, contrastava com as costeletas louro-escuras. Ben analisou a foto: algo em Peter parecia familiar, mas ele não sabia o quê.

Com uma caneta de outra época, um número de telefone havia sido rabiscado. Conferindo o arquivo, Ben viu que o número era de Fiona Beaumont. Seu pai acrescentara *Kinsey* ao nome, junto com a frase *se casou outra vez*. Ben procurou o telefone de "Fiona Kinsey" na velha lista telefônica de Kerrigan Falls e encontrou uma F. Kinsey, listada no número 777 da rua Noles. Ele discou o número, tentando calcular a idade atual de Fiona Kinsey. Devia ter 74 ou 75 anos. Era um tiro no escuro e ela podia já ter morrido, mas, de acordo com a lista telefônica de 1997, ela estava viva.

No sexto toque, Ben estava prestes a desligar quando uma mulher atendeu.

— Alô?

— Posso falar com Fiona Kinsey?

Ben mexia na pequena pilha de fotos de Peter Beaumont. Viu uma foto dele na cerimônia de formatura do ensino médio. Exibia uma mulher de longos cabelos louros, usando uma minissaia da moda na época. Era mais velha do que Peter, mas como uma irmã mais velha, e não como sua mãe. Um cigarro pendia da mão direita enquanto ela fingia passar o pendão do capelo de Peter para a esquerda. Virando a fotografia que tinha em mãos, Ben viu FEE E PETER escritos no verso.

— É ela — disse a mulher.

Sua voz era anasalada e desconfiada.

— Meu nome é Ben Archer — apresentou-se. — Eu...

— Eu sei quem você é — disparou Fiona. — Conheci seu pai.

— É — confirmou ele, surpreso com a reação direta dela. Dava para ouvir um relógio de parede ao fundo. — Gostaria de saber se posso falar com a senhora sobre seu filho.

Houve uma longa pausa.

— Prefiro não falar sobre isso.

Ben pigarreou, tentando pensar no que dizer.

— Posso perguntar por quê?

— Sr. Archer — começou ela, como se falar lhe custasse muito. — Sabe quantas pessoas me procuraram para *falar comigo sobre meu filho*? E sabe o que todas essas conversas me renderam? Nada. Sou uma mulher velha. Estou cega e tenho câncer no fígado. Terminal — explicou. — Peter morreu e logo poderei vê-lo. Agora não há nada que você possa me dizer ou que eu possa contar a você. Peter se foi. Para onde ou por que já não importa mais, pelo menos não para mim. Então, por gentileza, me faça um favor: fique longe de mim. Eu gostava do seu pai. Ele fez o que pôde, mas falhou com meu filho. Todos nós falhamos. Para algumas coisas, sr. Archer, é simplesmente tarde demais.

As palavras dela pesaram sobre ele. Ben bateu na foto com o indicador. Pelas anotações, ele podia ver que seu pai havia tentado analisar cada ângulo do caso, mas ela estava certa. O pai dele — e o departamento de polícia — havia falhado.

Até o momento, Peter Beaumont tinha sido apenas um nome para ele, a outra ponta do caso Todd Sutton, mas a dor daquela mulher foi contagiante. Ela viajou pela linha telefônica e o envolveu como uma cobra.

— A senhora pode ao menos me dizer como ele era? Eu não o conheci.

A mulher suspirou. Ele ouviu o grunhido de uma velha cadeira sendo puxada pelo que imaginou ser um piso de cozinha e o barulho pesado de alguém se acomodando nela, tanto os ossos quanto a respiração.

— Sinceramente, sr. Archer, há coisas de que me lembro como se fossem hoje. Me lembro dele arrastando aquela velha guitarra Fender para todos os lados, esbarrando-a contra batentes e portas de carros. Ele só usava uma alça velha, nunca um estojo, e simplesmente a pendurava no ombro. Um antigo namorado meu tinha dado a guitarra a ele. Já estava maltratada quando ele a ganhou e a coisa não melhorou. Era uma bela guitarra. É uma pena. Peter odiava cortar o cabelo, odiava usar sapatos quando era pequeno e até nos deixar... — A última palavra ficou presa em sua garganta. — Bem, ele estava sempre descalço. Tinha pés bonitos. Eu sei que é uma lembrança estranha, mas é uma das coisas de que me lembro daquele último verão: ele, bronzeado, correndo descalço, sendo picado por abelhas com aquela linda juba louro-escura e comprida igual à do pai. Toda semana, eu me lembro, pedia para ele cortar o cabelo e até lhe dava dinheiro. Ele, claro, aceitava o valor, mas ia comprar discos junto com Jason Barnes. Também me lembro de tentar me parecer jovem o bastante para ser irmã dele e de nunca ter sido uma boa mãe. Estas são as coisas de que me lembro, sr. Archer.

— Ele tinha namorada?

— Ele tinha um harém. — Ela riu e a risada se transformou em tosse, a tosse profunda e úmida de pulmões doentes. — Até minhas amigas gostavam dele. Acho até que uma delas o namorou, mas eles escondiam essas coisas de mim. — Sua voz soou forçada no final, e ela irrompeu em outra crise de tosse.

— Alguém especial?

— Não que me lembre, sr. Archer — respondeu ela, pigarreando. — Talvez. Ninguém apareceu na minha porta depois que ele desapareceu dizendo ser o amor da vida dele nem nada parecido. Em dado momento, até desejei que alguém o fizesse. Era triste saber que ele havia morrido sem ninguém. Só tinha Jason Barnes. — Ela riu. — Os dois garotos se amavam como irmãos. Não sei se havia espaço na vida do Peter para algo que não fosse o sonho dele. E, nossa, como meu garoto tocava bem.

— A banda.

— A banda. Sempre a banda. E eles teriam feito sucesso. — Ela fez uma pausa. — Se ele não tivesse morrido.

Dizendo isso, o telefone clicou e a ligação caiu.

21

PARIS
3 de julho de 2005

Aos pés do grandioso Palais Brongniart, na esquina da rua Vivienne com a rua Réaumur, Lara olhou para o relógio. Cinco para as onze. O imponente edifício à sua frente era grande demais para estar tão silencioso. O luar iluminava a frente dos pilotis. O bistrô do outro lado da rua empilhava cadeiras em um esforço para fechar as portas. Durante o dia, aquela parte de Paris era cheia de escritórios e empresas, mas à noite ficava quase abandonada. Além dos garçons e de um casal ou outro indo para casa, não havia nada ali. Lara olhou para o ingresso e confirmou as ruas. O pátio diante dela estava vazio e escuro.

    Ela andou de um lado para o outro, os saltos estalando no cimento. Virando-se, pensou ter ouvido alguma coisa atrás de si. Passos. Ela continuou andando. Se estivessem observando, ela fingiria que estava esperando por alguém. Bem, ela estava esperando por alguém. Tinha se arrependido de não contar a Gaston o que ia fazer naquela noite, mas não queria preocupar Barrow nem ele. Já que a mulher a havia perseguido, Lara devia ter tomado mais cuidado. Pelo menos tinha lançado o feitiço de proteção outra vez naquela noite, antes de sair do hotel. Ela voltou a olhar para o relógio. Três para as onze. Tudo que tinha que fazer era escapar daquela mulher por três minutos. Althacazur a encontraria.

O ar noturno de Paris estava úmido e quente e trazia bem pouco frescor. Sentindo certa necessidade de se vestir para a ocasião, ela pusera um vestido preto e sandálias de amarrar, como se estivesse indo a um jantar ou a um show. Dobrada sobre seu braço, ela trazia uma jaqueta jeans.

Então voltou a ouvir: o clique de sapatos de saltos. Saltos femininos.

Lara se virou. O barulho vinha da esquina da rua Vivienne onde o poste estava apagado. Ela sentiu um arrepio subir por seu pescoço.

— Por favor... Por favor!

Ela olhou em volta, procurando alguma diferença. Em silêncio, começou a entoar o feitiço.

Ao longe, Lara ouviu um sino de igreja começar a bater. Eram onze horas. Como se sua visão ficasse turva, ela viu os pilotis se curvarem. De início, o movimento foi suave, como uma leve ondulação quando jogamos uma pedrinha na água. Em segundos, as ondas suaves ficaram mais pronunciadas, como se algo tentasse rasgar a cena. A luz dos postes foi reduzida, gerando um ruído forte enquanto as ondulações se tornavam cada vez mais pronunciadas e a cena diante dela — a grande construção e seus pilotis — sumiu. Em seu lugar, surgiu uma gigante arena redonda com uma opulenta entrada, toda dourada, que formava a boca aberta de um diabo.

Lara arquejou. *A boca do diabo.* Era exatamente como Cecile e Barrow haviam descrito. Voltando a atenção para a rua Vivienne, ela pensou ter visto a silhueta de uma mulher parada sob o poste apagado, esperando. Ela encarou a figura, tentando deixar claro para a mulher que não recuaria. Mesmo semicerrando os olhos para enxergar melhor no escuro, Lara não conseguia distinguir se era a mesma mulher do Père-Lachaise.

Ficou aliviada ao ver o circo se formar à sua frente. Havia um zumbido constante, como se uma luz fluorescente tivesse sido ligada depois de um longo recesso. Quatro conjuntos de pilares levavam até uma porta e lamparinas iluminavam o caminho. Como uma imagem entrando em foco, o circo e seu letreiro escrito MATINÊ se tornaram nítidos. Lara olhou para o ingresso. Se o jogasse no chão e fugisse, será que a cena desapareceria? Por mais tentador que fosse, ela olhou para a figura da mulher parada na sombra. Se não atravessasse as portas do Cirque Secret, teria que enfrentar quem quer que estivesse do lado de fora, sabendo que era *a mulher*. Não, era mais seguro ficar *dentro* do circo.

Piscando, ela analisou a cena à sua frente. Um circo completo havia se materializado diante dela, suplantando um monumento parisiense. Lara olhou em volta. O garçom do café próximo dali continuava a empilhar cadeira como se a praça inteira não tivesse se transformado diante dele. Mas talvez não tivesse.

— Pelo amor de Deus, decida logo se vai entrar ou não!

Lara olhou para os pilares e viu um palhaço segurando uma miniatura de si mesmo: uma marionete de ventríloquo. *Doro*. Pelo diário de Cecile, Lara sentiu que já o conhecia.

— É, você.

Os palhaços estavam vestidos de forma idêntica: todos de branco, da tinta no rosto ao chapéu do tipo fez e à fantasia.

Acima dela, um cavalo relinchou. A estátua também estava viva?

Impressionada, ela deu uma volta, sentindo-se como Dorothy ao entrar em Oz.

— Srta. Barnes. — A mão da marionete apontava para a porta. — Por aqui, *s'il vous plaît* — indicou, educado. Enquanto o palhaço andava, o boneco olhava ao redor. — Eu sou o Doro. Ou melhor, ele é.

A pequena mão de madeira apontou para o palhaço, que, por sua vez, esticou o braço para pegar o ingresso de Lara, que relutou em entregar.

— O ingresso não é seu — retrucou a marionete.

Era o mesmo medo que sentia ao entrar em uma falsa casa mal-assombrada no Dia das Bruxas. Ela esperava se divertir, mas sempre havia uma sensação de mau agouro pairando no ar. Lara assentiu, entregou o ingresso ao palhaço maior e o viu derreter em suas mãos.

Quando pisou no tapete, ele se enrolou atrás dela, dando-lhe a sensação de que talvez a passagem fosse só de ida. Ela engoliu em seco, arrependida por ter sido tão impulsiva. Devia ter contado a Gaston. Mas o que ele e Barrow teriam feito? Aquela construção não era real, pelo menos não naquela dimensão. E eles não haviam sido convidados.

Entrando pela boca gigante, ela passou por portas arqueadas de três metros de altura, que se fecharam com firmeza às suas costas. Diante dela havia um corredor, mas não um corredor qualquer: era uma área margeada por janelas, com uma luz forte que adentrava por elas. O que era impossível, pois já havia anoitecido em Paris. Por um instante, Lara não teve certeza se aquilo era um circo ou Versalhes, já que as paredes eram decoradas com relevos dourados.

Enquanto seguia pelo corredor, viu uma série de cômodos, com portas posicionadas no centro de cada um. Diante dela havia outros nove conjuntos de portas em forma de arco, todas abertas e laqueadas de branco. A madeira e as maçanetas elaboradas, cobertas de folha de ouro, pareciam algo saído de um sonho em rococó, com cores que lembravam a vitrine de uma loja de *macarons*.

Abaixo dela, o piso formava losangos em preto e branco e, depois da porta seguinte, se transformava em uma inebriante espiral bege. As paredes dos arcos eram pintadas de branco, dourado e verde-água. Relevos brancos e dourados decoravam as paredes e pesados lustres de cristal pendiam do teto. Ela tentou contá-los, mas devia haver uma centena deles refletindo a luz e fazendo todo o lugar brilhar e cintilar.

Foi então que Lara notou. As cores eram as de um filme em Technicolor dos anos 1960: os azuis e dourados eram mais pronunciados e tudo era banhado por um certo brilho, quase como um foco suave. Aquele mundo não parecia real, como se ela estivesse em um espetáculo formado por bonecos de massinha. Talvez tenha sido isso que Giroux tivesse tentado reproduzir com a técnica de gotejamento. Em cada sala, ela viu uma atração diferente: um vidente, jogos de tiro, bandejas de bolo e comida, até mesmo o cheiro de pipoca. Apesar de elegantes, os instrumentos e o maquinário eram antigos, como se tivessem sido instalados durante a Belle Époque, o que a fez sentir que estava andando por uma cápsula do tempo. O lugar também cheirava a uma casa velha que havia ficado fechada durante o inverno antes de passar por uma faxina pesada para deixá-la mais arejada.

Cada cômodo era mais lindo do que o anterior, com cores em tons pastel.

— Que cheiro é esse?

Ela olhou para o pequeno boneco, esperando uma resposta.

— Eu diria que é chocolate derretido, mas não sinto cheiro nenhum.

Lara respirou fundo.

— Meu Deus, isso é incrível!

— Temos o quarto amêndoa na sequência. — O palhaço apontou.

— Por aqui — indicou o boneco, fazendo-a passar pelas portas enquanto o doce aroma de amêndoas e açúcar a dominava. — Chamamos este corredor de Grande Promenade.

Apesar de ter entrado no lugar à noite, do lado de fora, o sol iluminava cercas-vivas elaboradas e labirintos nos jardins.

No quarto cômodo, eles pararam diante de um velho carrossel. Por causa do segundo andar, era o maior carrossel que Lara já tinha visto.

Ele fez um gesto para que ela subisse.

— Você está brincando?

Ela inclinou a cabeça. O carrossel parecia familiar. Quando a marionete não respondeu, ela segurou um dos varões, relutante. Havia um cavalo de carrossel diante dela, e seu rabo começou a balançar. Não era possível que tivesse se movido... Como resposta, o rabo se mexeu outra vez. Então o boneco disse:

— Monte!

Lara hesitou. Estava no que parecia ser outra dimensão, falando com a marionete de um palhaço que tentava fazê-la subir em um carrossel repleto de animais supostamente vivos.

— Que se dane. Não dá pra ficar mais estranho do que isso.

Ela deu de ombros e colocou o pé no estribo, subindo nas costas do cavalo e sentindo o animal se mover sob ela, como se estivesse respirando. Seu pescoço começou a se mover para cima e para baixo por conta própria, como se estivesse despertando de um longo sono. No mesmo instante, a música se iniciou e Lara começou a se sentir tonta ao perder de vista o palhaço e o boneco.

Ela definitivamente se sentia meio tonta, como se tivesse tomado duas taças de champanhe. Então algo inesperado aconteceu: o carrossel começou a andar *para trás*.

A primeira imagem a atingiu com força. As luzes do carrossel ficaram mais brilhantes até que tudo o que conseguiu ver foram imagens do rosto de Ben Archer. Ela estava sentada no banco do Delilah's ouvindo-o falar da viúva que tinha dado em cima dele. Agarrando a beirada da cadeira, ela sentiu a almofada do bar afundar sob seus dedos mesmo quando percebeu que aquela imagem não podia ser real. Ainda assim, sentiu o ciúme invadi-la outra vez enquanto ele mencionava por alto o que havia acontecido com a viúva.

A imagem seguinte foi como um tapa: o almoço com Ben Archer meses antes. A ilusão era tão real que ela abraçou o pescoço do cavalo para se segurar e percebeu que segurava uma crina suave e sedosa. Fazendo um ruído rítmico, o cavalo galopava para trás na plataforma, a cabeça baixa. A sensação estranha a deixou com o estômago embrulhado, como quando andava de trem de costas para o vagão principal. Ela olhou em volta e viu que todos os animais — o leão, o tigre e a zebra — também corriam para trás em uníssono, como se o estampido de um rebanho estivesse sendo rebobinado.

As luzes do carrossel voltaram a piscar e o rosto de Ben se transformou. Lara o viu na escada da velha igreja metodista de pedra, balançando a cabeça. Ela usava o vestido de renda marfim.

Lara exclamou de surpresa com a cena seguinte. Todd estava na frente dela, turvo como se estivesse ao sol. Ela semicerrou os olhos para vê-lo. *Todd*. Arquejou ao ver o rosto dele outra vez. Ele parecia a ilusão que ela vira no baile, mas aquele Todd estava em uma lembrança, a cena era familiar. De perto, depois de todos aqueles meses, ela havia se esquecido de muitos detalhes do rosto dele: as rugas próximas à boca e os pontinhos azuis em seus olhos cor de mel. Talvez sua dor fosse tão grande que tivera que apagá-lo. Agora, parecia que uma costura fraca havia voltado a se rasgar no tecido de suas entranhas. As luzes do carrossel piscavam e a música estava alta, mas, naquela imagem, só havia os dois. Eles estavam no jipe de Todd, com a capota aberta. Ele olhava para Lara e sorria. O vento soprava no rosto dela e alguns fios de cabelo se prendiam ao gloss que acabara de passar nos lábios. Lara olhava para o rosto de Todd, muito grata por poder voltar a vê-lo e envergonhada por ter se esquecido do modo como ele tirava o cabelo do rosto com a mão. Ele era tão bonito...

— Não vá.

Lara estendeu a mão para tocá-lo.

Todd olhou para ela e riu.

— Do que você está falando?

Ela se lembrava daquele passeio. Duas semanas antes do casamento, eles estavam a caminho de Charlottesville. Ficara olhando para o perfil de Todd enquanto ele dirigia, mas, naquele momento, eles não haviam dito aquilo um ao outro. Todd ergueu os óculos escuros e parou o jipe, então se inclinou e a beijou. Aquelas imagens foram montadas lindamente, como versos de poesia. Voltar a tocar o rosto de Todd, sabendo, no fundo, que ela já o havia perdido, era algo tão puro e belo que lhe roubava o ar. Ela havia desejado aquilo: voltar a vê-lo, sabendo da importância daquele momento e da perda que aconteceria depois. Lara segurou o rosto dele, analisando cada ruga e cada fio de cabelo.

O carrossel começou a desacelerar. Ela viu pontos de luz surgirem através dele. Todd estava desaparecendo.

— Eu te amo.

Lara disparou as palavras apressadamente, ainda segurando o rosto de Todd com certa firmeza, fazendo o rosto dele tremer enquanto ela falava.

— Eu também te amo.

Todd se dissolveu na frente dela enquanto sua voz ecoava.

Lara começou a chorar, abraçada com força ao pescoço do cavalo. Ele também se transformou e recuperou o tom de madeira polida. Seu rabo deu uma última balançada que esbarrou na coxa dela.

Quando o carrossel parou, não era mais o par de palhaços que esperava por ela. Lara reconheceu o uniforme verde e azul de Shane Speer, o vidente do Circo Rivoli.

Será que havia sido transportada de volta para Kerrigan Falls? Naquele momento, tudo era possível. Ela desceu do cavalo zonza e um pouco enjoada. Sua cabeça e seu estômago não estavam funcionando em sincronia. Ela nunca gostou muito de parques de diversão.

— Olá, srta. Barnes.

Naquele circo francês maluco, o sotaque sulista-americano dele parecia não combinar.

Ai, meu Deus! Aquilo parecia um de seus sonhos em que coisas estranhas de sua vida se misturavam, como sua professora do jardim de infância substituindo seu pai no palco de um show da Dangerous Tendencies e não sabendo a letra das músicas que eles iam tocar.

— Eu sei. — Shane estava apoiado na cabine de controle do carrossel, fumando um cigarro. Ele deu uma última tragada antes de apagá-lo no chão com um tênis Puma preto. — Você está pensando: *O que* ele *está fazendo aqui?*

— Você?

Ela cambaleava e apontava para ele enquanto descia do carrossel. Bem, sua mão tentava apontar para ele, mas ela tropeçou.

— Eu trabalho aqui, na verdade — explicou ele, segurando-a —, mas precisava garantir que você quisesse mesmo se juntar ao nosso pequeno circo, por isso fui forçado a procurá-la.

— O que você me disse... Era tudo besteira, então?

— Não. — Ele a ajudou a se levantar, depois andou de costas pela Grande Promenade, indicando o carrossel com a cabeça. — O que achou?

Ela seguiu atrás dele, cambaleando um pouco e olhando para o carrossel, analisando a atração. Era azul e tinha uma paisagem marinha pintada na marquise superior, cercada por ornamentos dourados e luzes redondas. Ela se lembrou do velho carrossel que estava apodrecendo atrás do celeiro e de todas as suas tentativas de fazê-lo se mover com magia. Aquele era o carrossel que Althacazur havia tentado ensiná-la a puxar para seu mundo. Ela o vira muitas vezes quando chegara perto de conseguir conjurá-lo.

— Ele volta no tempo. Doido, né? A maioria das pessoas não consegue ficar nele muito tempo. Quando ficam, voltam para antes de nascerem e meio que... — Ele estalou os dedos. — Puff!

— Eles... puff?! — Lara quase gritou.

Shane deu de ombros.

— Acho que ele devia vir com um aviso, tipo aqueles que dizem: É PRECISO TER ESTA ALTURA PARA ENTRAR NESTA ATRAÇÃO. Ele apontou para o próprio umbigo com a mão aberta.

— Ou avisar que pode matar?

— Bem, eu acho que está exagerando, srta. Barnes. Ele faz a pessoa evaporar, o que é muito diferente de matar, eu garanto. Mas essa discussão poderia durar o dia inteiro. — Ele continuou andando. — Vamos. — Eles passaram pela sala do vidente. — Por outro lado, aqui posso prever seu futuro de maneira bastante precisa. Posso até mudá-lo um pouco, se alguém pedir. O marido traidor que vejo na palma da sua mão? Será fiel como uma freira no domingo, mas vai custar caro.

— Já sei. — Lara ajeitou a saia. — Puff?

— Não, só a sua alma. Você ficaria surpresa com as pessoas que aceitam a proposta. — Ele se interrompeu por um instante, depois se virou como se fosse um corretor de imóveis mostrando uma casa a ela. — Esta é a Sala da Verdade. Ninguém nunca quer entrar aí.

— Por que não?

— A sala é cheia de espelhos que tiram toda ilusão, então tudo que vemos diante de nós é a verdade. Como você pode imaginar, ninguém quer ver as coisas como elas realmente são. Muita gente já enlouqueceu neste lugar. — Ele balançou a cabeça, pesaroso. — Ah, nós dizemos que queremos saber a verdade. Mas será mesmo? — Como um mágico de circo, ele conjurou do nada um pedaço de algodão-doce verde-água, cor-de-rosa e branco. — Algodão-doce? — ofereceu.

— Não, obrigada — recusou Lara, o estômago ainda embrulhado por causa do carrossel.

Shane deu de ombros e começou a puxar o algodão-doce. No fim do corredor havia um conjunto ainda maior de portas verde-água, que se abriram quando eles se aproximaram. Atrás dessas portas ficava a grande tenda, chamada de LE HIPPODROME. Apesar de o sol estar brilhando na Grande Promenade, quando Lara entrou na tenda, um céu noturno e estrelado surgiu sob o teto dourado e transparente. Assentos barrocos esculpidos com detalhes dourados margeavam as paredes e grandes candelabros barrocos pendiam do teto, o maior no domo central. Outros agrupamentos deles se formavam sobre os assentos mais próximos da arena. Parecia o interior de uma caixa de joias. Para a surpresa de Lara, os bancos eram todos elaboradas cadeiras de veludo. Na arena, o piso de madeira era esculpido com uma estampa chevron polida. Ela já tinha visto aquele circo no quadro *Sylvie sobre o cavalo*.

— O lugar de honra.

Ele apontou para uma cadeira de veludo azul que mais parecia um trono e ficava na primeira fila vazia.

Shane andou até o centro da arena e parou. A sala ficou escura e um holofote apareceu sobre ele.

— Senhoras... E, bem, senhora... quero apresentar nosso apresentador de hoje. O criador deste circo...

Tambores rufaram, seguidos pelo bater de címbalos. O holofote andava de um lado para o outro, circulando, até finalmente parar em uma porta dupla, que se abriu. Ninguém apareceu.

— Droga! — xingou Shane. — Já volto. Hora de trocar de figurino.

O holofote se apagou e as portas bateram. Então o holofote voltou a acender e, desta vez, um homem emergiu das portas. Estava vestido como apresentador, de cartola dourada e fraque. Suas botas pretas e sua calça de montaria brilhavam. Ele cumprimentou Lara como um comediante recebe a plateia de seu show noturno. *É ele! Althacazur!*

— Bem-vinda, minha querida. — Sua voz ecoou na arena vazia.

— Eu sei. — Ele olhou para si mesmo. Seus cachos castanhos batiam nos ombros. — Também gosto muito mais desta forma. Você me viu como Shane Speer, mas também como o zelador do Cirque de Fragonard. A questão é que posso passar de circo em circo com muita facilidade. — Ele pôs uma das botas polidas no corrimão de madeira que separava a primeira fila da arena. — Me diga. De qual versão de mim você mais gosta?

O homem que a havia resgatado da mulher do Père-Lachaise e que mostrara a ela o quadro de Cecile Cabot? Era *ele*?

— Você disse que ia me encontrar — respondeu Lara, encantada com o espetáculo diante dela.

Aquele mundo era lindo. Ela olhou para a lona. Era magnífica!

— E foi o que fiz — declarou ele, com uma piscadela.

— Por quê?

No baile, ele dissera que havia fortalecido a magia dela, mas nada daquilo fazia sentido.

— Ah, é... Eu explico isso daqui a pouco. — Ele fez uma reverência elaborada, como se a rainha Elizabeth estivesse diante dele, os cachos castanhos caindo em cascatas antes que segurasse a cartola. — Estou muito feliz que você tenha conseguido vir nos ver hoje, Lara Margot Barnes. Permita que eu me apresente apropriadamente. Sou seu anfitrião, Althacazur. Estamos um pouco fora de forma no Cirque Secret, então, por favor, nos dê uma folga hoje. É nosso primeiro espetáculo para uma plateia em setenta e muitos anos. Também temos alguns membros novos na trupe e eles estão animados para se apresentar em particular para você.

Enquanto ele andava — ou melhor, saltitava — pela arena, Lara viu um macaquinho correr até ele. *Sr. Tisdale?* Como se pudesse ler a mente dela, Althacazur sorriu.

— Ah, claro, você já conheceu o sr. Tisdale. Ao que parece, Tis, a srta. Barnes se lembra de você. Você chamou muita atenção!

Sr. Tisdale acenou para ela com sua mãozinha.

Ela se pegou acenando de volta para a pequena criatura.

— Sr. Tisdale disse que teria sido grosseria da minha parte não me explicar primeiro. Bem, seja bem-vinda ao Cirque Secret. Talvez já tenha ouvido falar de nós.

Ele fez uma pausa como se tivesse ouvido a deixa e esperou Lara responder.

Ela assentiu.

— Ótimo. Tente interagir um pouco conosco, srta. Barnes. Isso ajuda.

Althacazur passou pelos quatro cantos da arena como se fosse um palco e ele, um astro do rock moderno.

O macaquinho acompanhava com a cabeça cada movimento dele, parecendo tão encantado quanto Lara.

— Bem, além das reclamações que você fez mais cedo sobre incluir *alertas*... — Ele revirou os olhos. — Você gostou do meu carrossel, srta. Barnes? Não sei se você se lembra, mas tentou puxá-lo para o seu mundo uma vez.

Lara assentiu.

— É verdade.

— Ah, ele é uma das minhas melhores criações. Ele volta. — Althacazur se interrompeu, como um comediante esperando a deixa, depois riu como um adolescente que conta uma piada pornográfica. — No tempo.

O sr. Tisdale bateu palmas como se tivessem combinado. Foi então que Lara notou que ele e Althacazur usavam roupas iguais.

— Desculpa. Eu deveria me explicar porque a internet não me dá os devidos créditos. Sou o daemon principal das... Bem, das *coisas divertidas*. Vou ser bem claro: primeiro, lembre-se de que é um *daemon*, não um demônio. Odiamos quando isso não fica evidente. Nos faz parecer um bando de bárbaros. Daemon é mais elegante, você não acha? — Ele esperou a resposta de Lara. — Também sou conhecido como Althacazar — disse, enfatizando o *a* — e Althacazure.

Ele se concentrou na pronúncia extremamente francesa do último.

— Muito elegante — admitiu Lara, finalmente concordando.

— Tente me acompanhar. — Ele levou a mão ao queixo como se estivesse pensando em alguma coisa. — O que eu estava dizendo mesmo? Ah, sim, eu sou o daemon da luxúria, do vinho, da música, do sexo... Tudo que faz o mundo girar é da minha alçada.

Althacazur olhou para o macaco, que o adorava.

— Eu sei. O próprio sr. Tisdale já foi muito famoso. — O macaco olhou para os pés timidamente. Como um comentário shakespeariano, Althacazur se inclinou para a frente, pondo a bota na plataforma que ficava diante de Lara, e sussurrou não tão baixo assim: — Talvez ele tenha liderado um país em uma vida anterior. — Althacazur se virou para o macaco, que mantinha os olhos voltados para o chão. — Não é verdade? Bem, sr. Tisdale não gosta muito de falar sobre isso, mas vamos supor que, alguns anos atrás, ele governava um país famoso pelo *gelato*. Não é, Tis?

O macaco pareceu envergonhado, humilhado por ter sua identidade revelada em sua forma atual.

— Ah, não ligue para ele. O sr. Tisdale tem sido um ótimo diretor para o circo. Sente certa saudade de sua forma antiga, mas, bem... Aquilo acabou, não é, Tis?

O macaco, derrotado, balançou a cabeça. Lara ficou arrasada ao pensar que, se as insinuações estivessem certas, o macaco parado diante dela havia sido... *Benito Mussolini*?

Como se pudesse ler a mente dela, a pobre criatura olhou para Lara, guinchou e saiu irritada, a cabeça baixa.

— Ah, srta. Barnes, uma pequena regra. Por favor, não diga nem pense o nome verdadeiro de minhas criaturas na vida anterior delas. Isso as faz se lembrar de quem eram. Você pode insinuar isso, mas jamais *dizer*. Tisdale, Tisdale, volte... Ela não quis dizer aquilo.

Althacazur se virou para ela.

— Você tem que entender... Todos que estão na minha coleção já foram artistas famosos de algum tipo. Cantores de ópera, astros do rock, políticos... Ah, os políticos são de longe os melhores! Muito egomaníacos. Eu *adoro* todos eles! — Althacazur indicou Tisdale com um movimento exagerado da cabeça. — Todos eles, bem, acabaram indo parar... — O daemon apontou para o chão. — Lá embaixo, como vocês gostam de dizer. Mas eu falei: "De jeito nenhum! Vamos montar uma trupe e permitir que esses coitados voltem a se apresentar." Então aqui estamos nós por apenas esta noite: Le Cirque Secret.

Althacazur apontou para ela. O modo como enunciava as frases era exagerado, como um ator de vaudeville.

As portas se abriram e hordas de artistas surgiram: palhaços, trapezistas e mulheres barbadas carregando gatos em caixas, seguidos por cavalos e elefantes.

Althacazur pegou uma caixa de gatos de uma mulher barbada, abriu a porta e os gatos pularam para fora.

— Lembre-se de que Tisdale não pode estar por perto. — O daemon se virou para Lara. — Eles tentam comê-lo quando se transformam.

Lara ficou confusa até Althacazur estalar os dedos e o gatinho preto e o rajado se transformarem em uma pantera negra e um leão, com juba e tudo, respectivamente. Ela se lembrou da passagem do diário de Cecile.

— Hércules e Dante.

— Ah, srta. Barnes! Os gatos ficarão muito felizes em saber que você os conhece. Venha, venha!

Althacazur fez um gesto para que Lara se juntasse a ele na arena. Estava mesmo sugerindo que ela entrasse na arena com um leão e uma pantera?

— Estou — confirmou ele, respondendo ao pensamento dela. — É exatamente isto que estou sugerindo. Vamos logo, srta. Barnes.

Lara se levantou do trono de veludo e entrou com cuidado na arena. O leão a notou primeiro e caminhou até ela como se a estivesse avaliando. Tomada pelo medo, Lara se manteve imóvel enquanto o animal dava voltas em torno dela e parava à sua frente. Lara lembrou a si mesma que, provavelmente, aquele gato tinha a altura de sua canela, mas, caramba, ele parecia bem real.

— Eu garanto — afirmou Althacazur, analisando as unhas. — Ele é um gato doméstico. Uma coisinha minúscula.

Como se tivesse recebido uma ordem, o leão soltou um rugido forte, fazendo Lara gritar.

— Hércules — ordenou Althacazur. — Suba. — O leão pulou em um pedestal e ficou observando o apresentador, esperando outros comandos. — Dante. — O homem se virou e ergueu os braços. O gato preto elegante ficou de pé sobre as patas traseiras. Althacazur deu uma série de tapinhas na cabeça dele ao passar. — Vá até a srta. Barnes.

Lara ouviu as patas dianteiras de Dante pousarem no piso de madeira. Como Hércules, o gato circundou Lara antes de se sentar em frente a ela, como um cachorro. Era tão grande que, sentado, sua cabeça ainda chegava à altura do pescoço dela.

— Não dê ideias a ele. Dê apenas um petisco.

Lara pareceu confusa.

Althacazur suspirou, entediado.

Ela podia ver que seus olhos cor de âmbar e as pupilas horizontais chamavam muita atenção. Aquilo era delineador? Delineador preto e exagerado.

— No seu bolso, srta. Barnes.

Lara enfiou a mão no bolso e tirou um petisco para gatos.

— Dê a ele, srta. Barnes. Antes que ele fique chateado. Diga que é um bom menino.

Lara estendeu a mão trêmula para o gato. Ele virou a cabeça para pegar o petisco com a língua de forma cuidadosa.

Do pedestal acima dela, o leão rugiu alto.

— Eu sei, eu sei — Althacazur pareceu concordar. — Mas você não fez nada pela srta. Barnes para merecer um petisco, não foi, Hércules? Seu animal preguiçoso.

O leão desceu do pedestal e se deitou na frente de Lara como se fosse a Esfinge do Egito. Como se esperasse um momento dramático da coreografia, ele rolou no chão. Lara pôs a mão no bolso e encontrou outro petisco. Ela estendeu a mão e o leão, muito maior do que ela, o pegou com cuidado.

— Estale os dedos, srta. Barnes.

Lara olhou para Althacazur, que simulou um estalar de dedos como se ela fosse uma idiota. Então ela o fez e, como em um episódio de *A Feiticeira*, a pantera e o leão voltaram a ser dois gatinhos diante dela, os rabos balançando de um lado para o outro. Ela voltou a pôr a mão no bolso e achou outros dois petiscos. Então se abaixou e os deu a cada um deles.

— Você gostou disso, não gostou?

Lara sorriu e fez carinho nos animais.

A mulher barbada se aproximou e deu tapinhas leves neles, sentindo a relutância dos dois em entrar em suas caixas.

O show continuou quando dois palhaços entraram e começaram a desatarraxar seus braços.

Lara observou horrorizada enquanto eles trocavam braços esquerdos e pernas direitas. Então um deles pegou o outro pela cabeça e a girou até soltá-la do corpo. Por sua vez, o corpo decapitado se manteve parado enquanto o outro palhaço girava em torno dele até a própria cabeça cair. Os dois jogaram as cabeças de um para o outro, enquanto suas próprias cabeças continuavam a conversar entre si. Então cada um pegou uma delas, pôs sobre o próprio pescoço e a girou para encaixá-la de volta.

Althacazur aplaudiu enquanto os palhaços faziam uma reverência e saíam da arena.

— Adoro esse número. Você nunca vai adivinhar quem eram, nem em um milhão de anos. A ironia das cabeças que são desatarraxadas... Não dá para criar nada melhor. — Althacazur deu uma volta na frente dela, ainda batendo palmas. — Já este aqui é especialmente para você.

A porta se abriu e uma figura saiu: uma figura grande, uma figura enorme com oito pernas. Caramba. Lara tinha um pouco de medo de aranhas. Era uma coisa ruim. Desde que Peter Brady havia encontrado uma tarântula em seu peito no episódio de férias de *A família Brady* no Havaí, Lara *odiava* aranhas. A pior coisa de ter comprado uma casa antiga? Aranhas. E, naquele momento, havia uma aranha de 2,5 metros de altura correndo na direção dela.

— Dois — corrigiu Althacazur, a sobrancelha erguida. — Dois metros de altura. Sua voz interior exagera.

Lara sentiu gotas de suor se formarem em cima de seus lábios.

— Imagino que esta mocinha, na verdade, também seja do tamanho de um selo?

Althacazur se apoiou na área da orquestra e acendeu um cigarro.

— Não. Ela é enorme. Não é?

A aranha se aproximou lentamente e ergueu as patas da frente, expondo enormes presas peludas. Pelos incontáveis livros que Lara havia lido sobre aranhas — da aranha-teia-de-funil, que corre atrás das pessoas, à viúva negra que se esconde em pilhas de madeira —, ela sabia que aquilo era ruim, muito ruim. Mas, sob o aracnídeo, havia... uma mulher. *Havia uma mulher presa ao tórax dela?*

Lara sentiu a bile subir pela garganta. Ela ia vomitar, com certeza.

Analisando melhor, a mulher não estava *presa* ao tórax da aranha, e sim *era* o tórax da aranha, e seus braços e pernas haviam sido transformados nos membros do animal. Quando a criatura se aproximou, Lara pôde ver que a mulher era igualzinha a ela. Sentiu o sangue se esvair e o corpo pesar.

A próxima coisa que sentiu foram os dedos grosseiros de Tisdale tocando nela. Ela desmaiara na arena.

— Eu desmaiei?

O macaco assentiu. A arena havia se esvaziado e Althacazur ria.

— Aquele é o meu maior pesadelo — admitiu Lara, engolindo em seco.

— Você devia ter visto a sua cara. — Os olhos de Althacazur estavam arregalados de alegria. — Mas não foi legal encarar seu medo? — Ele a observou. — Tipo, você *literalmente* o encarou.

Ela olhou para a esquerda, para Tisdale, que parecia estar com pena dela.

— Levante-a, Tisdale, e a sacuda um pouco.

O macaco deu uma série de tapinhas em Lara, que se levantou e olhou por sobre o ombro para garantir que seu eu em forma de aranha gigantesca não estava esperando na entrada.

— Vou parar de brincar com você agora, Lara — prometeu Althacazur. — Pode se sentar.

Lara voltou ao trono gigante da primeira fileira, conferindo o relógio para checar as horas, mas o mostrador ainda indicava 11h01, a hora exata em que havia passado pela porta. Na verdade, minutos ou dias podiam já ter passado.

Os holofotes foram acesos e a orquestra ganhou vida. Althacazur saltitou para fora do fosso.

— *Mesdames et messieurs*, bem-vindos ao Cirque Secret, onde nada é o que parece.

Ele inclinou a cartola e as demais luzes se acenderam, revelando uma tenda cheia de pessoas, espectadores de verdade.

Homens e mulheres vestidos com suas melhores roupas: vestidos, casacos e chapéus de outra época. Lara viu cartolas repousando em colos e, apesar de não ter estado ali alguns segundos antes, uma bandeja de prata com uma taça de champanhe surgira diante dela.

— Pipoca?

Lara se virou e viu um pequeno urso preto com uma coleira de tule verde fosca e lantejoulas cor de bronze carregando uma bandeja.

— Eu sei — afirmou o urso, movendo o pescoço como se estivesse incomodado com a coleira. — É meio exagerado. E coça.

— Obrigada. Lara pegou o saco de pipoca da mão estendida dele.

O urso analisou o restante das fileiras como uma aeromoça com um carrinho de bebidas.

Lara olhou para o homem a seu lado. Será que ele era real? Parecia real, mas seu casaco era de lã e estavam no verão. As mulheres tinham os cabelos presos ou muito curtos. Se tivesse que adivinhar, as roupas eram do início dos anos 1920. Lara olhou nos olhos do homem, que lhe lançou uma piscadela. Ela imediatamente se virou para frente, afundando na poltrona. Ele parecia muito familiar e foi preciso alguns segundos para que percebesse que era o homem da plateia do quadro *Sylvie sobre o cavalo*, o espectador que apontava. Ela virou rapidamente a cabeça para confirmar. Sim, com certeza era ele.

O bumbo começou a tocar uma batida ritmada acompanhada pelos instrumentos de corda. Era uma abertura conhecida: "A canção do vampiro", de Gustav Mahler. Todos os presentes saíram correndo.

No centro da arena, mulheres vestindo saias brancas e cartolas, com cabelos ruivos espetados, faziam malabarismo. As malabaristas se separaram e duas mulheres foram trazidas até a arena, girando em rodas separadas, enquanto palhaços em fantasias azuis, vermelhas e douradas atiravam facas na direção delas.

O número era conhecido por todos que já tinham ido ver qualquer circo comum. Em um segundo, cerca de dez mulheres trouxeram uma enorme roda para o centro da arena. As mulheres formavam uma imagem estranha: seus cabelos ruivos sobrenaturais haviam sido cortados de forma a parecerem cercas de jardim — uma tinha um único cone reto sobre a cabeça, como uma casquinha de sorvete invertida; a outra, dois cones que se projetavam sobre as orelhas. Além disso, seus rostos, de um branco fantasmagórico, exibiam lábios exagerados, em formato de coração, para combinar com o cabelo.

Depois de uma mudança rápida de cenário, o holofote se acendeu e um homem e uma mulher surgiram de mãos dadas antes de assumirem seus lugares.

Quando "Na gruta do rei da montanha", de Edvard Grieg, começou a tocar, o homem pôs uma venda sobre os olhos enquanto a mulher subia na roda. Sem muita fanfarra, o homem reuniu todo o seu arsenal em uma bolsa de couro, que pendurou no ombro esquerdo, e, com um movimento, se virou e atirou toda a coleção de facas e machados na loura alta e sorridente. O metal das facas fazia barulho quando as lâminas deixavam a bolsa de couro e atingiam o alvo pretendido.

Em vez de saborear cada arremesso, o lançador despachava as lâminas como balas de uma arma de fogo. Lara observou como a plateia, certa de que sabia o que aconteceria a seguir, se acomodou em suas cadeiras de veludo. Qualquer pessoa que estivesse na alcova podia ouvir o tilintar das taças de convidados entediados, que tomavam goles de seu champanhe no salão escuro. Na plateia mal iluminada, Lara podia ver os rostos dos espectadores: estavam cansados, como se o número não tivesse nada de espetacular. Caramba, até a ópera era melhor.

O lançador retirou a venda e admirou o próprio trabalho, permitindo que o momento dramático se mantivesse por um segundo propositalmente longo demais. Em algum ponto perto da arquibancada, um homem tossiu, como se quisesse incentivar o lançador a fazer a próxima revelação — que, obviamente, seria uma mulher saindo da roda sem nenhum arranhão.

Mas não foi.

Como se seus olhos se ajustassem ao passar da luz à escuridão, Lara viu a mulher da roda entrar em foco. Os espectadores da primeira fila, mais próximos do espetáculo, estavam na beira de seus assentos, certos de que seus olhos lhes pregavam uma peça.

Em seguida vieram os gritos, inclusive os de Lara. A cena entrou em foco, se espalhando e alcançando a garganta das pessoas na plateia, até o horror absoluto chegar ao alto da arquibancada. Lara cambaleou junto com os outros espectadores, a bile voltando a subir pela garganta.

A mulher, na verdade, tinha sido cortada ao meio como um tronco caído. Os membros dela, assim como seu pescoço, haviam sido cortados com uma precisão cirúrgica — e uma coxa sem sangue escapara da roda e fora parar aos pés dos espectadores da primeira fila, fazendo uma moça delicada gritar e, em seguida, desmaiar. Ainda na roda, a mulher não sangrava, mas parecia se separar em pedaços, a cabeça decapitada pendurada em um ângulo estranho, os olhos abertos.

Lara sentiu o cômodo girar. Merda, ela ia desmaiar outra vez.

O arremessador, ao colocar a coxa da mulher de volta no lugar, girou a roda, deixando-a parar sozinha. Então deu as costas para a mulher e pôs a mão no queixo, como se estivesse esperando que algo acontecesse. Só então a mulher saiu da plataforma, absolutamente inteira, para fazer uma profunda reverência.

O apresentador entrou na arena, a mão apontando com orgulho para os artistas.

— *Louis et Marie.*

O público, encantado, começou a aplaudir de pé. O som dos sapatos batendo nas arquibancadas pareceu um trovão ecoando pela tenda.

Lara olhou para a arena, horrorizada. Os espectadores estavam encantados, olhando para o espetáculo, apontando e rindo.

Então um grupo de acrobatas vestidos com collants verde-água ou cor-de-rosa, todos listrados com o mesmo bordado feito com miçangas douradas, entrou na arena.

Em meio a esses acrobatas, surgiu um cavalo branco. O animal era maravilhoso, com uma crina branca macia e um penacho verde-água na cabeça. Pela descrição feita no diário, Lara sabia que só podia ser Sua Majestade.

Fazendo uma ponte sobre o cavalo, com os tornozelos no pescoço de Sua Majestade e as mãos na sela, estava Margot Cabot, do Cirque Margot. Todo o piso do circo se tornou uma fogueira, e Sua Majestade continuou a galopar enquanto Margot erguia as pernas em uma parada graciosa e depois mergulhava sob o cavalo, em meio às chamas. Nem a amazona, nem o cavalo pareceram notar, mas Lara sentiu o calor se erguer do chão. Como uma bailarina graciosa, Margot se pendurou no animal com uma das pernas enquanto balançava a outra. Depois ficou de pé sobre as costas de Sua Majestade, equilibrando-se em apenas uma perna ao mesmo tempo em que ele saltava no ar. Por fim, as chamas os envolveram até que a dupla rompeu uma parede de fogo, completamente ilesa. O cavalo fez uma espécie de reverência enquanto Margot saltava de suas costas para agradecer à plateia.

Em um piscar de olhos, as chamas sumiram e Althacazur voltou para anunciar o ato seguinte: a Dança da Morte. Doze palhaços andróginos, vestidos com trajes elaborados bordados com contas de um cor-de-rosa suave e cabelos pintados de branco, começaram a valsar. Eles pareciam fantasmagóricos, mas o balé era lindo. Três elefantes entraram no palco e ergueram os palhaços em suas costas em perfeita sintonia. Do teto, surgiram três cabos.

Enquanto aquele número acontecia, outros palhaços trouxeram guilhotinas para a arena. Lara começou a ficar apreensiva com aquele número e seu nome assustador, A Dança da Morte. Então, de repente, as lâminas das guilhotinas caíram enquanto os palhaços saltavam das costas dos elefantes... e revelavam que as cordas não eram exatamente para segurá-los, e sim para enforcá-los. Enquanto a orquestra tocava, cabeças rolavam e pescoços eram torcidos. Lara levou a mão à boca. Ela ouviu uma mulher suspirar e parecer desmaiar. O circo todo era um espetáculo macabro sobre a morte. Não à toa alguns dos artistas de Montparnasse pensassem que era arte performática. Mas Lara sabia que era apenas uma dança de pessoas amaldiçoadas.

Enquanto pendiam das cordas, os palhaços começaram a acordar e rastejar de volta, suas pernas balançando em perfeita harmonia. Da mesma forma, os palhaços sem cabeça retomaram a valsa e recomeçaram a dançar, girando sem parar. A música foi acelerando até chegar a um ritmo frenético.

O palco escureceu. Quando as luzes voltaram a se acender e os palhaços retomaram sua posição original, a valsa foi voltando ao ritmo normal até que todos circundaram a arena e saíram pela porta.

O tambor começou a bater, seguido por um canto gregoriano.

Do grupo, emergiu uma mulher de cabelos platinados. Lara tinha visto sua imagem na parede do Cirque de Fragonard.

Era Cecile Cabot, a moça do quadro.

A corda que ela ia usar possuía um sino na ponta. Enquanto esperava, a corda desceu do centro da arena. Cecile pulou no sino e rapidamente começou a se contorcer em torno do objeto enquanto ele subia cada vez mais alto acima da plateia. Quando alcançou o topo, a plateia percebeu que não havia rede de proteção abaixo dela. Cecile começou a girar na corda dourada cada vez mais rápido até diminuir a velocidade e descer por ela em direção à ponta em forma de sino. Pendurada no sino, ela girou as pernas como se fossem hélices, o corpo rodando como um prato, cada vez mais rápido. Então ela soltou o sino.

A música parecia vir de outro mundo. Lembrava a Lara as obras de compositores do Leste Europeu, tão sombrias e trágicas como uma marcha fúnebre russa.

A multidão, ao perceber que Cecile estava suspensa no ar sozinha, se inclinou para a frente, esperando que ela caísse a qualquer momento, mas ela não se mexeu. Em vez disso, diminuiu a velocidade das rotações para que a multidão pudesse ver que ela estava, mesmo, pairando no ar. Cecile encolheu o corpo e passou a girar na horizontal, ganhando velocidade como uma patinadora, movendo-se pelo ar como se fosse uma furadeira humana. Cecile tinha a graça de uma ginasta rítmica, seus movimentos muito fluidos. Quando as rotações pararam, ela rolou lentamente até o chão e pousou de forma suave, até se abaixar em uma reverência.

Era difícil descrever a espiral. Os diários realmente não faziam justiça ao movimento. Ver uma mulher voar de maneira tão graciosa pelo palco, como uma ave formando espirais, era uma das performances mais impressionantes que Lara já tinha visto.

A multidão se levantou em um pulo para aplaudir Cecile Cabot de pé.

Com um movimento do braço, Cecile Cabot fez tudo — a plateia e todo o espetáculo — desaparecer.

Virando-se para Lara, ela fez uma reverência.

— Este, minha querida, é o Cirque Secret, onde nada é o que parece.

A mulher diante dela parecia muito diferente da garota tímida e protegida dos diários. Enquanto andava na direção de Lara, ela comandava a sala, confiante e segura. Mas não estava morta? Lara não conseguia entender como uma mulher morta tanto tempo antes podia estar diante dela.

Cecile sorriu, parecendo saber o que se passava pela cabeça de Lara.

— Não sou mais a moça inocente que era. É verdade. Estou morta há muito tempo, mas este circo, basicamente, é formado por artistas mortos.

Lara sempre esquecia que tudo que pensava ali estava sendo praticamente transmitido para um telão.

— Sinto muito. Não quis dizer...

Mas Cecile balançou a cabeça.

— Lara Barnes. Faz muito, muito tempo que espero por você.

22

KERRIGAN FALLS, VIRGÍNIA
5 de julho de 2005

Ben havia lido a maior parte das anotações do arquivo de Peter Beaumont e não encontrara nada que já não tivesse visto antes. Ele pegou uma fotografia entre uma pilha de fotos presas por um clipe de papel e a analisou. Quem quer que tivesse tirado a foto parecia ter feito o rosto de Peter se iluminar, então Ben supôs que ela havia sido tirada por alguém que ele amava. Mas sua mãe dissera que não havia ninguém especial.

  A única pessoa que a mãe de Peter mencionara tinha sido Jason Barnes, que foi interrogado duas vezes e declarou ser impossível que Peter tivesse simplesmente ido embora. Os dois estavam planejando ir para Los Angeles em novembro daquele ano para tentar a sorte como músicos. No entanto, Jason Barnes não foi para Los Angeles depois que seu melhor amigo desapareceu. Ben ponderou sobre aquele detalhe. Por quê? Jason com certeza podia fazer carreira sozinho — e ele acabou sendo bem-sucedido como músico. Mas, olhando para a data, Ben fez as contas e percebeu que um dos motivos para Jason provavelmente nunca ter ido a Los Angeles foi o fato de Audrey estar grávida de Lara na época. Jason e Audrey tinham se casado dois meses depois da morte de Peter. Por mais que odiasse fazer isso, Ben teria que falar com o pai de Lara.

Ele virou a foto de Peter e descobriu uma anotação antiga anexada a ela. Bem, *anexada* não era bem a palavra: a fita havia praticamente se misturado ao papel fotográfico. Ben supôs que a causa fosse a umidade. Nada daquilo havia sido preservado no depósito, e as fotos pareciam estar começando a se deteriorar. O bilhete fora escrito em tinta preta, na caligrafia de seu pai. Apesar de ter passado horas estudando as anotações do pai, ele não olhara para as fotos. E ali estava. O detalhe que Ben não havia percebido:

Outro caso conectado? 1944.

Ninguém nunca havia mencionado outro caso. Ele havia vasculhado a gaveta do pai na qual o arquivo de Peter Beaumont ficava guardado. Jamais houve outro caso. Ben analisou a caligrafia com mais atenção e notou que não era a letra de seu pai. Como o bilhete estava anexado ao verso de uma foto, ele se perguntou se o pai havia recebido aquele recado. Os arquivos da polícia da década de 1940 estavam todos arquivados no porão do tribunal, e ele não tinha certeza do que deveria procurar. Nenhum dos arquivos estava digitalizado. Não havia assassinatos na cidade desde a década de 1930, então era possível limitar a busca a casos de pessoas desaparecidas. Podia ligar para Kim e ver se seria mais fácil para ela tentar descobrir algum caso de desaparecimento nos arquivos que o jornal tinha em microfilme. Ele ergueu o fone, mas, lembrando-se do almoço do dia anterior, pensou melhor. Pegou suas chaves e atravessou a quadra até o tribunal.

No caminho, parou para tomar um café no Feed & Supply. Ele não vinha dormindo bem nos últimos dias e estava tendo dificuldade para se manter acordado no início da tarde. Talvez um café fosse exatamente a solução. Caren Jackson estava reabastecendo a mesa de doces depois da agitação da manhã.

— Vejo que está trocando os croissants por cupcakes.

Olhando para o café, ficou impressionado com o que Caren havia feito com a velha loja de ferramentas. Todos os negócios de Kerrigan Falls ficavam em construções que "costumavam ser" alguma outra coisa. O antigo piso ainda gerava um som grave quando pés se moviam sobre as tábuas sólidas. Ele costumava ir até lá com o pai e ficar vasculhando gavetas e mais gavetas de pregos e parafusos. Agora elas abrigavam saquinhos de chá e grãos de café. O tom escuro dos sofás e das cadeiras de veludo combinava bem com o couro gasto das cadeiras e sofás Chesterfield que Caren e Lara haviam encontrado.

Caren riu.

— Quer provar um croissant de amêndoas? Ele só vai durar mais ou menos uma hora. Costumo pedi-los para nossa amiga em comum, que deve estar saboreando um verdadeiro croissant em Paris.

— Claro — disse Ben. — Eu só costumo encontrá-la na hora do jantar, então não sabia do hábito de Lara de comer croissants.

— Você falou com ela?

Uma leve entonação na voz de Caren indicava que ela possuía informações privilegiadas sobre a relação dele com Lara. Se é que ele podia chamar aquilo de "relação".

— Falei com ela há dois dias — respondeu ele. — Ela ia voltar para casa hoje, não?

Caren abriu um sorriso irônico, como se aquilo simplesmente confirmasse o que já desconfiava.

— Você falou com ela?

— Recebi um e-mail dois dias atrás — explicou Caren. — Eles estenderam a viagem por alguns dias. Alguma coisa sobre um especialista em arte.

— Ela te contou que foi perseguida por uma mulher nas ruas de Paris?

— O quê? — A voz de Caren se elevou. — Ela não me contou *nada*. — Ben queria o café para viagem, mas ela o serviu em uma caneca de porcelana e pôs o croissant quente em um pires do mesmo jogo. Depois de passar os dois para o outro lado do balcão, Caren se apoiou na estufa de vidro. — Audrey sabe disso?

— Não sei — admitiu ele. — Pedi a Lara para chamar a polícia. Ela tem um quadro valioso. Alguém podia estar tentando roubá-lo ou querer sequestrá-la para obtê-lo. Se falar com ela antes de mim, não deixe de pedir que chame a polícia.

Ben tomou um gole do café e ficou feliz ao ver que tinha sido recém-preparado, algo que não costumava acontecer durante a tarde. Ele levou a caneca para uma das mesas mais próximas. Caren se aproximou com o croissant quente em um prato.

— Estou preocupada com a Lara. — Ela se apoiou nas costas de uma cadeira de couro baixa. — Passei a vida toda vendo aquele quadro pendurado no corredor, na frente do lavabo. Quem ia imaginar que era valioso?

— Então era o quadro-que-ficava-em-frente-ao-lavabo?

— Exatamente — confirmou Caren, rindo. — Normalmente é algum cartaz de propaganda de champanhe parisiense ou cachorros jogando pôquer. É a parede mais desrespeitada de qualquer casa.

Ben riu.

— E a Audrey *deu* o quadro pra Lara?

— Deu — respondeu Caren, cruzando os braços. — Lara não gostava muito dele. Descobrir que o quadro era valioso foi um grande choque.

Ela fez uma pausa.

— Você está com cara de que quer me perguntar alguma coisa.

Ben deu uma mordida no croissant de amêndoas, percebendo que nunca havia comido aquilo. O sabor de farinha e baunilha no centro foi uma surpresa.

— Sou tão óbvia assim? — perguntou ela, hesitante.

Ele imaginou que Caren fosse perguntar quais eram suas intenções em relação à melhor amiga.

— O que você acha que *realmente* aconteceu com Todd?

Caren olhou para baixo, fazendo os longos cachos bem definidos balançarem quando mexia a cabeça.

Ele ficou incomodado com a pergunta. Michelle Hixson havia perguntado a mesma coisa e ele não tivera uma boa resposta. Para o bem do caso, ele não pudera falar muito sobre os detalhes com a repórter e não poderia falar com Caren, *especialmente* com Caren, que, por amizade, sentiria alguma obrigação de contar tudo a Lara, querendo ou não. Com cuidado, ele pensou antes de responder:

— O que posso dizer é que não acho que Todd tenha abandonado Lara.

Ela pareceu aliviada ao ouvir a resposta dele.

— Existem tantas teorias por aí… Algumas muito doidas.

— Já ouvi a maioria delas — respondeu Ben, rindo e tomando um gole de café. — A história do aeroporto de Dulles não fazia o menor sentido. Vi o cara nas imagens da câmera de segurança. Com certeza não era Todd Sutton.

— Sério — disse Caren, parecendo um pouco surpresa. — Você precisa de um número de telefone para receber pistas.

Nessa hora, a campainha tocou e um cliente entrou. Caren pediu licença e voltou para trás do balcão.

Pousando a caneca na mesa de centro, Ben notou que havia um antigo tabuleiro Ouija nela. Ele tocou nas pontas arredondadas. O objeto também podia ser usado como bandeja. Era vintage, mas a madeira era bonita e estava bem conservada. Ben empurrou a seta do jogo com o dedo, fazendo com que ela se movesse um pouco. A seta pareceu se mover um pouco mais do que a força imposta causaria e ele a puxou um pouco para trás.

— Mas o quê...?

De modo suave, como se estivesse patinando, a seta começou a deslizar pela madeira. Instintivamente, Ben olhou para ver se o tabuleiro estava ligado a algum fio. Ele procurou por um controle remoto embaixo da mesa. Isso seria uma brincadeira engraçada, pensou. A seta parou, como se estivesse descansando, esperando que ele se concentrasse nela. Então voltou a se mover, lentamente, e parou na letra *D*.

— Está bem — disse Ben, nervoso, ainda olhando pelo café para ver se alguém o estava observando, pregando uma peça nele.

Aquele era exatamente o tipo de brincadeira que seu colega de faculdade faria... Então ele lembrou que Walker estava morto.

A pequena seta passeou pelo tabuleiro, parando no *E*.

Ben pegou o café e o cheirou. O líquido cheirava a café e não parecia conter nenhuma bebida alcoólica.

— Tudo bem.

Como se esperasse a confirmação dele, a seta voltou a se mover, parando na letra *Z*.

Z? Ben pareceu confuso e esperou que a seta formasse outra palavra. Um minuto passou e nada.

— Dez?

Nada.

Caren apareceu atrás dele e Ben levou um susto.

— Minha nossa, você me assustou!

Ele pôs a mão no peito.

— Você está bem?

Os olhos castanhos dela estavam arregalados. Ben notou que a moça tinha cílios longos e que um de seus olhos era verde. Aquilo era chamado de heterocromia.

— É algum tipo de truque?

Ele apontou para o tabuleiro Ouija, cuja seta continuava parada no Z.

— Não — respondeu Caren. — Por quê?

— Juro que ele se mexeu.

— Minha nossa! — exclamou Caren. — Você também, não!

— O quê?

Ben pareceu confuso.

— A Lara odeia tabuleiros Ouija. Para ser sincera, anos atrás, na festa do pijama da minha irmã, um deles ficou descontrolado na nossa frente. Ele fez doze garotas gritarem. A Lara achou que tinha feito aquilo com a mente. Até hoje, ela acredita que foi culpa dela. Meu pai disse que deve ter sido eletricidade estática.

— *Eletricidade* estática?

Ben era um grande cético e nem ele acreditava naquela resposta. No entanto, qual seria a outra opção? Ele pegou a xícara de café e o prato vazio.

— Pode deixar — disse Caren. — Eu pego.

Ele se levantou, zonzo de repente. Ben não *via* coisas. O mundo tinha certa ordem, na opinião dele.

— Obrigado, Caren.

Quando saiu do café, ele percebeu que estava abalado. Devia ser a insônia.

No tribunal, Ben se ofereceu para ir até o arquivo sozinho, mas Esther Hurston garantiu que era seu trabalho abrir a porta. Ela o conduziu pelo corredor… Bem, *conduziu* era uma palavra forte porque Esther andava bem devagar por causa dos quadris debilitados. Depois que ela o levasse até lá, Ben podia fazer o que quisesse.

Esther abriu a porta antiquada com um grande painel de vidro fosco adornando a metade superior. Parecia aquelas antigas portas dos filmes de Philip Marlowe. detetive PARTICULAR poderia estar gravado no vidro. Ben se sentiu um pouco como um detetive naquele dia. Era difícil ser chefe de polícia em uma cidade onde nada acontecia. Aquele mistério era mais emocionante do qualquer coisa que ele tinha vivido nos últimos tempos.

Alguma coisa na interminável pilha de caixas de 1944 deixou Ben um pouco desanimado. O lugar não tinha ar-condicionado, então ele abriu algumas janelas e uma brisa agradável entrou. Partículas de poeira dançavam sob a luz do sol. Os arquivos estavam em ordem cronológica, seguindo a data da abertura dos casos, começando por dezembro de 1944 e voltando até o início do ano. Ao abrir a primeira caixa, ele seguiu seu instinto e procurou a pasta com os desaparecimentos de outubro. Depois de dez casos, ele encontrou o que estava procurando. Nem precisou continuar vasculhando a pilha. Era aquilo.

— Merda.

Desmond "Dez" Bennett, 19 anos. Desaparecido na rua Duvall em outubro de 1944.

O carro de Bennett fora encontrado com o motor ligado e a porta do motorista aberta na manhã do dia 10 de outubro. Não havia fotos da cena do crime, mas Ben não precisava delas. Testemunhara a mesma cena de crime duas vezes e apostava que o carro havia sido encontrado na diagonal. Mas ele nunca ouvira falar da rua Duvall. O que havia de tão importante naquela data? Será que algum tipo de assassinato ritualístico acontecia a cada trinta anos? Só podia ser essa a resposta.

E o tabuleiro Ouija? Por mais que quisesse culpar sua insônia por aquilo, ele soletrara *Dez* sozinho.

Nossa, como ele queria que seu pai ainda estivesse vivo! Ben não ia conseguir lidar com três casos. Os desaparecimentos aconteciam havia sessenta anos. Supondo que a mesma pessoa fosse responsável pelos três, essa pessoa deveria ter oitenta anos de idade. Não que fosse impossível, mas não era provável. Então o que aquilo significava? Sempre havia a teoria de algo sobrenatural, mas ele ainda não estava pronto para aceitá-la. Então será que eram assassinatos ritualísticos ou assassinatos em série cometidos por várias pessoas? Ambas as ideias o aterrorizavam.

Ele fechou o arquivo e o enfiou debaixo do braço, fechando a porta do depósito ao sair. Enquanto descia pelo mesmo saguão onde havia dançado com Lara na outra noite, Ben percebeu que, se algum milagre acontecesse e Todd Sutton voltasse para Kerrigan Falls, ele se arriscaria e lutaria por ela.

Ben olhou para o arquivo em suas mãos. O caso de Desmond Bennett ainda estava aberto, o que significava que Bennett não havia voltado até

1965, quando o caso fora arquivado. Dado o histórico, era improvável que Todd voltasse também.

Ao devolver a chave a Esther, percebeu que algo o incomodava. Ele achava que sabia tudo sobre a cidade, mas obviamente aquilo não era verdade.

— Você sabe onde fica a rua Duvall? Nunca ouvi falar dela.

Ela bufou.

— Você quer dizer *ficava*.

As mãos nodosas de Esther estavam ocupadas grampeando papéis com uma fúria que deixou Ben feliz por não ser nem o papel nem o grampeador.

— Ficava?

— Era a estrada que passava pela velha ponte Shumholdt. Era uma coisa horrível, de uma pista só. Antes da obra de ampliação, era preciso buzinar e esperar para saber se alguém estava passando pela ponte na direção oposta, especialmente na curva. A gente rezava para não encontrar outro carro. Quando encontrava, um deles tinha que dar a ré em uma ponte estreita horrível.

— Espere! — Ben se inclinou sobre a mesa. — Está dizendo que a rua Duvall ganhou outro nome?

— É, quando a ponte nova foi construída, ela passou a se chamar Wickelow Bend. Achei que *todo mundo* soubesse disso. — Enquanto ela falava, o grampeador de metal vibrava como um instrumento sempre que sua mão baixava. — Os jovens de hoje não sabem a própria história.

— Obrigado. — Ben se virou e se apoiou no batente da porta. — Ei, você não se lembra de um homem chamado Desmond Bennett, lembra? Ele desapareceu em 1944.

Ela olhou para ele e seu rosto se iluminou.

— O piloto de derby? Ah, claro que me lembro. Ele era bem bonito. Todas nós fazíamos fila para conseguir ingressos quando havia corridas de derby na cidade. Ele tinha voltado da guerra... Foi ferido, eu acho... E aí ele entrou no circuito de corridas. Era famoso na região e na Carolina do Norte, na Geórgia e no Tennessee. Era um galinha, por assim dizer. Eu o vi uma vez.

Ela ergueu as sobrancelhas ao se lembrar.

— Obrigado, Esther.

Ele girou a maçaneta da porta.

— Ah — disse Esther, fazendo Ben parar antes de ir embora. — Uma curiosidade sobre Dez Bennett. Ele era namorado... Bem, suposto namorado, na verdade.... Da Margot Cabot. Sabe, a loura dos cartazes do circo daqui. Pernas iguais às da Betty Grable.

— Não — murmurou Ben, parando no corredor de repente. — Eu não sabia disso.

Ben saiu do arquivo e entrou no saguão. Não só tinha três desaparecidos, mas todos pareciam ligados à família da Lara.

Quando voltou à delegacia, Doyle estava jogando videogame. Ben deixou o arquivo cair na mesa dele.

— Assim que você puder...

— Vou perder um troll. — Doyle se levantou da cadeira, derrotado. — Acabei de ser morto.

— Você acha mesmo que devia estar jogando isso na minha frente, Doyle?

— Sei lá. — Ele deu de ombros. — O que mais temos pra fazer?

— Engraçado você dizer isso.

Ben apontou para o arquivo que tinha acabado de pôr na mesa.

Doyle o pegou e começou a folheá-lo.

— Puta merda! Quantos anos tem essa coisa?

— É de 1944. É sobre um homem chamado Desmond Bennett. Dezenove anos de idade. Ele desapareceu em 9 de outubro de 1944. Acharam o carro dele na rua Duvall no dia seguinte.

— Isso é estranho pra cacete.

— O mais estranho é que, de acordo com Esther Hurston, a rua Duvall é o nome antigo de...

Ben deixou a frase pairar no ar para ver se Doyle estava prestando atenção.

— Vou chutar: Wickelow Bend — disse Doyle e sorriu.

— É isso aí.

— Então temos três homens que desapareceram no mesmo dia, da mesma maneira, no mesmo local, todos separados por trinta anos?

— É, estou começando a achar que é um tipo de assassinato ritualístico. Temos alguma comunidade conhecida de bruxas?

Ben havia ficado aliviado com o surgimento de outro assassinato trinta anos antes. Isso eliminava Jason Barnes como suspeito.

— Eu acho que não.

Doyle olhou para o computador.

— Pode descobrir mais sobre Desmond Bennett? Talvez possa perguntar no jornal.

— Você não pode ligar para Kim Landau?

Doyle riu.

— Prefiro não fazer isso.

— Entendi.

Doyle lançou uma piscadela.

— Não, você não entendeu, Doyle. Não entendeu nada.

— Ahã. — Doyle deu de ombros, sem se comprometer. — Aliás, você recebeu uma ligação. De uma corretora.

— Merda! — exclamou Ben ao olhar para o bilhete em sua mesa.

Abigail Atwater tinha ligado de volta para ele e estava a caminho da casa.

❧

Cinco casas vitorianas separavam a casa de Ben do imóvel em que ele havia crescido e todas exibiam uma bandeira americana enorme bem a tempo do feriado de Quatro de Julho. Ben passou correndo por todas elas, espiando o ímã da ATWATER & ASSOCIADOS em um SUV Cadillac preto. Ele estava muito longe para ver se Abigail Atwater estava no carro ou não.

As cores de todas as casas da rua Washington pareciam ter sido escolhidas por uma criança com uma caixa de lápis de cor. Ao lado da casa de Ben ficava a mansão vitoriana de Victor Benson, com os dois andares e a varanda pintados de verde-limão com toques de azul-bebê. Nos fins de semana, Vic e a mulher se sentavam no balanço da varanda para tomar vinho. A casa de Ben tinha uma fachada de tijolos naturais, mas Marla a havia pintado dois anos antes para que tanto os tijolos quanto o reboco ganhassem um tom vermelho vibrante, como o de um carro de bombeiros.

— Ficou um espetáculo, não é? — gritou Victor Benson de sua varanda. — Sua mulher... — Ele se interrompeu, percebendo o erro. — Bem, ela é talentosa mesmo.

— Acho que sim — murmurou Ben.

A casa tinha passado a ser território de Marla. Cada canto da varanda tinha um vaso transbordando flores.

O cabelo grisalho de Benson tinha sido penteado como o de um apresentador de programa de auditório. Ele estava sempre bronzeado e falava sobre campos de golfe como Torrey Pines, onde jogava sempre, como se Ben soubesse do que ele estava falando.

— Graças a ela, o valor da sua propriedade subiu à beça — continuou Victor. — Vi que Abigail Atwater acabou de entrar.

Ele deixou o comentário no ar. Benson era o corretor do condado de Kerrigan na Century 21 e parecia bastante irritado ao ver sua maior concorrente entrando na casa do vizinho. Ben não havia pensado em contratar Vic, imaginado que o vizinho era próximo demais dele e de Marla.

— Precisamos marcar uma data para você vir fazer uma avaliação — sugeriu Ben. — Eu te ligo.

— Você tem o meu telefone!

Victor acenou, lançando um olhar que dizia que não estava acreditando em Ben.

Desde a última vez que ele havia estado na casa, Marla voltara sua atenção para o jardim. No ano anterior, Ben tinha se oferecido para contratar um paisagista, mas ela pareceu irritada com a sugestão. Quando abriu a porta de tela, ele viu dez arbustos de fogo e uma pequena pilha de pedras naturais esperando pela atenção dela na varanda.

Ben nunca passava muito tempo no jardim, mas, da varanda, conseguia ver que o pequeno terreno entre a casa deles e a mansão vitoriana de Benson estava repleto de flores, fileiras e canteiros de topiarias, gerânios, margaridas, sálvias-azuis e arbustos de azaleias, além de flores e bulbos em montanhas de verde, vermelho, amarelo e azul. As flores haviam brotado e ele tinha certeza de que logo abelhas apareceriam.

Quando chegou à porta, ele viu Abigail Atwater parada no recinto, pontuando sua conversa com unhas rosadas.

— Você tem o meu cartão — enfatizou ela.

— Tenho — respondeu Marla de dentro da casa. Ele viu Marla dar um peteleco no papel. — Vou conversar com o Ben e a gente liga quando estiver disposto a vender.

— É realmente uma casa linda — elogiou Abigail. — Vai vender muito rápido.

Ele ouviu a risada de Marla. Era uma risada que dizia que ele estava encrencado.

Quando abriu a porta, Abigail disse:

— *Olha* só quem é.

— É — concordou Marla — Olha só.

— Desculpa — pediu Ben. — Eu devia ter avisado.

Marla ergueu a sobrancelha, concordando silenciosamente.

— Bem, eu disse à sua mulher que vou adorar pôr essa belezura no mercado. — Abigail se inclinou para a frente. — Não é de se surpreender que você não vá escolher Victor Benson. — Ela indicou a casa do vizinho com a cabeça. — Soube que ele é meio...

Ela fingiu tomar alguma bebida com a mão.

— Ah — murmurou Marla. — É mesmo?

Ela balançou os dedos, como se estivesse se despedindo de Abigail.

Como pais que esperam as crianças saírem da sala antes de discutirem, Ben e Marla ficaram em silêncio até a corretora não poder mais ouvi-los.

— Como pôde fazer isso? — indagou Marla, a voz ainda baixa. — Você é muito covarde, Benjamin Archer. Mandou uma corretora vir aqui... e não foi nem o *nosso vizinho*, meu Deus!

— Não achei que ela viria — defendeu-se Ben. — Eu estava longe da minha mesa. Sinto muito, Marla. Victor Benson falou que o valor da casa tinha disparado por causa do seu talento com jardinagem.

— É mesmo? — Marla pôs as mãos nos bolsos da calça branca. — Fiz tudo isso para o tour das casas históricas.

Como Ben podia ter esquecido? Centenas de pessoas haviam passado por aquela casa durante o Festival de Verão que terminara duas semanas antes. Graças a Marla, a casa — e agora o jardim — sempre eram incluídos no passeio. Ela também era a fotógrafa oficial do festival, embora a maior parte do trabalho não fosse remunerado.

— Então talvez seja uma boa hora para vender — sugeriu ele.

— Já falamos sobre isso. Eu não vou vender.

Marla cobriu o rosto com as mãos, exasperada, e seguiu pelo corredor. Embora achasse que devia parar de notar, ela parecia ótima, até revigorada. Ben ficou um pouco triste quando percebeu que provavelmente era porque tinha se livrado dele. Estava usando calça jeans e uma blusa cor-de-rosa esvoaçante. Enquanto seguia até a cozinha, o som de seus pés descalços sibilava contra o piso e seu longo rabo de cavalo castanho balançava às suas costas.

— Você não vai entrar se só estiver aqui para conversar sobre a venda. Esta casa é minha.

Tecnicamente, a casa pertencia aos *dois*, tanto a Ben quanto a Marla, mas ele não ia forçar a barra. Antes de se mudarem para lá, a casa havia sido da mãe de Marla e era da família há gerações. Marla estava trabalhando como fotógrafa em Los Angeles quando a mãe adoeceu, então voltara para casa e cuidara dela até o fim. De repente, se vira tendo que morar numa casa dilapidada de oito quartos.

A construção precisava de muitos reparos, então Ben refinanciou a propriedade antes de se casarem e reformou tudo com o dinheiro que passara anos economizando. Os dois só tinham cerca de quatro meses de namoro quando Ben a pediu em casamento, mas ele podia sentir que Marla estava se cansando de Kerrigan Falls, por isso fez gestos extravagantes, como pedi-la em casamento e assumir a responsabilidade financeira pela casa, só para que ela ficasse na cidade. Ele se lembrava de ter entrado na casa pela primeira vez e pensado que parecia ser formada por uma série de tradicionais salas de velório, com as cortinas fechadas.

Agora ela parecia uma das propriedades da revista *Southern Living*. Nas paredes de um tom suave de lavanda da sala de jantar, havia exemplos do trabalho de Marla: fotografias em preto e branco de composições intricadas e um uso impressionante da luz. Elas haviam sido reunidas com cuidado, com fotos menores na parte de fora e uma grande fotografia de uma velha montanha-russa como obra central. Marla era conhecida por tirar fotos de lugares abandonados: shoppings, parques temáticos, aeroportos... Toda a coleção havia sido emoldurada com passe-partouts brancos exagerados e finas molduras prateadas. O madeirame branco e a lareira da mesma cor exibiam um leve brilho. Era um cômodo tranquilo, ao qual ela se dedicara muito.

Nos dez anos de casamento deles, a casa se tornou uma das mais conhecidas da cidade. O casal ganhou certa fama, mas Ben escondia o fato de o negócio de Marla nunca ter ido muito bem e seu salário no Patrimônio

Histórico ser mais honorário do que lucrativo. Ele se sentia culpado por ter feito Marla ficar em Kerrigan Falls quando ela podia ter voltado — devia ter voltado — para Los Angeles e fotografado estrelas do cinema para revistas, como sempre sonhara em fazer, então não a havia forçado a vender a casa no início.

— Você podia transformá-la em uma pousada.

— Cansei de ter gente por perto — dispensou ela, bufando.

— Como assim?

— Levei um grupo de garotos de 12 anos para fazer rafting nas corredeiras.

— E por que você faria isso?

— Alguém tinha que fazer.

Ela simplesmente deu de ombros e se serviu de uma xícara de café, mas não ofereceu nada a ele. Em vez disso, ela se apoiou no balcão segurando a enorme caneca com ambas as mãos. Ben ainda nem tinha passado pela porta e eles já estavam brigando. Era isso o que sempre faziam.

— Olha, sou grata pelo que você fez pela casa. — Ela tomou um longo gole de café. — Você sabe disso.

— De nada. Agora eu quero me livrar dela.

— Dela? Ou de mim?

Ben não ia começar aquela conversa de jeito nenhum. Ela estava distorcendo o assunto e transformando tudo em algo pessoal, o que não era.

— Foi você que me deixou.

— Eu botei você pra fora.

Ela deu de ombros, concordando de forma relutante, como se não fosse nada de mais.

— Eu fui porque quis, Marla — disse Ben.

— Você ficou choramingando.

Ela pegou alguma coisa na xícara, evitando o olhar dele.

— É, eu fiquei triste. — Ele sentiu que uma porta havia sido aberta, mas toda aquela conversa parecia uma armadilha. — Você não quer tentar de novo?

— Com *você*? — Ela pareceu horrorizada com a pergunta.

— Não — respondeu ele, rápido demais.

Marla pousou a caneca no balcão e cruzou os braços. Era uma postura para demonstrar força.

— Eu quero recomeçar. *Nesta casa*. Me diga uma coisa. Você vai mesmo tomá-la de mim?

— Nossa, Marla!

Ele se sentou em um banco na bancada e notou que uma das sobrancelhas dela estava erguida, como se ele não devesse se sentir muito em casa em um imóvel pelo qual ainda estava pagando.

— E aí? Vai?

— Não, mas eu adoraria que você *comprasse* a minha parte, como acertamos no divórcio.

— Ainda não posso fazer isso. Os negócios não estão indo muito bem. Só preciso de um pouco mais de tempo.

— Você sempre diz isso. De quanto tempo vai precisar?

Marla parecia ter levado um tapa.

Ben suspirou.

— A gente conversa sobre isso depois.

Mas era sempre a mesma coisa. Ela queria a casa. Só isso. Tinha que ser dividida, mas Marla ficava adiando consertos para não a colocar à venda. Agora dizia que estava sem dinheiro, mas pelas plantas que havia comprado, Ben não sabia se era verdade. Ele até podia forçar a barra, mas, dada a natureza pública de seu trabalho, não queria fazer isso. E ela estava apostando no silêncio dele.

— Preciso ir.

— Você acabou de chegar...

A expressão de Marla era incompreensível. Com o passar dos anos, ele havia percebido que nunca conseguia prever o que ela ia fazer. Era sempre fria, distante, uma estranha. A verdade era que os dois haviam se casado muito rápido e se sentido obrigados a fazer o relacionamento dar certo, quando estava evidente que eram pessoas muito diferentes. Ben ainda ficava chocado quando se lembrava que o casamento havia durado dez anos.

— Caramba, Marla. — Ele baixou a voz, sem saber por quê. — Estou pronto para seguir em frente.

— Fiquei sabendo. A cidade inteira ficou sabendo. — A voz dela estava calma. — Lara Barnes. Escolha interessante. Meio jovem pra você. Por outro lado, você *adora* uma donzela em perigo.

Ele se virou e se despediu de Marla, sabendo que ela ainda estava apoiada no balcão, sentindo-se vitoriosa por ter conseguido expulsá-lo. Outra vez.

Enquanto caminhava de volta para a delegacia, ele percebeu que os dois não haviam se separado por nenhum motivo específico. Tinham se afastado e convivido como estranhos naquela casa, sem nada para dizer um ao outro. Da última vez que transaram, Ben notou que ela havia ficado de olhos fechados — não estava lá, ou pelo menos não queria estar. E ele descobriu que não queria ficar apenas com a sombra de uma esposa.

Aquilo o fez começar uma lenta mudança para o quarto de hóspedes. Ele passou a dormir no sofá, depois no quarto de hóspedes para não acordá-la quando ficava a noite toda pesquisando. Marla pareceu ter a mesma ideia, já que pediu que ele saísse de casa no mês seguinte. Foi um choque para ele ver suas coisas sendo retiradas da casa em malas e sacos de lixo pretos. Na primeira noite no apartamento novo, ele não tinha sofá nem colchão e pediu uma pizza grátis com um cupom que conseguiu.

Então Todd Sutton havia desaparecido, e ele mergulhou totalmente no caso. Ver alguém como Lara sofrendo por Todd o fez perceber que ele também podia ter aquele tipo de amor.

Lara. Será que Marla estava certa ao dizer que ele gostava de uma donzela em perigo? Ben descartou a ideia, mas se lembrou da própria Marla nos meses após a morte da mãe. Ele reconstruíra a vida da esposa por ela. E tornara a fazer aquilo com Lara.

Tinha acabado de voltar ao escritório quando seu telefone tocou. Ben atendeu.

— É o Archer.

Ele ouviu uma pausa e um craquelar.

— Ben? — A voz soou distante. — É o Gaston Boucher. Estou com Lara Barnes aqui em Paris.

— Oi, Gaston. — Ben começou a abrir as correspondências da manhã, separando as propagandas do que era essencial enquanto segurava o celular com a cabeça, mas se interrompeu. Havia algo errado, senão Gaston não estaria ligando. — O que foi?

— Bem… — O homem gaguejou.

— O que foi?

Ben sentiu o estômago revirar e a pressão cair. Quase não ouviu a próxima coisa que saiu da boca de Gaston.

— Lara desapareceu.

— Desapareceu? — O chefe de polícia sabia a importância da pergunta seguinte, mesmo que Gaston não soubesse. — Há quanto tempo?

— Já faz 24 horas.

23

BEN RESERVOU O PRIMEIRO VOO que podia do aeroporto de Dulles para o Charles de Gaulle, em Paris, e não dormiu nem um segundo. O pior tinha sido a espera. Ele pegou apenas uma bolsa com poucas coisas: uma segunda calça jeans, uma camisa, uma camiseta polo e cuecas. Mas então o tempo havia começado a passar mais devagar e ele foi obrigado a esperar no portão, no avião e na fila do táxi. Agora que estava ali, precisava fazer alguma coisa. Imaginando que ficaria furioso com Gaston e Barrow, percebeu que os dois não dormiam nem tomavam banho havia dias.

— Quer um expresso? — sugeriu Gaston.

Ben deu de ombros.

— Não. Temos que encontrá-la.

— Você não vai dar conta sem isso — disse Gaston, empurrando a xícara minúscula na direção dele.

— Nós tentamos encontrá-la. — O outro homem, Edward "Teddy" Binghampton Barrow, tirou os óculos de leitura e empurrou vários cadernos na direção dele. — Achamos que o Cirque Secret pode ter entrado em contato com ela. Se isso tiver acontecido, então ela não está mais "em" Paris, no sentido literal.

— Como assim?

Ben tomou um gole da xícara minúscula, depois de adicionar açúcar a ela com uma colher igualmente minúscula.

— O circo fica em outra dimensão — explicou Barrow.

Ben riu.

— Sério?

— Sério — confirmou Gaston. — Nós revistamos o quarto dela. Havia um envelope com o nome da Lara, mas estava vazio. Achamos que ela recebeu um ingresso.

Ben notou que aquele assunto parecia ter sido exaustivamente debatido entre os dois.

Barrow balançou a cabeça.

— Ela sabia que nunca a teríamos deixado ir sozinha. Lara não tinha nenhuma intenção de nos contar. Se a história se repete, só havia um ingresso. E era só para ela.

— Eu nunca teria permitido que ela fosse *sozinha*.

Gaston esfregou o rosto, a barba grisalha por fazer.

— Você não conseguiria proibi-la de ir. Ninguém a controla. Ela tinha que ir — respondeu Barrow, que parecia ter se tornado especialista em Lara depois de 72 horas. — Ninguém receberia um ingresso para o Cirque Secret e *não* iria. Não depois de todos esses anos.

Ben viu que a tensão entre os dois era grande, mas não sabia se a discussão era de alguma ajuda a Lara.

— Você a teria deixado ir, se soubesse?

Gaston havia desabado de volta na cadeira, mas voltou a se inclinar para a frente, como se estivesse se preparando para uma nova rodada.

— Teria — afirmou Barrow. — A pesquisa exigia isso.

— Não tem nenhuma pesquisa nisso, Teddy — retrucou Gaston, erguendo o tom de voz. — Deixamos uma menina ir sozinha a um circo daemônico.

— Daemônico?

Ben nunca tinha ouvido o termo *daemônico*.

— É — responderam os dois, em uníssono.

O tom de voz de Barrow se elevou; seu sotaque inglês ficou mais pronunciado.

— Você pode ficar sentado aí o dia todo e pensar que seria capaz de impedi-la de ir, mas não seria. E você não a teria impedido.

— O maldito quadro não é a minha única preocupação nem aquele circo. É só isso que estou dizendo. — Gaston cruzou os braços, uma veia proeminente em seu pescoço. — Isso é o *seu* sonho, atrás do qual você correu atrás por todos esses anos.

Barrow pareceu querer falar, mas Ben o interrompeu:

— Talvez fosse um assassino maluco, uma pessoa de verdade, e não algum circo de outro mundo dirigido por um demônio. Algum de vocês já pensou nisso? — Ele estava tentando amenizar a situação. Ben sabia que só pessoas de cabeça fria conseguiam entender direito as coisas. Para o bem de Lara, ele precisava ficar calmo. — Existem assassinos aqui em Paris também, não existem? Temos que chamar a polícia. Ela foi perseguida por alguém um dia desses. E pelo que disse, era uma pessoa real. Vocês não podem simplesmente acreditar que ela se juntou a um circo daemônico.

Barrow estreitou os olhos.

— Temos psicopatas em Paris também, senhor, mas o concierge a viu sair por volta das 10h45 da noite.

— E daí?

— E daí — repetiu Barrow, lentamente, como se estivesse tentando ser paciente com uma criança. — Pelo que sabemos sobre o Cirque Secret, as apresentações começavam pontualmente às onze. Sempre. — Barrow tinha cedido sua cadeira para Ben, que tomava seu café expresso. — O envelope vazio e o horário tão próximo das onze é um bom indicador de que ela tinha um ingresso.

— Isso não é obra de um louco nem de um ladrão de arte, Ben — ressaltou Gaston. — Se procurarmos a polícia, vamos parecer malucos. Além do mais, nós já chamamos a polícia: ligamos pra você.

— O que ela disse quando vocês se falaram pela última vez? — Barrow direcionou a pergunta a Ben.

— Ela me garantiu que não ia ficar andando por Paris sem vocês dois. Que não ia se arriscar...

Enquanto se lembrava da conversa, o corpo de Ben pareceu pesar. Por um instante, o chefe de polícia não conseguiu falar. E se Lara também desaparecesse? Estava furioso com ela por ter se arriscado. Indicou os cadernos com a cabeça e mal conseguia acreditar no que ia perguntar.

— Então esse circo, se é que ele existe mesmo, não tem um endereço *concreto*?

— Não, não tem. — Barrow bateu na mesa. — Não há nada de concreto no circo. Esse é o problema. Quando o Gaston ligou para falar do quadro que Lara tinha, consegui a primeira pista real de que os quadros eram verdadeiros e de que o circo em si havia existido. Mas estes cadernos... — Ele pôs a mão aberta sobre eles como faria com alguém especial. — Estes cadernos são a primeira indicação do que acontecia nos bastidores. Os diários de Cecile Cabot explicam tudo. A lenda diz que o circo só aparece para as pessoas que têm um ingresso e recebem o endereço. E sabemos que parece loucura, mas foi isso que aconteceu com a Lara. Eu tenho certeza. O circo estava chamando por ela.

Barrow tirou os óculos e esfregou os olhos. O homem parecia estar sem dormir há dias. Tinha a barba por fazer e a camisa para fora da calça, manchada de café.

— Por quê?

Ben sabia que precisava estar aberto a qualquer possibilidade.

Gaston assentiu.

— Sabemos que parece loucura. Se a bisavó dela era realmente Cecile Cabot, então a Lara tem uma ligação verdadeira com o Cirque Secret.

— Mas a Audrey também teria — rebateu Ben.

— Acho que Audrey não sabe sobre o Cirque Secret ou talvez negue sua existência — sugeriu Gaston. — Deve haver algo especial em relação a Lara, mas eu não sei o que é.

Ben quase riu.

— E vocês dois acreditam nessa história fantasiosa?

Gaston ajeitou a postura.

— Me diga uma coisa, Ben — começou ele, com uma grande dose de sarcasmo. — Você não está trabalhando agora mesmo em um caso que desafia qualquer explicação?

Ben suspirou, lembrando-se do tabuleiro Ouija e dos três homens que haviam desaparecido em intervalos de trinta anos.

— Estou.

— É isso ou um maluco descontrolado. — Gaston desabou de volta na cadeira. — Estou torcendo para que seja isso.

— Não sei se uma coisa anula a outra — admitiu Ben, lendo rapidamente as anotações dos cadernos. — Pelo que você traduziu, os fatos parecem muito estranhos. Tem certeza de que alguém não estava tomando absinto demais?

Havia um quadro pousado sobre a mesa de trabalho.

— Você está falando do Giroux? *Oui* — confirmou Gaston.

Ben foi até a mesa e ergueu a tela. Ele podia ouvir Barrow se remexendo como se fosse reclamar com ele por não usar luvas, mas todos sabiam que Ben estava furioso porque os dois não haviam conseguido manter Lara em segurança. Ben se virou.

— Então todo esse alvoroço foi por causa disso?

— Foi — respondeu Barrow, parecendo incomodado. — Mas ele ficou aqui no cofre a noite toda. Talvez seja melhor você colocar luvas.

Ele apontou para uma pilha delas ao lado da lupa.

— Ele ficou na parede ao lado do banheiro da Audrey durante décadas — respondeu Ben, irritado. — Acho que ele aguenta minhas mãos.

— Lara disse que achou outro quadro no Cirque de Fragonard. — Barrow parecia animado com a informação, algo que Ben considerou ridículo, já que Lara estava desaparecida. — Eu queria ir ver.

— Isso foi quando ela foi perseguida? — Ben pôs o quadro de volta na mesa e se apoiou nela, cansado. — E vocês dois não acham isso estranho? Ela encontrou um quadro que ninguém mais viu e depois desapareceu? Onde fica o Cirque de Fragonard?

— Perto do Marais.

Ben pegou sua jaqueta.

— Vamos lá.

O expresso havia tirado seu sono, mas seus olhos ardiam e ele ansiava por uma cama. No entanto, aquilo teria que esperar.

— Tome — ofereceu Gaston, entregando a ele uma pilha grossa de anotações. — Achamos isto na cama da Lara no hotel.

— O que é isso?

— Ela traduziu o terceiro diário. É melhor você ler a tradução dos três diários antes de dizer que não acredita em nada disso. Ela acreditava.

24

O DIÁRIO DE CECILE CABOT – LIVRO TRÊS
9 de junho de 1925

Apesar de ter sido uma sugestão minha, congelei ao vê-los juntos. Ele sorria e aquilo pareceu uma pequena traição. Mas o que eu estava esperando? Que ele fosse odiar passar um tempo com minha irmã? Eu não podia ser tão inocente...

    Enquanto eu andava até o trapézio, um sorriso irônico dominou os lábios de Esmé. Ela havia escolhido posar com uma jaqueta listrada de preto e dourado, a frente curta e a parte de trás longa, short dourado e meias arrastão com a trama fechada. Para indicar a presença das meias, Émile desenhara uma hachura sobre as coxas de Esmé. Apesar de estar tentando não observar os dois, senti que ele prestara atenção nas meias de minha irmã por tempo demais.

    Agarrando a corda, comecei a subir, mas pensei melhor e voltei a descer. Eu havia aperfeiçoado a espiral de modo que pudesse flutuar por vários minutos. Tudo começara de maneira inocente. Cansada depois do treino, eu não queria voltar a subir a escada. De pé na ponta dela, tinha fechado os olhos e me perguntado como seria se conseguisse voar e pousar no topo. Flutuar tinha sido muito fácil, na verdade. Meu corpo parecia leve, como se ansiasse por alçar voo.

Agora consigo flutuar sempre que quero — a escada e a corda são totalmente desnecessárias. Mas, para o meu público, são itens obrigatórios. Se decidisse apenas voar até o topo, sentiria que estava apenas fazendo um truque de mágica barato com espelhos. Em vez disso, eu os atraía para um número que reconheciam e então, lentamente, ia puxando o tapete de baixo de seus pés, desafiando tudo que achavam que sabiam sobre apresentações circenses. Adorava as exclamações de surpresa da plateia quando eu soltava as cordas e barras e ficava pairando no ar. Aqueles momentos me proporcionavam a maior sensação de paz que já havia conhecido, como uma sereia voltando para a água.

No entanto, distrações são perigosas antes do aquecimento. A falta de concentração é a *única* parte perigosa da minha magia. Se for pega de surpresa, meus poderes de voo podem sumir exatamente quando eu mais precisar deles. Apesar de serem bons, eles ainda não são perfeitos.

Saber que sou uma criatura mágica como Esmé me encheu de propósito. Os outros artistas, como Doro, começaram a me tratar de igual para igual. O clima ainda fica tenso quando Esmé está presente, pois ela exige lealdade da nossa trupe. Qualquer gesto de bondade para comigo é visto como uma afronta a ela. No entanto, já percebi que a necessidade de escolher entre nós é um fardo para todos e que um ressentimento silencioso em relação a ela está se formando. Já vivemos no Inferno, por que piorar a situação?

Caminhando de volta ao meu quarto, Doro passou por mim e indicou Esmé com a cabeça.

"Parece que ela capturou uma mosca em sua teia", disse a marionete de Doro.

Ele ergueu as sobrancelhas, achando que havia feito uma piada, mas não tinha noção do quanto aquele comentário me afetaria. Voltei correndo para o meu camarim, cheia de um ciúme enervante, deixando Esmé e Émile sozinhos. Eu não havia me sentido daquele jeito quando ele pintara Sylvie, mas também não estivera em seu apartamento. Parte de mim receava ser feita de boba.

De volta ao meu quarto, tirei o collant e o vestido e decidi ir para Montparnasse. Se ficasse ali, temia que pudesse sair correndo e rasgar a tela ao meio. De onde vinha aquela raiva? Levando as costas da mão à testa, não achei que estivesse febril, mas, nos últimos tempos, eu me encontrava em constante estado de agitação.

A pedido de Esmé, agora temos camarins separados. A maior parte do antigo espaço ficou vazio, mas eu fiquei com o antigo sofá, minha penteadeira e o tapete. Um novo espelho chegou para mim há algumas semanas. Embora eu tivesse suposto que fosse um presente de um admirador, nenhum cartão havia sido anexado a ele. Era um espelho barroco dourado, muito pesado e bonito, mas que me fizera temer que fosse enfeitiçado. Quando olho para ele, quase não reconheço a criatura vingativa que olha de volta para mim. Não é apenas meu reflexo que me perturba, mas o próprio espelho. Há ângulos em que capto um reflexo de mim mesma que não é possível. Já perguntei ao Doro se há algum espelho distorcido faltando no circo, com algum pobre espírito aprisionado, mas ele gesticulou que não. Às vezes, a imagem que me olha de volta é a de uma jovem com apenas um braço e uma perna, sem nenhum dos membros à esquerda. Sabendo que aquilo devia ser coisa da minha cabeça, me acostumei a cobri-lo com um robe e já pedi que ele fosse retirado daqui, mas ninguém se deu ao trabalho de fazer isso. Dizem que é um trambolho pesado demais.

Meu pai voltou hoje. Transportar o circo sempre exigia a presença dele, então imaginei que íamos sair do Bois de Boulogne. Abordei o assunto do espelho com ele e mencionei como ninguém o havia tirado do camarim, mas ele me ignorou como se eu fosse uma garota boba.

— Pelo amor de Deus! É só virá-lo para o outro lado — disse ele, me dispensando.

Então foi o que fiz. Ainda assim, isso me fez odiar meu camarim e passar a usar o de Sylvie.

༺༻

10 de junho de 1925

Hoje Émile esboçou mais detalhes do rosto de Esmé, então os dois se sentaram muito perto um do outro. Ele tentou falar comigo mais cedo, mas eu me retirei para o camarim de Sylvie. Ver os dois juntos me irritava.

— Você não pode simplesmente dar o cara de bandeja pra ela — declarou Sylvie, com uma expressão de solidariedade no rosto. — Vá lá e lute por ele. É *você* que ele quer, Cecile.

Apesar de ter atirado coisas na parede do meu quarto e rasgado minhas próprias fantasias, não sei como lutar contra Esmé. Tenho medo dela. Sylvie estava errada. Todos queriam Esmé, então não fazia muito sentido lutar por Émile já que com certeza eu perderia.

Quando entrei na tenda principal, meu pai observava Esmé contar a Émile uma piada que fez os dois rirem muito.

— Você está distraída?

— *Non*.

Eu não queria que meu pai soubesse que eu me importava com Émile nem que estava incomodada com a camaradagem entre os dois.

— Me diga. Será que a Esmé roubou seu doce?

Ele indicou o pintor e sua musa com um gesto. Estavam tão próximos que quase se tocavam.

Meu pai sempre soube escolher a melhor faca para nos apunhalar em nosso ponto mais fraco. Eu o encarei.

— Não tenho a menor ideia do que você está falando.

Um sorriso sutil apareceu em seus lábios, e ele deduziu que estivesse certo.

— Ou você simplesmente o entregou a ela como fazia quando era criança?

— Você está gostando disso — falei, passando breu na palma das mãos e limpando-as nas coxas.

— Não tenho nenhuma opinião sobre o assunto, embora você saiba que gosto do caos. — Seu tom de voz mudou, baixo e grave, como um aviso: — Mas isso é uma lição para você, Cecile. No que diz respeito à sua irmã, um dia você vai precisar lutar pelo que é seu.

O comentário do meu pai pairou no ar por muito tempo, mesmo depois que ele foi embora.

Após o treino, Doro veio falar comigo.

— O pintor estava procurando você — informou a marionete. — Eles saíram.

— Eles?

— Esmé e sua mosca.

Fiquei decepcionada.

— Juntos?

— Ele disse que você saberia onde encontrá-los.

Incentivada pelas palavras do meu pai, decidi que, naquele dia, eu ia *reivindicar* o que acreditava ser meu. Coloquei meu melhor vestido, uma peça de chiffon azul e cintura baixa, e deixei meus cachos caírem em cascata pelas costas. Enquanto saía, encontrei Doro parado à porta novamente. Certa vez, após aceitar um desafio de Esmé, tentei levá-lo comigo, absorvendo sua essência. Aquilo quase me matou e me deixou de cama por semanas, com uma febre muito alta.

Quando pisei na rua, percebi que o circo havia, de fato, mudado de endereço. Levei alguns segundos para me orientar. Não estávamos mais na margem esquerda do Sena, e sim em Montmartre. Peguei o ônibus até o boulevard Saint-Germain e fui caminhando até Montparnasse. Foi um belo passeio, mas me tomou quase duas horas.

Quando cheguei ao Dôme Café, não os vi sentados no bar nem no salão. Uma sensação estranha me dominou. Andei as duas quadras até o apartamento de Émile. Quando abri a porta para a escada, ouvi a voz de Esmé vindo do quarto, no andar de cima. Em seguida, o início de uma música do fonógrafo de Émile, "Oh, How I Miss You Tonight". Meu instinto me disse para dar meia-volta e retornar para o circo, mas eu a aproximara de Émile ao insistir que ele a pintasse.

Subi a escada e bati à porta. Do lado de dentro, ouvi uma agitação animada e risadas. Eles estavam bêbados. Encostando a orelha na porta, ouvi o farfalhar de roupas sendo vestidas outra vez. Senti um aperto no peito. Cheguei tarde demais.

Não muito tempo atrás, eu estivera naquele quarto. As *minhas* roupas haviam estado naquele chão. Tinha sido uma boba ao pensar que ele me amava. Lágrimas começaram a escorrer pelo meu rosto quando me virei e comecei a descer a escada, as pernas doendo devido à caminhada que precisara fazer até ali.

Por fim, Émile entreabriu a porta e sua expressão era do mais puro horror, deixando claro que ele não estava me esperando. Seu rosto exibia um olhar conflitante, como se eu tivesse interrompido algo que ele queria, mas do qual já estava envergonhado.

Ele ao menos teve a decência de parecer arrependido, o que já era alguma coisa. Um verdadeiro cafajeste não teria demonstrado nem aquela emoção.

— *Qu'est-ce?* — ouvi Esmé dizer da cama, querendo saber quem os havia interrompido.

Não conseguia vê-la, mas, de onde estava na escada, a porta entreaberta me permitia ver os lençóis emaranhados na cama.

Olhei nos olhos de Émile. Tenho certeza de que devia estar assustadora com meu rosto inchado e vermelho, mas não me importava.

— Cecile. — Ele fez menção de se aproximar de mim, mas balancei a cabeça e levei o dedo aos lábios.

Eu não daria a ela a satisfação de saber que tinha visto os dois juntos. Dando as costas a ele, continuei a descer a escada.

---

24 de junho de 1925

Émile nunca mais voltou ao circo.

Não faço ideia se a pintura de Esmé já foi terminada ou se os dois começaram a trabalhar nela no apartamento dele, longe de mim.

Depois da apresentação da noite passada, Sylvie e eu passamos na Closerie des Lilas. Paramos de ir ao Dôme para não ver Émile. Quando estávamos saindo do café, ouvi a voz dele me chamar do outro lado da rua.

— Ignore-o.

Sylvie tocou em minha mão de maneira protetora. Ela havia mudado nos últimos tempos. Sylvie sempre tinha sido a terceira integrante de nosso trio mortal, mas ela vem tomando mais cuidado com meus sentimentos do que com os de minha irmã. Nem sempre foi assim.

Quando éramos mais novas, Sylvie oscilava entre mim e Esmé, escolhendo lados e usando sua influência como queria. Como todas as crianças, Sylvie sabia ser volúvel. Muitas vezes, eu ficava fora do labirinto enquanto ela e Esmé brincavam, já que as duas haviam decidido que eu não poderia segui-las por motivos bobos. Mas, assim como sua mãe, Sylvie também era uma criatura política. Apesar de sempre ter sido minha amiga, ela tinha consciência da minha influência crescente na trupe e aquilo havia mudado um pouco o foco de sua lealdade.

— Cecile.

A voz de Émile implorava. Ouvi carros buzinando quando ele atravessou a rua para chegar até mim. Quando finalmente nos alcançou, estava sem fôlego de tanto correr.

Fiquei abismada com o que vi na minha frente. Nas duas semanas desde que encontrara Esmé em seu quarto, uma mudança surpreendente havia acontecido. Círculos escuros marcavam a região abaixo de seus olhos. Normalmente magro, seu corpo tinha se tornado esquelético e as roupas pendiam dele.

— Émile? O que aconteceu com você?

— Estive procurando você — respondeu ele, sem fôlego. — Não é fácil te achar.

— Você podia ter ido até o circo — intrometeu-se Sylvie, direta.

Ela olhou para trás dele, para a rua que seguia até nosso destino, procurando uma distração momentânea.

— Podemos falar a sós? — pediu Émile, seus olhos carinhosos implorando.

Sylvie ficou tensa. Fiz um gesto para que ela continuasse.

— Vou estar no Closerie des Lilas esperando por você — avisou e lançou um último olhar de decepção para Émile.

Então enfiou as mãos nos bolsos, deu meia-volta e seguiu na direção do boulevard de Montparnasse em um ritmo que deixava claro que não concordava nada com a minha decisão.

Émile e eu descemos a rua na direção oposta, em silêncio.

— Por que precisava me ver? — Eu olhava para a multidão à minha frente, sem encará-lo.

— Odiei o fato de você ter me visto com ela — disse ele. O tom em sua voz era de desespero. — Eu precisava explicar.

— Você não me deve explicação nenhuma, Émile. — Segurando a bolsa com força, tive uma lembrança vívida daquela noite.

Me senti humilhada por ele ter me visto naquele estado, os olhos vermelhos, bochechas manchadas de lágrimas, o rosto inchado.

— Devo, sim. — Ele parou na minha frente. A brisa suave balançou seu cabelo e os faróis dos carros o iluminaram enquanto passavam. — Eu não quero sua irmã. Não sei como aquilo aconteceu.

— Ah, tenho certeza de que sabe.

Levantei a sobrancelha.

Ele pôs as mãos em meus ombros para me impedir de continuar.

— Tentei achar você, mas não consegui voltar ao circo.

Aquela era uma consequência curiosa. Nosso pai havia impedido o acesso de Émile a nós.

— Aí você também parou de vir aqui. Como não consegui te achar, pintei você milhares de vezes. Toda noite. Eu pintava e ficava olhando para você, dizendo todas as coisas que estou falando agora e, quando acordava, toda manhã...

— Eu tinha desaparecido — completei. Sou horrível por admitir que então sorri para ele? Foi apenas um movimento rápido dos meus lábios, mas saber que ele havia sofrido por mim me parecia justo. Estávamos quites.

— Toda vez, eu tentava mudar alguma coisa... Seu nariz ou seus lábios... Qualquer coisa para que não fosse você, exatamente.

— Não é isso, Émile. Você não pode pintar minha essência, nem se ela partir de lembranças. Não tem nada a ver com mudar meu nariz nem meus lábios. — Ele cambaleou e, quando falava, eu podia sentir o cheiro de álcool em seu hálito. — Você comeu?

Ele balançou a cabeça.

— Ah, Cecile... Estou tão apaixonado por você. Depois que você partiu, mandei Esmé embora. Não aconteceu nada entre a gente, eu juro! A expressão no seu rosto... Eu não consegui acreditar no que tinha feito e em como tinha sido idiota! — Ele agarrou a própria cabeça como se estivesse doendo. — Tínhamos bebido demais e depois começamos a dançar. Só isso. Estava calor no meu apartamento. Você tem que acreditar em mim.

— Posso perguntar uma coisa?

Fiquei parada ao lado dele, olhando para cima.

— Claro, o que quiser — disparou Émile. Ele começou a se preparar para outra onda de confirmações de sua inocência, mas eu ergui a mão para impedi-lo.

— Mesmo se o que está dizendo for verdade, se eu não tivesse chegado na sua casa na hora em que cheguei, o que teria acontecido entre você e minha irmã? — A pergunta pairou no ar. Vi a culpa no rosto dele. — Entendi. — Como já tinha a resposta que queria, me virei e desci a rua.

A duas quadras ali, eu ainda conseguia ver a forma de Sylvie a minha frente.

— Eu sinto muito. Por favor, me perdoe — gritou ele, correndo atrás de mim e me segurando pelo braço. — Vou fazer tudo que você quiser para consertar isso. Vou parar de pintar. Podemos nos mudar para longe daqui, juntos.

Puxei meu braço de volta. Como ele ousava me tocar depois de admitir que quisera minha irmã? Uma parte cruel de mim queria dizer a ele que nada podia ser mudado, que sua escolha havia sido feita quando ele a levara para seu apartamento. A vontade de vê-lo sofrer pelo que havia feito comigo era enorme.

Antes de conhecê-lo, minha vida fora solitária, mas simples. Eu tinha certeza de que aquela tendência vingativa vinha do meu pai. Respirei fundo algumas vezes, tentando me acalmar. Olhei para ele e suspirei, pois o homem que estava diante de mim parecia estar perto da morte. Ele não comia e, ao que parecia, não dormia havia dias.

— Por favor — implorou ele. Émile começou a andar de um lado para o outro, como um louco, puxando o cabelo.

Fiquei surpresa ao ver minha tempestade emocional interior se manifestando fisicamente nele. Sua aparência refletia a forma como eu me sentia. Ondas de preocupação e alívio me dominaram quando vi que os sentimentos dele por mim eram verdadeiros. No entanto, percebi que ele estava causando um escândalo na rua. Mulheres se afastavam dele à medida que passavam por nós.

— Você precisa comer. — Peguei sua mão e o levei até o Closerie des Lilas.

Quando nos aproximamos, Sylvie, que encontrara uma mesa para duas pessoas, franziu a testa.

— Por que ele *ainda* está aqui?

— Fique quieta, Sylvie — pedi, murmurando enquanto tentava localizar outra cadeira no café lotado.

Nós três nos sentamos à mesa de canto enquanto Émile pedia o pato. Sob a luz do café, vi a cavidade profunda que havia se formado sob seus olhos e maçãs do rosto. A pele em torno de seus lábios havia ganhado uma cor empoeirada. O rosto dele lembrava o quadro que Man Ray havia feito de Marcel Proust no leito de morte.

Um silêncio mortal pairou durante o jantar. Sylvie fez cara feia para Émile enquanto ele comia, as mãos ao lado do corpo e a postura reta e imóvel como a de um manequim. Quando ele engoliu a última garfada de pato, Sylvie bateu palmas e anunciou:

— Pronto. Você já comeu. Podemos ir agora, Cecile?

Fiquei chocada com a grosseria dela.

— Sylvie!

Fazendo uma careta, ela puxou um cigarro e olhou nos meus olhos, me desafiando.

Depois que saímos do restaurante, Émile pegou minha mão.

— Por favor, venha para casa comigo.

Era impensável a ideia de voltar ao apartamento depois de ter estado do lado de fora, ouvindo os dois. Como se tivesse lido minha mente, Sylvie disse:

— Vamos *todos* então.

Não era a resposta que Émile e eu queríamos. Desde o jantar, eu queria falar com ele a sós, mas Sylvie foi atrás da gente, deixando claro que não iria embora sem mim. Enquanto subíamos a escada, as lembranças daquela noite me invadiram e eu me interrompi. Émile, que estava abrindo a porta, pareceu abalado. Nossas posições haviam se repetido: ele estava à porta e eu, na escada. Tive um déjà-vu horrível.

Se as lembranças eram ruins a ponto de me impedir de subir os degraus até o apartamento dele, então eu não conseguiria passar pela porta, não conseguiria voltar a rir com aquele homem, beijá-lo ou voltar a fazer amor com ele. Infelizmente, percebi que seria impossível perdoá-lo.

No entanto, a terrível condição de saúde de Émile me estimulou a subir as escadas, com Sylvie a reboque. Embora a cor tivesse retornado a seu rosto, ele não estava nada bem. Timidamente, ele abriu a porta e eu entrei. Sylvie veio atrás de mim. O quarto estava uma enorme bagunça: telas quebradas ao meio, molduras em pedaços em torno da cama, garrafas de bebidas vazias e quebradas cobriam o chão, discos transformados em pedaços afiados.

— O que...?

Sylvie ficou tão chocada com o estado do lugar que agarrou minha mão.

— Vá, se não consegue aguentar. — A voz dele soou mordaz. — Eu vou entender, Cecile. Eu mereço isso.

— Merece mesmo — concordou Sylvie. Ela o encarou com seu rosto em formato de coração e seus lábios comprimidos.

— Sylvie! — Olhei para ela. Jamais a vira ser tão hostil com alguém.

Sentindo minha decepção, ela deu meia-volta e saiu pela porta, batendo-a com força. Em seguida, pude ouvir seus passos pesados, a porta ao pé da escada se abrir e se fechar.

Estávamos sozinhos.

Apesar da aparência de Émile, ele recuperou o orgulho e tentou se recompor, ajeitando a postura, mas ainda incapaz de olhar para mim.

— Será que você vai conseguir me perdoar?

— Não sei. — Dei de ombros.

— Você poderia *tentar*?

Quis dizer que não, dar meia-volta, sair de lá, assim como Sylvie, e voltar a minha vida e ao meu trapézio. Haveria outros admiradores, eu sabia disso agora. Émile Giroux era complicado demais para uma moça simples como eu. As palavras estavam na ponta da língua. Mas então me lembrei das duas semanas anteriores sem ele, daquele vazio. Em alguns momentos, quando o imaginava andando pelo mundo sem mim, sentia vontade de vomitar. Até ele surgir, eu não percebia o buraco que existia em mim. Em muito pouco tempo, ele havia se infiltrado em minha vida e em meu coração simples.

— Acho que posso tentar.

Foi tão fácil dizer aquilo...

— É tudo que peço. — Não vi nenhuma satisfação em seu rosto. Fiquei com a sensação de que ele não acreditou em mim.

— O que você fez com o retrato dela?

— Joguei no lixo. — Ele passou as mãos pelo cabelo, analisando o quarto em pedaços a seu redor.

Era mentira.

— Você não devia ter feito isso. Talvez se torne valioso um dia.

— Não quero nada que tenha a ver com ela.

Percebi que ele queria punir Esmé por seu momento de fraqueza, mas a culpa era mais dele do que dela.

— Virei quando puder, Émile.

Passei por sobre os cacos de vidro e girei a maçaneta, deixando-o parado em meio aos destroços.

❦

27 de junho de 1925

Uma doença estranha me domina há dias. Hoje de manhã, decidi sair do circo para ver se é ele que está me deixando doente. Quanto mais tempo fico do outro lado, mais me pergunto se não seria melhor ficar por lá. Para minha decepção, também me senti enjoada daquele lado e vomitei sem parar na calçada em Montmartre.

Quando voltei, já era tarde. Encontrei Esmé na porta. Fiquei surpresa com a presença dela. O vestido que usava era transparente o suficiente para que eu percebesse que ela não estava usando sutiã. Seus olhos estavam vidrados de tanto chorar e muito marcados com kajal. Se não a conhecesse, teria imaginado que era uma prostituta.

— Saia da minha frente.

Ela quase me derrubou. Sua voz a denunciou. Ela estava surpresa em me ver.

— Você está bem?

Estendi a mão para tocá-la.

Esmé parou e afastou meus dedos de seu braço com força.

— Eu nunca mais vou ficar bem. — Ela cuspiu as palavras à medida que seu corpo se contraía.

— Eu não estou entendendo...

— Émile — disse ela, me interrompendo. — Você tem tudo. — Quando se virou para me encarar, não vi sua máscara costumeira. O rosto estava encovado e os olhos, vidrados e mortos. — Por que tem ele também? — Aquelas poucas palavras pareciam tê-la exaurido. Esgotada, ela se virou e passou pelas portas do circo para sair noite afora.

Depois que meu pai a havia mandado para a Floresta Branca, eu jurara nunca mais machucar minha irmã. Aceitasse ela ou não, nós duas estávamos ligadas de corpo e alma. Ver minha irmã gêmea tão magoada tornou minha decisão mais fácil. Não vou mais ser a causa do sofrimento dela.

28 de junho de 1925

Fui até o apartamento de Émile. Por sorte, o lugar estava mais limpo. Ele olhou para mim, parada diante da porta, e me puxou para dentro.

— O que houve?

Em seu rosto, vi que Émile esperava que tivéssemos voltado para poder se concentrar de novo em coisas como suas obras. No canto do quarto, havia uma nova pintura de uma mulher nua. Embora não fosse uma mulher bonita, ele descobrira a faísca dentro dela e a desenhara com seu pincel. Eu só podia me perguntar como ele havia conseguido fazer aquilo. Mas ele era um artista, no fim das contas. Se seduzia suas modelos, era apenas parte de seu ofício, e ele o aperfeiçoava assim como fazia com suas pinceladas. Apesar de ter ido até o apartamento com a intenção de me despedir dele, foi só naquele exato instante que tive certeza de que minha decisão estava certa. Por mais que quisesse, eu nunca seria a mulher perfeita para ele. Pude ver nitidamente que, com o passar dos anos, eu deixaria de ser eu mesma e passaria a me comparar com todas as modelos. Sem malícia, seu talento, sua paixão e as consequências dos dois me destruiriam.

Ele estava limpando pincéis, as roupas manchadas com pinceladas aleatórias, mas os pousou na mesa, pegou meu rosto entre as mãos e me deu um beijo demorado.

Eu me afastei.

— É Esmé. — Percebi que não conseguia tirar os olhos do quadro, que os olhos da mulher me encaravam com pena.

— O que tem ela? — Émile achava que tinha me conquistado outra vez, o que a tornava irrelevante.

— Ela ama você. — Minha respiração ficou ofegante.

Enquanto falava, sabia que estava fazendo a coisa certa, mas, em meu coração, nunca quisera nada como queria aquele homem.

— Isso é ridículo — respondeu ele, rindo.

No entanto, vi uma faísca passar por seu rosto, talvez uma parte dele que se sentisse lisonjeada. Ser adorado por uma mulher bonita como Esmé era uma conquista, mesmo que ele não a amasse.

— Não podemos ficar juntos, Émile.

Começando por seus olhos, que foram perdendo o brilho como os lustres do circo pouco antes de uma apresentação começar, vi sua luz se apagar. Seu sorriso normalmente iluminado foi o próximo a se dissipar quando ele compreendeu de fato minhas palavras.

— Mas eu amo *você*, Cecile. Eu não a amo.

— Não vou destruir minha irmã, Émile. Eu amo você, mas a amo mais. — Um rubor percorreu meu corpo, voltando a me deixar enjoada rapidamente.

Procurando por algo, corri para a janela, peguei a bacia com que ele se lavava e vomitei nela.

Émile me levou para a cama, onde agarrei os lençóis com punhos fechados, antecipando a onda seguinte, que já se formava. Ele tocou levemente em minha bochecha.

— Você não está com febre.

Ele se deitou ao meu lado e me abraçou.

— Cecile.

— Oi — falei, me permitindo sentir, por um último instante, o calor e o peso dele contra meu corpo.

— Você está grávida?

❦

1 de julho de 1925

Fui consultar um médico. Tudo me pareceu estranho: da pequena sala em que Sylvie e eu esperamos até todos os exames que confirmaram minha gravidez. Para mim, nada mudou. Decidi criar esta criança no mundo do circo. Seria um pedacinho de Émile que eu poderia guardar comigo.

Encontrei Esmé em seu camarim. Ela ia barrar a porta com o braço outra vez, mas eu não ia mais implorar para que ela falasse comigo.

— O que você quer?

— Pode ficar com Émile — falei, cuspindo as palavras. — Já avisei a ele que não quero mais vê-lo. — Fechando bem meu suéter, me virei para ir embora.

Enquanto descia pelo corredor, vi que ela havia ficado parada à porta sem saber o que dizer — mas muito feliz.

Mantendo minha palavra, me recusei a ver Émile, apesar dos pedidos dele. Se minha irmã o queria, então eu ia me afastar. Tinha certeza de que ela só precisaria incentivá-lo um pouco para que sua devoção a mim fosse passada para ela.

⌘

8 de agosto de 1925

Antes do espetáculo de hoje, voltei a ficar enjoada e corri até os estábulos para que ninguém me visse vomitar. Estava perto do estábulo de Sua Majestade — um curral elaborado e bem cuidado, com uma cortina de veludo mais apropriada para um rei —, quando vi Esmé, coberta de sangue, se lavando em uma baia vazia perto dali.

Eu sempre desconfiei que nosso circo seguia um padrão. Meu pai planejava voltar no dia seguinte. Provavelmente íamos mudar de endereço de novo e voltar ao Bois de Boulogne por mais um mês. Enquanto Esmé se enxugava com uma toalha, pude ver as manchas de sangue no tecido. Ela ficou parada ali, tremendo no corredor, sua combinação de seda iluminando os contornos de seus mamilos e o topo de suas coxas.

Mais tarde, Sylvie e eu estávamos no Le Select, onde ninguém abriu espaço para nós no bar. Ouvi boatos sobre dois homens que haviam desaparecido perto do último endereço conhecido do circo. Hemingway tirou os olhos da mesa e me perguntou se eu sabia alguma coisa a respeito. Todos os olhos se voltaram para Sylvie e eu, cigarros fumegando sem parar.

— Ela não sabe de nada — disse Émile de um dos cantos do bar.

Até Sylvie ficou emocionada quando ele nos defendeu. Vê-lo fez uma onda de dor percorrer meu corpo como uma corrente elétrica.

Quando voltei ao circo, meu pai me pediu para acompanhá-lo até a roda-gigante que Curio havia montado. Hesitei porque sabia que a atração levava à Floresta Branca. Entrei na gôndola e, com um aceno de sua mão, começamos a descer.

— Estão dizendo que nosso circo é responsável pelo desaparecimento de vários homens.

Ele parecia distante naquela noite. Eu sabia o que ele era — um grande general do Exército do Mundo Inferior —, mas ele era o único pai que eu havia conhecido. Apesar de já ter presenciado sua crueldade, senti uma pontada de tristeza e amor por ele.

— Quem disse isso? — Ele estava preocupado, olhando para o rio Estige, à direita de nós. — Giroux?

— Não — falei. — Tem um boato correndo em Montparnasse. Está no jornal também.

— Isso não é da sua conta, Cecile. — A resposta de meu pai foi firme.

— Por quê? — Me inclinando para a frente, toquei na perna dele. — Hoje mais cedo, antes da apresentação, peguei a Esmé no estábulo, lavando sangue de suas mãos. Então soube dos homens que estão desaparecendo e agora você está aqui. Sei o que isso significa. O circo vai mudar de endereço. Há um padrão.

Ele olhou para mim como se eu fosse uma boneca muito amada.

— Você se parece tanto com ela... Com Juno. — Ele fechou os olhos ao se lembrar de minha mãe. A imagem dela ainda o fazia sofrer. Como é difícil ser tão poderoso e ainda assim ver a única coisa que você sempre desejou lhe ser negada. Foi a primeira vez que vi nele a marca de sua própria prisão. — Mas você e sua irmã me custaram muito caro. — Ele falou de forma lenta e deliberada, para que eu absorvesse cada palavra. — Quando vocês nasceram, eu devia ter jogado você e Esmé no Estige e deixá-lo ficar com vocês.

Ergui os olhos lentamente, até encontrar os dele. Ele me encarou de volta com as pupilas estáticas, inabaláveis.

O medo me dominou. Segurei a barra de segurança da roda-gigante com força.

— Na verdade, eu poderia fazer isso agora — contemplou ele, o tom de voz contido, como se estivesse conversando sobre o tempo. — Começar com você, bem aqui, e depois jogar Esmé. — Ele bateu com a bengala e fez um carinho no braço do assento da gôndola.

Tensa, voltei a me recostar em meu assento, tentando ficar o mais longe possível dele. Meu pai tinha um senso de humor estranho, mas aquilo não era nada engraçado. Senti meu coração disparar. Será que ele ia mesmo me jogar para fora da gôndola? Teria sido por isso que me levara até ali?

Ele se recostou e apoiou o braço nas costas do assento.

— Relaxa, Cecile. Não estou muito vingativo hoje, apesar de saber que o que vocês me fizeram passar não seria aceito por nenhum outro daemon, eu garanto. Mas, como vocês são parte de mim, sei o que vão fazer antes mesmo que pensem a respeito. É por isso que sei que você não conseguiria lidar com o que nós somos, com o que você é. Você acha que pode lidar com qualquer coisa. Ah, você é uma estrela do *trapézio* agora, famosa em toda Paris... — disse ele, zombeteiro. — Você está certa. Sua irmã matou aqueles homens. Agora sei o que você vai perguntar.

Tentei falar, mas ele me interrompeu.

— Vai querer saber *por quê*.

Era exatamente a pergunta que eu ia fazer.

— Porque esse é o preço do circo em que vocês duas vivem. A Esmé o sustenta, sozinha. Agora a próxima coisa na qual você vai insistir, com grande desenvoltura, é que é injusto que ela suporte tamanho fardo. Mas me escute. Você é tão ingênua a ponto de achar que me importo com o que é justo, Cecile? Será que permiti que você me subestimasse tanto assim? — Ele olhou direto para mim. Seus olhos eram frios. Não vi nenhum vestígio de amor nem de afeição por mim neles. Eu nunca tive tanto medo.

Eu sabia o que ele estava insinuando. Meu pai era um dos generais mais temidos, mas, ainda assim, estava consolando a filha chorona.

— É por isso que ela me odeia — falei, olhando para as árvores nuas da Floresta Branca.

Esmé tinha sido mandada para lá e enfrentado coisas absurdas por minha causa. Agora tudo fazia sentido.

— Infelizmente, ela vai odiar você ainda mais quando souber da novidade. — Seus olhos se voltaram para a pequena barriga que começava a se formar.

— Como você soube? — perguntei, tocando minha barriga de maneira protetora. Sob meus dedos, senti a bola quente abaixo de meu umbigo, firme e redonda como uma laranja.

— Como eu poderia não saber? Você tem que saber que isso não é bom, Cecile — continuou ele. — Você e sua irmã são cambions, frutos de uma humana e um daemon. Você está carregando um filho que é, em parte, cambion. Apesar de isso perder força a cada geração, o parto de uma criança com a essência de um daemon vai ser difícil para você. Tem que saber que foi isso que matou sua mãe.

— Eu vou morrer?

— Infelizmente, minha querida, a Morte é a única coisa que não posso controlar.

— Mas eu tenho seu sangue de daemon. Isso não vai me ajudar?

Ele deu de ombros.

— Você também tem um corpo mortal frágil como um ovo. Tem magia dentro dele, é verdade, mas infelizmente não é imortal.

Eu pensei sobre aquelas palavras.

— Émile não sabe sobre o bebê.

— É melhor assim.

— Se soubesse, ele insistiria para que ficássemos juntos.

— Infelizmente — disse ele, temeroso — isso não é possível.

Meu pai continuou observando o Estige. O rio e suas águas pretas como carvão eram a fonte de seu poder. Aquele era o meu mundo. Apesar de poder ir e vir do circo, eu era, de fato, como Doro. Uma criatura do Inferno. Saber que não poderia ficar com Émile era a resposta que eu esperava, a que, no fundo, já conhecia.

— Foi culpa minha ter trazido esse pintor para o circo. Só sinto muito por você ter sido um infeliz peão nessa história.

— Como assim? — Olhei para as margens claras e arenosas que levavam à Floresta Branca.

— Pus um feitiço nos quadros.

— Já sabia disso.

— Eu os enfeiticei para quem olhar para os três quadros ver o que quero, mas não foi só isso que fiz.

— O que mais você fez? — Dilatei as narinas e ergui a voz, que ecoou na caverna. Ele tinha o costume de pregar peças cruéis. No mesmo instante, pensei no acordo que Émile fizera com ele para garantir o trabalho. Ele havia exigido a alma de Émile?

— O verão desse ano foi meio chato, então lancei um feitiço. — Ele me dispensou com um gesto. — Não foi nada demais. Simplesmente deixei Émile escolher três temas para os quadros. Todos os temas iam se apaixonar por ele. Ele pintou você, você se apaixonou por ele... Assim como Esmé, Sylvie...

— Isso é muito cruel — falei, arquejando. — Como você pôde? — Mais uma vez, pousei a mão sobre meu bebê. As datas eram importantes. Será que o que sentia por Émile havia sido um feitiço? Será que alguma coisa em meu relacionamento com ele havia sido real, além do bebê que eu carregava? — Quando... Quando você fez isso? — Eu estava prestes a vomitar.

Ele deu de ombros.

— Quando o contratei, claro.

Desabei na cadeira, me lembrando do dia na feira da rua Mouffetard, quando Émile havia comprado maçã para mim. Eu havia me apaixonado por ele naquele dia, semanas antes de meu pai contratá-lo. O que sentia por Émile, e o que ele sentia por mim, era verdadeiro.

⁂

9 de agosto de 1925

Doro me informou que Esmé deu a Émile uma entrada para o circo. Para sua surpresa, os ingressos permitiram que Émile fosse até lá pela terceira vez, o que era inédito. Eu havia me preparado para vê-lo, mas não tinha antecipado o grito vindo do camarim dela. Por insistência de meu pai, Madame Plutard contara a minha irmã sobre a gravidez. O som que escapou do quarto parecia o lamento de um animal doente.

⁂

15 de agosto de 1925

Sentado na primeira fila do espetáculo de sábado, Émile parecia arrasado.

Depois do espetáculo, eu o evitei. Enquanto voltava para trocar de roupa, pude ouvir a voz de Esmé vindo de seu camarim. Seu tom era mordaz.

— Saia!

Ele abriu a porta e eu vi seu rosto.

— O que aconteceu?

— Ela está irritada — respondeu. — Fica insistindo que me ama. Parece loucura. No fim das contas, escrevi uma carta dizendo que não poderiamos ficar juntos e pedindo que se afastasse. Ela me mandou o ingresso mesmo assim e depois mandou dois palhaços me trazerem. Acabei de pedir para me deixar em paz. Ela está irritada, como você pode ouvir. — Émile apontou para o quarto. — Esmé disse que vamos nos arrepender do que fizemos.

— Do que *nós* fizemos? — Inclinei a cabeça e fechei bem o colarinho da camisa.

Seu rosto suavizou, e eu percebi que *ela* havia contado a ele sobre nosso bebê. Respirei fundo. Ele devia ter ouvido aquilo de mim, e o fato de minha irmã ter sentido que podia dar a notícia a Émile era uma traição. Sua porta estava fechada e provavelmente trancada. Pensei no que faria com ela se não estivesse.

— Eu não queria que você descobrisse desse jeito.

— Não sei nem se você *queria* me contar. — Ele se encolheu e estendeu a mão.

— Você está bem? — Notei que um fio de sangue caía de sua manga.

— Ah, eu me cortei. Não foi nada. — Ele indicou o camarim de Esmé. — Havia um caco de vidro perto da porta dela. Eu o peguei.

Eu o levei para o meu camarim, que ficava a duas portas do de Esmé, para que pudesse cuidar de sua mão. Tinha sido um corte pequeno na palma. Limpei a ferida e pus um curativo sobre ela, mas temi que fosse muito mais profunda no centro.

— Você devia pedir para um médico dar uma olhada.

— Não se preocupe comigo. — Ele tocou minha bochecha rapidamente. — Eu devia estar preocupado com você.

— Estou bem. — Tirei a bochecha de perto da mão dele.

— Não sei se você se lembra, mas desconfiei disso quando você vomitou.

Bufei, fazendo um barulhinho pelo nariz.

— Podemos morar no meu apartamento. Não é grande, mas vai dar conta por alguns anos.

— Eu já falei. — Desabei na cadeira. — Não podemos ficar juntos.

— Você tem que parar de pensar na Esmé e começar a pensar no *nosso* filho — retrucou ele. — O que pretende fazer? Criá-lo aqui? — Ele olhou em volta, para as paredes. — Isto aqui é um lugar horrível. Já tinham me avisado que era sombrio, mas a escuridão penetra nos nossos ossos.

— É a minha casa — disparei.
— Mas não vai ser a casa do nosso filho.
— Ah, Émile — suspirei.

Estou cada vez mais assustada com esta gravidez. Sei que não posso viver com Émile fora do circo. Não sei se isso também vai incluir meu filho, mas, mesmo que eu pudesse existir no mundo com ele, sei que a vida de um artista é solitária. Vejo como Hadley e Ernest Hemingway têm dificuldades com o filho, Bumby. Ernest está sempre escrevendo sozinho nos cafés, enquanto Hadley passeia com Bumby sozinha pelo Jardim de Luxemburgo, a criança cambaleando ao lado dela. Minha vida no circo tinha sido animada e eu a passara cercada de artistas. Não consigo imaginar outra vida, mesmo que seja com o Émile.

Mas ele olhou para mim com tanta expectativa, tão apaixonado...
— Cecile?
— Vai ser incrível — menti.

❖

23 de agosto de 1925

É difícil escrever isto, mas tenho que registrar cada detalhe.

Depois da minha apresentação da semana anterior, passei em Montparnasse e fiquei assustada ao ver que Émile estava igual a quando o vira na rua naquela noite. Ele voltara a ficar pálido, com manchas escuras sob os olhos, mas elas estavam ainda mais pronunciadas.

Insisti para que ele viesse jantar comigo e com Sylvie. Ele comeu muito pouco, jurando que estava apenas distraído. Preocupada com ele, passei a noite em seu apartamento. Ele acordou febril. Temendo ter pegado alguma doença, me mandou de volta para o circo para não transmiti-la para mim ou para o bebê. Os horrores da gripe espanhola ainda viviam na mente de soldados como ele. Apesar de não ter lhe dito nada, fiquei feliz ao voltar para o outro lado. Minha perna e meu braço estavam doendo. Senti que estava desmoronando, que a gravidez já levava meu corpo ao limite.

Quando se passaram três dias sem notícias de Émile, insisti para que Sylvie me acompanhasse até o apartamento dele. Ela hesitou de início, mas acabou aceitando ir, ainda que a contragosto. O fato de Esmé também estar arrasada por causa dele fizera Sylvie odiá-lo ainda mais.

O táxi nos deixou a duas quadras do apartamento dele. O ar do verão estava sufocante. Nos cafés, as mulheres se abanavam com leques e procuravam cadeiras à sombra, o som do jazz fluindo para a rua.

— Você não gosta dele.

Suas mãos mergulharam nos bolsos do vestido.

— Eu não sei como você pode gostar dele, muito menos amá-lo. Ele dormiu com a Esmé.

— Ele não dormiu com ela. — Foi o que Émile me disse e eu acreditei nele.

Sylvie riu, fazendo barulho pelo nariz, e girou diante de mim, na rua.

— Você acha mesmo que a Esmé estaria irritada e possessiva desse jeito se não tivesse dormido com ele?

Suspirando, enojada, ela atravessou a quadra em silêncio.

A verdade naquela frase me deixou na defensiva.

— Você nunca teve vergonha de demonstrar sua opinião sobre ele.

Nós viramos na direção da rua lateral próxima ao apartamento de Émile. Ela parou e voltou a me encarar.

— O que você quer de mim?

— Você é minha amiga. Não quero nada de você.

— Você ainda não entendeu? — Ela balançou a cabeça e vi lágrimas em seus olhos. Sylvie agarrou o cabelo na altura do queixo antes de pegar meu rosto entre as mãos e me beijar na boca com vontade. Quando se afastou, as lágrimas corriam por seu rosto. — Estou *apaixonada* por você, Cecile. Não consegue ver isso? Ele não é bom para você.

Fiquei tão surpresa com aquelas palavras — e com o beijo — que me senti zonza.

— Desde *quando* você está apaixonada por mim, Sylvie?

Ela me ignorou com um aceno de mão e começou a andar na minha frente.

— Há alguns meses. Fiquei tão surpresa quanto você. Me dá nervoso ver você caída por esse cara há tantos meses, especialmente depois do que ele fez.

— Alguns meses? — Eu me interrompi na hora. — Desde o quadro?

Ela parou para pensar e deu de ombros, os cachos louros se agitando enquanto ela se movia.

— Acho que sim.

— Pense. — Apontei o indicador para ela. — Desde quando?

Ela olhou para o chão.

— Acho que desde aquela época. Eu me lembro de notar coisas em você, coisas que havia passado anos vendo, mas tinham se tornado mais distintas. Sempre que você entrava na sala para conferir o andamento do quadro, eu percebia que estava prendendo o fôlego. De início, achei que era loucura. Somos amigas desde pequenas. Mas enquanto você o ajudava a esboçar meu rosto na tela... — Ela fez uma pausa e olhou para a rua. — Não sei. Alguma coisa se acendeu em mim.

Eu sabia que Sylvie tivera um caso breve com uma socialite que conhecera no Ritz. Paramos de ir até lá quando o marido da mulher retornara a Paris, apesar de ela ter tentado continuar a encontrar Sylvie. Naquele momento, eu percebi tudo. Os carros que desciam o boulevard de Montparnasse, o tilintar de copos, o aroma do suor dos homens que passavam perto demais e Sylvie, o contorno de seu vestido contra o sol e as sardas que se formavam nas bochechas cheias enquanto ela estava ao ar livre. O rosto dela era perfeito, em forma de coração, como o de um cupido. Então me lembrei que havia assinado o quadro de Sylvie com as letras *EG*. A maldição de meu pai fazia o tema se apaixonar pelo pintor. O feitiço havia considerado que o quadro tinha sido criado por mim.

Fechei os olhos.

— Não é real, Sylvie. Foi uma maldição que meu pai pôs nos quadros.

Ela contorceu seu lindo rosto e arregalou seus olhos cinzentos.

— Como você *se atreve* a dizer isso, Cecile? — bradou. — Que coisa horrível de se dizer! Você é a única que pode sentir alguma coisa?

No mesmo instante, me arrependi da insensibilidade de meu comentário, mas isso não o tornava menos verdadeiro. O feitiço que meu pai lançou fazia o tema se apaixonar pelo "pintor". Ele não havia sido específico. Enquanto subíamos a escada, encontramos a proprietária do apartamento, que vinha no sentido contrário, a expressão séria.

— Eu não sabia onde encontrar você — disse ela. — O médico está com ele agora.

Subi correndo a escada até o quarto dele. O cômodo estava escuro e o cheiro — uma mistura pútrida de suor e vômito — invadiu minhas narinas. O médico estava abrindo as duas janelas, mas o ar abafado do verão não ajudava nem um pouco.

— Ele diz que a brisa está fria demais. — Olhei para a silhueta de Émile. Ele parecia minúsculo, apesar de estar coberto por mantas grossas.

— O que houve com ele?

O médico balançou a cabeça.

— Francamente, não sei. Parece malária por causa da febre, mas é como se ele estivesse sangrando em algum lugar. Só que eu ainda não achei a fonte do sangramento. Ele está ficando mais fraco. Podem ser os rins. — O homem pegou sua bolsa. — Não há nada que eu possa fazer. Você deveria vê-lo. Fique com ele e o tranquilize, se puder.

Senti a mão de Sylvie em minhas costas.

— Sinto muito, Cecile.

Eu mal conseguia respirar.

— Você pode voltar e avisar ao meu pai?

Um longo silêncio se fez. Sylvie entendeu o que eu queria dizer com aquele pedido. Eu queria um favor do meu pai.

— Tem certeza? — Mesmo para as filhas, meu pai não concedia favores de graça.

Algo valioso teria que ser dado em troca. Quando não respondi, ela deu as costas e saiu do quarto. Fechou a porta silenciosamente para não incomodá-lo.

Fui até a cama de Émile. Ele estava dormindo. Quando me sentei ao seu lado, ele começou a arquejar e tremer. Seu rosto estava pálido.

— Eu estou aqui, meu amor.

Acariciei sua bochecha. Ele não fazia a barba havia pelo menos uma semana.

Émile olhou para mim, mas não tive certeza de que me reconheceu — sua expressão continuou vazia. Eu podia vê-lo definhando.

Meu pai chegou uma hora depois. Bem, *chegou* não descreve bem o que aconteceu porque ele não precisou usar a porta. Ele apenas apareceu no quarto.

— Ele está morrendo.

Senti a presença dele sem nem precisar erguer o olhar.

— Foi coisa da sua irmã. — Sua voz soou grave. — Sinto muito por isso.

Infelizmente, eu sabia o que aquela resposta significava. Ele não quebraria o feitiço dela. Mesmo quando éramos crianças, ele não revertia a magia que lançávamos uma na outra, sempre nos obrigando a fazer as pazes.

— Por favor. — Eu me virei para encará-lo. — Isso tudo é culpa sua. A maldição que você pôs nos quadros. A Sylvie está apaixonada por mim e a Esmé, por ele. — Quando as palavras saíram de minha boca, percebi que estava usando a abordagem errada com meu pai.

Seu rosto assumiu sua forma verdadeira diante de mim. Se eu não estivesse grávida, sei que teria passado três dias na Floresta Branca.

— Eu *não* vou quebrar o feitiço da sua irmã. — Sua voz rugiu e retumbou no cômodo silencioso como uma tempestade.

— Eu poderia reverter?

Meu pai olhou para a forma débil de Émile sobre a cama.

— Ele já está fraco demais e sua irmã é muito poderosa. — Ele atravessou o cômodo e parou perto de Émile, encarando-o com atenção. — Você o quer?

— Quero. — Eu já havia começado a chorar.

— Vai aceitá-lo em quaisquer condições? — Eu sabia o que ele estava fazendo, me atrelando a alguma coisa. — Não posso trazê-lo de volta do jeito que você quer. Isso eu não posso fazer.

Eu aceitaria Émile sob quaisquer condições.

— Vou.

O cômodo ficou em silêncio, exceto pela cortina esvoaçando contra a parede. Quando me virei, ele havia desaparecido.

Me sentei ao lado da cama de Émile, esperando alguma melhora. Quando a noite caiu, ele havia começado a tossir sangue e depois defecar sangue. Havia sangue escorrendo de seu nariz, seus olhos, seu pênis. Juntei os lençóis encharcados com o sangue dele. Peguei suas camisas, sabendo que ele não precisaria delas, e enxuguei mais sangue. Enquanto limpava cada centímetro de Émile, notei que o corte em sua mão se mantivera impecável e não cicatrizara nem um pouco, mesmo depois de uma semana. Foi então que entendi o que ela tinha feito. Segurei a mão dele e olhei para o corte.

Quando o sangue parou de fluir, senti uma onda de medo. A respiração de Émile começou a ficar mais lenta, mas ele arquejou. Eu não entendia. Tinha negociado com meu pai, mas ele não mantivera sua promessa. Antes do amanhecer, Émile morreu em meus braços.

O corpo dele foi levado e os lençóis, queimados. A proprietária nem esperou que o corpo fosse removido antes de começar a arrumar o quarto para outro artista que precisasse de hospedagem barata. Zonza, eu havia me esquecido de pegar os quadros. Corri de volta para o segundo andar, mas eles já tinham sido jogados fora. Quando desci, encontrei as telas no beco e vizinhos escolhendo quais levariam. Vi o quadro de Sylvie e o tirei da pilha, arrancando-o das mãos de um homem com uma força que o surpreendeu. Vasculhei os outros quadros, procurando o meu e o de Esmé, mas eles haviam desaparecido.

Quando voltei ao circo, Doro estava na entrada.

— Tem uma atração nova — disse o boneco de Doro. O palhaço pareceu animado até ver minha cara. O boneco olhou para mim. — O que houve, querida?

— Émile morreu.

Doro, o palhaço, pegou minha mão.

— Você vai querer ver esta atração, então. — Suja de sangue e cansada, eu ia protestar, mas ele me pegou pela mão e me guiou pela Grande Promenade da feira até um carrossel. — Seu pai criou isto hoje de manhã, enquanto amanhecia — explicou o boneco.

Parei de imediato.

— Doro, o que este carrossel *faz*?

— Não posso explicar — respondeu o boneco. — Você precisa andar nele. É maravilhoso. Talvez seja a maior de suas criações.

Doro me ajudou a subir em um cavalo. Ele puxou a alavanca e o cavalo deu um passo para trás. Como se acordasse, o cavalo do carrossel, pintado com cores vivas, começou a se mover diante de mim e uma crina de verdade brotou em seu pescoço. O cavalo baixou a cabeça e começou a trotar para trás, de maneira estranha, até passar a galopar. O leão ao meu lado também acordara e corria para trás. Em todo o carrossel, os animais — a girafa, o elefante e os outros cavalos — corriam de costas, em um ritmo único e estranho.

Isso é loucura, pensei. E então senti sono. Minha cabeça estava pesada e eu a apoiei na crina do cavalo. Ele pareceu prever aquilo.

E a primeira imagem surgiu: Émile estava sentado comigo no Dôme Café. Pude sentir o cheiro de cigarro que pairava sobre nós. Toquei em sua mão. Aquela versão dele estava calorosa e saudável.

Então a imagem passou para sua cama, o lugar em que ele acabara de morrer. Mas ele estava muito vivo e em cima de mim. Pude tocar no suor em suas costas enquanto ele me penetrava. Fiquei parada ali, sentindo que a imagem se manteria pelo tempo que eu quisesse, mas outro instante se revelou e achei que meu coração se partiria se abandonasse meu Émile.

A cena mostrava Émile me desenhando no circo. A maneira como ele olhava para mim. Então Émile quebrando o queijo sobre a tigela de sopa de cebola fervente. Eu, andando por Les Halles. Pude ver o quanto ele quisera segurar minha mão, apesar de não ter notado na hora. A mulher de vestido prateado e tiara passou correndo, e um homem de smoking correu atrás dela. Invejei a felicidade deles e me lembrei de como ficara maravilhada com o mercado de manhãzinha.

De repente estava parada na rua Mouffetard, onde ele me entregou uma maçã. Com aquela cena, senti a energia do mundo se transformar. Meu pai estava errado: Émile podia ter me pintado ou não e o resultado teria sido o mesmo. Eu amava Émile Giroux.

O cavalo perdeu velocidade e uma luz começou a perpassar a imagem dele, como se fosse uma cortina carcomida por traças. E então ele se foi.

Quando finalmente ergui o olhar, saciada com as imagens de Émile, meu pai estava sentado na caixa de controle.

— E então?

— Não é a mesma coisa — falei. — Não é ele.

— Você disse que o aceitaria de qualquer maneira.

Desci do cavalo e saí do carrossel, passando por ele enquanto atravessava a Grande Promenade.

— Você não perguntou o preço! — gritou ele.

— Porque não me importava — foi tudo o que respondi.

30 de novembro de 1925

Nos últimos meses, à medida que minha condição se tornava mais pronunciada, deixei de me apresentar. Em vez disso, agora ando no carrossel. Um dia, encontrei Esmé descendo da plataforma do brinquedo. Ela parecia inconsolável e em um certo estupor embriagado. Então me viu. Fiquei lívida ao pensar que ela estava no carrossel, mergulhada nas imagens dele. Émile e meu carrossel não pertencem a ela.

Se não estivesse grávida do nosso filho, do filho dele, acho que teria matado Esmé com minhas próprias mãos e aceitado a punição de meu pai. Nunca senti tanta raiva. Não falava com ela havia meses. Enquanto Esmé passava por mim, falei:

— Nenhuma de nós o tem.

— E eu prefiro assim — retrucou ela, mas a dor em seu rosto era evidente. Émile era tanto o vínculo entre nós quanto a própria lacuna que nos separava.

— Porque você sabe que ia perder. — Nunca a odiei do jeito que Esmé me odiava, mas, pela primeira vez, entendi e senti o mesmo desprezo que ela. Eu não achava que aquela emoção existia em mim. — Ele nunca foi seu, Esmé.

Ela pareceu congelar e se virar de maneira rígida, antes de seguir de volta para seu quarto.

— E agora nunca mais será seu de novo, minha querida irmã.

24 de julho de 1926

Não tenho escrito muito. Acho que não tenho mais vontade de contar minha história. Minha história, minha vida, não significam muito sem ele.

Hoje é o primeiro dia em que vou voltar a me apresentar. Sei que não estou bonita, mas todo mundo fica insistindo que estou.

Na última semana de fevereiro, eu entrei em trabalho de parto. Definhei por dois dias. Pelos olhares de Madame Plutard, que fazia o que podia por mim, e até de meu pai, dava para ver que as coisas não estavam indo bem.

Pude ver todos reunidos nos cantos, murmurando. Já não me importava se ia morrer. Na verdade, acho que teria preferido. A dor foi diferente de tudo que já havia sentido e parecia me partir ao meio. Havia algo diferente no parto daquela criança. À medida que o bebê crescia dentro de mim, eu podia sentir minha essência se esvair. O bebê é muito poderoso, mas ele me enfraqueceu. Em meu delírio, chamei por Sylvie. Ela parecia fresca e revigorada em sua roupa branca. Já eu estava encharcada de suor e sentada em minha própria urina.

— Prometa que, se eu morrer, você vai levar meu bebê para longe daqui.

— Você não vai...

Mas pude ler sua expressão. Vi os olhos dela se enrugarem um pouco e percebi que ela estava mentindo. Eu havia contado as mesmas mentiras a Émile meses antes. Eu as conhecia bem.

Não temo a morte. Não sei para onde minha espécie, os cambions, vão, mas torço para que seja perto dele. Adoraria vê-lo de novo.

— Se eu morrer e meu bebê sobreviver, me prometa que não vai deixar que *ela* crie meu filho. Prometa, Sylvie. Ela não vai criar o filho *dele*!

— Eu prometo.

Mas eu sobrevivi. E minha filha também. Dei a ela o nome de Margot, o nome da mãe de Émile. Ela era perfeita, coradinha, saudável e gostava de gritar.

E isso me traz até aqui. Sylvie acabou de sair de meu camarim, ansiosa de novo. Garanti a ela que, para mim, voar é como respirar, mas disse que até aquilo estava se tornando mais difícil desde que dera à luz. Às vezes tenho que me sentar no caminho para o carrossel. Doro pôs até um banco para mim. Ele não disse que é para mim, mas um banco foi colocado bem no lugar em que ele me viu apoiada contra a parede.

Na semana passada, antes de Sylvie sair de meu camarim, ela se virou à porta e disse:

— Eu menti para você.

— Sobre o quê?

— Você me perguntou quando me apaixonei por você. Falei que foi quando você estava me desenhando, mas não era verdade. Foi no primeiro dia em que você subiu a escada até o trapézio. Você não parava de cair, mas estava tão determinada! Ainda não tinha visto aquilo em você, então algo mudou. Não sei... Acho que não importa.

Mas importava. O amor dela por mim era verdadeiro, mas eu não a amava da mesma maneira e aquilo partia meu coração.

Estou muito cansada hoje e um pouco distraída. Tem sido assim desde que Margot nasceu, mas espero sentir a mesma energia que sentia ao voar. Minha fantasia espera por mim, pendurada no espelho coberto. Quero tirar o pano de cima dele, mas a criatura horrível que meu pai prendeu ali vai me observar. Hesitante, puxo o tecido. Para minha surpresa, não vejo uma criatura — e sim duas — e elas são familiares.

Enquanto ando até o centro da arena, me pergunto quem meu pai chamou para o espetáculo daquela noite. Ele começou a mandar os convites de novo, acreditando que as coisas vão voltar a ser do jeito que eram antes.

Mas temo que isso nunca vá acontecer.

25

PARIS / SÉTIMO CÍRCULO DO INFERNO
3 de julho de 2005

Depois de ler os últimos diários, Lara precisou de um instante para se acostumar ao fato de Althacazur, o daemon das *coisas legais*, ser… o que dela? Tataravô? Minha nossa! Lara achou que fosse desmaiar.

Ignorando a todos, Althacazur tinha uma das pernas apoiadas no braço da cadeira e estava sentado como um adolescente petulante, balançando-a.

— Bom — começou ele. — Me deixe contar uma história. Era uma vez um cavalheiro muito legal.

— Cavalheiro?

Lara não pôde deixar de rir da palavra escolhida por ele.

— É, um homem — corrigiu Althacazur, os olhos arregalados como se ela fosse estúpida.

Lara revirou os olhos.

— Eu sei disso.

— Enfim… — continuou ele, incomodado com a interrupção. — Esse cavalheiro que talvez tivesse poderes incríveis conheceu uma atriz mortal, Juno Wagner. Que belo nome! Bem, ele se apaixonou perdidamente por Juno, o que, para um daemon importante, não é uma coisa que acontece todo dia.

— Pai — disse Cecile, direta. Ela estava parada no centro da arena com as mãos nos quadris. — A gente tem mesmo que lembrar tudo isso?

— Ela é da família, Cecile. Prometi que teria todas as respostas para suas perguntinhas humanas ridículas se ela viesse até Paris.

Cecile revirou os olhos.

— Voltando à minha história — disse Althacazur, usando outro tom para agradar Cecile. — Onde eu estava mesmo?

— Você disse que sou da família — respondeu Lara, tentando esconder sua repulsa à ideia.

— Ah, sim. — Ele levantou o dedo. — Nove meses depois... Acho que você sabe no que essa história vai dar. Minha querida Juno deu à luz... — Ele se interrompeu e pareceu pensar em alguma coisa. — ... a uma *linda* criatura.

— Uma criatura?

Lara não sabia se devia estar fazendo perguntas. Ela conhecia parte daquela história por ter lido o verbete sobre Althacazur na NovaDemoniopédia.com. Juno Wagner e o filho tinham morrido no parto.

Ele a ignorou.

— Talvez eu não tenha explicado *todas* as regras para Juno, já que estava muito encantado com ela. Mas, bom, meu amor era humana e eu, um daemon. Existem leis contra esse tipo de relacionamento. Na verdade, ele é expressamente proibido. Eu não criei as leis, mas também nunca fui de seguir nenhuma delas. Bem, Juno morreu no parto. Todas as mulheres que carregam meus filhos morrem. É demais para uma humana carregar um bebê daemon, não importa o que Mia Farrow tenha feito no cinema. Na verdade, os filhos também morrem. Mas, nesse caso, isso não aconteceu. Antes de morrer, minha querida Juno deu à luz uma criatura imperfeitamente *perfeita*, um cambion raro. Era a mistura perfeita do bem e do mal, de Juno e eu.

Ele continuou:

— Cambions tendem a não sobreviver por um motivo. Como não sou apenas um daemon, mas um dos daemons principais, aquele cambion específico não misturou as características mortais e daemônicas como se esperava. Ficou tudo meio bagunçado. É difícil explicar para uma mortal, mas Esmé e Cecile eram unidas.

Como um mágico, ele conjurou uma foto — uma foto antiga, granulada —, saltou do trono e a apresentou a Lara.

Lara analisou a velha fotografia impressa em um papel grosso, como as imagens vitorianas em tons de sépia costumavam ser. Nela, uma criança sobrenatural, meio daemon, com duas cabeças, estava vestida com um único vestido de renda preto. As meninas, que pareciam ter cerca de quatro anos de idade, tinham sido acomodadas com carinho em uma cadeira, como bonecas. Seguindo o estilo vitoriano, um laço enorme de cetim havia sido posto sobre a cabeça das duas, posicionado com cuidado sobre cachos bem feitos — uns louros, outros escuros.

Quem quer que tivesse encomendado aquela foto — Madame Plutard, provavelmente — havia amado aquelas meninas e desejado que fossem registradas como ela as via. Analisando o rosto esperançoso das meninas, Lara também as viu daquela maneira.

— Elas eram lindas — falou.

Ambas as pequenas bocas em formato de coração estavam um pouco abertas, como se algo as estivesse distraindo atrás da câmera. A foto era a coisa mais desoladora que Lara já tinha visto — não, *sentido* era uma palavra melhor — porque ela podia *sentir* a foto puxá-la para outra época. Por suas expressões, ela podia sentir o quanto as duas pobres meninas sofriam. Lara contou as pequenas sapatilhas de cetim que pendiam da cadeira: três. Fechando os olhos, Lara imaginou as duas se esforçando para andar. Então ela entendeu. Uma sensação de proteção a dominou. Aquela criança *pertencia* a ela — tinha sido impressa nela por ser a origem de sua família. Ela olhou para Cecile, cujas mãos estavam unidas diante do corpo e cujo rosto não demonstrava emoção nenhuma, como se tivesse se tornado insensível à história.

— Eu não sabia o que fazer com a minha criaturinha... Ficava me perguntando quem cuidaria dela por mim. Então olhei para minhas almas amaldiçoadas e pensei: *Bom, Althacazur, é uma ideia muito maneira*. Por isso, peguei um grupo de artistas e os reuni, pensando que eles cuidariam dela, junto com Madame Plutard, que havia se provado muito leal a Juno. — Ele deu meia-volta. — Isso funcionou até elas começarem a crescer. — Ele olhou para as próprias unhas. — Odeio coisas que não são divertidas, Lara. De verdade. Então as dividi ao meio, criando duas delas, libertando-as uma da outra. Bom, devo dizer que alguns problemas surgiram disso. Não foi um corte limpo, mas, dentro do circo, eu criei uma ilusão.

Cecile olhou para baixo, como se aquela parte fosse dolorosa para ela. Lara não conseguia imaginar o sofrimento que seria ter que ouvir aquela história.

Como se seguisse uma deixa, Althacazur continuou:

— Cecile, meu amor, talvez seja melhor você não ouvir isso.

— Não — respondeu ela com firmeza. — Continue. Passei anos querendo ouvir estas respostas e você sempre se recusou a me contar.

Arrependido, ele fez sinal para que Lara se juntasse a ele. Cecile a seguiu.

— Tisdale, Tisdale. Pode vir agora — disse Althacazur ao deixar a arena central. — Os monstros estão todos em suas jaulas.

À medida que caminhavam, Lara não podia deixar de olhar para Cecile. Ela era linda, etérea.

— Eu li os seus diários.

Lara não sabia se aquilo era bom ou não. Tinha soado como uma fã ou groupie.

— Eu sei — disse Cecile, sorrindo. — Pedi que ele os mandasse a você. Durante todo aquele tempo, eu estava escrevendo para você. Só não sabia na época.

Lado a lado, Cecile era mais baixa e magra do que Lara, mas o rosto das duas tinha semelhanças: a mandíbula reta, o nariz arrebitado, os olhos verdes.

Cecile pegou as mãos dela. Seu longos cabelos quase prateados pendiam em cachos às suas costas.

— Me deixe observá-la.

— Eu me pareço com você.

A mulher levou a mão à boca.

— Parece mesmo.

— Por mais emocionante que este reencontro seja, minhas caras...

Althacazur estava parado ao lado de Tisdale. Os dois pareciam Roarke e Tattoo, de *A ilha da fantasia*. Ele indicou uma porta com uma placa que dizia RODA-GIGANTE.

Lara parou e se virou para Cecile, lembrando-se do trecho do diário em que Althacazur havia construído a roda-gigante.

— Eu me lembro desta atração por causa do seu diário.

Cecile olhou para baixo.

— Não gosto de nenhuma das atrações do meu pai.

— Ah, por favor — reclamou Althacazur. — Se você for ficar choramingando o passeio todo, mocinha, então é melhor ficar aqui.

Cecile uniu as mãos e abriu um sorriso caloroso demais para ser verdadeiro.

— Assim está melhor.

Enquanto contemplava se devia ou não entrar na roda-gigante, Lara não conseguia imaginar o que ela era exatamente. Podia ser chamada de roda-gigante, mas não subia. O topo dela era baixo, quase como um porão, e as pessoas entravam em carros que viajavam até o submundo. Era como se o mundo tivesse virado de cabeça para baixo.

O macaquinho puxou uma alavanca e entrou no carro com um salto. Althacazur olhou para Lara.

— Ela é meio devagar, mas eu não ficaria parada aí, garota. Entre. Você gosta *mesmo* de enrolar.

Lara achou que, em algum lugar dali, ia ver uma garrafa com a etiqueta ME BEBA. Ela ouviu o motor dar partida e pulou no carro. Althacazur puxou a barra de segurança sobre o colo dos dois, e Lara achou aquilo um gesto curioso, já que estavam em outro tipo de dimensão. O carro desceu para o que parecia ser o centro da Terra. Um rio de água escura e brilhante passava abaixo deles.

— É o Estige — informou Althacazur, apontando. — É uma vista magnífica dele, não acha?

O rio serpenteava por uma densa floresta de árvores esbranquiçadas e sem folhas, parecidas com bétulas. As plantas lembravam as árvores de Wickelow Bend. A união da terra branca, das árvores esbranquiçadas e do rio escuro era uma vista maravilhosa, Lara tinha que admitir.

— É a Floresta Branca — apresentou Althacazur.

Cecile encarou a floresta, imóvel, cerrando os dentes.

— Este lugar tem uma reputação horrível, mas eu o adoro, especialmente no frio do *hiver*. Você nunca vai me ver trabalhando lá em janeiro. — Ele apontou para cima. — Bem, onde eu estava... Ah, é. Foi uma certa bagunça, isso sem mencionar a parte boa e má. Cecile ficou com o útero, mas apenas com uma perna e um braço. E apenas um rim.

Lara cambaleou. *Ela* também só tinha um rim. A moça foi ficando horrorizada com a história que Althacazur contava, mas Cecile parecia alheia a ele, ainda encarando a Floresta Branca de forma intensa.

— A outra gêmea, Esmé, não tem um braço nem um útero, mas tem duas pernas e dois rins. Fisicamente, Esmé era muito mais forte do que a irmã. Mas, bem, cambions só são cinquenta por cento humanos. Havia um pouco de sangue daemon fluindo pelas veias da minha criatura, então pude fazer algumas coisas que nunca haviam sido feitas com uma criatura não mágica. Preenchi as lacunas, por assim dizer, com magia. As duas mulheres começaram a *parecer*... perfeitas.

— Você preencheu as lacunas?

— Pus um feitiço em meu circo para que minhas filhas fossem lindas dentro dele. Elas eram como bonecas. Do lado de fora do circo também, caso não ficassem muito tempo. Ah, minhas belezuras eram muito famosas por toda Paris. Plutard fazia roupas para elas como se fossem pequenas princesas, mas eu acabei cometendo um erro. — Ele se virou para Cecile e ergueu uma das mãos. — Sei admitir quando estou errado.

Cecile lançou um olhar cheio de ódio para ele.

— Você estava errado sobre muitas coisas, pai. É difícil de acompanhar.

— Bem, é, eu cometi o erro de pôr todo o fardo da manutenção da ilusão sobre as costas de Esmé, mas ela era uma ilusionista brilhante. Cecile acabou saindo prejudicada na separação, por isso decidi apagar as memórias dela para que não se lembrasse de ter sido separada da irmã. No entanto, Esmé precisava dessa informação para manter a ilusão.

Lara achou que era um fardo absurdamente injusto e não devia ser carregado por uma menina.

— O que meu pai está sugerindo, mas não dizendo — explicou Cecile, interrompendo o monólogo de Althacazur —, é que, para manter a ilusão criada por *ele* de que vivíamos intactas dentro do circo, Esmé foi forçada a cometer assassinatos, sacrifícios, para alimentá-la.

— Isso, isso — concordou ele, dispensando os comentários de Cecile. — Ela me julga muito agora que morreu. Talvez eu tenha me sentido culpado por Cecile se parecer tanto com a mãe. No leito de morte dela — continuou Althacazur, sem perceber como sua filha estava se sentindo com a história —, prometi a minha Juno que cuidaria da criança. Juno jamais ficou sabendo de toda a história, que havia tido duas filhas. Por nunca ter imaginado que elas sobreviveriam, eu aceitei a promessa, mas então ela morreu e eu fiquei atrelado a ela. — Ele pareceu envergonhado. — Mais tarde, eu viria a descobrir que tinha sido um grande erro.

— Você nunca devia ter separado a gente. Éramos felizes daquele jeito.

Cecile fez uma cara feia para ele.

— E aí aquele pintor, o Émile Giroux, estragou tudo — continuou Althacazur, ignorando Cecile. — Apesar de o Tisdale gostar de me lembrar que desconheço minha própria força e que, no fim, a culpa foi *minha*. Sabe, como eu também sou um *artista*... Pus um *feitiçozinho* no Giroux para que todos que ele pintasse se apaixonassem por ele.

— O que você fez foi imperdoável — rebateu Cecile rispidamente, cruzando os braços.

Lara sabia daquilo por causa dos diários.

— É, bem, apesar de eu ter dividido vocês duas fisicamente, a faca de Giroux foi mais afiada.

— Graças a você.

Cecile desabou em sua cadeira e apoiou a mão no queixo.

Lara estava fascinada com a estranha discussão familiar que testemunhava. Ela tentou abafar uma ideia que teve, assim como tentamos controlar a tosse seca que temos no fim de um resfriado, mas a ideia não quis ficar quieta. *Esse cara é louco. Estamos tentando acalmar um louco.*

Quando a ideia surgiu, ela olhou para o sr. Tisdale, que parecia ler sua mente. Seus olhos tinham se arregalado de medo.

O carro continuou descendo por um túnel.

— Como você deve ter imaginado, minhas duas filhas se apaixonaram por Giroux, então, quando Giroux escolheu Cecile e não Esmé, bem, ela perdeu a cabeça.

— Ela o matou — acrescentou Cecile.

— Mas não antes de minha querida Cecile ter concebido sua... Bem, acho que foi a sua avó, Margot. Imagino que você a tenha visto cavalgando Sua Majestade mais cedo. É uma artista maravilhosa, muito melhor do que Sylvie em um cavalo.

— Meu pai está errado. Eu me apaixonei pelo Émile *antes* de ele lançar o feitiço. Só Esmé foi afetada pela magia. O amor dela por Giroux nunca foi verdadeiro — disse Cecile entredentes.

Althacazur fez uma careta, indicando que não concordava com aquela versão.

Lara não conseguia falar. Aquele homem, aquele daemon, era doido de pedra. Como poderia absorver tudo aquilo? Era algum tipo de viagem alucinógena?

— Por causa disso, faz décadas que Esmé vaga por aí, de péssimo humor, por causa de Émile Giroux. Durante os primeiros dez anos, ela viajou pelo mundo, se metendo em todo tipo de confusão. Os outros daemons ficaram furiosos. Depois resolveu ir morar naquela cidadezinha horrível em que você vive. Acho que ela gosta de matar os namorados de todas as filhas da Cecile como retribuição por Émile Giroux, um cara que, sinceramente, era mais chato que ver tinta secar e que ela nunca teria amado por vontade própria.

Cecile tentou protestar, mas ele ergueu uma das mãos.

— Eu sei, eu sei — disse, revirando os olhos. — O grande amor, blá-blá-blá.

Sr. Tisdale chiou.

— Sei que o que fiz com Esmé não foi justo, mas esse chilique de décadas, sinceramente, está me cansando. Estou sendo muito criticado por isso. Lúcifer disse que preciso controlá-la. Então chegamos a você, srta. Barnes. Você vem de uma longa linhagem de descendentes meus. Não é totalmente mortal. Também tem uma parte cambion. Talvez você tenha notado que mora em uma cidade perfeita. Sem nenhum crime. Zero. Bom, isso é coisa da Cecile. Ela ensinou um feitiço a Margot, mas eu soube que sua mãe o mantém com afinco, como alguém manteria um gramado. Audrey é uma chata no geral, mas ela sabia proteger você da Esmé. Infelizmente, o feitiço não funciona fora de Kerrigan Falls, então minha querida filha quase matou você no outro dia, no Père-Lachaise.

— A mulher que me perseguiu era *mesmo* Esmé?

— Foi minha irmã que tentou te matar — confirmou Cecile. — Audrey ensinou o feitiço a você, mas ele não funcionou ou não foi feito direito. Obriguei meu pai a intervir. Normalmente, ele não faz isso, mas, por algum motivo, está encantado com você.

— Por que ela está tentando me matar?

Lara desviou o olhar de Cecile para Althacazur, irritada por ninguém estar com pressa de responder o que ela considerava uma pergunta urgente.

Cecile parecia irritada, então começou a contar a história:

— Depois que morri, como havia prometido, Sylvie pegou Margot e fugiu para os Estados Unidos. Você a conheceu como Cecile Cabot, sua bisavó. Minha irmã também fugiu do circo, mas não foi muito fácil. Como eu tinha morrido e ela, ido embora, o circo não precisava mais de feitiço nenhum. Ela é uma grande ilusionista, então pegou o que aprendeu com nosso pai e descobriu que, se quisesse se manter jovem, linda e imortal, tinha que continuar matando. Manter o feitiço em si mesma é muito mais fácil do que em todo um circo, por isso, em vez de matar sempre que nos mudamos, ela só tem que fazer isso a cada trinta anos, no dia nove de outubro, nosso aniversário. Nesse dia, ela acha um homem e o sacrifica. Como Émile, ele precisa sangrar. Ela já tem cem anos, mas aposto que continua linda. — Cecile olhou para Althacazur. — Que tal?

— Foi bastante precisa — elogiou Althacazur. — O toque amargo de sua voz realmente torna a história especial.

Tisdale assentiu.

Como um guia turístico entediado, Althacazur apontou para a atração seguinte.

— Estamos abaixo do Estige agora. É tipo um Eurostar do Inferno.

Eles chegaram a uma praia de areia branca, com árvores pretas e folhas vermelhas. Lara pôde ver animais — ou melhor, *esqueletos* de animais — pastando na grama.

As próprias árvores se sacudiram quando os três passaram, lançando folhas neles. Althacazur tirou as folhas do cabelo de Lara.

— Ai, não! — exclamou Cecile, pegando Lara e catando as folhas com pressa.

Lara se sentiu zonza de repente.

— São venenosas. — Althacazur pareceu irritado. — A árvore está se exibindo para você. Não se preocupe, caso pare de respirar, Tisdale carrega um antídoto no bolso.

O macaco pareceu ainda mais assustado e apalpou seus bolsos, balançando a cabeça.

— Precisamos voltar agora — disparou Cecile, levantando-se num pulo.

— E Todd? Você prometeu que contaria o que aconteceu com ele.

De repente, a boca de Lara pareceu se encher de bolas de gude.

Cecile assentiu e deu uma série de tapinhas na mão dela.

— Ela podia matar qualquer homem que quisesse. Isso não era importante, mas matar Émile provocou alguma coisa nela. Ela gostou daquilo e acho que escolhê-lo a deixou mais forte. À medida que eu perdia forças por causa de minha filha, ela as ganhava. Para Esmé, se eu não estivesse grávida de Margot, Émile a teria escolhido, por isso ela se vingou de Margot matando Desmond Bennett. A pobre Margot perdeu a cabeça. Ela sempre teve um lado descontrolado, coisa que certos cambions de fato possuem. Mas a magia combinada ao desaparecimento de Dez a condenaram. Esmé matou Émile, Dez, Peter e Todd. Ela escolheu todos os homens que amamos para se vingar.

— Eu me culpo. Mandei Esmé para a Floresta Branca. Infelizmente, ela não voltou a mesma — afirmou Althacazur, com um tom verdadeiro de tristeza na voz. — Achei que ela fosse igual a mim e que fosse aguentar tudo aquilo, mas estava errado. Por isso, mantive as liberdades que dei a ela, mas está se tornando politicamente difícil continuar nessa situação. Ela precisa voltar para o circo.

Lara se perguntou se alguém ali estava notando que ela estava desmaiando, mas todos pareciam conversar entre si.

— Não estou me sentindo bem.

Sua cabeça parecia pesada e ela teve dificuldade de pronunciar as palavras. Os três a encararam, tentando entender o que ela estava dizendo.

— Estamos quase no topo — informou Althacazur.

Mas Lara havia parado de ouvir a discussão e se desconectara, como alguém que muda a frequência de um rádio. *Todd está morto.*

Ela reparou em um certo silêncio. Durante todo aquele tempo, Lara havia se enganado, dito que estava preparada para aquela notícia. Ah, ela havia declarado coisas bonitas sobre querer saber a verdade e, com a ajuda de Ben Archer, até investigara o misterioso desaparecimento de Todd como uma Nancy Drew moderna. No entanto, nunca, jamais, havia imaginado como aquele momento seria. Já não era possível ter esperanças e a fria realidade da morte dele a atingiu. Claro, ela havia torcido para que caçadores encontrassem seu corpo em alguma área da floresta Wickelow ou pelo menos descobrissem pedaços de sua camisa ou um tênis, alguma pista que a guiasse até aquele momento. Por vezes, tinha até imaginado sentir a morte dele e se preparado para a notícia que *um dia* viria. Lara percebeu que não conseguia chorar. Apesar de ter sido envenenada e não estar se sentindo bem, ela se recusava a chorar na frente daquelas pessoas. Perto de Audrey, Ben, Caren, sim, mas daqueles estranhos... não.

— Lara. — Foi Cecile quem falou.

Ela viu um candelabro belíssimo. Se estivesse boa das ideias, teria ficado maravilhada. Onde estavam? Em uma caverna? Não conseguia se lembrar. Acima dela, um lustre girava — ou seria ela? Lara pensava estar em uma roda-gigante, mas tudo naquele lugar bizarro era ao contrário. Talvez o fato de Todd estar morto significasse que ele estava, na verdade, vivo? Aquele lugar fazia isso, se voltava contra si mesmo.

Para uma mulher morta, Cecile tinha muita força. Foi quem segurou Lara quando ela desabou no assento da gôndola.

— Espera. — Lara fechou os olhos e jurou que, se Althacazur começasse a tagarelar outra vez, diria algo que a mandaria para a Floresta Branca, mas já não se importava com aquilo. — Você disse que o Todd está morto?

— Está. — Cecile tocou em sua mão. — Eu sinto muito.

— Você tem certeza...

Lara se concentrou nos olhos de Cecile, fixou-se neles. Talvez fosse o veneno, mas ela percebeu que estava com todo o corpo dormente. Seus lábios tinham ficado secos e pareciam estar inchando. Ela começou a balançar.

— Infelizmente, sim.

— Acho que vou vomitar.

Lara se inclinou para fora da gôndola e vomitou no rio Estige.

Ela se fechou completamente em si mesma, como se estivesse sentindo o efeito de um analgésico, porém, em algum lugar ao longe, ouvia Althacazur continuar seu monólogo.

— A Esmé sabe que essa história está chegando ao fim, sabe que a Lara foi a criatura mais poderosa a nascer nessa linhagem. Fiz de você a criatura mágica mais forte que já criei para que pudesse parar minha filha. É por isso, Lara, que ela quer matar você.

O carro começou a subir. Lara ainda estava zonza e não entendeu direito aquela parte da conversa. Na verdade, a história toda era confusa.

— Espere até chegarmos ao topo. Não morra. Seria um enorme anticlímax…

Althacazur gargalhou.

Morrendo. Lara achou mesmo que estava morrendo graças ao efeito da toxina. Aquele seria um fim aceitável para sua história, decidiu. Quando voltaram à entrada do circo, Althacazur ergueu a barra de segurança e saiu do carro, estendendo a mão enluvada para Lara, que foi auxiliada por Cecile. Tisdale saiu correndo para desligar a roda-gigante.

Lara ainda tropeçava, mesmo sendo carregada por Cecile, quando Tisdale apresentou um pirulito para ela.

— Ah, eu não quero.

Lara fez uma careta. A ideia de comer alguma coisa era impensável.

— É o antídoto — explicou Althacazur, pegando o pirulito e entregando a ela. — Mas já vou avisando que tem gosto de…

Lara pôs o doce na boca e começou a tossir.

— Merda! Tem um gosto horrível!

— De fato. Na verdade, ele é feito com merda petrificada de burro do Inferno, mas vai salvar sua vida.

Lara estrebuchou, caiu e voltou a vomitar. Quando se recuperou, Tisdale fez um gesto para que ela continuasse a chupar o pirulito.

O doce voltou a deixar sua cabeça normal, mas ela precisava sair daquele circo e voltar para Audrey e Jason… E Ben. Ela precisaria de tempo para processar o que sabia sobre Todd, mas eles a ajudariam.

Seguindo-os de volta para a arena principal, Lara viu que ela estava repleta de artistas, todos parados, esperando. Althacazur foi até Cecile e ergueu o queixo dela.

— Eu concordo. Meu maior erro foi separar vocês. Vocês eram perfeitas à sua maneira. Eu não consegui ver isso. Quando tudo isso acabar, você duas vão se reunir. Eu prometo. — Althacazur fez carinho no rosto dela. — Eu me recusei a intervir antes, mas vou fazer isso agora. Entretanto, tem que ser pelas suas mãos, Cecile. Eu já avisei uma vez: essa guerra é entre vocês duas. Já ajudei bastante trazendo Lara aqui e fortalecendo a magia dela. Lara é a arma perfeita.

Ele andou pela arena, fazendo um gesto expansivo como Vanna White.

— Então aqui está. Construí um circo para você, Lara Barnes! Lembre-se: quando fui visitar você na sua infância, falei que o circo era o *seu* destino. — Ele estendeu os braços. — Agora quem deve cuidar destas criaturas é você, minha querida. Sabe, o circo exige um patrono humano. Você é humana o suficiente, apesar de ter meu sangue em suas veias. Este legado magnífico precisa de alguém que se importe com ele e mantenha sua conexão com o mundo exterior. Talvez alguém que possa convencer os ingressos a voltarem a andar por aí. — Ele deu de ombros. — Eu havia torcido para que Sylvie seguisse os passos da mãe e se tornasse a patronesse, mas isso não aconteceu. Então depositei minha esperança em minha querida Margot, depois em Audrey. Mas agora com você, Lara, à frente de tudo, vou *finalmente* ficar livre deste lugar e poder ser o daemon artista que pretendia ser.

Todos a encaravam: os artistas, Althacazur, Margot, Cecile, Doro e Tisdale. Lara olhou em volta, confusa, sem entender que eles esperavam uma resposta. Ela tropeçou um pouco, ainda zonza.

— Mas eu não quero um circo.

Ela precisava pensar e... processar seu luto. Aquilo era um absurdo. Tudo aquilo. No entanto, ao dizer a frase, as criaturas pareceram desanimar. O elefante, o leão alado e Tisdale baixaram a cabeça. A música que tocava parou de forma abrupta.

Althacazur se empertigou. Cecile começou a falar, porém ele a interrompeu.

O daemon andou na direção dela, fazendo Lara se encolher em sua presença. De repente, sentiu como se estivesse visitando um imóvel e agora tivesse que aguentar o discurso do corretor.

— Você sabe o que vai acontecer com eles. — A voz de Althacazur estava calma. Ele apontou para os artistas. O apresentador alegre e desenvolto tinha desaparecido. — Vou mandar todos de volta para o Inferno. Eles serviram seu propósito e cuidaram de Cecile e Esmé.

Lara percebeu que os olhos de Althacazur não eram cor de âmbar — era apenas uma ilusão. Eram pretos e ela viu a verdadeira forma dele, de robe roxo e cabeça de cabra, surgir, antes de o daemon voltar a ser o homem bonito de cabelos castanhos e olhos da cor de grama seca. Ela se lembrou da página da enciclopédia on-line sobre ele: *Por causa do charme que tem, ele costuma ser confundido com demônios menos importantes, o que é um erro gravíssimo, já que ele é o mais vaidoso e implacável dos generais do Inferno.*

Lara bufou e olhou para toda a arena. Os artistas a encararam de volta, como animais em um abrigo.

— Ah, dane-se, minha querida! — exclamou Althacazur, gargalhando. — Todos eles podem ir para o Inferno. Isso não me importa. Vou fechar o circo e mandar todos vocês de volta para Lúcifer, inclusive você, Cecile. — Ele se virou para Lara, fazendo a sola do sapato guinchar. — Então vou deixar você e Esmé brigarem. Você vai morrer em um dia. — Ele se virou de forma repentina. — Mais poder para Lúcifer.

— Pai. — Era Cecile, a voz ríspida. — Não! Você não pode mandá-los de volta. Isso seria cruel. — Ela se virou para Lara. — Você mudou a sentença deles, prometeu que todos poderiam ficar aqui por toda a eternidade. Eles fizeram tudo o que você pediu. — Ela bufou. — E agora me parece que não quer ter trabalho com o fardo que nós somos. — O rosto dela demonstrou seu desânimo. — Eu sinto muito, Lara. Não percebi que ele queria trazer você aqui para obrigá-la a assumir o circo.

— Você me ajudou a trazê-la para cá — lembrou Althacazur. — Devia saber disso.

— Você nunca me falou.

Cecile franziu a testa.

— E você, minha querida, nunca perguntou.

— Posso interromper só um instantinho? — Lara uniu as mãos na frente do corpo, tentando se recompor. Furiosa, ela estava cansada daquele mundo ridículo, daquela história maluca e daquele homem louco. — Eu já ouvi a sua história. Assisti ao espetáculo do circo, que é ótimo, aliás. Já andei nas atrações bizarras e comi um pirulito de merda, um gosto que eu nunca, nunca vou esquecer. Mas, sendo bastante sincera, o *único* motivo pelo qual eu vim até aqui foi porque você prometeu que me explicaria o que havia acontecido com meu noivo. E agora eu sei a verdade. — A voz de Lara falhou e ela começou a andar de um lado para o outro. — Ele *morreu*.

A palavra soou como uma lâmina, difícil de ser pronunciada.

Todos a observaram com atenção. Limpando o rímel das mãos, ela se preparou e olhou para Althacazur.

— Agora que já sei o que aconteceu com ele, só quero ir para casa.

Althacazur não pareceu prestar atenção e pôs as mãos no quadril. Ele circundou Lara, sua raiva palpável.

— Mostrei a você o que é, talvez, minha maior obra. Ofereci o mundo a você, este circo *perfeito*, e você não *quer*? — Sua voz a ridicularizou e se ergueu até toda a arena estremecer. — Passei a sua vida toda dizendo que o garoto não importaria. Era o circo. Sempre o circo. Dei as informações sobre o garoto para fazer você vir até aqui ver seu destino.

Lara achou que ele estava enganado. O garoto mortal importava *muito*. Todd era importante, assim como Juno Wagner tinha sido para ele um dia. Lara olhou em volta e viu que todos a encaravam. Ela havia esquecido que todos podiam ler a sua mente. Então exclamou:

— Merda!

O rosto de Althacazur se contorceu de raiva. Tisdale ergueu uma das mãos para impedi-lo de fazer alguma coisa, mas ele bateu no macaquinho, afastando-o, e seguiu até a poltrona de veludo, onde desabou.

— O que foi que eu fiz para tornar esta aqui tão tola? Eu me esforcei com ela. Nossa, como me esforcei! Fiz dela a arma perfeita para trazer minha Esmé para casa e assumir meu posto. — Ele se sentou no trono, deixando perdigotos escaparem enquanto apontava para Lara. Ela achou que Althacazur estivesse prestes a perder o controle. — Por que meus descendentes sempre fracassam? Fui até aquele lixo onde ela vive e passei tempo com ela. A coitada da Margot perdeu o juízo. — Ele apontou para Margot, que olhou para baixo. — A Audrey é uma chata. Eu esperava muito que *esta aqui* merecesse o circo e fosse capaz de conter a Esmé. — Ele estava sentado, fazendo pirraça como uma criança, mas Lara pôde ver o medo no rosto de Tisdale. Ele apontou para Lara. — Sabe, a Esmé *devia* ganhar. Ela tem a minha ambição. Daqui a trinta anos, Lara, quando você tiver uma filha, o amor da vida dela vai ser a próxima vítima da Esmé. E só poderá culpar a si mesma. — Ele se virou na cadeira depois de lançar um último olhar de desprezo para Lara. — Volte para a sua casa sem graça. Cecile, Tis… Tirem essa mulher da minha frente antes que eu a mate.

— Pai. — Cecile se agachou ao lado dele, pousando os dedos no braço da cadeira. — Você precisa entender que ela acabou de receber uma notícia horrível. Você não devia ficar tão irritado com uma reles humana. *Por favor.*

Lara o viu se tranquilizar, seu rosto relaxar. Cecile lembrava tanto Juno... Lara percebeu a perda que se expressava no rosto dele toda vez que olhava para a filha. Aquele era o verdadeiro poder que Cecile tinha sobre Althacazur.

— Ainda nem mostramos o circo direito para ela. Você não pode culpá-la. Lara nunca se apresentou nele, nunca sentiu isso em seu sangue. Ela não sabe o que ele pode fazer.

Althacazur estava apoiado na cadeira, mas um sorriso lento foi se formando em seus lábios.

— Na verdade, ainda não mostramos nada a ela, não é? — Ele bateu palmas e se levantou num pulo. — Comecem do início!

Ele se tranquilizou e gesticulou para que Lara voltasse a se juntar a ele no centro da arena.

Lara tentava conciliar a imagem letal dele que acabara de presenciar com a do homem que desfilava como um astro do rock dos anos 1970 com toques de Lord Byron, por isso se aproximou com cuidado.

— Eu só quero ir...

Mas Cecile lançou um olhar para ela, interrompendo-a.

A orquestra começou a tocar "Na gruta do rei da montanha", de Grieg, mais uma vez. Duas mulheres barbadas entraram correndo com fantasias e lençóis. Elas cobriram Lara com o lençol, então rapidamente arrancaram seu vestido. Uma delas segurava um collant em um tom claro de cor-de-rosa, com franjas e contas douradas. Aquele era o collant que Cecile havia descrito — seu figurino mais famoso. Enquanto giravam Lara, o corpete se moldou a ela. A orquestra começou a acelerar a conclusão frenética da música.

— Ah, ótimo! Serviu.

Althacazur pareceu satisfeito.

Dois homens vestidos com collants listrados de cor-de-rosa e dourado foram até ela e apontaram para a escada que havia surgido do teto.

— Você quer que eu suba? *Lá em cima?*

Althacazur assentiu, batendo palmas, entusiasmado. Ele olhou para Tisdale, que começou a imitar as palmas do mestre. Ele a empurrou.

— Suba, suba.

— Mas não tem nenhuma rede.

Lara esticou o pescoço para tentar calcular a distância que ficaria do chão. Doze metros no ponto mais alto, segundo sua estimativa. Althacazur revirou os olhos.

— Então *crie* uma.

Lara achou que ele parecia um adolescente no shopping. O daemon analisou o anel de sinete em seu dedo, evitando o olhar dela.

Ela ajeitou o figurino, garantindo que ele cobria tudo.

— Eu consigo fazer isso?

Althacazur inclinou a cabeça para trás e fechou os olhos.

— Por quê? Por que, Tisdale, esta aqui é burra assim?

— Pai! — grunhiu Cecile.

— Eu sei, eu sei — cedeu ele, soando um pouco desanimado.

Tisdale deu uma série de tapinhas em sua mão e ela poderia jurar ter visto o macaquinho desenhar uma linha com a outra mão. Uma rede dourada apareceu sob o trapézio.

— Melhor agora?

Althacazur inclinou a cabeça para o lado.

Lara suspirou e subiu a escada de corda. Enquanto subia os degraus, pensou que só queria voltar a Kerrigan Falls e ter tempo para descobrir o que ia fazer depois. Quando chegou ao topo e olhou para baixo, se lembrou da cena de *Um corpo que cai* em que a câmera foca na altura da queda e o plano se abre. Aquilo seria mais difícil do que ela havia imaginado. Considerando suas opções, ela achou que era melhor se balançar para atravessar. Parecia a tirolesa que ela havia descido na faculdade. Não era grande coisa.

— Estamos esperando.

Althacazur voltara a se sentar no trono roxo e estava comendo pipoca. O cheiro de óleo queimado e manteiga falsa subiu em direção ao teto. Ela se lembrou do trecho do diário de Cecile sobre a primeira vez que havia saltado. Sem saber exatamente o que fazer, ela puxou a barra e pulou da plataforma. Cerca de dez segundos depois, o peso de seu corpo e a gravidade entraram em ação e ela sentiu seus braços enrijecerem. Não era muito diferente de quando, ainda criança, ela subia em trepa-trepas. Lara se balançou de volta e alcançou a plataforma de forma desajeitada, mas conseguiu ficar de pé. Torcendo para que fosse o suficiente, ela ergueu as mãos como os patinadores fazem para ilustrar um movimento bem-feito.

— É só isso? — Althacazur havia se acomodado no trono de veludo. — Tisdale, Cecile, façam alguma coisa antes que eu a *mate*.

Lara não sabia se ele estava brincando ou não, mas não tinha dúvida de que, se quisesse matá-la, ele poderia.

O macaco suspirou e subiu a escada com facilidade. Tirou a barra das mãos dela, a sacudiu e a pôs de volta em suas mãos. O trapézio pareceu quente, como se tivesse sido encantado. O que ele havia acabado de fazer? Magia? Tisdale chiou e, estranhamente, Lara o compreendeu.

Não estrague tudo. Ele apontou para o outro lado e girou o dedo. *Todos nós vamos pagar. Vá até lá.*

Ela olhou para a arena, mas não viu Cecile. Mais uma vez, Lara saltou da plataforma e viu que outra barra estava sendo lançada do outro lado. Como se seu corpo soubesse o que fazer, ela largou a primeira barra e saltou — sim, saltou — para as mãos do homem que usava o collant cor-de-rosa. Ela voou de volta para a plataforma e viu que um novo homem aparecera do outro lado. Deu uma cambalhota para trás, na direção das mãos dele. Pousou de volta na plataforma e descobriu que estava sem fôlego.

— Bom, não foi tão péssimo assim. — Althacazur deu de ombros como um diretor de teatro ou um estranho Bob Fosse, criticando-a da primeira fila. Ele girou o dedo. — De novo. Niccolò, toque as Bachianas Brasileiras Número Cinco, de Villa-Lobos. E não estou nem aí se você não gosta e não é sua composição. Toque.

Do fosso da orquestra veio o som de cordas.

Lara saltou da plataforma, preparando-se para simplesmente repetir o último movimento. Ela viu as mãos e lábios de Tisdale se moverem. Ele a ajudava, enfeitiçando seus movimentos. Daquela vez, pareceu mais fácil, seu corpo, mais leve enquanto ela balançava. Lara pôs as pernas no trapézio, soltou as mãos e procurou o homem que a pegaria. Em vez disso, encontrou as mãos firmes de Cecile estendidas para pegá-la. As duas balançaram juntas e Lara tentou pegar a barra oposta. Estava tão preocupada com o fato de Cecile tê-la pegado que, no voo de volta, não conseguiu pegar a barra. Olhando para baixo, ela percebeu, alarmada, que a rede dourada havia desaparecido.

Desaparecido.

Tisdale gritou.

Althacazur riu.

Niccolò interrompeu a música.

Um címbalo desabou.

Enquanto caía, Lara achou que aquela era a morte mais estúpida que podia ter previsto. Pensou em Gaston tendo que contar a seus pais que ela havia morrido ao cair durante uma apresentação que fizera para um macaco enquanto usava um tutu.

— Não! — gritou. E depois: — Merda!

Tinha aberto os braços e fechado os olhos, preparando-se para o impacto, e então nada. Ela abriu os olhos e descobriu que estava pairando no ar, como em uma imagem congelada de TV, a cerca de dois metros do chão.

— Ah, graças a Deus! — exclamou Althacazur, ajeitando-se na cadeira. — Eu já estava ficando entediado. Agora estamos chegando a algum lugar.

— Cala a boca, pai — censurou Cecile, sentando-se no balanço acima deles.

Lara ficou imóvel, sem saber o que fazer. Lembrando-se dos diários de Cecile, ela pensou na espiral. Sem entender como conseguia saltar de um estado de imobilidade, ela girou e percebeu que seu corpo mantinha altura à medida que girava. Então olhou para a plataforma acima de si, onde precisava pousar. Em sua cabeça, ouviu Althacazur dizer: *Pense em girar esta flor. Não pense no carrossel.* Ela imaginou uma flor sendo girada pelo caule. Seu corpo, então, começou a voar e girar ao mesmo tempo, imitando o movimento em sua mente. Concentrando-se na plataforma, ela foi ganhando velocidade, como uma patinadora artística, rodando verticalmente de volta até o topo.

— Caso não tenha percebido, você não precisa de rede.

Althacazur batia palmas lentamente.

Olhando para o outro lado do trapézio, Lara deixou a barra cair e voltou a pular, dando outra cambalhota curta no ar, como se estivesse abrindo caminho até o outro lado. Seu corpo girava no ar como uma bola de futebol americano. Ela pousou na plataforma oposta, ao lado de Cecile.

— Foi você que fez isso? — gritou Lara para ela.

Cecile balançou a cabeça.

— Não. Foi *você*.

E Lara queria voltar a saltar, precisava tanto voltar a fazer aquilo que imediatamente pulou e foi girando até o outro lado. Então, reduziu a velocidade, pairou por um instante e começou a fazer piruetas graciosas, como se dançasse um balé aéreo. Uma sensação poderosa a dominou. Nada em sua vida tinha sido tão perfeito quanto praticar aquele tipo de magia. Correção uma ova! Sua magia não precisava ser escondida nem contida. Conforme fluía, ela se sentia mais forte. O poder sempre estivera dentro dela, mas Lara nunca havia sido incentivada a usá-lo, por isso era como um músculo não trabalhado que havia enfraquecido. Ela estava enfraquecida. Até aquele instante.

Então Cecile saltou do trapézio como se mergulhasse em uma piscina e voou como uma ave até o chão, onde pousou suavemente.

— Agora tente você — gritou ela para Lara.

Lara hesitou, mas Cecile estendeu a mão.

— Não vou deixar nada acontecer com você, mas precisa aprender a fazer isso. — Cecile sorria, mas sua voz soou firme. — Venha.

Mas que merda, pensou Lara. Ela mergulhou da plataforma, pensando *não* enquanto caía. Não, ela não cairia. Lara voou mais como uma folha do que como o mergulho intencional que Cecile havia demonstrado. Pousou de maneira pouco elegante, mas Althacazur ficou satisfeito.

Ainda assim, era a aprovação de Cecile que Lara mais queria. A mulher andou até ela e a abraçou.

— Você foi maravilhosa. Eu não me saí tão bem assim na minha primeira vez.

As pernas de Lara tremiam, mas ela podia sentir a magia fluindo em si como uma corrente elétrica. Ela se virou para encarar Althacazur. Ele estava certo. *Aquele* era o destino dela.

Então, de repente, os artistas sumiram.

Althacazur suspirou.

— A gente pode conversar sobre negócios agora? Eu preciso de Esmé aqui, onde é o lugar dela. Lúcifer está ficando impaciente.

Cecile bufou.

— Eu nunca vou perdoá-la.

— Talvez, então, você seja mais parecida comigo do que queira admitir — observou Althacazur. — Mas você devia tentar perdoá-la. Esmé sofreu muito. Vocês duas sofreram.

— Eu também nunca vou perdoá-la — acrescentou Lara. — Mas eu não entendo. Você é o daemon de várias coisas legais. Por que não pode trazer sua própria filha de volta para o circo? Por que precisa da ajuda de *quem quer que seja*?

— Porque ele não pode. — Foi Cecile quem falou. Althacazur pareceu chocado. — Ele nunca admitiu, mas, ao seduzir nossa mãe e ter filhas, causou a ira dos outros daemons. Isso é proibido, mas ele era o favorito, então Lúcifer fez vista grossa. Só que, quando mandou Esmé para a Floresta Branca, foi Lúcifer quem a encontrou e a trouxe de volta. — Ela direcionou seus comentários para Althacazur. — Depois que ela retornou, sua atitude em relação a ela mudou. Imagino que não possa tocar nela agora, não é?

— Você ficou mais esperta quando morreu, Cecile. — Althacazur suspirou, como se tivesse sido derrotado. — Depois do que ela sofreu na Floresta Branca, Lúcifer não me deixa tocar nela. Ele me culpa, com toda razão, por tê-la banido, um castigo muito severo. Mas agora está me pondo em uma situação complicada. Os daemons estão pedindo que ela seja destruída porque é uma cambion. Eles acham que ela é metida e poderosa demais. Não quero que minha filha seja destruída, mas não posso ajudá-la diretamente.

— Eu não *quero* ajudá-la — declarou Lara, bufando.

— Não, você só quer viver livre dela. Eu quero que ela volte para cá, então, basicamente, queremos a mesma coisa. Ainda que eu pudesse dar uma mãozinha, a comunidade daemônica é orgulhosa. Ao matar Émile, ela sobretudo atingiu Cecile. É Cecile, ou uma representante dela, que precisa revidar. Fiz tudo que podia para criar essa representante. Mais do que você imagina.

— Parece uma máfia — ponderou Lara, espanando nas coxas a poeira ou o breu das mãos. — Bem, eu estou cansada de ficar entoando feitiços de proteção e me escondendo em Kerrigan Falls. Se quer que eu a traga para cá, vou trazer. Não tenho nada a perder.

— Essa é minha garota! — Althacazur bateu palmas. — O único problema é que você não pode enfrentar a Esmé sozinha. Ah, claro, você é muito espertinha. Sabe acender e apagar luzes, e aquele truque incrível que fez com o trapezista do Rivoli foi inspirador, sem contar o que você acabou de fazer. Treinei-a bem e aposto que está se sentindo *muito* poderosa agora, mas você não é páreo para a filha centenária de um daemon principal. Então eu gostaria de propor um acordo. Leve sua bisavó com você. Assim vai ter uma chance.

Ao ouvir aquela sugestão, Lara pôde ver Cecile se remexer, incomodada. Althacazur não havia conversado com ela sobre aquela estratégia.

— Não foi para isso que eu quis que Lara viesse para cá.

Althacazur riu.

— O que você imaginou? Que ia contar tudo sobre a Esmé, ela ia voltar para a cidadezinha e derrotar a sua irmã? Você com certeza sabe que isso seria inútil, Cecile. Ela não pode fazer isso. Só *você* pode.

— Mas não posso sair daqui, pai. Estou morta.

— Mas ela não está. E você... — Ele se virou para Lara. — A Esmé parece um gato com um brinquedo. Ela sabe que os daemons querem que ela volte e que eu estou procurando alguém para trazê-la. Essa pessoa é você, Lara, e ela sabe disso. Como um felino selvagem, ela não vai correr o risco de ser pega. Quando voltar para aquele lugarzinho horrível em que mora, a Esmé com certeza vai matar você, sua mãe e o belo detetive de quem você gosta tanto.

— Não. — Cecile balançou a cabeça. — É arriscado demais.

— O que isso exigiria?

Lara olhou para Cecile. Estava com a cabeça repleta de tudo que havia descoberto naquele dia. Sentia-se tanto triste com a morte de Todd quanto extremamente poderosa à medida que a magia pulsava em suas veias, despertando sua parte cambion. Estava disposta a ouvir qualquer plano.

— Você teria que me absorver.

Cecile franziu a testa.

— E daí?

— Você pode morrer assim que sairmos daqui. Tentei uma vez com o Doro. Deu muito errado.

— Não — retrucou Althacazur. — Não seria o mesmo que foi com Doro. Talvez ela não morra. Alterei esta aqui para me preparar para este exato instante. Ela só tem um rim, como você, Cecile. O corpo dela é o mais parecido com o seu, então ela vai conseguir absorver você tranquilamente. É a mais forte de todas vocês. Deveria funcionar.

— Fico feliz em saber que *talvez* eu não morra.

Lara engoliu em seco. Seu corpo havia sido alterado para *aquele* instante, para se tornar um receptáculo. Ela se lembrou de Althacazur e Margot no campo naquele dia. Margot havia perguntado se ela era "a escolhida". Ele não esperava apenas que ela se tornasse a patronesse humana. Também precisava de um soldado.

— Não... — respondeu Cecile, ríspida mais uma vez. — De jeito nenhum.

Cecile roeu a unha, analisando alguma possibilidade.

Althacazur se virou para tentar argumentar com Lara.

— Você com certeza vai morrer se ela não fizer isso.

— Eu já entendi isso — afirmou Lara. — Posso não saber de tudo, mas pelo menos estou aqui.

— Não tenho tanta certeza — ressaltou Althacazur de sua poltrona de veludo. — Ande logo, Cecile.

Lara continuou concentrada em Cecile.

— Já entendi que o Lobo Mau vai vir me pegar. Quando absorver você, isso vai me alterar?

Ela assentiu.

— Você não vai incorporar minhas lembranças, mas vou enxergar através de você e você vai me sentir. Você vai se *sentir* diferente.

— Você será possuída por ela, sua tola. Nunca assistiu a um filme de terror? — Althacazur espanava o casaco com a mão. — Se conseguir, e é uma possibilidade pequena, vou trazer Cecile e Esmé de volta para onde deveriam ficar. E você vai aceitar ser nossa patronesse humana. Preciso me libertar deste circo. Entendido?

— Não vou matar por este circo.

Lara se virou e o encarou.

Althacazur revirou os olhos.

— Ninguém está pedindo que *mate* ninguém. Se tudo der certo, você vai derrotar a Esmé, que já deveria estar morta de qualquer maneira, então não precisaremos mais do feitiço. Mas devo admitir que transformar você em patronesse humana se tornou uma ideia quase insuportável. E eu que achei que a Plutard fosse chata.

— Se for a patronesse humana, não vai poder deixar o circo. — Cecile balançou a cabeça. — Nunca. Depois que aceitou o papel, Madame Plutard nunca mais pôde ir embora. Ela estava presa à função.

Lara não se importou. Suas escolhas eram a morte certa ou aquele circo. Era sua única chance de vingar Todd.

— Posso pedir uma coisa?

— Claro — Althacazur respondeu, mas ela tinha direcionado a pergunta a Cecile.

— Posso dar uma última volta no carrossel? — Lara precisava esclarecer: — Antes de fazermos isso.

Cecile a entendeu de imediato.

— Certamente.

Lara saiu pelas portas principais e pegou a Grande Promenade. Tisdale a seguiu de perto. Ela imaginava que, se conseguisse, se tornaria patronesse do lugar. O circo era uma mistura de castelo de outro mundo e Las Vegas. Ao passar por cada sala e atração, ela analisou as paredes barrocas ornamentadas. Do lado de fora, entre as sebes bem podadas, viu palhaços jogando críquete e tomando chá em xícaras de porcelana. Quando chegaram ao carrossel, ela montou no mesmo cavalo de antes e Tisdale puxou a alavanca.

— Não me deixe fazer puff, Tisdale.

O macaco assentiu.

Quando o carrossel recuou e o cavalo balançou a cabeça, Lara se apoiou em sua crina e fechou os olhos. Aproveitou seu último segundo sozinha com seus pensamentos. Talvez fosse a última vez que seria *ela mesma*.

As lembranças surgiram de imediato, começando pela dança com Ben no baile. Ela sentiu o calor e a sensação de segurança que ele sempre trazia quando pressionava seu corpo contra o dela. Sua risada no Delilah's, as mangas da camisa engomadas demais. Então, diante dela, a imagem de Ben se modificou, quase se transformando na de Todd. Foi ali que Lara parou e tentou desacelerar as coisas. Ela se concentrou no rosto dele. Aquilo era uma lembrança, uma lembrança verdadeira, mas ela podia alterá-la.

Diante dela estava a imagem final dele. Lara estava em seu carro. Aquele era o momento que a assombrava, o momento em que não olhara para ele pela última vez. Por isso ela fez o que não fizera na vida real: Lara virou a cabeça de volta para a casa e olhou para Todd, parado em sua garagem. Saber o que aconteceria com os dois no mundo real fez seu corpo estremecer e arquejar.

— Todd — chamou ela, mas ele não a ouviu.

Em vez disso, se virou e andou até a casa, as mãos nos bolsos. Como ela, Todd nunca havia percebido a importância daquele momento. Ele morreria 12 horas depois.

Então, como um filme corta para a próxima cena, ela e Todd estavam deitados à beira do rio. O sol fritava a pele dos dois, fazendo-os cheirar a suor e bronzeador. Ele se deitou sobre o corpo de Lara e a beijou. Ela se afastou, mesmo que não tivesse feito isso naquele momento. Analisando cada traço e detalhe do rosto dele, sentiu lágrimas se formarem. Sabia o que ia acontecer com os dois e o que nunca aconteceria.

— O que houve? — perguntou ele, rindo.

Todd passou a mão pelo cabelo e tocou no queixo dela.

— Eu só quero observar você — respondeu Lara.

— Terá a vida toda para me observar.

O fato de ele ter escolhido aquelas palavras a deixou arrasada. Aquele lindo menino à sua frente não tivera a vida toda para nada.

— Eu *sempre* vou amar você.

Lara se perguntou se Todd teria ficado irritado com ela, como ficava quando ela era sentimental demais, mas aquela versão de Todd não ficou.

Ele acariciou o rosto dela com as costas da mão.

— Eu sei que vai.

Lara se agarrou a ele com força demais. Ela sabia disso. Na vida real, não fizera nada daquilo, mas, naquele instante, sentiu a pele de Toddy, o calor dela e os pelos de seu braço. Lágrimas escorreram por seu rosto e ela o beijou de forma apaixonada. Uma sensação profunda de tristeza a dominou. O cavalo desacelerou, e Todd começou a aparecer e desaparecer, como se estivesse sendo iluminado por uma lâmpada piscando, prestes a se apagar.

Quando o carrossel parou, Lara viu que tanto Cecile quanto Margot estavam esperando ao lado do painel de controle.

Ela conseguia identificar traços seus no rosto das duas mulheres. Era como uma projeção de fotos: Margot fazia a ponte entre os traços muito frios de Cecile e a pele mais rosada que ela herdara de Audrey.

— É uma máquina horrível — lamentou Margot, encarando o carrossel. — Nada disso é verdade, sabia? Quando cheguei aqui, ficava horas nele, vendo meu Dez.

Cecile tocou no braço da filha. Dava para ver como Margot era frágil e como Cecile a protegia. A moça era a família dela, seu legado. E Lara pensou em como um quadro a havia trazido até ali.

— Tentei dar pistas a você o tempo todo — confessou Margot. — O disco e o tabuleiro Ouija. Eu queria ajudar.

— Foi você que mandou a mensagem do disco?

Lara se lembrou da descrição da mulher que havia deixado o tabuleiro Ouija na Feed & Supply.

Ela assentiu com orgulho.

— Eu também mandei uma mensagem para aquele seu detetive através do tabuleiro. — Margot soltou uma gargalhada alta demais, o corpo inteiro estremecendo, como se estivesse se divertindo muito. — Ele ficou morrendo de medo.

— Mandou?

Lara segurou as mãos de Margot. Pensou em Ben Archer, tão distante, mas conectado a ela através daquele mistério.

— Dei uma pista a ele — admitiu Margot. — Para mantê-lo no caminho certo. Todos nós já sofremos tanto...

Cecile cerrou os dentes e puxou Margot para perto dela, então pegou a mão de Lara. Enquanto as três se abraçavam, Lara podia sentir a magia poderosa fluindo por elas, guiando-a para a batalha.

26

OS TRÊS PEGARAM UM TÁXI na rua de Rivoli e viraram em uma ruela que tinha um pátio e uma construção antiga. Um letreiro neon dizia:

SHOW DO CIRQUE DE FRAGONARD HOJE À NOITE

Ben, Barrow e Gaston viram que a entrada de funcionários estava aberta, mas a bilheteria, fechada. Dentro dela, um homem alto usando suspensórios estava apoiado contra a parede, fumando um cigarro. Barrow foi até ele.

— Posso falar com o gerente?
— Depende — disse o homem. — Por que quer falar com ele?
— Por que isso importa?

Gaston pareceu irritado com o tom da resposta.

O homem deu de ombros, aparentemente percebendo que estava em menor número, e os levou por um corredor através de uma porta aberta. Os três homens ouviram sons de cavalos bufando e um trote. Dois homens gritavam:

— *Allez*.

Uma porta estava entreaberta e Barrow bateu nela.

— *Entrez* — uma voz os convidou a entrar.

Os três adentraram um escritório entulhado, sem janelas, com paredes cobertas de lembranças circenses.

— Nós queremos falar com o gerente.

— Eu sou o *proprietário* — corrigiu o homem em um inglês impecável. Era um homem mais velho, com o cabelo muito grisalho e óculos de leitura pequenos. Uma luz fraca iluminava o escritório, que estava coberto pela névoa cinza do cigarro curto e marrom que o proprietário fumava.

— Meu nome é Edward Barrow. Sou do Institut National d'Histoire de l'Art. Estes são meus colegas de *les États-Unis*. Três dias atrás, um funcionário seu mostrou um quadro a outra colega nossa.

— Isso é impossível.

O homem se recostou na cadeira e cruzou os braços.

— *Pourquoi?*

Ele deu de ombros.

— Acabei de voltar de Roma. Ontem. O circo só reabriu hoje de manhã. — Ele fez uma pausa quando Barrow não pareceu acreditar. — É caro manter um lugar como este resfriado no verão. Não havia ninguém aqui.

— Tem certeza? — Gaston olhava para os quadros. — Ninguém veio fazer a limpeza?

— Bastante certeza — afirmou o homem. — A equipe de limpeza não vem quando não estamos aqui. O lugar estava totalmente fechado desde abril. — O homem passou a mão pela prateleira a seu lado e a mostrou. Uma camada grossa de poeira cobria seus dedos. — Viu? Nada de faxina.

— O quadro que nossa colega viu... — começou Gaston — era um retrato de Cecile Cabot.

O homem assentiu e apontou distraidamente para a parede.

— *Oui*.

Dos três, era Ben que estava mais perto da área que o homem indicara. Ele notou um pequeno quadro na parede e se aproximou para analisá-lo. A pintura estava cercada por fotos, muitas delas nus vintage perturbadores. A tela era do mesmo tamanho e estilo de *Sylvie sobre o cavalo*, mas aquela mostrava uma mulher de cabelos prateados, usando um collant cor-de-rosa listrado, no segundo degrau de uma escada. Ela olhava para o pintor com um pequeno sorriso nos lábios, o corpo inclinado para acompanhar o movimento da escada de tecido. Ben percebeu que havia mais detalhes naquele quadro do que no do escritório de Barrow. Apesar de o outro ter mostrado a relação entre o cavalo e a amazona, Sylvie, aquele quadro só tinha um tema: a mulher.

Rápido, Barrow tirou Ben do caminho com um empurrão.

— Este é o segundo quadro! — Foi fácil ouvir a animação em sua voz quando ele se inclinou para examinar a pintura. Voltando-se para o homem, ele disse: — Este quadro foi pintado por Émile Giroux.

O homem apagou o cigarro no cinzeiro lotado que estava a seu lado.

— Por que eu deveria me importar com o nome do pintor?

— Porque é um quadro muito importante. — Barrow parecia exasperado. — É muito valioso. Deveria ser protegido e posto em um museu, não ficar pendurado na sua parede, especialmente porque não vai conseguir mantê-lo resfriado no verão. Este quadro é um tesouro nacional.

— Meu pai colecionava itens do *cirque* — explicou o homem. — Ele achou o quadro em uma lojinha do Quartier Latin. Alguém o vendeu para pagar dívidas, junto com alguns tubos de tinta e outras ferramentas. Disseram que o artista havia morrido de repente e deixado tudo em seu pequeno apartamento. Meu pai só se interessou pelo quadro. Ele está pendurado nessa parede, *em segurança*, há setenta anos. *E é onde vai continuar.*

— Nossa colega desapareceu — informou Gaston.

— Eu não tenho nada a ver com isso. Se sua colega viu esse quadro três dias atrás, então ela invadiu o prédio. Talvez tenha tentado outra vez e não acabou bem para ela. Agora, se não tiverem mais nenhuma dúvida, senhores, eu preciso trabalhar.

Ele apontou para um livro-caixa.

Barrow tirou um cartão do bolso.

— Se estiver interessado em vender o quadro, o instituto vai ficar muito agradecido.

O homem não estendeu a mão para pegar o cartão, por isso Barrow o pousou sobre a mesa.

Ben viu que Barrow estava animado para voltar a tocar no quadro, mas os três tiveram que se contentar em dar uma última olhada em Cecile Cabot pouco antes de saírem do escritório. Eles estavam a poucos passos do escritório quando a porta se fechou com força.

— Vocês notaram alguma coisa estranha naquele quadro? — perguntou Ben quando chegaram à rua.

— A sala toda era bizarra, se é isso que quer dizer — respondeu Gaston.

— A mulher da imagem é exatamente igual a Lara.

Ben começou a andar lentamente, rodeando Barrow e Gaston.

— Pensando bem, a mulher parecia mesmo familiar, mas o cabelo dela era branco — observou Gaston. — Estamos na mesma situação que estávamos uma hora atrás. Isso foi uma perda de tempo.

— Estamos percorrendo o caminho que ela fez — salientou Barrow, que parecia perdido em pensamentos desde que vira a segunda tela. Ele deu meia-volta. — Vocês *viram* aquele quadro? Era lindo.

— Estou mais preocupado com a Lara do que com o quadro — respondeu Ben, irritado.

— Mas quem a deixou entrar? — Gaston pôs as mãos no quadril e olhou para o fim da rua como se a resposta fosse aparecer de repente diante deles. — Como o cara lembrou, de maneira muito prestativa, eles estavam fechados.

— Eu diria que foi a mesma pessoa que deu o ingresso a ela. — Ben olhou para Gaston, sério. — E não foi só um homem que desapareceu na nossa cidade, Gaston. Foram três. — Ben passou as mãos pelo cabelo. — E eles não foram encontrados. Tenho medo de que Lara também não seja.

Gaston parecia cansado.

— Você acha que os casos estão ligados?

— Espero que não. — Ben balançou a cabeça. — O único que realmente tem alguma ligação com Lara é Todd.

— Tudo me parece um pouco circunstancial — ponderou Barrow.

— Só que eles desapareceram do nada.

O tom de voz de Gaston estava mudando, suavizando, quase como o de um pai. Ele conhecia Lara. A moça não era apenas um nome para ele.

— Você já contou para a Audrey? — perguntou Ben.

Gaston assentiu.

— Falei que você estava vindo para cá e pedi para ela esperar 24 horas. Senão, ela vai pegar um avião até aqui.

— Gaston, odeio dizer isso, mas minhas 24 horas estão acabando.

— Estou ciente do tempo — respondeu Gaston, baixinho.

No táxi que pegaram de volta para o hotel, Gaston ficou em silêncio por muito tempo.

— Se alguma coisa acontecer a ela, nunca vou me perdoar por tê-la trazido para cá. Achei mesmo que ela ia ficar bem. Que seria uma boa distração para ela.

— Nós vamos encontrá-la — afirmou Ben. Enquanto o táxi se aproximava do hotel, ele teve uma ideia. — O que os diários dizem sobre os endereços do circo?

— Nada — respondeu Barrow.

— Não é verdade. — Gaston se virou. — Ele precisava de um enorme espaço vazio, como o terreno que fica na frente dos Invalides... Ou o Bois de Boulogne.

— Exatamente — concordou Ben. — Então estamos procurando um grande espaço aberto a uma distância curta do hotel.

— Mas não é como se esse circo estivesse montado na rua — rebateu Barrow. — Mesmo que a gente ache o lugar certo, isso não vai nos ajudar.

— Mas é a única pista que temos — retrucou Ben. — Se eu puder chegar perto de Lara, vou encontrá-la.

Gaston se virou para o taxista. Eles conversaram por algumas quadras. O motorista os levou pela rua Favart até a praça Boieldieu, onde a Opéra-Comique tinha um grande pátio diante da entrada.

— Não acho que seja aqui — admitiu Ben. — Onde mais?

O motorista de táxi deu a volta na quadra e percorreu as ruelas até a rua Vivienne. Eles pararam diante de um prédio com pilotis.

— O Palais Brongniart — sugeriu Gaston. — À noite, o lugar fica vazio.

— Quanto tempo eu levaria se andasse daqui até o hotel? — perguntou Ben.

— Uns dez minutos.

— E você se daria uns cinco minutos de sobra, não é?

— Eu faria isso — respondeu Gaston, enquanto pagava o motorista. Os três homens andaram até o café do outro lado da rua e ficaram observando o Palais Brongniart, com suas colunas imponentes. — É uma construção assustadora à noite. Vamos jantar e esperar escurecer.

Ben olhou para o relógio. Ele ainda estava no horário da Costa Leste americana, mas, na França, eram quase oito da noite. Estava com muita fome e cansado à beça.

Os três pediram uma mesa ao ar livre. Enquanto liam o cardápio, ouviram uma comoção dentro do restaurante, perto da cozinha. O garçom se aproximou da mesa.

— Sinto muito — começou ele. — Uma desabrigada apareceu há cerca de uma hora. Estão tentando cuidar dela enquanto chamamos a polícia.

Ben olhou para cima.

— *Dela*?

Ele saltou de seu assento.

— *Oui* — confirmou o garçom, servindo água para os três.

Gaston apontou para Ben.

— *Il est gendarme. Peut-il aider?* — disse, informando ao garçom que Ben era policial e perguntando se ele poderia ajudar.

Ele deu de ombros e apontou para a área da cozinha com uma garrafa vazia.

Ben foi até lá, desviando das mesas espremidas do café. Gaston seguiu atrás dele, garantindo que Ben era da *gendarmerie*.

— O que é *gendarmerie*? — perguntou Ben, abrindo caminho entre os clientes. — Acho que eu deveria saber.

— A polícia de cidades menores dos arredores de Paris. É a sua cara.

A mesa dos fundos fora limpa e havia uma moça deitada nela, encolhida, de costas para eles. A figura parecia estar vestida com um tipo de maiô cor-de-rosa.

— É um collant — disse Gaston. — Dos que são usados no circo.

— Ela não sabe o próprio nome — explicou o maître em inglês.

Ele suspirou, enojado.

— Lara.

Ben estendeu a mão para tocar na mulher. Seu cabelo louro estava emaranhado e sujo. Ele virou a mulher com cuidado e viu os traços familiares de Lara.

Ela olhou para Ben com um olhar vazio.

— Ela está ardendo em febre. — Ben tocou no rosto dela e olhou para Gaston. — Peça para chamarem uma ambulância imediatamente ou vamos levá-la para o hospital de táxi.

Gaston assentiu e se afastou com o maître.

Enquanto esperava, Ben se sentou no chão para avaliar melhor o rosto de Lara.

— Sou eu, Lara. Ben. Você se lembra de mim?

Lara olhava para o nada, mal piscando.

— Vim assim que soube. Você sumiu há três dias. Sabe onde está? Você está em Paris.

A mulher catatônica diante dele parecia oca.

Alguém o tocou. Era Gaston, que trazia dois paramédicos atrás de si. Ele havia mesmo ficado sentado ali por vários minutos? Ben e Gaston se afastaram para deixar que cuidassem de Lara.

— Ela está em choque — relatou Gaston, traduzindo a conversa entre os dois paramédicos.

Eles aplicaram soro em Lara e a puseram em uma maca, erguendo-a para levá-la até a ambulância. O trio seguiu o veículo de táxi até o hospital Hôtel-Dieu.

Era como se o tempo tivesse parado. Na sala de espera vazia ao lado, a música de um programa de auditório francês tocava alto. A claque irritou tanto Ben que ele acabou desligando o aparelho com o controle remoto. Mas a ausência da TV apenas o fez notar os avisos do hospital, que não conseguia entender. Ele já havia lido a tradução de Lara dos diários de Cecile Cabot duas vezes e estava exausto, o que o fez adormecer várias vezes, embora estivesse se forçando a ficar acordado para descobrir o que ia acontecer. Mas nada aconteceu. Eles apenas ficaram sentados em silêncio. Ben imaginou que Lara havia mesmo se tornado uma "donzela em perigo". E ele tinha que admitir: voar até Paris para resgatá-la o fizera se sentir vivo.

Depois do que pareceram horas, um médico finalmente apareceu. Gaston e Barrow conversaram com o homem, assentindo, sérios. Ben se xingou por não ter estudado francês no ensino médio. O médico assentiu e saiu.

— Isso não me pareceu nada bom.

Ben pôs as mãos nos bolsos e se preparou para o pior.

— E não é.

Gaston parecia triste.

— Ela está com uma febre muito alta — explicou Barrow. — Eles não sabem se é uma infecção, mas, por enquanto, ela não está respondendo aos antibióticos nem a nada que deram a ela. Está muito desidratada e tomando soro, e, além disso, está em choque.

— Quero vê-la — disparou Ben.

Barrow balançou a cabeça.

— Eles querem limitar as visitas agora. Estão com medo de que seja um choque séptico.

Gaston saiu para procurar um orelhão.

Ele provavelmente ia ligar para Audrey, pensou Ben. Pobre coitado. Era uma ligação que ninguém devia ter que fazer.

Barrow se sentou na cadeira. Eles haviam dominado toda uma área de espera, e o estudioso analisava os cadernos, especialmente as passagens em que as pessoas iam e voltavam do circo e em que Cecile não se sentia bem. Ben havia se jogado na cadeira à sua frente.

Todos já haviam decorado a história contada pelos três cadernos enquanto procuravam alguma pista do que podia ter acontecido com Lara no Cirque Secret. Não que alguém no hospital fosse acreditar, caso a resposta estivesse nas páginas deles.

Na verdade, nem o próprio Ben conseguia acreditar. Apesar de os diários contarem histórias fantásticas sobre outra dimensão, parte dele ainda precisava considerar que tudo aquilo era ficção. No entanto, ele não conseguia explicar o tabuleiro Ouija que o levara a Desmond "Dez" Bennett e não tinha uma resposta racional para os assassinatos ritualísticos de Kerrigan Falls. No fundo, Ben Archer era um homem racional, por isso acreditar em toda aquela resposta sobrenatural era tentador, mas, antes de conversar com Lara, ele não conseguiria dar aquele salto. Ainda havia a possibilidade de ela ter sido sequestrada pelo tal perseguidor: um humano. Apenas Lara poderia esclarecer tudo aquilo e ela só poderia fazer isso se acordasse.

— Cecile disse que ir e vir do circo fazia mal para o corpo.

Barrow apontou para a frase nas anotações.

Gaston voltou e se sentou na cadeira a seu lado.

— É, mas, nos dois anos em que o circo funcionou, centenas de pessoas entraram e saíram dele sem sofrer nada.

— Mas não ficaram por três dias — lembrou Ben, interrompendo a teoria que se formava entre os dois.

— Será que ele viria se o chamássemos? — perguntou Barrow, virando-se para os outros dois homens com um olhar firme que deixou claro que estava falando sério. — Quando Giroux estava morrendo, Cecile o chamou. Podemos tentar chamá-lo.

— Mas Giroux morreu mesmo assim e tudo que Cecile conseguiu foi a porcaria de um carrossel.

Gaston pôs a cabeça para trás e analisou o teto.

— Odeio esperar.

Apesar de estar exausto, Ben não conseguia relaxar e se sentava e se levantava da cadeira, andando de um lado para o outro.

— Isso não vai ajudar, sabia? — disse Gaston. — A não ser que você queira polir o chão com seus sapatos.

Ben Archer se sentiu impotente. Era o tipo de homem que precisava controlar seu ambiente. E ali estava ele, em Paris, esperando que Lara acordasse e pensando que a possibilidade de ela se recuperar estava se tornando cada vez menor. Pelos alto-falantes, uma voz feminina chamava médicos e ocasionais *codes bleu* em francês. Ele odiava o fato de não entender a língua do país. Esfregou o pescoço, que doía. Todo o corpo dele parecia ter adoecido, como se estivesse com gripe. Ele não dormia havia mais de 48 horas.

— Vou até o hotel tomar um banho e tentar dormir um pouco — avisou Gaston. O homem tinha rugas profundas no rosto e manchas escuras sob os olhos. Apesar de consumir uma dieta regular de café expresso e Toblerone, as roupas de Gaston pendiam dele. — Você devia pensar em fazer a mesma coisa. Está com uma cara horrível.

A mala de Ben ainda estava arrumada, e ele esperava ainda ter um quarto onde ficar.

— Vou pegar o próximo turno — respondeu ele. — Agora vá você.

Depois que Gaston voltou para o hotel, Ben se acomodou na cadeira e começou a assistir a uma versão dublada de *Depois daquele beijo*. Ele logo adormeceu.

O elevador apitou e a equipe de limpeza começou a caminhar pelo andar, passando pano no chão e esfregando cadeiras, acordando Ben. Ele consultou o relógio. Eram seis da manhã. Tinha dormido por cinco horas.

O barulho de saltos no chão polido o fez se mexer. Ele ergueu o olhar e viu Audrey Barnes passar. Seu rosto parecia tenso, quase irreconhecível, e seu foco estava no corredor diante dela.

Foi uma coisa curiosa de se ver. Ela caminhou com confiança pelo corredor vazio diante dela, passando pela sala das enfermeiras e chegando no quarto da filha.

Como se já soubesse exatamente onde ela estava.

27

DURANTE 24 HORAS, LARA FICOU entre a vida e a morte. Não havia luz, apenas um preto fosco atrás de suas pálpebras fechadas. A dor tornava tudo fluido.

Havia uma voz ao longe, suave, mas urgente. *Lara, acorde. Acorde.*

Mas aquela voz não sabia dos arrepios. Os arrepios eram tão fortes que os lençóis a machucavam sempre que se esfregavam contra seus braços e pernas. Seus braços brilhavam de suor — um suor gelado como o orvalho em um copo frio. Ela estremeceu e rezou para continuar inconsciente; se de forma temporária ou permanente, isso não importava mais para ela.

Ao deixar o circo, ela havia pegado a mão de Cecile, que só precisava daquilo para ser totalmente absorvida por ela. Afinal, seu corpo fora criado com esmero para ser uma cópia do de Cecile.

Mas Althacazur estava errado.

Quando Lara voltou para as ruas de Paris, o sol estava alto e ela imediatamente se sentiu mal. Em segundos, uma enxaqueca absurda a atingiu, deixando-a muito zonza. O café do outro lado da rua estava movimentado e ela foi até ele, tropeçando, sem perceber que não usava mais o vestido preto e a jaqueta jeans. Em vez disso, vestia um collant rasgado que expunha a pele de sua barriga.

Quando se aproximou do café, o garçom a mandou embora. Confusa, ela não entendeu o que ele dizia. Estava com sede e muito zonza, mas não estava com sua bolsa. O que tinha acontecido com a bolsa dela? Por um instante, entrou em pânico, perguntando-se onde estava seu passaporte, até se lembrar de que estava seguro dentro do cofre do hotel.

Ela tropeçou, o que só fez o homem expulsá-la com mais afinco, chegando a sair até a calçada para impedi-la de entrar. Mas Lara percebeu que suas pernas não podiam se mover. Além disso, havia uma voz dentro de si. *Eles acham que você está bêbada.*

— Mas eu não estou bêbada — respondeu Lara.

Não fale comigo, Lara. Eles não podem me ver.

— Hein? — Que voz estranha. — Cecile?

Isso. Lara, me escute. Seu corpo está reagindo à minha presença nele. Era o que eu temia. Você vai precisar de tempo para se adaptar, caso ele possa me absorver, se não, vamos ter um problema. Mas, por enquanto, você precisa tentar agir naturalmente. Entendeu?

Olhando para o outro lado da rua, Lara viu que todos os clientes do restaurante haviam se virado para olhar para ela. Tinham colheres cheias de sopa, pedaços de pato nos talheres e a boca aberta. Todos pararam no meio do jantar e da conversa para observar o espetáculo que ela era.

— Entendi.

Lara ouviu um grunhido e um suspiro de frustração em sua cabeça.

Obviamente, não entendeu nada.

Um homem de terno apareceu e parou diante do garçom.

— Você tem que ir embora agora.

Lara não conseguia entendê-lo, mas a voz em sua cabeça entendeu.

Você sabe onde estava hospedada antes de ir para o circo? Eu não posso ajudar. Essas ruas parecem diferentes para mim.

— Hotel Vivienne — disse Lara para a voz.

O homem não se mexeu e apontou para a esquerda.

— Na rua Vivienne. Hotel Vivienne. *Allez.*

Lara sabia o significado de *allez*: vá. Mas ela podia sentir as pernas bambeando, o que a fez pensar nos arrepios que vinha sentindo. Calafrios violentos.

Lara. Lara.

Ela não teve certeza se respondeu, mas sentiu o impacto da calçada em seus joelhos e percebeu que deviam estar ensanguentados.

Todd estava lá. Todd? Ele estava superexposto — sob um sol brilhante demais, como na cena do carrossel, que a fizera olhar para ele com os olhos semicerrados. Lara ficou tão aliviada ao vê-lo... Ele a ajudaria. Aquela versão dele era maravilhosa: o queixo quadrado, o cabelo castanho puxado para trás em um rabo de cavalo baixo. Ele estava sentado no capô do seu amado Mustang. O carro de que havia sido separado, o mesmo que fora rebocado pela cidade. Estava empoleirado no capô como se o dia do casamento deles nunca tivesse acontecido. Era assim que as coisas teriam sido, pensou Lara. Ele usava uma camiseta preta de manga comprida e calça jeans, além de um par de All Star Chuck Taylor de cano alto. Partia uma folha de grama ao meio, e ela percebeu que estavam estacionados em um campo. Ela se virou e subiu a colina, sem saber o que aquela cena significava, tentando interpretá-la como se fosse um sonho.

— Aonde você vai, Lara? — gritou ele. — Fique comigo.

Lara olhou para baixo; estava de tutu e seus joelhos sangravam.

— Não posso ficar com você — respondeu. — Você está morto.

Algo lhe dizia que aquela visão era uma armadilha ou uma escolha. A cena nunca havia acontecido entre eles e aceitá-la como realidade ia selar seu destino. Ela viu algo aparecer atrás de uma árvore e gesticular para que ela se aproximasse. Era o sr. Tisdale. *Nós somos o seu destino*, disse ele sem dizer nenhuma palavra, claro. Ela correu em direção a ele, para longe de Todd, sem olhar para trás uma única vez. Então alguém deu um leve tapa em seu rosto e virou seu corpo. Ela abriu os olhos.

Nós o conhecemos?

— Lara. É Ben.

Ben Archer estava agachado ao lado dela e seu rosto maravilhoso tinha sido tomado de preocupação. Só que aquilo era impossível. Ben não estava em Paris. Ah, como ela sentia a falta dele! Então os arrepios começaram e tudo ficou embaçado.

Lara. Lara. Acorde.

Lara abriu um pouco os olhos. Havia alguma coisa em seu braço. Ela ouviu um bipe. Paredes cinzentas com instruções em francês sobre como abaixar camas com segurança. E então nada.

Você tem que parar de lutar contra mim ou nós duas vamos morrer.

— Eu não estou lutando contra você.

Ela riu. Era aquela voz de novo. A única que se importaria se elas morressem.

— Puff — disse Lara.

É, puff. E puff é ruim, acredite em mim. Nós duas vamos desaparecer.

Uma enfermeira entrou, verificou a bolsa de soro e passou um aparelho que apitava na testa de Lara. Os calafrios tinham diminuído, mas agora estavam voltando em ondas. A mulher pôs outra bolsa de soro atrás da primeira, quase vazia. Um arrepio violento sacudiu Lara e ela voltou a ficar zonza.

No pior momento, quando se sentiu balançar no trapézio e se soltar, sem rede visível abaixo dela, Lara foi tranquilizada pelo toque e pela voz familiar da mãe. Quando abriu os olhos, viu que a mão quente de Audrey estava em seu rosto, mas acabou adormecendo e acordou mais tarde, em um quarto vazio.

28

EM DADO MOMENTO, a febre de Lara havia chegado a 41,1 graus. Os médicos cogitaram vírus, hemorragia cerebral, choque séptico, mas não encontraram a causa. Enfermeiras aplicaram soro, banhos frios e injeções de dantrolene.

Ben foi o primeiro a ver Audrey saindo do quarto de Lara. Pela expressão sombria no rosto da mulher, ele esperava a pior notícia possível.

— Ben — cumprimentou ela, com um sorriso fraco.

Era visível que tinha chorado.

— Audrey.

Ele estava pronto para se oferecer para ajudar, ser útil, auxiliar a organizar o enterro. Enquanto listava as tarefas em sua mente, um buraco começou a se formar dentro dele. Lara não podia ter morrido, não antes de os dois terem começado. Ele não estava preparado para aquilo. A falta de sono, a falta de comida, a viagem — tudo dos últimos três dias — se acumulavam e ele se viu enxugando lágrimas.

— Ela vai ficar bem — afirmou Audrey, cansada.

Ela pegou a mão dele e a segurou com firmeza.

Por horas, os dois ficaram sentados, lado a lado, em cadeiras de plástico, em silêncio. Então a febre de Lara cedeu e baixou sozinha, pela primeira vez. Outras oito horas passariam até ela recuperar totalmente a consciência.

Mas algo no jeito de Audrey o deixava inquieto. Ele não sabia dizer exatamente o quê. Talvez fosse o choque, mas ele não conseguia esquecer a ideia de que Lara só havia melhorado depois que sua mãe chegara. Audrey havia sido o motivo da melhora.

Ben contou a Audrey sobre os diários quando Barrow e Gaston voltaram ao hospital. Os três se revezaram para explicar tudo a ela, corrigindo um ao outro com interpretações mais precisas. O máximo que Ben e Gaston haviam descoberto tinha sido que, em 1926, a verdadeira Cecile Cabot, enfraquecida devido ao parto, havia caído do trapézio e morrido. Como prometido, Sylvie pegara Margot, fugira e fingira ser Cecile Cabot pelo resto da vida.

Audrey ouviu todas aquelas notícias com um estoicismo que surpreendeu Ben. Eles haviam descoberto um segredo sobre a mulher que a criara, mas Audrey permaneceu sentada, imperturbável. Nos traços dela, ele podia ver Lara dali a alguns anos. Tentou pensar nos traços de Jason e Audrey se misturando para criar os de Lara — o cabelo claro, os grandes olhos verdes, o nariz arrebitado —, mas não viu nada de Jason. Tirando a voz rouca, Lara definitivamente puxara à mãe. Ainda assim, Ben não conseguia identificar o que havia de errado com Audrey. Em vez de estar aliviada com o fim da febre da filha, ele não pôde deixar de pensar que ela estava de luto por alguma coisa.

Audrey se levantou e foi até a janela.

— Eu nunca devia tê-la deixado vir para cá.

Gaston pôs a mão em seu ombro.

— Você nunca teria conseguido impedi-la. Se o circo a queria, eles teriam achado alguma maneira de pegá-la. E ela *teria* ido, Audrey. Você sabe disso.

Audrey assentiu, distraída.

Ben sabia que o que Gaston havia dito era verdade. Claro que Lara teria ido.

Ao meio-dia, Ben decidiu ir para o hotel. Antes de sair, resolveu passar pelo quarto de Lara, sem perguntar a ninguém — nem a Audrey nem às enfermeiras — se podia. Precisava vê-la. Para sua surpresa, ele a encontrou deitada, com os olhos abertos. Uma sensação de medo o dominou. A febre ficara alta demais por muito tempo. Os médicos tinham alertado de que havia uma chance de que uma convulsão pudesse ter causado danos cerebrais.

— Não estou morta. — Era a voz dela, mais rouca do que o normal, mas toda Lara. — Então pare de me olhar assim.

Aquela era a Lara que ele conhecia, a que via no Delilah's. Ben achou que ia desmaiar, bem ali na frente dela, em uma mistura de alívio e exaustão.

— Você tem que me tirar daqui.

Lara olhou para ele. Seus olhos estavam brilhantes, mas ela parecia cansada, a pele translúcida. Ele já a tinha visto mal — no início, depois do desaparecimento de Todd. O soro a deixara inchada, mas ele estava muito grato por ela estar exigindo coisas.

— Ben? Você me ouviu?

— É que estou tão feliz por você estar bem...

— Você não entendeu — interrompeu ela, analisando o jaleco do hospital. — Precisamos ir embora. Não estou segura aqui.

— Vou chamar a Audrey — avisou Ben, erguendo o indicador.

— Minha mãe está aqui?

— Lara, você está perdendo e recuperando a consciência há horas. É claro que ela está aqui.

Por um instante, ele se perguntou se algo horrível havia realmente prejudicado o cérebro dela. Viu imagens de centros de reabilitação e teve medo de um derrame, mas, para a surpresa dele, ela puxou as cobertas com a destreza de alguém que estava, ao menos, fisicamente capaz.

— Ben? Aconteceu alguma coisa com você?

— Não.

Ele ficou surpreso com a clareza e a concentração dela.

— Você está me ouvindo? — Ela olhou para o quarto. — Estou supondo, dada a quantidade de placas francesas indicando a *salle d'attente*, que a gente ainda esteja na França? Eu não estou segura. Diga à minha mãe que temos que ir para casa *agora*.

Ele se sentou na cadeira ao lado da maca.

— Você poderia só esperar o médico examinar você antes de fugir? Você estava muito mal.

Ela bufou e encarou a parede como se estivesse contemplando alguma coisa.

A porta se abriu.

— Ouvi um barulho aqui — explicou Audrey, pondo a cabeça para dentro do quarto.

— Mãe! — exclamou Lara. — Ai, graças a Deus!

Audrey cobriu o rosto com as mãos e começou a chorar.

— Você está bem mesmo.

— É lógico que estou bem. — Lara olhou para os dois. — Nós temos que ir para casa — repetiu ela. — Agora.

— Nós vamos em breve — disse Audrey, sentando na cama de Lara e alisando o cabelo da filha. — Mas você precisa descansar.

— Estou correndo perigo — repetiu Lara.

— Não — disparou Audrey. — Não está.

— Mas você não entende... — insistiu Lara.

— Eu já entendi tudo — garantiu Audrey. — Você está segura agora.

Ben queria fazer um milhão de perguntas a Lara, mas não conseguiu formular nenhuma.

— Você precisa descansar — repetiu Audrey. — Estou aqui agora. *Nada* vai acontecer com você.

— Mas... — começou Lara.

Audrey estendeu a mão e fez carinho no cabelo da filha. Para a surpresa de Ben, os olhos de Lara começaram a se fechar e ela pareceu lutar contra a vontade de dormir. Audrey continuou fazendo carinho no cabelo da filha.

— Agora descanse.

Antes de adormecer, Lara murmurou:

— Ele me mandou um ingresso.

— Eu sei — respondeu Audrey.

29

OITO HORAS DEPOIS, por insistência de Lara, os médicos a liberaram do hospital, ainda confusos com a causa de sua febre. No entanto, como todos os seus sinais vitais estavam normais e ela insistia para ir embora, não havia motivo para mantê-la ali.

Ela estava agitada, ainda querendo voltar para Kerrigan Falls. Gaston havia conseguido passagens para que os quatro pegassem o primeiro voo da manhã.

Ben viu o rosto de Barrow se entristecer com a notícia. Ele queria conversar sobre o que Lara tinha visto no circo. Na máquina de café do saguão do hotel, ele encurralou Ben.

— Ela disse alguma coisa?

— Não — respondeu Ben, tão preocupado com o comportamento de Lara quanto Barrow. — Ela está muito ansiosa, mas passou por muita coisa, então acho que era de se esperar.

Enquanto Lara descansava no quarto, os outros se reuniram nos sofás do saguão como damas de companhia.

— Ela quer pegar um voo mais cedo — avisou Audrey.

— Não *há* voos antes desse.

Gaston parecia frustrado.

Depois de algumas horas, Ben foi até o quarto de Lara ver como ela estava. Encontrou-a sentada na beira da cama, como se não soubesse o que fazer.

— Podemos ir até Montparnasse?

— Lógico — concordou ele, andando na direção do telefone do hotel. — Vou ligar para a Audrey.

— Não — respondeu ela, fazendo que não com a cabeça. — Só nós dois.

— São quase dez da noite. Não sei se é uma boa ideia.

Ela tinha quase morrido e estava propondo um passeio por Montparnasse.

— Então eu vou sozinha.

Ela pegou a jaqueta do armário.

— Não, eu posso ir com você. Mas precisa se decidir — retrucou Ben, a voz irritada. — Você fica dizendo que não está segura aqui e agora quer correr para Montparnasse, sozinha, e arranjar mais problemas.

— Também senti sua falta. — Ela sorriu.

Enquanto cruzavam o Sena de táxi e passavam pelos Invalides para chegar a Montparnasse, Lara parecia distraída. Seus dedos tocavam levemente o vidro, como se as imagens à sua frente fossem frágeis e temporárias. Farmácias, lojas de televisão, restaurantes com fotos de alimentos plásticos e pouco apetitosos — ela observava tudo aquilo, encantada.

— Pode nos deixar aqui — pediu ela ao motorista quando chegaram a uma rotatória.

Lara saiu do carro enquanto Ben pagava ao motorista e corria para acompanhá-la. Ele a encontrou parada na frente do Dôme Café, olhando para cima.

— Não mudou nada.

Ele achou o comentário estranho, mas, depois do que ela havia passado, Ben estava simplesmente feliz por Lara estar de pé, falando de forma coerente na maior parte do tempo. Por isso, deixou aquilo de lado, mas percebeu que também estava irritado com ela. Barrow e Gaston estavam convencidos de que Lara havia sido sequestrada por um circo sobrenatural, mas ele ainda não tinha tanta certeza. No entanto, aquele comportamento estranho o deixava cada vez mais desconfiado.

— O que você quer fazer?

Ben não havia entendido o propósito daquela aventura, mas Lara parecia hipnotizada pela típica rua parisiense.

— Eu só queria ver o lugar de novo.

Lara girava no meio da rua, olhando em volta, maravilhada. Ben a fez parar; ela estava chamando muita atenção. Aquilo o fez pensar que fazia muito tempo que ela não comia. Talvez uma refeição pudesse ajudá-la a se recuperar. Tinha deixado um bilhete na recepção do hotel para avisar a Audrey aonde eles tinham ido. Imaginou que, em dado momento, os dois iam se sentar em um restaurante e então ele poderia escapar para o banheiro e ligar para a mãe de Lara para garantir que sua filha estava bem.

— Por que a gente não se senta para comer alguma coisa?

Lara se virou para ele, fascinada.

— Ah, claro, eu ia adorar.

— Está bem — respondeu Ben, pegando a mão dela.

Ela entrelaçou os dedos de sua mão com os dele enquanto atravessavam a rua até um restaurante italiano do boulevard Raspail que tinha mesas ao ar livre. Um ventilador soprava uma brisa fresca em meio à noite abafada quando o ar parecia encharcá-los.

— Picasso tinha um ateliê bem ali.

Lara apontou para a direita. Ben se virou a fim de olhar para o lugar, achando estranho que Lara soubesse a localização do estúdio de Picasso. Em Montparnasse, ela ficara animada e movia o saleiro pela mesa como se o ato de tocar objetos fosse novidade. Pareceu se deslumbrar com carros esportivos e roupas, esticando o pescoço para acompanhar um homem de moicano e piercings que passara por eles.

Ben pediu uma taça de vinho, mas não deixou Lara fazer o mesmo. Ela franziu a testa e tomou um gole antes mesmo que ele tivesse a chance de provar a bebida. Ben se sentiu grato quando a bebida apimentada alcançou sua garganta. Caramba, ele precisava mesmo de uma bebida. Hesitando, fez o líquido girar na taça.

— Quer me contar o que aconteceu? — perguntou ele.

— Você sabe o que aconteceu. Eu fui até o circo.

Ela se recostou no assento, concentrando-se no tráfego, sem encará-lo. Havia um sorriso infantil em seu rosto.

— Mesmo?

— Como assim?

— Achei que você tinha sido sequestrada.

Lara fez uma careta, como se não concordasse.

— No dia do baile, depois de ver o Todd, um homem estranho apareceu.

— Minha nossa — surpreendeu-se Ben, recostando-se na cadeira também. — Primeiro o Todd, agora um homem estranho. Aquele baile estava mesmo lotado.

Ela riu.

— Era um homem que eu já tinha visto antes, quando eu era pequena. Ele me disse que eu devia vir a Paris, que descobriria aqui o que havia acontecido com o Todd. Depois disso, eu não pude deixar de vir.

— E você não achou que o homem podia ser um psicopata?

— Bom, ele é um psicopata, mas não, não achei. Em nenhum momento, mesmo sentada com o Gaston e o Barrow com o maldito ingresso no bolso, pensei em não ir. — Ela apoiou a perna na cadeira, então riu como costumava fazer no Delilah's, uma risada intensa e profunda. Era a primeira risada de Lara que ele ouvia e aquilo o fez perceber como temera que ela jamais retornasse. — Você não teria ido? Até o ingresso era mágico. Ele sangrou quando tentei rasgá-lo.

— É uma história fantasiosa.

Ben afastou a taça de vinho e se perguntou por que todos estavam tão convencidos de que havia algo sobrenatural pairando sobre eles.

Lara ergueu uma das sobrancelhas e se recostou de novo na cadeira.

— E o que você acha que aconteceu comigo?

— A mulher que te perseguiu pode ter sequestrado e drogado você.

— E depois? — Lara havia mudado, ganhado uma confiança que Ben nunca vira. — Ela simplesmente me soltou?

Ben precisava admitir: aquilo não fazia sentido. Se alguém tivesse sequestrado Lara por causa do quadro, teria pedido resgate. Não houve pedido nenhum. Ele cruzou os braços.

Havia algo que o preocupava em relação a ela: talvez, devido ao luto pela perda de Todd, Lara tivesse imaginado aquele circo, aquele ingresso. Ela podia ter simplesmente vagado pelas ruas de Paris por dias. Ben sabia que sua avó Margot tinha lutado contra uma doença mental. Será que estava acontecendo com Lara também? Era por isso que Audrey parecia tão abalada?

— Sei que algumas pessoas não teriam considerado uma boa ideia ir ao Circo do Demônio — continuou ela, sem saber o que passava pela cabeça de Ben. — Mas me lembrei de que, por anos, as pessoas haviam cobiçado aqueles ingressos. Pelo que sei, todas voltaram tranquilamente. Eu queria respostas, então fui. Parei diante do Palais Brongniart e, em um minuto, não havia nada, mas, no outro, um circo surgiu. Não foi só uma tenda, Ben. Há toda uma *construção* em outra dimensão. Peguei uma roda-gigante que passa pelo rio Estige junto com um macaco. Que, aliás, pode ser o maldito Benito Mussolini. As salas eram muito opulentas. O Giroux conseguiu captar bem o visual dele. Tudo tem um foco suave e uma cor supersaturada. — Ela suspirou. — Sei que parece loucura, eu sei. É um tipo de Inferno e, ao mesmo tempo, o lugar mais mágico e maravilhoso que já vi.

— Você ficou desaparecida por 48 horas.

— Vou levar bronca agora? — Ela estava brincando. — Vejo que eles chamaram a cavalaria. Me diga uma coisa: não existe polícia na França?

— Pelo jeito, não uma que aceite a ideia de um Circo do Demônio. — Ben olhou para a rua. — Aqueles dois ficaram apavorados. — Ele pegou a mão de Lara. — Eu fiquei apavorado... e irritado... Eu fiquei muito irritado com eles e com você.

— Você ainda está irritado comigo. — Lara apertou a mão dele. — Parece que fiquei, no máximo, duas horas fora daqui. — Ela tomou um gole de água e olhou para a rua. — Está tão diferente...

— O quê?

— Montparnasse.

Ben ficou confuso.

— Diferente de dois dias atrás?

Ela não respondeu, apenas inclinou o corpo enquanto o garçom servia, por sobre o ombro dela, as saladas de burrata fresca, tomates e manjericão.

— Mas, então, você conseguiu as respostas que procurava?

Ele olhou para o próprio prato, tentando não demonstrar que a menção a Todd já fizera seu coração disparar. Que Lara fizera tudo aquilo, se colocara em perigo, para obter respostas, respostas que ele não havia conseguido lhe dar. Ele *falhara*, assim como seu pai falhara com Peter Beaumont.

Ela pegou o copo, segurando-o pesadamente, como se fosse deixá-lo cair.

— Ele está morto.

— Como você...?

— Se não se importar, queria ter um tempo para digerir isso. — Lara lançou a Ben um olhar enviesado que dizia que era melhor ele não perguntar mais nada. Ela pareceu viajar, como se estivesse flutuando em uma corrente marítima regular. — Eu me despedi dele. Não precisa continuar procurando. Nem ele, nem Peter Beaumont.

— E quanto a Desmond Bennett?

Ele tomou um gole de vinho e pousou a taça de volta na mesa. Não contara a ela que havia descoberto um terceiro caso.

Lara se inclinou para a frente e olhou bem nos olhos dele.

— O que *você* sabe sobre Desmond Bennett? — Então um sorriso de compreensão apareceu no rosto dela. — Teve alguma ajuda de um tabuleiro Ouija?

— Como você...? — perguntou Ben. — Eu estava no Feed & Supply quando o velho tabuleiro Ouija soletrou DEZ. Fui pegar os arquivos de 1944 e adivinhe o que descobri.

— Desmond Bennett desapareceu em 1944. Ele era apaixonado pela minha avó Margot. Foi ela que deu a pista a você. Ah, e sim, ela já morreu, mas ainda existe no circo. — Lara pegou um naco de pão e o mergulhou no azeite. — Mas você vai arranjar uma explicação para tudo isso. Não há nada de mágico acontecendo aqui.

— Eu admito que andei vendo coisas que não consigo explicar — confessou ele.

Ele ouviu carros acelerando pela rua, pessoas rindo enquanto passeavam com seus cães, o tilintar de garfos e colheres batendo em mesas e pensou em Picasso trabalhando a apenas algumas casas dali. Era mesmo um ponto mágico de Paris. Ben pensou que ele e Marla deviam ter viajado mais.

— Nunca aceitei a versão ocultista do desaparecimento do Todd. Você sabe disso. Mas já se perguntou por que nossa cidade não tem crime nenhum?

— Acho que você sabe que penso nisso todos os dias.

— Desde Margot — começou Lara —, minha família precisa lançar um feitiço anual de proteção. No dia 9 de outubro. Ele funciona bem, a não ser a cada trinta anos, quando ele parece desmoronar por uma noite. Você leu os diários, não leu?

— Li. Minha cabeça ainda está zonza por causa deles — admitiu Ben. — Que história...

— Eu sei que você não acredita, mas tudo naqueles diários é verdade. Isso é coisa da Esmé, então agora temos que achar o quadro dela. Preciso ver como ela é.

— Agora?

— Só vamos pegar o voo amanhã às 11h. Temos 12 horas. Temos que encontrá-la antes que ela nos encontre.

— Lara, ela tem uns cem anos — salientou Ben, confuso. — Quer dizer que temos que achar o túmulo dela?

— Não. Esmé está bem viva — explicou Lara. — Foi ela que me perseguiu no cemitério do Père-Lachaise.

— Lara, ela teria cem anos.

— Esmé não parece ter cem anos. E consegue correr muito bem. — Lara havia chamado o garçom e apontado para o tiramisu. — Você tem uma escolha. Ou estou delirando e você pode explicar tudo isso, ou estou bem e tem umas coisas muito estranhas acontecendo. Eu sei a verdade e quero respostas. Você pode vir comigo ou não, mas não vou querer sua ajuda se não acreditar em mim. Vou pedir que o Barrow venha comigo. Você decide.

Ben se recostou na cadeira. Algo havia mudado nela desde que a vira pela última vez, na varanda de sua casa, depois do baile. A menina insegura que escondia a tristeza de todos havia desaparecido. Aquela Lara era confiante. Ele nunca a viu ter tanta certeza de nada, mas, desde que a conheceu, um ano antes, sempre pensou que era uma mulher pé-no-chão. Ela merecia a confiança dele. Ben começou a desconfiar das pessoas que os cercavam.

— Me conte tudo desde o começo.

Ela sorriu e girou o garfo, recostando-se na cadeira.

— É melhor pedir um café forte. Você vai precisar.

30

DE MANHÃ, LARA E AUDREY encontraram Ben, Barrow e Gaston para o café da manhã. Quando Lara chegou ao saguão do hotel, todos estavam esperando ansiosamente por ela.

— Más notícias — avisou Gaston. — Nosso voo foi adiado. Remarcaram a gente para amanhã de manhã.

— Então agora temos mais tempo para ouvir sua história — completou Barrow.

Enquanto comia croissants e *pains au chocolat*, ela contou tudo a eles.

— Precisamos encontrar o quadro da Esmé — explicou Lara, empurrando sua xícara de porcelana.

— Estou procurando esse quadro há vinte anos — retrucou Barrow, irritado.

— E a Lara descobriu dois deles em algumas semanas. — Gaston tomou um gole de expresso. — Aposto que ela vai conseguir achar o último.

Barrow anuiu.

— Imagino que o Émile tenha dito a Cecile que jogou o quadro da Esmé fora por vergonha, mas duvido que o tenha destruído — revelou Lara.

Ela sentia a dor de Cecile dentro dela, o fardo de carregar outro ser. Sentia pontadas de melancolia ao ouvir o nome de Giroux sendo mencionado pelo grupo. Lara percebeu que as emoções eram de Cecile, mas tinham passado a ser dela também.

— Eu concordo — respondeu Barrow. — Nenhum artista destrói suas obras, especialmente se forem boas. Ele devia saber que os três quadros eram especiais.

— Fragonard disse que o pai dele achou *Cecile Cabot alça voo* no lixo — informou Gaston.

— Obras de arte eram comercializadas com frequência no bairro naquela época — explicou Barrow. — O apartamento do Giroux seria um bom lugar para começarmos a procurar, mas, sinceramente, não deve dar em nada.

— A gente achava que essa história toda não ia dar em nada — lembrou Ben. — Lara e eu vamos tentar ir ao antigo apartamento dele.

— Vou ver que outros quadros foram comprados e vendidos na época em Montparnasse — informou Barrow, pondo os óculos escuros na cabeça enquanto se levantava da mesa. O dia havia nascido quente e úmido mais uma vez, mas o jeans branco e a camiseta preta de Barrow pareciam descolados e frescos. — Ele pode ter sido incluído em outra venda na época se fosse considerado de pouco valor.

Lara achou que a mãe parecia cansada.

— Você devia voltar para o quarto e descansar. Nós estamos aqui há mais tempo e já nos acostumamos com o fuso horário.

— Só quero que você tome cuidado — disse Audrey, tocando no braço de Lara.

— Vamos tentar visitar alguns pontos turísticos. — Gaston pegou a mão de Audrey. — Me deixe mostrar a *minha* cidade natal a você.

— Vou cuidar dela, Audrey — lembrou Ben.

— Você só vai me acompanhar — retrucou Lara, colocando sua bolsa trespassada por sobre a cabeça. — Sei cuidar muito bem de mim mesma, obrigada.

Ben e Lara pegaram um táxi para o antigo apartamento de Émile Giroux em Montparnasse, a apenas algumas quadras de onde haviam jantado na noite anterior. Lara não precisou consultar o mapa para encontrar o endereço. Cecile sabia o caminho até a rua Delambre. Enquanto abria a porta do saguão, Lara sentiu a dor de Cecile, especialmente quando olhou para o alto da escada, para o segundo andar e a porta *dele*. *Eu queria voltar à casa dele…*

— Você está bem?

Lara ficou chocada ao se ouvir. Esquecera-se de que não estava sozinha.

— Oi? — Ben pareceu perplexo. — Estou bem.

— Claro que está — disse Lara, retomando o controle.

Cecile não respondeu e Lara sentiu uma pontada de pena por ela.

A construção não estava em boas condições. Lara imaginou que a escada bamba não devia ser consertada desde a época em que Giroux morava ali. A velha madeira ainda estava bonita, mas danificada pela falta de cuidados. O piso preto e branco quadriculado era novo, mas barato. Tudo naquele prédio residencial parecia tão substituível quanto na época em que Giroux morava ali.

Ben bateu na porta do apartamento térreo.

Depois de certo tempo, uma mulher mais velha atendeu a porta. Seu cabelo era vermelho, quase roxo, mas as raízes brancas eram visíveis e ela usava um agasalho Adidas preto.

— *Bonjour* — cumprimentou Lara. Ela deixou Cecile falar em seu lugar, em um francês perfeito: — Você é a proprietária?

— *Oui* — respondeu a senhora.

Ela cruzou os braços, na defensiva. Tinha unhas vermelhas brilhantes.

— Você sabe de quem era este imóvel?

Lara olhou para trás da mulher, para o apartamento. Estava bagunçado, e era possível ver que as paredes estavam cobertas por obras de arte de diferentes períodos e estilos. Os tons pastel dos impressionistas pareciam ter uma parede própria sobre um sofá de veludo cor-de-rosa.

— Meu pai — respondeu a mulher, fechando um pouco a porta para bloquear a curiosidade de Lara. — E minha avó antes dele. Temos o imóvel há mais de oitenta anos. Por quê?

A mulher olhou de Ben para Lara, desconfiada.

— Estou procurando um antigo quadro de um circo. É uma pintura diferente, de um domador de leões, que exibe uma mulher. O artista que o pintou chegou a morar aqui. Achamos que poderia haver uma chance de o quadro ter sido deixado no imóvel.

— Está dizendo que nós o roubamos?

O tom de voz da mulher aumentou quando ela apoiou o braço no batente da porta, em uma postura desafiadora.

— Não, não mesmo — respondeu Lara. — O pintor morreu. Nós achamos que o quadro pode ter ficado com a proprietária do imóvel na época ou com um dos vizinhos.

— É valioso?

A mulher já pensava no dinheiro.

— *Oui* — confirmou Lara. — Muito valioso. Você teria um porão ou um sótão?

— Pergunte a ela se os alemães pegaram alguma coisa durante a guerra — murmurou Ben, enfiando as mãos nos bolsos e mudando o peso do corpo de um pé para o outro.

A mulher entendeu o que ele perguntou e balançou a cabeça.

— Os alemães nunca nos incomodaram. Não tenho nada parecido com isso.

Ela começou a fechar a porta, mas Lara foi mais rápida.

— Ele é muito valioso — repetiu, entregando o cartão de Barrow a ela. — Este senhor trabalha na Sorbonne e pode ajudar. Só estamos tentando encontrá-lo. Vão pagar pelo quadro.

A mulher olhou para eles desconfiada e fechou a porta. Enquanto saíam do prédio, Ben colocou os óculos escuros.

— Ela está mentindo.

— Como você sabe?

— É o meu trabalho. — Ele pisou na calçada e analisou o prédio. — Acha que estamos tentando roubar alguma coisa dela, então não quer nos contar o que sabe.

— Eu pensaria o mesmo — admitiu Lara. — Se alguém viesse à minha casa dizendo estar procurando um quadro, eu teria ligado imediatamente para você.

Ben apontou para o café do outro lado da rua.

— Se minha intuição estiver certa, ela vai fazer alguma coisa. Vamos ficar ali, escondidos, e ver o que acontece.

— Sério?

Lara olhou para a porta fechada.

— Sério — respondeu Ben.

Depois de alguns minutos, eles encontraram uma mesa do lado de fora e pediram água e dois cafés com leite.

Ben se acomodou na cadeira e a girou para observar o prédio.

— Acho que eu poderia me acostumar com isso — refletiu, tamborilando na mesa e inclinando o rosto para o sol.

Ele usava uma camisa branca com as mangas arregaçadas e bermuda cargo. Imediatamente voltou a dobrar as mangas da camisa.

— É bom saber que suas camisas engomadas chegaram intactas — provocou Lara, ajustando os próprios óculos escuros.

Ela fixou o olhar no imóvel, adicionou açúcar ao café com leite e mexeu com uma colherzinha. Como alguém estava tentando matá-la, ela se viu procurando alguma versão da mulher de rabo de cavalo. Acomodando-se na cadeira de vime parisiense, ela resolveu bater papo com ele.

— Então esta é a primeira vez que você vem a Paris?

— *Oui*. — Ele riu, tentando pronunciar sua primeira palavra em francês. — Minhas camisas engomadas e eu não viajamos muito, só para a Jamaica e para as Florida Keys.

Do outro lado da rua, a porta se abriu e a mulher surgiu do prédio, andando como se tivesse o joelho machucado. Ela havia colocado óculos escuros e tênis e parecia ter passado batom.

— Olhe só... Lá vai ela — disse Lara. — Vamos segui-la?

— Vamos.

Ele sorriu.

— Vá sem mim — pediu ela enquanto acenava para a garçonete.

Ben pareceu relutante, mas Lara fez sinal para que ele se mexesse, então ele se levantou da cadeira e foi atrás da mulher. Lara viu que ele só havia andado até o fim da quadra. Depois de pagar a conta, ela se juntou a ele e os dois se esconderam atrás de uma das árvores do amplo boulevard. A mulher bateu em uma porta a uma quadra da própria casa.

— Ela não andou muito — percebeu Lara. — Por que não ligou?

— Porque ela quer *ver* o quadro.

Ben ergueu um mapa e fingiu analisá-lo com atenção.

Um homem vestindo camiseta da seleção brasileira de futebol atendeu. Depois de trocar algumas palavras, ele e a senhora fecharam a porta e ficaram dentro da casa por cerca de vinte minutos. Então a mulher ruiva surgiu, cruzou os braços e voltou correndo para a antiga casa de Émile. Ben e Lara tiveram que correr à frente dela para não serem vistos.

Ben anotou o endereço em um pedaço de papel.

— Vamos pedir que o Barrow descubra quem mora aqui. Aposto que o quadro está em uma dessas duas casas. Eles só não sabiam que era valioso.

— Mas como podiam não saber? — Lara colocou as mãos no quadril e andou de um lado para o outro da rua antes de juntar os longos cabelos e prendê-los com um elástico. — Montparnasse era cheia de pintores famosos. Um quadro velho faria qualquer um pelo menos considerar.

Sair de lá sem nada a deixou um pouco decepcionada. Ela suspirou, frustrada.

— Você não achou que fôssemos simplesmente entrar lá e sair com um quadro, achou, Nancy Drew?

Ele estava achando aquilo divertido.

— Não... — Mas o rosto dela a denunciou. — Achei — admitiu, abanando-se com a mão.

— Pistas não funcionam assim. A gente planta a semente. Confie em mim. Iniciamos alguma coisa aqui.

Lara sorriu e olhou para ele.

— Você é brilhante para um policial sem crime para combater.

— Eu sei — respondeu ele, rindo. — Aonde vamos agora?

Não foi Lara que respondeu, e sim a voz em sua cabeça.

Podemos ir até a rua Mouffetard?

— Talvez a gente possa ir até a rua Mouffetard — sugeriu, ecoando a voz.

— Até a feira? — Ben deu de ombros. — Lógico.

Os dois passaram o dia visitando os lugares a que Cecile costumava ir. Lara se sentiu como uma guia turística, notando a onda de alegria de Cecile ao voltar a cada local. Ela sentiu a decepção quando visitaram Les Halles, o mercado de que Cecile se lembrava, que já não existia mais. Apesar do dia mágico, ela não parava de olhar para trás nem de procurar por alguém misturado à multidão que pudesse ser Esmé.

Mais tarde, o grupo se reuniu em um pequeno restaurante, o Drouant, perto da Ópera de Paris, para um último jantar. A noite estava quente, mas uma tempestade ameaçava cair, então eles escolheram uma mesa sob o toldo bege e torceram para que desse tudo certo. Gaston pediu uma garrafa de Meursault e um Syrah do norte do Rhône para começar.

Em uma semana, Lara havia ganhado certo apreço por Gaston e Barrow. Sentia uma profunda sensação de vitória pelo que eles haviam descoberto juntos. Althacazur tinha prometido respostas a ela. Fora fiel à promessa, mas uma tristeza inegável começava a se instaurar em seu interior.

Havia conseguido as respostas que queria. Todd estava morto. Depois de todos aqueles anos, agora entendia sua magia, e a gravidade de suas origens pesava sobre ela. Lara e a mãe eram parte daemon. Ela voltaria para casa e conseguiria trazer Esmé de volta ao Cirque Secret ou morreria tentando. E, caso a minúscula probabilidade de conseguir se realizasse, Lara havia aceitado, embora com relutância, se tornar patronesse do Cirque Secret, que provavelmente ficava no oitavo círculo do Inferno, para toda a eternidade. Era a escolhida mesmo.

Olhando ao redor da mesa, ela decidiu que ia saborear tudo naquela noite. Tinha se sentado ao lado de Barrow, então contou a ele cada detalhe do circo. Ele ficou animado, mal parando para pedir um cordeiro recheado com salada de ervas Vadouvan.

Ben Archer se sentara do outro lado da mesa, diante de Lara. Ele era seu maior arrependimento: queria mais tempo com ele.

Por fim, Barrow ergueu sua taça de vinho.

— Às mulheres do Circo Secreto.

Todos brindaram.

Mais tarde, Audrey adormeceu e começou a roncar levemente. Lara continuou acordada.

— Será que ele vai mudar de ideia? — Ela sussurrou a pergunta para Cecile. — Vou ter que passar a eternidade no circo?

Ele não muda de ideia, Lara. Sinto muito.

— Você pode ir dormir ou alguma coisa assim? Tem uma coisa que preciso fazer.

É lógico.

Lara saiu do quarto silenciosamente, desceu o corredor e achou o quarto 504. Bateu na porta, e Ben Archer abriu. Não pareceu nada surpreso.

Lara estendeu duas taças de vinho do hotel e uma minigarrafa de champanhe.

— Esta garrafinha de champanhe custa cinquenta dólares e eu vou bebê-la.

— Ninguém avisou que é melhor não beber vinho?

— Estamos na França, Ben — sussurrou ela. — Aqui a gente pode beber vinho.

— Para alguém que está em perigo, você está andando demais desacompanhada. Sua mãe sabe que você está aqui?

Ele escancarou a porta.

— Você não acabou de falar isso para mim...

Ele não tinha fechado as cortinas e o pátio da Opéra-Comique estava iluminado. Havia skatistas e casais de namorados nos degraus próximos à bilheteria. A vista era magnífica. Ela ouviu a rolha saltar e o som de bolhas caindo em uma taça.

— Não consigo me convencer a fechar a cortina.

Ele se aproximou e parou atrás de Lara, sem tocá-la.

— Eu já contei a você de onde veio meu amor por homens de uniforme?

— Eu nem sabia que você *tinha* certo amor por homens de uniforme.

— Do delegado Brody, de *Tubarão*.

Ela riu.

— As camisas dele não são tão bem engomadas quanto as minhas.

— Não. — Lara se virou para encará-lo. — Não são.

Ben entregou a taça de champanhe a ela.

— Eu achei que você tivesse morrido. Quando vi sua mãe descer o corredor chorando, por um minuto imaginei minha vida sem você.

Lara o beijou com vontade.

Por fim, ela se afastou. Havia algo urgente de que ele precisava saber. Tanto naquele instante quanto por causa do futuro.

— Não sei em que estado eu me encontrava, mas o Todd veio até mim. Estava sentado no carro dele e me pediu para acompanhá-lo. Eu percebi que era uma escolha. — Seus olhos se encheram de lágrimas. — Mas falei que não podia ir.

Com as luzes de Paris iluminando o rosto dele, Lara olhou para Ben.

— Eu sei agora que voltei por você.

PARTE 3

O SEGREDO DE ESMÉ

31

DE VOLTA À SUA VELHA CAMA na fazenda em Kerrigan Falls, Lara tinha dormido profundamente. A absorção de Cecile ainda exigia muito de seu corpo. No entanto, a voz dentro dela estava quieta desde que haviam saído de Paris.

— Você ainda está aí?

Nada.

Era tentador pensar que tudo havia sido um sonho, mas o desejo de ir até Montparnasse e a feira da rua Mouffetard no último dia não tinham sido dela. Havia pequenos sinais de que ela não estava sozinha em seu corpo e de que Cecile estava observando o mundo, depois de ter partido dele mais de 75 anos atrás.

Daquela vez, não houvera dúvidas de que ela ficaria na fazenda. Desde que voltara na semana anterior, Audrey não parava de demonstrar preocupação com a filha. Ela havia saído para fazer compras e Lara não duvidava de que sua mãe estivesse comprando lascas de chocolate, pierogi e pastrami de peru — seus aperitivos favoritos. Caren ia se encontrar com elas e as três iam assistir a filmes antigos de Hitchcock e comer pipoca. Ela percebeu que o coração de Cecile havia acelerado ao ver Audrey e Lara juntas. Sua neta e sua bisneta, seu legado.

Como uma guia turística, Lara visitara o antigo cemitério de Kerrigan Falls para mostrar o túmulo de Margot e a lápide marcada com CECILE CABOT, que, na verdade, era o local de descanso final de Sylvie. Lara achou que Cecile ia gostar daquilo.

— Ela queria que você continuasse vivendo — disse Lara em voz alta para a voz dentro dela.

Sylvie tinha sido a única conexão viva entre elas. As duas a haviam conhecido e amado.

— O que aconteceu com ela? — perguntou Lara, por fim. — Vi você e a Margot no Cirque Secret, mas não a Sylvie.

Como Sylvie era humana, ela morreu normalmente. Não estava atrelada ao circo como nós. Somos metade daemon, então vamos voltar a ele. Você também vai voltar para ele, para Althacazur, no circo.

— Então vou acabar no Cirque Secret de uma forma ou de outra — respondeu Lara para a voz, certa de que não estava sozinha. Ter alguém, mesmo uma voz incorpórea em sua cabeça, para compartilhar aquele segredo o tornava suportável. — Você não pode me contar a aparência da Esmé?

Só posso descrevê-la para você.

— O quadro — disse Lara. — Você não pode compartilhar suas lembranças comigo?

Não. Infelizmente, não posso. Mas, se eu a vir, vou avisar a você.

— Então vamos simplesmente esperar por ela? — perguntou Lara.

Althacazur não passara nenhum plano para as duas. Elas haviam apenas sido reunidas para a batalha.

Ela vai nos encontrar, Lara. Seja paciente e aproveite o tempo que tiver aqui.

<hr />

Na manhã seguinte, o som das persianas de seu quarto se abrindo acordou Lara de um sono profundo. Erguendo a cabeça, ela viu o sol da manhã iluminá-la.

— Ai, meu Deus — gemeu. Em algum lugar ao longe, ouviu um galo cantar e o som de um trator ligando. — Que merda é essa?

Audrey estava parada, os braços cruzados.

— Vamos fazer geleia hoje. Está na época das frutas vermelhas.

Lara cobriu a cabeça com o travesseiro.

— Não vou fazer geleia hoje, mãe. Vou dormir e depois a Caren vai vir para cá.

Sua mãe levantou o travesseiro, expondo o rosto de Lara ao sol.

— Os mirtilos brotaram no último fim de semana. Preciso de ajuda antes que fique quente demais.

Audrey bateu palmas e, como se tivessem combinado, Lara sentiu uma batida firme na barriga enquanto o welsh terrier da mãe, Hugo, olhava para ela e farejava sua orelha.

Hugo tinha o mesmo nome do apanhador do diário de Cecile. O peludo Hugo também era um ótimo apanhador... de bolas de tênis. Embora colher frutas vermelhas fosse, realmente, uma de suas atividades favoritas, colher maçãs no outono o encantava ainda mais. Ele confundia as maçãs com bolas e costumava ser visto babando sobre as cestas de madeira repletas de maçãs frescas, uma ou duas marcadas por seus dentes. A maior parte das maçãs com mordidas de Hugo tinha que ser descartada quando elas preparavam tortas.

— Sério, Hugo? Por que você sempre fica do lado dela? Os menores são sempre os que causam problemas. — O terrier inclinou a cabeça e entrou embaixo das cobertas. — Cadê os outros?

— A Penny e o Oddjob não gostam de colher frutas vermelhas, como você sabe. Mas o Hugo vai com a gente — acrescentou a mãe, como se houvesse alguma dúvida sobre a participação dele.

Para cães, Oddjob e Moneypenny não gostavam de fazer muita coisa além de protegê-la. Eles não saíam do lado de Lara desde que ela havia voltado de Paris, e ela ficou surpresa ao descobrir que eles não estavam na cama.

Lara pôs os pés no chão e viu a mãe parada à porta, os braços ainda cruzados. Ela afastou o edredom e se livrou das cobertas emaranhadas.

— Está travada nessa posição, mãe?

Audrey riu, deixando escapar um ronquinho, e saiu do quarto. Lara ouviu os sapatos da mãe nos degraus, seguidos pelas patas frenéticas de Hugo, que corria atrás dela. Audrey chamou da escada:

— Vamos!

Ela vestiu uma calça e um moletom cinza com zíper e prendeu o cabelo em um rabo de cavalo enquanto procurava os óculos escuros. Eram sete da manhã e o bosque estaria frio. Além disso os mosquitos praticamente comiam pessoas vivas em alguns dias. Ela desceu as escadas como um zumbi, pegando uma xícara de café. Então saiu para pegar o trator.

Audrey tinha o cabelo preso em um rabo de cavalo justo e usava óculos Wayfarers de armação tartaruga. Cheirava a repelente e protetor solar recém-aplicados. Dando partida no velho trator John Deere empoeirado, Audrey passou a marcha, fazendo o ritmo da máquina competir com o do trator mais novo, que trabalhava no campo seguinte. Ela o conduziu pela estrada varrida pelo vento, passando pelos poços de petróleo e entrando nos bosques. Lara, com Hugo nos braços, vinha atrás em uma carroça puxada pelo trator, com baldes vazios a seus pés.

Seu avô, Simon Webster, tinha sido o primeiro a levar Lara aos arbustos selvagens de mirtilo, situados no limite da fazenda. Ele mostrara a ela onde os arbustos mais cheios ficavam escondidos. Contrariando qualquer expectativa, Simon fazia ótimas geleias e tortas. Ele a havia ensinado a abrir a massa e sempre fazia enroladinhos de canela com as sobras. À medida que a estrada se curvava, passando pelos poços, a casa desaparecia de vista. O trator roncou e bateu em uma ponte de madeira sobre uma pequena nascente enquanto seguiam para a floresta densa. O sol já estava alto, aparecendo em meio a certos galhos de árvores e brilhando em partes dos cabelos dourados de Audrey.

O trator diminuiu a velocidade o suficiente para que Lara saltasse e fosse inspecionar a maturação das frutas. Lara e Audrey pegaram seus baldes gigantes e se aproximaram, com Hugo latindo à frente delas. O sol iluminava pedaços de terra ao redor, e a quietude era bem-vinda. Depois que Lara abriu caminho pela vegetação densa, o aroma forte dos cachos de frutas roxas ao sol a atingiu antes de ela ver as ricas folhas verde-claras dos arbustos. Ninguém nunca sabia em que condição as frutas estariam, e aquilo já era metade da diversão. Se Simon nunca os tivesse mostrado à neta, Lara sempre teria ignorado aqueles arbustos. Avaliando o bosque, ela começou a colher os mirtilos, que caíam na cesta com baques fortes.

Audrey cantarolava o que Lara sabia ser uma música de Hank Williams, "Your Cheatin' Heart" — uma de suas favoritas. Ela logo passaria para Patsy Cline, já que não conseguia fazer melismas. No meio da música, ela parou de cantarolar.

— Você se arriscou demais em Paris. Sabe disso.

A voz de Audrey soou direta e rude e ela parou de colher as frutas de forma abrupta.

Lara não podia ver o rosto da mãe.

— Eu sei.

— Quase enlouqueci de tanta preocupação — continuou Audrey, a voz calma e comedida. — Você sumiu por *três dias*. Disseram que estava desidratada e febril quando foi encontrada, caída diante de um bistrô. — Os arbustos balançaram quando Audrey os puxou, arrancando as frutas maduras dos galhos. — Vai me contar o que aconteceu?

— Eu não achei que tivesse ficado tanto tempo fora. Achei que tivessem sido só algumas horas. — Lara mexeu nos arbustos sem muito entusiasmo, sentindo que precisava de outro café. — O lugar era indescritível.

— Bom, tente.

Lara estudou uma folha com uma joaninha em cima.

O arbusto sacudia, já que Audrey colhia as frutas do outro lado. Então houve uma pausa. Os arbustos de mirtilo ficaram parados enquanto sua mãe pensava.

— Quando tinha seis anos, eu o vi no campo pela primeira vez. Ele estava com uma mulher. Com a sua mãe, a Margot. Ficaram discutindo se eu era "a escolhida". A Sylvie me pediu que nunca contasse a ninguém.

— Você devia ter me contado — reclamou Audrey.

— Eu sei que devia, mas a Sylvie... Bom, a Cecile... Quem quer que fosse... disse especificamente que eu não podia contar a ninguém. Além disso, no dia em que você me ensinou a fazer o feitiço, eu devia ter contado que ele tinha aparecido no baile da noite anterior.

— No baile do *Rivoli*?! — gritou Audrey, afastando os arbustos para poder ver o rosto de Lara.

— Ele disse que eu tinha que ir a Paris. Se fosse, ele me daria respostas sobre o Todd.

Audrey riu e balançou a cabeça.

— Claro, ele nunca faria nada sem receber alguma coisa em troca. Falei que não queria nada dele. Eu queria que a gente fosse normal.

— Ele chamou *você* de espertinha.

— É mesmo?

Lara pôde ouvir o desprezo na voz da mãe.

— Ele honrou a parte dele do acordo — revelou, arrancando cachos de frutinhas azuis maduras, liberando o aroma delas ao retirá-las dos galhos.

Como fazia aquilo havia anos, ela era rápida. Lara jogou as frutas em seu balde, tirou duas cadeiras do trator e as desdobrou.

— Só eu e você estamos aqui, então posso perguntar uma coisa? — Lara havia decidido manter em segredo o fato de Cecile estar escondida dentro dela. — Você leu os diários da Cecile?

— Li.

— No circo, eu descobri que a Esmé gosta de matar os homens que amamos... É uma espécie de vingança contra a Cecile. Ela começou com o Émile. Então vieram o Desmond, o Peter e o Todd. — Lara se abaixou para pegar uma folha de grama e deixou o último nome no ar. Não queria estar olhando para a mãe quando perguntasse o que sabia que teria que perguntar. — Você quer me contar alguma coisa sobre o Peter Beaumont?

Lara afastou os arbustos e viu que a mãe olhava para o sol que surgia por entre as árvores. As cigarras, a trilha sonora dos verões da Virgínia, surgiam e ressurgiam. Audrey parecia estar absorvendo tudo — a história, o sol — como se fossem coisas preciosas. Era uma paisagem muito pacífica, as colinas muito verdes e frescas.

— Ele e o Jason faziam parte da mesma banda. Eram melhores amigos. Conheci o Jason primeiro, mas, quando o Peter entrava em algum lugar... — Ela fez uma pausa, perdida em pensamentos. — Nunca amei ninguém daquela maneira, Lara. — Ela olhou para a filha. — Nunca. — Audrey respirou fundo, como se precisasse daquilo para continuar. — Mas o Peter era um andarilho, indomável. Tipo o Todd.

Audrey parou para que a filha entendesse. Como se descascasse uma cebola, Lara viu um lado de sua mãe que nunca havia imaginado. A mãe tirou alguma sujeira do short. Lara tinha certeza de que não havia nada lá. Audrey estava apenas procurando algo para fazer enquanto contava sua história, uma que havia escondido muito bem de todos.

— Eu sabia desde o começo que ele era livre. No verão daquele ano, formamos um certo triângulo: Jason, Peter e eu. Mas eu sabia que eles iam para Los Angeles depois do Dia de Ação de Graças. E que eu ia ficar aqui. — Por fim, Audrey pôs as mãos no quadril. — Faz muito tempo que eu queria contar isso a você, desde sempre, mas não queria estragar nenhuma parte do seu relacionamento com o Jason. Você sempre se agarrou a ele com tanta força... O Peter é seu pai biológico, Lara. Não o Jason. Um dia antes de ele desaparecer, contei ao Peter que estava grávida. Sinceramente, quando ele desapareceu, achei que ele tivesse apenas ido embora. Como você, eu fiquei confusa. E, até o Todd desaparecer, acho que parte de mim sempre pensou que o Peter tinha fugido para evitar a responsabilidade. A gente não sabia o que pensar. O Jason e eu ficamos arrasados. A polícia foi chamada, é claro, mas eles sempre acharam que o Peter tinha apenas ido embora. A mãe dele os pressionou por anos e acabou conseguindo que ele fosse declarado morto no início dos anos 1980.

— Vocês não acharam que tinha sido tipo o Desmond Bennett? Ninguém fez as contas?

Audrey riu.

— Você não tem ideia de como era na época. O Simon e a Cecile nunca queriam falar sobre minha mãe. Agora, sabendo o que você me contou, acho que foi o desaparecimento do Desmond, junto com o Althacazur, que fez minha mãe enlouquecer. Tenho certeza de que ele não ajudou.

— Por que vocês não me disseram que o Peter era meu pai?

Audrey baixou os óculos escuros e olhou nos olhos da filha.

— Eu nunca contei ao Jason. Não vi nenhuma razão nisso. E ainda não vejo.

Lara respirou fundo. Jason Barnes não era o pai biológico dela. Para piorar, ele nem sabia disso. Lara se agarrava a certas coisas quando o assunto era sua identidade. O fato de Jason Barnes ser seu pai era uma delas. Ela achava que havia herdado o talento musical dele, mas não tinha sido dele, e sim de Peter Beaumont. Então se lembrou do modo como ele havia olhado para ela quando tocara a música de Peter. Como se tivesse visto um fantasma.

— Tem certeza? — Lara também desabou na cadeira. — De que ele é meu pai?

— Você já viu alguma foto do Peter? Bom, todo mundo dizia que ele e o Jason pareciam irmãos, mas eu achava isso um exagero. *Você* se parece com o Peter.

Ela tinha visto aquela foto. A que Jason mostrou a ela quando os dois estavam na estação de rádio. Algo em Peter a atraía, mas, para ela, era o fato de ele ser escolhido como ponto focal por quem quer que tivesse tirado a foto. Ela estava errada. Era outra coisa: certa familiaridade.

Audrey se levantou e começou a puxar um arbusto com raiva, fazendo as frutas caírem pesadamente no balde.

— Não acho que seja meu papel contar a ele, mas *você* deveria — sugeriu Lara.

Ela se juntou à mãe, já que as duas precisavam mudar de assunto.

— Acho que tanto eu quanto o Jason tentamos seguir a vida do nosso jeito. Acho que ele sabe, de certa forma, mas também amava o Peter. Basta olhar para você. Não consigo imaginar que ele não saiba a verdade — explicou Audrey. — Nenhum dos dois podia continuar vivendo sem ele, então você preencheu o vazio.

— Até eu não poder mais.

Audrey se virou para ela.

— Até ser injusto pedir que você fizesse isso. A verdade é que o Peter teria sido um péssimo pai. Eu nunca o teria impedido de ir para Los Angeles. Era o sonho dele, mas nunca foi o do Jason. Quando contei a ele que estava grávida, ele pareceu encontrar um propósito em você. Se o Peter tivesse sobrevivido, as coisas teriam sido muito diferentes. Eu amava o Peter, mas, no fim, você teve um pai melhor.

— Mas você se acomodou. Você mesma disse isso.

Audrey ficou em silêncio, imóvel.

— O desaparecimento do Peter quase acabou comigo. Fiz o melhor que pude.

Lara olhou para seu balde. Estava cheio. Ela se aproximou da mãe, aquela criatura misteriosa que sempre pareceu muito maior do que a vida, muito comedida. Lara começou a ajudá-la a levar os baldes até o trator. Ela voltaria para casa e ajudaria a mãe a fazer geleia. Colocaria tudo em pequenos frascos de vidro, os selaria bem, depois colocaria rótulos e datas. Lara se sentou ao volante do trator. Todo mundo tinha seus segredos e motivos para mantê-los.

Perdoe sua mãe, Lara. O segredo dentro dela estava certo.

Quando voltaram para a casa, Lara conferiu seus e-mails. Havia um de Edward Binghampton Barrow com o assunto: URGENTE! *Terceiro quadro encontrado!*

Gaston et Lara:

O quadro *Sylvie sobre o cavalo* foi publicado no *Le Figaro* deste fim de semana, com um artigo sobre Émile Giroux e os três quadros. Nós achamos o terceiro, o da Esmé! Por causa de toda a propaganda em torno das pinturas, recebemos uma ligação da proprietária do antigo prédio do Giroux. Ela alegou ter um quadro no sótão que combinava com a descrição da terceira pintura desaparecida, *Esmé, a Domadora de leões*. Micheau e eu fomos vê-lo hoje. Fico muito feliz em atestar que é verdadeiro. Anexei uma foto!

Lara clicou no anexo e sentiu o sangue se esvair de seu corpo.

32

QUANDO VOLTOU À DELEGACIA, Ben descobriu que havia perdido três ligações de Doyle, mas não tinha nenhum recado por escrito. Ele odiava quando Doyle fazia aquilo. Também tinha recebido dois e-mails de Kim Landau. Ficou olhando para as mensagens, mas não conseguiu se convencer a abri-las.

Havia uma pilha de correspondências na qual tinha que mexer, principalmente propagandas — delegacias recebiam uma tonelada de panfletos. Enquanto jogava folhetos de promoção no lixo, ele olhou para seu quadro. Tinha pedido a Doyle para levá-lo de volta ao porão, mas seu assistente nunca seguia ordem nenhuma. Lara havia dito que Todd, Peter e Dez estavam todos mortos e que não fazia mais sentido procurá-los. Ele pensou em tirar as tachinhas que prendiam as anotações e fotos, mas descobriu que ainda não tinha coragem de desmontar o quadro.

Então algo chamou sua atenção. A foto de Peter Beaumont estava pendurada no quadro havia quase um ano, mas naquele dia ele notou algo. Estava tão ocupado pensando no sujeito da foto que nunca pensara na foto em si. Soltando-a da tachinha, ele a virou, passando o dedo pela borda.

Ben digitou o celular de Doyle.

— Oi, chefe.

Ben ouviu o som de um videogame ao fundo. Doyle devia estar em casa.

— O que era tão urgente? Você me ligou três vezes. Podia ter simplesmente deixado um bilhete.

— Achei que era uma coisa que eu devia contar pessoalmente.

— Então por que você não está aqui? Pessoalmente?

Ben odiava aquele tom em sua voz, mas Doyle o tirava do sério.

— Estou resfriado. Bom, você me pediu para investigar Desmond Bennett.

Um assovio e um palavrão de Doyle indicaram que ele provavelmente perdera outro troll.

— E?

Ben arrumou as coisas em sua mesa. Doyle devia ter se sentado ali porque tudo estava fora do lugar. Ele imaginou que Doyle experimentava sua cadeira sempre que Ben saía da delegacia.

— Você não vai acreditar em quem era a noiva do Desmond Bennett.

Ben esperou a resposta, mas ouviu apenas o estalo da linha, seguido pelo ruído do polegar de Doyle batendo forte na barra de espaço.

— Bom, antes de a Margot Cabot se casar com o Simon Webster, ela fugiu com Desmond Bennet, mas, como só tinha 17 anos, a Cecile não quis assinar a permissão para que eles se casassem. Na verdade, foi por causa do desaparecimento do Desmond Bennett que a Margot conheceu o Simon. Ele cobriu a história para o jornal.

— Interessante. Algo mais?

— Tivemos um assassinato enquanto você estava fora.

— O quê? Quem?

— Estou brincando, chefe. Mas eu tive que tirar um morcego de um apartamento na Jefferson Street. Espero que eu não esteja com raiva — brincou Doyle, rindo. — Amanhã já devo estar melhor. — Ele acrescentou: — Ah, e falando em detalhes doidos, pode não ser nada, mas o Desmond Bennett era famoso na época, então muitas notícias foram publicadas sobre ele. Deixei a matéria sobre a morte dele na minha mesa.

Ben se aproximou e pegou o artigo. Desmond Bennett era tão bonito quanto Esther Hurston o havia descrito. Ele pôs a foto de Peter Beaumont ao lado da imagem de Desmond Bennett, procurando semelhanças entre elas. Virando a foto de Peter Beaumont, ele deu um peteleco no papel. E percebeu que a resposta tinha estado na sua frente aquele tempo todo.

33

CONFERINDO O RELÓGIO, ele entendeu o que tinha que fazer. Com as mãos nos bolsos, subiu a colina a pé. Viu a vaga ainda vazia, onde o carro dela ficara a noite toda. Estava vazando óleo. Era um daqueles dias em que parecia que uma tempestade, uma das feias, ia cair. Estava excepcionalmente úmido e Ben percebeu que queria ouvir um estrondo que pudesse esfriar as coisas.

Ele não invadia uma casa havia muito tempo, desde a infância, mas ainda sabia abrir a janela de um porão sacudindo um pouco o vidro. Com alguns golpes estratégicos, a janela cedeu facilmente, como sempre. Ben se esgueirou pela janela aberta e saltou para a secadora. Desceu da máquina e chegou ao piso do porão.

Seus olhos precisaram de alguns segundos para se ajustar à penumbra. Ele não queria acender as luzes, então se aproximou lentamente da área em que sabia ficar a escada. Ben a subiu aos poucos, degrau por degrau. Chegou ao topo e prendeu o fôlego ao perceber que ela podia ter puxado a trava da porta do porão, o que o trancaria ali embaixo. No entanto, ao girar a maçaneta, a porta se abriu tranquilamente para a cozinha. Quando a luz iluminou o porão, ele viu vários grandes sacos verdes e cinza empilhados sobre o piso. Deixou a porta aberta e desceu a escada até encontrar outros quatro sacos industriais de calcário apoiados contra a parede do porão.

Calcário.

Ele subiu as escadas e seguiu na direção do longo corredor que levava ao saguão e à escada. Para a surpresa dele, havia três malas ao pé da escada, um conjunto preto empilhado em ordem de tamanho, a lona demonstrando que estavam lotadas. Se não estivesse certo antes, aquele detalhe incriminador seria prova suficiente de que ela ia fugir.

No entanto, ele precisava ter certeza. Voltando pelo corredor, ele encontrou o porta-retratos exatamente onde se lembrava. O tema da foto era o rio Kerrigan, a curva próxima do antigo moinho onde ele fazia sua reviravolta mais estranha. A foto granulada parecia uma cápsula do tempo criada nos anos 1970, com seu visual de superexposição e pouca saturação. Tirando a foto do arquivo de Peter Beaumont, ele pôs as duas lado a lado. A árvore e o tom da foto... eram iguais. As fotos tinham sido tiradas com apenas alguns minutos de intervalo.

Ele analisou o restante das fotos em preto e branco, todas em molduras foscas. Uma foto antiga de um derby de demolição o fez parar de repente. Olhando atentamente para a imagem, ele pôde ver um carro com o início de um número pintado na porta. O veículo devia ser de 1943. Ben pôs a foto do carro de Desmond Bennett publicada no jornal ao lado do quadro. As duas imagens combinavam. As fotos haviam sido montadas como uma parede de troféus.

Enquanto analisava as fotos de Des Bennett e Peter Beaumont, percebeu que a semelhança não estava nos homens, e sim na fotógrafa.

Em 1938, a avó de Marla, Victoria Chambers, morava naquela casa. Até ali, Ben nunca havia notado que, apesar de todo o amor de Marla pela História, ele nunca tinha visto nenhuma foto de um membro da família dela. A maior parte das fotos da casa era de retratos em preto e branco mais novos, que a própria Marla havia tirado, a não ser por aquele conjunto próximo da escada. Mas, para alguém que adorava fotos antigas — e que dizia ser tão devotada à família —, não havia nenhuma imagem de nenhum parente de Marla. Na verdade, a própria mãe dela tinha acabado de morrer quando ele a conhecera. No entanto, Marla não tinha fotos nem álbuns dos pais. Ele quebrou a cabeça lembrando as maneiras estranhas que Marla evitara tirar fotos de si mesma ao longo dos anos. Fotos do casamento? Não. Eles tinham fugido para casar. Ele se lembrava de ter tirado uma foto com uma Polaroid uma vez. Ela virara a cabeça e não aparecera.

Ben lembrou que os diários de Cecile Cabot diziam que Cecile e Esmé não podiam ser pintadas ou fotografadas. A melhor maneira de não ser o tema de uma foto era ser o fotógrafo. No outro dia, no baile... Será que Marla saíra em alguma foto? Não. No último minuto, ela o puxara para a foto, fazendo com que ele a substituísse.

Rindo, ele percebeu como ela havia sido brilhante. Estava sempre atrás da câmera, nunca na frente dela. Ben se sentiu um grande tolo. Ficou tão encantado ao conhecê-la. Ela era sofisticada! E ele estava tão desesperado para mantê-la a seu lado... Perguntou sobre a mãe dela uma vez, mas ela ficou muito chorosa, então ele não insistiu mais. *Por que eu não forcei a barra? Porque ela era uma donzela em perigo.*

Um barulho estranho o assustou e seu coração disparou. Ele estava prestes a se esgueirar de volta ao porão quando ouviu um trinco se abrir e algo cair. Levou um minuto para perceber que era o carteiro. Olhou para a sala de estar e viu uma pilha bem arrumada de cartas presas por um elástico no chão, em frente à porta, bem abaixo da caixa de correio.

No saguão, ele passou pela pilha de cartas e subiu a escada. Estava se arriscando demais. Se Marla voltasse para a casa, ele ficaria preso no andar de cima, sem ter como sair. Passou pelo quarto dos fundos — o quarto vazio, onde ficara no fim do casamento. O lugar havia sofrido uma transformação. Era como se ela tivesse apagado cada centímetro que Ben tinha tocado. Até a cama tinha sido repintada de branco. As cortinas haviam se tornado azuis, o carpete, azul-marinho, e o quarto ganhara um papel de parede florido tão pesado que lhe teria causado muitas noites insones

— Caramba — murmurou.

Ben desceu o corredor e entrou no quarto principal sem saber exatamente o que estava procurando. A cama estava desarrumada e desfeita, o que também era muito estranho. Ele se sentou na cama e tocou nos lençóis emaranhados. Suas mãos passaram da cama para a gaveta da mesa de cabeceira. Ele revirou algumas coisas. Elásticos de cabelo e marcadores de página. Ben afastou a mesinha da parede. Nada. Levantou o colchão. Nada. De qualquer forma, duvidava que Marla fosse esconder alguma coisa embaixo do colchão, já que ela não era adolescente. Ele foi até a cômoda alta e abriu todas as gavetas, passando a mão por toda a extensão dela. Calcinhas, camisetas, calças jeans e cachecóis. Nada. Viu seu reflexo no espelho do armário e não suportou se ver daquela maneira. Aquilo era loucura.

Ele abriu a outra porta do armário e passou a mão pelo fundo do móvel, nas prateleiras onde Marla guardava seus sapatos. Sapatos, sapatos, um par de botas. Passou pelos suéteres e, no fundo, viu vários dos tênis de corrida dela. Teve que se ajoelhar para passar a mão por trás deles. Sua mão tocou em algo macio. Ele se sentou no chão e pegou um velho tênis. Tentou se lembrar de quando ela havia usado aquele par específico pela última vez. Seus olhos viram algo na ponta do sapato. Ele pôs a mão dentro do tênis e tocou no objeto. Não era *uma coisa*, e sim *várias* — um molho de chaves. No chaveiro, havia um logotipo da Mustang, além de uma velha chave de um Ford e a chave de um jipe. Ele tinha visto a cópia dela no chaveiro de Lara muitas vezes. *As chaves desaparecidas do carro de Todd Sutton.*

— Puta merda.

Ben se sentou no chão e arremessou as chaves como se o tivessem escaldado. Ele não acreditava de verdade que ia encontrar alguma coisa ali. Toda aquela excursão tinha sido um exercício para provar que ele estava errado sobre ela.

Ben se levantou, tomando cuidado para não tocar em nada. O fato de estar pensando tudo aquilo sobre ela o deixava enojado. Eles haviam ficado dez anos juntos. Dez anos. Lógico, ela sabia ser fria e rude às vezes, mas não era uma assassina. E *não era possível* que fosse a filha centenária de um daemon. Ele parou e riu. Apesar de tudo que havia descoberto na França, a ideia de que sua Marla pudesse ser Esmé era uma loucura. *Tenho que estar errado. Preciso provar que estou errado.*

Ele se levantou e olhou pela janela para o pequeno quintal, que se tornara um jardim palaciano desde o outubro anterior. Ela se dedicara plenamente a sua criação: urnas e bancos elaborados, plantas perenes exóticas e arbustos. Até aquele dia, ele nunca havia notado sacos de calcário no porão. Quando estivera no porão pela última vez? Em outubro ou novembro? Ele não havia notado sacos de nada. Aquilo era um detalhe curioso, o calcário.

Perdido em pensamentos, Ben desceu a escada e saiu pela porta dos fundos, onde pegou uma pá. Talvez o único resultado possível de tudo aquilo fosse ele parecer um tolo, mas Marla tinha algumas explicações a dar de qualquer maneira, não tinha? A chave de Todd Sutton estava escondida em um sapato no armário dela. Ele examinou o jardim, tentando imaginar o que ela faria se quisesse enterrar alguém. Olhando para o local em que ela havia posto o banco de cimento que encomendou no outono anterior, ele se aproximou e o empurrou, surpreso com o peso. O comprimento era perfeito e havia sinais claros de que uma camada extra de calcário fresco havia sido misturada às plantas e à terra que o cercava.

Ele não podia imaginar como ela havia feito um buraco fundo o suficiente, mas ele não se concentrara muito naquela casa nem no jardim nas semanas que haviam seguido o desaparecimento de Todd Sutton. Ficara apenas na fazenda Cabot com Lara. Ele cavou rápido, mas logo perdeu o fôlego. A cerca de 1,5 metro do nível do chão, Ben entrou no buraco para ter um ângulo melhor. Depois de muitas levas de terra, a pá bateu em algo que soava como pedra, mas não era. Além disso, arrancou um pedaço de jeans do que parecia ser um cadáver. Ele afastou um pouco de terra e encontrou um tênis Chuck Taylor.

Era *o* tênis. O sapato que Lara havia descrito várias vezes em relatórios policiais. Ele passara a notar aquele tênis em todos os homens desde então e sempre olhava para o rosto deles para ver se estava ligado a um homem que se parecia com Todd Sutton.

Meu Deus! Ben se apoiou no buraco que havia cavado. Ele esfregou o queixo. *É verdade.*

Sem conseguir processar tudo que estava diante dele — as provas físicas e a história fantasiosa que havia lido sobre o circo —, Ben se arrastou para fora do buraco e começou a andar de um lado para o outro.

Quando estava prestes a entrar na casa para ligar para Doyle do telefone da cozinha, ouviu o portão de ferro se fechar.

— O que você está fazendo aqui?

Ela usava calça jeans, uma camisa polo preta da Lacoste e sandálias.

Ben seguiu o olhar dela e o viu parar no buraco que havia acabado de cavar no jardim.

— Eu devia fazer a mesma pergunta.

A mulher estava com as mãos nos bolsos. Seus longos cabelos castanhos paravam abaixo dos ombros, e seus olhos azul-claros brilhavam. Ela era exatamente igual à mulher que ele havia conhecido por muitos anos. Ela olhou para o buraco, sem esboçar reação.

Ben apontou para o túmulo.

— *Porra*, Marla, este é o Todd Sutton.

Ele andou na direção da porta da cozinha.

— Aonde você vai?

Sua voz havia aumentado um pouco, mas nada além disso.

— Vou ligar para o Doyle.

— É melhor você não fazer isso. — Os movimentos dela eram lentos, quase robóticos. — Tem que me ouvir, Ben. Isso é muito importante. — Ela deu um passo em sua direção e ele instintivamente recuou. — Foi um acidente. Você não sabe como Todd Sutton podia ser. Me deixe explicar.

Ben quis ouvir. Quis mesmo.

Ela começou várias frases, mas se interrompeu.

— Vamos entrar.

— Estou muito bem *aqui*.

Marla gaguejou uma explicação.

— Eu tinha terminado com ele. Ele podia ser bem violento. Na tarde do casamento, ele passou aqui em casa, perto de uma hora, querendo voltar. Ele não queria se casar com ela, sabia?

— Todd veio *aqui* — disse Ben, apontando para o chão. — Para esta casa?

Marla pareceu confusa.

— Claro… *Esta* casa. Ele estava tentando me convencer a fugir com ele, mas falei que não. Foi quando as coisas saíram de controle. Ele estava tentando me arrastar para o carro quando o empurrei e ele caiu e bateu a cabeça. Eu entrei em pânico. Não sabia o que fazer, Ben. Foi um acidente horrível. — Ela levou as mãos ao rosto. — Por favor, Ben. Me escute. Podemos apenas cobrir o corpo dele e continuar com nossas vidas como se nada tivesse acontecido. Ben, olhe para mim. — Os olhos azuis de Marla brilhavam, marejados. — Você *tem* que acreditar em mim.

Seu rosto estava tão bonito e esperançoso. Desde que a havia conhecido, Ben memorizara cada linha, sombra e ângulo daquela face. Ele havia adorado aquela mulher, se jogado de cabeça em seu casamento. Como seria fácil acreditar nela e jogar a terra em cima de Todd Sutton de novo, como se nunca tivesse visto nada. Mas aquela explicação era simplesmente ridícula.

Ele respirou fundo ruidosamente, quase como em um espirro.

— Eu *quero* acreditar em você, Marla, mesmo, mas só porque não quero acreditar que fui casado com alguém que seria capaz de fazer *isto*.

Ele não estava mais lidando com um simples assassinato. Se Marla havia feito aquilo com Todd Sutton, então ele não estava lidando com uma mulher mortal.

— O que estou realmente pensando, Marla, é que há homens desaparecendo desde 1944. — Ele esfregou o rosto com a mão, certo de que tinha sujado tudo. — E o carro de Desmond Bennett foi visto pela última vez aqui nesta rua.

— E o que eu tenho a ver com um assassinato que aconteceu em 1944?

— Você não só matou Todd Sutton, mas também Desmond Bennett e Peter Beaumont.

Ela soltou uma gargalhada.

— Você está se ouvindo, Ben? Parece fora de si.

— É mesmo? Apesar de Todd Sutton estar bem aqui, no nosso canteiro? Peter Beaumont provavelmente está ali, embaixo das malditas azaleias, não é? Resgatamos a ficha do caso Desmond Bennett do arquivo. Acabei de saber pelo Doyle que Dez foi visto pela última vez nesta rua, em frente a esta casa.

— E daí? Eu nem tinha nascido ainda.

— Vamos chegar lá. — Ele ergueu o indicador. Sua voz foi ficando mais alta à medida que ele se irritava. — Eu poderia não ter notado esse detalhe sobre Dez Bennett. Afinal, é uma rua grande. Mas tinha a foto do Peter Beaumont. Você foi descuidada, Marla. Há uma foto em nosso corredor do rio Kerrigan por volta de 1974. A outra foto do mesmo dia está no arquivo policial de Peter Beaumont. Eu não parava de pensar que havia algo familiar em Peter Beaumont, mas não era o rosto dele que era familiar, era a foto. Por anos, eu havia passado por uma foto parecida que ficava na parede do nosso corredor.

— Minha mãe tirou aquela foto, Ben. Não tenho a menor ideia de quando ela foi tirada.

— E tem uma do derby ao lado dela. Pelo visual dos carros, eu diria que é de 1943 ou 1944. O que são aquelas fotos? Troféus? Pare com essa merda, Marla! — Ela cerrou os dentes e ele percebeu que estava certo. Então continuou, dramático como um pastor evangélico: — Pensei: não é estranho que a Marla seja tão nostálgica em relação à propriedade da família dela? Mas, meu Deus, nunca vi a *porra* de uma foto de nenhum membro da família dela. Nenhuma. Foi então que percebi. Nunca vi uma foto *sua*. Nem mesmo uma foto do nosso casamento. — Ele riu para si mesmo, como se tivesse acabado de entender a piada mais complicada de todos os tempos. — Então a história toda se encaixou. Não é o dinheiro que impede você de vender nossa casa, são os malditos cadáveres que estão apodrecendo nos canteiros de flores. Você não matou Todd Sutton por acidente. Não me insulte. E vejo que está indo embora. Fugindo, na verdade, não é? Suas malas estão prontas. — Ele olhou para o buraco no chão. — Não posso dizer que não entendo por quê.

Ela estava em silêncio, fervendo de raiva, os braços cruzados.

— Recebi uma ligação de Lara Barnes na semana passada. Ela foi perseguida no cemitério do Père-Lachaise. Naquela segunda-feira, eu acho. Onde você estava, Marla? Se bem me lembro, havia alguns jornais na varanda da frente quando passei. Estranhei, mas não estamos mais casados, então não achei que fosse da minha conta.

— Não que seja da sua conta, mas eu levei um grupo de crianças do Patrimônio Histórico para fazer rafting. Eu te falei isso.

— Onde?

— O quê?

Ela hesitou.

— Onde foi esse passeio, Marla?

— Na Virgínia Ocidental.

— Onde? Eu gostaria de verificar. — Ele pegou o celular. — Quem pode confirmar isso, Marla? Um nome. Me dê um nome e vou admitir que estou delirando. Aposto que, na verdade, você estava em Paris. — Ben se levantou e voltou a entrar na cova. Com uma energia renovada, alimentada pela raiva e pela mágoa, ele começou a cavar furiosamente. — Como você pôde fazer isso? Todos esses anos? Quero ver o que você fez. E quando eu terminar aqui, vou começar a cavar ali. — Ele indicou um grande amontoado de arbustos. — Ou você poderia me poupar do trabalho e simplesmente apontar.

Lágrimas começaram a rolar pelo rosto de Ben a cada montinho de terra que retirava. Ele as secou no braço do casaco e continuou cavando.

Cavou até o corpo de Todd ficar totalmente descoberto. O corpo estava retorcido de um jeito anormal, como se tivesse sido jogado de qualquer maneira na cova. Ben ficou grato por não poder ver o que restava do rosto de Todd, escondido pela massa de cabelos escuros longos e emaranhados. A imagem o deixou enojado.

— Meu Deus... — disse ele, enquanto se arrastava para fora do buraco e vomitava ao lado da calçada de pedra.

Ouviu o som de uma ferramenta elétrica, talvez uma serra, ser ligada duas ou três casas abaixo da deles. Uma casa normal com sons normais. Foi estranhamente reconfortante. E o girar da serra também foi o último som que ouviu antes de sentir uma pontada de dor na nunca e tudo ficar escuro.

Ben acordou e viu que estava com as mãos e os pés amarrados com fita isolante. Marla o arrastava para mais perto da cova, alinhando os pés e o torso dele com o buraco para que fosse mais fácil rolá-lo para dentro. A realidade o atingiu: ela ia enterrá-lo vivo em seu próprio quintal.

Ben começou a gritar. Marla tapou a boca de Ben com a mão e ele a mordeu. Ela puxou a mão de volta e, em seguida, deu-lhe um forte tapa no rosto, fazendo com que sua cabeça já dolorida latejasse. Ela arrancou outro pedaço de fita isolante e o colou sobre a boca de Ben.

— Você acha que sou um monstro. — Ela se abaixou para analisar o trabalho que fizera. — Bom, você não tem ideia do que são monstros, Ben. Eu poderia *mostrar* a você o que são. — Marla se levantou, e Ben ouviu seus joelhos estalarem. — Você me perguntou se matá-los valeu a pena. A resposta é sim. Vivi cem anos. Matar é o que me mantém viva. A cada trinta anos, como um reloginho, eu encontro alguém que queira se sacrificar. — Ela sorriu. — Bom, *querer* não é bem a palavra certa. Ainda assim, posso continuar vivendo com este corpo.

Ela enxugou o rosto e puxou as pernas de Ben na direção do buraco. Ele a chutou e gritou através da fita, mas o som foi abafado pelo zumbido que continuava a algumas casas dali, abafando suas súplicas.

— Esmé.

O nome soou estranho através da fita, mas chamou a atenção dela.

— Sim, Ben. — Marla se ajoelhou ao lado dele, ainda alinhando seu corpo à cova para despejá-lo ao lado de Todd Sutton. Ela indicou o corpo. — Foi fácil trazer o Todd aqui naquele dia. Eu tinha prometido ajudá-lo a encontrar fotos da caminhonete vintage que ele ia dar para Lara como presente de casamento. Impressionante, não acha? — Ela revirou os olhos. — Quando ele estava saindo, bati nele com o peso de porta em forma de leão que compramos na venda de garagem do Vic no ano passado. Você se lembra dele?

O que ele ia fazer? Assentir para dizer que se lembrava da venda de garagem?

— Não preciso escolher um dos amores *delas*, pode ser qualquer homem, mas isso torna o ato mais poético para mim. Sempre vejo o rosto de Cecile quando os mato. Aquela cara de ingênua e idiota. Então ponho os carros deles em Wickelow Bend porque o lugar me lembrava a Floresta Branca. É uma pequena oferenda para *ele*, para que ele saiba que eu também não esqueci.

Ela continuou:

— A questão é que eles, o que eu gosto de chamar de vítimas do meu pai, têm que sangrar. Essa é a regra. — Ela estava de quatro, posicionando o corpo dele, e soprou o cabelo para tirá-lo dos olhos. — Mas você não conta. O feitiço não funciona assim. Vou procurar outro homem daqui a trinta anos. — Ela pensou em uma coisa. — Me desculpe.

Como ele não tinha visto aquilo? Será que ele havia sido tão teimoso que não conseguira ver os sinais? A mulher com quem vivera por dez anos ia jogá-lo em uma cova rasa e fingir estar triste com seu desaparecimento.

Marla cambaleou um pouco, se levantou e, em seguida, desabou no banco de ferro próximo, finalmente olhando para o buraco.

— Você estava certo. Tenho que vender esta casa e sair daqui, voltar para Roma ou Los Angeles e viver de novo. Quis experimentar uma rotina com você, mas não funcionou. — Ela abriu um sorriso triste e olhou para as próprias unhas como se estivesse com medo de ter ficado com terra embaixo delas. Então olhou para o corpo de Todd. — Fico feliz por não podermos ver a cabeça dele. Bati bem do lado, acima da orelha. Talvez o peso de porta tenha ficado *preso* na cabeça dele.

Ela tocou de leve no cabelo para demonstrar sua mira.

— Mas o Peter era diferente. Ah, Peter Beaumont...

Marla fechou os olhos como se saboreasse uma lembrança.

— Ele poderia ter me feito esquecer de Émile se tivesse ficado com ele tempo suficiente. Eu era amiga da mãe dele, mas Peter ficou todo sentimental quando Audrey disse que estava grávida e falou que não podia mais me ver. Era como se Paris estivesse se repetindo. Mas eu me arrependi de matá-lo. Ele sempre pegava o atalho de Wickelow Bend quando ia da fazenda Cabot para casa, por isso estacionei o carro ali, ao lado da estrada. Ele nunca soube o que o atingiu. E o Desmond... Bem, ele era meio babaca. Transei com ele bem ali... — Ela apontou para a treliça voltada para a casa de Victor Benson. — Antes de arrancar seus olhos. Era muito engraçado quando você falava das digitais que haviam sido apagadas. Elas não foram apagadas, Ben. Eu só encantei todas. A coisa toda estava bem embaixo do seu nariz, mas você se recusava a ver a magia.

Ela se levantou e respirou fundo como se estivesse revigorada depois de falar de todos aqueles crimes. Então deu um chute forte no estômago de Ben com o salto da sandália, o que fez seu corpo rolar. Ben caiu por um metro até o fundo da cova, batendo com força no que restava do corpo descoberto de Todd Sutton. Com o impacto, o corpo cedeu, liberando odores pútridos que empesteou o buraco. A cabeça de Ben pousou a centímetros da de Sutton, e seu nariz identificou a decadência pungente. Seus olhos começaram a lacrimejar. Ele se debateu e tentou se erguer para se afastar do cheiro. Marla voltou e encontrou Ben tentando se levantar da cova. A terra irregular o impedia de recuperar o equilíbrio e ele caiu, desta vez diretamente em cima de Sutton. Marla jogou terra no buraco rapidamente.

— Quer que eu apague você? — Ela parou e ficou observando Ben se debater. — Talvez seja mais fácil... e para o seu bem. Eu não preciso do sangue. Não gosto muito dele, especialmente com você, que é um cara legal. Devo isso a você, pelo menos.

— Vá se foder — murmurou Ben pela fita.

— Tudo bem então. — Marla deu de ombros. — Não pode dizer que não demonstrei piedade.

Ela continuou jogando terra sobre os pés de Ben. Ele voltou a se sentar e sacudiu a terra. Rapidamente decidiu não voltar a ficar de joelhos, já que isso daria a Marla outra chance de bater na nuca dele.

Ela deu a volta no buraco, segurando a pá. Estava se posicionando para voltar a bater nele. Ben percebeu que ela ia bater com a parte de metal no alto de sua cabeça, então deu a volta e pôs a cabeça dentro do buraco para que ela não conseguisse um bom ângulo. Depois de vê-lo se debater como uma minhoca por alguns minutos, ela bateu nas costas dele com muita força. Ben caiu de cara na calça jeans gasta de Todd Sutton, já esbranquiçada de calcário, e sentiu a pele e os olhos arderem. Fechou os olhos e se preparou para o golpe que sabia que viria. Marla tinha a oportunidade perfeita para atingir a parte de trás da cabeça dele. Foi então que Ben começou a rir do absurdo da situação. Depois de todos aqueles meses *procurando* por Todd Sutton, ele ia morrer em um buraco ao lado do coitado que desaparecera: os dois, unidos para sempre em uma cova rasa em seu próprio quintal.

A ideia deu a ele uma última onda de energia. Ele provavelmente ia morrer, mas não ia embora sem lutar. Através da fita, ele gritou, mais como um grito de guerra para si mesmo. Então virou o corpo e pôs as pernas para cima. Elas absorveram a força que ela colocara na pá, fazendo-a voar por sobre as pedras. Marla correu para pegá-la de volta. Com a pá na mão, ela se virou de novo... e Ben quase chorou com uma mistura de alegria e medo ao ver Lara Barnes passar pelo portão do jardim, bem atrás de Marla.

34

LARA PAROU ATRÁS DE MARLA, sem saber o que fazer. O lugar todo estava uma bagunça. Ben parecia ter a boca coberta com fita isolante e ter sido empurrado para um buraco profundo. Lara até imaginava o que mais havia naquele buraco com ele.

— Ben! — chamou ela. — Você está bem?

Lara pôde ver em sua expressão que Ben estava preocupado com ela.

— Você veio resgatá-lo? — Marla se virou, sorrindo. — Se foi por isso, chegou bem na hora. — Ela segurou a pá e inclinou a cabeça enquanto observava Lara. — Alguma coisa mudou em você, não foi? — Ficou evidente que Marla sabia que a essência de Cecile havia se juntado à de Lara. — O que o meu pai fez agora? Olá, Cecile.

— Você não mudou nada, Esmé.

A voz de Lara soou direta, mas as palavras não eram dela. Cecile tinha assumido o controle. Depois de dormir por muito tempo, ela havia acordado. Lara se sentiu mais forte a cada minuto, como se as duas estivessem combinando suas forças e magias.

— Vamos dizer que faço um rejuvenescimento de tempos em tempos. Como está aquele velho maldito?

— Não vou fazer uma reunião de família agora.

Marla deu de ombros.

— Prefere que eu o mate rápido?

— Não — disseram Ben e Lara em uníssono, a declaração de Ben saindo mais como um murmúrio.

— Como está o circo? Ainda é uma prisão?

— Você devia ver por si mesma.

— Eu acho que não. Olhe, Lara, vou fazer um acordo com você. Estou ficando cansada de Kerrigan Falls. É tipo o nosso circo: não dá para ficar em um mesmo lugar por muito tempo. As pessoas começam a notar as coisas. Eu cometi o erro de deixar a vingança subir à cabeça, sei disso agora. Tudo o que tem que fazer é se virar e voltar por aquele portão de onde entrou. Prometo que não me verá outra vez. É um acordo inédito e dos bons. Vocês estão se enganando se acham que essa história de possessão vai funcionar. Vocês duas, mesmo unidas, não são tão poderosas quanto eu, especialmente agora que acabei de matar. — Ela fez uma pausa, pensando no que havia dito. — Me desculpe, Lara.

O comentário doeu. Lara se encolheu.

— Parece que você costuma matar homens que não amam você.

— Eu admito, fiquei confusa quando vi que meu pai tinha escolhido você. Então fiquei sabendo que ele estava sendo muito pressionado pelos outros daemons para me levar de volta ao circo, por isso ele precisava que seu soldadinho perfeito me domasse como a um cavalo selvagem. Eu causei certo escândalo entre aqueles velhos idiotas. Os outros daemons acham que nós, cambions, temos que ficar escondidos nas sombras, mas isso nunca fez meu estilo. Nem o do meu pai, já que ele criou um hipódromo gigante e sobrenatural para nos colocar — explicou Marla. — Então como vai ser, Lara?

— Você matou o Todd — disse Lara. — Não dou a mínima para os problemas que tem com seu pai. Todd, Peter, Dez e Émile... Nenhum daqueles homens merecia morrer.

— Não fale de Émile Giroux — disparou Marla. — Você não sabe nada sobre ele. Ele foi o *meu* amor. Meu! Você tinha tudo, Cecile. Você se lembra de como éramos antes de o papai nos separar? Já recuperou suas lembranças agora que está morta?

Cecile ficou em silêncio.

— Me deixe explicar algumas coisas, irmã. Cambions como nós não sobrevivem. Madame Plutard era uma mulher muito gentil e amava muito a nossa mãe. Depois que mamãe morreu, ela concordou em desistir de sua vida e ser nossa babá. Mandou fazer uma cadeira de rodas para nós duas. Todos os dias, até fazermos dez anos de idade, ela nos levava para passear pelo circo naquela cadeira. Você se lembra?

Cecile, dentro de Lara, balançou a cabeça.

— Nós tentávamos andar, mas tínhamos três pernas e nenhuma de nós controlava a do meio. Descobri como pôr peso nela para podermos nos mover com cada uma dando um passo de cada vez com a perna boa e depois usando a perna do meio como uma muleta. Após praticarmos por semanas, cometi o erro de pensar que tínhamos conseguido uma coisa incrível, que finalmente poderíamos andar. Madame Plutard ficou *muito* orgulhosa da gente.

Ela continuou:

— Bom, o Papai chegou no circo. Naquela época, éramos criadas pelo Doro, pelo Hugo e todos eles. O Cirque Secret era um lugar divertido para nós, onde as pessoas nos amavam. A situação sempre ficava tensa quando o papai voltava e nós éramos levadas até ele. Começamos a andar em sua direção. Era para ser uma surpresa para ele ver que podíamos andar. Madame Plutard fez até um vestido de cetim para nós, cor-de-rosa com colarinho de renda, especialmente para a ocasião. Ela alisou nossos longos cachos e colocou laços combinando em nossas cabeças. Todos estavam lá: todos os artistas, Madame Plutard, a Sylvic... Ainda me lembro de quanta alegria sentimos por poder fazer aquilo sozinhas, uma coisinha *ridícula* daquelas.

Marla riu, triste, olhando para o pátio.

— Mas, bom... Ao olhar para ele em busca de aprovação, esqueci de dar meu passo e nós caímos na frente de todos. Você precisa entender a complicação que era quando caíamos. A gente não se movia exatamente juntas, como uma única pessoa, então nos debatemos no chão pelo que pareceu um tempo muito, muito longo. De início, ninguém se mexeu nem um centímetro. Então o Doro e o Hugo vieram nos ajudar e nos puseram de pé enquanto Madame Plutard corria para pegar nossa cadeira. Nunca vou me esquecer da cara dele, Cecile. Está gravada em minha mente para sempre e me energiza. Sinto muito que você não consiga se lembrar porque, se o fizesse, o *desprezaria* como eu. Ele teve nojo das próprias filhas — revelou

Marla. Um choro baixinho surgiu dela e ela parou de falar até conseguir se recompor. — Ele disse à Madame Plutard que, a partir dali, deveríamos ser levadas até ele em uma cadeira, cobertas com um cobertor, como *bonecas em um carrinho*.

Todos ficaram em silêncio. Lara achou a história tão horrível, tão chocante que não conseguia respirar.

— Eu sinto muito, Esmé — disse, a voz embargada. — O que ele fez com vocês foi simplesmente absurdo. Eu sinto tanto, tanto...

— Obrigada, Lara. Eu agradeço — disse Marla. — Logo depois do incidente, ele decidiu nos separar, contra a opinião de todos. Foi uma coisa horrível de enfrentar, Cecile. A dor foi insuportável. — Marla fechou os olhos enquanto seu corpo estremecia. — Mesmo com magia, nós mal sobrevivemos. Você ficou muito mal. Seus gritos foram tão altos que Madame Plutard implorou para que nosso pai tirasse a sua dor e ele o fez. O problema foi que o feitiço exigia sacrifícios, então uma de nós tinha que se lembrar para manter o encantamento. A partir de então, tive que manter a ilusão do Cirque Secret. Mas até eu cometi o grave erro de esquecer que era tudo um feitiço. — Ela fez uma pausa. — Você se lembra de quando ele me mandou para a Floresta Branca, Cecile? Ah, claro que lembra. Você foi fazer fofoca de mim igual a uma fedelha mimada. Sabe o que eles fazem com a gente na Floresta Branca? Não existe nenhuma ilusão lá. Largada ali e separada de você, rastejei de bruços por três dias pelo chão da floresta. Indefesa, tive que me defender contra todo tipo de criaturas. Comi gravetos e chupei folhas. Lembro de me perguntar o que eu tinha feito para que nosso pai me odiasse tanto.

Marla prosseguiu:

— Finalmente, cheguei ao portão do Palace Noir, achando que estaria segura. Eu não sabia na época que os outros daemons desprezavam cambions como nós, então fui torturada. Sofri coisas indescritíveis, até Lúcifer descobrir e acabar com aquilo. Não importa o que digam sobre ele, sempre lhe serei grata. Ele me mandou de volta para o circo e deu uma bronca enorme em nosso pai. Até ouvir as fofocas do palácio, eu não sabia que os outros daemons o odiavam.

— Nunca me perdoei pelo que aconteceu com você.

Lara podia sentir o choro de Cecile, o que fez seu coração disparar.

— Bem, estamos quites. Eu também nunca perdoei você.

A voz de Esmé soava oca. A história tivera um custo caro para todos eles, mas não deixara Cecile com pena da irmã.

Lara podia sentir a raiva de Cecile, misturada com sua vergonha, se aquecendo dentro dela.

— Não foi minha culpa, Esmé — cuspiu Cecile. — Eu não *sabia*. Não foi culpa minha o papai ter posto aquele peso injusto nas suas costas. Você não pode me culpar por algo que eu não sabia. E você está errada sobre o Émile. O papai enfeitiçou o quadro para você se apaixonar por ele. Desisti dele por sua causa.

— Você está errada — rebateu Marla. — Ele teria me escolhido se você não estivesse grávida da Margot.

Marla tinha parado atrás de Ben, e Lara sabia instintivamente o que ela ia fazer: bater na cabeça dele com a pá. Ben também sabia, por isso se debatia e se contorcia, mas, dentro do buraco, ele era um alvo fácil.

— A gente não queria ser separada. Nós imploramos para que ele não fizesse isso. Madame Plutard foi para a Floresta Branca por ter se jogado sobre nós para tentar impedi-lo. A cada 15 dias no circo, eu tinha que matar um homem para manter a ilusão que ele queria. Eu tinha que fazer o que fosse necessário para que eles se aproximassem de mim. Quando comecei a matar, tínhamos dez anos e eu fingia estar ferida. Eu me sentia mal porque eram sempre os mais gentis que se aproximavam. Depois, à medida que fui crescendo, não eram mais os gentis. Mas nosso pai não ligava para mim. Ele não ligava para nós. Uma vez, perguntei se podíamos mandar você no meu lugar. Só por uma noite. Sabe o que ele disse? "A Cecile não ia *suportar*." Só porque você era parecida com a nossa mãe.

Marla riu.

Cecile percebeu uma coisa.

— Foi você que mandou o espelho para mim, não foi? Eu achei que fosse um truque, que alguma pobre criatura estivesse presa lá.

— A pobre criatura no espelho da verdade era você, minha querida. Era por isso que não podíamos ser desenhadas. *Nós não éramos reais.* Como você implicava comigo por causa dos meus gatos. Aquilo também éramos *nós*. Você era a única que não conseguia ver. E embora eles pensassem que pintavam nossas formas ilusórias, os pintores e fotógrafos nos capturavam como realmente éramos. Meu pai não podia deixá-los ver aquilo, então ele apagava as pinturas e expunha o filme antes do amanhecer. Você alegava que queria todas as respostas, mas no final não conseguia nem olhar para si mesma. Você cobriu o espelho.

Marla analisou o rosto de Lara, procurando um toque de Cecile.

— E você está feliz agora? — Lara tinha lágrimas nos olhos. A emoção era toda de Cecile. — Você matou Émile, Desmond Bennett, Peter Beaumont e Todd Sutton, atormenta minha família há décadas... Eu me culpei muito por ser tão protegida. Mas *não* sou eu a culpada aqui. Você está irritada com nosso pai, não comigo. Tem cem anos e ainda assim segue vivendo como uma estátua de cera em busca de vingança. Ou foi tão destruída pelo ódio que não vê que deveria estar com raiva do nosso pai? Me diga, quando vai ser o suficiente? Isso realmente faz você se sentir melhor? Ou você se odeia tanto que me odeia também? Podemos estar divididas, mas continuamos sendo uma única criatura. É você mesma que você odeia?

Marla levou a mão ao rosto.

— Fui destruída, Cecile. Nada nunca vai me fazer sentir melhor. E eu era uma criança. O que podia ter feito com minha raiva em relação a meu pai? Nós éramos crianças. Mas eu tive uma vida maravilhosa: Roma, Londres, Los Angeles, Buenos Aires, Sydney... Fiz o melhor que pude. Depois que matei Émile, uma coisa estranha aconteceu comigo. Fiquei mais forte, mas com uma sede de sangue que não conseguia saciar. Em Roma, na década de 1960, matei um homem por noite durante trinta dias. Agora só mato um a cada trinta anos.

Enquanto ouvia a história de Marla — a história de Esmé —, Lara não pôde deixar de ter pena da pobre criança órfã de mãe de que se lembrava da foto. Esmé tivera um destino cruel, tudo por culpa de Althacazur. Lara achou que era uma das histórias mais tristes que já tinha ouvido, e seu coração se partiu por aquela garotinha.

No entanto, era difícil conciliar a história com a mulher que estava diante dela. Como os muitos assassinos que já foram vítimas, em algum momento Esmé se tornara a torturadora. Aquela mulher matara o noivo e o pai de Lara e, apesar da pena que sentia dela, Marla mataria todos os presentes ali a não ser que Lara a impedisse.

No mesmo instante, Lara viu Marla olhar para algo às suas costas. Ela se virou e viu Audrey entrando pelo portão.

— Mãe — disse Lara, assustada. — Como você veio parar aqui?

— Eu tive um pressentimento — respondeu Audrey.

Marla suspirou profundamente.

— Você também, não. Então agora vocês todas fazem o trabalho sujo por ele. Já estou avisando: não vou voltar para lá. — Ela se apoiou na pá. — Admito que estou surpresa que ele tenha conseguido pôr você nessa história, Audrey.

A boca de Audrey estava cerrada.

— Eu nunca quis nada disso.

— Bem, somos duas — disse Marla. — Audrey, ofereci à sua filha a oportunidade de dar as costas e ir embora. Não vou voltar para Kerrigan Falls.

Audrey riu com escárnio.

— Ninguém seria idiota o suficiente para acreditar em você.

— Bom, já que vocês duas estão sob o efeito de um feitiço de proteção, não posso encostar em vocês. Mas isso não se aplica a *ele*.

Marla se virou para Ben e fingiu que ia bater na cabeça dele com a pá. Com um aceno da mão, Lara fez a pá voar para longe. Marla se virou para ela e sorriu.

— Parece que você tem *mesmo* uns talentos. Ele trabalhou você bem.

Lara não fazia ideia de que tinha outros poderes além da capacidade de voar. Ela estava agindo por puro instinto.

Marla se virou para elas, enxugando o suor com o braço.

— Remova o feitiço de proteção e eu não vou matá-lo na sua frente.

Quando nem Audrey, nem Lara responderam, Marla deu de ombros.

— Está bem, então. A escolha é sua.

Ela não mexeu nem um músculo. Ben se encolheu de dor, como se suas entranhas pegassem fogo.

— Mãe. — Lara se virou para Audrey. — Tire o feitiço.

— Não. — Audrey se virou para Ben. — Sinto muito, mas não posso correr esse risco.

Ben assentiu enquanto se contorcia de dor.

— Acabe com o feitiço, mãe.

O corpo de Lara se fundiu com a mente de Cecile, e as duas começaram a compartilhar seus poderes. Em alguns instantes, as duas se misturaram e perceberam o poder que tinham juntas.

— Mãe — ordenou Lara. — Acabe com esse *maldito* feitiço.

— Tem certeza?

— Isso vai acabar hoje. De um jeito ou de outro.

Audrey baixou a cabeça e começou a entoar o canto baixinho.

— Assim está melhor — disse Marla.

Marla se virou para Audrey, e a mãe de Lara se encolheu de dor. Lara sentiu uma onda de raiva crescer dentro dela. Marla então se virou para Ben, que estava de quatro também se contorcendo de dor.

— *Não!*

Lara estendeu a mão, e Marla voou para trás. Lara tinha visto a forquilha apoiada contra a parede. Ela começou a pensar na forquilha girando segundos antes de as costas de Marla baterem na parede, fazendo as pontas girarem e penetrarem no corpo da mulher, atravessando seu peito. Por apenas um instante, pareceu que o gesto não a havia machucado porque Marla chegou a olhar para os dentes da forquilha, como se inspecionasse uma mancha na camisa. Então seu cabelo castanho caiu para a frente e Marla caiu como uma boneca.

Lara soltou a respiração que estava prendendo.

Poucos segundos depois de cair, Marla se sacudiu e se levantou, os dentes da forquilha ainda visíveis através de suas costelas.

Lara sentiu o ar escapar e lutou para respirar, como se alguém estivesse segurando seu pescoço. Alguém estava *mesmo* agarrando seu pescoço. Esmé a estava estrangulando com a mesma magia que ela usara. Quando o mundo começou a sair de foco, Lara pôde ouvir Audrey gritando. Então um barulho no portão desviou a atenção de Marla, e Lara teve um segundo de descanso. Ela respirou fundo, deixando o ar chegar à garganta, e desabou no chão, chiando e agarrando o pescoço.

— Você está bem?

Audrey estava a seu lado.

Marla recuou quando Oddjob e Moneypenny entraram no quintal com uma graça felina, avaliando sua vítima.

Lara ficou impressionada com a mudança na aparência deles. Os Oorang Airedales tinham dobrado de tamanho. Ela já os tinha visto perseguir presas, mas nada parecido com aquilo. Enquanto andavam de um lado para o outro, eles continuavam crescendo, ávidos, observando Marla. Lara podia ouvir suas unhas rasparem o chão enquanto eles andavam.

— Você tem cães do Inferno, Audrey? Você tem dois cães do Inferno?

— Eu sempre odiei magia. — Audrey sorriu. — Mas animais são uma história diferente. Althacazur me deu os dois de presente quando eu era pequena. Ele soube que eu queria um pônei. — Audrey ergueu as sobrancelhas, sugerindo que tinha sido um presente curioso da parte dele. — Os dois são meu orgulho e minha alegria.

Em um movimento rápido, Audrey se moveu e, com uma das mãos, empurrou Marla de volta para a cova de Todd Sutton, irradiando um poder que Lara não sabia que a mãe tinha. Oddjob e Moneypenny morderam os braços de Marla, e Lara pensou que eles poderiam rasgá-la em dois.

Lara se colocou de pé ao lado da mãe e viu, pela primeira vez, os restos de Todd Sutton na cova rasa abaixo dela. Ele havia sido enterrado de qualquer jeito. A raiva a dominou e ela se virou para Marla.

— Chega, Esmé. Estou cansado das suas palhaçadas... E eu odeio ficar cansado.

Marla olhou para ela com fúria, pois sabia de onde a força de Lara vinha. As palavras que ela havia pronunciado não tinham vindo de Lara nem de Cecile. Lara pôs ambas as mãos no rosto de Marla.

— Sinto muito. Não fico nem um pouco feliz em fazer isso.

Foram as últimas palavras de Lara antes de Althacazur sussurrar o feitiço de que ela precisava.

Incante delibre
Vos femante del tontier

— Minha filha. Eu estava errado, mas agora está na hora de você vir para casa.

Lara pressionou a testa contra a de Marla. Ao se conectar com Marla, sentiu Cecile sair de seu corpo e se fundir ao da irmã.

— Não. Não. Pai. Nããããо — gritou Marla no mesmo instante em que um cortador de grama era ligado do outro lado da rua, abafando seus gritos.

Audrey tinha libertado os pulsos de Ben, e ele estava removendo a fita isolante da boca. Seu rosto registrava o horror de ver a ex-esposa ali, com uma forquilha saindo do peito. Ela começou a esvaziar como uma boia de piscina no fim do verão, quase envergando o corpo. No mesmo instante, Lara sentiu sua força aumentar e começou a engasgar, vomitando e tossindo. Cecile a havia deixado. As duas irmãs... haviam sumido.

Acabou. Lara disse as palavras que tinham vindo de Althacazur. Apesar de não ter permissão para interferir diretamente, através de Lara, ele mudara a situação e a resolvera.

❧

E ainda assim, não havia terminado. Nem de longe.

Parada ali, sob o carvalho gigante e retorcido do alto da fazenda Cabot, Lara viu Ben jogar o restante da terra sobre os túmulos e bater a pá sobre eles. Aquela era uma parte da fazenda aonde ninguém nunca ia, mas que, por garantia, seria coberta de grama para que se misturasse à existente o máximo possível.

Lara, Audrey e Ben haviam levado duas semanas para mover os restos mortais de Desmond Bennett, Peter Beaumont e Todd Sutton até ali para que tivessem um enterro de verdade. Os três decidiram não revelar a verdadeira história do que havia acontecido com aqueles três homens. Afinal quem acreditaria neles?

Enquanto Lara sempre acreditara em magia, tudo que Ben pensava saber havia sido desafiado. Sua concussão havia melhorado e seus hematomas, sumido, mas uma luz se apagara nele. A lógica que Ben pensava governar o mundo era uma ilusão. A ideia de que a filha centenária de um daemon vinha sacrificando homens jovens a cada trinta anos teria soado louca — até ele ver as coisas que tinha visto no mês anterior. No entanto, ele nunca havia desconfiado de que fora casado com ela. Nunca desconfiara de nada, certo de que o mundo era um lugar ordenado. Claro, isso se manifestou em longos silêncios e muitos uísques Jameson. Ele e Lara ficavam sentados em silêncio no bar do Delilah's, felizes por poderem estar perto um do outro.

Os dois haviam retirado o corpo de Todd primeiro, porque ele era o mais recente e mantinha certos detalhes macabros, como mechas de cabelo intactas e roupas podres ainda presas a seu cadáver esquelético. Ben e Audrey o enterraram sem Lara. Ela ficou parada ao sopé da colina, ouvindo o raspar da pá e o baque que informava que Todd estava sendo posto de volta na terra.

Depois eles encontraram o corpo de Desmond Bennett enterrado sob um velho arbusto de azaleias. A velha carteira mal se mantinha inteira, mas as plaquetas de sua passagem pelo exército continuavam lá. Uma semana depois, cavando à noite, eles encontraram os restos mortais de Peter Beaumont. Apesar de Lara e Ben terem se oferecido para enterrar Peter, Audrey quis ajudar, por isso os três colocaram seus ossos junto com os corpos dos outros dois homens.

— Lara.

Ben foi o primeiro a notar algo curioso em um dos campos da fazenda Cabot.

Ela ergueu o olhar e viu a terra balançar e algo se abrir. Era uma visão familiar no campo e ainda assim causava um profundo pavor. Ela sabia que aquele momento chegaria, seu acerto de contas com o demônio. Um trio apareceu: um homem ladeado por duas mulheres, todos vestidos de forma elaborada, como se fossem receber alguém na estação de trem. Quando os três se aproximaram, Lara viu que Margot usava um lindo vestido cor-de-rosa estilo anos 1940, óculos escuros de gatinho e um penteado estilo victory rolls no cabelo louro. Estranhamente, ela segurava um caderno cor-de-rosa quadrado. Cecile, com ondas de cabelo platinado descendo pelas costas, estava de melindrosa, com um vestido decotado na parte de trás.

Lara estava limpando a sujeira da calça, mas parou quando os viu. Então caminhou em direção a eles.

— Não achei que fosse ver vocês tão cedo.

— Bom, somos muito apegados a esta linda cidade — disse Althacazur, o sarcasmo escorrendo de sua voz. — Vi que o Bill está aqui.

Ele indicou Ben com a cabeça.

— Ben — respondeu ele, corrigindo-o.

— Que seja... — disse o daemon, que estava vestido como se fosse para uma convenção steampunk: casaco militar longo de couro marrom, cartola e óculos espelhados. — Você fez um trabalho incrível ao lutar com a Esmé. Ela voltou para casa, onde deveria estar. Eu prefiro pensar que ela ficou feliz por ter voltado, mas Esmé nunca vai admitir isso, é claro. Ela mandou um abraço, Bill. Mas chegou a hora, minha querida.

Lara sentiu os olhos se encherem de lágrimas.

— Eu não estou pronta. Preciso de mais tempo.

Althacazur a ignorou, inclinando o corpo para dar uma boa olhada em Audrey.

Confusa, Lara olhou em volta.

— Fiz o que você pediu. Eu preciso de mais tempo. Eu com certeza mereci.

No entanto, Althacazur não estava olhando para Lara. Um sorriso fino de desprezo se formou em seus lábios.

— Você já deixou isso *bastante* claro.

Ele juntou as mãos como a Morte, esperando pacientemente.

Mas foi Audrey que se virou para a filha, enxugando as lágrimas do rosto com as mãos sujas de terra.

— Em Paris, quando cheguei lá... Você estava morrendo. Você não tinha muito mais tempo de vida.

Lara se lembrou de ter visto a mãe naquelas horas sombrias e de ter visto Todd também. Tinha entendido que estivera à beira da morte, mas voltara. Ela olhou da mãe para Cecile, confusa.

— Apesar dos esforços do meu pai, você não era forte o suficiente para me absorver sozinha — disse Cecile, séria. — Sinto muito, Lara. Se sua mãe não tivesse ajudado com sua magia, você teria morrido.

— Ajudado? — Lara lançou um olhar para Audrey. — Como assim?

— Fiz um acordo com ele — explicou Audrey, um sorriso triste se formando em seus lábios.

Ela pegou a pá, jogou-a de volta na direção dos túmulos e sacudiu a terra da calça como se precisasse estar arrumada e apresentável para o que ia acontecer em seguida.

Althacazur ficou parado sem demonstrar emoção, deixando a cena se desenrolar na frente dele.

— Não, não, não. — Um grito primitivo irrompeu de Lara, seguido por um gemido profundo. Ela agarrou Audrey. — Por favor, não.

— Foi um sacrifício necessário — disse Audrey, colocando as mãos em Lara para firmá-la. — Aceitei ir com eles depois que derrotássemos a Esmé. Foi um acordo justo, Lara. Eu faria *qualquer coisa* para salvar você.

— Ah, mãe, não. — Lara se encolheu e Ben correu para pegá-la, mas ela caiu de joelhos no campo. — Não. Não. — Ela olhou para Althacazur. — Me leve no lugar dela. Posso ir agora. Por favor.

— Ah, isso eu poderia fazer, menina *encantadora*. — Ele se apoiou na bengala e olhou por cima dos óculos escuros. — A Cecile está certa. Eu tinha tanta certeza de que você estava morrendo que fiz um acordo diferente. Achei que você e a Cecile seriam fortes o bastante juntas, mas, infelizmente, precisei de mais magia. Olhando pelo lado positivo, isso tirou você do seu acordo, então parece que nós dois conseguimos o que queríamos.

Cecile lançou um olhar para ele pedindo que ficasse quieto.

Lara havia dobrado o corpo como se estivesse engasgada.

— Por favor, não.

Ela achou que aquela devia ser a sensação de levar uma facada no estômago. Sentiu-se traída por Althacazur, enganada. Mas o que podia esperar?

— Ben — disse Audrey, olhando para ele. — Preciso que você me prometa que vai cuidar dela.

Ele assentiu.

Audrey se agachou ao lado de Lara, que estava de joelhos perto da beira do campo. Ela tinha se inclinado para o lado, como se fosse incapaz de manter o corpo ereto.

— Você e o Jason podem cuidar de tudo juntos, Lara. Tudo que sempre quis para você foi uma vida normal. Esse foi o preço, mas eu não questiono essa decisão.

— Mas eu questiono — rebateu Lara. — É tudo culpa *dele*.

Ela encarou Althacazur com raiva.

— Não — disse Audrey. — Ele me deu uma escolha. Eu conhecia as regras.

Cecile deu um passo à frente.

— Sinto muito, mas a Esmé e eu nunca devíamos ter nascido, Lara. Estarmos aqui é uma grande sorte. Cada dia de alegria que temos é mais do que devíamos ter. — Cecile estendeu a mão para ela e a puxou. A mulher analisou o rosto de Lara. — Você sabe o quanto todos nós sofremos.

A tristeza, a magia, o circo... Bem, essas coisas são o nosso destino. Sinto muito ser este o legado que deixei para você.

Cecile tirou o cabelo de Lara do rosto dela.

Lara se virou para Audrey.

— Me deixe ir. Era eu que estava morrendo. Você nunca quis saber dessa magia.

— Lara — respondeu Audrey, com mais firmeza. — Não consigo imaginar um destino melhor para mim mesma do que viver a eternidade cavalgando em um circo. E esperando você se juntar a mim um dia.

Lara se agarrou à mãe. Ambas choravam copiosamente. Por fim, Cecile as separou com cuidado. Ben pegou Lara, trêmula, e começou a levá-la para o topo da colina. Ela lutou contra ele durante todo o caminho. Como se soubessem, Oddjob e Moneypenny começaram a gemer do celeiro — um som grave e triste, que se manteve até de manhã.

Antes de desaparecer na noite, Cecile se virou para ela:

— Vamos nos ver de novo, minha querida. Nós somos o seu destino.

Audrey foi andando de braços dados com Cecile, sem olhar para trás, como se soubesse que, se fizesse isso, jamais se recuperaria.

EPÍLOGO

KERRIGAN FALLS, VIRGÍNIA
10 de outubro de 2006

Depois que os ossos foram removidos do jardim e que a mãe de Lara se foi, Ben construiu um pátio de pedra e pôs a casa à venda. Era uma das "grandes casas de Kerrigan Falls", declarava o anúncio. Ele recebeu uma oferta menos de 24 horas depois. Marla morava na casa desde 1938, primeiro como sua avó, Victoria, e depois como sua mãe, Vivian. Viagens longas, doenças sérias — ninguém nunca questionara nenhuma das estranhezas quando Marla passara de mãe a filha, e ninguém as questionava agora. Lara tinha ajudado com aquilo. Apesar de não ser a talentosa ilusionista que Esmé fora, ela havia feito uma correção para que "Marla" aparecesse para assinar a documentação da hipoteca. Na verdade, "Marla" foi vista de tempos em tempos, até se mudar de volta para Los Angeles de maneira definitiva para tentar a carreira como fotógrafa.

Infelizmente, aquela não foi a única história que Ben e Lara foram forçados a fabricar. Eles também tiveram que inventar uma viagem repentina para Audrey: ela teria ido a Espanha buscar um cavalo. Depois de um mês, como Jason e Gaston não haviam tido notícias dela, Ben começou a pressionar Lara para que fizesse o que ambos sabiam ser necessário. Por mais que Lara não pudesse encarar aquilo, Audrey não ia voltar. Por isso, incentivados por Ben, eles criaram um acidente falso e Lara usou um documento enfeitiçado para provar a Gaston e Jason que sua mãe havia morrido.

No enterro de Audrey, realizado embaixo de chuva — algo que sua mãe teria odiado —, ela e Jason se sentaram em um banco do velho cemitério de Kerrigan Falls.

— Você também precisa saber onde ele está enterrado.

Então Jason pegou sua mão e a guiou até o túmulo de Peter Norton Beaumont. Foi a única indicação que ele deu a ela de que sabia toda a verdade. Isso e o fato de ter dado a ela a Fender Suburst de Peter.

Gaston Boucher também havia se tornado um amigo querido. Lara podia ver que ele tinha esperança de ter uma vida diferente com Audrey. Lara não contou a ele que o circo havia levado sua mãe. Acho que, de alguma forma, seria cruel fazer aquilo. Ela e Ben continuaram próximos dele e sempre o convidavam para jantar na fazenda Cabot. Na primavera, ele se mudou de volta para Nova York, e outro artista assumiu sua loja na rua principal.

Lara vendeu a própria casa e se mudou de volta para a fazenda Cabot com Ben. Os dois começaram uma vida tranquila, se é que criar cães do Inferno podia ser considerado uma vida tranquila — mesmo que Lara os considerasse muito preguiçosos e eles ficassem sempre felizes em se sentar diante da lareira.

Depois de tudo o que havia acontecido, como uma pessoa podia voltar a ter uma vida normal? Agora que sabia que sangue daemon corria por suas veias, o que era normal para ela? Com isso, Lara começou a manter sua rotina como uma morto-vivo. O primeiro verão foi o mais difícil. Ela ficava sentada no campo, esperando por *ele*. Só ele poderia consertar aquilo. Apertando os olhos sob o sol, ela desejava que ele aparecesse. Será que não era nada além de um receptáculo para Cecile? Quando ele não apareceu, Lara achou que tinha recebido a resposta que queria.

No entanto, ela se recusava a aceitar as coisas como eram, por isso continuou treinando: dando a partida em carros, trancando portas, abrindo gavetas, reduzindo a luz de postes e pondo discos para tocar até a magia se tornar tão confiável quanto sua respiração. Apesar de sua mãe ter dado as costas para os feitiços, Lara descobriu que não queria fazer o mesmo. A magia era tão parte dela quanto seus cabelos louros. Ela a sentiu em suas veias quando saltou do trapézio. Nada na vida dela havia sido tão libertador. Quando tentava explicar isso para Ben, ela percebia que não havia palavras para descrever a Grande Promenade e o carrossel. Sim, era o Inferno, mas era estranho e de tirar o fôlego. E ela não havia sido moldada a partir daquilo?

Tudo que Ben pensava saber também havia sido destruído. Os dois tinham se evitado por cerca de um ano, como soldados que voltaram da guerra. Pela maneira como ele hesitava, Lara percebeu que Ben estava preocupado com os espaços deixados por Todd, Marla e Audrey, e até por Peter Beaumont, já que ela finalmente contara a ele sobre Peter também. Eles eram duas pessoas formadas pela ausência de outras. Embora nunca tivesse dito isso, Lara parecia pensar que Ben temia que aqueles que ficaram, ele inclusive, não fossem suficientes para ela. E, às vezes, ele não estava errado.

Lara era como a montanha que havia sido formada por uma geleira. Depois que ela se abrira, vales haviam se mantido, como cicatrizes. Mas a história também tivera partes lindas. Eles estavam juntos nela, ela e Ben, suas raízes muito profundas. No início, ela teve certeza de que o peso de tudo ia derrubá-los, mas isso não aconteceu. Ben tinha sido um presente durante tudo aquilo, mas não era possível ter uma coisa sem a outra. E ela decidira que seria o fim daquela linhagem. Ela não teria filhos. Apesar de Ben ter dito que entendia, Lara temia que fosse uma decisão da qual ele se arrependeria. Por outro lado, ele fora casado com uma mulher metade demônio de cem anos, por isso toda normalidade havia mudado para ele também. Ela se lembrou das palavras de Cecile: *Não deveríamos estar aqui. Cada dia de alegria que temos é mais do que devíamos ter.*

Se Todd tivesse aparecido naquele dia dois anos antes, ela teria sido uma pessoa diferente. Ela se lembrou daquela garota ingênua e boba, parada diante de um espelho, encantando um vestido de noiva. Ela havia ignorado tudo — sua família e a magia dela. Sua mãe não fizera nenhum favor a elas quando se escondeu daquilo pelo desejo de ser normal. Audrey tinha se agarrado com força demais à ideia de uma vida mortal, mas Lara não sabia se queria aquilo. Ela havia ido atrás das respostas que Audrey não queria saber, mas elas não valeram o sacrifício final de sua mãe. E, meu Deus, como Lara sentia falta dela. Mais do que a de Todd, a perda de sua mãe ameaçava destruí-la.

A tristeza devia ser contagiosa, porque ela recebeu um e-mail de Barrow naquela manhã.

Lara,

Espero que você esteja bem, minha amiga. Ontem à tarde, visitei o Museu d'Orsay. Eles passaram nossos dois quadros para o segundo andar, para uma sala com vista para as esculturas. Eu sempre vou ser grato a você por permitir que *Sylvie sobre o cavalo* seja exposto como parte da mostra especial e por sua doação generosa ao museu depois do leilão da Sotheby's.

Às vezes, no horário de almoço, me sento com nossos quadros. Eu sei que estão pendurados na parede, em grande parte, por causa da nossa convicção e dos sacrifícios que fizemos por eles.

Confesso que sou forçado a me lembrar de por que me senti atraído pelo mistério de Jacques Mourier e Émile Giroux e pela história incrível desse circo fantástico. Você perguntou uma vez, e eu expliquei que tinha me sentido atraído por ele por causa do meu projeto. Na época, acho que a resposta era verdadeira. Agora, no mundo da arte, sou famoso e você é rica, mas temo que o preço para nós tenha sido alto demais. Era do mistério que eu gostava. Mas o mistério, as lendas sobre o Cirque Secret não existem mais para mim. Tudo que enfrentamos nos trouxe até aqui, até uma parede bege.

Como eu torci para que as pessoas se importassem com estes quadros! Ontem à tarde, enquanto comia meu sanduíche, adolescentes entediados andavam como patos com fones de ouvido, guiados por guias irritados. Um grupo indicou os dois quadros com a cabeça, depois teve a audácia de perguntar onde os Monet estavam expostos.

Seja como for, estou escrevendo porque, depois de meu mau humor no *musée*, ontem peguei um táxi de volta para o instituto com o único objetivo de voltar a ler os diários. Quando cheguei ao cofre, percebi que minhas mãos tremiam tanto que precisei de duas tentativas para conseguir digitar o código certo. Fazia meses que eu não os via, então entrei no cofre e puxei a caixa onde eles estavam guardados. Eu queria muito ter aqueles cadernos em minhas mãos. A verdadeira história estava contida ali — para mim, eles completavam as obras, davam vida às pinturas!

Já no cofre, eu abri a tampa e voltei a respirar com facilidade. Os três cadernos ainda estavam lá, guardados em suas folhas plásticas. É aqui que não sei como começar. Eu os peguei tão desesperado para tocá-los que nem usei luvas. Segurei o primeiro em minhas mãos, a capa tão velha que parecia um tecido fino. Abri a primeira página e precisei de alguns segundos para entender o que estava vendo — ou melhor, o que não estava vendo. Acabei virando página após página de papel fosco, apagado e *em branco.*

As palavras de Cecile se foram. A perda delas me fez pensar se algum dia elas estiveram lá. Agora duvido demais de mim mesmo. As páginas estão em branco e meu coração, partido.

Durante todo esse tempo, comecei a pensar. Grande parte da verdadeira história de amor e perda de Émile e Cecile não foi toda contada nas três telas enfeitiçadas. Na verdade, os quadros e os diários se complementavam. Émile e Cecile. A arte deles se combinava para contar a história mais fantástica que Paris já conheceu. O fato de o circo ter sido criado para que um dos mais poderosos daemons da História pudesse achar uma babá para as filhas gêmeas é uma história tão absurda que, no fim, ninguém acabaria acreditando.

Giroux voltou à moda nos últimos tempos, então me pediram que atualizasse a biografia sobre ele. No fim, me peguei voltando a ter dificuldade com o capítulo das Mulheres do Circo Secreto. Apesar de ter os três quadros, eles apenas provam que Giroux pintou um circo. Não podem validar a existência do Cirque Secret. Nada jamais provará que algo tão verdadeiramente fantástico e surreal já fez parte do tecido de Paris. Como podemos provar a magia? E no final, será que queremos mesmo isso?

Confesso que, para mim, algo se perdeu durante a busca. Parte do mistério do mundo foi respondido, mas a solução destruiu algo profundo em mim. Resolver mistérios não me deixou mais próximo de nada. Para você, eu sei que foi a perda da sua mãe. Penso nela o tempo todo. Em como ela veio até Paris para resgatar você.

E agora os diários também foram perdidos. Não posso deixar de pensar que foi tudo à toa. Sinto saudades do homem que fui.

Peço desculpas. Sei que isso soa horrível. Eu só queria que você soubesse. Você, talvez, seja a única pessoa que sinta a perda deles de maneira tão profunda quanto eu.

Seu amigo,
Teddy Barrow.

Naquele dia, ela ia trabalhar no turno da noite da rádio. Quando voltou a se sentar na cadeira, ela preparou "Venus in Furs" e "Escalator", de Sam Gopal, e deixou os acordes discordantes de Lou Reed a levarem de volta àquele momento maravilhoso no trapézio. Ela pôde sentir o figurino bordado e o fluxo da magia reprimida correndo em suas veias. O poder inebriante a havia infectado.

Teddy Barrow estava certo: muita coisa havia sido perdida.

No entanto, algo incomodava Lara, a provocava: uma teoria que ela tinha.

Althacazur havia sido o maior dos sedutores. Ele a atraíra para o circo e, ao pensar que ela podia morrer depois de absorver Cecile, estava tão desesperado por uma patronesse que a trocara por sua mãe. Mas, ao seduzi-la, ele a tornara mais forte do que todas elas. Mesmo depois que o acordo fora selado e Esmé, devolvida, os poderes de Lara tinham se mantido. Para provar o que queria dizer, ela encarou o relógio na parede. Enquanto cantarolava a letra "Escalator" de Sam Gopal, que tocava na vitrola, ela notou que era 00h10. Ficou observando o segundo ponteiro lutar para se mover e viu seu telefone manter o horário de 00h10 por mais de dois minutos. *Eu parei o maldito do tempo.*

❧

Ela digitou uma resposta para Teddy:

Teddy,
Venha para Kerrigan Falls. Eu tenho uma ideia. É loucura, mas talvez funcione.
L

Quando estivera naquele campo, tentando invocá-lo, Lara não havia entendido o objetivo das instruções dele. Ele sempre dizia que ela não havia entendido. Talvez ele estivesse certo sobre aquilo o tempo todo.

Quando estava limpando seu antigo quarto na fazenda Cabot, ela encontrara o livro *Rumpelstiltskin* e, dentro dele, o cravo seco.

Ao contrário de Audrey, ela não conseguia encerrar toda uma parte de si mesma no desejo de ser normal. Além disso, sua mãe nunca a teria deixado presa em um circo como patronesse humana. Por isso, ela havia resolvido libertar a mãe. Ela faria um acordo com Althacazur para assumir o circo. Sabia por Esmé que ele não era muito popular entre os outros daemons. Ela usaria isso, se precisasse. Enquanto planejava aquilo, torcia para que Teddy se juntasse a ela e os três pudessem dividir o trabalho de patronagem humana, como se o circo fosse um Airbnb do Inferno. Ela e Audrey eram criaturas poderosas e não precisavam viver apenas em um mundo ou em outro. Nossa, isso seria chato demais. E ela odiava coisas chatas. No ano anterior, tinha pintado a casa toda com um aceno da mão, como uma mistura de Samantha Stephens e Martha Stewart. Era aquilo que ia fazer com sua magia? O que faria depois? Azulejaria uma parede ou instalaria cortinas quando não conseguisse alcançar a altura desejada?

Não, ela estava cansada daquilo. Estava na hora de assumir quem era: *a última mulher do Circo Secreto*.

— Não sei se isso vai funcionar, Teddy.

Lara encarou o campo, vazio como sempre. Ela podia ouvir a respiração dele, que estava grudado ao lado dela.

— Quando você sumiu em Paris — disse Teddy —, o Ben disse que tudo o que precisávamos fazer era aproximá-lo de você, e ele a encontraria.

Lara sorriu. Se acabasse ficando presa do outro lado, ela esperava que Ben a perdoasse. Ele a conhecia bem o suficiente para desconfiar que faria algo do tipo — e ficaria irritado com ela, mas a conhecia melhor do que ninguém.

— Bom, talvez ele venha me encontrar outra vez. O Gaston também.

— É um belo amor, Lara. — Ele olhou de volta para a casa. — Tem certeza?

— É justamente por isso, Teddy. Não vou mais ser alguém pela metade. Não se pode amar alguém assim por muito tempo. Ben merece a melhor versão de mim. E eu vou tentar dar isso a ele.

Concentrando-se no trevo, ela segurou o raminho seco entre dois dedos, deixando a emoção brotar dentro dela.

— Não posso prometer que vamos voltar. Você sabe disso.

— Eu sei — respondeu Teddy, a voz baixa. — Eu já me despedi de quem devia.

— Também não posso garantir o que ele vai fazer conosco quando chegarmos lá. Talvez você esteja vendendo a sua alma.

— Eu concordo com os termos — afirmou Teddy, olhando para o campo vazio, o queixo erguido. — O Cirque Secret me chamou, Lara. Assim como chamou você.

Ela sorriu. Já sabia qual seria a resposta dele. Tudo pelo projeto.

— Bom, você sempre quis receber um ingresso — lembrou, dando uma risadinha. — Agora talvez a gente consiga invadir o maldito circo.

Oddjob grunhiu. O animal a encarava junto com sua gêmea, Moneypenny. Os olhos expressivos dos cães do Inferno a atravessaram. Teddy segurou as coleiras dos dois com força. Uma vez que tudo começasse, ela esperava que eles funcionassem como baterias mágicas. Afinal, eram cães do Inferno. Eles sabiam o caminho de casa — e, sobretudo, sempre sabiam o caminho até Audrey.

Ela pegou a mão de Barrow e a apertou com força. Girando o trevo na outra mão, cantarolou "Escalator". Não era muito chegada a feitiços; era uma criatura musical e havia percebido que as músicas conseguiam puxar o outro lado para ela. Enquanto girava a flor, ela pensou no carrossel, nas paredes verde-água e nos lustres dourados da Grande Promenade. Queria tanto vê-la outra vez, olhar para as cercas-vivas e os palhaços tomando chá. Era o lugar mais maravilhoso e sobrenatural que ela já tinha visto. As imagens a atraíam como uma curiosidade intrínseca a ela, uma história infantil assustadora que não podia ser esquecida. Ela já havia percebido aquilo: estaria sempre buscando o circo em outros lugares. Será que estava com saudades? Com saudades de casa. Ela pensou na mãe. Estava cansada de ser definida por ausências. *Não vou mais viver sem você por muito tempo.* Estava tão perdida em pensamentos, girando a flor, que quase não ouviu Teddy.

— Meu Deus, Lara. Você tem que ver isso. — Sua voz embargou, mas ele segurou a mão dela com força. — É impressionante. Eu nunca imaginei... Nunca imaginei que seria *assim.*

Ela abriu os olhos e viu o que já sabia que veria: o carrossel do Cirque Secret. Mas, em vez de puxá-lo para sua realidade, ela tinha outro plano.

Lara puxou Teddy e os cães até a plataforma do carrossel. Quando sua perna esbarrou no cavalo, o garanhão se moveu e balançou o rabo. Além da plataforma, ela viu a maravilhosa Grande Promenade, com suas paredes douradas. O sol brilhava nela e ela sabia em que janelas encontraria uma cerca-viva ou um labirinto elaborado. Então Lara pensou ter visto o contorno de cabelos louros curtos, muito familiares, correndo até eles. Ela estava usando um penacho verde-água na cabeça? A ideia fez Lara sorrir.

— Ah, Teddy! — exclamou ela, suspirando. — Você ainda não viu *nada*.

AGRADECIMENTOS

Ainda me surpreendo com a magia necessária para criar um romance e tenho muita sorte por estar cercada por uma equipe tão maravilhosa.

Quero agradecer a minha editora brilhante, Nivia Evans, por ter trabalhado neste livro em meio a uma pandemia. Antes disso, ela havia me ajudado a criá-lo e a ver seu potencial.

Sou muito grata a toda a equipe da Redhook: Ellen Wright, que é uma base sólida para nós, escritores, enquanto estes livros fazem sua jornada até o lançamento; Lisa Marie Pompilio, que criou mais uma capa maravilhosa; e Bryn A. McDonald, que é a voz da gramática em minha cabeça e a autora de comentários atenciosos nas margens de minhas páginas. Sempre sei que estou em boas mãos com as sugestões da equipe dela, especialmente com as correções brilhantes de Laura Jorstad sempre que eu assassinava a língua francesa.

A versão inicial desta história específica foi defendida pela minha agente, Roz Foster. Sempre vou ser grata a ela por ver algo de especial na minha escrita e tenho muita sorte por tê-la ao meu lado nesta jornada fantástica.

Agradeço muito o apoio tanto da Agência Literária Frances Goldin quanto da equipe extraordinária da Agência Literária Sandra Dijkstra, inclusive de Andrea Cavallaro e Jennifer Kim.

Como sempre, minha irmã, Lois Sayers, é minha principal e mais crítica leitora. Confio mais em seus instintos do que nos meus e a influência dela foi especialmente apreciada neste livro nas muitas vezes que me senti perdida.

Minha amizade e gratidão eternas a Amin Ahmad por suas dicas e sinceridade. Ele é um gênio da edição.

Também sou grata ao apoio de Dan Joseph, Laverne Murach, Tim Hartman, Hilery Sirpis, Allie DeNicuolo, Anna Pettyjohn, Doug Chilcott, Karin Tanabe, Alma Katsu, Sarah Guan e Steve Witherspoon.

Muito obrigada à equipe do Spark Point Studio: Crystal Patriarche, Hanna Pollock Lindsley e Taylor Brightwell.

Acho que escrevemos romances históricos, em parte, porque gostamos de mergulhar na pesquisa. A "geração perdida" da Paris dos anos 1920 é um período especialmente rico e muitas fontes ajudaram a moldar este livro, como: *The Circus Book, 1870s–1950s,* de Linda Granfield, Dominique Jando e Fred Dahlinger; *Paris é uma festa,* de Ernest Hemingway; *When Paris Sizzled: The 1920s Paris of Hemingway, Chanel, Cocteau, Cole Porter, Josephine Baker, and Their Friends,* de Mary McAuliffe; *The Golden Moments of Paris: A Guide to the Paris of the 1920s* de John Baxter; *The Found Meals of the Lost Generation: Recipes and Anecdotes from 1920s Paris,* de Suzanne Rodriguez-Hunter; *Man Ray's Montparnasse,* de Herbert R. Lottman; *Do Paris Like Hemingway* de Lena Strand; *Sylvia Beach and the Lost Generation: A History of Literary Paris in the Twenties and Thirties,* de Noel Riley Fitch; *Man Ray: American Artist,* de Neil Baldwin; *Autorretrato,* de Man Ray; *Kiki's Paris: Artists and Lovers 1900–1930,* de Billy Kluver e Julie Martin; e *Kiki de Montparnasse,* de Catel Muller e Jose-Luis Bocquet. Este livro também deve muito ao programa da HBO *Carnivàle* (2003-2005) e aos filmes *Trapézio* (1956) e *O último amante romântico* (1978).

E, por fim, quero agradecer ao Mark por acreditar em mim, mesmo quando não acredito em mim mesma. Você me tornou uma pessoa melhor, mas, infelizmente, não uma melhor falante de francês. (*Le distributeur de billets est cassé!*)

DIREÇÃO EDITORIAL
Daniele Cajueiro

EDITORA RESPONSÁVEL
Mariana Rolier

PRODUÇÃO EDITORIAL
Adriana Torres
Júlia Ribeiro
Mariana Oliveira

REVISÃO DE TRADUÇÃO
Gabriel Demasi
Manoela Alves

REVISÃO
Anna Beatriz Seilhe
Luana Balthazar

DIAGRAMAÇÃO
Ranna Studio

Este livro foi impresso em 2024, pela Vozes, para a Trama.